U0630612

谨以此书纪念汶川地震十周年 唐山地震四十二周年

｜探寻岁月尘封的历史真相｜耸听山崩地裂的血泪哀鸣｜

饱蘸人类血与泪的悲壮史诗
警示生存与毁灭的命运交响

以人类的尊严和生命的名义——

向历次地震罹难的同胞致哀！

把真相还给历史
让历史告诉未来

——题记

∎长篇报告文学∎

中国大地震

GREAT EARTHQUAKES IN CHINA

—— 马泰泉◎著 ——

地震出版社

图书在版编目（CIP）数据

中国大地震 / 马泰泉著 . -- 北京：地震出版社，
2018.5

ISBN 978-7-5028-4969-6

Ⅰ . ①中… Ⅱ . ①马… Ⅲ . ①地震灾害—史料—中国
Ⅳ . ① P316.2

中国版本图书馆 CIP 数据核字 (2018) 第 067910 号

地震版　XM4180

中国大地震

马泰泉　著

责任编辑：董　青
责任校对：樊　钰

出版发行：**地震出版社**
　　　　　北京市海淀区民族大学南路 9 号　　　　邮编：100081
　　　　　发行部：68423031　　68467993　　　　传真：88421706
　　　　　门市部：68467991　　　　　　　　　　传真：68467991
　　　　　总编室：68462709　　68423029　　　　传真：68455221
　　　　　http://www.dzpress.com.cn
经销：全国各地新华书店
印刷：北京地大彩印有限公司

版（印）次：2018 年 5 月第一版　2018 年 5 月第一次印刷
开本：787×1092　1/16
字数：512 千字
印张：28
书号：ISBN 978-7-5028-4969-6/P（5672）
定价：58.00 元

版权所有　翻印必究
（图书出现印装问题，本社负责调换）

序 言

中国地震局局长　郑国光

在四川汶川特大地震10周年和第十个全国"防灾减灾日"前，马泰泉先生希望我为其长篇报告文学《中国大地震》作序，我欣然应允，并为有像马先生这样关心支持防震减灾事业的文化界杰出人士备感欣慰！

从2006年开始，马泰泉先生历时6年，足迹遍布全国曾经发生大地震的16个省区，采访了数百位地震工作者和地震亲历者，收集重达百公斤的珍贵资料，完成26本采访笔记，参阅了大量地震文献，完成了《中国大地震》这部新中国成立以来所遭遇的最惨烈大地震的长篇纪实作品。本书史料翔实，内容丰富，可读性强，是一部展现中国地震预报和防震抗震50多年艰辛探索的纪实文学著作，既是一部优秀的文学作品，又是一部难得的防震减灾科普读本。

一

"大自然是善良的慈母，同时也是冷酷的屠夫。"人类自诞生的那一刻起就注定与自然灾害共存，是在战天斗地中不断发展的。中华民族五千年文明史，也是一部与自然灾害抗争史。回眸历史，我们仿佛看到，大禹在洪水滔天中治水"疏"而不"堵"；李冰父子引江分流，凿岩筑坝，成就了造福百姓的都江堰；沉寂的月光下，张衡地动仪上的龙珠突然掉落了……千百年来，中华民族在与自然灾害的无数次周旋中，从不缺乏智慧和力量。2016年7月28日，习近平总书记在唐山大地震40周年之际赴唐山考察时指出："同自然灾害抗争是人类生存发展的永恒课题。要更加自觉地处理好人和自然的关系，正确处理防灾减灾救灾和经济社会发展的关系，不断从抵御各种自然灾害的实践中总结经验，落实责任、完善体系、整合资源、统筹力量，提高全民防灾抗灾意识，全面提高国家综合防灾减灾救灾能力。"这段话，精辟概括了人与自然的关系，为协调好人与自然的矛盾、处理好防灾减灾救灾和经济社会发展的关系指明了方向。

新中国成立以来，面对频发重发的地震灾害，在党中央的坚强领导下，全党全国人民发挥社会主义国家集中力量办大事的优势，同心协力、众志成城，战胜一个又一个地震灾害，夺取了一次次抗震救灾斗争的重大胜利，谱写了一曲曲感天动地的英雄壮歌。《中国大地震》真实记述了新中国成立以来我国多次重大破坏性地震的监测预报、应急救援、社会反应等各方面的真实过程。书中详细描述了中国地震预报50多年探索的艰辛历程和地震学家的坎坷命运，剖析了方方面面的矛盾，描写了一大批地震工作者的人生和真实的情感世界，让更多的人了解到了这个"吃地震饭"的行业。读完这部书稿，我也深深为之触动。

1966年3月，河北邢台地区相继发生6.8级、7.2级两次强烈地震。周恩来总理亲赴灾区全面部署和直接指挥抗震救灾工作，在地震现场提出了"自力更生，奋发图强，重建家园，发展生产"的抗震救灾工作方针，作出了向地震预报进军的指示。在周总理的亲切关怀下，以李四光先生为代表的老一辈科技工作者开始进行大规模的地震预测理论研究和实践探索，并留下了宝贵的经验和财富。

1971年8月2日，国务院以国发文〔1971〕第56号，决定成立国家地震局（即中国地震局前身），统一管理全国地震工作。随后20个省（区、市）组建了地震大队或地震队，开展地震观测、预报和科学研究，开启了我国地震事业建设与发展的新纪元。国家地震局成立之初，老一辈地震工作者以对国家、对人民安全的高度负责精神，利用土洋结合的简陋仪器设备，边观测、边研究、边预报，探索了独具特色的长、中、短、临相结合的地震预报思路和方法，并对1975年2月辽宁海城7.3级地震做出短临预报，取得公认的减灾实效。

1976年7月28日，河北唐山发生7.8级大地震，造成24.2万多人死亡，16.1万多人伤残，成为20世纪全球最大的地震劫难。地震给我国人民带来了深重的灾难，也给地震工作者带来更多的深思和警示：地震预报是一个世界性的科学难题，攻克难关决不是一蹴而就的事情，需要几代人甚至几十代人长期坚持不懈的努力，最大限度地减轻地震灾害仅仅靠地震预测一条途径是远远不够的。唐山大地震的灾难，除了未能作出短临预报之外，城市没有进行抗震设防，人们对地震灾难缺乏心理、组织准备，缺乏基本的知识和自救互救常识等等，也是蒙受巨大损失的重要原因。减轻地震灾害不是单纯的科学行为，也不是仅靠地震部门就能完成和实现，而是一项需要社会各个方面和有关部门密切配合、共同参与的复杂系统工程。

正是基于上述认识，逐步形成了地震监测预报、地震灾害预防、地震应急、震后救灾与重建四个环节的综合防震减灾工作思路。1991年国务院办公厅印发《国家破坏性地震应急反应预案》，这是我国第一部应对自然灾害突发事件的应急预案。1994年，国务院在广州召开全国防震减灾工作会议，提出了"在各级政府和全社会的共同努力下，争取用十年左右的时间，使我国的大中城市和人口稠密、经济发达地区具备抗御6级左右地震的能力"的目标，确立了防震减灾四个环节的工作任务，为新世纪防震减灾事业奠定了基础。

1997 年，全国人大常委会审议通过了《中华人民共和国防震减灾法》，以法律的形式确立了"预防为主，防御与救助相结合"的工作方针，正式确立了由地震监测预报、地震灾害预防、地震应急、震后救灾与重建四个环节组成的防震减灾工作体系，防震减灾工作步入法制轨道。

2000 年 5 月，在河北省唐山市召开的全国防震减灾工作会议，明确了建立健全地震监测预报、震灾预防、紧急救援"三大工作体系"的地震工作方针。"三大工作体系"的提出，是对我国几十年防震减灾工作经验的深刻总结，是新形势下防震减灾工作在理论上的升华，为有效减轻地震灾害，为经济建设和社会发展提供更加安全的保障，对我国防震减灾事业全面、协调、可持续发展发挥了极大的促进作用。

然而，2008 年 5 月 12 日，四川汶川发生 8.0 级特大地震，给人民生命财产造成了重大损失。汶川特大地震的惨痛教训告诫我们，地震预测确实是科学难题，在继续探索地震发生发展规律的同时，必须强化地震灾害的防御工作，加快构建"政府主导、部门联动、社会参与、法治保障"的防震减灾新格局，提升国家防震抗震的综合能力。

经过几十年的发展和探索，经过历次特大地震的总结与反思，防震减灾工作逐步从过去单纯的监测预报向"三大工作体系"拓展，逐步从过去单纯的科学行为向社会管理和公共服务拓展，逐步从主要依靠地震部门力量向各级政府领导、相关部门各负其责、全社会共同参与拓展，我国防震减灾事业进入了一个崭新的阶段。

回顾新中国成立以来地震事业发展的曲折历程，我们深深地认识到，地震预报既是科学问题，也是社会问题。地震科学是一门发展中的科学，更需要长期不断探索，也是党和人民群众迫切期待解决的现实问题。多年来，我们有过邢台地震灾害的警醒，有过海城地震预报的成功，也经历了唐山大地震、汶川特大地震的重大挫折，广大地震工作者在地震预报科学探索、地震事业发展思路形成和防震减灾工作体系完善中走过了一条艰难曲折的道路。但是，为了国家发展，为了人民安宁，无论任何挫折，都不能阻止地震工作者知难而进、百折不挠的探索脚步。

二

党中央、国务院历来高度重视防震减灾事业发展，从国家战略全局的高度，研究和部署防震减灾工作。特别是党的十八大以来，习近平总书记就防震减灾工作多次做出重要指示批示，明确指出："要总结经验，进一步增强忧患意识、责任意识，坚持以防为主、防抗救相结合，坚持常态减灾和非常态救灾相统一，努力实现从注重灾后救助向注重灾前预防转变，从应对单一灾种向综合减灾转变，从减少灾害损失向减轻灾害风险转变，全面提升全社会抵御自然灾害的综合防范能力。"习近平总书记"两个坚持""三个转变"防灾减灾救灾新理念新思想新战略，为新时期防震减灾工作指明了发展方向。国务院每年组织召开防震减灾工作联席会议，全面部署防震减灾工作。在党中央、国务院的正确领导下，在各地党委、政府重视和支持下，在几代地震工作者的不断探索和艰苦努力下，我国防震减灾事业从小到大，从弱到强，在曲折的道路上不断发展壮大，取得了长足进步，为保障国家经济社会发展和人民生命财产安全作出了应有的贡献。

中国是世界上唯一把地震预报作为政府职责的国家，体现了中国共产党全心全意为人民服务的根本宗旨，成功预报地震也是地震工作者的初心和使命。多年来，我国地震监测预报业务能力和科技支撑能力不断提升，实施"中国数字地震观测网络"项目等一系列国家重大地震科技工程，建成了包括1300多个测震台站和2900多个前兆测项的全国地震观测网络，实现了我国地震监测从模拟记录向数字化记录的跨越，地震监测能力显著提升，监测技术总体达到国际水平，绝大部分地区地震监测能力达到2.5级，人口密集地区达1.5级。自主研发了地震参数自动测定系统，攻克了地震参数自动测定"快"与"准"的重大技术难题，基于移动互联网、新媒体和大数据等新技术的应用，国内地震实现了 2 ~ 3 分钟自动速报和亿级用户服务。正在建设覆盖中国大陆，由 15000 多个预警台站组成的国家地震烈度速报与预警工程，将全面提升我国破坏性地震有效预警和烈度速报水平。

防震减灾法律体系建设日趋完善。近20年来，我们认真总结我国自然灾害应对，特别是防震减灾、抗震救灾实践经验和主要法律制度实施成效，分析存在的问题，开展法律制度体系设计，形成了由 1 部国家法律、5 部行政法规、7 部部门规章、41 部地方法规和 56 部政府规章组成的防震减灾法制框架体系和由 36 项国家标准、84 项行业标准、34 项地方标准组成的防震减灾标准体系，为防震减灾事业发展提供了重要保障。汶川特大地震后，及时修订了《中华人民共和国防震减灾法》，为科学有效防震减灾提供了更有力的法律保障。

"防为上，救次之，戒为下。"这是人类与地震灾害斗争实践反复证明的铁律。多年来，我国城乡震害预防体系逐步完善，先后颁布实施了五代全国地震区划图，全面消除抗震不设防地区，整体提升了国家抗震设防标准。大力推进重大工程地震安全性评价，加强城市活断层探测和地震灾害风险评估等基础工作，完成了 110 条大型活动断层和 96 个地级以上城市的活断层探测，特别是对雄安新区地震安全开展了全面深入的评估分析。积极推动城乡民居提升抗震措施，已建成地震安全农居2200多万户，惠及 6000 多万人。云南、青海、新疆等地开展了城乡民居地震巨灾保险。减隔震等技术在重大工程设施中得到应用。每年组织"平安中国"防灾宣导系列公益活动，推进防震减灾知识"进机关、进学校、进社区、进企业、进乡村、进家庭"。扩大防震减灾示范试点创建覆盖面，认定 4 个国家级防震减灾示范城市、19 个示范县、4129 个示范社区、5488 所示范学校。社会公众的防震减灾意识和能力不断提升。

多灾未必多难，地震灾害是不可避免的，但降低灾害风险、最大限度减少地震灾害损失是大有作为的。多年来，我国地震应急救援能力不断提升。制定和完善地震应急预案，全国共制定各级各类地震应急预案达 30 余万件，初步形成了"纵向到底、横向到边"的预案体系，为及时科学应对地震灾害、抗震救灾指挥发挥了重要作用。每年国务院抗震救灾指挥部都组织开展地震重点危险区应急准备情况督导检查，强化地震应急准备工作。组建了能征善战的应急救援队伍体系。2001 年 4 月 27 日，中国国家地震灾害紧急救援队正式成立，由时任国务院副总理的温家宝同志亲自授旗。这支队伍在汶川特大地震、玉树地震、印尼特大地震海啸、巴基斯坦大地震、海地大地震、日本特大地震海啸等 23 次重大地震灾害发生后的紧急救援行动中，受到灾民的交口称赞。特别是在国际地震灾害救援行动中，很好地诠释了国际人道主义精神，彰显了负责任大国的形象，以实际行动构建相互依存、休戚与共的人类命运共同体，赢得国际社会广泛赞誉。同时这支队伍的建设也为国家其他行业应急救援力量建设发挥了很好的示范引领作用。目前，全国已建成 80 多支、1.3 万余人的省级搜救队伍，数 10 万人的市县级搜救队伍，3000 多支、近 30 万人的地震志愿者队伍。建成了地震应急避难场所 1.3 万余个，总面积 4.7 亿平方米。中央、省、市、县四级地震救灾物资储备库体系已基本形成。此外，我们还扎实做好基层地震应急工作，不断完善基层地震应急组织管理体系、预案管理体系、保障体系建设，培训社区居民、基层官员、军人、急救医护人员、基层组织及志愿者，提升基层社会公众"第一响应者"的地震应急能力，努力夯实基层一线的救援力量。

2016 年 12 月，中共中央国务院出台《关于推进防灾减灾救灾体制机制改革的意见》，为防震减灾事业改革发展提供了重要指导。2018 年，党的十九届三中全会和十三届全国人大一次会议，作出了党和国家机构改革的重大部署，组建应急管理部，整合优化应急力量和资源，推动形成统一指挥、专常兼备、反应灵敏、上下联动、平战结合的中国特色应急管理体制，提高防灾减灾救灾能力，确保人民群众生命财产安全和社会稳定。这是我国防震减灾体制机制的重大变革，是推进国家治理体系和治理能力现代化的重大举措，对提高我国综合防灾减灾救灾能力、推进新时代防震减灾事业现代化建设具有重大而深远的意义。

在防震减灾工作取得显著进步的同时，我们也应该看到，随着经济社会的快速发展，城镇化步伐的加快，人财物集中度越来越高，地震灾害潜在风险日益加大。京津冀、长江经济带、珠三角等国家重大战略实施，使得降低地震灾害风险、维护社会稳定、保障国家繁荣昌盛，尤为重要、迫切。我们也注意到，经济发达地区近40 年未发生 6.5 级以上地震，我国西部地区仍处于强烈地震活跃时段。城镇化带来人口高度聚集、社会财富高度集中，经济社会对地震灾害的敏感性和脆弱性越来越高。我国大陆国土面积 58% 以上、将近 55% 的人口处于地震烈度 7 度以上地震高风险区，震灾风险远高于美国、欧洲等国家和地区。

我们还应当看到，人民群众越来越向往更加美好的生活、更加安全的生活空间，对减轻地震灾害的要求和期望也越来越高。面对当前存在的重救灾轻减灾的思想、防震减灾救灾体制机制与经济社会发展不适应等问题，广大地震工作者要勇于面对挑战，敢于担负重任，全力做好防震减灾各项工作。

三

中国特色社会主义进入新时代，我国社会主要矛盾已经转化为人民日益增长的美好生活需要同不平衡不充分的发展之间的矛盾。习近平总书记在党的十九大报告中强调："树立安全发展理念，弘扬生命至上、安全第一的思想，健全公共安全体系，完善安全生产责任制，坚决遏制重特大安全事故，提升防灾减灾救灾能力。"面对新时代新任务，地震工作必须有新气象新作为，新时代防震减灾事业发展必须以习近平新时代中国特色社会主义思想为指导，坚决贯彻落实习近平总书记防灾减灾救灾重要论述，始终坚持以人民为中心的发展思想，把防震减灾事业放在统筹推进"五位一体"总体布局和协调推进"四个全面"战略布局中去谋划和推动，更加注重灾前预防，更加注重综合减灾，更加注重灾害风险管理，更加注重发挥市场机制和社会力量作用，大力推进新时代防震减灾事业现代化建设，全面提升我国防震减灾综合能力和水平。

我们必须深刻认识我国防震减灾事业发展阶段，顺应人民群众日益增长的美好生活需要对防震减灾工作提出的新要求，紧紧围绕国家经济社会发展对地震安全保障的新需求，深刻分析现阶段防震减灾事业发展存在的突出矛盾和问题，抓重点，补短板，强弱项，着力解决好人民对美好生活需要同防震减灾事业发展不平衡不充分的矛盾。切实加强组织领导、健全体制，完善法律法规，推进重大防震减灾工程建设，加强地震灾害监测预警和风险防范能力建设，提高城市建筑和基础设施抗震设防能力，提高农村住房抗震设防水平，加大地震灾害管理培训力度，建立防震减灾和抗震救灾宣传教育长效机制，积极引导社会力量有序参与防震减灾活动，不断提升全社会防震减灾能力。

做好新时代防震减灾工作，需要社会各方面共同参与、共同努力，也需要自然科学工作者和社会科学工作者共同参与，需要专门防震减灾工作者和广大人民群众共同参与。马泰泉先生的这部优秀作品，诠释了社会科学工作者的强烈社会责任，是关注、参与、推动防震减灾事业发展的"助推器"和"宣传车"。

这部作品彰显了我国防震减灾事业始终坚持以人民为中心的发展思想，感悟了中国共产党全心全意为人民服务的根本宗旨。中国地震人是中国共产党人理想信念的坚定者、为人民服务的实践者。在历经一次次惨痛失败的过程中，却一直义无反顾地坚守着地震人的初心。面对一次次重大地震灾害，始终秉持"灾情就是命令，时间就是生命""人民至上""生命至上""只要有百分之一的希望，就要尽百分之百的努力"等坚定信念，排除千难万险，第一时间组织抢险救援，第一时间安置灾民，及时科学高效组织灾后重建。在地震灾害现场，临时党支部是抗震救灾不倒的红旗，每个党员都是冲锋在前的勇士；在急难险重的救援现场，地震人与人民子弟兵并肩作战，听从党和人民召唤，舍生忘死奋力救援，是灾区人民"最可靠的人"、是灾难中"最可爱的人"、是全国人民"最可敬的人"！

这部作品体现了社会主义制度在防震减灾和抗震救灾工作中的无比优越性，让读者更加明白，及时有效应对重大地震灾害，要靠党的领导举全国之力，发挥社会主义制度集中力量办大事克难事解急事、"一方有难，八方支援""全国一盘棋"的独特优势，增强中国特色社会主义道路自信、理论自信、制度自信和文化自信，坚定不移走中国特色防震减灾科学发展道路。

这部作品详细记述了多震灾国情和新中国防震减灾和抗震救灾可歌可泣的历史，让广大读者明白，我国地震多、强度大、分布广、震源浅、灾害重、损失大，小震致灾、中震大灾、大震巨灾，是我们面临的基本国情之一。虽然人类还无法预报地震，地震人始终坚持"地下搞清楚、地上搞结实、群众搞明白"的符合我国国情的防震减灾事业发展思想，最大限度地预防和减轻地震灾害造成的损失。我们也看到，这部文学作品对地震灾害极具冲击力的描写，能使读者的心灵受到很大震撼，更加增强防震减灾、提高防范地震灾害能力的意识。

这部作品展现了地震人职业特点和敬业精神，让广大读者了解防震减灾工作的重要性和职业特点。地震灾害作为"群灾之首"，始终对人民群众生命财产安全、对国家经济社会发展安全构成巨大威胁，防震减灾事业是一项关系国计民生的十分重要的事业。"宁可千日无震，不能一刻不防"。广大地震工作者在监测预报、防御预防、应急救援、恢复重建等工作中始终不渝地坚守岗位，从事地震预报研究的科学家任劳任怨、知难而进、坚守奉献，以"世界是可知的"哲学自信和"功成不必在我，但功成必须有我"的宽广胸襟，执着攻克地震预报难题。这部作品提到了许许多多坚守奋战在防震减灾一线的鲜活人物，在他们身上充分体现了任劳任怨、执着坚守、奉献牺牲的精神，呈现了地震人攻坚克难、负重前行的群像姿态。正如书中引用里克特的名言："从事这个职业的人一辈子别想获得鲜花和掌声，一路走来只有血汗和泪水。"

这部作品表达了作者对防震减灾事业的崇高情怀，让广大读者也体会到作者的敬业精神和责任担当。作者马泰泉先生为了完成这部著作，跋山涉水走过很多地方、采访过很多人、思考过很多问题，正如作者自己所说："也就在四年多的奔波采访和写作中，接二连三的悲痛降临头顶"——2006年被秋雨浇透的一个早晨，接到父亲病逝的噩耗；2007年11月初，又接到妹夫（这个妹妹家里的顶梁柱）突发心梗去世的噩耗；2008年，他处理完母亲的丧事，又匆匆出发，踏上了采访写作的征途。由此可见，《中国大地震》这部记录中华民族悲苦地震灾难的著作，是作者在自己接二连三失去亲人的巨大悲苦中完成的。马先生之所以能做到这一点，就在于他强烈责任感和使命感。阅读这部著作，我们对作者占有材料之丰富深入、记述之科学严谨又通俗生动而折服，为作者在著作中处处洋溢的对防震减灾事业的崇高情怀而感动。防震减灾战线上的每一位同志，都应该学习马泰泉先生这种赤子之情和敬业精神！

总之，这部作品，以文学家特有的视角和风格，多角度、立体化地呈现了新中国防震减灾、抗震救灾的历史脉络，有情怀、有担当、有反思、有考问、有臧否、有价值引领。对于大力提升全民防震减灾素质，广泛开展防震减灾科普和宣传教育，增强全社会防震减灾意识、提高公众防震减灾科学素质会起到积极作用，是防震减灾工作的重要内容。这部既具科学性、历史性，又具文学性的作品，记录、传播防震减灾历史、知识和价值理念，让防震减灾知识插上文学的翅膀飞进千家万户。

值此四川汶川特大地震10周年和第十个全国"防灾减灾日"来临之际，出版这部纪实文学作品，意义特殊，影响非凡。为此，我再次感谢马泰泉先生，感谢地震出版社，并真诚地向广大读者推荐这部优秀作品，以进一步唤发起全社会关心防震减灾事业、理解防震减灾事业、支持防震减灾事业，共享防震减灾事业发展成果，共筑安全、美好、幸福的生活大厦！

郑国光

二〇一八年四月 于北京

目录
Contents

第五章 ◀ 魔鬼藏在美丽风景后面

引　章　　探访中国地震的脉动

从邢台地震、唐山地震到汶川地震，猝不及防的灾难绞痛着人们的神经，谁能破解地震之谜？

中国，是世界上唯一把"地震预报"扛在肩上的国家。半个多世纪的探索历程告诉人们，地震预报绝不仅限于自然科学的范畴。不是希望造就了人类，而是人类自己创造希望。

人类之痛，世纪之问："生存还是毁灭？"在这里，你能听到石破天惊的大自然与人类命运之声的交响！

引 章 探访中国地震的脉动

1. 记住这个日子

是时间在那一刻的巧合，还是冥冥中造物主别有用意的摆布，2007 年 5 月，我们一行五人走进了川西高原，考察发生在 30 年前的松潘、平武大地震和发生在 70 年前的叠溪大地震。正是 5 月 12 日这一天，我们从成都出发，行至汶川映秀镇，已到午饭时分。

哦，映秀，多么美丽动人的名字！它让人想到许多美好的东西，想到泼辣伶俐的川妹子，想到山川倒映水中的旖旎江南……

浏览着云雾缭绕的秀美山川，我们走进一家临江餐馆，吃到了颇具岷江特色的鲜鱼和农家炖土鸡。春风满面的老板娘还特意在汤里放了石斛枫斗，这种药材十分名贵，被誉为软黄金，对身体大有裨益。美美一顿饭只花了 85 块钱，便宜得不可思议，大家都说这一手艺唯独映秀才有！——可是，谁也没有想到，这是我们在映秀的最后一次午餐，满目秀美风光也成了记忆中的定格。

其实，我们在映秀歇脚用餐的那一刻，一场毁灭性的大灾难就已悄然蛰伏在我们行走着的路上。据称相当 5600 颗广岛原子弹爆炸所产生的能量释放于汶川的大地震，就在映秀镇悄悄点燃了"导火线"，只是我们不知道。我们毫无察觉，千年不遇的特大地震，就在脚下这块地方、一年后的这一时刻，突然爆发——

公元 2008 年 5 月 12 日下午 2 点 28 分，北纬 31°、东经 103.4°，四川汶川县地下十余公里发生断层位移，引发里氏 8.0 级强烈地震。巨大的能量撕裂地貌，仅在短短 120 秒时间里竟然造成长达 300 多公里的大破裂。断层从映秀镇向东北方向的汶川北川一线，一直延续至青川广元一带，震灾面积达 50 万平方公里。断层穿过之处，山崩地裂，江河堵塞，道路通讯中断，人们赖以生存的家园瞬间夷为废墟，数百万生命被推到生死边缘……那一刻，九州齐悲，世界震颤！

时间不可逆转，只有记忆永存。

汶川大地震又一次在中国的大地上撕开一道深深的伤口。

都江堰、汶川、茂县、松潘、平武、北川、江油、绵阳、什邡……我们前一年考察往返所经之处，几乎都是极震区和重灾区。一场大毁灭后留下的只是惨不忍睹的废墟残骸。

大地震发生的那一时刻，我无法用语言来描述内心的悲怆、痛楚、震撼和揪心的惦念。肉体和灵魂都被撕扯得痉挛疼痛，却无法倾诉内心的哀思：腥风血雨中的汶川啊，有多少人于地震的瞬间陷进了永久的黑暗？又有多少人此时还在黑暗中惊愕着，挣扎着，呼喊着，企盼着……

我焦急地等待出发。

震后第二天，我随某集团军一支后勤特遣队奔赴成都，向极震区强力推进，直入汶川。直升机穿越深山峡谷，只见那原本秀美的山峦已变成狰狞面目，碧绿的植被骤然撕裂出一道道赤裸的伤口。群山在流血，流的是黄色浓稠的"血浆"，而剧痛的山脉默默无语。

我终于又一次来到了魂牵梦萦的映秀。眼前的惨状让我彻骨震惊：原先那个端庄温馨的小镇不见了，那个烹饪岷江鲜鱼和农家土鸡的临江餐馆不见了，那个春风满面、特意为我们在汤里放入石斛枫斗的女老板也不见了……一切面目皆非。

站在高坡上俯瞰整个小镇，是一片死样沉寂的瓦砾和废墟。两侧陡峭的山峦，崩塌的山体从山顶一直滑到山脚，滚落的巨石砸透楼房，堆积街上。原本世代生活的家园已成人间地狱，原本鲜活的生命竟然一个未见。我不能想象，山崩地裂那一刻，那些淳朴可爱的映秀人，在罹难的最后时光经历了怎样的恐怖和绝望？当震魔导演的大断裂大毁灭降临时，他们付出了何等惨重的代价，演绎出怎样的人间悲剧？

大自然再一次向人类展示了无与伦比的破坏力，而人类在它面前竟是何等的脆弱！

记住"5·12"，记住这个刻骨铭心、血泪交融的日子……

2. 心灵的拷问与煎熬

说起来，我闯入地震科学这个神秘而又神奇的领域已有四年之久。到汶川大地震发生时，我已造访了国内 16 个省市、自治区——其所辖区域内，自新中国成立以来皆发生过较强地震或破坏性大地震。譬如河北的邢台、唐山，辽宁的海城、岫岩，云南的龙陵、丽江，四川的炉霍、松潘，新疆的乌恰、伽师，以及江西的九江、瑞昌和上海的南黄海，等等。考察的目的，是要追寻自邢台地震以来中国防震减灾的真实情况，尤其是要探求一个大家十分关注的话题——中国地震预报半个世纪的成败与得失，并将真相说与世人。

人类不能不为光阴的飞逝而慨然。转眼之间，邢台地震已过去 50 多年，唐山地震也已过去 40 多年。然而，在中国人的记忆里大地震的景象恍如昨日，人们有理由追问：

——有多少地震秘密到现在还不为人知？这其中又有怎样的教训和启示？

——当今中国是哪些人在探求地震奥秘？他们是怎样的一批人？他们心灵深处又潜藏着多少不为人知的秘密？

——地震预报，尤其是"短临预报"，是人类尚未攻克的难题，究竟难在哪里？中国目前对地震的探索与研究发展到了怎样的阶段？在国际上处于怎样的水平？

——像邢台和唐山那样的大地震还会不会发生？一旦发生，中国的地震专家能否"事先给大家打个招呼"？

——大地震突然来临时，人们应该如何有效地逃生与救助，以最大可能地减轻地震给人类造成的损失？

⋯⋯⋯⋯⋯

几十年来，这一连串的问号一直在人们脑海中盘桓，乃至时常作为茶余饭后的"拼盘"评头论足，不想"5·12"汶川大地震又发生了。震惊之余，人们的团团疑惑又笼罩了一层阴影：

——为什么汶川会发生如此强烈的地震？之前就没有一点儿征兆？

——1975 年的海城地震为什么能够预报成功？难道是"瞎猫撞上了死耗子"？

——1976 年的唐山大地震没有报出来，30 年后的汶川大地震怎么又没有报出呢？难道中国地震预报水平几十年间一点儿长进都没有？

——汶川大地震发生一个月后的 6 月 14 日，日本发生 7.2 级强烈地震，日本地震专家提前 10 秒钟发布了预警，这意味着什么？

——中国的地震专家怎么就做不到？哪怕提前 5 秒钟，甚至 1 秒钟，甚至与地震发生的同时发出个预报，也说明你们有水平啊！难道你们是白吃干饭的吗？

——说严重一点儿，是地震局失职！

——说干脆一点儿，把地震局砍了算啦！

…………

一时间，网络等媒体上出现了众多质疑，指责、讽刺、嘲笑之声不绝于耳，甚至风传地震局为了社会稳定和确保北京奥运会安全，有意隐瞒震情，云云。

可想而知，那许许多多"吃地震饭的人"，在汶川大地震发生后的这些日子里，经受着怎样的心灵的拷问与煎熬？！

事实果真如此吗？

3. 跋涉于历史与现实的山川

挥泪惜别香消玉殒的映秀，我又急急入禅般坐定下来，加紧翻阅两年多来收集的整整 6 纸箱重达百余公斤的珍贵资料，梳理 26 本采访笔记和 60 余盘录像光碟。一次次大地震的画面在眼前隆隆而过，如击来的大浪，数不清的人物、故事、熔化着，又凝固成一片片岩石森林。我只想投身进去，哪怕变成那岩石上的一粒砂岩或一个棱角。然而我得时时提醒自己：你的角色是忠实地描述他们，描述！

在此之前，我对地震学知之甚少，对"地震"这个字眼也像无数常人那样有一种诡秘莫测的神秘感和恐惧心理。同时，我又对地震科学家们怀有敬畏之心、仰慕之情，知道他们做的是人命关天的大事，国家把人民的生死安危托付给了他们。

记得 50 多年前我上小学时，一天正上课，忽听教室房梁吱吱作响，课桌也随之摇晃，就听老师大喊："地震了！快钻桌子下面！"好在有惊无险，不久便知道了，远在几百公里外的邢台发生了地震。学校号召捐款，我和同学们每人捐了一块钱，这在当时可不是小数，尤其是对我们这些农村小学生而言。唐山地震时，我和我的战友们正在燕山深处某国防战略工地打坑道，地震发生在凌晨，人在山洞里只觉得像被卷进搅拌机的转筒里旋转，大家纷纷倒卧在地，震落的碎石把头盔砸得当当直响，后来听说唐山被夷平了，一片废墟……这就是我的全部地震阅历。

回眸 20 世纪，人类在经受了两次世界大战和大大小小的局部战争带来的灾难以外，遭受危害最惨痛的自然灾难，恐怕就是一次又一次的大地震了。据统计，已有上百万人遇难。现在，我们走进了 21 世纪，战争仍然在地球的某些地域、海域或空间没完没了，而地震，也仍然在按照其自身运动的规律我行我素：

2001 年 1 月 26 日，印度古吉拉脱邦发生里氏 7.6 级大地震，死亡三万人……

2001 年 11 月 14 日，中国昆仑山口发生里氏 8.1 级大地震，引发雪崩……

2003 年 12 月 26 日，伊朗巴姆发生里氏 7.0 级大地震，41000 多人遇难，具有 2500 年历史的古城被毁灭……

2004 年 12 月 26 日，印度尼西亚苏门答腊岛西北近海发生里氏 9.0 级大地震，并引发海啸，造成印度洋周边各国空前大灾难，死亡超过 30 万人……

2005 年 10 月 8 日，南亚巴基斯坦大地震，死亡 9 万人……

2008 年 5 月 12 日，全世界的目光又都转向了中国四川——汶川。这次特大地震，其威力和破坏强度在世界地震史上亦属罕见。当人们在电视屏幕上看到那个三岁的孩子郎铮，挣扎着举起稚嫩的右手，向救出他的解放军官兵敬礼时，几乎每一颗心都为之颤栗。也就在这一时刻，一个正在流血流泪的中国，忘掉了身上的苦痛，从孩子那充满感恩与期盼的眼神里，我又一次看到了人类对于自己、对于生命的呼唤。

面对一个又一个袭来的震殇，人们在惊愕、惶恐之中向冥冥苍穹发问：旋转了 45 亿年的这个地球，如今怎么又频频以这般"自残"的方式向人类发泄自己的"情绪"？且对自喻为"万物之灵"的人类不屑一顾？难道是因为他们中的一些分子不懂得自珍自爱？或是因自作聪明而造孽深重、不知悔改？！

2010 年 1 月 13 日，海地首都太子港发生里氏 7.3 级强烈地震，震源深度 10 公里。海地政府于 2 月 10 日确定的地震死亡人数为 21.7 万人，其中有中国 8 名维和警察在这次地震中不幸遇难；2 月 27 日，智利发生里氏 8.8 级特大地震，其能量是海地地震的 800 倍，震源深度 33 公里，地震波及范围达数千平方公里，并引发海啸。智利总统巴切莱特 3 月 3 日向媒体发布，地震以及由此引发的海啸已造成 799 人死亡；4 月 4 日，墨西哥下加利福尼亚州发生里氏 7.2 级地震，逾百人伤亡；4 月 6 日，印度尼西亚苏门答腊岛再次发生里氏 7.8 级地震；4 月 14 日，中国青海省玉树藏族自治州发生里氏 7.1 级地震，造成 2698 人遇难，270 人失踪……

2011 年 3 月 11 日，日本东北海域发生里氏 9.0 级特大地震引发海啸，根据后续调查表明海啸最高达到 24 米，沿海数百个市镇、村舍被摧毁淹灭，造成 25000 余人死亡与失踪；受地震和海啸重创的福岛核电站 1 至 4 号机组相继发生爆炸、核燃料泄露，核辐射引发世界恐慌。据美国国家航空航天局收集的资料，这次强震使日本本州岛向东移动大约 3.6 米，地轴移动 25 厘米，使地球自转加快 1.6 微秒。日本国土地理院宣布，位于震中西北部的宫城县牡鹿半岛向震中所在的东南方向移动了约 5.3 米，同时下沉了约 1.2 米，这是日本有观测史以来最大的地壳变动记录……

……

惶恐，惊惧，哀伤，悲泣，地震的威胁不断拨动人类的神经：难道地球的末日真的来临了？

人类进化旅程中，我们居住的这个地球到处都会发生地震，但不是到处都会发生大地震；地球上每天都有地震，但不是每天都有大地震。有的地震强烈到可以震撼山岳，造成极大的破坏和损失；有的地震则极其轻微，单凭感官觉察不出。全世界每年发生可记录的地震 500 多万次，其中有感地震 5 万次，造成破坏的近千次，而 7 级以上，足以造成惨重破坏的强震，每年平均要发生十余次。以"地球板块漂移说"的观点来看，人类今天生存、繁衍的七大洲，就是在远古时代一系列强烈地震中碰撞、断裂、漂移而形成的，人类也在这山摇地动中诞生，随之演义出女娲补天、大禹治水乃至诺亚方舟之类中外神话。地震的历史比人类的历史古老而久远，只要地球存在一天，地震就时刻威胁着人类。

那么，再来看看中国。

中国多灾。960 万平方公里的广袤疆土，是大自然变幻莫测的舞台。这里有世界上最高的山脉，也有世界上最低的盆地。它三面为高原所屏障，一面濒临大海，纵贯寒带、温带和热带。其大陆地势由西向东呈三级巨大台阶，大气环流极地高压与副热带高压此消彼长，飓风的南来北往，海潮的滔天巨浪，还有超长时段冷暖骤变的束缚与放荡，致使中国的气象灾害、海洋灾害频繁发生。而中国大陆架正处于强烈宏大的环太平洋地震带与地中海至喜马拉雅地震带交汇部位，这就造成地壳活动剧烈非常，又使得中国地震与地质灾害突出严重。"烨烨震电，不令不宁；百川沸腾，山冢崒崩；高岸为谷，深谷为陵……"早在两千多年前，中国人在《诗经·小雅》中就留下了如此壮阔的地震景观，同时也把地震的突发性及其破坏力极其生动地记载下来。中国历史上最大的地震灾难记载于明朝《嘉靖实录》：明世宗嘉靖三十四年十二月（公元 1556 年）"壬寅，是日山西、陕西、河南同时地震，声如雷，鸡犬鸣吠。……或地裂泉涌，中有鱼物，或城郭房屋陷入地中，或平地突成山阜，或一日连震数次。渭河泛涨，华岳终南山鸣，压死官吏军民奏报有名者八十三万有奇。"
中国古籍所记载的地震，首推《太平御览》，载有自周至宋发生的地震事件 268 条；
明《永乐大典》、清《古今图书集成》内，都辑有地震事件。东汉太史令张衡于顺
帝阳嘉元年（公元 132 年），创制了世界上第一台观测地震的仪器——候风地震动仪，
用它来测定地震的方位，"寻其方向，乃知震之所在。"它比国外地震仪的发明大
约早 1700 多年，可惜的是，公元四世纪初，这台仪器于西晋永嘉之乱中散失，成为
至今未解之谜。

自古以来，中国人把地震与水、旱、风、虫、雹、瘟疫并称为七大自然灾害，
地震乃七害之首。仅从二十世纪初到 2008 年，中国境内发生 6 级以上地震就达 652 次，
其中 7.0 级—7.9 级地震 98 次，8 级和 8 级以上地震 11 次。据统计，从二十世纪初
到 2012 年，全球发生 7 级和 7 级以上地震共 1295 次，其中发生在中国的有 109 次；
而在大陆地震中，中国大陆地震约占全球大陆地震的 29.7%。还应指出的是，中国
大陆地震大多发生在 10—25 公里的深度范围内，由于震源浅，建筑物抗震性能差等
原因，发生在人口稠密区的强震大都造成惨烈的灾难。

"多难兴邦"——这是共和国第一任总理周恩来在新中国成立不久的 1949 年
12 月 23 日，针对自然灾害不断发生做出的指示。于是，就有那么一批人集合在这
一精神旗帜下，在雄浑无际的山脉和湍流险恶的渡口赶路，在空寂的山林和茫茫旷
野的露宿中聆听，在大漠孤烟人迹罕至的台站常年累月地坚守……要以他们的奉献
精神和科学的实干揭开大自然神秘的面纱。虽然那个年代，政治的酷热正在升温，
人们对"业务挂帅"、"白专道路"、"臭老九"、"反动学术权威"之类讳莫如深，
莫须有的罪名随时可以招来祸殃，他们不得不小心翼翼地"夹着尾巴"做人做事，
如履薄冰，但他们却有着中国知识分子独具的风骨：才华可能被抛弃，意志可能被
撕裂，灵魂可能被阉割，脊梁可能会弯曲，甚至肉体也可能被消灭……然而，摧毁
愚昧和迷信的武器操在他们手里，打开大自然奥秘之门的钥匙握在他们手里。把人
类生命的尊严与道义担在肩上的正是他们，把科学的甘露洒向大地唤醒"沉睡的东
方雄狮"的正是他们！

历史可以遗忘，唯有风骨长存。

在这个世界上，中国——是唯一把"地震预报"扛在肩上的国家。于是，就有
了以邢台地震为发端，开创大规模地震科学研究和地震监测预报的先河，就有了辽

宁海城地震预报成功登上辉煌顶峰的世界先例，当然也有唐山大地震短临预报失败落入黑暗低谷而留下说不完道不尽的是非功过、悲怨情愁……

我听着他们的故事，听着他们数十年如一日的成功预报地震的梦想，我仿佛闯入了一个殉道者的集团。一位亲历唐山大地震预测全过程的老专家这样对我说：没办法，命中注定你跟地震打交道，也就注定你要付出一辈子的牺牲，甚至要背一辈子的骂名！

他说，他的同事贾云年等6人在考察唐山地质时在大地震中殉职，30年后才被追认为烈士……

他说，有一位女科学家，她把毕生的精力和心血倾注在地震监测预报事业上，并为此做出了重要贡献，可她却是一位遭受到诸多非议、充满悲剧色彩的人物，她是我们这个队伍的代表……

他的声调低缓而平淡，但眼睛里却凝聚着灼灼的光亮，面色也平静若水，他一支接一支地抽烟，缕缕烟气宛若缠绕山间的岚烟，久久不散。他接着说，广大民众之所以对地震预报抱有厚望，是因为人们普遍相信地震是可以被准确预报的，而这种信心——也可叫做"依赖心理"，在很大程度上来自于我们1975年对海城地震的成功预报，人们皆大欢喜，举国同贺，这就让人误以为中国的地震专家已掌握了地震预测技术，即使次年发生唐山地震的大悲剧，人们仍然以为那一次只是地震部门的失职、渎职、犯罪，直至40多年后的今天，还有人在拿着收集到的"证据"向地震局、向某某地震专家讨还血债，甚至把唐山遇难同胞与当年日本法西斯制造的"南京大屠杀"相提并论，提出要法律公诉和国家赔偿。

据说，中国历来自称能准确预测地震的"大师"着实不少，在世界上大概首屈一指。而他们预测地震的"法术"也是五花八门："太极序列"、"阴阳大衍地震考"、"地震云观象说"……他们中不乏真挚之人，有的为创立自己的"学说"求索了大半辈子，甚至有的耗尽了毕生的心血。

也正是由于这些"大师"之多，预测的次数也太频繁，碰巧有人预测出了某次大地震，人们也就不感到奇怪了。这不禁让人联想到那个"狼来了"的寓言故事。而这类地震预测术就像卜卦算命术一样，难道因为有人蒙对或碰准了一次，就真的把他当大师，就攻克了这个世界性难题了吗？

据中国地震局的相关信息：他们每年都会收到上百份甚至更多的"预报卡"，有报5级的、6级的，也有报7级以上的。哪一天某地真的发生了大地震，总有人说他曾做过准确的预报，而这样的"预报"，又怎能向全国发布？

中国地震预报 50 多年的曲折历程告诉我们，地震的影响绝不仅仅限于自然科学范畴。地震预报也绝不仅仅是一个科学行为，而具有社会行为的种种特征。成功的预报固然会带来减少伤亡和损失的良好社会效益，错误的预报也肯定会给社会造成不该有的甚至不堪设想的损失。即使在地震预报过关后，仍然有一个预报行为如何规范、预报意见发布后社会如何行动的问题。而在当今地震预报远远没有过关的情况下，如何处理好地震预报作为科学的探索实践与社会需求之间的矛盾，就更加尖锐地摆在人们面前。

大自然有着远比人类更宏阔的生命节律。从邢台地震、唐山地震到千年不遇的汶川特大地震，大自然一次又一次为人类敲响了警钟。今天它展现给人类的难题之一，依然是那个古老而年轻的命题——谁能破解地震之谜？

伤痕累累的汶川，留给我们太多的忧思：地球之痛。人类之痛。它像一柄达摩克利斯剑，高悬在人类的头上，而我们却不知道它会在哪一天的哪个瞬间落下！

有科学家说，地震，只是地球的一声叹息。

啊，人类唯一能依赖的地球，你叹息什么呢？

一种形象的解释是：地震是地球在太空中运动时必然要发出的"吱嘎"之声。这种震动和声音是地球对人类意味深长的提醒：地球需要保护，需要爱。在浩茫宇宙中，只有地球才是人类唯一共有的家园。

可是，忙忙碌碌的人类几曾关心过它，爱抚过它？这个在浩茫宇宙中孤独行走45 亿年的小小星球，已经明明白白地成了人类意志的对象。

1969 年 7 月 21 日格林威治时间 2 时 56 分，美国"阿波罗 11 号"的宇航员阿姆斯特朗的脚踏上了月球——这是人类第一次登上月球。阿姆斯特朗走下舷梯后宣读登月宣言："我，哈勃·威尔逊，以全人类的名义宣布：月球不属于哪一个国家，而是全人类的共同财富。"稍稍停顿后，他又接着说了一句意味深长的话："我们为和平而来。"

此时，卫星转播突然中断。因为原先拟定的登月宣言是："我，哈勃·威尔逊郑重宣布：美利坚合众国拥有对月球的领土主权！"

是什么景象、什么力量促使美国宇航员擅自更改了登月宣言？

回到地球上的宇航员告诉人们，在宇宙深处有一个无数恒星组成的漩涡状的星系，那就是银河系。与别的星系相比，它只是中等规模，然而其幅度之广阔足以令人类头晕目眩：它的发光圆盘的直径为 8 万光年，中心突起部分的厚度为 15 万光年。而人类寄居的地球，却置身银河系的边缘。它显得迷茫而且孤独。在数以 10 亿计的芸芸众星之中，它实在是一颗微不足道的小小星球。它带着它的伴侣——月亮，在宇宙空间旋转运行，以每分钟 1770 公里的速度绕太阳公转，而太阳又以每秒 240 公里的速度带着地球在银河系中疾驰。这是何等瑰丽而惊险的转动！可是，又有谁能比生活在地球上的人更知道地球的神奇呢？我们的心智以及律动都离不开地球和天宇的支配。我们愈是深入探索事物的根源以显示人和技术的智慧与力量，但却愈来愈与它的本质背道而驰。有科学家惊呼：我们的权力与征服，已经能使地球上的一切达到自我毁灭的程度！人类拥有的核武器足以毁灭地球一千次！

从对地球的开发到对太空的竞争，人类当然可以说，这是科学的胜利，但其实质却更是人类世界的恐慌。人类在不肯放下互相残杀的武器的同时，更加肆无忌惮地对地球宣战。人类的功利刀斧已经把地球瓜割得伤痕累累，各种资源所剩无多，环境污染日趋恶化，地球人面临着空气、水源、土地和粮食的黯淡前景，这是何种意义上的人类之痛！

宇航员告诉我们：人类的欲望让地球千疮百孔之后，再逃往月球和其它星球重复地球上的一切，那么人类到底想扮演一个什么角色？难道人类的使命就是为了占领一个星球、毁灭一个星球？

这就是人类憧憬和向往的未来吗？

人类走到 21 世纪，一个令人困惑的问题出现了：天上摘星逐月、地上楼宇林立、时空网穿梭的科技日益尖端的今天，人们对地球相关知识的忽略与无知，已经很难用文盲和落后作一般性的解释了。此种忽略、无知，同样出现在有知识的人或倡导理性的人或国家首脑的身上，其本质是人类在掠夺的心态下对地球的钻探，其目的是"人定胜天"把大自然占为己有，而绝不是知识的贫困和地域的落后。其结果是——

人类占领了地球，一切为我所用；

人类忽略了地球，无知泛滥成灾。

天上，导弹、卫星、火箭、飞船向大气层、太空、星空推进……

陆地，沙漠向农田推进，农区向牧区推进，牧区向林区推进，林区向冰川、雪线推进……

海洋，捕鲸船向深海推进，石油开采向海底推进……

　　这一切推进的叠加，看似一层一层揭开了大自然神秘的面纱，其实都是对地球完整性的撕裂和粉碎。自然界那些神秘幽深处，大都是人类文明中曾经辉煌一时的最广漠、最遥远的发祥地。

　　已经有一种声音，在这个世纪游荡了：人类啊，你们要悔改！龟裂的农田里秧苗枯死的呻吟，你们听见了吗？沙尘暴摧残万物的嘶鸣，你们听见了吗？洪水泥石流瞬间毁灭生灵的呼救，你们听见了吗？雪花洒落在消融的冰川上那凄婉无助的绝唱，你们听见了吗？

　　还有地震，地震是人类最可怕的灾难。地球在宇宙大爆炸中分娩诞生，从此便在太空的浑浊冥暗、动荡不宁中孤独旅行。各种强大的力量都在对它发生作用，有来自外部的攻击，有来自内部的争斗。它最不理解和忍受的是，人类对地球的忽略和掠夺，不把地球的命运看成是人类共同的命运。

　　地球发怒了。一次次撼天动地的大地震，时而由地震引发的海啸，正是从地球内心深处爆发出来的撕肝裂肺般的呐喊！

　　历史不是剧本，事实是历史的勋章，因为真实才赋予它生命。要探访中国地震的"脉动"，对地震预测的梦想与现实有所了解，唯一的途径是把一个一个的问卷装进大脑和行囊，整装出发，踏着岁月尘封的故道，跋涉于历史与现实的山川……风雨沧桑，峰回路转，万象杂陈，思绪如麻。相信吧，亲爱的读者朋友们，当你擦去脸上的汗碱和泪痕，你会感到和我一样参加了一次万里征程，你的情感，我的情感，千千万万罹难同胞的情感——思痛凝聚的巨大情感，会彼此冲撞，那一刻的震撼将无法形容。

　　在这里你不仅能读懂大地的震撼，也会感受到心灵的震撼。这里记述的是一部饱蘸血与泪的人类求生存的悲壮史诗，一部石破天惊的大自然与人的命运交响曲……

第一章　　邢台，废墟上筑起的里程碑

1966 年 3 月 8 日，河北邢台发生 6.8 级地震。燕赵啼血，华夏震惊！周恩来总理三赴灾区，做出重要指示：希望能在你们这一代解决地震预报问题。

殷切嘱托，生死牵挂，中国地震预测预报事业就此拉开了序幕。

投身探索之旅，不管脚下的路多么艰辛坎坷，总有人不屈不挠地作光明行——那是要把自己有限的一切都奉献出去的殉道情怀。你如果没有这样真正的爱过，你就不会理解什么叫牺牲。

第一章　邢台，废墟上筑起的里程碑

1.大地震猝发人口稠密地区

冀中平原是燕赵大地辽阔的胸膛。

10万年前的海浪，曾在这里摇撼着太阳这颗宇宙间骄傲的恒星，拍抚着从大海深处生长出来的珊瑚礁、海藻、贝类和鱼类……而此时，躁动不安的地球正经历着一场幸福而痛苦的分娩——古海沉沦，新陆崛起，海底在急剧升腾中推拥、褶曲、黏接，挤压出厚厚的新生代陆地。紧接着，它在隆重的地壳运动中颠覆、碰撞、断裂，沉降为年轻的洪积冲积平原——就这样，它用了10万年的孕育和滋养，迎接了"北京猿人"时代的到来，华夏祖先从此就在这片土地上生息繁衍……几千年还是几万年了？这片土地似乎一直保持着男耕女织、稼穑自食的田园风光，素有"粮仓棉海"之誉。

然而，岁月走到公元1966年春天，一场由大自然"蓄谋已久"的灾难猝然降临这片平原上的邢台大地：3月8日5时29分14秒，河北省邢台专区隆尧县一带发生里氏6.8级强烈地震，顷刻间，人们赖以生存的家园被夷为废墟……当受难的人们尚未从震灾剧痛中挣脱之时，地球再次向这片土地发难施威：3月22日16时19分46秒，宁晋县一带又发生里氏7.2级强烈地震。两次地震灾难叠加，至深且巨，8064人殁于瓦砾，38461人罹灾致残，房屋倒塌508万余间，560多万人受灾。两次地震的震中烈度分别达到9度和10度，造成地面裂缝、塌陷、隆起、喷水冒沙，大面积良田被毁，道路开裂，桥梁垮塌，交通、通讯中断……

燕赵啼血，华夏震惊。

这是中华人民共和国成立以来首次发生在人口稠密地区的大地震。

强烈的震撼波及到河北省100多个县市，受灾面积达10余万平方公里；有感范围延伸到河南、山东、安徽、山西以及北京、天津、内蒙古自治区……这一广大区域的人们都感到了脚下土地的颤栗。

强烈的震波惊动了北京，惊动了中南海，惊动了共和国第一任总理周恩来——

3月8日这一天，正逢总理办公室机要秘书赵茂峰（后任国务院办公厅秘书局三组副组长、国家计生委办公厅主任、中国人口福利基金会秘书长等职）值班。和往常一样，日理万机的周恩来总理一直工作到凌晨3点多才休息。赵茂峰见总理休息后，适才轻轻回到自己的床铺躺下。刚要入睡，就听到值班室的玻璃窗哗啦哗啦作响，赵茂峰以为是通讯员来送紧急文件敲窗子，便习惯地对着窗口轻轻地"嘘"了一声，说："喂，轻点敲，总理刚躺下！"又随手把台灯拉亮，把窗户上的小门打开，却好一会儿不见外面有人影。

赵茂峰暗自笑了笑，摇摇头，再要躺下，突然感到床铺有些颤动，地板也在颤动，伴随一阵"呼——呼——"的声音，像是起风了。抬头看着天花板，吊灯来回摇晃不止，他马上意识到发生地震了。因为他知道，3月6日他的家乡宁晋一带发生过一次5.2级地震，造成一些房屋倒塌和人员伤亡，宁晋县委已分别向邢台地委、河北省委和国务院作了电话汇报。周恩来总理对此极为重视，要国务院秘书长周荣鑫迅速将这一地震信息通报中国科学院，并要求其严密监视这一带的地壳活动。与此同时，中国科学院地球物理研究所也接到了北京白家疃地震台关于邢台3月6日发生的震情报告。地球物理所遵照国务院指示，及时研究了邢台地震趋势，随即决定派出一支地震科考队，赶赴宁晋地震现场，监测震情……

难道家乡又发生了更大的地震？赵茂峰立刻给国务院办公厅挂通电话，请他们迅速了解哪里发生了地震，以便向总理报告。国务院办公厅值班室的同志说："我们正在向有关部门了解，现在还不清楚地震发生在哪里。"

话音刚落，周恩来就打来电话："小赵，快查问哪里发生了地震！"

赵茂峰报告说："办公厅值班室的同志正在查询。"

周恩来意识震情严重。他立即要他的军事秘书周家鼎（历任北京市委秘书长、军事科学院政治部主任、国防大学纪检书记等职，中将军衔），通知总参谋部和国务院办公厅，尽快查明地震方位、震级、震中区、人员伤亡、铁路水库安全等最急需了解的情况，迅速上报；并责成总参谋部通知当地驻军，立即做好开赴地震灾区的应急准备。

部置完毕，周恩来走到中华人民共和国地形图前，举目巡视冀中平原那片极为"敏感"的区域，凝神沉思。从宁晋县委电话汇报的情况来看，是否说明着此次地震就发生在他们那个近来小震不断的地带？仅3月6日这一天内，那里就连续发生10余次有感地震，最大的一次是5.2级，已经造成一些房屋倒塌和人员伤亡。要是发生更大的地震，造成的灾难性后果该是多么严重啊！

他关切地问赵茂峰："小赵，近几天收到家里来信了吗？"

赵茂峰回答："还没有。"

周恩来说："能及时了解到你家乡的情况，我们大家也就放心了。"

赵茂峰激动地说："谢谢总理关怀。如果没有什么意外，我想会很快收到家里来信的。"此时此刻，这位来自宁晋东汪乡、已在总理身边工作了10年的农民儿子，眼睛里已噙满热泪。

周恩来又将凝重的目光投向办公桌上的电话，对赵茂峰说："给宁晋县委挂电话，看能否打通。"

"好！"赵茂峰马上要总机通过长途台联系宁晋县委，一旦接通，立刻转来。

共和国的总理焦急地等待着地震灾区的消息，机要秘书两眼紧盯着办公桌上的电话……

当时的中国，监测地震活动的台站很少，地震灾区通信线路遭受破坏后，地震情况不能立即查清。而当时从事地震研究的科学家更是屈指可数：北京鹫峰地震台台长李善邦，当代中国地震学家傅承义，还有中国地球物理事业开拓者顾功叙等人，均已年近花甲。他们或是搞测震和地球物理研究，或是通过研究地震波来探索地球内部的奥秘，并没有直接从事地震预报的研究。

和平年代或大自然相对平静的日子里，人们往往会把"居安思危"的警觉和职能忽略。1955年夏天，苏联援建中国205项工程，在选址时需要考察历史上发生地震的情况，于是与长期地震预报有关的地震烈度鉴定工作才匆匆上马。当时人们的眼睛还只是盯着历史，而现实总的来说是平静的。新中国成立以来，除人烟稀少的西藏察隅 1950 年 8 月 15 日发生过一次 8.6 级地震，还有西藏当雄 1951 年 11 月 18 日发生过一次 8 级地震且均未造成重大伤亡外，中国大陆，特别是东部，几乎没发生过造成灾害的地震。直到邢台地震发生，人们才被地震的现实危险惊醒……

此时天已大亮，邮电部和铁道部先后报告：石家庄—邯郸之间的有线通信中断；铁路桥梁遭受破坏，京广和京沪线在河北区间已受阻停运。

紧接着，总参谋部和河北省政府先后报告：邢台地区发生强烈地震，隆尧等县房屋倒塌很多，人员伤亡严重。

中国科学院地球物理研究所也报告：震中在邢台地区隆尧县一带，震级为里氏 6.8 级。

得到上述报告后，周恩来立即要军事秘书周家鼎下达两道命令：一、通知总参谋部，要北京军区驻石家庄和邢台地区部队及河北省军区，立即出动，携带急救药品、担架、帐篷和抢险救灾工具，赶赴震中地区抢险救灾；二、要空军司令部准备两架直升飞机待命，随时供总理赴灾区视察灾情。

2. 县委书记"上奏"，引来一支神秘的队伍

邢台地震以一系列逐步升级的小震活动为先导，最终演变成 3 月 8 日的大灾难。

3 月 2 日，时任宁晋县委书记的赵安芳正忙着组织打井。去冬今春，邢台地区出现历史上少有的大旱，邢台专署号召各县打井抗旱。赵安芳亲自担任宁晋县打井抗旱指挥部总指挥，并组织人马在东汪乡打出一口 150 多米的深井。就在这时，井下作业人员发现井底水翻花冒泡，并发现井周围有抖动迹象，泥土直往下掉。情况反映到指挥部，赵安芳感到不安。耳听为虚，眼见为实，赶紧就跑到现场查看，果真如此。是不是要闹地震了？他要大家提高警惕，发现异常马上撤离。

此事传到正在宁晋县搞"四清"的工作队那里，工作队领导却不相信，认为这是"阶级斗争新动向"，要追查。赵安芳说，你们不下去怎么追查？只有到下边去，到现场去，才能追查到事实的真相。

此后两天，地动的范围仍在扩大，人们议论纷纷。赵安芳就向邢台专署打电话汇报情况，且"上奏"专署领导：这井打着很危险，闹不好会有大地震发生！但专署领导不大相信，说宁晋县打井的进度太慢了，就是被"要闹地震"的谣言给闹的，为确保打井进度，要追查谣言，追查到谁头上就要严肃处理！赵安芳说，追查吧，

追到我头上，就把我这乌纱帽拿来当"尿憋子"（尿壶）好了！

赵安芳仍放心不下，就让县委办公室副主任张任海去找东汪中学的地理老师询问。地理老师说，本县所辖之地古时称为"宁晋泊"，曾发生过大地震，县志上应该有记载。于是，赵安芳让秘书李敬森找来县志。果然，县志里记载着700多年前这里曾发生过大地震，震中区就在东汪和耿庄桥一带，还称震时"黄土弥日，天塌地陷，尸骨遍野……"

赵安芳决定，再次"上奏"邢台地委和专署，说宁晋各打井队都有反映，一连几日地动不止，人工架打井（当地俗称"猴爬杆"）很危险，说不定啥时候"土地爷"给你来个大点儿的"动静"，就会水井坍塌，人被埋压，这可是人命关天啊！

他即刻召开紧急会议，研究安全措施，明确指出：打井指挥部兼管防震工作，一有地动，马上捞人收家伙，不能丢下一个阶级兄弟落到井里不管死活！

赵安芳后来曾写回忆文章说：当时全县有70多盘人工架打井，一声号令，全都提高了警惕，准备好了应急抢险工具。特别是东汪镇和耿庄桥，还专差派人昼夜值班，一旦发生险情能够及时抢救。

3月6日，小地震突然蜂拥而至，一天内连续发生2级以上地震22次，其中4级以上地震7次。当日8时12分19秒，宁晋耿庄桥至隆尧毛儿寨一带发生了5.2级地震。据《邢台地震史料》记述：此次地震共倒塌房屋526间，近2000间房屋出现大裂缝，砸伤18人，死亡3人……当地群众人心惶惶，如惊弓之鸟。

"还得上奏，这回不怕你不信！"当日，赵安芳向邢台地委、河北省委和国务院作了电话汇报。

与此同时，中国科学院地球物理研究所也接到了北京白家疃地震台关于此次5.2级地震震情的报告。地球物理研究所根据国务院和中科院指示，由所党组代组长、副所长谷景林主持召开会议，研究分析邢台震情，决定派出以李凤杰为队长、杨玉林为副队长共12名科技人员组成的地震科考队，连夜准备各种仪器等设备，于3月7日晨7点乘火车赶往邢台。

下午2时，科考队到达石家庄，与先期到达的河北省地质局两名科技人员会合，除派杨玉林、林邦慧二人直接到邢台市向邢台地委汇报联系外，其余人在李凤杰率领下直奔宁晋，于7日深夜11点赶到耿庄桥，设立了地震观测点。

一些晚睡的和轮流值班的社员群众，对深夜赶来的这样一支陌生队伍感到神秘好奇，于是就有人交头接耳：看来这不像部队搞野营拉练，倒像是秘密派出的便衣侦察队，前来观测地形地物，是不是要打仗？你看他们携带的那些武器，稀奇古怪的，从来没见过！

科考队员回答了他们的猜疑：乡亲们，我们是从北京来的，是来考察地震的。

有社员问：这几天地震闹得人畜不宁，鸡鸭乱窜，牛马乱叫，还会有大地震吗？

科考队员说：有没有大地震，这个就得问"土地爷"啦！

…………

其实，耿庄桥的百姓和刚刚赶到的科考队员们万万不会想到，就在这个寂静的晚上，地震恶魔已张开血盆大口，悄然来到他们脚下——不容等到天亮，一场噬血的灾难即将发生……

3月8日凌晨，科考队员们经过一阵紧张忙碌，刚把观测仪器安装调试完毕，投入监测，不一会儿，强烈地震就发生了。在此之前，他们谁也不曾想到，他们竟是如此出其不意地与时间赛跑，于3月8日凌晨大地震来临前的几小时出现在地震现场，并亲身经历了这次发生在人口稠密区域的大地震的全过程。在前所未见的惨不忍睹的废墟、尸体、鲜血面前，他们更是第一次强烈感受到，一次没有预报、没有防范而又不可抗拒的大地震，是怎样在顷刻间吞噬千千万万鲜活的生命，并将人类经年累月创造的财富和营造的家园毁于一旦的，它给人们带来的重创，甚至危及一个国家的命脉！

值得庆幸的是，赶在大震之前安装调试好的监测仪器，获得了极为珍贵的强震记录资料，填补了共和国地震史的空白，开创了中国地震现场观测之先河，从此揭开了中国地震科学研究及预测预报这一历史使命的序幕。

3. 灾难，在那个飘雪的黎明降临

3月7日，邢台隆尧县一带下了场雪，这给久旱焦渴的土地带来了少许湿气，也使乍暖还寒的3月增添了几分阴冷。劳作一天的人们吃罢晚饭，在业余文化娱乐活动相当单调匮乏的那个年代，便都早早进入梦乡。

夜阑人静，偶尔能听到几声鸡鸣狗吠。夜幕中时而有点点星儿从云缝里探出脸来，窥视着这片安详熟睡的土地，而那黯然的星光却仿佛透着一种无助的悲悯与凄

凉。此时此刻，正在酣梦中的人们啊，有谁能料想到，地震的魔爪已悄悄伸向这里，正在扼住人们生命的咽喉。

3月8日凌晨5时过后，时针向那个灾难性时刻步步逼近……

采访手记一：

也许昨晚那庄严而激动的一幕使她兴奋难眠，刚刚入党才8个小时的梅庄村21岁的姑娘四平珍，被一阵轰轰隆隆的响声惊醒，她仅穿着裤头，就光着脚跑了出来。她惊恐地看到，"村东南方向有火球一样的光亮，忽闪几下就灭了，天变得漆黑……紧接着，大地先是上下抖动，然后又左右摇晃，人像坐筛子一样站立不住，伴随着呼——呼——的响声，眼看着村里的房屋一片接着一片噼噼啪啪倒塌了，整个村子被滚滚烟尘埋没了……"

40年后，四平珍向笔者泣诉着家园被毁、亲人遇难的那个悲惨的黎明，依然声音哽咽，两鬓白发在暖融融的春日阳光里轻轻颤动，仿佛在抚慰着她脸上的沧桑。

四平珍说，她当时被突如其来的地震吓蒙了。几天前，人们都在私下议论说有"地动"（当地人对地震的称呼），但没想到会这么凶猛，这么厉害。一转眼，家没了，亲人没了，整个村子没了！她当时什么也不顾了，只是发疯似地哭喊着钻进废墟去扒被埋压的亲人和村民……她的双手扒得血肉模糊，却感觉不到痛，她的手指乃至身体都扒得麻木了。

她想起昨天晚上那庄严而激动的一幕，想起大队党支部书记的话：明天是三八妇女节，是你们大姑娘小媳妇们的节日，经公社党委批准同意，今晚上为你们几个女同志举行入党宣誓仪式，这意义可是非同寻常啊！希望你们像入党誓词里说的那样，随时随地接受组织的考验，不惜牺牲自己的一切！

谁知，刚刚过了8个小时，这种非同寻常的"考验"就突然降临了，而为这考验付出的代价竟是如此惨重！

这个天地悲怆的黎明记住了，刚刚入党的梅庄村姑娘四平珍，几乎赤裸着，用血肉模糊的双手从废墟中扒出了16名被埋压的群众，后来还是一位被救出的邻居大婶，将披在自己身上的床单撕下半块，裹住她那只穿着裤头的身体。那些获救的大爷大娘兄弟姐妹们，望着她那布满伤痕、血迹和灰垢的身影，人人脸上流淌着泪水，流淌着血泪交融的尊敬和感动……

采访手记二：

马栏村民兵连副连长袁桂锁感到呼吸困难，快要憋死了。他挣扎着，挣扎着从碎瓦烂墙里爬出来，不禁被眼前的惨景吓呆了——自家的房子全部倒塌！

"天哪……"他声嘶力竭地吼着扑向倒塌的堂屋。然而，扒出的却是六位亲人的尸体。

面对这血淋淋的现实，他几乎要崩溃了。

隆尧县是大地震袭击的震中，白家寨公社马栏大队死伤最为惨重。全村1800多人，被砸死490人，有37个家庭断门绝户。

袁桂锁回忆说，地震发生后的几秒钟，震区死一般寂静，很快就听到一阵阵撕心扯肺的呼救声，夹杂着家禽牲畜的狂叫声，汇成了血泪号啕的苦难之海。

一片片废墟上躺着堆着一具具尸体，可怜的婴儿趴在死去的母亲怀里哇哇喊叫，满面灰尘的老人哭喊着死去的儿女……刚从废墟里爬出来的生还者，有的只穿着裤头，有的赤身裸体，蜷曲在墙角或草垛旁呆呆地发抖……此时民兵副连长袁桂锁像一头发怒的狮子对他们吼道：还傻呆着啥，想冻死啊！能动弹的快跟我去救人啊！

袁桂锁说，当时有些人看着眼前这种惨状，觉得日子没法儿过了，就想外出逃荒，也有的干脆不想活了，呼天抢地地要陪死去的亲人一起赶赴黄泉……

哀莫大于心死。最容易被苦难击倒的，是心灵受到重创之人——无论他的躯壳是羸弱还是刚强。苦难和厄运的力量之所以往往很强大，因为它能慑服人的精神，甚至让人自我毁灭。

震后第二天，当北京来的地质地震工作者到马栏村收集有关地震前兆、宏观迹象时，袁桂锁忽然想起来，地震前旱情严重，他带领民兵打井时发现，村里唯一的一口古井，在大震前几个月就冒泡翻花，怎么抽井水也不干。这是否就是专家所说的地震前兆？哎，自己咋就没想到呢？要是事先知道这些，给乡亲们通个气，避一避，该能救活多少生命啊！

3月10日，袁桂锁见到了前来灾区视察的共和国总理周恩来。总理说："这次地震付出了很大代价，要记录下来传给后代，下代再发生地震就会受损失小，这样就对得起死了的，也对得起后代。"

袁桂锁把总理的这些话牢牢记住了。从3月12日起，他开始观测井水变化，从此每天不断，40余年如一日，一直坚持到现在，先后对华北等地多次中强地震提出预报意见，提供给地震部门参考分析。在1967年全国地震工作会议上，他宣读了自己撰写的第一篇论文《地下水与地震》，并和著名科学家李四光谈了自己的想法。李四光勉励他抓住地下水不放，把研究搞下去。

如今，在马栏村，除了这口古井，当年地震遗迹已荡然无存，只有古井边石碑上记录着 50 多年前那场大地震的一些预兆：

震前三日，井水暴升，水中似大鱼游腾；临震，井水外溢，发出浓烈硫磺气味；震时，井喷水柱高 4 米，持续 6 小时，涌出泥沙 300 余立方米，一条裂缝从井边穿过；震后，井水由苦变甜……

这口古井已成为隆尧一宝，井口上方覆盖着一层木板，环井建起一座封闭式的亭子，井水虽甜，村民们却不再饮用。难道它是仅供人们凭吊的历史文物？不，应该说它是一位农民心系地震的观测点。

为了便于观测，袁桂锁把自家的房子盖在古井附近，每天观测好几次井水变化，并详细记录下来，就这样日复一日、年复一年地走到今天……一介村民，一位业余的义务观测员，几十年的坚守与执著，仅仅是感激命运对他的格外恩赐而大难不死，抑或是为了共和国总理的嘱托、科学家的勉励？

老人静默无语。

每天早晨、中午和黄昏，你总能看到古井边一位老人晃动的身影，依稀听到他缓缓站立时发出的喘息……救赎生命的尊贵与博大，不就深深地浸印在那晃动的身影里？……

采访手记三：

隆尧县委副书记、县长薛宝柱，3 月 7 日晚上 12 点多才睡觉。这位县长有个习惯，不管头天睡得多晚，第二天早上 5 点，准像鸡打鸣似地按时醒来，于是就有了个"薛公鸡"的外号。这天早上他刚睡醒——确切地说是房子剧烈地晃动把他惊醒了，他没来得及穿衣服就"蹭——"地一下蹿了出去，跑到院里，两脚却站立不住，被剧烈的颠晃扫倒在地。他看到夜空有弧线状的蓝光一闪即灭，伴随着一种沉闷而古怪的声音："呼嗖——"像是从遥远的地腹深处传来，令人毛骨悚然。此时他已意识到：地震了，一场极具破坏性的地震！

仅几秒钟，强烈的震动就过去了，他急忙进屋拿衣服，这时才发现屋墙被震裂了好几条大缝，正冲床头，掉下来几块砖，他不禁暗自庆幸：多亏起得早跑得及时，要不然脑袋就开花啦！

他扯起嗓子把同院里的人叫起来，然后就朝县委跑，去找县委书记张彪。张彪早在抗日战争时就在隆尧打日本鬼子，身上多处负伤，有被枪打的，有被炮弹炸的，《烈火金钢》中的史更新，人物原型就是他。薛宝柱急忙把他推醒："张书记，闹地震了！"

张彪猛地支起身："啊？快！快给各公社打电话！"

可是，县委通往各公社的电话一个也要不通。二人预感到灾情严重。

薛宝柱说："张书记，你在县委坐镇，我到下边去查看灾情。"

张彪说："好，你快去快去，告诉大家，最当紧的是救人，先把人扒出来！"

薛宝柱跑出去找车，正巧看到县委门口停着一辆救护车，是邢台地区医院当夜零点到隆尧救护一个病员的，他便乘坐这辆救护车到隆尧东边去查看。先到了牛家桥，这里房子都倒了，废墟堵塞了道路，汽车进不去。救护车又开往千户营，沿滏阳河大堤而行，一路上看到房倒屋塌，死伤惨重。他向驻千户营"四清"工作队团长和公社党委书记下达命令：争分夺秒，组织抢救！

作为邢台地震的亲历者、目击者，同时又是指挥救灾的"父母官"，薛宝柱在回忆那个濒死的黎明时，两手紧握，不由自主地敲打自己的膝盖：天亮以后，一批批埋进废墟里的群众被救出来，有的伤势较轻，只是皮肉被扎破；有的伤势很重，四肢或躯干被砸断。一具具尸体也陆续被挖出来了，许多死者被砸得血肉模糊，面目全非；有的脑浆四溢，两眼怒睁，十分吓人……从挖出来的尸体来看，不少人是把生的希望留给别人，把死的危险留给了自己——有妇女怀抱婴儿的，有青壮年肩背着老人的；还有的本已逃生，当发现孩子和老人还在屋里时，返回屋里救人而被一起砸死的……在极震区白家寨、马栏一些村庄，被砸死的人有的占到一半，有的占到七成，一家人全部遇难的比比皆是……一排排、一堆堆的尸体摆放在废墟旁、马路边，有的用棉被、床单盖着，有的用草帘子遮着，其情其景，惨不忍睹。

薛宝柱在抢夺生命的现场两天两夜没合眼。他的脚后跟被冻烂，两个膝盖再也不听使唤，当他像一条木桩重重地晕倒在地时，人们才发现他下身只穿一条单裤，脚上连袜子也没来得及穿……

采访手记四：

驻石家庄某军副军长兼参谋长徐信（后历任军长、北京军区参谋长、总参谋部副总参谋长等职，中共第十二届中央候补委员，上将军衔），在3月8日凌晨那个灾难性的时刻，被一阵强烈的震动惊醒。职业军人的敏感使他马上意识到：这不是"帝、修、反"发动的突然袭击，也不是原子弹爆炸时冲击波产生的威力，而是来自大自然——地震了！

他立即与同时被惊醒的军长张英辉、政委蔡长远接通了电话，并紧急向北京军区首长报告。北京军区首长要他们"迅速查明震情，部队随时出动"。

这是千钧一发的决定。

徐信即刻率军部20余名官兵乘上一辆大卡车，从石家庄出发了。

"我们边走边了解情况，很快查明震中区在隆尧县。我们就紧急向隆尧奔去，并迅速调集部队向震中区开进。将近上午10点，我们就赶到了隆尧，立即建立了抗震救灾前线指挥部，由蔡长远政委任总指挥，我任副总指挥，并用无线电与北京军区和国务院建立了通讯联系。我们听到了周总理的声音，他询问灾情后指示说：要多增调部队，认真抢救，尽快恢复生产。"老将军回忆起当时的情景，就像描述一场空前残酷的战争，"从没见过那么惨烈的场面，整个震区满目疮痍，到处残垣断壁，房倒屋塌，河堤溃裂，地上的大缝子还在不时地往上喷沙冒水，灾区人民伤亡惨重，到处哭声一片……县委书记张彪同志见到我们，悲喜交加，流着热泪说：解放军来了！解放军来了！遭难的百姓有救啦！"

十万火急。

灾情就是命令，时间就是生命。

在徐信率"军前指"向隆尧开进的同时，驻邢台获鹿县某师1万余人，在师长阎同茂（后历任副军长、军长、北京军区副司令员兼北京卫戍区司令员等职，中将军衔）指挥下，奉命全部出动，向灾区急进。道路中断，桥梁震毁，汽车过不去，他们就徒步涉水，以急行军速度向隆尧开进。

当日下午，由军政委蔡长远率领的后续救援部队也陆续开赴灾区。与此同时，张英辉军长在石家庄建立了后勤指挥部。当晚，河北省军区副司令员袁捷，率队从天津赶到隆尧。

徐信将军说，一个集团军的兵力大出动，这在和平时期是不多见的。但前方救灾抢险的兵力还是吃紧，张英辉军长把四航校的官兵、学员也拉过来了，最后把炮兵团也都拉上去了。那情景就是一场争分夺秒抢占高地的战役！

救灾部队快速反应，快速集结，快速开进，快速投入战斗，是邢台抗震救灾的主力军。3月22日，又发生了7.2级大震，根据周恩来的指示，救灾指挥部又向灾区增调了大批兵力，总人数达4万余人，不仅有陆军、空军、海军，还有炮兵、通信兵、工程兵。部队出动汽车1700多辆，飞机84架，飞行369架次。

老将军说，这千军万马的总指挥就是周恩来总理。从国务院到邢台地震现场救灾指挥部，有直通专线电话联系，通过这条专线，把中南海和邢台紧密地连在一起，周总理随时都能掌握震情和救灾情况，直接决策，部署救灾工作。

回首邢台地震，老将军感慨万端：大规模调动部队参加抗震救灾，是党中央、国务院的英明决策，也是共和国抗震救灾史上的先例。

有口皆碑，在共和国的历史上，又有哪一次抢险救灾，不是人民军队冲在最前头？牺牲在最前头？

4. 周恩来调兵遣将，打响另一场"战争"

周恩来对人民子弟兵闻风而动、先期到达灾区救死扶伤感到欣慰。

3月8日中午，地震灾情基本查明后，周恩来主持召开国务院各有关部委紧急会议，全面部署救灾工作。会议决定：

卫生部立即组织数个医疗队，火速赶往灾区；

商业部、粮食部、供销总社等部门，立即调运救灾物资；

空军、民航出动飞机，铁道部组织专用列车，负责空投食品、转运伤员、运送救灾人员、医疗器械和救灾物资；

国家经委组织交通部、邮电部、水电部、化工部、煤炭部等11个部，向震区派出工作组，对邢台地震中的厂矿企业、电力枢纽、铁路干线、大中型水库等受灾情况进行检修加固工程，采取应急措施；

组织中央慰问团，由内务部部长曾山任团长，前往灾区慰问受灾群众，了解灾情。

紧急会议结束后，各有关部委雷厉风行，情系灾区，各司其职，组团派队，于当日下午和晚上，一批接一批地奔赴地震灾区……

一份份来自美国、日本、俄罗斯等各大通讯社当日发布的"中国北部发生强烈地震"的电文消息，放在了周恩来的办公桌上。其中某国电讯称：中国华北发生里氏7.5级地震，首都北京遭到严重破坏。有的甚至称：中国北京发生的强烈地震造成重大人员伤亡。云云。

显然，一些失实的消息暴露出对方的"敌意"或"不友好"。而周恩来关注和思考的是：世界各国对地震研究及预测预报是怎样一种现状和趋势？地震的发生和预报有无规律可循？中国对地震预测预报的探索该如何进行？

在调兵遣将奔赴邢台灾区的同时，周恩来要求中国科学院：速送有关世界地震学界对地震预测预报的动态和文献资料。

俯瞰我们脚下的这个地球，人类把地震学作为一门独立学科并使之登上现代科学的舞台，仅是19世纪末20世纪初的事。最明显的标志，是地震仪的出现和广泛使用。地震造就了地震学家，其代表人物是地球内部结构的发现者古登堡（德国）、莱曼（丹麦）和里氏震级的发明者里克特（美国）等著名地震学家。

综观地球物理学大师们的研究，人们发现，"从事地震学研究是令人振奋和冒险的职业"；"对地震预测预报的研究更是一项风险很大的工作，而人类的天性就是好奇敢于冒险"——他们的言语和他们的贡献相符合。他们正是怀着对生命的热爱和对人类的悲悯情怀，孜孜以求地从事着这项"冒险的职业"和"风险很大的工作"，不能不令人肃然起敬！

周恩来决定，要马上召开一个重要会议。

3月8日下午6点，周恩来在国务院会议厅紧急召见国家科委和有关部委的负责同志及科技人员，就地震的监测、科学研究与预报工作进行座谈。

听取了邢台震情及地震工作现状汇报后，周恩来说：这次地震代价极大，我们必须从中吸取经验，找出规律。按地球物理研究所提供的资料查得，河北以宁晋、隆尧、巨鹿为中心地震地区，自公元777年始，已有记载，直至1963年尚有小度地震，但因何故发生地震，范围多大，方向如何，地质科学家尚无定论；世界科学界对地震的预测预报，也未解决。我们应以这次地震造成的严重危害和损失来推动地质人员进行各方探讨，求得一些结果。

他举一反三，从一地想到全国，从今天看到明天，严肃地说：邢台发生强烈地震，其他地区会不会发生？今天发生6.8级，明天、后天或者明年、后年，它给你来个7级、8级怎么办？要是发生在人口更加稠集的大城市怎么办？中国这么大，不解决地震带来的灾害怎么得了？！

会上，有人提出，目前从事地震研究的人员太少，急需解决。

周恩来说：队伍要扩大，你们提出规划来。人员不够，可考虑科大、北大学生转系，开设地震专业。

又有人提出：这么多部门，由谁来牵头负责？

周恩来说：就以邢台地震为契机，由科学院负责布置，与各部门联系。要马上行动起来，到现场去，到实践中去，解决地震的延续时间、范围、性质和方向。还要把有关考察资料送回北京进行科学探讨，由李四光同志主持。凡需增加人力、物力的，可以调动。

最后，他要求大家抓住这次地震不放，着手研究解决地震预测、预报问题。在征求大家意见时，不少同志面有难色，感到没有把握。

周恩来把目光投向地质部部长李四光。

此时，已年届77岁的李四光，心情很是沉重。早在1953年，中国科学院成立地震工作委员会时，他便亲自兼任主任委员。1962年广东新丰江水库发生地震以后，他更是认为开展地震地质研究和地震预测预报工作已是一项刻不容缓的重大任务。而这次突如其来的邢台大地震，向人们再一次敲响了警钟。

"好吧，我谈谈自己的看法。"李四光说。

他迎着总理的目光，打个对视。

周恩来向这位著名的地质科学家点点头。

李四光说：地震是一种自然现象，就其发生的本源来讲，是地球物质自身内部运动的产物。它的发生有一个过程，会有一定的规律，只要抓住它，掌握其变化的规律，地震预测预报是可能实现的，但要做大量的探索工作。

周恩来同意他的意见，指示有关部门，要大力协同，通过这次地震组织探索，并勉励大家：虽然地震现象的规律目前世界上尚未解决，但我们要敢做前人没做过的事情，努力突破这一科学难题。

会议结束后，周恩来与国务院秘书长周荣鑫，联名起草了关于邢台地震抢救工作部署的报告，以特急件报送党中央和毛泽东主席。

这时已是3月9日凌晨。

为贯彻周恩来的指示，且有了总理的"尚方宝剑"，国家科委和中科院会同有关部委立即抽调、"挖潜"从事地球物理学、地质学的科学工作者和在校大学生，携带仪器，赶赴邢台地震现场，开始了大规模的地震科学考察和探索——

中科院地球物理研究所副所长顾功叙，著名地震专家李善邦、傅承义主动请缨，组成以探索地球物理变化为目标的21人考察队,于3月8日当晚出发;工程力学研究所抗震科研人员8人,也于当晚从哈尔滨动身直接奔赴震区,该所所长、抗震专家刘恢先紧随其后,于3月9日到达震区现场;中科院又先后从其地球物理所、地质所、工程力学所、华北地理所等单位派出52名专业研究人员开赴现场,统由顾功叙领导指挥。

地质部部长李四光传达总理指示后,立即决定组织以研究地应力变化为目标的地震地质考察队。李四光给考察队详细交代了任务:调查震区及外围的地质构造体系和它的活动特征,研究地震与地质构造的关系,查明地震发生的原因和范围,推测地震可能扩展的趋势,探索地震预报的方法。第一批11名队员连夜派往震区,第二批12名队员由地质科学研究院副院长习东光率领,于3月9日出发。

石油部部长余秋里3月8日晚传达总理指示后,亲自部署、确定以勘查构造和断裂为目标的考察队组成人员,并指定由张定一副部长具体负责,由总理亲自"点将"的著名地球物理勘探专家、石油科学研究院副院长翁文波挂帅,于3月9日上午起程赴邢台地震现场摸底,查清构造断裂、地层地质情况,以便进一步组织物探和钻探力量上去。3月9日晚又派陈祖传副总工程师等,前往震区。

国家测绘总局当即派出以水准测量和地形变测量为目标的考察队,并确定由党委委员齐光波带队前往。3月9日,测绘总局急令抽调在邢台的第六地形测量队共300多人,立即进行震区内的水准测量,测定地形高差变化情况。另外还在地震灾情严重区域进行大比例尺的航空摄影,以便与原来地形情况对照。

国家科委主任聂荣臻遵照总理指示,于3月8日上午地震发生后不久,即已派出7人组成的考察队赶往震区;3月9日又派朱凤熙副局长率领的工作组和北京科教电影制片厂的4名摄影记者赶赴地震现场。

北京大学、中国科技大学参加"四清"的地球物理专业学生41名,由北京市委调回,并与北京市抽调的50名科大学生一起,参加震区科学考察;已经毕业分配做其他工作的20名地球物理专业大学生,也都一一抽调回来,由国家科委组织他们去震区现场考察。

…………

3月9日上午,周恩来特意打电话给余秋里:"石油部的考察队出发了吗?"

余秋里报告:"昨天晚上紧急确定好人员,今儿一大早就出发了。"

周恩来说："翁文波教授要是未动身，下午可以和我一同去。"

余秋里说："翁教授一听说总理亲自点他的将，很是激动，就主动请缨上阵了。"

周恩来欣慰地说："好啊！你们一定要注意他的安全。"

余秋里说："请总理放心，我们一切都安排好了。"

当周恩来发现，测量与地球物理研究所所长、大地测量专家方俊未到地震现场时，便让中科院通知方俊，速从武汉来北京开会，并指示要为他提供一切方便。周恩来会见方俊时殷切地说："您是大地测量专家，要到邢台地震现场去一趟。"总理的信任和关怀，使这位科学家深受感动，他说："虽然我不在北京，可总理还记着我呀！"他即日动身奔赴邢台。

全国政协副主席、中国科学院副院长、地质部部长李四光，因患动脉瘤等疾病没能及时随大部队到达地震现场，后来他反复向周恩来请求，直到4月22日，终于被批准前往隆尧。出于安全考虑，周恩来还指示他不得进入极震区。为了照顾他的身体，特地安排一节公务车厢，在地质部副部长张同钰、地质力学研究所研究员陈庆宣、地质部地震地质办公室主任王树华等10人陪同下赴该县尧山考察。在李四光的指导下，调来钻探机在尧山打了一口百米深的试验孔，以测量地应力的变化。

3月9日下午，周恩来乘专机飞抵邢台之前，要通了总参谋部代总参谋长杨成武上将的电话，委派工程兵司令员陈士榘上将迅速组织建筑工程部、总后勤部和北京市有关单位的工程技术人员，赶赴邢台地震现场，考察工程建筑的抗震问题，同时调查地震对建筑、水利设施的破坏情况，从中总结经验教训。

杨成武即刻向陈士榘传达了周恩来的指示。陈士榘领命，迅速组织工程兵司令部、总后营管部、国防工程设计院、建筑工程部建筑研究院、北京建委规划局等单位的工程技术人员，组成了邢台地震区工程建筑综合调查组，真是一呼百应。陈士榘亲自挂帅，担任调查组组长，并乘直升机前往邢台。由军队高级将领亲自到地震现场进行科学考察，这在共和国地震考察史上还是第一次。

3月22日，邢台再次发生强烈地震。23日晚，彭绍辉副总参谋长又向陈士榘传达周恩来指示：要调查组原班人马返回震区，继续进行调查。陈士榘再次领命，亲率调查组重返震区，并遵照周恩来的指示，在地震现场召集了国家科委、内务部、中科院、地质部、建工部、国家测绘总局、河北省建工厅、邢台专署等14个单位已在震区考察的负责人会议，座谈交流调查资料和研究成果，研讨地震区工程建筑破坏和灾区房屋修建措施，并访问了许多农民和木瓦匠，掌握了大量资料，为震区建设积累了经验。

在此期间，国务院副总理李先念受周恩来委托，在视察邢台地震灾区时专门听取了调查组关于灾区遭受严重损失的主要原因和重建家园的意见汇报。之后，陈士榘也向杨成武代总参谋长和周恩来总理呈报了调查报告。周恩来阅后，即让周荣鑫通知国家建委副主任吕克白，把在京的建筑设计人员都带到邢台地震现场，并传达他的指示：地震后房子都倒了，将来建什么样的房子能抗震？要尽快解决这个问题。

吕克白于 4 月 3 日率领由 524 人组成的房屋建筑考察队，乘坐专列到达邢台。参加单位有北京建筑设计院、北京工业大学设计院、清华大学建筑系、北京建筑工程学校等建筑设计人员和院校师生。这是同时进邢台地震现场考察人数最多的一支考察队。

在周恩来那凝重而深邃的目光中，邢台地震也是一场战争，而且是一场陌生的、看不见对手的战争，其激烈与残酷决不亚于当年红军浴血鏖战的历次反"围剿"和解放战争时期的历次大战役。

为攻克地震之谜，战胜震害之敌，周恩来调兵遣将，众多著名科学家云集邢台地震现场，为全国地震考察之首，其规模中国地震史上罕见。据后来统计，到震区的科研单位，总人数达 4000 多人，其中科技人员 3600 多人。

今天，回首邢台地震，依然叹为观止。当时的地震现场荟萃了中国地学界的精英，成了科研大会战、大练兵的战场。由周恩来亲自部署、指挥的这一多学科、多兵种的联合作战，其科学考察所取得的资料和成果，在共和国抗震减灾史上具有里程碑意义。仅在地震现场开展的地震监测和前兆观测项目，就有测震、地形变、地倾斜、地应力、地磁、地电、地下水、气象、天文、人工地震、超声波、生物等 14 个专业，采用了 30 余种手段；另外还涌现出大量群众性的宏观哨点，形成了多学科的综合性地震台网。几十年来，大批科研人员一直在研究消化邢台地震的资料和成果，相信此后相当长时间里，仍将会有各方面的专家、学者，继续在地震学、地震地质、地壳构造、地震前兆、地震工程、地震社会学、地震经济学、地震史学、地震灾害学、地震医学、地震心理学以及社会治安、民政救济、人寿保险等诸方面，研究并使用这些宝贵的资料和成果。

5. 双震叠加的生死牵挂

1966年3月9日下午，中共中央副主席、国务院总理周恩来乘专机到达石家庄，陪同前往的有内务部长曾山、北京军区副司令员郑维山。在石家庄地委招待所的一座小白楼里，周恩来听取了河北省委、石家庄地委、邢台地委和当地驻军的汇报后，已是晚上8点，他又提出要连夜赶往隆尧，询问交通工具怎么样。大家都劝总理在石家庄休息一夜，明天再去。周恩来坚持说："我坐飞机来的，坐车去就行了，用不着地下跑，也累不着。"此时此刻，受难同胞是他最大的牵挂。

河北省委副书记阎达开说："总理，那里余震不断，不安全，还是……"

周恩来说："那么多群众都不怕不安全，我们还能怕不安全吗？地震没什么了不起的，今夜一定要去。"

邢台地委副书记张双英说："就是担心总理您太累了。"

周恩来说："我还不觉得累，你怎么知道我累了呢？咱们就这样定了。"

就这样定了。周恩来在招待所匆忙吃了一碗炸酱面，于当晚8点半从石家庄乘专列南下到达冯村车站。驻当地某军政委蔡长元、副军长徐信等从隆尧开出6辆吉普车，在冯村迎接总理到来。

徐信将军回忆说：总理出发之前，张英辉军长打电话给我，说周总理要到现场来。我说，最好周总理不要来，为了总理的安全，我和蔡长元回到石家庄去向周总理当面汇报。因为隆尧余震频繁，建议总理最好不要来。我们得到的回答是周总理的声音：你们能去，我为什么不能去？

跟随周恩来前往，时任中央警卫团政委的杨德中将军回忆说：到隆尧已是深夜，狂风呼叫，大地在余震中颤动不止，街上没有电灯，周总理在马灯照亮下深一脚浅一脚地走进了隆尧县城。前线指挥部预先给他准备了帐篷，打算在帐篷里休息，在帐篷里听汇报。当时周总理就问徐信，你们在哪里？徐信回答说，我们在县委办公室。周总理说，不要到帐篷里，你们在县委办公室办公，我也到县委办公室听你们的汇报。于是大家就陪着总理来到县委书记张彪同志的办公室。就在听取汇报的当口，又突发强余震，只见房屋摇动，房顶上的尘土和白灰哗啦哗啦往下掉。大家赶忙站起来，劝总理还是到帐篷里去听汇报。周总理镇定地说，不要动，这是余震，大家要沉住气。接着，总理深情地说，我是代表党中央、毛主席来慰问地震灾区群众的。地震灾害既成事实，我们下一步的工作主要是领导群众克服灾害的问题，我们的工作方针是不是这样提出：奋发图强，自力更生，重建家园，发展生产……在场党政军领导同志都表示赞成，并决定把这几句话作为今后的行动纲领。总理还指示河北省委、石家庄地委和当地驻军，全力以赴，赶制烙饼，向灾区空投熟食，空投粮食，空投炊具。

3月10日，中央人民广播电台播发了周恩来亲自审阅后由新华社发布的邢台地震消息。这是关于邢台地震的第一次公开报道。3月11日，《人民日报》也在头版头条报道了邢台地区发生强烈地震的消息，并发表社论，题为《灾区的英雄人民是难不倒的》。

3月10日下午，周恩来又从石家庄乘直升飞机到受灾最重的白家寨视察。隆尧县委书记张彪和县长薛宝柱等人提前赶到白家寨等候，预先搭起了一顶帐篷，以备总理接见群众和休息。

可是到了预定时间，突然一架直升飞机在马栏村降落了。大家估计可能是总理的飞机降错了地点，张彪急火火地对薛宝柱说："快，快去看看是不是总理的飞机！"已因救灾受伤的薛宝柱瘸着个腿急忙驱车赶到马栏村一看，原来是抢运伤员的飞机，他又急忙调头赶回白家寨。这时，白家寨上空出现了一架护航机在空中盘旋，很快又来了两架直升飞机。周恩来乘坐的直升飞机在村头刚一降落，群众便潮水般向飞机奔涌过来。周恩来向群众招手致意，群众的鼓掌声和欢呼声压住了飞机螺旋桨的轰鸣。

40年后，在一所农家小院里，当时的白家寨村党支部书记靳景印（即前述四平珍入党介绍人）激动地说："那天刮着西北风，群众都面朝北哩，总理怕群众受冷，就叫会场调动调动。总理叫群众背着风，他迎着风讲话，看着他那干裂的嘴唇，听着他那沙哑的声音，大家都感动得流泪……"

接下来的镜头被永远定格在共和国历史的记忆里和人民大众的心目中：周总理迎着旷野的大风，站在一只装运救灾物资的木箱上向群众讲话。之后，他从一位老大娘手中接过盛着凉开水的大瓷碗一饮而尽，他在村干部的陪同下走家串户看望受灾群众，他慈爱地把一个失去父母的孤儿抱进怀里说："孩子，不要哭，要好好活着，我们就是你的亲人你的父母……"他蹲在地铺前握着一位年过七旬受伤老人的手，嘱咐医护人员一定要照顾好老人，老人望着总理的背影，口中喃喃着："啊！当朝一品哪！……"

周恩来用过的那只碗和讲话时踏过的那只木箱，如今被完好地保存在邢台地震纪念馆里，一代一代人争相传看。

3月22日16时19分，邢台地区宁晋县东南东汪耿庄桥一带再次发生7.2级强烈地震。北京人民大会堂有门窗玻璃震碎。

周恩来在国务院办公厅《地震情况简报》上做出批示，指示将此期简报即送中央、国务院及北京市领导同志传阅，并特别注明"人民大会堂玻璃有震碎的"这一情况。

当日下午，北京出现谣传："北京今晚9点半要发生强烈地震，中国科学院已向周总理做了预报……"消息很快传开，部分群众惊慌失措，有的居民往外搬箱抬柜、抱收音机、推自行车，还有的披着衣服、蒙着被子在街上避震，甚至有人吓得发抖，不敢进屋。这一谣传惊动了北京市，市公安局和党政军机关都派人出来维持秩序。同时，这一谣传再次牵动了周恩来的心，遂召集有关部门开会，亲自出面辟谣，安定群众情绪，并就平息地震谣言制定了对策：对谣言要追究，但要区分两类矛盾。一种是以讹传讹乱传一气，对这种情况要追究来源，予以批评教育，及时解释，以镇静的精神使谣言自释；另一种是那种别有用心造谣生事的，要彻查严惩。

很快就查清了，原来是北京市一名干部误传造成的。周恩来指示北京市有关部门对传播谣言者给予批评教育，责令其本人做出检查，并对其做了严肃处理。由于采取措施及时，这起地震谣言很快就平息了。随后，周恩来还委托李先念副总理3月26日到邢台地震现场视察时发出指示，要坚决抵制地震谣言的扩散和传播，避免加剧灾区群众的恐慌心理，干扰和破坏正常的社会生活秩序。李先念在巨鹿县城关群众大会上讲话时说："有人问，地震还震不震，我说不知道，科学家也还弄不清，这是世界上还没有解决的问题。只要大家保持镇静，沉住气，震也不要紧。还有人曾问周总理，华北包括北京，会不会沉到大海里去？周总理回答说，这一点可以肯定，不会沉下去！"

4月1日，日理万机的周恩来再次乘机来到地震灾区。一天之内先后到宁晋县东汪镇、束鹿县王口乡、冀县码头李乡、宁晋耿庄桥和巨鹿何家寨等五个村镇进行视察和慰问。

时任宁晋县委书记的赵安芳回忆：4月1日上午10点，周总理在副省长郝田役等陪同下，首先来到宁晋东汪镇视察。县委接到通知后，集了5000多人在东汪等候。消息传开，三乡五里的乡亲们成群结队赶来了，会场一下子聚集了上万人。周总理看着倒成一片废墟的房屋，心情十分沉痛，他站在一片断墙上动情地对大家说：

"我代表党中央、毛主席慰问你们！"我向总理表决心："家里丢了，从地里夺回来！房倒志不倒，地动心不移！"总理说："讲得好！我上次在隆尧说的四句话应改为：自力更生，奋发图强，发展生产，重建家园。"

会后，赵安芳陪同周总理访问受灾群众，并向总理汇报抗震救灾情况。赵安芳说："3月8日地震后，为了救灾，县委就决定把抗震救灾指挥部搬到耿庄桥，在那里搭起了帐篷，我就住在耿庄桥。由于震前有警惕，这次大震虽然房屋几乎全倒了，但死人不多。"

周恩来说："是啊，因为大家有了防备，房子倒了，伤亡很小，同一件事情，有了准备就和没有准备不同。"

接着，周恩来略有所思地向赵安芳点点头说："你这个县书记上奏有功啊！"

赵安芳说："总理啊，宁晋损失很大，你要多支援我们啊！"

周恩来说："你要相信群众嘛。听说先念副总理来宁晋，你也向他要东西，是吗？"

赵安芳说："李副总理是管财政的，问我们有什么困难，我说，这次灾情不小，你要多给我们点儿东西。李副总理就说我，你这个老赵啊，要相信群众嘛，要自力更生。其实我们提出自力更生的口号挺响亮，抗震救灾工作随即开展起来了。"

周恩来欣慰地拍了拍这位县委书记的肩头："这就对啦！"

下午3点，周恩来到耿庄桥慰问受灾群众。当时天气特别冷，风特别大，他却迎着风站在一辆汽车上给大家讲话。此次视察，一天去了五个村镇，顾不上喝一口水，吃一口饭，直到傍晚，才风尘仆仆地来到救灾部队驻地，然而就因为一顿饭，他批评了一位师长——

时任某师师长的阎同茂如是说："总理到我们师部吃了一顿便饭，他提出来不要另做，你们吃什么我吃什么。我们给他做的是烙饼、面条、炒豆芽、炒青菜，总理非常满意。当时我觉得总理一天劳累，非常辛苦，就安排炊事班给他炖了只鸡，总理发现了批评我：谁让你做的？为什么做这个？！我们只好把炖好的鸡端走了。看着总理吃着和大家一样的便饭，我们心里很难受，也很激动。吃罢饭以后，总理还让他的警卫员交粮票交钱……"

此时，跟随周恩来的机要秘书赵茂峰正在邢台车站等候总理。

这天早上周恩来乘坐的专列到达石家庄，然后乘直升飞机飞往重灾区宁晋东汪，那是赵茂峰的家乡。去之前，周恩来问赵茂峰："小赵，你要不要跟我去家里看看？"赵茂峰说："总理，我不回去，家里都很好。"周恩来说："那好吧。"赵茂峰知道，此次赴灾区视察，总理要他陪同，是想让他跟着去东汪家里看望一下。然而在北京出发前，赵茂峰就想好了：不能跟总理去探家。一是家里老人都平安无事，二是总理让我跟着出来是工作，如果我跟着总理去东汪，家里老人见了我，一定会激动地哭哭啼啼，这样与总理看望群众的气氛不对，也影响群众情绪。

周恩来乘直升飞机去了东汪后，赵茂峰就随着火车离开石家庄，到邢台车站等候。直到这天深夜，周恩来才从重灾区返回，一上火车就对赵茂峰说："小赵，我见到你父母和伯父、伯母了，他们都很好，我问他们有什么困难，他们说没有困难。我问你父亲有什么要求，他开始说没有，后来提出，希望你抽空回家一趟。我问你伯父多大年纪了，结果你伯父和我同庚，都是戊戌年的人。回去安排一下，你回家看看。"作为共和国的总理，竟如此心细，去东汪视察时还悄悄安排县委书记赵安芳把赵茂峰的亲人找来见面。

总理的专列开动了，两汪热泪在东汪乡一个农民儿子的眼睛里滚动……

周恩来两次亲赴邢台地震灾区视察慰问，把党的温暖送到了灾区，也把人民公仆的光辉形象留在了灾区。特别值得一提的是，在地震灾区的防震棚里，周恩来接见了作家李劫夫和词作家洪源、宋良玉等。于是，以邢台地震为背景，以邢台地方曲调为素材创作的歌曲"天大地大不如党的恩情大，爹亲娘亲不如毛主席亲"，旋即风靡全国。

在那撼天动地的歌声里，全国各族人民以极大的热情向邢台地震灾区伸出了援助之手：西藏同胞不远万里送来了240匹藏马；江西省运来了万口铁锅；3万余封慰问信件雪片般飞向灾区；全国工农商学兵各行各业，上至耄耋老人，下到少年儿童，纷纷捐款捐物。据统计，邢台抗震救灾期间，共收到全国各地个人捐款91万余元，粮票19.8万公斤，布票3.5万尺，包裹1391个。尤其让人感动的是，在邢台地震后的几天里，通过邢台火车站的铁路旅客，不留名不留姓，纷纷从车窗里向站台抛出现金、粮票、衣物、食品，有的把刚刚买来的衣服抛到站台上，甚至有的把身上穿的毛衣也脱下来扔出窗外，一时间邢台火车站成了过往旅客献爱心的一道风景线……

6."希望能在你们这一代解决地震预报问题"

显然，邢台地震给了周恩来总理一个最直接的信号——要搞地震预测预报！地震造成的严重灾害，深深触痛了他的心。深谋远虑的共和国总理不能不思考，如何与地震灾害抗争？

在隆尧地震现场，周恩来查看了隆尧县志后，不无遗憾地对大家说："在这里，1200 年以前已有过大地震，我们的祖先只给我们留下了记录，没有留下经验。"

接着，他极为沉重地说："这次地震付出了很大代价，这些代价不能白费！我们还可以只留下记录吗？不能！必须从中取得经验。希望转告科学工作队伍，研究出地震发生的规律来。"

他还说："虽然地震现象的规律是国际间都没有解决的问题，难道我们不可以提前解决吗？我们应当发扬独创精神，来努力突破科学难题，向地球开战！"

4 月 1 日下午，周恩来在耿庄桥视察慰问后，专程来到已在那里紧张工作的中国科学院地震考察队驻地，看望地震科技人员，参观地球物理所架设在那里的地震仪器。他走进帐篷，闻讯赶来的记者迅速调准了相机镜头。在炫目的闪光中，周恩来摆手劝阻道："我又不是接见外国来宾，还用这么多照相机拍照？还是留着胶卷考察地震用吧。"

来此之前周恩来得知，地震考察队员们已在现场亲历了 3 月 8 日 6.8 级大震及 3 月 22 日 7.2 级大震，血的教训，日以继日的摸索、总结，他们终于发现了一种"密集的小震平静一段时间后，可能会有大震"的现象，根据这一现象再结合当地一些动物的异常表现，他们已较准地预报了 3 月 26 日发生的 6.2 级强余震。这次成功大大增强了地震工作者对地震预报研究的信心。

时任考察队分析组负责人的朱传镇（中国地震局地球物理研究所原副所长）回忆说：这天下午，周总理来到我们的帐篷里，由我向周总理汇报邢台地震的发展趋势和分布情况。当我汇报到对 3 月 26 日的一次强余震做了比较好的预报时，周总理非常高兴，他说，很好，年轻人就要敢于闯，敢于创新。接着他又说，地震预报是很困难的，你们要抓住现场不放，要坚持不懈地搞下去。周总理那深邃而慈爱的目光，让我们感受到他对探索地震规律的问题考虑得十分深远，对我们探索研究地震预报寄予着厚望。

随行总理视察的摄影记者拍下的一幅照片被张国民研究员（中国地震局分析预报中心原副主任）珍藏至今，照片上那个侧着脸向周恩来汇报监测记录情况的小伙子就是他。他向笔者讲起 40 年前那次难忘的接见和那永远值得怀念的一幕，依然激动不已：周总理听完汇报后，又一一询问分析组人员的情况。朱传镇同志告诉总理他是北大毕业的，周总理高兴地说，你是我们自己培养的科技人员。林邦慧同志（时任分析组副组长）向周总理汇报邢台地震前"小震密集——平静——大震"这一特点时有些紧张，周总理便主动问她是否是广东汕头人，林邦慧点头答是。周总理高兴地对她说他去过汕头，汕头是个好地方，汕头话说吃饭是"食本"。这话引来大家的笑声，缓和了紧张的气氛。帐篷里还有两个科大的女同学，总理问她们多大了，什么地方人，在哪个学校上学，学什么专业。她们一一回答后，总理语重心长地说："地震预报在我们这一代可能不能实现了，但希望能在你们这一代解决地震预报问题。"张国民一直在总理身旁，总理就侧过身来问他："你是搞什么工作的？"当朱传镇告诉总理他是研究生时，总理高兴地说："噢，原来你还是研究生呢！你可研究出什么东西来没有？"急得张国民直说："还没有，还没有……"最后总理又勉励大家，要好好研究，要抓住邢台地震不放，要解决地震预报这个问题。

随行总理视察的国务院秘书厅秘书室主任吴庆彤说：看到这些朝气蓬勃、风华正茂的青年人，感到由衷的欣慰。当时总理不仅仅是抓救灾工作，他更是高瞻远瞩，就是要考虑怎样预防地震灾害，怎样减轻地震灾害。他以唯物主义观点来看，地震的预测预报虽然困难，但是规律是可以认识的，只要坚持不懈地去探索、去研究，总是可以找到这个规律的。他谆谆教导大家："一定要好好攻一攻这个难题，必须加强预测研究，做到准确及时。"后来，周总理听说考察队有个女队员的手指在地震时被砸伤了，便又特意去看望了这个女队员。

女队员叫段宝娣，是中科院地球物理所技术干部，也是邢台地震中地震工作者负伤第一人。她在《一次难忘的经历》中写道——

……我们12人组成的考察队在大震前赶到耿庄桥后，立即架设了两套仪器，一台微震仪，一台多摆强震仪。我和宋良玉两个女同志住在公社一间小屋里，因为一天一夜没休息，感到很疲劳。睡觉后感到房子动，有响声，把我们惊醒了，刚准备往外跑，震动和响声又停止了，我们便又睡了。刚睡着，感到房子又动起来，响声越来越大，我急忙起来叫宋良玉，可是站不稳，摔倒在木柜前，宋良玉也从床上摔到了地下。接着柜子被震倒，一头搭在床上。突然，我们住的房子倒了，我们被埋在倒塌的房子底下，幸亏有木柜挡着我们的身体，没有被砸死，只感到大地上下颤动，左右晃动，轰隆隆的响声令人感到十分恐怖。

地震平静后，我们从木柜下爬出来，赶忙去查看仪器。这时放仪器的房子也倒了，微震仪坏了，观测记录也出格了。多摆仪没有坏，记录到了珍贵的资料。忙了一阵儿后，我才感到左手发凉，低头一看，左手小指折断了，只剩下一层皮和手连接着，我连忙将手指扶正，将两块断指对在一起，用布包扎起来。我们住的房子隔壁一位老太太被砸死了。在仪器房，同事赵永信被地震惊醒，刚坐起来，断裂的墙上一块砖头掉下来，正砸在他枕头上，他要是晚坐起半分钟甚至几秒钟，这砖头就砸在他脑袋上了。住在耿庄桥小学的同事们，当大震到来时，同样感到床上下颠动，左右摇摆，像打秋千一样。房顶露天，门窗变形，他们砸开窗户跳出来。大震过后，其他几位同事也从废墟中钻出来，王长生脸部被砸出一块青包，肿得和鼻子一样高。

地震发生后，我们立即投入救灾和宏观调查。我们的主要工作就是查震中在哪儿。我们分几个小组，步行进行调查。我们将近一昼夜没吃东西了，饥饿难忍，恰好宋良玉口袋里有一管糖，每人吃了两片，坚持工作。

我手指砸伤后，同事们和当地政府都很关心，当天送我到石家庄，在部队医院治疗，晚上回到北京。3月9日地球物理所又组织了第二批人到邢台地震现场，我又随考察队回到耿庄桥。4月1日下午，周总理到耿庆桥视察时来到考察队驻地，听说我受了伤，总理特意来看我。总理说："你就是受伤的吧？你叫段宝娣？"我惊喜地和总理握手，总理又问伤得怎样，嘱咐我天气冷要注意，还问我在哪个学校毕业，多大年龄。总理上飞机时还指着手指，要我注意。我的手指过了三个月才愈合。由于手指是我自己安上去的，没有接好，现在手指还是歪的，左手小拇指头比右手小拇指头短一截，到了阴天下雨还感到麻木……地震只是一瞬间发生的事，而且是在迷糊中发生的，所以我的手指是被什么砸断的，当时反应不过来，现在也搞不清楚。

对于从事地震工作的人们来说，能身临其境地感受、体验一场突如其来的强烈地震，是一种"荣幸"，是一个极为难得而值得珍惜的"机遇"。他们似乎就是碰上了这种难得的机遇。陆续奔赴邢台地震现场考察的科技工作者非常荣幸地经历了3月8日、3月22日两次强震和多次强余震，有的还经历了整个地震的全过程。事后，他们不无感慨地说：总理真英明啊，刚发生小震就号召我们到现场去，给了我们一次难得的机会，让我们大开眼界！

大震前赶到耿庄桥的中科院地球物理所考察队成员之一，现已年逾古稀的高级工程师赵荣国，曾撰写回忆文章，记述了那段永生难忘的经历——

我们于3月7日深夜12时左右抵达耿庄桥。赖明惠和赵永信将地震仪架设在耿庄桥公社院内的一间房子里，我和姚振兴、冯锐等睡在小学教室。3月8日4时许，一次小震把我惊醒，起来带好用具去看地震记录，赖、赵二人已在那里查看，原来他们一直没有休息。大约四五十分钟后，觉得屋外有什么动静，异乎寻常，下意识地走出屋子，刚到院子当中，觉得地下颠动，初时震动很小，同时有闷雷声响，由远而近，我还以为类似刚才那种小震，并未理会。谁知二三秒钟后震动幅度急速增大，紧接着，地面如同发了疯似地摇动起来……与此同时，开始震声如闷雷，随后音量越来越大，简直是震耳欲聋！只觉得被不可言状的吼声笼罩着，被紧紧地包裹着……大地真得疯狂了！多少次把我抛掷出去，我听天由命地做最后的挣扎，就这样相持了十几分钟才渐渐平稳下来……这时，被埋在屋里的同伴也挣扎着逃出来了。段宝娣的手指砸伤了，宋良玉的腰险些被压断。队长李凤杰让我赶快向所里报告这里的情况，但通讯线路已中断……

亲历地震，使地震工作者对强烈地震的过程体会犹深，终生难忘。而目睹了震后的惨死灾情，在他们心中又引起怎样的震撼？赵荣国满含悲恸之情倾诉了内心的真实感受——

天已大亮，所里来的几个人集合了，在李凤杰的指挥下开始现场调查工作。我们用米尺测量地裂缝的宽度、长度和深度，数着倒了多少间房子……天哪！还考察什么？！举目断壁残垣，瓦砾满地，街道堵塞，废墟上躺着刚刚挖出来的尸体……耿庄桥啊耿庄桥，我来时是深夜，没能看清你的仪容，昏暗中，街道和房子都是整整齐齐的。眼前，我看到的你竟是一堆堆瓦砾，听到的声音是撕心裂肺的哭泣……

我和冯锐被分配到附近几个村庄调查。一天下来，一共走了三四个村庄，到处是哭声，到处是泪水……我们与其说是调查地震，还不如说是在参加葬礼。我们与死难者的家属同哭泣，我们没有办法给他们以安慰，我们几乎是语无伦次，希望这些备受摧残的心安定下来。我恨自己为什么不是个医生，不会救治受伤的百姓；为什么没有带来衣物，温暖蒙难的乡亲！……

面对残酷的地震灾情，他们听到最多的就是："希望能在地震之前打个招呼！"一遍又一遍听到灾区百姓如此强烈的心声，哪一个有良知的科学工作者能无动于衷？！对于他们来说，亲历地震的过程如同经受了一次精神炼狱的洗礼，蕴积于心的渴望与希冀像炽热的岩浆一样喷发出来。就从此时起，在领袖的谆谆教导、期待、重托、关怀和鼓励之下，他们几乎是赤手空拳地开始了向地震预测预报这一世界科学难题高峰的攀登。

"为毛主席站好岗，为工农兵放好哨；不搞出地震预报，我们死不瞑目！"这样的豪言壮语无疑满带着那个时代的特色，但这些年轻的地震预报探索者的心，无疑是真诚的，并且化作了他们的共同心愿与行动。甚至有人在决心书中写道："地震预报不成功，就一辈子不结婚……"据说前来视察灾情的李先念副总理得知后说：决心之大，值得肯定，但不能一辈子不结婚嘛，我们要后继有人哪！周恩来闻听后也马上对反映相关情况的科技人员讲：先念同志说的对，我们的事业要兴旺发达，就要后继有人嘛！人家一听说你一辈子不结婚，谁还敢嫁给你，谁还敢娶你呢？

曾任邢台地震考察队负责人的林庭煌研究员（后曾任国家地震局副局长）生前最后一次接受笔者采访时回忆着："周总理对我们从事地震预报的决心和热情是很赞扬的，也是寄予厚望的。他一方面肯定地震是有前兆的，可以预报的，另一方面，当我们过分乐观的时候，他就说，不要轻易下结论，要经过艰苦的科学实践，才能够得到科学结论。"

7. 捕捉来自地下的"警告"

现代科学研究发现，一次强烈地震的发生，要经过相当长时间的孕育、发展过程。在这个过程中，一方面地球自身在地壳下面逐渐积累起足以引起地球构造发生某种程度的变化从而产生强烈震动的巨大能量；另一方面，地球内部的这种力量的积累与渐进变化，也会对地球表面上的许多方面产生种种影响，使其发生变化。这种变化的程度与易见性，随着地震时间的临近而愈益明显，这就是人们所说地震发生前的"前兆异常"。人们为此发明制造了观测地震异常的各种仪器。

邢台6.8级地震发生后，各路考察大军陆续到达现场目睹了地震的惨状，倍加感到地震预测预报的紧迫性。然而，地震已经发生，按一般常识"主震之后就是余震，不会有更大的地震发生了"，他们能做的事情就是不顾一切艰险，投入救灾和震后调查，并将调查获得的一些前兆现象和信息，作为经验加以总结，以用于今后其他地区的地震预报。谁曾料到，14天之后，原震区竟再次发生了更强的7.2级地震！

回忆当时的情景，林庭煌研究员感慨万端，他说：当时"余震仪（微震仪）"

已瘫成一堆，连震中在哪里也无法测定。脚下大地翻腾，眼前景物全非，烟尘起处，屋宇夷为废墟，沙水喷发，田地顿成河滩。河堤开裂，平路变深沟，公路错断，冒水如泉涌。大震来时我正蹲在地震仪旁，忽见记录笔失控，左右摇摆……剧烈的震动将人摔倒在地，爬起来定神一想，能够做的事情仍然是跟跄进村，抢险救灾。强震的连续发生非始料所及，然而严酷的事实，发人深省。吃一堑，长一智。教训给人以启示：地震并未结束，这里就是地震预报科学实验的现场……

这次 7.2 级强震发生后，人们都在苦苦寻思：还有没有大震或强余震发生？

地震在跟人们捉迷藏。

众所周知，地震是地下岩层破裂造成地面震动的一种自然现象。地下岩层在孕震过程中的种种变异达到一定程度时，就可能引起地下岩层的物理、化学等性质发生变化——人们通过观测这些变化，就有可能捕捉到地震发生的信息，即地震前兆，而正确判定地震前兆是进行地震预报的前提。然而，在实践中究竟如何去实现？诸如通过哪些途径，采用什么样的仪器，观测哪些现象，需要什么样的观测精度，所观测到的现象究竟与地震是否有关、关系如何，怎样由此判断将要发生地震的时间、地点、震级等等，都没有现成的经验可循。唯一的办法，只能通过实践与研究来逐步探索。

没有现成的方法，他们就将地球物理勘探、大地测量、水文地质等学科中已有的方法借鉴过来；没有观测台站，就把仪器安装在帐篷里或土坑里。为了不放过任何一丝可疑迹象，没有连续观测仪器，就昼夜守候在仪器旁做人工记录，每半小时甚至每 5 分钟就读取一次数据；为了听到地声，就挖个坑趴在地上听，有时一听就是几个小时……今天看来，这些做法似乎很原始、很幼稚也很落后。但是，正是在这种看似很原始、很幼稚也很落后的做法里，蕴含着这一代地震工作者真诚而执著的追求和勇敢无畏的探索，才使得邢台地震现场成为中国地震预报开创先河的摇篮，成为中国地震史上一个重要的里程碑。

与此同时，各路科考队派人深入各个村庄，广泛搜集地震前兆，耳闻目睹了大量奇异的自然现象，诸如鱼儿翻塘、井水冒泡、鸡鸭乱窜、牛马嘶叫、鼠蛇出洞、猪羊不肯进圈等宏观异常。他们以极大的热情寻觅着可能再次发生强震或强余震的种种迹象。

冥冥中仿佛有神灵被这群人的虔诚打动，不再那么吝啬地把大地隐藏的秘密向他们透露出一鳞半爪。通过观测数据分析、对比各种资料，他们终于在进入灾区的第 18 天，即 7.2 级强震后的第 4 天—3 月 26 日这一天，捕捉到了来自地下的"警告"又出现了：

当天凌晨 4 时至强余震发生前一段时间，密集的小震出现后显得异常平静，"平静得可怕"，"平静得令人窒息"……

监测仪器记录显示地震波形异常……

成群结队的老鼠在街上、路上乱跑……

收音机信号明显变弱，并伴有吱吱哇哇的杂音……

多条河沟和多眼水井的水位上涨……

这些异常的同时出现，引起大家的关注。当晚，地球物理所邢台地震队进行了紧急会商，根据已有的资料和获取的观测数据以及捕捉到的"蛛丝马迹"，他们据此判定，即将有一次强余震发生。

当时，还来不及规范地震预报程序，用什么形式发布预报也不清楚，只是讨论决定，以地震队的名义向抗震救灾指挥部正式发出预报。在场的通信兵话务员抓起电话便向上级首长报告："有震！"——话刚落音，大地突然剧烈震动，一次 6.2 级强余震果然发生了。

时针正指 23 点 19 分。

这是中国地震工作者第一次成功的内部试报。如此复杂的科学难题竟然在一瞬间变得那么简单起来，多么让人喜出望外啊！邢台地震的探索经验太宝贵了，那些"方法"太灵验了！"人类的历史就是一个不断地由必然王国向自由王国发展的历史……"他们背诵着毛主席的这条语录，仿佛正一步一步地踏上自由王国的金色台阶。

林庭煌对这次匆匆上马就取得试报成功的收获评论道："首次预报的尝试，竟然获得意外的成功。它在科学上的成就，固然不足称道，却给人以希望和信心。7.2 级大震的突然袭击，留下的是科学上的迷惑和心情上的压抑；而 6 级余震的预报成功，带来的是科学上的曙光和精神上的解放。"

首次预报成功的喜悦使他们信心倍增。一个探索地震预报方法的热潮在邢台地震现场兴起，"方法"二字，顿时成为各考察队的热门话题。考察队的队员去打饭，炊事员都不忘问一句："同志，你找到'方法'了没有？"

于是，他们便总结出"小震密集——平静——发生大震"的邢台地震震型模式。

于是，他们就摸索出了一套预测预报地震的方法，后来被通称、应用为"八大手段"（测震、地磁、地电、地形变、地应力、重力、地下水位、水化学），在当时就具备了雏形。1971年国家地震局成立，其大部分骨干都是从邢台地震这个摇篮里"摇"出来的。

8. 历史回眸：三个人和一个地震台的"家底"

由中国人创办的第一个地震台建成于20世纪30年代——北京鹫峰地震台。它标志着当代中国有了自己的地震事业。

北京西山鹫峰，一座被茂密的枫林秀竹覆盖的山冈，坚硬的花岗岩山脊间矗立着一座风格独特的欧式建筑，这就是当年中华民国实业部地质调查所鹫峰地震研究室旧址及其地震台。

鹫峰地震研究室的创始人是声名赫赫的翁文灏。翁文灏1889年生于浙江鄞县石塘镇翁家村一个亦农亦商的士绅之家，离蒋介石老家奉化只有几十里路。当湖南的毛泽东在《湘江评论》上慨叹"问苍茫大地，谁主沉浮"，江苏的周恩来东渡日本"邃密群科"寻求济世良方之时，翁文灏走上了"科学救国"之路。他留学比利时，获罗文大学地质学博士学位，是中国第一个地质学博士。他先后在北京地质研究所、北京大学地质系从事地质研究并任教，还创办了清华大学地学系。蒋介石对他颇为敬重，曾任他的国防设计委员会秘书长、经济部长、国家资源委员会委员长等职，而后他又当选为行政院院长。然因他学究气太浓，不谙官场权术，故上任不几日便辞了职，不过在国民政府中依然享有盛名。

翁文灏在鹫峰建立地震研究室的创意，始于对1920年12月16日宁夏（当时属甘肃）海原大地震的考察。震级为8.5级的海原大地震，与1906年的美国旧金山8.6级大地震、1923年日本关东8.2级大地震，并称为20世纪初叶的三大地震。当时世界上有近百个地震台记录到了海原地震，故而又被称为震惊世界的"环球大震"。据当年《民国日报》报道，海原地震"每一震动，沙飞石起，树拔山崩，城郭为墟，陵谷易位"，而且时间长达三个月之久，震害波及60多个县份，有些地区"山崩地裂，村庄压没，数十里内，人烟断绝，鸡犬绝迹"，死亡23万4千余众。当时正值黑暗的北洋政府统治时期，地震更使民不聊生，哀鸿遍野。出于科学家的良知，时任中央地质调查所所长的翁文灏，率谢家荣、王烈等一批地质学者前往海原考察。

历数月奔波，克服难以想象的艰难困苦，考察后不久他们拿出了中国有史以来第一份地震考察报告《民国九年十二月十六日甘肃及其他各省地震之情形》。此间翁氏因营养不良和疲劳过度而患病，而他的一番心声表达了他和同事进行此番考察的动机：

科学知识便是人类的照海灯，

须要照得人类平安方见得他的用处……

回到地质调查所后，翁文灏从浩繁的史料和地方志中搜寻到有文字可考的地震记载。这些自殷代以来约4000年远久的文字，如实记录了大自然暴戾的一幕幕悲剧，早已深深铭刻在先人和后人的记忆中。翁氏运用统计学的方法对古往今来的地震进行分析，得出了公元前2世纪至19世纪"每世纪有地震11有奇"的概率，而后又得出公元14世纪至19世纪"每世纪有地震25有奇"的概率，据此找到了一个周期性规律："地震现象，自盛而衰，复自衰而盛，具有循环之象。"大震之后的余震同样是人类的威胁，为认识研究余震，他总结出两点："其一，余震过程中间有大震，其烈度虽不及初发巨震之高，而往往亦有破坏作用；其二，余震继起之时期内，震中有逐渐迁徙，成一再分析之势……"而更重要的是，他最早提出大凡地震皆与地质构造有关，在其所撰论文《中国某些地质构造对地震之影响》中指出："地震区域不期而与一定地质构造相结合，于焉推之此一定地质构造，当即为发生地震之原因。"据此，他认为对地震的研究"一曰历史经验，二曰地质构造"。1922年翁氏将此论文带到比利时布鲁塞尔召开的第12届国际地质大会上进行宣读，引起与会者极大兴趣和关注，这一科学思路自此被沿用至今。也正是从那时开始，他深切感到仅仅依靠宏观考察远远不足以认识地震，必须像"列强国"那样建立地震台，以便系统地应用物理方法观测与研究地震过程的现象和本质。

然而，使翁文灏心绪难平的是，当时在中国土地上虽已有20多处地震台站，却尚无一个属于中国建立。这些台站是帝国主义在侵占中国划分势力范围后，先后建立的：

日本侵占中国台湾省后，首先于1897年建立了台北地震台，之后又相继建立了台南、台中、台东、阿里山、高雄、澎湖等十几处台站；

法国耶稣会于1904年在上海徐家汇建立了中国大陆第一个地震台——佘山地震台；

俄国与日本于 1904 至 1908 年间，相继在大连、营口、旅顺、沈阳及长春（伪满时期称新京）等地建立了地震台；

德国占领青岛后于 1909 年设置了地震台；

…………

让翁文灏更意想不到的是，为建立中国自己的地震台，他竟呼吁奔波、伤精费神达七八年之久。他曾向学生们倾诉内心的悲苦：中国本是最早进行地震观测和记录的国家，早在 1700 多年前的东汉时期便有了张衡地动仪，这是世界上第一台观测地震的仪器。

《后汉书·张衡传》记载：

东汉太史令于顺帝阳嘉元年（公元 132 年），复造候风地动仪，以精铜制成，圆径八尺，合盖隆起，形似酒樽，饰以篆文、山龟鸟兽之形。中有都柱，旁行八道，施关发机；外有八龙，首衔铜丸，下有蟾蜍张口承之。其牙机巧制，皆隐在樽中，覆盖周密无际。如有地动，樽则振，龙机发，吐丸而蟾蜍衔之，振声激扬，伺者因此觉知。虽一龙机发，而七首不动，寻其方向，乃知震之所在……

这台仪器制成后，放置于河南洛阳的灵台，与浑象、浑仪、圭表、刻漏等天文仪器一起，供观测之用。汉顺帝永和三年（公元 138 年），陇西发生地震，千里之外的洛阳并无感觉，但候风地动仪却测到了，满朝文武百官多不相信。几天后，驿骑送来消息，确证那里发生了地震，于是朝庭内外尽皆信服，赞叹其妙。可惜的是，这台仪器在西晋永嘉之乱中散失，至今下落不明；而记载地动仪原理和结构的有关文牍也于唐后失传……如今事过 1700 多年，科技水平自然当年所无法比拟，但偌大中国竟无一处属于自己的地震观测台，岂不愧对先人！

翁文灏和他的同事、弟子不禁为眼前这个积贫积弱的国家而悲愤。

所幸，他为建地震台苦熬苦等七八年后，结识了驰誉京城的律师林行规。林已在西山鹫峰买下一处寺院名为秀峰寺，并在那里建造了一座别墅。得知翁氏的设想后，林行规表示愿捐一块空地，供建地震台之用。那里环境幽静，无噪声干扰，又恰好坐落在坚硬的花岗岩层上，正是架设地震仪器的理想场所，对于当时经费拮据的地质调查所，无疑是雪中送炭。

1929 年冬，翁文灏经清华大学吴有训教授等人举荐，聘请毕业于南京东南大学的李善邦，具体负责筹建地震台和相应机构，并出任台长。次年9月，地震台刚刚落成，就在安装仪器调试过程中，记录到了9月20日13时02分02秒发生在土耳其的一次强地震。从此，鹫峰地震台开始运转，并通过刊发地震观测月报和论著，与各国地震台交换资料，正式进入世界地震信息网络。

继李善邦之后，曾在鹫峰地震台或长或短工作过的还有秦馨菱、贾连亨、潘家麟、严魁元等人，他们中的大多数后来都成了新中国地震战线的学术带头人。此外，翁文灏的堂弟，当时就读于清华大学的翁文波，也曾于1937年初到鹫峰地震台实习，在这里完成了论文《天然地震预报》。从那时起，成功预报地震，就成为人们的梦想，并相信这绝非幻想，但要走的路很长，很长……

"由中国人自己创建的地震台开始运转了！"当时北京诸家报刊登了这个消息。但是，很少有人知道，从地震台运转那天起，从鹫峰通往清华大学的黄泥路上，常常有人赶着一头毛驴跋涉其间——因为地震台建成后再也无力架设一条通电线路供其所用，仪器的运转全靠三组蓄电池轮流供电。每当蓄电池的电能耗尽时，就得赶快雇人用毛驴驮到清华大学充电。

日复一日，年复一年，那条黄泥路上留下了数不清的毛驴足印……直到1937年卢沟桥事变爆发，鹫峰地震台因之夭折，至此，在那黄泥路上往返奔波的小毛驴再也不见了……

翁文灏"科学救国"的理想受到重重一击。不久，以科学立身的他走上了仕途，在蒋介石政权行将覆灭的1948年，出任国民政府行政院院长，从而后来成为中共通缉的主要战犯之一。翁文灏随蒋介石去了台湾，但他有自己的打算，他让儿子翁心源留在上海，而后又把父亲和妻子儿女从台湾接应出来，转道香港回国。为躲避国民党纠缠，他曾暂避法国。1951年，在毛泽东、周恩来的直接关怀和部署下，他取道香港回国，成为国民党政府要员返回大陆的第一人。之后，他担任全国政协委员多年，"文化大革命"中受到周恩来保护，直到去世。作为一名爱国科学家，翁文灏被定格在新中国和中国近代科学史的记忆里。

自1930年冬到1937年抗日战争爆发为止，鹫峰地震台共记录到地震2472次，在中国近代地震史上写下了不平凡的一页。1931年，中央研究院气象研究所聘请金咏深筹建地震台，次年在南京北极阁开始记录，创建了中国第二个地震台，但不久即被扼杀于摇篮之中：随着抗日战争爆发，北京和南京相继沦陷，北京鹫峰地震台和南京北极阁地震台都停止了工作，陷入瘫痪。

1939 年，中央地质调查所迁至重庆北碚。为恢复地震观测，李善邦在日寇飞机频频空袭的间隙，用最原始的石磨代替飞轮和手摇车床，历经四年，研制出我国第一台国产地震仪。为纪念翁文灏对地震事业的贡献，他将这套地震仪命名为"霓式地震仪"（翁文灏字咏霓）。随之建立了抗战时期中国大陆唯一的地震台——重庆北碚台。李善邦在他的传世之作《中国地震》一书中记述了这段惨淡经营的亲历：

……要恢复地震研究，须有观测仪器，然而国难当头，地质调查所是当时最穷的机关，从国外进口仪器是完全不可能的了，唯一的办法是自制。想当初在鹫峰，曾整形和设法改修过地震仪的好些部件，自行制造地震仪未尝不可一试……点滴拼凑，逐件试作，历尽艰难，卒于 1943 年夏，基本上制作完成。就在试行记录的时候，居然记录到了 6 月 22 日清晨发生于成都附近的地震……

1944 年秋，中央地质调查所又申请增补了一位专职地震工作者——著名地震学家谢毓寿，负责维护台站，分析处理地震图，编制报告以及与英美等国地震研究机构进行资料交换工作。至此，中华民国拥有了三名从事地震研究专业的人员——李善邦、秦馨菱、谢毓寿。

尽管当时考取中英庚子赔款派出留学的傅承义，先去加拿大麦吉尔大学攻读地球物理勘探，后转美国加州理工学院，从师于著名地震学家古登堡，获博士学位，成为中国第一位经过正规训练、具有高等学位的地球物理学家，但他 1947 年回国后便被派到中央研究院气象研究所工作，没能直接从事地震专业。

抗日战争胜利后，中央地质调查所于 1946 年迁回南京。李善邦等又经多方努力，利用从重庆北碚台拆迁回来的仪器，托人找回原鹫峰台的部分仪器，将这些残存的部件集中修理拼装，终于在 1948 年底建成了南京水晶台地震台，恢复了地震观测。所幸该台并未因蒋家王朝的溃逃而停止运转，直到新中国成立。

三名地震专业人员和一个中国人自己管理的地震台，这就是新中国成立时接收的全部地震"家底"！

让我们记住他们，记住那段一个泱泱大国仅有三人从事地震研究的历史，记住前辈那个梦想——那个光芒虽然微弱却从未泯灭的求索愿景！

9. 非同寻常的会见

被老百姓称为"贴身保镖"的张树迎，时任周恩来总理卫士长，回忆起邢台地震紧随总理忙碌的那些日日夜夜，依然心情激动——

在视察和慰问灾区的时候，看到满目疮痍的家园，看到百姓们失去亲人的悲痛情景，总理也忍不住地默默流泪。在办公室，他时而踱步沉思，时而自言自语：这么大个国家，搞不好地震预测预报怎么得了啊！……当时他为什么把那么多科学家都调到地震现场去？总理深谋远虑，决心以邢台地震为起点，把地震工作队伍组建好，从理论研究和实践探索中，力争对地震预报这一科学上尚未解决的难题有所突破。总理三天五天就召集地震方面的人员开会，还经常找有关专家座谈，讨论如何建设和扩大地震队伍，引进国外先进技术和设备。他说，不管花多大力花多少钱，也要把这个队伍建起来，把国外的先进技术引进来！……

1966年4月27日，周恩来总理在中南海接见了我国著名地质力学专家李四光、著名地球物理勘探专家翁文波。周恩来与两位科学家以邢台地震为中心话题，探讨了地震预测预报问题。陪同接见的还有李先念副总理等。

听取了李四光和翁文波对邢台地震的考察汇报后，周恩来讲，邢台地震确有前兆现象，是宁晋县委反映的情况，他们组织群众抗旱打井时，井下施工人员已经感到有轻微地动，还发现井水翻花冒泡。之后地动范围逐渐扩大，人们议论纷纷。此事反映到"四清"工作队，反映到地委专署，还被认为是"阶级斗争新动向"受到追查……事实证明，他们反映的情况确是大震即将来临的前兆现象。

周恩来说，任何事物的变化都是有规律的，地震也是由小变大，不可能一下子来个突变。要扩大观察和观测范围，对地震前后的各种现象，包括任何微弱的变化，都要记录下来，综合起来，用唯物主义的观点加以分析研究，是可以发现一些规律的，从而加强以预防为主的防震减灾措施，以减少地震灾害造成的生命财产损失。

两位科学家十分同意总理的分析和观点，接着谈到，邢台地震后，从现场调查与预报实践提供的基本事实表明，地震前兆和宏观现象非常明显，地震预报并非是人们的幻想。运用科学手段与方法，人们完全有可能进行地震的预测与震灾的预防。

在科学家的视野里，人类居住的这个地球，只是很荣幸地成了太阳系家族里的一个成员，只是宇宙间一颗微小的颗粒。而地球内部的运动与外部宇宙运动存在着种种联系或影响，譬如天体运行、太阳黑子、地球的板块运动、大气环流和气候变异、潮汐现象和月亮盈亏等等。这些现象对地球产生怎样的影响，正是科学家要探求和破解的自然之谜。

周恩来也十分欣赏两位科学家的见解。他说：天和地是对立的统一，没有天就没有地。太阳影响地球，地球是太阳的行星。地震与天体有关，与宇宙空间也有点关系。

接着，他还引用毛泽东和李四光会见时说过的一段话："原子弹有什么了不起？中国有6亿人口，现在恐怕有8亿，960万平方公里的土地，怎么消灭得了中国人？原子弹再厉害，一颗原子弹把地球打穿，从中国穿到美国，最多把地球毁灭，这对太阳系来说是一件大事，但对银河系对宇宙来讲，还是小事。还是回到人间来吧！不要说离我们太远的事了。中国这么大的面积，怎么会不发生地震呢？"

周恩来由此聊起旧中国地震事业发展的状况和艰难历程，聊起翁文波的堂兄翁文灏创建鹫峰地震台的艰辛以及他几经磨难回到祖国的情景。翁文波后来撰文说，周恩来召见他和李四光，谈及堂兄翁文灏随蒋介石去了台湾被中共作为主要战犯公布，是对付蒋介石的一种策略。翁文波也向周恩来讲起他与堂兄挥泪惜别的内情：当时蒋介石鼓动翁文灏把翁文波也带到台湾去，而翁文波执意要留在大陆，翁氏兄弟便商议好如何这般应付蒋介石。得知中共的通缉令后，翁氏兄弟哈哈大笑，深感这一着儿太妙了……

感慨回味一番，周恩来道明主题："今天请你们来，就是希望你们搞地震预报，这是我交给你们的任务。"

两位科学家没有辜负周恩来总理的殷切希望。此后，李四光开创了以地应力预测地震的研究途径，通过属下地质队在隆尧打成两口地应力观测井，天天打电话了解这两口井的地应力数据变化情况，用以对比并判断震情。次年3月27日，河北沧州地区的河间、大城一带发生6.3级地震后，根据周总理"要密切注意京津地区地震动向"的指示，李四光以华北地质地震构造的变异为依据，最早判断出"京、津、唐、渤、张"一带发生地震的危险性，并强调要对唐山地区的滦县、迁安做些观测，可惜他在1971年因动脉瘤破裂去世。

翁文波则创造了预测各类天灾的"可公度法"理论——尽管这个理论至今在科学界仍有歧异，似有巫术之嫌。但这个理论浸透了这位科学家毕生的心血和探索精神，不禁让人想到哥白尼和伽利略。举一例可窥一斑：1990年亚运会前夕，国家地震局分析预报中心在综合各方面意见时，曾把翁氏相关预测意见作为参考，预报了可能发生在京郊的地震。果然，9月22日亚运会隆重开幕当天，一次4.2级地震发生。由于震前有预报，虽然没有公开发布，但组委会已做好了应急措施，运动会有惊无险，各类比赛照常进行。

5月28日下午2时许，10多辆深绿色大轿车满载出席邢台地震科学讨论会的400多名代表，驶入中南海。

国务院会议厅环围绕一张大长条桌，摆列着一排排已显陈旧的木质桌椅，每个座位前摆着一沓32开的便笺、一支铅笔和一个茶杯，简朴而清静。大家已知道，敬爱的总理周恩来将要在这里接见全体与会代表。

李先念副总理、聂荣臻副总理、谭震林副总理来了，郭沫若院长来了，李四光部长、曾山部长、钱正英部长来了……3点30分，国务院总理周恩来身着浅灰色中山装，左臂夹着资料袋，手臂半抬，从会议厅东门步入大厅。这时，全场响起了热烈掌声。周恩来环视大厅，挥手致意，并示意大家坐下来。

入座之后，周恩来看了看围坐在中央长条桌前的各位副总理及部长、院长们，发现李四光的座位离自己较远，便马上示意坐在右侧的会议主持人、国家科委副主任武衡，与李四光对换一下位置，让李四光和郭沫若分别坐在自己的左右侧。

代表们静静地注视着这个小小的细节，相互会意微笑，传递着各自的心声。

座位调换完毕，总理才开始讲话。代表们品尝着服务员送上的中南海白开水，在"中华人民共和国国务院"便笺上，记录下这次难忘的、在中国地震史上具有重大意义的会议发言。

周恩来说，把你们留了一个星期，6天的会变成两个星期。有科学家估计，这次会是十几年来最丰富的一次地震科学讨论会。不一定吧，不能把以往的会都否定了，但总是一次有收获的会。旧社会只有一个地震台，三个地震工作者。你们能看到今天这个发展，是个好事。说旧社会有了地震也不去实地考察，是否这样差？1920年六盘山大地震（即海原大地震），总有人去看过（指翁文灏率领的考察组）。不要否定一切，历史也要一分为二，批判吸收嘛！

接着，周恩来向坐在前排的梅世蓉询问了些有关情况，然后说，梅世蓉同志在苏联学了4年地震，学习上有教条，总还学到一点东西，也是一分为二。苏联有些框框，自己做些比较，就突破了。没有低的，怎么来高的？现在全国有100多个地震台了，比美国、日本还多，这也要一分为二。就算美国、日本只有100多个地震台，那么中国六七亿人口，他们只有一二亿，和日本比，我们应该有700多个台。所以，还差得很远，不要满足于现状。虽然我们由解放前的一个地震台发展到100多个，从事地震工作的科技人员由3个人发展到300多人，但是从国家的人口、面积上来比，从地区情况不同来看，我们的地震台和地震技术人员的数量还不够得很。希望以此为起点，继续前进！

显然，周恩来这番"开门见山"是有所指，有针对性的。当时他了解到一部分人中存在着否定一切、盲目乐观的情绪，好像面临的一切困难都不在话下，好像在某个早晨、某个地方发生地震都能很快监测出来发布预报。

在分析了我国地震工作现状后，周恩来说，这次邢台地震考察，对地质构造、地震预报等进行了探索，有了一个初步认识。地震预报过去国外都不敢提，"三八"妇女节那天地震后，有些科学家说："地震预报世界上都没有解决。"李四光同志独排众议，认为世界上未解决，我们为什么就不能解决？我们派去大批人马，到现场实践，大力协同，就能得出结果。这次的确是多兵种联合作战，群策群力嘛！……这次地震，震动最多的一天是1070次，现在一天还发生100多次。科学就要有数据，必须从多方面来研究。任何事情不能一个人垄断，学术不能一个人垄断，专家也不能垄断。要同群众结合，吸收群众的经验和智慧。知识是从群众中来的，不过他们的分析方法不大完整，专家的作用就是把群众的智慧集中起来，加工、提炼成为一门学问，再到群众中去进行考证，对的肯定，不对的修正。我们这次有收获，将来可能把世界上这个未解决的难题解决了。现在粗线条看有点眉目，有希望。现在100多个台、300多位专家，绝对不够，要与学校（科大、北大）的地球物理系好好研究，抓住现场实践，好好搞下去。请国家科委、聂总抓下去，一直抓，抓出大成果来。石油已经放出异彩，我们要在地震问题上也放出异彩，不要像狗熊掰包谷，抓住又丢了，要作为事业，抓一辈子！

周恩来不仅就地震工作的全局部署、奋斗目标、思想方法、深入实践等问题做了详尽阐述，而且从哲学高度，对地震工作者提出了要求。他说，毛主席的《矛盾论》《实践论》不仅可以用在社会科学上，而且可以用在自然科学上。毛主席在1964年第三届全国人民代表大会第一次会议上我所作的《政府工作报告》中，亲自加了一段话，我把它变成引文，放在报告前面："人类的历史，就是一个不断从必然王国向自由王国发展的历史。这个历史永远不会完结……人类总是不断发展的，自然界也总是不断发展的，永远不会停止在一个水平上。因此，人类总得不断地总结经验，有所发现，有所发明，有所创造，有所前进。停止的论点，悲观的论点，无所作为和骄傲自满的论点，都是错误的。因为这些论点，不符合大约 100 万年以来人类社会发展的历史事实，也不符合迄今为止我们所知道的自然界（例如天体史，地球史，生物史，其他各种自然科学史所反映的自然界）的历史事实。"这段话运用马列主义哲学，最集中地、深入浅出地说明了社会、自然发展的规律。地震工作要高举毛泽东思想伟大红旗，首先学习几篇哲学论文，这非常重要。

…………

周恩来这次会见代表和讲话历时两个小时。讲话结束时，他嘱咐国家科委赠送会议代表每人一套毛主席哲学著作，即《矛盾论》《实践论》《关于正确处理人民内部矛盾的问题》《人的正确思想是从哪里来的？》，还有毛主席在以上所说政府工作报告中的有关论述。

周恩来挥手与大家告别，全体代表起立鼓掌。望着总理匆匆离去的身影和他那坚定的步伐，人们久久站立目送——日理万机的总理又要去参加哪个会议？接见哪国外宾？还是去批阅急待处理的文件？……他们眼前仿佛又浮现出总理站在木箱上向邢台受灾群众讲话的情景，浮现出总理半弯着腰观看地震仪器的情景，浮现出总理在地图前听取地震工作者汇报震情的情景……啊，总理又向我们走来，又来到我们中间！

周恩来卫士长张树迎回忆说：那天的会议非同寻常，有一种严峻感和紧迫感。它标志着邢台地震在中国近代地震史上是一个转折点，同时又是一个新起点。

时至今日，邢台地震已过去 50 多年。今非昔比，当我们拥有了现代化的观测手段、设备和遍布全国各地的台站，当我们对地震前兆的认识已从知之甚少到有所发现、有所进步，我们依然由衷地赞叹当年闪耀在华北平原上的思想解放的火花和梦想的光芒，我们依然崇敬当年那些饱经风霜雪雨的探索者、失败者和殉道者。

然而，事情正在起变化——就在那个"非同寻常"的地震会议在中南海召开之前的 12 天，同样在中南海，5 月 16 日，中共中央决定，发布《关于无产阶级文化大革命的通知》。

非同寻常的会议；

非同寻常的会见；

非同寻常的讲话；

非同寻常的时间。

此时此刻，人们很少知道，这一切都非同寻常。

于是，以邢台地震为先导的地震频发的 10 年，和以"五一六"通知为信号的 10 年"文化大革命"，相互震荡着、交织着，在中国大陆一起上演……

第二章　震荡与忧患的年代

地球仿佛发疟疾似的颤抖起来！仓促上马的地震预报工作还没站稳脚跟，一系列大地震就在华北、东南、西南等地接踵而来。触目惊心的"地震潮"，迫使尚在襁褓中的地震工作者卷入地震应急的十年。

那是震荡与忧患的年代，人类的生存和尊严遭遇严厉的挑战。所幸的是，有这么一群"震魔的狩猎者"痴心不改：为早日突破地震预报这一世界性难题，而宁愿把自己当做柴薪投入燃烧——那是对青春，对生命至高无尚的爱惜和赞美！

历史可以生锈，唯有风骨长存！

第二章 震荡与忧患的年代

1. 触目惊心："地震潮"十面埋伏……

1966年后半年，史无前例的无产阶级大革命轰轰烈烈地在中华大地上展开。"砸烂旧世界，创造新世界"；打倒"阎王"，解放"小鬼"；造反、夺权、大字报、大辩论、红卫兵大串联……与此同时，大自然也陡然在人类面前忽然变得陌生起来。地球仿佛发疟疾似地颤抖，"厄尔尼诺现象"、"拉尼娜现象"……一个又一个新名词，像幽灵一样在人类居住的这个星球上徘徊游荡，兴风作浪。

出乎意料的是，标志着中国地震预报大规模科学实践活动开端的邢台大地震，其实也是中国新一轮地震活动高潮的先导。在邢台地震中仓促上马的地震预报工作尚未站稳脚跟，一系列大地震就在中国的华北、东南、西南等地接踵而至，并有危及首都北京及其他城市之虞。触目惊心的"地震潮"，仿佛"十面埋伏"，左冲右突，中国地震工作旋即被卷入地震应急的十年。

新年将至，当时的"两报一刊"（即《人民日报》、《解放军报》和《红旗杂志》）发表了元旦献词《迎接伟大的七十年代》，内有这样一段对国际国内形势的描述：一座座火山爆发，一顶顶王冠落地，帝、修、反以及一切反动势力，再也找不到一块"安定的绿洲"了……当时全国人民都在背诵《毛主席语录》，其中"四海翻腾云水怒，五洲震荡风雷激"，耳熟能详。不仅仅是对政治形势的描述，大自然焉何不是？

邢台地震后仅一年，1967 年 3 月 27 日，河北沧州、河间一带又发生 6.3 级地震，震区距北京仅 160 公里，京、津一带有强烈震感。

紧接着，强烈地震在中国大陆南、北两面几乎同时发生，成夹击之势：1969 年 7 月 18 日，渤海发生 7.4 级地震；同月 26 日，广东阳江一带发生 6.4 级地震，震中距广州市仅 200 公里。

时隔不到半年，1970 年 1 月 5 日，云南通海、峨山一带发生 7.7 级强烈地震，省会昆明震感强烈，震中烈度达 10 度强，造成 15000 余人死亡，灾情惨重，再次震惊全国。

1973 年 2 月 6 日，四川炉霍又发生 7.7 级强震，虽然是在人口相对较少的西部地区，但也造成 1300 余人罹难。

1974 年 4 月 22 日和 5 月 11 日，不到一月之内，地震又在我国东、西部接连发生：在人口密集的江苏溧阳发生 5.5 级地震，波及江南重镇南京；在云南大关发生 7.1 级地震，昆明再次引发强震反应。

之后不到一年，1975 年 2 月 4 日，东北，人口密集的辽宁海城、营口一带，发生 7.3 级地震。由于地震部门事先提出了预报意见，并经政府部门果断决策，采取了预防措施，大大减少了人员伤亡，但仍有 1300 余人丧生。

1976 年，仅一年内，又相继发生云南龙陵（5 月）、河北唐山（7 月）、四川松潘（8 月）三组 7 级以上强震。尤以唐山最为惨烈，烈度高达 11 度，死亡 24 万余众，整座唐山市夷为平地……

短短 10 年间，地震灾害如此频繁，为近现代中国历史罕见，也令世界极度关注。面对愈演愈烈的地震灾害，中国年轻的地震工作者只有一个心愿：快些，再快些，早日突破地震预报难关，降伏震魔，为人民解除苦难！

邢台地震时，人们尚未意识到这是新一个地震活跃期到来的序幕。当时人们最关注的是，华北平原还会不会有发生大地震的可能？它的趋势如何？是向东或向西发展，还是向北延续？如果向北，就会直接威胁北京、天津，后果不堪设想！

在一次座谈邢台地震发展趋势的分析会上，有人提出，从邢台地区小震频仍和动物异常等种种迹象来看，近期还可能发生较大地震，并且有向北向东延伸扩张的趋势。由此他们圈出了可能再次发生较大地震的若干市县，建议发布预报，予以防范。

周恩来认真听取专家意见，缜密分析地震历史资料，对地震发展趋势深感忧虑。他请李四光发表意见。

李四光说，根据现有资料，邢台地区已经发生了两次强震和万余次较小地震，至少地壳上层岩石破坏得很厉害，产生了大量的裂隙，即使再有地应力积累情况的重演，那些积累起来的应力能量，大部分都可能通过裂隙的活动而释放。所以，在邢台地区及其邻近属于同一构造体系的地区，再发生像 1966 年 3 月 8 日和 3 月 22 日那样强烈地震的可能性不大。当然，在华北平原还未平静之前，一系列较小的地震，可能还会继续一个时期，但就整个华北平原来看，震源带有可能向东北方向发展。

在李四光看来，地震的发生，主要是由于地壳运动在岩层中引起的地应力与岩石抵抗能力之间的矛盾逐步发展并激化的结果。因为地应力在岩石具有弹性的范围内是可以不断加强的，一旦超过了岩石本身的抵抗强度，岩石就会突然破裂，特别是在地壳比较脆弱的地方，就更容易发生断裂，引起震动，这就是地震孕育、发生、发展的过程。所以，只要抓住这个主要矛盾，掌握其变化过程，就可以预报地震。当然，这只是李氏"一家之言"，至今一些科学家对此仍有不同见解。同时，李四光还认为地应力在岩石中的积累与释放，也可以因为岩石发生形变（褶皱）或蠕变（缓慢的变化）、位移释放能量，而不一定产生破裂、震动的情况。

李四光把区域地质构造称为地质构造体系，将其比喻为一个人的有机体，观测地应力就像大夫看病一样，要听心脏的跳动，要量血压的变化，或是抽一滴耳血进行化验等等，都是可以了解人体内部变化情况的。他正是在这种思想指导下，从事着地震地质的开创性工作。

李四光的意见得到大部分专家认同。

周恩来对此果断地作出指示：要把北京地区的地震问题与邻近地区的地震问题一并考虑，以保卫大城市、大水库、电力枢纽、交通系统的安全。

接着，周恩来又具体做出相应部署：要多搞点流动车，至少要有六个流动车，在以下几条线上加强观测：

1. 津浦线上天津至德州段；

2. 北京至天津段；

3. 北京至山海关段；

4. 北京至石家庄段；

5. 正定至太原段；

6. 保定至安阳段。

部署完毕，周恩来又征询大家意见，看看还有什么要补充，不要遗漏任何疑点，以防百密一疏。

李四光提出：从地质构造体系上看，河北的深县、沧县（沧州）、河间这些地方发生地震的可能性是不能忽视的，这一情势，直接关系到京津地区的安全。

周恩来对此十分重视，当即指示：另外再配备两套后备力量，以便在深县、河间或其他地区一旦发生新的地震时，能够立即赶到新战场展开歼灭战，不要把力量都用光了。

在周恩来看来，大自然在邢台制造了一场大灾难，同时也制造了一个大战场。地震是一场源自地壳断层的"战争"，这种战争与他一生中经历过的各类战争迥然不同。地震的发生，是地球内部各大板块上的断层们相互摩擦、争斗、扩张、垄断的必然结果。正如在座科学家们所说，我们脚下的这块地壳，有四条古老的华夏系断裂带，它们就像不屈不挠的远征军一样，每天都在不停地进行迁移和"战斗"，这让他想到当年红军艰苦卓绝的长征。而地壳板块迁移所产生的巨大能量，不断搅动着、干扰着居于地壳上部那些断层们的安逸与平静。这些断层们大都是或老或少的断裂带和构造带，它们不甘于被对方任意驱逐、排挤，于是双方发生"恶战"。一次次的交锋厮杀，又不断在相邻的断层间扩大规模，产生出更大的能量。当能量聚积到各方都无法承受的程度，就会发生裂变，这个裂变的结果就是地震。在科学家看来，这是来自地表下的"战争"，人类永远无法遏止这种"战争"的发生。因为地震是一种没有形态的能量释放，来无踪去无影，人类看不到它的模样，所以地震也是一场发现不了敌人的"战争"。而人类是一种既有形态又有生命和思想的物种，这也就决定了"战争"的性质是一场旷日持久的不对称"战争"。

然而，共和国总理深知，这场来自地表下的不对称的"战争"，其难就难在地震的不可见性，地球内部的不可入性。但是人类不能就此休兵，甘愿做大自然的奴隶。人类必须积极应战，以保卫我们赖以生存的家园……

果然不出李四光所料，1967年3月27日，河北省沧州地区的河间、大城一带，发生了6.3级地震。震中烈度为7度，虽然人员伤亡不大，但房屋损坏130余万间。

当天，周恩来指示国家科委、中科院、地质部、石油部等有关部门速派人员前往地震现场考察，并派其联络员刘西尧（后历任二机部部长、教育部部长、四川省委书记、全国政协常委等职。是中共第九届至十一届中央候补委员）亲临现场指挥。中科院地球物理局副局长张魁三、石油部石油科学研究院副院长翁文波等专家，以及200多名考察人员，迅速奔赴沧州地震现场……

3月29日，国务院会议上，李先念副总理传达周恩来的指示："要密切注视京津地区地震动向。"

为落实总理指示精神，国务院决定在国家科委设立京津地区地震办公室，主管京津地区地震预报工作，其人员由中科院、地质部、石油部、国家测绘总局等部门抽调。是年12月，经国务院批准，中科院地球物理局与国家科委京津地区地震办公室合并，建立国家科委地震办公室，张魁三任主任，统一管理全国地震和抗震科研工作，并直接管理原地球物理局所属的地球物理所等8个研究机构。而国家地质部的地震工作，仍由该部地震地质办公室管理。

这种管理范围的划分与部署似乎出于各方面因素的考虑，也许，竞争机制与多头管理是各种原因之一。而当时的战略部署就是这么定的，仗，就是这样打的，用李先念副总理当时的话讲：不管怎么样，谁能捕捉到地震的"信号"，及时地预报出来，这仗就算打赢啦！

此时，李四光的注意力从整个东部地区转向了重点设防的京津地区。他通过对京津郊区的野外考察和深入研究，逐渐形成了一个"可能性很大"的判断。1967年10月20日，李四光在国家科委地震办公室一次研究地下水观测的会上指出："滦县—迁安（属唐山地区），东西构造带很深，范围很大，若发生震群的话，延续的时间长，释放的能量也很大……应向滦县、迁安地区做些观测工作。如果这里也有活动的话，那就很难排除大地震的发生。"

不幸而言中。事后想来，这不就是这位著名科学家对十年之内这些区域相继发生渤海、海城、唐山大地震极有见地的预言吗？然而，这位对攻破地震预报难关满怀信心的科学家，三年后与世长辞。他在病逝前留给这个世界的声音是："只要再给我半年时间，地震预报的探索工作，就会看到结果的。"他是怀着对生命的眷恋、珍惜和遗憾离开了这个世界。一些地震专家追思说，要是李四光活着，唐山大地震的历史就有可能改写！

2. 危机四伏的"中央地办"

1969 年 7 月 18 日，渤海湾海域发生 7.4 级强地震。当日，周恩来在国务院小礼堂会同郭沫若、李四光等听取渤海地震的震情汇报。此前，周恩来已令其联络员刘西尧，飞抵渤海，视察灾情。

刘西尧乘坐总理专机抵达长山岛海军基地，又转乘直升机去灾区视察。刘西尧乘坐的是伊尔—28 直升机，在胶东、辽东半岛上空 400 米高度飞行两圈，没有发现地面有破坏痕迹。

这时，驾驶长走出机舱，问刘西尧：降到 200 米高度，你敢不敢坐？！

刘西尧说：你敢飞，我就敢坐。

驾驶长冲他笑了笑，说：好。

虽只是一个好字，那笑的神情却仿佛在说：总理身边的同志就是不一样呀！

于是，直升机飞向 200 米上空，又在胶东、辽东两个半岛上缓慢飞行了两圈，地面上一个老汉牵着一头毛驴的鼻眼都看得清清楚楚，仍未见有破坏痕迹。

直升机在长山列岛降落后，基地司令部向刘西尧介绍情况说，只有黄县有一间房屋震塌，一个老太婆被压死，其他地方都没有受到损害。司令员还告诉他说，黄县武斗很厉害，有一个红卫兵造反组织的头头还声称要来基地抢武器，社会上这么乱，形势很不妙。

司令员劝刘西尧不要再坐直升飞机去黄县现场考察了，刘西尧也就同意了。途径济南时，一群黄县籍的招待所服务员跑来，向刘西尧打听她们家乡的情况，刘西尧只能对她们说，听说没有受到什么损害。

回到北京，刘西尧向总理汇报，周恩来只说了一句：那里武斗，你去有什么关系！

这句话让刘西尧铭记终生。是啊，直升飞机都准备好了，为什么不亲自去看看！400 米高度已能看见地面没有损失，为什么驾驶长却要冒着危险和 40 摄氏度以上的高温，建议降到 200 米高度再飞两圈？要是到黄县亲自去察看一番，当服务员问起家乡情况时，回答她们的语气不就更肯定了嘛，向总理汇报也会更加心中有底。这正是总理身体力行、事必躬亲、一贯所提倡的啊！……

刘西尧回忆说，他是在 1967 年随同周总理在国务院会议厅听取中科院地球物理研究所顾功叙、梅世蓉等关于河北地震情况汇报后才开始接触地震工作的。从渤海湾大地震视察回京后才查明，这次地震虽然震级很高，震感面很大，但由于是发生在海底深处，所以地面没有受到什么破坏。

于是，从中央到地方人们都深深地出了一口长气：有惊无险！这次地震算是选对了地方。

现在，让我们将视线转回到国务院小礼堂渤海地震震情汇报会上。

虽说这次地震发生在渤海深处，有惊无险，但它毕竟是一次 7.4 级的大地震，如果发生在地面，发生在人口稠密地区，那伤亡将比邢台地震还要惨重。

此时，周恩来神情凝重，目光深沉，他由此洞察且思考着一个严肃的问题。听完汇报后，他抬手拍击了一下桌面——

什么地质部、科学院，地震界就存在着严重的分散主义、山头主义，分散主义给我们害苦了！……分散主义不好，对工作不利。现在就合起来吧！

他接着说：这里满满一堂，搞地震的不少嘛。你（指李四光）不是说过嘛，要用有限之年，探无限之秘。你的宇宙哲学写得怎样啦？

李四光答：进展不多，另有些别的事情。

周恩来说：地球物理所、地质所可以同地质部合起来，都是搞地震的嘛！张魁三你是地震办公室主任嘛，统一指挥这次地震工作，派联合队伍去山东、河北、辽宁开展地震考察。假如天气好，明天天亮就起飞。包括大飞机、小飞机、直升飞机。岛上可以去人，设立观测站，把山东、辽宁、渤海发生的这个地震弄清楚，找出规律来。

周恩来又将目光投向挂在墙上的地震趋势图，巡览一番后，继续说道：中国的地震活动看来不会停。发生了一个大地震，就抓住不放，抓住地震的各种现象，从各个角度去研究。到现场去，试验方法，锻炼队伍。一定要集中力量，通力协作。

最后，周恩来果断地决定：这次就联合起来，一元化领导，组成一个中央地震工作领导小组。以李四光为主，刘西尧为辅，张魁三还是地震办公室主任，负责调度。还有石油部李希文、地质部王树华。办公室还是设在科学院，高临同志、王乐天同志，国家海洋局也出一人。由你们八人组成，其他单位协作。

…………

很快，由国家科委地震办公室和地质部地震地质办公室合并，组成了中央地震工作小组办公室，简称"中央地办"，作为办事机构具体负责组织事关全国地震的相关工作。

　　事情往往不以人的意志为转移。此时的中国风云激荡，史无前例的无产阶级"文化大革命"开展得如火如荼。突然有一天，国家科委和中国科学院贴出了大标语"万炮齐轰聂荣臻！"甚至有人把内容相同的巨型标语刷到大烟囱上。而北京火车站一幅批判聂荣臻的标语最为壮观——一辆解放牌卡车横过来，竟然遮不住其中的一个字。

　　炮轰聂荣臻的"罪状"，是他公然保护了一大批被造反派称为"臭老九"的"反动学术权威"。也就是"五一六通知"下发后的一个多月，聂荣臻与有关方面一起研究起草了《关于文化大革命中对待自然科学工作者的几个政策界限》的初稿，其中指出：绝大多数知识分子，属于无产阶级或资产阶级左派、中派，应予团结保护。对科研机构的要害部门要严加保卫，如有人抢档案、武器、爆炸物、毒品或泄露国家机密、破坏仪器设备等，一律以反革命论处。

　　但是，这个文件遭到中央文革小组的强烈反对，勉强在少数科研部门试行了一段时间，很快就夭折了。就在聂荣臻殷殷盼望科学界不要出乱子时，他分管的中国科学院贴出了大字报，说"中国科学院是黑的"云云，其中被点名批判的就有钱学森、华罗庚、李四光、翁文灏、翁文波等著名科学家。

　　这让聂荣臻愤怒不已。他气愤地说：我看中国科学院是红的！要批就来批我好了！

　　聂荣臻把这个情况报告了周恩来。

　　周恩来听了也很生气，他通过自己在中国科学院的联络员刘西尧，向科学界传达毛主席的指示和他的声音：不能叫知识分子"臭老九"，"老九不能走"——毛主席就是这样讲的。科学院执行的不是黑线，是毛主席的红线——周总理就是这样讲的。

　　经刘西尧郑重其事地宣布后，才把大批大斗的狂潮平息下来。但没过多久，中国科学院还是成了"文化大革命"的重灾区——尽管聂荣臻向毛泽东和周恩来再三进言：要保护这些著名的科学家，这些人是"国宝"，我们不能连"国宝"都不要啊！把他们都打倒了，我们国家的兴旺富强还有什么指望！

　　然而，聂荣臻的处境已经很不妙了。在中央文革小组的操纵下，"炮轰聂荣臻！"的大标语、大字报还是不断出现在北京街头。

　　接下来的情形就更糟了——造反派们把矛头指向了中央地震工作领导小组组长李四光，连其成员王树华等人也不放过，罗列了"十大罪状"供批判。

"我可以计算天体运行的轨道，却无法计算人性的疯狂。"——牛顿1720年的感叹，在250年后，成了中国十年动乱的真实写照。

如今已年迈81岁的王树华老人回忆"中央地办"那段历史，依然心有余悸：来"中央地办"之前，我在地质部地震办公室协助李四光组织管理地震研究工作，也许正因为这个缘故，他们批斗李四光也把我捎带上了，说我是反动权威的"小爪牙"、"看门狗"，来势汹汹，不容你有任何辩驳……要不是周总理亲自出面想方设法保护像李四光这样一大批著名科学家，谁都无法躲过这场劫难的！

有一次，周恩来在接见各部委代表时说：李四光同志是一面旗帜，是辛亥革命的老同志，入党晚了一些，政治上不是动动摇摇的，对社会主义建设作出了很大的贡献，你们要学习他。

而此时的李四光已八十高龄，担任中央地震领导小组组长后，感到自己的担子更重了，为指导全国的地震工作，保卫京津地区安全，他经常分析研究大量观察资料，还多次爬山涉水，深入房山、延庆、密云、三河等地，调查地震地质现象。而他身患动脉瘤，随时都有破裂危险，但他置个人安危于不顾，把全部心血倾注到探索和研究地震地质事业上，直到病逝前一天，他还恳切地对医生说："只要再给我半年时间，地震预报的探索工作，就会看到结果的。"由此看来，他对攻破地震预报难关满怀信心。

李四光，原名李仲揆，1889年出生于湖北黄冈。1905年8月加入由孙中山亲自主盟的中国同盟会，1910年毕业于日本大阪高等工业学校舶用机关科，学的是造船机械，1911年参加辛亥革命，武昌起义成功后任鄂军都督府理财部参事和湖北省实业部长。1913年入英国伯明翰大学专攻地质学，走上"科学救国"之路。1920年应蔡元培之邀，回国任北京大学地质系教授，后任中央研究院地质研究所所长，长期从事古生物学、冰川学以及地质力学的研究和教学工作。1931年获伯明翰大学理学博士学位，后又被奥斯陆大学授予哲学博士学位。1945年发表《地质力学之基础与方法》，成为我国地质力学的创始人和大地构造学家。

1948年2月，李四光从上海启程赴伦敦，参加第十八届国际地质学会，其夫人许淑彬也一同前往。学会结束后，他并没有立即回国，同夫人迁到了这里，观察国内外时局的发展。而此时国内解放战争进展神速，远远超出了李四光的预料。1949年4月，以郭沫若为团长的中国代表团赴布拉格出席世界维护和平大会。出国前，郭沫若根据周恩来的指示，给李四光带了一封信。这封信是郭沫若签署的，内容是请李四光早日回国。

1950 年， 61 岁的李四光回到祖国，历任中国科学院副院长、中华人民共和国地质部部长、中国科学技术协会主席等职，直到他 82 岁去世，在新中国生活了 21 年。

而在晚年经受的这场"文化大革命"劫难是他始料不及的，而频频发生的地震灾害更使他忧心如焚。他非常感谢周恩来的信任，让他出任中央地震工作领导小组组长，同时他也更加珍惜因受"文化大革命"风暴冲击而被周恩来多方保护所赢得的时间。他以八十岁高龄的步履在大地山川不停行走，试图以此挣脱政治漩流的缠绕和各种禁锢羁绊，努力支撑着已然危机四伏的"中央地办"这片天地。

李四光生前秘书周国钧说：李四光是周恩来总理与之交往颇多的科学家，二人有一种知遇之交的特殊情感，用现在的话说是一种缘分。周总理让李四光出任中央地震工作领导小组组长，并让他的联络员刘西尧担任副组长，是经过一番苦心思考的，是深谋远虑的。其实，就是要刘西尧当好李四光的辅佐，以总理联络员的身份协调各方意见，专心致志地把地震预报的探索搞出个眉目来。

一次，一些造反派来到"中央地办"，说要请李四光参加一个辩论会，大家要向李四光"请教"几个问题。这时，刘西尧就出来挡驾，说：李四光被周总理请去开会了，有什么事可以跟我说，我是中央地震工作领导小组副组长。

刘西尧还说，周总理已有指示，"中央地办"是不准冲击的，京津地区地震预测预报是保卫党中央、毛主席和广大人民生命财产的重要政治任务。

有人质问：北京会发生地震吗？别拿地震吓唬人！

刘西尧就拿出一个事例来证明：1969 年 5 月 10 日，北京延庆县张山营有一口水井一夜之间水上升 3 米，周总理一天之内三次询问情况，并在简报上批示：要密切注视，有情况及时报告。

质问者只好悻悻地走了。

也就在这一天，中央地震工作领导小组组长、八十岁高龄的李四光赶到张山营，和工作人员一起，伏在井台上测量水位，爬上山坡观察断层。下山时人们要背他，他拒绝了，并告诫大家：要以周总理为榜样，把人民放在心上。

3. 襁褓中的婴儿——国家地震局

1970 年元月 5 日，云南通海、峨山一带发生 7.7 级大地震。灾情惨重，上万人遇难。但当时全国工农商学兵都被卷入"革命洪流"中，震情并未引起多大关注。"造反有理！"压倒一切。外交部请示周总理如何对外介绍云南省发生的地震情况，总理在其《电话摘报》上批示：拟告新华社发一简短消息，报道 1970 年 1 月 5 日凌晨 1 时在中国西南地区发生一次 7 级地震，以便回答各方好意的询问。

当日，周恩来在听取"中央地办"关于通海地震情况汇报后，做出重大决策：召开全国地震工作会议，讨论地震工作的全局性问题。

1970 年 1 月 17 日至 2 月 9 日，"中央地办"在北京组织召开了第一次全国地震工作会议，289 位代表出席。

2 月 7 日 19 时 50 分，周恩来在人民大会堂接见全体代表，并发表重要讲话。

周恩来说：我的地震知识太幼稚，太幼稚。3 月 8 日邢台地震学了一点，今年云南又来了一次，又逼得我过问了一下。现在地震工作是有李四光同志、刘西尧同志抓了，说开个会，总结一下经验。我是一个外行人，跟在座的一部分同志比起来，我是个启蒙的学生。我先讲几句，然后请李四光同志讲。

李四光笑着摇摇头。

周恩来说：你管这个事，不讲讲不行，你是个权威，不是反动权威，是革命的权威。

周恩来接着说：先学毛主席指示，第 174 页："人类的历史，就是一个不断地从必然王国向自由王国发展的历史。"这是恩格斯的话，毛主席常引用这个话。主席在《送瘟神》里说"坐地日行八万里"是指太阳系，"巡天遥看一千河"已超越太阳系了。主席豪迈的思想，远大的眼光，启发了我们……

然后，周恩来把话头转向正题——

搞地震工作就是与自然作斗争，向地球开战嘛！主席的战略方针是"备战、备荒、为人民"。备战，是阶级斗争。过去我们打了几十年，懂得了战争的规律，但是战争也是发展的，敌人有了新武器，我们也要对付它。国庆口号第二十二条"全世界人民团结起来，反对任何帝国主义、社会帝国主义发动的侵略战争，特别是要反对以原子弹为武器的侵略战争！如果这种战争发生，全世界人民就应以革命战争消灭侵略战争，从现在起就要有所准备！"这是主席写的。我们现在正是准备阶段。

另一方面，备荒，荒就是灾荒，意义广了，不光是粮荒，还有天上来的，地上来的。天、地是对立的统一，没有天就没有地，太阳影响地球，一切事物都是这样。有水有空气才有生物，月球没有生物，是个死的，将来是否给它输水输空气，这是科学家的想象。地球是太阳的卫星，地震与天体有关，地震是地面上的事情，与宇宙空间也有点关系。

以前我以为1923年的东京地震最大，昨天，有人告诉我，最大的是1960年智利大地震，死人20万，日本地震10多万，木头房子引起了火灾。智利地震一直波及到太平洋西岸，包括日本、北太平洋、台湾、菲律宾等。中国解放后20年来，6级以上地震占世界百分之四……我国的地震比例是不小的，沿太平洋我们占一份，沿地中海到中亚细亚我们也占一份，在世界上，地震区我国比例是大的。

邢台地震6至7级，震源不深，波及北京三次，两次反映很大（3月8日、3月22日）。去年山东地震（即渤海湾地震）在海中，震源深，北京波动也相当大，但损失小。今年1月5日云南地震（即通海地震）损失比邢台大得多，以后还有余震……像人民大会堂，邢台、山东地震都考验了，大会堂还是巍然存在。山东地震离北京300公里，如果离北京30公里，大会堂能不能行？我看天安门城墙不会倒的。从云南照片看，结构整齐的不倒，这是建筑工程问题。

地震是可预测、预见的。有实践才能有预见；有预见才能预防。从预测到预防，以预防为主。不要等地震后去救，去救那也是很重要的，但更重要的是预防，防就要预测……

听说我们这里有个小测水员是吗？周恩来环视了一下会场，问。

小测水员刘桂芹站起来向总理点头。

周恩来：你多大了？

刘桂芹：14岁。

周恩来：干了几年了？

刘桂芹：两年了。

周恩来：了不起！

周恩来带头鼓掌。

鼓掌停落，周恩来继续讲话——

世界上对地震预报都在探索，我们要在这条战线上放异彩。要自信，不要自卑。把各种经验积累起来，触类旁通。地震就在地壳内，无非十多公里，几十公里，总是地表的事，因为地球的半径约是 6400 多公里。但又因为地壳的不可见性，又使这个问题很复杂……

邢台地震到现在不到 4 年，已有不少经验和资料了，再搞 4 年就会放异彩。相信 70 年代，在这个战线上也要放一颗"原子弹"，赶超世界先进水平，这样才不愧是毛主席的好学生。好，你们努力！我们这个会是三结合的，老中青，军干群。81 岁的老同志（李四光）、14 岁的小同志（刘桂芹）在一起，这是个人民战争，一定会打一个空前的胜仗！好，祝你们成功！

…………

这是在那个"政治压倒一切"最为强烈的声浪中召开的一个"业务"会议。会议根据周恩来的指示精神，建议组建国家地震局。

为筹建国家地震局，"中央地办"领导小组遵照周恩来的指示和会议精神，立即着手加强充实力量，为成立国家地震局做准备。刘西尧作为总理的联络员，就曾到解放军总政治部挑选干部。当时全国正处在"三支两军"期间，总政干部部便推荐了董铁成等人，后经周恩来批准，这些人走向了这个陌生而崭新的岗位。李四光把在地质部当地矿司司长的刘英勇也推荐过来。在周恩来看来，地震队伍就应该是一支准军事化部队，一支不穿军装的集团军。

然而，就在国家地震局成立前夕，82 岁的李四光走完了他人生的最后旅程：1971 年 4 月 29 日上午 8 时 30 分，由于动脉瘤突然破裂，李四光感到肚子剧裂疼痛，旋即休克。周恩来闻讯，立即派医务人员施行最后的手术抢救。大夫们很快找到了动脉瘤破裂的地方。但是，由于血管硬化，人造血管无法接上，只好进行包扎。其间，周恩来多次询问病情，指示尽最大努力抢救。然而经过两个多小时的抢救，用了 3000 毫升血，尽了最大努力，终于无效，这位卓越的科学家与世长辞了。

5 月 2 日下午，是个阴雨天，中共中央、全国人大常委会、全国政协、国务院和中国科学院，在八宝山公墓举行告别仪式。仪式由郭沫若主持，周恩来致悼词。但周恩来发现竟没有准备悼词，便告诉大家，刚才收到李四光的女儿李琳给他的一封信，他和一些同志商量，就用这封信作为悼词，大家表示同意。

接着，周恩来以十分沉痛的心情宣读了这封信。信里，主要记述了李四光临终前一天的遗言以及近年他经常思考的地震预报、地热利用和海洋地质等方面的问题。李四光那种鞠躬尽瘁、死而后已的精神，感人泪下……

告别仪式结束后，周恩来来到李四光的秘书周国钧面前，握着他的手说：一定把李四光同志遗留的资料很好地整理出来。

周恩来又来到参加告别仪式的人群中，沉痛地问：刚才念的这封信你们都听见了吗？

有人回答：听见了！

周恩来接着又问：搞地震工作的同志来了吗？

很多人说：来了！

周恩来说：现在，任务交给你们大家了。你们一定要继承李四光同志的工作！

1971年8月2日，国务院发出56号文件，即《关于加强中央地震工作小组和成立国家地震局的通知》，正式撤销"中央地办"，成立国家地震局（1998年更名为中国地震局），作为中央地震工作领导小组的办事机构，统管全国地震工作，其行政方面由中国科学院代管，董铁成任军代表，刘英勇、张魁三、卫一清为负责人。

1971年9月20日，正式启用国家地震局印章。

这是那个特殊时期成立的为数不多的国务院行政机构——它像襁褓中的婴儿，诞生在一个风云激荡、充满忧患的年代。

同时，它也标志着中国地震事业进入了一个新阶段，并以新的姿态继续艰难而不懈地前进。至1972年春天，第二次全国地震工作会议召开时，全国已有24个省、直辖市、自治区组建了地震工作机构，专业队伍已达9000余人，地震观测台站300余个，群测群防队伍也迅速壮大起来。

时任国家地震局军代表、主持全面工作的董铁成（1973年后调任军事科学院院务部副政委、政委等职），生前回忆说：自邢台地震开展地震预报实践以来，逐步形成了一个"长、中、短、临渐进式地震预报"的思路，成为中国科学家"捕捉"大地震的主要做法。这一思路在第二次全国地震工作会议上正式提出。按照这一做法，曾不同程度地预报了一些强震或中强地震，其中，辽宁海城7.3级地震的成功预报与预防，尤其令世人瞩目。在这个会上，同时还确立了一年一度全国地震趋势会商的制度，这个制度一直延续至今，并得到许多国际同行的高度评价。

中国科学院院士、原国家地震局分析预报中心副主任马宗晋，原北京市地震局副局长高旭，原国家地震局分析预报中心预报部主任丁鉴海，以及李贵等研究人员，自邢台地震以后多年奋战在地震预报第一线，"渐近式地震预报"思路的形成，凝结着他们及同行们的智慧和汗水。就是在这次全国地震工作会议上，他们以7级左右强震为目标，正式提出了"长期（几年以上）、中期（几个月至几年）、短期（几天至几个月）、临震（几天以内）的分期预报方案"，被大会所接受，并根据地震预报"三要素"原则（时间、地点、震级），形成了地震预报意见基本要求。

今天看来，这种"渐近式地震预报"形式还不尽完善，实践证明，按"长、中、短、临"的阶段划分并普遍适用。虽然有些7级以上强震的前兆异常显示出"长、中、短、临"的阶段性特征，但许多5—6级地震，甚至某些7级以上强震，并不展现这种特征，不宜简单地把"长、中、短、临"的阶段划分和相应的"渐近式"预报程式作为一条重要的，甚至不可动摇的经验来指导地震预报实践。但无可否认，这毕竟是探索中的可喜收获，它反映了地震孕育、发展、发生过程中从量变到质变的某些规律。时至今日，它仍在中国地震预报实践中发挥着重要作用——因为迄今尚未见更准确、更富有挑战性的地震预报模式出现。

此外，在短临预报阶段，我国地震工作者在预报实践中还探索出"跨越式预报方法"，指出地震异常现象过后经过一段固定时间发震。例如丁鉴海研究员总结出地磁"低点位移"现象过后27天或41天前后3天发震，地磁"幅相法"异常结束后再增加异常天数的一倍或两倍（前后3天）发震；郭增建研究员发现磁暴与地震的发震时间有关系，简称"倍九法"；张铁铮、沈宗培高级工程师则利用"磁暴"二倍法预报地震等。有专家认为，"跨越式预报方法"，是建立在多种与地震有关的环境因素的周期性及其对地震的触发作用研究之上的，还有待于进一步探索，此预报方法配合"渐近式"预报模式，有利于临震阶段提前预测发震日期，但存在一定虚报和漏报，需要综合预报。

4. 紧密布阵"京津唐渤张"

历史推进到1974年夏天。国家地震局在一片报警声中召开了华北及渤海地区地震形势会商会议，业内称为"六月会议"。

此时，地震连发的态势向人们发起挑战：继1973年四川炉霍发生7.7级地震后，1974年4月22日和5月11日，在江苏溧阳和云南大关，又相继发生了5.5级和7.1级地震；与此同时，华北、东北的地震活动通过前兆观测也发现了一系列值得警惕的异常现象。

在这个会商会上，来自京、津、冀、辽省区的有关研究机构 20 多个单位的科技人员，对华北和渤海地区地震形势进行了认真分析。沈阳地震大队提出：辽宁南部或渤海东部，在不太长的时间内可能发生强震。河北省地震局地震地质组指出：1980 年前后，河北北部有发生 7 级以上地震的可能；又指出一二年内华北北部可能发生 5—6 级地震的 6 个危险区。也有人根据旱震关系的研究，指出华北及渤海地区出现了几十年不遇的严重干旱，预示着华北未来两三年将面临 7 级以上强震的危险……大多数人认为华北地区近年有发生较强地震的可能，但对震级的估计不一；也有人认为华北近年不会发生大于 5.5 级的地震。

主持会议的国家地震局党的领导小组组长胡克实，后来回忆说，会商会开了三天（6 月 7 日至 9 日），在综合分析各方面资料和多数人意见的基础上，会议指出了华北地区一二年内可能发生 5—6 级地震的 6 个危险区，京津地区和渤海北部被列为 6 个可能发震的地区中最重要的两个地区，并分别成立了"京津唐张"与"渤海地区"两个协作组，以便加强协作。

华北、东北，地震蓄势待发，更加绷紧了人们的神经。

其实，对华北地震形势的关注自邢台地震后就开始了。1967 年 10 月，李四光指出"应向滦县、迁安东西向构造地区做些观测"，就是一个信号，引起周恩来等党和国家领导人的关注。不久，还有一个人提出，华北在近几年内存在发生破坏性地震的背景。

这个人，就是著名女科学家梅世蓉。

梅世蓉早年就读于重庆大学物理系，毕业后分配到中国科学院地球物理所，师从傅承义教授，从那时起她便与地震科学结下了不解之缘。1956 年，她作为苏联科学院地球物理所的研究生来到了莫斯科。三年后的一个星期天，这位身穿列宁装的中国女留学生走进了高尔基书店。她惊喜地发现，书架上摆放着一部厚厚的长达 200 万字的《中国地震年表》，她当即掏出衣袋里仅有的卢布将书买下。在国外能看到自己参与编撰的这部巨著感到十分欣慰。当年的景象在她脑海中一闪而过。那是 1953 年，随着新中国大规模经济建设开始，工程抗震问题被提上了议事日程。在中科院地震工作委员会主任委员李四光主持下，科学家们从浩瀚典籍中搜集到了上自周文王八年（公元前 12 世纪）至今 3000 多年历史中的地震资料，之后，以此为据，对全国各地的地震烈度逐一进行划分。这是一项巨大而浩繁的工程。以地名而论，同一城邑在历史变迁中不断更易，需要逐一考证；以时间而论，同一地震在正史野史中的记载不一，需要逐个去伪存真。加之对历史地震的烈度划分牵涉到多学科，于是历史学家范文澜、气象学家竺可桢、建筑学家梁思成等都被请来了。在大师们的指导下，历时三年寒暑，这部被称作"天书"的巨著，终于在 1956 年编定。

梅世蓉因此埋在中国历史地震资料中长达三年之久，直到她出国留苏。她当时的感觉是：多灾多难的祖国母亲啊，您经受的地震太多了，作为儿女，多么想为您分担一些忧愁！

在莫斯科买到的这部《中国地震年表》，强烈地点燃了她的故国忧思。她希望早点完成学业，报效祖国。在莫斯科学习期间，她勤奋、刻苦地钻研，甚至到了拼命的地步。留苏之时她已二十七八岁，为了突击俄语，累得骨瘦如柴……1960 年她完成学业回国。又锲而不舍地钻研她"命中注定"的这个艰辛而艰难的事业。为了节省时间，家里很久不起火，总和丈夫林庭煌吃食堂，甚至常常需要丈夫把饭打好送到她的研究室……

10 年后，她向为之钟情的中国地震事业奉献了一份厚礼——根据她与苏联导师一起研究过的地震"围空现象"，即地震带上被中小地震围绕的空白区，往往是潜在的大地震爆发区这一规律，她在深入研究近年地震资料的基础上，于 1969 年写成了《从华北地区强震活动的规律性，论危险区划分的一个途径》的论文，发表在 1970 年出版的《地震战线》上。论文明确指出：

华北今后十余年内应特别注意以下四个地区：

（1）山西、河南、河北三省交界地区；

（2）辽宁沈阳、锦州、辽东湾至渤海；

（3）天津、唐山、渤海湾；

（4）北京以西怀柔、蔚县一带。

如果发生大的地震，前三个地区的震级可能较最后一个要大。

她的这篇论文被李四光等科学家认为是"很有价值的文献"，以此受到国家地震局的重视，成为召开华北及渤海地区地震形势会商会的重要依据之一。

事后证明，梅世蓉的判断是基本正确的。她在文献中提到的（2）和（3），分别被 1975 年的辽宁海城 7.3 级地震和 1976 年的唐山 7.8 级地震所证实。

应该说，这是一个很了不起的预言。

然而，她后来却成了一个焦点人物，一个充满悲情的女科学家……

5. 国发 [1974]69 号文件

"六月会议"，在中国地震预报史上有着非同寻常的意义。它让人们警觉到，此时的华北大地已进入了一个非同寻常的地震躁动期。

中国地震界一批年轻的科技工作者，密切注视着，搜索着京、津、唐、渤、张这片诺大区域可能随时会发生的大震。会商会上，提出"1980 年在河北北部有可能发生 7 级以上地震"的年轻人叫贾云年，是河北省地震局地震地质组负责人，后来在唐山遇难。还有提出"旱震关系"的年轻人叫耿庆国，是当时北京市地震队的科研人员。据说他性格外向，且喜欢作诗，曾与郭沫若先生和诗作赋。耿庆国搜索地震的方式似乎有点奇特，早在 1972 年，他根据旱震关系的研究，指出当年出现了几十年不遇的严重干旱，预示着华北未来两三年将面临 7 级以上地震的危险，包括唐山地区在内的河北、山西、内蒙古、辽宁等都处于旱区内，是有可能发生强震的地区。他后来在内蒙古和林格尔地震灾区考察与同班同学贾云年相见时说：老同学，你那个"1980"太迟了！据我的判断，大地震近期就会发生！

甚至有人提出"京津地区要做到 24 小时前报告 5 级以上地震"的要求，以实际行动保卫党中央、保卫毛主席。这就让当时的广大革命群众满怀期待，觉得突破地震预报指日可待，打开地球神秘之门，破解地震之谜的钥匙，就在这些"吃地震饭的人"的手中了。

…………

中国科学院根据会商意见，以《关于华北及渤海地区地震形势的报告》为题，向国务院作了汇报。报告中写道——

会上对华北及渤海地区的地震形势进行了分析。多数人认为：京津一带，渤海北部，晋、冀、豫交界的邯郸、安阳一带，山西临汾盆地，山东临沂一带和黄海中部等地区，今明年内有可能发生 5 至 6 级地震，内蒙古的包头、五原一带可能发生 5 级左右地震。

其主要根据是：

京津之间近来小震频繁，地形变测量、重力测量和水氡观测等都显出较集中的异常。

渤海北部有四项较突出的异常：金县的水准测量前几年变化很缓慢，年变化率仅为 0.11 毫米，但 1973 年 9 月以来，累积变化量却达 2.5 毫米；大连出现 22 伽马的地磁异常；渤海北部 6 个潮汐观测站，1973 年都测出海平面上升十几厘米的变化，为十几年来所未有；小震活动也明显增加。

‥‥‥‥‥‥

还有一些同志根据强震活动规律的历史情况及大区域地震活动的综合研究，并考虑到西太平洋地震带和四五百公里深源地震对华北的影响，认为华北已积累 7 至 8 级地震的能量。加之华北北部近年长期干旱，去年又出现建国以来少有的暖冬、冷春，干湿失调的气象异常，提出华北有发生 7 级左右强震的危险。但是也有人根据地球转速去年开始变快，和以往在此情况下华北很少发生强震，以及华北强震依次发生的时间间隔一般较长的情况，认为华北近年不会发生大于 5.5 级的地震。

为了贯彻执行中央关于地震工作"以预防为主"的方针，接受江苏溧阳和云南昭通连续发生破坏性地震的教训，虽然会议对北方一些地区发生强震的分析不尽准确，但要立足于有震，提高警惕，防备 6 级以上地震的突然袭击，切实加强几个危险区的工作。

报告还明确指出："成立京、津、唐、张和渤海地区两个协作组：京、津、唐、张协作组由北京、河北、天津的地震部门，地球物理所，地震地质大队（现为地壳应力研究所），地震测量队（现为第一监测中心）组成，暂由国家地震局负责；渤海地区协作组由辽宁、天津、山东的地震部门组成，会议推定由辽宁负责。协作组应及时交流情况，大力协同，密切配合。"

1974 年 6 月 29 日，中华人民共和国国务院颁发了国发 [1974]69 号文件，正式向北京、天津、河北、山西、内蒙古、山东、辽宁等七省、市、自治区转发了中国科学院的报告。文件称：

做好地震工作是关系到保卫社会主义建设和人民生命财产安全的一项重要任务，望你们在搞好批林批孔活动的同时，贯彻执行中央关于地震工作要"在党的一元化领导下，以预防为主，专群结合，土洋结合，大打人民战争"的方针，把地震管理部门建立和健全起来。切实抓好地震专业队伍和群测群防运动，加强防震抗震工作。

文件还指出：

由于目前地震预测预报的科学技术水平还不高，因此，在报告中提出的一些地方今明年内可能发生强震，只是一种估计，可能发生，也可能不发生，但要立足于有震，做到有备无患。

这是国务院颁发的迄今为止唯一关于发布地震预报的文件。这个文件下达后两年多内，华北及渤海地区的强震活动确实在意料之中地空前活跃起来，七省市都不同程度受到了强烈地震的袭击或波及：1975年2月辽宁海城7.3级地震，1976年4月6日内蒙古和林格尔6.3级地震，1976年7月28日河北唐山7.8级、滦县7.1级地震，恰恰都发生在渤海地区和京、津、唐、张地区这两个协作组的工作范围内。

历史证明，中华人民共和国国务院 [1974]69 号文件的巨大功绩是显而易见的。

或许可以这样说，此景此情，就像当年解放战争的"平津、辽沈、淮海"三大战役一样，一个一个的包围圈已经划定，地震工作者也早已把可能捕捉到的大地震套在了瞄准镜中，然而要把预报的地区准确到某一个城市，却很难做到。而地震这个看不见的魔鬼似乎变着戏法儿与人类作对，在某个地方虚晃一枪（内蒙古和林格尔），之后又悄悄从你的瞄准镜里溜走，以偷袭的方式去毁灭另一座城市（唐山）给人看，以此警告人类：等着瞧，好戏还在后头呢！

第三章　海城，震撼世界的奇迹

1975 年 2 月 4 日，发生在辽宁海城的 7.3 级强烈地震被成功预报！海城由此成为世界地震史上一枚光彩夺目的勋章。

重病中的周恩来闻讯后，欣慰之情不言而喻：要在地震战线上放一颗"原子弹"的预言实现了！他指示邓小平以国务院名义通令嘉奖。

海城地震预报成功，距邢台地震恰恰九年。中国地震队伍被李先念比喻成"九岁的娃娃"能报准地震，了不起！

然而，海城的辉煌是吹出来的吗？奇迹的背后又隐藏着多少鲜为人知的故事？……

第三章　海城，震撼世界的奇迹

1. 锁定目标：海城—营口

1975 年 2 月 4 日 19 点 36 分，辽宁海城发生 7.3 级地震，震中位于海城县岔沟公社（现岔沟镇），震源深度 12 公里，震区范围 16 个市县，城镇房屋毁坏 580 多万平方米，农村民房毁坏 90 余万间……然而，这是一次成功的预报，令世界瞩目。

仅以人员伤亡率而论，按照邢台地震震区总人口 15% 的伤亡率概算，海城地震应伤亡 18 万人，而实际伤亡 18308 人，其中仅有 1328 人死亡（这些人中有相当一部分是那些不相信地震发生而拒不出屋的"犟人"），伤亡人数仅占全区 840 万人口的 0.02%。

国外舆论普遍认为，成功预报 7 级以上大地震，这在世界历史上还是第一次。震后，美国、日本、德国、罗马尼亚、新西兰等十多个国家的地震科学专家和国际学术组织成员纷至沓来，考察取经，他们将海城地震的预报称之为"科学的奇迹"。联合国科教文组织通过审查后认定，海城地震预报是全球唯一成功的地震预报。

1975 年国庆招待会上，当海城地震预报有功人员的代表走进北京人民大会堂，和来自全国各行各业的英模、劳模们举杯相庆时，他们得到了一致的称赞：你们真是神机妙算啊！

人们不能不承认，中国地震预报的进展如此神速。

海城地震预报成功究竟"神"在哪里呢？担此重任的地震科学工作者究竟是如何"神机妙算"的？

让我们走进海城，探个究竟……

中国地震局副局长岳明生，采访时刚从实职上退下来。1974年，他从北京大学地球物理系一毕业，就赶到辽宁省地震办公室报到了。业务组组长朱凤鸣安排他到朝阳实习，去之前让他先把目前搜集到的各种异常情报综合整理一下，弄出一篇稿子来，他这个组长到北京开会商会要用。而朱凤鸣去北京开会回来，见到岳明生就说：你不要去朝阳了，去大连，那里的地磁有24个"伽马"异常，要加强监视，做好捕捉大震的准备。

于是，岳明生领受任务，与地震大队的部分人员一起，在大连一带建立流动观测台站，一直干到当年年底。

此时，辽南地区一些台站和群众测报网点相继出现了一些前所未有的异常现象：地下水位大幅度升降，井水变浑变味儿；冬眠的蛇竟冒着三九严寒爬出洞外，冻死在雪地里；老鼠成群出现，表情惊呆而不怕人；家禽牲畜如临灭顶之灾，惊恐万状……与此同时，以参窝水库12月出现4.8级震群为标志，全区地震活动进一步加剧。时任国家地震局局长的刘英勇，率专家组前去考察，岳明生陪了一路。通过分析研究，专家一致认为：参窝4.8级地震可能不是预期将要发生的地震，辽宁地区仍可能会发生一次较大地震。这个判断与梅世蓉考察分析的结论相同，并与她几年前的预言相吻合。

他们开始缩小包围圈，把危险区缩小到营口、大连一带。

1975年1月中旬，国家地震局召开全国地震趋势会商会。朱凤鸣、顾浩鼎和辽宁地震大队代表参加。在去北京的路上，朱凤鸣问顾浩鼎：小顾，你说什么时间地震？

顾浩鼎是北大固体地球物理系毕业的高材生，1971年1月分配到沈阳，辅佐朱凤鸣，负责形变和分析预报。他说：根据各种迹象表明，我们捕捉的这个大震，长则半年，短则近十几天内，甚至就在我们开会的这个时间内。

朱凤鸣又问：你敢断定是几级？

顾浩鼎说：6级，弄不好会是7级以上。

朱凤鸣说：但愿我们能捕捉得准，可也不情愿它发生啊！

顾浩鼎说：该发生的一定要发生，它不会考虑你情愿不情愿。

朱凤鸣说：参窝 4.8 级地震后，省革委有个领导打电话问我：这就是你们要报的地震吧？我说小了点儿，大震恐怕还没到。

顾浩鼎说：他是嫌我们雷声大，雨点儿稀，整天喊地震，怕影响"抓革命，促生产。"

朱凤鸣说：我们的口号是通过政府打出去的：宁可千日不震，不可一日不防。人命关天啊！

顾浩鼎说：是啊，这是我们的职责，更是为政府和广大革命群众分忧嘛。

于是，在大震前夕北京会商会上，辽宁地震部门提出：辽东半岛及附近海域，1975 年上半年，甚至在一二月份，有可能发生 6 级左右地震。

从北京回来，辽宁各地反映的异常现象有增无减，宏观异常变化十分剧烈，尤其井水异常，向营口、海城一带发展，水位骤升突降，甚至形成自喷或断流；更引人注目的是，营口石硼峪地震台自 2 月 1 日起观测到数以百计的小地震，且频度、强度不断升级，而 4 日上午，小震活动急剧下降而转为平静——这就让人想到邢台地震的"情景剧"，仿佛原封不动地搬到了辽宁重演！

大震降临前一天，即 2 月 3 日晚，住在单位宿舍的岳明生被正在值班的李欣叫去帮忙，因为几部电话都在报警，她一个人应付不了。岳明生立马跑过来接电话，做记录。小震频繁，不断升级，到翌日凌晨已升到 4 级多，二人感到形势严峻，于是决定岳明生值守，李欣跑去找领导。

很快，朱凤鸣急忙忙地跑来了，不一会儿，顾浩鼎也跑来了。朱凤鸣说：赶快打一份震情简报，必须上报省领导，提出在营口、海城地区小震活动的后面，可能要发生一次较大地震。

于是，顾浩鼎执笔写简报，岳明生去找打字员。震情简报一打出来，朱凤鸣立即派人把它和预报意见呈送辽宁省革命委员会。此时时针指向 2 月 4 日零点 30 分。

朱凤鸣没再回家睡觉，也根本睡不着，就到岳明生屋里枕戈待旦。二人聊天，聊已迫在眉睫的震情。

朱凤鸣说：目标锁定了，就是营口—海城。

岳明生说：从眼下看，咱们上报的震级还是小了点儿，再大一点儿才好，才能引起领导重视。

朱凤鸣说：你认为会发生多大的地震？

岳明生说：来个 7 级。

朱凤鸣说：那是要死人的，五六级就不得了啦！

…………

2月4日早上6点30分，发生了一次4.7级地震，营口石硼峪地震台、大连金县（今金州）金山地震台、盘山地震台以及一些观测点，纷纷报来震情。朱凤鸣立即决定，他和李欣等人速去省革委汇报，顾浩鼎、岳明生等留守，密切监视震情发展。

朱凤鸣等人刚走，省革委一位领导就打来电话说，震情简报和预报意见看到了，刚刚发生的这个地震，是不是你们要报的地震？

顾浩鼎回答说：刚刚发生的这个地震只是4.7级，可能是大震的前兆。

对方又问：大震有多大？什么时间到？

顾浩鼎说：朱凤鸣主任正往省革委赶，一会儿就到，他会向领导讲清楚的。

这个电话还没结束，另一个电话又响了，岳明生赶紧接电话。对方的声音很急促也很冲，开口就问：水源公社震不震？

岳明生不知道对方是谁，也不能随便说什么地方震什么地方不震，于是便说：我们主任正向省革委汇报震情，听上级的通知吧。

对方似乎不耐烦了，骂骂咧咧道：娘的，水源公社震不震都不知道，还预报什么地震！

啪——对方把电话挂了。

后来才晓得，这个底气十足的领导是省革委副主任，水源公社是他老家，又是他抓的一个"学大寨、赶昔阳"的示范点，据说他老婆此时正在那里"蹲点"呢。

2. 惊心动魄的 11 个小时

2月4日上午8点，辽宁省革命委员会听完朱凤鸣关于震情发展趋势汇报后，当即指示朱凤鸣带领有关人员立即奔赴海城县，召开海城、营口两县及当地驻军负责人参加的防震紧急会议，研究具体的防震措施和部署。

此刻距大地震来临只有11个小时了。

上午10点30分，省革命委员会又向各市、地革委会以及沈铁、锦铁、东电等有关部门发出电话通播，指示各地要提高警惕，发动群众认真做好防震抗震工作；并针对海城和营口地区的具体情况，提出五条防震措施，即：要划出戒备区；采取紧急措施，组织昼夜巡逻；房子不坚固的可他处借宿；工厂、矿山、建筑物、水库、桥梁、坑口、高压线等要有人戒备，坚守岗位，专人看管；发现震情要报告。

于是，中国减灾史上前所未有的一幕拉开了：

厂矿企业、机关、学校、医院、商店乃至街道居民和村舍农户，全都紧急动员起来，强令一切单位停工停产，人员撤至户外。空地上搭起帐篷，广场上停满了装有药品和食物的救灾车辆；有的电影院贴出了"因地震改为露天放映"的布告；医院住院病人都被转移出来；连拖拉机和大牲畜也都离开了可能会倒塌的棚圈。成千上万的人被疏散到滴水成冰的旷野上，人们裹着棉被棉大衣，在寒风里坐等着地震到来……

躲避地震的人们并不知道地震何时降临，暮色苍茫的辽南大地，四处回响着"当当"的钟声和"嘟嘟"的哨子声，有线广播和流动宣传车喇叭一遍遍发出严厉警告，阻止快要冻僵的人返回自己的住屋……

就在大地震发生半小时前，正在营口县礼堂参加军民春节联欢会的某野战军官兵和地方群众，接到紧急防震通知后当即中止联欢演出，组织撤离，地震袭来时他们刚刚撤完，十多秒之后，这个礼堂轰然倒塌，仅一名战士受伤，而几千人躲过了这场大劫难……

也是在这个当口，大连至北京的 31 次特快列车驶进极震区的唐王山车站。司机忽然发现前方出现大面积蓝白色闪光，马上意识到是大地震来临之前的地光，当即减速，就在列车慢慢滑行中地震骤然袭来，但列车没有倾覆，全体旅客安然无恙……

19 点 36 分，海城 7.3 级地震爆发。

震了！震了！果然震了！……旷野里，广场上，四面八方传出一阵阵尖声呼喊。当人们亲历了天灾降临的可怖瞬间后，心被重生的灯火照亮，痉挛的大地归于平复。

海城，由此名声大振，传扬四海。

海城，由此成为中国地震界一枚光彩夺目的勋章。

海城，以人类第一次在强烈地震之前做出公开的临震预报，并采取防范措施从而大大减轻伤亡和损失的辉煌，永远载入人类防御地震灾害的史册。

笔者对海城地震预报成功的"偶然"与"必然"进行了多方查证，探访了与此相关的重要当事人，试图还原历史的本色——

海城地震前一年间，辽宁营口、海城一带接连发生了 100 多次小震，且越来越频繁，震级逐渐升高。省地震办不断将震情上报，引起省革委会高度警惕。时任省委书记的毛远新召集会议，决定由省革委常务书记李伯秋负责抗震工作。1975年2月4日凌晨，营口、海城一带又发生5级左右地震，毛远新急令李伯秋查问震情。省办公厅主任尹灿贞汇报：省地震办综合各方反映上来的情况，预测意见是，近期在营口、海城一带很可能发生破坏性地震。李伯秋问：破坏性地震具体指什么？回答：5到6级，房倒屋塌，造成人员伤亡和财产损失。李伯秋立即向毛远新报告。于是省革委会便召集会议，决定向营口、海城一带发出地震预报。

毛远新提出：由辽宁人民广播电台直接播出。

李伯秋说：电台一播，全中国、全世界都知道了，如果几天之内地震没发生，岂不要闹大笑话了？

毛远新说：不要怕闹笑话，关键是要让群众离开不结实的房屋，特别是晚上，不能在屋里过夜。

有人插话：眼下室外零下十几度，如果地震几天不来，是要冻死人的！

也有人说：发出地震预报，可能造成恐慌，生产必然会受到影响。鞍钢很多工人的家就在海城和营口，影响鞍钢生产，也是不得了的事啊！……

大家的目光投向毛远新。商量的结果是，预报要发，但要采取比较稳妥的办法。省革委电话通知营口、鞍山两市，先召集海城县、营口县及当地驻军的紧急会议，同时由县广播站通过有线广播直接传达下去。

当天下午2时，海城召开紧急会议，传达省革委指示：即日晚起，辽南地区海城、营口两县，所有人员都不要住在室内；生产队的牲口、农业机械也都要拉到室外。各级干部、党员、民兵全部下去，挨家挨户动员群众。在生产队和城镇居民区，用大喇叭广播动员群众。不听劝阻者，须采取强制方式。

2月4日，7.3级强烈地震发生了，灾情比估计的严重，救灾部队迅速到达灾区。毛远新也前往海城、营口等地查看灾情，组织群众救灾。据灾后估计，如果不发出地震预报，死亡人数将接近20万。

1975年9月下旬，毛远新到北京看望病中的毛泽东，汇报了海城地震情况。

毛泽东欣慰地说：听说你们有预报，损失不大，这很好啊！

毛远新说：别提预报的事了！发了预报后，我心里更加紧张，如果大地震迟迟不来，影响了生产和群众生活，那还不成了人们茶余饭后的笑柄？我和省革委还有何脸面去见关东父老？

毛泽东说：那也没有什么了不得的，无非是后人再给你编一个"辽人忧地"的故事。

毛远新说：地震后，外面把这次成功预报吹得很高，地震人员确实很下力气，不放过任何蛛丝马迹，一有情况及时上报，省革委也很重视。但我总觉得有偶然性，上午发了预报，下午动员群众出来，当晚地震就来了，好像是一种巧合，给我们长脸了。

毛泽东说：偶然的结果包含着必然的因素。人类的历史，就是一个不断从必然王国向自由王国发展的历史，人类认识大自然也是如此嘛。

…………

回眸海城地震，应该说当时的辽宁省领导人能够做出预报决策，并不是一件容易的事情。1976 年 10 月 6 日，粉碎"四人帮"当日，毛远新被捕，后判处有期徒刑 17 年。毛远新和海城地震的有关细节，此后不再被媒体提及。实事求是讲，毛远新辽宁当政期间，参与过杀害张志新和鼓吹"白卷英雄"的决策，也参与了海城抗震的决策。他害了不少人，也救过不少人，一个人就是这样复杂，历史也是这样复杂。

3. "郝指挥"和"曹地办"

时任营口市常务副市长的郝庆会，当年是营口县革委会副主任、县防震救灾总指挥部副总指挥。那年他 24 岁，英俊潇洒，血气方刚，是当地"红得发紫"的青年干部偶像。上级领导对他颇为器重，凡有"急、难、险、重"任务，必把他甩上去，说是在"风口浪尖上多摔打"。

海城地震前，郝庆会负责营口"八三"输油管线工程，大家都称他为"郝八三"；闹地震了，人们又叫他"郝指挥"。

郝指挥说：当时是"内紧外松"，广泛宣传防震知识，叫大家知道"地震来了，你该怎么办"。大震前三天各厂矿都停工停产了，农民可以下地干活，但必须撤离房屋。2 月 4 日下午开完紧急动员会，全县进入严防死守状态，从城里到乡村，一呼百应，没有"肠梗阻"现象。县地震办公室主任曹显清，人称"曹地办"，开着我给他的专车（一台破吉普），架着高音喇叭，走街串巷地喊："宁可千日不震，不可一日不防"，"小震闹，大震到，小震一多一少要报告"，接着他又一遍一遍地宣读：省革委紧急通知，地震可能随时发生，各家各户，争分夺秒，撤到户外……

郝指挥又说：当时北京石油公司援建"八三"输油管线工作有 100 多台解放牌卡车，这些人放弃返回北京的机会，全听我和"曹地办"的指挥。地震时供电中断，这 100 多台车就把车灯全打开，给广场上、操场上的群众照亮……

说起"曹地办"，郝指挥十分感念，说他与这个曹显清是哥们儿，特铁。当时县革委干部都没有车用，他特意给"曹地办"派了一台专用吉普，虽然破了点，"曹地办"倒也很满足，说跑起来四个轮子还是比腿快。有人对此颇有看法，说"曹地办"用专车，还够不上级别。郝指挥就在会上批评这些有看法的人，说"曹地办"做的是人命关天的事，什么问题比人命关天更重要？！你没看见他整天到各个观测点跑吗？把轮胎都跑爆了。他不是为自己，而是为全县的老百姓，还包括你和我的身家性命，都在他手里攥着呢！

郝指挥说，"曹地办"对地震预测预报充满自信和热情，曾多次到邢台学习"方法"，向专家请教。

一天，县革委正在开会，"曹地办"贸然闯了进来，手里拎着一条蛇，说：打扰各位领导了，这是从阳光街路边抓到的，你们看，你们看！冬眠的蛇都跑出来了，这说明什么？这是蛇给我们发出的地震危险信号！见此情景，县革委不得不把防震工作摆上重要的议事日程。

那时生活条件比较差，一听说县革委食堂要改善一下伙食，郝指挥就特意弄点猪头肉或猪下水给"曹地办"留着，让他就着喝两口小酒。而"曹地办"只是很吝啬地吃一点点，就把剩下的拿给有关一些人显摆："这猪头肉你吃一点儿尝尝，香咧！嘿嘿，这是郝主任给我拿来的！""这酒你喝一口，地道的辽阳小烧！嘿嘿，这是郝主任给我拎来的！"

2月4日上午，接到省革委紧急通知后，这个被大家称为"曹地办"的小老头儿，开着那辆破吉普到处跑，到处吆喝不停，连驻地野战军的军长都得听他号令，好像他是军长。就是他，得知大礼堂正在举行春节军民联欢会，赶紧急匆匆地冲进礼堂，向军首长和地方领导下令："停止演出，迅速撤离！"

等把该通知的能跑到的都通知了都跑到了之后，他便来到指挥部与郝指挥见面汇报。此时此刻，这个跑跑颠颠的小老头儿才沉静下来，不时地抬腕看表，喃喃自语，仿佛念咒似的：小震平静后，时间越长，震级就越高。从中午平静到现在，已经过去 6 个多小时了。7 点震，就是 7 级；8 点震，就是 8 级……

果然，晚上 7 点 36 分，7.3 级地震就发生了。地震后，很多地方都急需车辆运送救灾物资，"曹地办"就指挥调动车辆——

北京车队吗？我是"曹地办"。

什么事，请吩咐。

要两台车。

够吗？五台吧。

先用两台。不够用了再找你们。

好，一切听"曹地办"安排！

…………

海城地震后第二天，当时的国务院副总理华国锋来到灾区视察。慰问到某野战军广大官兵时，军长向华国锋请求，给地震工作人员请功。军长特别讲到了"曹地办"，说要不是"曹地办"果断下达紧急撤离命令，参加联欢的几千名官兵和群众就会遭遇重大伤亡，包括我这个军长在内。华国锋神情凝重地点点头，由此听到并记住了"曹地办"这个名字。

不过郝指挥对笔者说，很遗憾，你们见不到"曹地办"了，他是2006年春节后去世的。临终前，他只说了一句话，他说，我的运气好啊，这辈子抓住了一个地震……

72岁的祝凤稳，当年是营口县新华影剧院主任。他回忆说，防地震从1974年下半年就开始了，"曹地办"三天两头跑来给观众讲防震逃生知识，有时把"郝指挥"也请来给大家讲话。后来，地震的风声越来越紧，"曹地办"就来传达防震总指挥部的决定，电影改为露天放映，在市委广场。每天晚上都放，都是革命样板戏《红灯记》《智取威虎山》《海港》《龙江颂》……人山人海，挺壮观。天冷啊，不少人看一会儿就往家跑，街道干部就去喊，让大家都出来，一遍一遍的，很用心，还告诉大家地震紧急报警器信号是"两短一长"，一旦听到警报声，必须马上疏散到空旷的地方去。那天地震袭来时，电影还在放，雾时地光忽闪，地声隆隆，大地剧烈颤抖摇晃，放映员没来得及收拾机器，人和机子就都倒在地上了。观众一阵骚动惊喊，但都没跑，都趴在了广场上……

海城地震前三天，祝凤稳亲自用毛笔写了一张海报式的大"启事"，粘贴在一块木牌上，竖于影剧院门口——

接上级通知，近期可能发生地震，电影改在露天广场放映。

华影剧院

1975年2月1日

80 岁的老妈妈苏纪云，慈祥和蔼的面容让人感到温暖亲切。她当时是营口阳光街（现为立新社区）居民委员会主任兼党支部书记。虽然 30 多年过去了，但她对防震避难的经历依然记忆清晰——

开始防震，大家都还感到心慌，有一种大难临头、末日来临的恐惧。有人谣传，说营口、海城都要陷到海里去，这里得变成一片汪洋！一些人挺悲观，就乱花钱乱吃喝，说有好吃的赶快吃，有好穿的赶快穿，等大地震一来，咱这一疙瘩就沉到海底去了，不管你是穷人还是富人，是好人还是坏人，是当官的还是平头百姓，全都完蛋啦！于是上面就派来了工宣队、军宣队、干宣队，给大家讲，地震是一种自然现象，要相信科学，破除迷信，还对造谣传谣的进行了教育和相关处理。

一天，马路边爬出一条快要冻僵的蛇，又粗又长，爬着很艰难，好多人围上去，说抓住它炖炖吃了。这时正巧"曹地办"来了，他把蛇抓起来，像缠麻绳似地在胳膊上缠了几圈，然后对大家说，这蛇绝不能吃，它是给我们报信号的，我要留着它，有用。临走，"曹地办"又跟我说，有什么异常赶快报告，要是找不到他，就给小石硼（即石硼峪）地震台打电话。

我们居委会共 7 个人，谁都不敢有半点儿松懈，先普查危房有多少，立案登记；又检查全街道病号有多少，残疾者有多少，临产的有多少……那些天，隔不多长时间我们就给小石硼地震台打电话，询问震情。2 月 4 日早上，小石硼地震台来电话说有地震，得加紧防范。我们就马上开会，挨家挨户动员，嗓子都喊哑了。把吃的用的穿的都搬到空地上，还架起几口大锅熬粥做饭。又搭了个大帐篷，让老弱病残和孕妇住。有个倔老头儿说什么也不愿撤出来，还骂骂咧咧，说我这条老命豁出去了，不用你们管！我严肃地劝他说，你豁出命了，我们可负不起这个责任！最后我们叫来民兵，硬是强迫着把他抬了出去。还有一个姓李的壮年汉子，说啥也不相信有大地震，脚跺着地说，它能震吗？等我们一离开，他就偷偷溜回家，当晚就睡在自家床上。他做梦也没有想到，地震说来就来，先是南北摇，后是东西晃，他家的房子倒了，他光着屁股逃出来，差点儿把命搭进去，我们赶快找衣服给他穿……

苏纪云老妈妈说，地震那一天的经历让她终生难忘。从早上 7 点开始，直到晚上 7 点半，清完了人，地震果然来了，1000 多户，3000 多号人，没死一个，没伤一个，没病一个，还有 5 个孕妇顺利生下 5 个孩子，一个没冻着。

她说，这一切，要感谢的是我们的"曹地办"和小石硼地震台。

望着被现任社区主任兼书记曹秀丽搀扶着老妈妈缓缓走去的背影，我们心里油然升起一种久违了的被岁月尘封许久的崇敬之情……

4. 被强震击中的岔沟、丁家沟

海城县，现已改为市。岔沟镇，那时还叫公社，坐落在一片开阔的半丘陵地带。镇的西北角独独地冒出一座小山包来，这里的人们给它起名叫德家后山。山上有草有树也有鸟，远远望去像似一座小盆景。一条溪流在山北的鹿鸣河谷分出一汊，贴着山脚悠然绕来，又漫不经心地转了个弯，然后又向东飘逸而去。岔沟由此得名，岔沟镇就坐落在这条小河湾里。当地人说，岔沟河是德家后山的一条项链，岔沟镇就是挂在这条项链上的一块玉坠。当地人还说，这都是天赐的，都是老祖宗积的德，所以叫德家后山，也叫靠山。

而海城地震偏偏盯上了这块地方作为爆发点。

陈文东，58岁，时任生产大队副大队长，现任岔沟镇岔沟村委会主任。

贾德全，70岁，时任生产大队会计。

吴兴福，57岁，时任民兵排长，现任村治保主任。

王恩忠，68岁，时任生产队记工员。

陈文东回忆说：腊月二十三是小年，那天阳历2月3号，不断有小震发生，地底下隆隆地响，好像人拉肚子，咕噜咕噜一阵儿又一阵儿，房子有点儿抖，腊月二十四晚上，大震就来了。头天，公社武装部长许春旺值班，通知各大队一律把人请出屋，把吃的穿的用的都搬出来，把大牲口都牵到空地里打木桩拴住。我们都紧急行动起来，我还找出一张大锣，让人敲着喊着挨家挨户动员。可是，忙活了一天之后也没见震，大震来前很平静。有些人在外面冻得实在受不了想回屋，我就极严肃地对他们说，万一震了你把小命搭进去，那后果不堪设想！谁要是回去就扣工分！扣口粮！接着我又说，要说冷，谁都冷，我们可以想办法，把破木头、树根稻草找来些烧着烤火。安排完，我就回家了，因为见我娘还没出来。我一进门就喊娘，娘说她先去趟厕所，我就进屋抱孩子——就在这时候，震了。虽说是小震，可房子倒了，孩子被埋，黑灯瞎火的，光听见孩子哭，却不知道他被埋在啥地方。突然，像踩了个皮球，抱出来一看还活着。接着又去救我娘，万幸，娘只伤了一条腿。第二天晚上，大震来了，井水冒出几米高，人都在地上打滚儿……

他们还告诉我：大震前有小震，尤其是大震当天早上，那个小震还挺强烈，后来听说是4.7级。公社通知要继续防震，有人说都震完了，公社里的人说还有大震呢，一定要防，不能麻痹。有胆子大的、年纪大的不信，就偷偷摸摸溜回屋住。谁知当晚大震来临，地光闪亮，地声轰鸣，村前河水暴涨，把冰坨子一掀老高，把刚建好的桥都冲垮了；后山震裂，一棵百年大树陷进地缝里只冒个树尖；村东边的地裂缝，一米多宽，望不见底，现在还有呢……全村2860多人，死了319人，大都是些"偏驴子"，尸体都不全；房子全倒了，没有一间是完整的……当夜，部队就开进来了，接着直升飞机也来了，卸下来好多吃的穿的用的，什么锅碗瓢盆、棉衣棉被、药品器材，还有帐篷，全是军用品。不久，华国锋副总理来视察慰问，后来又来了不少领导和专家。除夕晚上，我们家家户户都给解放军包饺子，大年初一又来通知说还有余震要发水，解放军就指挥乡亲们往后山上跑。确实有余震，却没见发水，大家都被地震闹怕了。劫后余生，人们在山上燃放鞭炮，庆祝大难不死，还有这个遭难的却又极其难得、难忘的春节……一晃几十年，没想到能活到现在。现在盖的房子结实多了，首先考虑的就是能防震能抗震……

再来看看丁家沟。

丁家沟村离岔沟镇村有30多公里，同是海城地震的极震区。一路上，看见这里的丘陵逐渐多了起来，周围的山也高了起来。

村支书兼村委会主任叫甘元礼，现年69岁，前不久才把身上的担子让给了年轻人。不是他不想交，而是村民们不让他交。他19岁就是县劳模，25岁是省劳模，海城地震后三年，他当选第五届全国人大代表、全国劳动模范。在讲述地震经历之前，他先从一个破柜橱里拿出一个完达山牌奶盒子，打开一看，里面存藏的是几十件各式各样的证书、奖章、奖牌和奖状，其中有两个证书和奖状印有华国锋主席的亲笔题词。这些，在他看来，似乎是他一生当中比什么都重要的财富。

而后，坐在他家东屋土炕上，闻着冬日烧炕熏染留下的呛味，听他缓缓道来。我的倾听像是吸收，那无休止的山风一样的诉说，那浓烈似炕烟一样的故事，不仅留在我的记忆里。

他体格硬朗，满面红光，提起当年，犹如昨天：从1974年下半年，我们就开始防震了，没想到会震得那么凶。全村900多亩地分散在80多块坡地上，没想到被地震糟蹋得更加七零八碎，面目全非。本来是一片洼田，突然一下子被抬高了好几米；

明明是一块高坡地，却突然一下子陷成了一片大坑。全村 253 户，几乎在那一瞬间全都夷平了，抬眼望去是一片片废墟，好多人都认不出自己原来的家在哪儿了……那个惨状，无法形容，现在回想起来还揪心得疼啊！

甘元礼回忆说，收罢秋，就到农闲"猫冬"了，可谁知防震闹得人一点儿不得闲。全村 6 个生产队分散在 18 个地旮旯里，集中起来相当困难。好在他这个老支书在大家心目中很有威信，他说什么大家都听。他把一个庄严的承诺通过高音喇叭传到每个社员的耳朵里：从现在起防震，不管它啥时震，全大队 910 口人，一个都不能少！

于是，长达 100 多天的防震在丁家沟紧锣密鼓地展开了。村干部包片包组包户，搭建简易房，当时叫"马架房"，也就是像看庄稼搭建的草庵子。大喇叭、小喇叭天天广播宣传，还天天放电影。丁家沟当时是全省学大寨的先进典型，"远学大寨，近学丁家沟"的口号全省人民都知道。有新闻报道称：群雁高飞头雁领，丁家沟的带头人甘元礼带领全村群众防地震。甘元礼对记者说，丁家沟人战天斗地学大寨，防震也决不落后。村里有一位 80 多岁的五保户老人，甘元礼亲自把他背出来住进"马架房"，还派人精心照料。甘元礼对大家说的最朴实的一句话是："地震不可怕，只要防得好。"

从这则报道中人们不难看出丁家沟百日防震的精神风景。天寒地冻，多少个日日夜夜，我们仿佛于苦寂中聆听到天籁之音那个亘古的吟唱！

甘元礼说：百日煎熬，最终躲过了一劫，全村 910 口无一伤亡。我们提出的口号是：地大震，人大干，造平原，夺高产。震后，人与人的感情更亲了，邻里间相互慰问，挨家串。我们把 18 个居民点变成 6 个，把 80 块坡地变成 6 大块，形成小平原。三年恢复重建，引水上山灌溉良田，每亩产量 900 多斤，卖公粮 40 万斤，留 50 万斤口粮；种 3 万棵果树，每年采摘三四万斤。那年去北京人民大会堂出席劳模会，华国锋主席握着我的手说：你就是甘元礼同志吧，你带领大家干得好啊！

2002 年，丁家沟与邻村合并村，改称房身村，家家户户都盖起了板楼，唯有甘元礼一家还住在震后翻盖的破屋里。他说，等大家都富了我再盖，留着这房子做个纪念……

难能可贵。时至今日，他仍恪守着当年的那种精神。

5. 死守的石硼峪和金州台

60 岁的王贵珠是营口市地震局一位老资格的干部。就连省地震局震害防御处副处长徐平和营口市地震局局长肖萍都管他叫"老科长"。

他"老"就老在 20 世纪 60 年代末就去了刚刚建成的石硼峪地震台，当了一名监测员。

王贵珠本是水利学校毕业，先"服从组织安排"搞了地震，讲起他和三名同伴死守石硼峪的经历总爱攥起拳头，靠近嘴边比划着，仿佛攥着的不是拳头，而是话筒。这情景不禁让人想起电影《英雄儿女》中的王成——

从 1974 年下半年到 7.3 级大震发生，我们四个都在台上坚守着，几乎没有离开过半步。到了 1975 年 1 月下旬，监测到的小震活动一个接一个地就来了。台长高金生立刻把这一震情向上报告，上级说严密监视，不能有一丝一毫的懈怠。

到了 2 月 1 日，小震越发密集，而频度和强度呈不断上升势头。更让人惊疑的是，小震出现的地区，是建台五年以来很少发震的地段，并且观测到震中距地震台约 20 公里，也就是即营口、海城一带。台长高金生又立刻把这一震情向上边报告，上级说，地震的"狐狸尾巴"快要露出来了，你们要紧紧追踪，抓住它！

正值春节前夕，周边一些村庄不时响起鞭炮声，高金生就吩咐我快给周围村庄打电话或者让人捎口信，让他们不要放炮了，以免干扰我们的仪器监测。那两天，做的饭都在火上放糊了，我们都顾不上吃。

2 月 2 日一天，3—4 级地震有 7 次，到了 3 日，突增到几百次。我们四个人相互配合，一个人量，一个人记，一个人守电话报信息，嗓子都喊哑了；另一个作为预备队员，跑去观察仪器，拿东西。

2 月 4 日是我值班。上午出现了两次较强有感地震，一次是 4.2 级，一次是 4.7 级，之后就平息了。一直到晚上掌灯时分，记录仪器显示很平稳，看不出什么异常。我们四个谁都不说话，全神贯注，似乎都能听到彼此的心跳。那情景真好像战场上发起大规模进攻之前平静得让人窒息。

时间嗒嗒地向那一瞬间逼近……晚上 7 点 32 分，地震记录仪突然摇摆颤抖起来，我正要喊，高金生跑了过来，抓起电话向上级报告：要震了！要震了！现在马上就震了！

喊着喊着电话断了，地动山摇！

韩桂元拼命抱起仪器冲出屋外，我和台长也抱着资料朝外冲，猛烈的地震波旋即把厚厚的积雪掀卷起来，把我们淹没在雪浪里。高金生挣扎着对郝德仁喊：小郝，快去大桥驻军报告，他们有无线电台，请他们火速增援！

很快，大桥驻军派车送来两套无线电台和操作手。台长高金生抱着话筒向省军区、沈阳军区报告说：石硼峪地震台，人在阵地在！……

金州地震台坐落在大连市金州区一个叫七里村的半山坡上，如今它的周边已被雨后春笋般的商品住宅楼包围，那楼一座一座的，盖得比山高。地震台好不容易在2002年建起一栋欧式小楼，两层共493平方米，可在这鳞次栉比的高楼大厦环抱中，还是显得小鼻子小脸。

台长史成林介绍说，1970年建台时就三间小平房，灰头土脸的，谁看了都觉得寒碜，建台之前叫"金县形变观测站"。前年，省局高常波局长走马上任，来台站看了眼前的景况，说，金州台和石硼峪台当年为海城地震预报成功立下过汗马功劳，是打地震防御战的重要狙击阵地，我们不能冷落了功臣。高局长回去就着手进行改造金州台、石硼峪等10多个台站的任务。

金州台当年也是四个人，第一任台长叫韩刚盛，技术负责人叫马秉圭，统领两个监测员。邢台地震后，为监测渤海地震走势，经地震地质专家选址勘探后，就在此地创建了当时全国设备最为先进的地震断层形变观测站。海城地震发生前两个月，这个台监测的短水准曲线大幅度异常，而地倾斜形变观测曲线也出现明显的提前转折，并有打结、加速等现象。当时，已被冻烂手脚的马秉圭感到事态严重，一拐一瘸地跑回地震台，把记录资料交给台长韩刚盛，说：上报吧，一场比邢台震级还要大的地震，很有可能在近期发生。

韩刚盛：你判断发震地点会在哪里？

马秉圭：辽南。鞍山、营口至金县一带。

韩刚盛：金县，这么说就在我们脚下？

马秉圭：很有可能。至少严重波及。

韩刚盛：会是几级？

马秉圭：6级，甚至7级以上。

韩刚盛：就按6级左右报吧！

马秉圭：好吧，保守一点。

韩刚盛：把这情况也跟金县地办说一声。

马秉圭：可以，让他们做好防范。

当时，马秉圭42岁，台长比他小两岁，对他很尊重，很信任，总是拿他的敬业精神和一股子钻劲教育感化年轻人。三间破屋挡不住风寒，韩刚盛就时常找到金县革委会成员，既管工交系统又管县地办的史成林，讨点煤炭烤火，要点食物改善生活。史成林也经常来台询问震情，跟台上几个人关系极熟，一听说有什么困难，就尽力帮助解决。

史成林得知情况后，又搜集到群测点反映的诸多异常现象，如鸡鸭乱窜上房，水井翻沙冒泡，配种站的牲口不愿交配，咬断缰绳在野地里狂奔嘶鸣……史成林把这些情况综合起来，向县革委会提出防震预案。县革委在一个县、公社、大队三级扩大会上部署了防震措施，并向大连市领导作了汇报，得到批准。

此时，省地办正速派一批技术人员赶赴大连，建立流动观测台站。

史成林回忆说，虽是隆冬，但各种异常逐日剧增，而且异常的地域不断扩大，各种动物的异常反应也更剧烈，有一家农户的母猪把刚生下的9只猪崽咬死了6只。最神的是，有一家喂养的大黄狗，趁主人不注意，竟把他家的婴儿叼到屋外去了。主人听到婴儿哇哇哭声，赶快跑出来把婴儿从狗嘴里夺下，说这条狗可能疯了，要用绳子把狗勒死。狗跑掉了，两天没回家。第三天狗又偷偷回来了，趁主人不注意，又把婴儿叼走了。主人听到婴儿哭声，赶紧跑出来，狗丢下了婴儿躲到一边，远远地回头望着主人和婴儿。邻居看见后说：你家的狗是忠臣，是你们的保护神！这地震闹得人心惶惶，这狗啊，比人灵！说着说着就到了1975年2月初，小震活动频频发生，甚至可以说是"蜂拥而至"，2月3日竟达数百次。可之后突然平静下来，给人一种好像偃旗息鼓、停战休兵的假象。但是，我们金州台仍然严阵以待！

一连数天，马秉圭和他的助手都没有睡过一个囫囵觉。2月4日，小震活动突然平静下来，这引起马秉圭警觉，他感到很不安，有一种大难临头的不祥之感，他一直守在仪器旁盯着，冻伤的手脚流出的浓血已结成冰……他对台长韩刚盛说：快给省地办报告，大地震可能马上就要来了！

2月4日晚7点32分，当韩刚盛拿起话筒再次向上级报告"情况十分危急"的时候，海城7.3级强烈地震以隆隆的地声和大地的剧烈震颤为先导，骤然在辽南大地降临。金州台的三间平房东摇西晃，他抱着话筒钻到桌子底下喊：震了！震了！来势凶猛得很！……电话突然断了，灯也灭了，眼前的世界霎时陷入彻底的黑暗之中。

此时的马秉圭，倒在仪器旁昏迷过去……

震后第三天，马秉圭被专车接到营口，受到了华国锋副总理的接见。也就是在这次接见中，马秉圭见到了"曹地办"。曹显清握住他冻伤的手说：老马识途，你是一匹好马啊！

马秉圭1994年退休，享受国家特殊津贴。震后不久，美国、德国、日本、阿尔巴尼亚、朝鲜等国的地震专家和相关学者来到金州台考察学习，他们无不感到很惊奇：一个前所未有的奇迹，是怎样被这些土里土气的人在这种极为艰苦的环境条件下制造成功的呢？！

海城地震后，县革委会成员史成林，不知是因经历了一场炼狱般的洗礼，还是出于其他原因，仿佛大彻大悟——他离开了那个"阶级斗争"的漩涡，调任金州地震台当上了一名观测员。迄今，他已在台上坚守了30多年。

不知史成林是如何突发奇想，前几年他竟在台站的一片空地上搭建一个饲养室，养起了动物。

养什么？

狐狸！

他说，狐狸是动物中嗅觉最灵敏也最狡猾的家伙，所以人称"狡猾的狐狸"。他养狐狸目的有二：一是观察动物行为异常，狐狸是最典型的代表，大地一有"动静"，它马上就能做出最快的反应；二是想以此为台站解决点经济问题。狐狸皮毛在市场上很走俏，极受一些靓女富婆的青睐，不惜一掷万金，也要把一张狐狸皮披在脖颈上，有的甚至将仿毛狐狸盘在肩头上，跟真的似的。地震是个不增值的行业，哪个台站都很清贫，那就养狐狸搞点"外块"以贴补台站困窘的生活。

当时大家都觉得是个好主意，一举两得。正巧他夫人徐莉华是市里搞动物养殖的技术员，可以当他们的技术顾问。就这样，他向亲戚朋友借了800块钱，又请人帮助焊了几个大铁笼子，白手起家，干上了饲养狐狸的营生，从一开始只养十几只发展到400多只。每有狐狸妈妈分娩下崽，他就守在那儿不回家。夫人说他比当初她生儿子还乐呢！

他说，这都是好几年前的事了，现在不搞了，工作环境和生活条件都比过去好多了。

他还说，现在台站已经更新了设备，建成了数字化观测、GPS观测，直接与省的、国家的台网中心连接，很便捷，也很直观。

但他又说，仪器设备再先进，科技含量再高超，还得人敬业。人不优秀，那一堆好东西不就等于摆设吗？

6. 李先念：9 岁的娃娃能报准地震了，了不起！

营口市常务副市长郝庆会回忆说，海城地震预报成功，对震区的老百姓来说，简直就是天大的福气。面对一片片废墟，人们并没有过多的感伤——人在，就能重建家园！而对地震工作者，老百姓简直把他们视为救星，奉若神明了。成千上万幸免于难的人们，敲锣打鼓，鞭炮齐鸣，夹道欢迎这些降妖伏魔捕捉地震的英雄，那场面让人感动，让人振奋，也让人陶醉！

当时前来视察慰问的国务院副总理华国锋，与参加会见的地震工作者一一握手，他激动地说：党中央和毛主席派我来看望慰问你们，感谢你们，祝贺你们取得海城地震预报的成功！

会见时，华国锋还关切地问：今后能不能争取在 24 小时前预报 5 级以上地震？

地震工作者纷纷表示：我们会全力以赴，尽职尽责，决不辜负党中央、毛主席和全国人民的期望！

那时，陶醉在胜利喜悦之中的地震工作者谁也不会想到，一年之后，他们非但未能预报出 5 级以上地震，而且极其残酷的事实使他们从海城辉煌的巅峰一下子跌落到唐山大地震那黑洞般的深谷……

1975 年国庆节，李先念副总理在人民大会堂招待会上接见了国家地震局局长刘英勇以及专家梅世蓉等人。李先念先是略有所思地把邢台地震后成长起来的中国地震队伍比喻成 "9 岁的娃娃"，而后说：9 岁的娃娃能报准地震了，了不起，了不起哟！

这时距邢台地震，恰恰 9 年。

李先念拍了拍眼睛高度近视的刘英勇的肩膀，笑了笑说：你这个刘瞎子哟，我看你一点都不瞎,明亮得很哩！走马上任就抱住了一个 "大金娃娃"。我听周总理说过，你当初还不太愿意干地震呢，嘿嘿，是周总理点你的将，你不敢不干！

刘英勇连连点头，以浓重的陕北口音回应道：是啊是啊，俄（我）必须干！

李先念说：你这不是干得很好嘛！

刘英勇说：这都是逼出来的，功劳是大家努力奋斗的结果。

李先念说：水浒一百单八将，哪一个不是逼上梁山的？我们共产党人闹革命、打天下，就在这个"逼"字上。

刘英勇说：就是啊，我们都是被"逼上梁山"的。

刘英勇称得上是老革命、老红军了，当年是刘志丹手下陕甘宁边区少先队总队长，在红军三大主力会师陕北后，开展扫盲运动，他才结束了不认字的窘况。虽然文化不高，但打仗很勇敢，人称"刘猛子"，后来还是周恩来正式给他起了个名字叫刘英勇。1936年底，他已是地委书记了。解放后调他到地质部矿产司当司长，他说啥也不乐意，"地质"？这两个字是什么意思，我确实搞不懂。我只认得一个炭、一个铁。我是个小学生……可是新中国的革命和建设需要把像他这样的一大批工农干部逼上梁山，不管他们要完成这一人生的转折是多么艰难，甚至要付出多么昂贵的代价。他的所有本领就是忠诚，而组织看中的正是这个忠诚。

他去当了矿产司司长。那几年，他几乎跑遍了东南西北著名的山系，海拔4000米以上的大山他都攀登上去过……他干工作确实有股子劲，像打仗一样带头冲锋。可如今毕竟是寻找宝藏，找到了矿，就可以开采，为国家创造财富，这是看得见摸得着的成就。可要是找不到矿，谁也不会说你什么，还会鼓励你说：继续找吧。

1969年秋，地质部部长李四光把目光盯在他身上，请他出任中央地震工作小组办公室领导成员，以至后来出任国家地震局局长。李四光对此请示过周恩来，周恩来表示同意。李四光找他谈话说出意图，他一听急了："李老，我这不是干得好好的嘛，刚熟悉一些地质情况，怎么又叫我干地震？我对地震更是外行，一无所知，你另找其他同志吧……"这事周恩来知道后，就派刘西尧找他谈话，说他提出什么条件就答应什么条件，可是，必须干。

既然总理发话了，他怎能拒绝？这倒让他对地震这个陌生的行当油然生出几分珍视和憧憬。一上任，首先他为地震局争得了一块国家部级单位的大牌子和一个部一级单位才能有的大铜印。而后他一一拜访地震地质界的老前辈，讨教有关情况，请他们推荐业务骨干和拔尖人才，不论是在哪个单位，也不论是在北京还是外地，能"挖"过来的一定得挖过来。他的尚方宝剑就是：周总理已经说了，这个人我带走，这个人归我管。接着又跟对方领导讲：防地震，搞预报，就是为党中央、毛主席和全国人民站好岗、放好哨，什么事有这重要，啊？你说是吧！希望以后多支持。对方马上表示：一定支持，一定支持！有什么怠慢的地方，您千万不要向总理告我们的状。

掐指算算，从正式任命他为国家地震局局长才两年零九个月（1972 年 10 月，之前称负责人），就取得了海城地震预报成功这一震惊世界的奇迹，用李先念的话说"抱了个大金娃娃"，这在他大半生的戎马生涯中是多么的不同！

就在这个庆祝国庆、庆祝胜利的招待会上，受到李先念副总理夸赞后，又举杯向他祝酒时，他一饮而尽，连喝三杯，多么豪爽，多么痛快，多么酣畅淋漓啊！他陶醉了，科学家们也陶醉了……

然而，人生的起承转合，命运的起伏跌宕，常常富有戏剧性。他万万没想到，一年之后，随着唐山大地震预测预报的惨败，他这个国家地震局局长，也从人生的顶端一下子跌入万劫不复的深渊……

重病中的周恩来，是 2 月 15 日在 305 医院的病床上，听取了国务院副总理邓小平关于海城地震预测预报成功和减灾情况汇报的，他的欣慰不言而喻。他在邢台地震科学讨论会上提出的"石油已放出异彩，我们要在地震问题上也放异彩。相信 70 年代在这个战线上也要放一颗'原子弹'"的预言，实现了！

可惜此时他已病染沉疴，每况愈下，再也不能像 9 年前邢台地震时那样亲赴灾区了……他指示刚复出不久的邓小平，以国务院名义，对地震系统有关部门登报表彰，对预报有功单位和人员给予奖励。根据这一指示，邓小平亲自签发了国务院嘉奖令。这是新中国成立以来，第一次由国务院颁发表彰地震界的通令。此后，为鼓励和发展地震事业，国务院破例批给国家地震局 250 户进京落户指标，还邀请海城地震预报有功人员代表出席了 1975 年国庆招待会，给了他们一系列的荣誉和奖赏。

他们受之无愧，而由此激发出的巨大热情和思想活力，必将更有力地挥洒于祖国广袤的大地。继海城地震后，中国地震工作者又分别对 1976 年 5 月 29 日云南龙陵 7.4 级地震、1976 年 8 月 16 日四川松潘－平武 7.2 级地震做出了一定程度的预报，不同程度地减轻了地震损失。然而，1976 年 7 月 28 日的唐山大地震，却使他们功亏一篑。那是令所有地震工作者痛心疾首的永远也无法挽回的惨败。

这种残酷现实的戏剧性变化，被人们喻为中国地震界的"滑铁卢"。

7. 海城的辉煌是吹出来的吗?

一直陪同笔者采访的徐平把我等一行引见给顾浩鼎时,他正在他那颇为简陋的办公室里很专注地修改一篇关于"地震机缘"的稿子。

66 岁的顾浩鼎,从辽宁省地震局副局长的岗位上退下来已 6 年(2000 年)了。稀疏斑白的头发胡乱地蓬松着,面容清癯,而目光如炬,讲起海城地震的经过时,神情显得很平淡,时而嘴角上挂出一丝微笑,让人感到一种不屈的力量。

他说,他 1959 年考入北大固体地球物理系,本来应该 1966 年毕业后分配到中科院地球物理所,谁知赶上了邢台地震,就去了现场。不久,"文化大革命"爆发,学校一道命令就把我们从邢台地震现场召回北大,参加大批判和"造反有理"的运动,直到 1968 年才毕业。谁知就在这时,学校又叫我们积极响应毛主席的号召"接受贫下中农的再教育",我们便被招来招去,还被招到天津塘沽去挖盐坑。这活儿,当地老百姓都不愿干,就派给了我们和一批劳改犯来干。那些劳改犯们是在荷枪实弹的解放军战士警戒之下,在监管人员的皮鞭和吼骂声中干的,而我们是在还有人身自由的情况下干的,比起劳改犯似乎幸运得多了。曾有解放军同志感慨地说,你们大学生还真了不起,劳改犯干一拨儿换一拨儿,你们一干干了一年半!

1971 年 1 月,接受"再教育"后的顾浩鼎终于有了着落,分到辽宁省地震办公室,成了朱凤鸣的得力助手。他说,海城地震预报的成功不是偶然的,基本上是借助"长、中、短、临"这种预报方法逐步推进,分阶段做出预报的。中期是 1974 年华北会商会,在北京国务院第一招待所,如今的国谊宾馆开的,根据辽宁和华北几省市的震情趋势,形成了国务院 69 号文件。短期是 1975 年 1 月在北京召开的会商会,我们已把可能发生地震的范围缩小到鞍山(海城)一带—营口。以上中、短预测预报意见都是朱凤鸣要我执笔写的。临震预报只有 11 个小时,是经省政府权威发布的,这是毋庸置疑的事实。有人说海城地震预报是吹出来的,对此我们只能一笑了之。对于不了解真实情况的人来说,持疑惑态度是可以理解的。如果事实不是如此这般,单靠胡吹瞎吹乱吹,你能吹出来吗?!不信你吹个试试,吹个某省某市某个地区在某年某月某时某分某秒发生里氏某某级地震,鬼才信呢!有个专家也曾给辽宁报过三次地震,结果一次都没震,光吹行吗?要说海城地震有吹的嫌疑,那是在预报成功之后,有些说法确实有被放大、夸张、渲染的成分在里面,似乎是出于那一时期的政治需要,结果是吹得人昏昏然飘飘然,只知其然不知所以然了。

顾浩鼎说，海城地震预报成功的重要原因有二：一是有一个求真务实的好领导。当时朱凤鸣他不玩儿极左的东西，营造了一个宽松的环境。同时他尊重科学、爱惜人才，他交给我的第一个任务，就是关于核震的研究，因为当时我们与苏联关系紧张，要立足于"早打、大打、打核战争"的准备，防止敌人的突然袭击，比如向我国东北或其他地区投放原子弹。二是机遇是给有准备的人准备的。那么多宏观异常出现，你闭耳塞听，甚至熟视无睹，不去调查，懒得研究，即使地震碰到你的鼻子，也只能擦"面"而过，错失良机，甚至碰得头破血流。你做好了准备，又不惜付出辛劳，又有人敢为你撑腰打气，出了问题敢于替部属承担责任，而不是推卸责任把板子打在你屁股上，那么，这个世界上还有什么困难能够阻止一个有准备的人和一班准备好的人马去迈向胜利的步伐呢？！

这不禁让人想到美国巴顿将军的一句名言：一头雄狮率领的一支老鼠部队和一只老鼠率领的一支雄狮部队，请问哪一支部队能打胜仗？

而中国人的一句俗语更直白：兵熊熊一个，将熊熊一窝。

海城地震后，朱凤鸣调到北京去了，顾浩鼎就跟局长岳明生做搭档；后来岳明生也调到北京去了，顾浩鼎又跟局长徐心同做搭档。这时候，又一个机遇不期而至：

1999年11月29日12时10分，在辽宁岫岩发生了5.4级地震。这次地震的预测和临震预报以及所采取的相应的预报决策，也是相当成功的。

无独有偶，岫岩恰恰位于当年海城地震区的东南部边缘地带，其震中就在海城地震带上。时隔24年后，地震这个魔鬼像是在敲打一下人们的记忆神经，又似乎有预谋地来个不大也不小的地震，看看你们是否还能像当年那样预报得出，是否上演的还是老一套"戏法儿"。

岫岩地震前一两个月，小地震就开始活动起来，到了11月25日，中小地震的频度、强度显著增高。辽宁省地震局立即进入全天候警戒工作状态，27日深夜又紧急召开震情会商会，主抓地震预报的副局长顾浩鼎和预报中心的人员，初步判定岫岩一带从25日开始的震群活动可能是前震序列，未来几天内可能会发生5.5级左右的地震。

这个会一直开到28日凌晨还在继续。局长徐心同于凌晨1点30分要通了中国地震局局长陈章立的电话，是他的秘书陈锋接的，问情况急不急。徐心同说，急。陈锋马上把电话转给了陈章立局长。徐心同对地震序列的特征和紧急会商的意见做了详细说明，并强调说经省局领导班子研究，要向省政府提出发布临震预报的建议，想听取中国地震局的意见后再进一步研究决定。陈章立对徐心同说，请给国家局几个小时的时间，并请他们立刻把地震序列的数据传给分析预报中心。放下电话，陈章立立即给监测预报司和分析预报中心负责人打电话，通报辽宁紧急震情会商会所形成的初步意见，命令马上召开紧急会商会。会上，多数专家赞成辽宁省地震局的意见，也有少数专家鉴于其他前兆异常为数不多，认为立即做出临震预报把握性不是很大。最后由陈章立拍板，再次与徐心同通了电话，表示赞成他们的意见，并建议他们对可能发生的震害做出必要的预估分析，以便省政府领导做出决策。徐心同说，我们已做了这方面的工作，并绘制了震害预测的相关图表。

27日早上，徐心同先打电话给常务副省长郭廷标报告，省地震局起草了向省防震减灾工作领导小组汇报材料，中午向郭副省长作了简要报告及地震预测意见。17时省政府召开省长办公会，专门听取省地震局的汇报。听完汇报，省政府立即研究决策向鞍山市有关市、县公开发布临震预报，并采取紧急社会动员措施的决策，召集有关市、县领导做了部署。市、县领导连夜向有关乡镇做紧急动员，动员居民撤离危房，动员学校不要开课，动员矿工撤出矿井并做好救援准备工作……当得知有几个小煤矿的矿工们仍在井下作业时，当地政府只好下达强制命令，派公安人员强行把井下作业的矿工全部撤离矿井。一小时后，即12时10分，岫岩即发生了5.4级地震，6000多间房屋倒塌，十几个小煤矿坍塌，但没有造成任何人员伤亡。

辽宁省委、省政府对辽宁省地震局在岫岩地震前所作的努力做了充分的肯定和高度评价，并给予通报表彰和奖励。尤其是临震预报发布后，在辽宁的许多海内外记者立即赶赴现场进行跟踪报道，似乎要亲眼看看此番地震预报的准确性和精确度究竟有多高，也似乎想以此验证20多年前的海城地震的可信度究竟有多少是"吹"出来的。事实很快就证明了，岫岩地震后第二天，陈章立率中国地震工作代表团赴菲律宾马尼拉参加国际大城市地震对策讨论会，许多国家的政府官员和专家从新闻媒体的报道中获悉中国岫岩地震预报成功，都向中国代表团表示祝贺，菲律宾华侨联合会还专门设宴款待代表团。

原四川省地震局局长罗灼礼见到顾浩鼎顿发感慨：哎呀，你这家伙一生参与成功预报两次地震，一次是你刚工作不久，一次是你要退下来的时候，你这叫善始善终啊，你就可以心安理得地"寿终正寝"喽！

而顾浩鼎的名言是：在成功的幸运背后，仍然隐藏着失败的可能，因为我们至今还未认清地震的规律。

看了以上笔者对海城地震前后的追踪探访，相信读者朋友会对那次地震的成功预报给出一个尊重历史的客观评价。当然，评判的尺度取决于您对这段历史的理解与把握。

2006 年美国的《地震学会会刊》上登载一篇文章，说："尽管海城地震的预报集合了迷惘困惑、经验分析、直觉判断和良好运气，它毕竟是第一次在实践上没有以失败而告终的大震预报的尝试。"

然而不幸的是，海城地震预报成功，却让人误以为中国地震专家已经掌握了地震预测技术，即使次年发生唐山地震的大悲剧，人们仍然以为那是因为某些人的失职，乃至压制某些"大师"的预测意见所致。

2005 年，中国地震局地震预测研究所研究员陈棋福在《国际地震动态》刊物上发表了《海城地震预报过程的回顾及地震预报发展的思考》一文。文中写道，近两年，他和加拿大地质调查局的王克林，与中国学者孙士铉、王安东等，共同开展了对海城地震预报的回顾性总结研究，通过大量的调查、访谈与求证，得出如下基本认识：

（1）1975 年海城 7.3 级地震前，确实存在具有减灾实效的预报，该预报是由地震工作者和政府官员共同完成的；

（2）海城地震的预报过程并不像以往描述的那样完美，在"长、中、短、临"各阶段的预报地点、震级和时间等不同要素都有所偏离，并有错报发生；

（3）前震活动、地震工作者的判定意见和一系列的政府行为，构成了具有实效的临震预报，但各地的防震安排和人员疏散等应急响应措施，存在相当大的差别；

（4）虽然物理机制尚待研究，但金县短水准和小震活动等前兆异常是确实可靠的。震前确实存在宏观动物异常和大量地下水异常。

时间证明一切。

可以看出，当年的海城地震预报是经得起时间检验的。它的成功，既有科学的依据和正确的判断，也有前震活动丰富、宏观前兆明显等有利于预测成功的条件，这也正是当时经验性预报实际水平的体现。至于有人认为"海城的辉煌是当时的新闻媒体吹出来的"，"是瞎猫撞死耗子，完全是碰上的"，这些说法，显然有失公允。当我们冷静下来，不再纠缠于报纸宣传上那些红彤彤的、高八度的"调子"，也不再陶醉于那些不切实际的溢美之词，而把目光投向历史深处，投向那被浮云雾霾遮蔽却不可消失无可增删的事实存在，你便能做出判断：从海城地震全盘重演了邢台之"故技"这一震型来说，"运气"确实存在。然而，能把监视范围一步步缩小到辽南那一小片区域，那绝不是什么"瞎猫"所能捕捉到的，更何况，无影无踪的地震魔鬼也绝不是"死耗子"躺在那儿等着你去捕捉。当然，也更不存在冥冥中有什么神灵暗示和法师相助。

应当把真实还给历史。

历史是过去的现实。

历史是过去与现实与未来无休止的对话。

辉煌是真实的，正如日后的灰暗也是真实的一样。这是科学在探索中走过的路。

在海城地震30周年之际，辽宁省人民政府与中国地震局联合立碑，以示纪念——

辽南海城，渤海之滨。物华天宝，人杰地灵。自秦汉开埠，世代旺生。然一九七五年二月四月，七点三级强震始发于十九时三十六分，震区七百六十平方公里，烈度罕见，天下震惊。幸赖我地震工作者，藉科学昌明，开当世先河，创成功预警；党和政府心系民众，及时疏迁，百万众仅殁一千三百二十八人。震后，仰中央关爱，倚制度优势，举国襄助，部队驰援，军民团结奋战，全省倾力倾情，月余即复民生。三十载而今，沐改革开放春风，跻华夏百强名城。

特立此碑，镌以永志：崇尚科学，珍爱家园；和谐自然，泽被民生。

第四章 血 祭 唐 山

这是人类史上最悲惨的一幕，一座城市瞬间就在地球上消失了——1976年7月28日，相当于400颗广岛原子弹爆炸能量的大地震毁灭了唐山，24万人失去生命！

一代地震工作者饮恨唐山，6名地震地质考察组成员全部遇难，那是令人痛心疾首的永远无法挽回的惨败！这种从辉煌顶巅旋即跌入命运谷底的残酷突变，被人们喻为中国地震界的"滑铁卢"。

42年过去了，历史该如何评价这场搏斗？又该如何评价这些搏斗者？……

第四章 血祭唐山

1.谜一样的华北像一片凝固的海

海城地震预报成功，无疑给全国性的地震大恐慌打了一针安定剂。社会民众对地震工作者的信赖和期望值大大提高，称赞他们是生命一线的"哨兵"和"守护神"，令人景仰。

然而，这些"哨兵"和"守护神"们的欢欣鼓舞很快就消失了。他们几乎都被同一个问题困扰着：海城7.3级地震，是否标志着自邢台地震以来华北地震活动高潮期的结束？也就是说，海城地震之后，华北地区还有没有大震？华北地区，特别是"京津唐张"地区的地震形势是紧张了，还是缓和了？

华北，谜一样的华北。

它沉默着，像一片凝固的海。

谁能看透，在它那沉默的表象之下，聚集着、躁动着的是怎样的力量和情感？

这是一张首都圈及华北地区地质构造图，一大批地震专家已经在这个构造图的区域内奔波跋涉，勘测了很久：强大的阴山纬向构造带和斜贯整个华北的华夏构造带、新华夏系构造带，像三条巨蟒盘踞在这片广阔的地壳中。在太平洋板块、欧亚板块、印度洋板块相互运动的碰撞下，华北地表像一件古老的陶器布满了道道裂纹——断裂带，一旦它的承受力被打破，陶器就会被地下潜伏的巨大能量所撕裂。

岂止华北！整个中国乃至我们这个地球，其形态都酷若古老的陶器，在漫长的地质演化中，地球的表层变得支离破碎，规模宏大的褶皱断裂带已把我们脚下的地壳分割成无数的碎片。

面对地质构造图上数目众多的构造带与断裂带，地震学家习惯于将地壳看成是一块块彼此分离又彼此相依的碎片，而不是一般人心目中完整而密实的球体。

那么，华北这块碎片，还会不会发生破裂？

这确实是个难题。海城地震就发生于预料的危险区内，其震级已达 7 级以上，远远超过多数人估计的 5 至 6 级。华北地区自 1966 年以来不到 10 年间已发生 7 级以上地震三次，强震之频繁，打破了华北地震史的记录，因此，近期是否还会发生强震，很难作出判断。

有专家认为，华北强震发生的时间间隔一般较长，海城地震后，华北大地该平静一阵子了，值得注意是倒是中国西部——从 1969 年至 1974 年，已连续发生云南通海、四川炉霍、云南昭通三次 7 级以上大震，应当更警惕西部的危险性。

也有专家认为，海城地震后，华北地区的许多异常现象并未消失，大震的危险性依然存在。认为华北该平静一阵子的观点，只是一厢情愿的事情，地震这个魔头并不会因为"该平静一阵子"的愿望就不震了，若放松警惕，往往会事与愿违。

这是学术上的争鸣。谁都拥有一定的科学依据，谁都又没有充分的理由说服对方，因为谁也不能一眼看穿地壳下的一切奥秘。

海城地震过后仅一个月，北京市的群测点就搜集到了异常现象。1975 年 3 月 5 日傍晚，通县地办上报：麦庄一带发现一条地裂缝，往地里拉粪的一辆牛车，连牛带车都陷进去了，多亏有社员群众在场，费了九牛二虎之力才把牛和车拽上来。市地办和国家地震局得知情况后，决定次日一早派人到现场调查落实。而这天深夜，叶剑英元帅办公室就打电话询问情况，值班人员回答说：一切还比较正常，只是通县麦庄发现了一条地裂缝，因为晚上看不清楚，打算明天去查看。

半小时后，周恩来总理办公室也来了电话，详细询问通县地裂缝情况。不多会儿，周恩来办公室又来了第二次电话，传达了总理的指示，要国家地震局派人连夜去现场调查，弄清楚地裂缝是新出现的还是多年就有的，一定不要等到天亮。后来听周恩来的秘书说，总理是在病床上听到这个情况的，病情的折磨和瘦弱的身体，已使他连说话的力气都没有了，但他挣扎着叮嘱说：这么紧急的事，为什么非等到明天？晚上看不清楚，就不能解决照明的问题吗？

周恩来还指示国家地震局：地震工作由华副总理抓，把群众报来的异常情况向华副总理报告一下，引起重视。

是夜，国家地震局即安排人员去了通县。经现场勘查发现，这是一条新出现的地裂缝，与海城地震时间相吻合。只是当时地面有厚厚的积雪覆盖，人们未能发现，才导致牛车陷了进去。事后人们才知道，这是日理万机的共和国总理在病重住院期间，深夜发出的对地震工作的最后一个指示。而这一天，正是总理周恩来的生日。

周恩来要人们关注的仅仅是一条地裂缝吗？

专家分析认为，北京的地震形势是与津唐渤张地区的地震趋势紧密相连的，应一起考虑，协同作战，不放过任何蛛丝马迹，确保首都圈的安全。

局长刘英勇向病中的周恩来汇报落实情况和专家们对震情的分析。周恩来特别叮嘱他，要多向华国锋副总理请示汇报，地震工作由华副总理来抓；要按照毛主席的教导，尊重群众的首创精神，搞好土洋结合，群专结合，做到京津地区一旦有震情活动，也能像海城那样做出预测预报，以最大程度减少生命财产损失。

待刘英勇向华国锋汇报情况回来后，才对大家说：周总理的病情很不好，深夜还在为人民群众的安危操劳，他心里想着人民，唯独没有他自己，他躺在病床上，瘦得只剩下一把骨头了，让人看着心里很难受啊！……

刘英勇声音颤抖，哽噎起来。他停顿一下，接着说：根据周总理、华副总理的指示，保卫首都的安全稳定是头等大事，也是最大的政治，对震情发展趋势要百倍提高警惕，不能有丝毫的麻痹大意。

为了慎重对待海城地震后的地震形势，1975 年 12 月 15 日至 1976 年 1 月 9 日，国家地震局在北京召开了海城科技经验交流和 1976 年全国地震趋势会商会。会上对 1976 年的地震趋势做出了如下判断：

……当前中国仍处在地震活动高潮阶段，估计近一二年内将继续保持较高活动水平，大陆地区仍有发生 7 级以上强震的可能。对于京津唐渤张地区的地震趋势，会议认为，1976 年内该区仍然存在发生 5—6 级地震的可能，但目前尚未出现明显的短期和临震异常。

会议还指出，从目前地震活动和前兆异常的空间分布来看，唐山与朝阳之间和京津之间这两个地区，尤应加强工作。

会议还决定，将"京津唐张协作组"扩大为"京津唐渤张协作组"。

会后，国家地震局责成各有关单位，采取了一系列加强监视的措施。其中包括，增设前兆观测台网，充实北京电信传输台网；加密重力、地形变、地磁等流动观测；开展深部探测工作，加强孕震研究；广泛发动群众，深入宣传防震抗震知识；扩大群众测报网点，努力提高监测水平；进行老旧房屋调查，采取加固措施等等。

以上情况表明，在唐山地震前，对于京津唐渤张地区近期可能发生强震的危险，人们是有所认识的。在各种文献上，划定的首都圈或渤海危险区，总是和唐山危险区相提并论的。但是，这只是一种粗略的中期趋势估计，时间尺度较长，震级区间很大，发震地点也比较模糊——虽然把唐山划到危险区内，但要把预报的地区准确到一个城市很难做到。要真正取得预防效果，关键还必须对地震三要素做出准确判断，实现短期和临震预报。

而短期和临震预报的地震前兆现象究竟什么时候到来？它们将以什么方式到来？会是邢台地震、海城地震的"故技重演"，还是又耍新花招"卷土重来"？中国的科学家们能否及时识破它们的花招洞察到它们的到来？这便是能否最终做出预报并防范地震袭击的关键。

然而，当时，这一切都还是个谜。

时间，构成唐山大悲剧前这段时间，人们每时每刻总像是在秒针的哒哒声中度过。

此时，距唐山大地震还有半年。

2. 悲怆！"京津唐"保卫战

中国人有命中注定之说。公元1976年，似乎就是命中注定的特殊年份。

1月8日，一生鞠躬尽瘁的共和国总理周恩来逝世。十里长安街，泪水滂沱……

7月6日，曾被称为"红军之父"的共和国元帅之首"朱老总"逝世。他那刚毅而慈祥的眉宇间，蕴含着无言的倾诉……

人祸未了，天灾的魔影又悄然逼近。

那是一段噩梦般的日子。

国家地震局的上级单位中国科学院，刚复出工作才一年的胡耀邦、李昌等领导，又在"反击右倾翻案风"中被打倒。国家地震局党的领导小组组长胡克实，也被"靠边站"了。局长刘英勇在这种政治灾难漩涡中"时时提防"、"天天权衡"着度日子。那是他参加周恩来遗体告别仪式后，主持局里一个学习讨论会，突然，他声泪俱下地说：你们知道吗？周总理的遗体从305医院移到北京医院太平间整容时，看到他瘦成一把骨头，躺在冰凉的台子上，谁看了都心如刀绞啊！邓颖超大姐对我说，恩来生前最关心的两个事，一个是攻克癌症，一个就是攻克地震啊！

周恩来去世前的最后时光里，刘英勇和罗青长（中央对台工作领导小组负责人）等人多次到医院探望，都被医务人员拒绝。而此时的周恩来无异于在刀刃剑锋上翻滚，经历着常人难以想象的痛苦煎熬。去世前一个月，他的病情急剧恶化，癌细胞已扩散到腹腔内脏，转移到全身重要器官，高热持续不退，心肾功能衰竭。尤其是周身上下剧烈疼痛，让他浑身抖颤，大汗淋漓，即便在这种状态下，周恩来仍以惊人的自制力坚忍着……却仍关心着地震。

刘英勇擦去眼泪，放亮嗓音说：我可以被打倒，可以天天写检讨，但是，地震工作千万不能耽搁啊！2月23日国务院召开会议，华国锋总理希望我们能在24小时前预报5级以上地震，保卫北京。这是党和国家交给我们的艰巨使命，这是全国人民寄予我们的期望，这是我们神圣的天职！

这位打仗英勇、对党对领袖对事业只有"忠诚"二字的老红军战士，怎么也不会想到，地震灾害和政治灾难正双重叠压而来，一步步将他送上祭坛……

华北，作为京津唐保卫战的主战场，河北省地震队(1976年2月改为地震局)根据国家地震局提出的"管好本省的震情"要求，队长刘长垣(后为局长)迅速组织工作组兵分两路，于海城地震后的第四天就出发了。一组由省地办副主任苗良田、业务组长侯立臣带队，成员有陈非比、商宏宽、刘静宽等人，开赴唐山地区加强工作；另一组由曾昭福、贾云年等人组成，到沧州、廊坊等地落实各种异常情况。

这之中，贾云年和陈非比是一对夫妻，为了参加工作组，夫妻二人联名向党组织写了决心书，把两个孩子送到了天津奶奶家。这年春节，陈非比与丈夫天各一方，她是和同事在唐山度过的。大年初二（即2月12日），当人们尽享团圆之乐的时候，独在另一方的贾云年正奋笔疾书，写着一封长信。但此信并非写给远在唐山奔波劳碌的年轻妻子，也不是写给天津那望眼欲穿盼儿回家的年迈双亲，而是写给一个他并不熟悉，以至于把名字都写错了却身担重任的同行——国家地震局分析预报室京津组组长汪成民。

> 汪承（成）民同志：春节好！
>
> 辽宁地震发生后，我们都十分关心震情的发展，心情当然也是十分焦急的。
>
> 辽宁地震的发生，对我们专业人员包括领导在内，在认识上的一个很重要的促进是：继河间、渤海（地震）之后再一次证明了邢台地震的发生是应力场加强，即地震活动急剧增强的突出体现。换言之，邢台地震的发生表明了一个活动时期的开始，而并非如某些人所说的是结束或进入调整期、衰减期；更不是30年内无大于6级地震的问题。我们并不是盲目夸大地震活动，但是对于地震活动总的发展趋势的战略分析与估计的正确与否，在我们地震预报工作中可以说是占有极为重要的指导地位的。战略估计不对或不清，我们就会在战役上迷失方向或摆不正位置，以致违背了全局而犯根本性的错误。
>
> 如前所述，辽宁地震的发生再一次证明了邢台地震以后地震活动总趋势的加强，但这绝不是某一点或某一个带上的问题……所以我们根据河北省及邻区的地震地质分析，而提出了1980年附近在河北省北部有发生大于7级地震的可能。
>
> 总而言之，我的看法是，辽宁大震后说明的最重要的问题是两点：1、目前我国东部至少华北地区处于自邢台地震以来的增强期；2、大地震的活动有沿两条近南北的构造从南向北迁移的趋势。因此，下一个首要值得注意的地点是河北省北部……正如周总理所说，我们要抓住大地震不放，我们不能仍给后代只留下记录。
>
> ……现在我们随时做好出发的准备，同时加强对河北省地震趋势的监测工作。希望一旦有考察（海城地震）的可能，不要忘了我们。从某种意义上说，这个地震的考察就是我们份内的工作，因为从构造上、活动上，河北恐怕都不能与之分家。
>
> 你一定很忙，耽误你很多时间，代问其他同志好！　祝
>
> 工作好！
>
> 贾云年 75.2.12

这封信，记录着贾云年和他的妻子他的同事们正在"河北省北部"捕捉大地震的紧迫感和奔波忙碌的足迹。但是，贾云年包括他的妻子他的同事们并不会想到，这封信函竟成为一位地震工作者留下的警世遗言——一年半后的惨痛灾难，不幸被

他言中!

而此时，在爆竹声声、阖家团圆的节日里，陈非比所在工作组正在燕山脚下选流动台，架地震仪，密切监视震情，关注异常变化，踏遍冀东的唐山、昌黎、山海关……而贾云年所在工作组正在冀中平原辛劳辗转，走访地震办和群测点，选建地震台站，走遍了沧州、廊坊、深县、文安……

不久，河北省又派出工程地震考察组，奔赴唐山这个地震监视区。作为地震基本烈席 6 度，故而被人们视为"不设防"的唐山，处于防震抗震的戒备状态。

唐山市坐落在冀东平原，它北依燕山，东临渤海，是中国近代工业的摇篮，是著名的"煤都"和"瓷都"。经过 100 多年的发展，已从一个荒凉的村落，变成一座拥有百万人口的城市。它在中国近代工业发展史上开创了七个全国第一：清光绪元年 (1875)，经北洋大臣李鸿章下令，建设了中国第一座用"西法"采煤的矿井——开滦煤矿的唐山矿；修筑了中国第一条标准轨距的铁路——唐 (山) 胥 (各庄) 铁路，是北京至山海关、北京至沈阳的起点；建立了中国第一座铁路机车车辆修理、制造工厂——唐山机车车辆厂 (当年为慈禧太后专用豪华"龙车"就是在此制造的)；成立了中国第一家铁路公司——开平铁路公司，后改称中国铁路公司；修建了中国第一家水泥厂——唐山细棉土 (土敏土) 厂；制造了中国第一台铁路蒸汽机车，并由李鸿章亲驾剪彩；建立了中国最早的交通大学——北洋铁路学堂，后改称唐山交通大学 (著名桥梁专家茅以升即毕业于此校)……

2006 年 5 月，陈非比在所著《悲壮的历程》一书中写道：

当年的"唐山市"与今日的"唐山市"，其行政区域所含概念完全不同。以下涉及的"唐山市"，均是指当年作为一个城市的唐山；而"唐山地区"，则指整个冀东地区。唐山地震前，我们对该地区的地震危险性认识到什么程度，究竟能不能判断出在唐山市会有 7—8 级地震发生，我们对唐山地区地震危险性的判断究竟是基本正确，还是基本错误？

这是一个既简单又复杂的问题。

唐山地震前，唐山市的地震基本烈度被定为 6 度，这在当时是抗震设计中无须设防的烈度；而与唐山地震极震区的实际烈度——11 度相比，实在是天壤之别。由此来看，即便当初对华北地震形势的估计完全正确，恐怕也很难估计到 7—8 级的强烈地震会发生在唐山市。

然而，以当时的地震预报水平，谁又能把地震预报的地点精确到一个城市，特别是一个位于国都附近的工业发达的城市呢？即便30年后的今天，恐怕也很难做到。

尽管唐山市作为近期可能发生强烈地震的地点未被明确指出，但是，包括唐山市在内的"京津唐渤"地区有可能发生破坏地震的见解，却不止一次被强调提出，并被写入国务院〔1974〕69号文件下达。

与此同时，京津唐地区已形成一支由各级地震部门——国家地震局及其下属研究单位，省、地、市地震局，地震台、点科技人员——组成的数量可观的地震监测与研究队伍，还有一支善打人民战争的群测群防大军。

由此可见，包括唐山市在内的"京津唐"地区的地震监测工作，其观测时间之长，观测方法之多，研究力量之强，以及国家重视程度之高，均属全国之冠。

然而，事情还有其另一面。这种得天独厚的监测条件，在很大程度上起因于"京津唐"地区的政治和经济地位。这里是共和国首都所在地，是中国政治、经济、文化中心，城市密集，人口众多，如果发生强烈地震，那将是非同小可的事情。于是，对"京津唐"地区地震预测预报的难度随责任而增大，其人员心理承受的压力自然也随之增大。

…………

当年曾参加工程地震考察组的成员罗兰格回忆说：到1976年上半年，河北省已撒下一张抓大震的大网，尤其是唐山地区群测网点大发展，骨干点由60个增加到85个，一般点由468个增加到508个，此外，还有观测哨5552个，全区群测群防队伍多达16000余人。

他说，当时每天都有来报地震的、报大震的，有时一天能收到上百条，负责处理这项业务的侯立臣，看得都累晕倒了……

3. 和林格尔的迷失与五月会议

一团疑云一直萦绕在人们心头，挥之不去："京津唐"保卫战部署得如此周密，地震工作者都在四处捕捉大震的踪迹而穷追不舍，并且已把大震的目标锁定在这一区域，判断发生大震的时间也无可挑剔，那么，为什么最终没能把这场"大会战"引向成功？

大自然仿佛故意要与人作对。

地震之魔似乎也在学着用人类的用兵之计,来了个"声东击西":1976年4月6日,仅仅在年初的全国地震趋势会商会指出"京津唐张"地区可能发生5—6级地震之后不到三个月,在与"京津唐张"毗邻的内蒙古和林格尔地区,就发生了6.2级地震;紧接着,4月22日,又在京津以南的河北大城,又发生了4.4级地震。

这两次地震,使地震工作者陷入了极大的困惑与迷惘。

河北省地震局于4月17日至19日召开了河北省地震趋势会商会,会议的地点恰恰就在唐山。会议提出了三条震情意见:

第一、国家地震局的中期预报意见,基本上对应了和林格尔6.2级地震;

第二、和林格尔地震更加剧了我省北部发震的危险性,仍存在发生5—6级地震的可能;

第三、根据唐山水氡和沧州、廊坊土地电、地应力的异常变化,认为近一两个月内,津、唐、渤有发生4—5级地震的可能。

可是,会议尚未结束,大城4.4级地震就发生了。纪登奎副总理指示:要密切注视京津地震趋势的发展。省地震局研究决定:苗良田、候立臣、罗兰格等人继续留在唐山,同唐山地区的地办一起,对各级地办、群测点及专业台站的工作进行检查。

5月初,河北省地震局又在唐山召开了"水氡、地下水、动物、气象及海城经验介绍会"。会议要求大家,要"像海城地震那样,不放过一点蛛丝马迹"……

事实证明,一旦把"海城经验"作为一种模式,套用于此后类型不同的地震,其局限性乃至极大的危险性便很快暴露出来,因为这恰恰中了"震魔布下的圈套"。当然,这是两个月之后,用血的代价换来的惨痛教训。

为慎重对待和林格尔和大城这两次地震后的震情趋势,国家地震局于1976年5月11日至15日,在北京西颐宾馆召开"京津唐渤张"震情碰头会,后称"五月会议"。北京、河北、天津、辽宁、山东、山西、内蒙古地震局(队)、地质所、地震地质大队、地震测量队,以及国家地震局机关部分处室共30多人与会。

这是一个专业会议,由当时的国家地震局分析预报室副主任梅世蓉主持。按照分工,预报室主任丁国瑜分管西南地区,另一名副主任马宗晋则去了北京南苑的团河农场"五七干校"劳动,于是分管"京津唐张"的重任便责无旁贷地落在了梅世蓉的肩上。

京畿重地，俗称"天子脚下"，她不敢有半点儿懈怠。

和林格尔和大城两次地震到底意味着什么？"京津唐张"地区到底还有没有大震？……面对大自然制造的一个又一个扑朔迷离的谜团，专家们的意见出现了严重分歧。

大多数人认为：西边的异常对应了和林格尔地震；东边的异常对应了大城地震，所以这两次地震使那些令人不安的异常已然消失了。海城地震后，华北发生大震的可能已基本排除——从一年内发生 7.3 级、6.2 级、4.4 级地震的衰减趋势看，蕴藏在地壳内的能量也已释放得差不多了，"京津唐张"地区短期内不会发生 5 级以上地震，国务院 [1974]69 号文件到期可以宣布撤销了。

而部分同志的意见是：用和林格尔 6.2 级地震对应"京津唐张"地区的异常相距太远了，方位偏西；用大城 4.4 级地震对应"京津唐张"前兆趋势异常震级又太小了，更何况"京津唐张"地区长期存在的"宝坻地电"、"昌黎地磁"、"滦县水氡"、"香河水准"等四项异常——也就是说，用这两次地震解释不了这些本地长期存在的异常，今后两个月内还应警惕发生中等强度的地震。

持后一种意见者还反驳说：这样分开对应有问题，太危险了！

而持第一种意见者更是表示强烈反对，说，如果宝坻地电异常已有三年，那么再发生的就不是一个 5 级地震的问题，而应是 7 级以上。但宝坻地电异常只是一个点，如果有 7 级以上地震——换句话说，你要承认宝坻地电异常跟地震有关系，就不可能是一个点。若有别的台站跟它配合，也出现类似的异常，那就把它"撑"上去了，是应当引起人们高度重视的。至于昌黎地电地磁异常，经实地勘查，不排除漏电和外界干扰引起。

而问题的关键是：这四项异常，究竟是海城地震的震后效应，还是一次新的地震前兆？

双方似乎都有充足的理由驳倒对方，但又都没有充足的理由让对方信服，要想轻易地做出裁决或判定，显然是浅薄而荒唐的。

持以上两种意见者也都一致认为：目前尚未出现较强地震的临震迹象。倘若近期有震，震级不会太大，约 4—5 级，地点应注意渤海西部及其沿岸地区。

5 月 18 日至 20 日，"京津唐渤张"地区地震工作协作组召开第一次会议，讨论今后加强协作的意见：7 月份召开一次群测群防地震工作经验交流会；抓好台站建设；合理布置流动测量工作，加强震情监视。拟定 8 月召开京、津、唐、渤、张地震趋势会商会，邀请群测群防代表参加。对目前出现的重点异常，即：香河短水准，宝坻地电，安各庄、管庄水氡，昌黎地磁等，务于 7 月底前拿出结论意见，局分析预报室参加，组织好机动力量……

6 月 4 日，国家地震局以（76）震发科字第 094 号文，把"京津唐渤张地区地震工作协作组会议纪要"报国务院，并抄送有关省市，下发给"京津唐渤张"地区各地震局。

6 月 7 日，国家地震局以（76）震分字第 001 号文，把 5 月份震情碰头会的结果和为下次趋势会商会准备工作要求，下发给"京津唐渤张"地区的省市地震局和直属所、队以及有关协作单位海洋局情报所、中科院天文台、北京大学、南开大学。

6 月 18 日，国家地震局提出了局机关加强震情监视工作的 10 点措施。要求局分析预报室及时提供全国重点地区地震趋势（着重 7 级左右以上的地震），及时提出"京津唐渤张"地区的地震趋势和 5 级以上破坏性地震的短期、临震预报意见；科研处要把及时组织队伍捕捉重点地区 7 级以上地震，特别是"京津唐渤张"地区 5 级以上地震，作为日常重点工作来抓……

1976 年六七月份，"京津唐张"及外围地区陆续出现了一些突发性异常。许多单位多次派人去现场调查情况，核实异常。除去现场加强工作外，有关单位频繁会商，对 1976 年下半年的地震趋势都在不同程度上做了"有震"的估计，7 月上、中旬，有 6 个地震专业单位和 8 个群众测报点向国家地震局提出了不同程度的预报意见。当时"京津唐渤张"地区有省市地震专业单位和直属所、队 11 个以及 4 个协作单位，73 个专业地震台站（含新建 19 个台）。还有群众测报组 2000 余个，仅唐山地区就有骨干群众测报点 85 个，一般测报点 508 个，观测哨 5552 个。虽然发现和上报异常的台站和测报点占小部分，但以往是不多见的。这些预报意见，对震级有多大以及何时、何处发震，看法不一。预报的地区分散，京西北、京津之间、津唐渤都被提到；震级一般估计在 4—5 级或 5 级左右，时间则更不确定。

《当代中国的地震事业》一书，对此次会议有如下记载：

……和林格尔与大城地震的发生，严重干扰了人们抓大震的视线，使人们对下一步震情的发展难以判定。故 5 月会议上多数人认为，京津唐张地区 5、6 月份尚不会发生 5 级以上地震；关于更长时间是否有震的问题，要求各单位加紧研究，拟于

8 月份再作深入讨论。

然而，人们怎么也不会想到，从"五月会议"召开的当天算起，距唐山 7.8 级地震恰恰只有 78 天——"七八月份"、"78 天"、"7.8 级"——这是一组暗藏着怎样玄奥和天机的数字密码啊！人们困惑了，犹豫了：难道说这就是天意？！

吝啬的大自然不肯把秘密一下子袒露在人们面前，人类为了认识它，不得不付出高昂的代价。

河北省地震局在《内蒙古 6.2 级地震后地震趋势意见》的"最后结论"中写道：

从近期来看，现初步认为，大部分前兆手段的异常已基本对应了内蒙古 6.2 级地震；从过去 10 个震例的总结来看，目前还看不出多种前兆手段或方法按照大体一定的顺序出现趋势性异常的迹象。考虑到 5 级左右地震的前兆异常一般超前地震两个月以上出现，估计二季度我省发生 5 级以上地震的可能性较小。

这份报告的后半部分，包括"最后结论"的抄写，出自陈非比之手。她把这份报告的复写稿一直保存至今，她说：就是为了让自己铭记这段历史，永远不忘血的教训。尽管报告中也列举了一些当时不好解释的问题，如 1975 年八九月份以来的水氡异常主要集中在唐、滦、津一带，而与和林格尔震区较近的北京以西张家口等地却没有异常显示，故没有成为当时的主流意见，"多少年了，每当见到这份材料，我都痛悔难当！尽管它是综合大家的意见写就，但毕竟是由我亲自一笔笔将错误的判断定格在纸上，在唐山地震孕育进入短期阶段的关键时刻，在捕捉大震的重要决策中，平添了一个错误的砝码！这个砝码的分量太沉重了，因为唐山在我们河北啊！……"

参加"五月会议"的天津市地震局(1975 年 5 月 18 日成立)的代表是张肇诚和李广鑫。张肇诚时任天津市地震局分析预报组负责人，经历过唐山地震监测预报的全过程以及全国年度会商会和"京津唐张"协作区的全部重要会议。前面提到的"部分同志"的意见，实则代表着天津局的看法。张肇诚在回忆文章中写道：

当时我们认为异常还没有"交代"，不应因这两次地震(即和林格尔和大城地震)解除震情，情况发展也许会比此还要严重，这些意见在会上受到了很大质疑。在地震预报没有解决和观测不完善的情况下，出现不同的看法，在科学上是完全正常的现象。而面对众多异常和地震预报的现实要求，科技工作者却难于对震情作出判定，震情判定的决策单位经常面临两难的处境。需要特别指出的是，会上没有一个单位提出大地震的预测意见，也没有哪个人提出明确的预报意见。而地震可能发生的地点已经共同认为"要注意渤海西部及其沿岸地区"。

唐山地震后的科学总结表明，1976年四五月份为唐山的地震异常从中期转入短期的关键时期，趋势异常有的恢复，有的继续，还出现了一批新的异常，情况非常错综复杂。人们没有直接观测过这种近8级地震的异常，加上异常的多解性（异常并不是地震前兆的同名词）和唐山地震类型的特殊性（与邢台和海城地震完全不同，是一次没有前震的地震），"5月会议"上出现尖锐的分歧意见是完全可以理解的，这反映了地震预报的科技水平。事过30年来看，这是一次关键时刻召开的关键性会议，如果能判定地震孕育进入短期，或许以后的历史进程会有不同。但历史事实就是如此，在有无地震和地震的时间、地点、震级问题上没有人能提出准确、有充分说服力的意见。这次会议是一次对地震预报科学水平的检验。

如今已年逾七旬的张肇诚和他的夫人张炜教授，谈起唐山地震前后的因果关系，不讳言，不回避，他们步入暮年时只想以科学家的良知和责任"留下一代人探索的真实历史和思想，供后人参考、研究、借鉴"。

张肇诚说："五月会议"期间，我和同事们对震情深为焦虑。一方面，本区的异常是明显的，震级可能较大；另一方面，我们没有经历过大地震，震级和时间难以判定。

张肇诚说：唐山地震之后有人说自己或某人报准了这次地震，这不是历史事实。尽管有人在某时某地说出过某种程度的正确意见或看法，包括本人，但这仅仅是科学探索，何况在另一时间地点你也许说过不正确的意见或看法，因为情况是多变、多解的，你自己也会做不同的思考。

张肇诚说：我的亲身感受是，唐山大地震确有前兆，这是不可否认的；震前，专业的和业余的地震工作者做了大量的艰辛的工作，这也是不可否认的。煮酒一壶论成败：成功了，荣誉就铺天而来；失败了，骂名也铺天而来。

…………

时任国家地震局分析预报室京津组成员粟生平女士，1976年元月从北大毕业后就分配到京津组，先到河北红山台实习了两三个月后，就被调回来和组长汪成民一起参加梅世蓉主持的"五月会议"。

会议的整个过程，栗生平都做了详细记录。当笔者看到这本厚厚的被主人公珍藏了 30 多年的会议记录时，不仅嗅到了当时会议上浓烈的震情论证气息，而且触摸到了那段斑驳陆离的历史。

纸页虽已泛黄，蓝黑墨迹也已褪色，而隽秀工整的笔迹依然清晰盈目，每页都记录着用专业术语表达的有关异常现象的技术数据。

栗生平说：整个会议的焦点主要是，天津局认为近期可能有大震发生，而北京、河北局等单位认为即使有震也不会发生破坏性的地震。梅世蓉在会上说，究竟有多少异常摸不准看不清，要抓紧时间落实，把它一一敲死，千万不可掉以轻心。

事实上，尽管"五月会议"没有做出大震将临的明确判断，但面对尚未解除的"京津唐渤张"的大震危险，以及海城、和林格尔等地震东西夹击"京津唐张"的严峻形势，人们仍然惴惴不安。到底该怎样判断未来的地震趋势？则一直是萦绕在人们头脑里苦苦思索的问题。

岂不知，就在这苦苦思索和歧见纷争的当口，震魔早已在燕山脚下虎视眈眈，蠢蠢欲动，已经是"兵临城下"了。直到唐山大地震爆发，人们才在痛心疾首的惊诧间恍然大悟：啊！唐山大震的短期异常，竟是以这样怪异的方式悄然袭来——没有"先发生 5—6 级地震"，没有"小震闹，大震到"，即使是宏观前兆，也姗姗来迟。

一切都无法挽回。

而当时，无形无踪的震魔，已向人们露出了它那噬血成性的狞笑……

4. 大毁灭倒计时

尽管 5 月的碰头会无果而终，但人们丝毫没有放松对地震的警惕，更加紧了对大震信息，特别是"短临信息"的捕捉。

而大自然似乎已注定把一个最大的"赌注"，隐藏在人们叫得最响的首都圈内的唐山。为确保这个"赌注"不露马脚，它又在别处制造麻烦来转移人们的视线——1976 年 5 月 29 日，云南龙陵发生 7.4 级地震，国家地震局分析预报室主任丁国瑜，赶赴云南地震现场。与此同时，天津市地震局按照国家地震局的部署，立即派出水化工作组，赴龙陵地震现场参加监视工作。为判定天津附近的震情，考察本区异常与龙陵地震前兆的异同，天津局领导同意张肇诚的请示，让他参加该组赴龙陵地震现场考察……几天后，四川松潘平武震情告急，国家地震局分析预报室副主任梅世蓉，奉命赶赴成都……

大震连发的态势，使人们更加感到情况紧迫。而诡秘的大自然绝不肯"开恩"向正在首都圈严密布阵、搜捕大震信息的人们发布一道"告急令"。

一场大毁灭已悄然进入倒计时。

6月21日（距唐山大地震还有37天）：

国家地震局分析预报室京津组成员刘德富，自邢台地震后一直研究气象与地震的关系。根据空间环境与气象资料分析，他发现唐山地区出现了类似于1969年渤海7.4级地震前的气象现象。他在小组会上提出：6月以来，这一地区的气象形势显得很微妙，应引起高度关注。他对地震预报"三要素"的认识有自己的见解：先是强度，再是地点，然后是时间——这三者不可同步确定。

6月22日（距唐山大地震还有36天）：

河北省地震局派出苏英俊、贾云年、黄钟、周世玖、王素吉、阎栓正等6人，组成的地震地质考察组，赴唐山、滦县一带考察。从贾云年笔记本上那简单的记录中，人们可看到他们在罹难前一个月忙碌的身影——

6月22日，从石家庄出发；

6月23日，到达唐山；

6月30日，开赴滦县；

7月7日，在滦县考察张百户坎第四纪断层；

7月13日，考察户家裕断层及第四纪断层；

7月21日，去昌黎凤凰山地震台；

7月22日，去北戴河地震台；

7月23日，去廊坊二区测队；

7月25日，返回唐山市；

7月27日，去二区测队一分队；

6 月 27 日（距唐山大地震还有 31 天）：

天津市地震局在宝坻召开了第三季度震情趋势会商会，时任该局分析预报室副主任的杨国军主持会议。会议认为：原"京津唐渤张"地区存在的 5—6 级地震背景近期有所发展；第二季度在天津市及邻区有发生 4—4.5 级地震的可能；发震时间在 7 月份。如果 7 月份不震，异常再发展，震级还要加大，发震地点在天津东北、东南及渤海。

杨国军回忆当时的情景说：那些天很紧张很累，没日没夜地守着、监视着，轮班时就地一倒就睡了。群测点天天都有报大震的，某大学一对夫妻三天两头跑来送预报意见，说要震了，要震了，还把意见送到了市领导那里，那时不管谁报地震你都得接着。当时我和同事们头脑中有一种思想束缚——等待 5 级地震。认为发生 7 级地震应先发生 5 级地震或小地震，而当时有关于"5 级以上地震要上报到国务院"的规定，也使得我们不敢轻易提高震级的预测。唐山大地震当夜，我正值班，由于高度紧张，落下了一种怪病——癔症，直到现在仍未好转，夜里会突然被惊醒，大喊大叫，一身冷汗……几十年来我都在反思，搞了一辈子地震预报，没有抓住这次大震，压力太大了，太大了。唐山大地震为什么没抓住？因为它的临震前兆不突出，没有看出大地震，你能报吗？结果你没有报，它却震了。教训在什么地方？类型不同，于是就等，失败就失败在这个"等"字上啊！可是到目前，究竟有哪种手段能报地震？还没有啊！……

宝坻地震台负责人刘允秀是"主震派"，在本台召开的这次会商会上，他拿出自海城地震后宝坻地电仍然异常的有关记录和数据，认为比海城地震还要大的地震很可能就在近期发生，为验证宝坻地电，不惜拉电网，划禁区，进行隔离。"五月会议"后，北京地震队的张国民来宝坻调研，刘允秀即向他谈了自己的看法——

张国民说：宝坻地电异常会不会干扰所致？

刘允秀说：虽然是一个点，但不能忽视啊！因为它对应的几个地震前兆异常都被证实了。

张国民说：咱们大家继续努力，争取捕捉到这个大震吧。

刘允秀说：好的，我们一起努力！

在此期间，刘允秀为了验证宝坻地电异常的准确性，曾多次到开滦矿务局下设地震监测台站访察，接触最多的就是开滦马家沟煤矿负责监测地震的马希融。当时 33 岁的马希融也发现了安装在矿井里的观测仪器记录到地电阻率大幅升降的现象，但拿不准是由于干扰引起还是地壳岩石形变积累所致，是否预示着将有地震发生。刘允秀向他谈了宝坻地电异常的情况和有关震情信息，马希融也以此坚持"有震"的判断，夜以继日地监测地电阻率的异常变化，并多次向矿务局地震办报送预报意见。马希融十分恳切地希望搞专业的刘允秀常来马家沟，多加指导。

现任震害防御处副处长刘允秀，当年从宣化地校毕业，廊坊地办从花名册上看到"秀"字，便以为他是个姑娘，争着要他。报到那天，几个未婚的小伙子还不约而同去接他，一见人都傻了眼——又多了一条光棍汉。不久他就调到宝坻，这一干就干了20多年的监测预报，后来转行了，专门研究"干扰"对地震预报的影响。

刘允秀说："宝坻的有关资料我们都珍藏着，唐山地震后印证了我的震前的看法是正确的。但这没什么了不起，不能因为一次成功就英雄了，没成就狗熊了！震后，《人民日报》一名记者专程到宝坻采访我，我就是这么说的。"

当时，为排除宝坻地电的干扰，国家地震局从地质所调了一台仪器给宝坻。7月27日——唐山大地震前一天，刘允秀去北京拉仪器，他能躲过这场劫难吗？拥有一个美丽姑娘名字的刘允秀并不知道……

7月12日（距唐山大地震还有16天）：

似乎又是一次大自然的蓄意戏弄，国家地震局召开的"京津唐渤张"五省、市群测群防工作经验交流会，会址恰恰就选在唐山。

为何选在唐山？就因为唐山市群测群防工作搞得好嘛！——时任国家地震局群测群防处副处长的王树华说。他是这个会议的主要召集人，会议期间，组织与会代表参观了唐山市二中、八中等群众测报点，并请他们在会上介绍经验。

据河北省地震局《关于国家地震局在唐山召开的群测群防工作经验交流会的情况纪要》（1976年10月2日）记载：

> 7月13日至19日国家地震局在唐山召开了河北、山东、辽宁、北京、天津五省市群测群防工作经验交流会……会议主要解决三个问题：第一是交流群测群防工作经验；第二为全国群测群防工作会议做准备；第三研究讨论预报制度、预报系统问题。会议期间，组织参观了唐山市二中、八中等群众测报点……

也就在这一天，国家地震局党的领导小组召开了"批邓反击右倾翻案风"会议，矛头直指领导小组组长胡克实。会议形成的上报中国科学院的紧急报告称："胡克实一贯紧跟刘少奇、邓小平，推行修正主义路线，这次又大刮右倾翻案风，他的问题的性质是正在走的走资派……鉴于此，已不宜再主持局党的领导小组的工作，应免去领导小组组长的职务，检查交代问题，接受群众批判。"

这是斗争的继续。三个月前的 4 月 12 日，时任国务院秘书长、中国科学院党的核心小组副组长的周荣鑫，在批斗会场被迫害致死，年仅 59 岁。周荣鑫到中国科学院工作时，周恩来总理特别嘱咐他，一定要注意地震预报，既不能漏报，造成人民生命财产的重大损失，又不能乱报，惊忧群众影响生产，带来社会秩序紊乱的不良后果。周荣鑫生前签发的最后一份报告，就是以中国科学院名义呈报国务院《关于华北及渤海地区地震形势的报告》，并由李先念副总理签发批转了这份报告，以国务院 [1974]69 号文件向有关省市正式颁发。

显然，国家地震局再也不可能成为一块"安定的绿洲"了。坐落在北京三里河的中科院大楼，和北京乃至全国所有机关大楼一样，充满着令人惶惶不可终日的"政治地震"。

7 月 13 日（距唐山大地震还有 15 天）：

北京市地震队根据华祥文提出的"京津唐渤张"地区地震活动性异常、耿庆国提出的旱震关系和气象异常、李宣瑚提出的水化学氢含量异常、陈克忠和刘惠琳提出的大灰厂形变异常以及其他人提出的该地区地磁场总强度异常、地下水位异常和地电异常等"七大异常"，认为震情形势严重而紧迫，呈现"山雨欲来风满楼"之势，应尽快向上级主管领导作震情汇报，以便及时把广大地震工作者迅速动员起来，全力捕捉临震信息。

张国民在接受笔者采访时说，当时"京津唐渤张"地区发生地震的危险已毋庸置疑，问题是临震的突变异常尚未出现，按地震预报"三要素"来确定时间、地点和震级，备感困难。

当天下午，北京市地震队在军代表邢景孟负责联系安排下，由业务组组长鲁连勤和副组长张国民出面，向北京市科技局党委常委会汇报。主持会议的党委书记白介夫当即指示：地震队要以临震姿态投入工作，立即把震情危险性向国家地震局汇报，听取国家地震局的看法。地震队要把震情分析意见和国家地震局的震情分析意见一并报告市委，以便由市委报告中央。

7月14日（距唐山大地震还有14天）：

张国民打电话，给国家地震局分析预报室京津组组长汪成民，汇报了"七大异常"和震情分析意见。张国民说，遵照白介夫同志指示，请国家地震局分析预报室赶快安排时间听取汇报，并进行共同会商。汪成民经请示，回电张国民：要求给一周时间，由国家地震局分析预报室派人到天津、唐山等地了解那里的异常情况，之后再听取汇报，并把听取北京地震队汇报及会商时间确定在7月21日。

同日，北京市地震队发出工作简报第29期《关于加强当前京区震情监视的意见》：

……北京及其周围地区应力场正在增加，从今年下半年起，发生5级以上地震的趋势背景正在加强。

在当前的地震形势下，为完成保卫毛主席、保卫党中央、保卫伟大社会主义祖国首都的光荣政治任务，按照局（北京市科技局）党委指示，我队全体同志必须紧急动员起来，高度警惕当前震情的发展和变化，用临震的姿态密切注视京区的地震动向。……

这份简报当日即呈送国家地震局分析预报室、国家地震局科研处"京津唐张"协作组办公室、北京市科技局、北京市地震办公室，并下达至北京市地震队所属地震台站和北京市各区县地震办公室。此后两天，北京地震队连续召开由所属20个台站和各专业小组参加的紧急震情工作会议。会上介绍了当前北京地区观测到的"七大异常"，并提出加强震情工作的措施，包括加强值班、及时落实异常并注意收集宏观异常等。

同日，地震地质大队（现地壳应力研究所）依据北京地区一些台站地应力突跳异常，提出"短临预报"意见——

地震预报登记簿

（国家地震局制第2册）

序号：7608

发布时间：1976年7月14日

发预报单位：地震地质大队

预报地点及范围：集宁、繁峙、束鹿、张家口一带；宝坻、乐亭及渤海地区

（最可能在中南部海域）。

预报震级：$M_S5.0$ 左右。

可能发生时间：1976 年 7 月 20 日左右；1976 年 8 月 5 日左右。

预报理由：西拨子、下苇店、昌平等站地应力跳动异常，分别于 7 月初、7

月 10 日结束，一般结束后半个月内发震。

笔者多方探访考证，这是一份登记在册的颇有价值的"短临预报"意见，它既是地震地质大队全体人员汗水和智慧的结晶，又是他们不拘泥于邢台和海城地震经验束缚的一次极有见地的举措。黄相宁、潘宝棋、黄诗斌等人是这份地震预报的发起人，同时得到了国家地震局地震地质大队负责人王剑一等有关领导的大力支持。正是这个预报意见，在唐山群测群防会上引起了河北青龙县地办王春青的重视，使青龙县得以组织了极为出色的防震工作，创造了全县无一人直接死于地震的奇迹，受到联合国的表彰。

7 月 17 日（距唐山大地震还有 11 天）：

唐山群测群防经验交流会已进行到第三天。据召集会议的王树华回忆说，之前安排了两天大会发言，还有半天是由唐山市地办安排的例行震情会商会，现场就设在唐山市二中。就在这次会商会上，唐山二中的地震科研小组田金武、李伯齐、王书蔚等教师汇报说，该校埋设的地应力、土地电、地倾斜等测量仪器均出现较大异常，提出了 1976 年 7 月底至 8 月初，唐山地区将发生 7 级以上强烈地震，有可能达到 8 级的预报意见。还有一些群测点也报出了可能有大震的意见。当时京津组的钱复业、崔德海、粟生平，已在唐山落实异常情况。而去唐山了解震情的京津组组长汪成民是 7 月 17 日下午到会的，他要求在会上发言，但大会发言早已结束。

王树华就在当晚给汪成民安排了一个震情座谈会，让他听取震情反映。

笔者采访王树华时，他特别指出：有文章说汪成民到会后"会议主持人查志远（国家地震局副局长）因日程安排较紧而未同意汪成民在会上发言"的事根本不存在，因为大会发言时汪成民根本未到会。至于 17 日晚震情座谈会，查志远说汪成民不能代表地震局，这是纯属捏造的谎言！因为 17 日晚震情座谈会是我代为召集的，查志远根本没说话，是我做的开场白。临开唐山群测群防工作会议的前几天，汪成民曾

到我家对我说："北京地区有震情，唐山地区情况不清楚，想参加这次会议了解一下震情。"同时托我带一些调查表，调查落实地震的前兆异常。7月17日晚震情座谈会上，我替他向会议代表发调查表时讲了他的这番话。还有就是地震地质大队与会者提出预报意见的潘宝棋、黄诗斌证实，震情座谈会只是17日晚开了一个晚上，当晚没有听到突出的大异常，只有地震地质大队的预报意见比较突出，所谓"唐山，被捂住的地震警报"纯属杜撰，混淆是非！再说，群测群防工作经验交流会，是研究、落实、加强唐山地区的群测群防工作的会，不是震情会商会，这个会不承担预报地震的任务，自然也就不存在"捂"的问题。

河北省革命委员会科学技术委员会1976年8月20日发出的《地震群测群防简报》第二期，以《青龙县委重视群众预报，在唐山大地震前做了预防，收到良好效果》为题，记录下那段史实的有关细节。简报称——

7月19日，青龙县地震办公室王春青同志，去唐山参加国家地震局召开的群测群防经验交流。在散会前夕，听到三河县地震队预报（简报编者按：国家地震局地震地质大队震情介绍）：7月28日至8月5日，在京、津、唐一带可能发生4到5级地震的消息，回县立即向县委做了汇报。县委非常重视，当即在全县召开的农业学大寨经验交流会上进行了传达，让各公社回去一个同志，布置防震工作。要求在7月27日以前传达到全县群众中去，发动群众做好防震准备，保护好牲畜。由于全县人民有了准备，大都开门睡觉，因此唐山、丰南发生地震后，虽然该县在全区受灾最重，房屋倒塌最多，但人、畜伤亡很少。

据河北省地震局《关于国家地震局在唐山召开的群测群防工作经验交流会的情况纪要》（1976年10月2日）记载：

……会议后期国家地震局分析预报室汪成民同志去了，利用晚上时间召开了部分同志参加的震情趋势座谈会。开始有二十几个同志座谈，后有些同志得到消息也自动地去参加会，这个座谈会陆续增到八十多人……

汪成民同志谈了三点：第一、国务院69号文件提出的预报已到期了，虽然发生了海城和和林格尔地震，但京、津、唐、渤、张地区的危险依然没有解除；第二、最近收到一些预报意见，有些异常情况，主要反映在唐（山）、滦（县）、渤（海）

一带；第三、临震异常现象搜集得不多，对近期的一些临震异常发个表下去，大家填一下，7月底报上来。

会议结束时，主持这次会议的国家地震局负责人查志远同志做了总结发言，他除了谈群测群防工作的一些意见外，还谈到要加强震情监视，当前唐山市二中、八中土仪器有些异常……

据粟生平回忆，她本来是要跟汪成民一起去唐山参加群测群防会的，汪成民因要在家处理一些事情，就让她先去了。汪成民到唐山的当晚召开震情座谈会，粟生平就把震情调查表发给大家，并要求大家填好后于7月底之前寄至国家地震局。表格是粟生平打印的——

突变异常调查表

省（市）		县（台）		填表日期
地点	手段	条件		1976年以来出现过几次突变异常？（时间、幅度、特点及原因分析）

然而发下去的300多份表格，在唐山大地震前夕只有很少的报回到北京，而大部分没有收回，也许填表人已经不在人世了，有的是震后才陆续寄来。

粟生平说：第二天（即7月18日），我跟汪成民还专门去了唐山二中，见到了田金武、李伯齐及一些师生。在去的路上，我问汪成民：有大震吗？汪成民说，不会马上有大震，但确实有异常……我们跑了好几个群测点，搞了一大堆材料。

粟生平说：当时大家都很敬业，很认真，作为京津组的成员，我们时时刻刻都感到有一种压力，感到责任很大，担子很重。汪成民领着我们下台站，没白没黑地跑，他孩子有病住院也顾不上照看……

7月21日（距唐山大地震还有7天）：

早上一上班，北京市地震队业务组副组长张国民和耿庆国等人已来到值班室，按一个星期前约定好的时间，准备去国家地震局汇报并会商震情。张国民先给国家地震局预报室打电话找汪成民，值班员回电话：汪成民去唐山还没有回来。

耿庆国急了，对张国民说：误了事怎么办？当前气象要素指标还在继续发展，只等低压突破就是临震。如果有震，震级一定很大，说不定又是一个 7 级大地震！现在可是关键时刻，一定要头脑清醒，搞不好要出大事情。我们必须把案备好，千万不要贻误战机，铸成大错！

接着，耿庆国又说：别等汪成民了，他和我一样，只是你们下面的一个小组长。你应当给梅世蓉打电话，看她从四川回来没有，告诉她今天是 7 月 21 日，是约定好了的，不能再拖了。

张国民立即打电话给梅世蓉。恰好，梅世蓉刚从四川回来，领导在催她赶写松潘、平武震情汇报材料。梅世蓉认为自己近些天对"京津唐"的震情了解还不多，要等汪成民从唐山回来再进行会商。时间改为 7 月 26 日，地点在北京市地震队。

其实，此时的梅世蓉更是心急如焚：主任丁国瑜仍在云南"收拾残局"，四川地震又闹得人心慌慌，首都圈风云乍起，变幻莫测……她打电话给河北省地震局，询问唐山一带是否有临震前兆出现，但得到的回答是：派往唐山的考察组苏英俊、贾云年等人，就在唐山捕捉地震前兆信息……

7 月 22 日（距唐山大地震还有 6 天）：

京津组组长汪成民一行回京。唐山之行，包括周边沿线至的地震台、站，并未发现更多临震异常，因此还没有充足的依据发布"京津唐"临震预报。但震情趋势紧迫而复杂，令人忧心忡忡。汪成民"此刻被一种巨大的责任压得透不过气来"。自从"五月会议"以来，他已三去唐山，如此关注一个地区，前所未有。

而回到北京的他，看到的都是国家地震局正忙着按中国科学院"反击右倾翻案风"批"两胡"的部署，中国科学院揭批胡耀邦，地震局揭批胡克实，很少有哪位领导敢不参加政治运动而来过问业务工作。

汪成民在接受笔者采访时说：当时，我的思想负担很重，地震预报本身就没过关，谁都很难有把握地说，某时某地要发生多大级别的地震，更何况又是预报"京津唐"这个最为敏感的地区。而对京津地区的地震预报已有明文规定，报 5 级以上地震必须上报国务院批准。在没有得到上级领导同意之前，我们无权，也不敢轻意下结论……

他说，他不能像有的专家那样大声疾呼，甚至断言"首都北京将晃一次房子"。

他的身份要求他，必须拿出更准确的论据和更权威的判断来证明将有一次大地震的发生，然而他毕竟没有，手上只有调查了解收集到的一些震情异常资料。他清楚，万一漏报，一场大地震将会带来怎样的残酷后果。同时他也清楚，万一虚报，京津地区将会造成怎样不堪设想的社会大动荡。北京，是中国的心脏，中南海住着毛主席！周恩来在世时，国务院一位领导曾说"北京地区的防震演习，必须经总理批准方能进行"，更不要说发布京津地震的临震预报了。

去唐山了解震情之前，汪成民曾给远在云南龙陵地震现场考察的局地震预报室主任丁国瑜打过电话，向他汇报京津地区的震情，希望丁主任尽快回京，因为梅世蓉副主任又被领导派往四川了。另外，他还请丁国瑜把临时抽到川滇加强工作的北京、天津、河北的同志提前撤回来，投入到"京津唐"震情监测工作中去。不久，一部分赴川滇的同志返回了。

汪成民将唐山收集到的一些情况向局领导汇报，建议局领导研究一下震情。但是局领导有的在开会，有的生病去了医院，他没辙了。责任重于山，不被压个粉身碎骨，也会压垮压扁——这不行，不能束手无策，更不能坐以待毙！他想到一个主意：将震情抄录出来，贴在了局长刘英勇办公室门上。

汪成民说：自"文化大革命"以来，我没贴过一张大字报，这是我平生第一次贴"大字报"。一页是趋势预报：北京地震队、天津市地震局和地球物理所报上来的预报意见；另一页是短期预报：河北地震局、地震地质大队、海洋局情报所和地震测量队报上来的预报意见。这些单位都是专业地震机构。

趋势预报：

1.北京队：

今年下半年，发生大于5级地震的趋势在增加，今后地震活动可能将转移到北京地区，要紧急动员，用临震姿态注意本区地震动向。

2.天津队（天津市地震局）：

大于5级的背景仍然存在，七月份在天津以东及渤海可能有4—4.5级地震。

3.地球所：

京津附近，似在孕育较大地震，特别是十至十一月，要注意监视。

短期预报：

1.河北队（河北省地震局）：

七月十五日前后，红山、沧州、德州 > 4.4 级。

2. 地震地质大队：七月六日、七月二十日或八月五日前后。

集宁—繁峙—张家口或宝坻—乐亭—渤海，5 级左右。

3. 海洋局情报所：七月二十日至十月二十日。张家口—秦皇岛—沧州，3.5 级到 4.5 级。

4. 地震测量队：七月二十三至七月三十一日。京西北（大同至河北、内蒙古、山西交界）或京东南，4.5 级左右。

据刘德富、粟生平等人回忆说，当时的情景确是如此，组长汪成民贴"大字报"也确有此事。局长刘英勇已被连日的批判会搞得晕头转向，急火攻心又攻头，害得到医院去拔牙，本来视力就差（高度近视），脑袋撞上树、撞上墙、撞上门的事时有发生。

对于"大字报"上的内容，国家地震局的领导也都有所了解，似乎还看不到地震"短临告急"的强信号——像邢台和海城地震那样的情景，认为华北乃至京津地区近期问题不是太大。这种判断的失误，对捕捉大震的思路及做法都是严重的背离，特别是用邢台、海城"以震报震"的经验，对待唐山地震的监测预报，就势必难以奏效。刘英勇把大字报上所说的震情交给主管业务的副局长查志远去研究处理。

7 月 23 日（距唐山大地震还有 5 天）：

天津市地震局分析预报室，会商会。预期的 5 级地震或小地震都没有发生，十分平静。会商会得出两点结论：

（1）天津及邻近地区观测到的原有存在的一些异常目前有不同程度的恢复。如青光、徐庄子、青县的地电阻率。国棉四厂、宝坻、塘沽等井孔的水氡自大城地震后一直存在负异常。地下水平面分布图上出现北东东向条带异常。因而认为在天津东北、西南方向及东南渤海一带有 4—4.5 级地震，发震时间 7 月末 8 月初。

（2）基本按 6 月下旬宝坻会商会的意见对 7 月份地震形势的估计。

同日，河北省地震局在石家庄召开省内各地、市地办、地区队负责人和少数县地办以及大厂矿地办负责人参加的"批邓、反击右倾翻案风经验汇报会"。

时任河北省地震局分析预报室副主任的罗兰格说，那个时期无论开什么会都得紧跟形势，标上"政治挂帅"的牌头。这个会实际上就是抓地震异常的落实会，尽管派了几批人员下去捕捉，震前宏观异常却没有多少，所以才开这个会，号召全省地办人员一起抓。至于后来有人说出现了多少多少异常，那大都是唐山地震后总结出来的，"马后炮"嘛！

罗兰格说，在这个会上，我们也收到了一些台站和地办的预报意见。像开滦矿，唐山二中、八中，还有秦皇岛一中等都有上报的材料。来开会的开滦矿务局地办主任王建功是个很负责很认真的驼背老头，他说马家沟矿地震监测员马希融不止一次报大震，你们看，这是我汇总的材料。他还说市里经常召集大家会商，各单位都发表预报意见，报5级6级的都有，尤其是唐山二中的田金武老师，敢报大震7—8级。我的看法是，不管报多少级，只要能抓住地震就中啊！

罗兰格说，当时群众不管你采纳不采纳，发现有什么动静他就报，说要"驴打滚儿了"(俗称地震)。几乎每天我们都能收到上百条报大震的意见，你是信还是不信？真真假假令人难辨。侯立臣副局长看得都晕倒了……1976年的春节，侯立臣和苗良田副局长就是在唐山过的，住在唐山中心台刘占武(台长)那里。为什么在唐山？不就是唐山有异常嘛，唐山是重点监视区嘛，唐山有预报意见嘛。几乎所有的重要地震会议都在唐山召开，一个一个的会几乎没断。大年初二，侯立臣他们突然接到一个情况，滦县有一条狗蹿上房顶下不来，汪汪直叫。以为是大震前的动物异常反应。侯立臣和台上的同志半夜三更就跑去了，开车两三个小时到了那个地方，滦县地办的同志说，解决了，解决了。怎么解决了？大家很惊讶又很纳闷。县地办的同志说，过年嘛，原来是狗吃鱼刺卡住嗓子眼儿啦……

谁也没有想到，省里好不容易在这个关键时刻召开这样一个地震工作会议，可只开了两三天，这边还开着会，那边就地震了，地震把地震会搅散了……这位人称河北省"郭沫若"的罗兰格，省政协常委，声音变得暗哑，沉重的心绪凝思在大震前的那一刻。

7月24日（距唐山大地震还有4天）：

国家地震局分析预报室和京津组人员召开会商准备会，对收集到的各种异常反应（如地磁、地电、水氡、地震活动、气象等）进行分析，判断这些异常有多大程度是地震前兆反应。丁鉴海作为全国组代表参加了这个会，在会上提出地磁低点位移异常：发震时间 7 月 31 日前后 3 天或 8 月 14 日前后 3 天，华北北部 4.8 级以上，我国西部有 7 级以上地震。虽然此会议没提出结论性的意见，但大家都感到震情紧张，需要严密监视，待后天与北京市地震队会商后再进一步判定。

同日，北京市地震队业务组震情分析预报人员也在召开震情会商准备会。几位专业人员根据各自的监测手段，提出短期预报的看法——

耿庆国根据自己研究的"旱震关系"以及从震例中归纳出的"短临地震气象要素五项指标"，即日在北京地区已全部显现：北京地区日平均气压 991.9 毫巴，突破了历史同日平均气压的最低值。这既是自 1951 年有气压观测资料以来的最低值，也是自 1976 年以来 205 天中逐日平均气压的最低值。低压突破，预示着一场地震就要来临……

华祥文根据"京津唐渤张"地区地震活动性异常提出：1976 年 7 月底 8 月初，"京津唐张"地区将发生 5 级以上地震……

李宣瑚根据管庄水氡和"京津唐渤张"地区水氡异常提出：1976 年 7 月底 8 月初，将在"京津唐渤张"地区发生 5 级以上地震……

张闵厚依据地磁指数异常提出：可能发震的危险点是 1976 年 7 月 26 日"十一"两天，将在京、津、怀来、唐、渤、张地区发生 4 级以上地震，其外围地区震级会更大……

耿庆国说：你如果能把预报的震级提到 5 级以上，我就敢报：包括北京、保定、张家口在内的"京津唐渤张"地区，马上会发生 6 级以上地震，时间是 1976 年 7 月 29 日之前！

为此，耿庆国建议，写出正式书面意见，上报国家地震局分析预报室：根据当前"京津唐渤张"地区地震活动性，水氡、地磁指数、气象要素等异常情况，认为未来一周，即 1976 年 7 月 25 日至 7 月 31 日，"京津唐渤张"地区可能发生 5 级以上地震。

业务组副组长张国民最后说：由于我队掌握的各种异常情况都已及时报告了国家地震局，正式的预报意见可在两家会商会时充分研究讨论后再定。

与会大多数人表示同意。

当晚，北京市地震队收到通县西集地震台廖官成报来的意见：根据地电异常、低气压异常等，7 月 27 日前，北京附近 200 公里范围内，要发生 5 级以上地震……王振群等一行从事地电工作的人员于翌日一早赶赴西集台落实"异常"，发现此异常存在漏电隐患。

7 月 26 日（距唐山大地震还有两天）：

上午 8 时许，由国家地震局分析预报室京津组组长汪成民带队、崔德海、钱复业等一行 15 人，乘面包车前往北京市地震队会商。此会商会非同寻常，而关键人物梅世蓉却因局领导指定她当天汇报四川震情，未能出席。

张国民回忆说，会商会从早上 9 点开到下午 5 点半。会上李宣瑚、耿庆国、华祥文、陈克忠、桂燮泰、李存悌、李声荣、李祥村等，分别就水氡、气象、地震活动、地形变、地电、地磁、地下水位、地应力等异常及其对震情分析作了系统介绍。国家地震局分析预报室的同志对北京市地震队提出的"七大异常"进行了详尽探讨。北京队的分析预报人员就水氡、气象、地震活动性和地磁指数等手段回答了相关提问和质疑。

面前的情况是，对于"京津唐渤张"地区的发震可能，中期预报早已做出——以国务院 [1974]69 号文件的贯彻为标志；中短期异常也已出现——以北京市地震队提出的"七大异常"为标志；此外还有国家地震局系统和社会上一些业余观测台站提出的预测预报意见，但是在这个会上难以被确认。因为"临震预报"，即有明确的地点、时间、震级的预报尚难作出。虽然大家都认为"京津唐渤张"地区近期可能发生 5 级以上地震，甚至有人提出北京、保定、张家口在近十几天乃至几天之内就要发生 6 级或 7 级以上地震，但给出的范围还是太大了……

会议双方一致认为：震情空前严重，时间空前紧迫。但也认为对于预报京津地区的地震决不能轻率，尤其是北京。正如有同志所说：地震像洪水猛兽一样左冲右突，云南大震后还未喘气，四川紧接着震情告急，"京津唐"又异军突起。眼下四川搞防震已经闹得不可收拾，停工、停产、停课，还有人携家带口逃到外地避震……"京津唐"再闹一下怎么得了？后果要比四川严重得多。

北京是首都，预报要慎重。与会者被绷得最紧的就是"头脑里的这根弦"。

问题的"关键点"已很清楚：对于京津唐地区如何报？能不能像海城地震那样，敢冒人心动荡、停工停产之险，公开发动群众，大量捕捉临震前兆？抓住了前兆，才能做出明确的临震预报。

为此，会商会决定，立即向国家地震局领导汇报，发动群众，大量捕捉临震前兆，之后再确定临震预报的发布。

会后，汪成民向梅世蓉作了汇报。梅世蓉表示同意汪成民的意见。

就在这天下午，分析预报室值班员收到"廊坊水氡突跳异常"的报告……

7月27日（距唐山大地震还有15个小时）：

一大早，张国民就一个接一个地给各区县地震办公室和一些台站打电话，询问有没有新的异常发现。回答说没有多少情况。张国民说，他当时心里很着急，也很紧张，一直在琢磨：为什么海城地震有那么多前兆？难道"京津唐"闹地震就没有临震前兆吗？

上午10点，国家地震局副局长查志远、张魁三听取预报室汇报。梅世蓉、汪成民、张郢珍、刘德富等人参加。

介绍震情的汪成民认真准备好了汇报稿：自6、7月份以来，"京津唐渤张"地区有些台站在中长期前兆异常的背景下又出现一些新的发展趋势。有关单位的预报较多，调子也转高。据统计，今年以来，我们共收到对"京津唐渤"的预报是48次，仅7月份就有10次，其中7次是7月中旬以来收到的。

接着他说：如何处理京津地区震情，是一项重大而严肃的政治任务。我们认为，可能发生较大的地震背景是存在的，北京队已提出自建队以来最突出的"七大异常"形势，但大家都同意何时发震要看"临震异常"。对此，我们已下发了"突变异常调查表"，但收到的还不多。昨天收到廊坊水氡突跳异常的报告，这种手段过去几次大震反映临震较好，情况值得重视。我们要求紧急动员起来，密切注视情况的发展，采取什么措施，请局领导决策。

军人出身的张魁三副局长说：你们的意见呢？你们分析预报室有什么倾向性的看法？你们有没有掌握什么规律性的东西？……

一阵沉默。会上没有人轻言"京津唐"地区在何时何地会有何种级别的地震发生。

看来，唯一的有效途径还是抓"临震异常"。

会议由主管业务的副局长查志远拍板：一、分析预报室拿出京津地区的详细资料，下星期准备一周，圈出几个危险区，然后派出队伍去抓地震；二、明天派辆车去廊坊，落实水氡异常。

大家都表示同意。

会议于中午结束。

但是，一切为时晚矣！

15个小时之后，巨大的灾难骤然降临，震惊世界的唐山大地震爆发了……

5. 劫难之日——7·28

人类会永远铭记历史的这一时刻——公元 1976 年 7 月 28 日凌晨 3 时 42 分 53.8 秒。

人类会永远铭记地球的这坐标——东径 118.2 度，北纬 39.6 度。

犹如 400 颗广岛原子弹，在距地面 10 公里处的地壳中轰然爆炸。里氏 7.8 级强烈地震，将唐山这座百万人口的工业重镇顷刻间夷为平地！

一道道电光划破夜空，风烟滚滚，震雷激荡，整个华北大地在强烈的摇撼中瑟瑟颤栗。

天津市发出一片房倒屋塌的巨响。塘沽新港码头一座还未启用的吊车机塔訇然倒塌海边；跨越海河的铁桥一端错位移动达 32 厘米；正在该市访问的澳大利亚前总理惠特拉姆被惊醒，他所居住的宾馆出现了令人可怖的裂缝……

北京市摇晃不止。人民英雄纪念碑在颤动，天安门城楼上粗大的梁柱发出嘎嘎欲断的响声。军博的塔顶上的五角星巨标震落下来，王府井百货大楼东南角震裂一条大缝，北京动物园南墙几处倒塌……

地震范围北至哈尔滨、齐齐哈尔，南至安徽蚌埠、江苏清江（现淮阴）一线，西至内蒙古磴口、宁夏吴忠一线，东至渤海湾岛屿和东北国境线，这些广大地区的人们都感到了异乎寻常的摇撼！

强大的地震波以人们感觉不到的速度传遍了整个地球，全世界的地震台网都感到了来自亚洲来自太平洋西岸来自中国的冲击力。虽然还未得到有关震中的确切消息，但所有的地震学家都感觉到，一场巨大的灾难已经发生。全球各大通讯社当日便公布了各地震台的记录结果（发电时间均为当地时间）——

路透社戈尔登 7 月 27 日电：据美国全国地震中心消息，在中国北京东南 100 英里 (176 公里) 的地方，发生里氏 8.2 级地震。

塔斯社华盛顿 7 月 28 日电：美国地质调查所消息，7 月 27 日格林威治时间 21 时 43 分，北京东南 100 英里，北纬 39.6°、东经 118.1° 发生强烈地震。

合众国际社伯克利 7 月 27 日电：据美国夏威夷地震台测知，中国华北东部发生里氏 8.1 级地震。

美联社东京 7 月 28 日电：日本气象厅长野地震台消息，中国内蒙古地区，发生强烈地震，震级 7.5—8.2 级之间。

路透社香港 7 月 28 日电：英国皇家天文台 (香港) 消息，在东经 118.1°、北纬 39.6°，距唐山极近的地方发生地震，震级在里氏 8 级左右。

台湾电台 7 月 28 日报道：阳明山地震仪测到大陆北方发生强烈地震，震级为里氏 8.0 级，震央在北平东部 135 公里附近。总震动时间约为 1 小时 32 分钟，有感半径 690 公里。

另外，对震级的测定，美国阿拉斯加帕尔默地震台为 8.2 级，美国檀香山地震台为 8.0 级，瑞典乌普萨拉地震研究所为 8.2 级，地震里氏震级发明者里克特 (美) 宣布为 8.2 级……

然而，人们怎么也想象不到，在中国首都北京东南 150 公里的唐山，一座百万人口的工业城市，已在地球局部的瞬间震动中不见了。

位于北京三里河中国科学院内的国家地震局办公楼，在地震发生的那一刻也和全北京所有的建筑物一样，发生了猛烈的摇晃。窗户玻璃被震碎，哗哗啦啦响声一片；办公桌上的文件、书籍、台灯、茶杯被震落在地；走廊里回荡着来自地腹的嗡嗡声，听来十分恐怖——地震之魔在袭击这个世界的同时，似乎也没忘记如此这般地捉弄一下它的老对手。

啊！地震了！……局长刘英勇像触电似的一下被惊醒。他家厨房的煤气罐被震翻在地。慌乱中，他披件外衣，光着脚趿拉着鞋就往宿舍楼下跑。他住在离办公楼不远的一座四层楼上，他以当年在战场上打冲锋地速度直奔办公室，一只鞋跑掉了竟不知道，天亮后才发现。

震中……震中在哪儿？

他像惊恐的狮子，冲着正在值班室的高旭、丁鉴海直喊。

高旭报告说：北京附近几个地震台的测震仪有的被震翻，有的记录出格。外地台的报告尚未收到。

唉！——刘英勇挥拳砸在自己脑袋上，他像被一颗重磅炸弹击中了。

当天夜里在值班室值班的是丁鉴海，地震发生时，他从床上被震到地上。值班室多部电话一起响起来，他挣扎着爬起来，一手推着要倒的柜子，一手接电话，都在问哪里发生了地震。

很快，地震局的其他领导以及业务人员都纷纷跑来了，所有人发出的第一句话：震中在哪里？震中究竟在哪里啊？！

7月28日凌晨，国家地震局各个角落都回荡着这个声音。电话铃声急促不断，此起彼伏。长途台、市内台纷纷呼叫国家地震局，一道道电波穿破凄厉的无边黑暗的夜空……

凌晨4时30分，兰州、南京、昆明等地震台报来测震数据，有的报8级以上，有的报7级以下，悬殊甚大。至于震中，大都只能确定在"北京附近"。

这时，中央军委副主席叶剑英办公室来电话询问：什么地方发生地震？震级多大？人员伤亡情况怎样？

值班的丁鉴海回答说：震级可能7到8级，震中离北京大概200公里左右……

当时他也只能做出这样含糊而不确定的回答。

没过多会儿，电话里又传出一位中共中央副主席的声音：叫你们局长接电话！

刘英勇焦急万状。这位老红军，这位战场上的"刘猛子"，这位因眼睛高度近视而被战友戏称"刘瞎子"的人，此时此刻完全被突如其来的地震震槽了。他一边跑去接电话，一边对周围的人说：你们都别慌，都别慌……你们只管工作，杀头坐牢我去，我去……

此时已赶到办公室忙碌的梅世蓉，见测震仪记录出格，有的已被震翻，外地台的报告尚未接到，便急切地对陈章立、胡华国等人说：快用"引中线法"，要全国有"513型"地震仪的台站！

据陈章立（时任分析预报室预报员）后来介绍：当时中国大陆有十几个地震台站构成测震基本台网，每次地震的震级都是根据各台给出的震级数据平均后确定的。"7.28"地震发生后，设在唐山市的地震台（地址在陡河水库附近）仪器被砸毁；设在唐山周围的地震台，如昌黎、迁西、塘沽、北戴河、芦台、宽城等地的，不是仪器被震毁就是记录出格，根本不能提供数据资料；包括北京、天津和其他距离较近省、市、自治区地震台的基式仪器（SKS型），记录均已出格，无法据此测定震级；而离震中区较远的地震台和少数地震台的513型中强地震仪的记录资料可以使用，当时全国只有五六台这样的仪器，但由于通讯反馈手段的限制，需要一定时间。

经过一番紧张的联络、收集资料、分析计算，于当日早上8点30分确定出震级为7.8级。测定震级的主要原始数据是：

西安地震台测定为7.8级；

兰州地震台测定为7.7级；

成都地震台测定为8.0级；

渡口地震台测定为 7.8 级；

上述四台的平均震级值为 7.8 级。四台所用都是 513 型强地震仪。

我国地震台网测定的震级，与国际地震中心测定的 7.6 级、7.9 级比较接近。发震时间，我国测定为 3 时 42 分 56 秒；国际地震中心测定为 3 时 42 分 54 秒（±1.6 秒）。震中位置，我国测定为北纬 39° 38′，东经 118° 11′；国际地震中心测定为北纬 39° 56′，东经 117° 87′。震源深度，我国测定为 11 公里，国际地震中心测定为 10(±1.5) 公里。

但是，极震区在哪儿？还是不明确，只能根据部分地震台记录的初动，确定在距北京不远的地区。开始有的说是张家口，后有的说在香河、三河、天津一带。

地震发生不到一个小时，国家地震局做出决定：地震地质大队、地球物理研究所、北京市地震队和国家地震局机关，兵分两路向东。一路为南线：北京、香河、宝坻……；一路为北线：北京、通县、三河、蓟县……；在 200 公里范围内寻找震中——这一决定对于他们，对于每一个有良知、有自尊心的地震工作者来说，无疑是刺穿心灵的巨痛。早在公元 132 年，东汉时期的张衡，就研制出人类历史上第一台能够测定地震方向的地震仪器——候风地动仪，而在 1800 多年后的今天，面对仪器记录出格等意外窘境，人们却不得不用如此原始的办法去寻找震中。

这种做法似乎令人感到不能理解，甚至不可思议，然而这是事实。震区所有的测震仪器全部震毁，震中区的所有通讯联络全部中断，当地的地震工作机构全部陷入瘫痪……在这种情况下，又有谁能向国家地震局报告震中发生的一切？

没办法。如此落后的通讯反馈系统，还有在政治旋涡里惶惶不可终日、忙乱却不知所措的办事机构……地震已发生一个多小时了，担当大任的国家地震局竟然还不知道震中在哪儿。

副局长张魁三和计划处处长高文学率张德成、蒋克训、张九海等人乘坐 212 吉普车向东南通县、香河一带急驰而去。

北京大学地质系 1975 年毕业的张德成回忆说，那一天的惨景，是让人撕心裂肺的痛。汽车经过长安街时，正下着大雨，看见满街到处是人，身披床单、毯子的，只穿背心裤头的，更多的是头顶着脸盆、木板、锅盖的，五花八门，神情显得惊惶失措；天安门广场已挤满了避震的人群，搭起了各式各样的帐篷；北京饭店的外国人和从小胡同里奔出来的中国居民挤在一起，他们被刚刚发生的地震震住了，不知道躲到什么地方才安全……

吉普车上坐着寻找震中的地震工作者，他们垂着头，不敢正视路边那些四处张望的人们。计划处长高文学当年在地质学院和后来在苏联列宁格勒大学攻读地质专业的时候，曾多次分析研究过世界上那些著名大地震的史料。然而，那些震例和数据都没有像今天这样让他触目惊心，受到如此强烈的冲击。自然的灾难和人类的灾难累叠复加，不能不使他和他的同事睁大眼睛注视着这个不安的世界和那一颗颗战栗的心。一个自然科学家对人类担负的责任是多么重大，他和同事们从未像今天这样产生一种痛彻骨髓的感受。

震中究竟在哪里？……军人出身的张魁三一路上骂骂咧咧。这个当年的军队老政工干部，此时正在干着一个侦察排长要干的事。娘的，哪里是排长？充其量是个班长。他急，他火，可他也不知道该骂谁。

通县？不像。房子是倒塌了一些，看上去并不严重。

香河？也不像。虽然已看到不少头破血流的伤员，但听老乡说：东边，东边更厉害！

吉普车继续向东疾驰。

道路上出现了裂缝。不远处一座桥梁已垮塌。一些村庄的房屋损坏严重……这是三河县！

也许这里就是震中！快，快向北京报告！

可是，电话又要不通。

张魁三急得直跺脚：哎，堂堂国家地震局连个电台都没有！

终于，电话打通了。值班室值班员告诉他们：震中不在三河，在唐山。

上午10点多钟，这辆裹满尘土的吉普车急急驶进唐山市区。当看到悬挂在危楼上的尸体和满目的废墟时，张魁三和同事们禁不住号啕痛哭……

6. 一道微弱电波发出之后……

确定唐山是震中的消息，是电信局系统首先报告的。

几乎是在地震发生后的第一时间，电信系统就发觉在与各地联络中，唯独唐山地区要不通电话——北京长话台、天津长话台打往唐山及其以东的长途电话全部中断。

接着就是北京铁路局、天津分局发现,京山铁路全线行车指挥调度通讯中断。该到站的列车不能到达,该发出的列车不能发出。

这一异常情况很快反映到邮电部和铁道部。两部值班系统迅速向上反映到国务院值班室。

而最早用无线电报向上级报告唐山发生了强烈地震的,是中国人民解放军空军驻唐山某部无线电连电台报务员吴东亮。地震时他正在电报房值班,强大的震波把他和椅子、桌子一起掀翻,房顶和一堵墙在剧烈的摇晃中正往下塌落,手脚麻利的吴东亮迅速抱起电台,打着滚跑出屋外,他只有一个念头:不能自己空手跑出去,电台就是武器,军人丢了武器就等于丢了生命!

但是,他抱出来的只是一部交流电台,地震后电源已断,无法使用。

吴东亮再次冲进电报房,抢出备用的直流"八一"小型电台蓄电池和零件,于地震后21分钟——凌晨4时零3分,在没有密码电报稿和译电员的情况下,他果断地用电台勤务用语,与部队上级机关的电台取得了联系,简要报告——

河北省唐山市发生强烈地震,房倒屋塌,人们被埋在废墟之中,火速派部队来唐山救援。

凌晨4时45分,部队上级机关回电:通知部队进一步了解地震灾情。与此同时,师党委通过电台向上级汇报了唐山的地震灾情。一道没有停息的电波,传向中央军委,传向中南海。

吴东亮在操场上忙碌着,抢出来的直流小型电台派上了大用场。作为当时唯一能使用的电台,地震当天,吴东亮为党政军及新华社、外交部等单位收发21份极为重要的高密电报。为此,北京军区为吴东亮荣记一等功。

几天后(即8月4日),带领中央慰问团到唐山慰问的中共中央第一副主席、国务院总理华国锋接见了吴东亮。

吴东亮回忆当时的情景说:那天部队首长通知我到唐山机场抗震救灾总指挥部待命,说有一位首长要接见我,我就去了。令我吃惊的是,接见我的是华国锋总理。华总理握住我的手说:"地震时我没睡,只有唐山电话联系不上,后来有人汇报,唐山来了电报,受灾严重,要求救援,因此断定唐山可能是震中……你立功了,我代表党中央、毛主席谢谢你,你干得不错。"

也就在中央军委、国务院接到吴东亮发出的电报讯息同时，寻找震中的另一支人马——国家地震局地震地质大队的同志，在蓟县遇到了开着矿山救护车赴京报警的唐山矿职工李玉林一行，李玉林向他们哭诉：唐山全平啦！

地震地质大队得到这一消息，就立即四处寻找电话，向国家地震局报告。但蓟县运河大桥已被震垮，去蓟县县城的路断了。他们只好绕行，在田野里奔跑走，大约早上6点多种，他们报出了"震中在唐山"的消息。

当震中基本确定的时候，国家地震局根据不完全的地震台站报告数据汇总，初步确定震级为7.5级。新华社第一次向国内外公布的消息即是这一震级：

新华社（北京）1976年7月28日讯：我国河北省冀东地区的唐山——丰南一带，7月28日3时42分发生强烈地震。天津、北京有较强震感。据我国地震台网测定，这次地震为里氏7.5级……

事实上，如前所述，当日上午8点30分，一直在紧张工作的国家地震局分析预报室梅世蓉、陈章立、胡华国等专业人员，就根据各台站报告的测震结果，经过分析计算，核准出7.8级的地震数据便已产生。几天后，中国再次向全世界公布经过核定的地震震级为：$M_S7.8$。但是此时人们已顾不上什么更正不更正了，北京正一片混乱，全国的恐震情绪一如潮水般四处泛滥。

风雨飘摇的1976年，天灾人祸，搅成一团难解的悲剧，一幕幕在中国上演……

当日早上7时许，国家地震局局长刘英勇被召进中南海汇报。

随同前去的专业人员是分析预报室京津组组长汪成民。

没想到啊！没想到地震就发生在我们眼皮子底下……看来，我要上军事法庭，罪责难逃啊！……老红军出身的刘英勇，把科学的失误和战场的失败等同看待，把自己和军事法庭联系起来。

中南海紫光阁，政治局委员们的目光逼视着刘英勇：发生这么大的地震，你地震局是干什么吃的？！难道一点情况都不了解？！事先为什么不报告一声？！……

刘英勇：我们对"京津唐"一直在严密监视，十多天前还在唐山开过群测群防会，当时虽然发现有一些异常，但经过分析认为发生5级以上地震的可能性很小，国务院规定5级以上地震才能报……

刘英勇感到很憋屈，也很无奈。他请求处分，请求辞职。他说已经派人到震中区去了，他说自己也准备立刻到地震现场去监视震情……

不！你哪儿也不能去，现在最重要的是确保北京的安全！

你必须守在地震局，昼夜值班，随叫随到！

你们要马上开会进行会商，拿出确保北京的措施来！

…………

会议的中心转到了确保北京的问题。最高决策者们似乎还一时无暇追究唐山地震未能预报的责任。

当日早上 8 时许，蒙难的唐山还在呻吟还在流血的时候，国家地震局在北京三里河国家科委大楼紧急召开了在京单位震情会商会。余震频仍，大楼摇摇晃晃，阵阵发颤。地震地质大队黄相宁等人以及北京市地震队，汇报了曾经上报国家地震局的预报意见，会商的焦点是地震会不会有向北京发展的趋势……

有专家哭泣着声嘶力竭地在喊：决不让唐山悲剧重演！

新华社记者对此次紧急会商会的情况很快发出了"内参"。

就在刘英勇、汪成民走出紫光阁，中南海又迎来了赴京报警的李玉林等人。他们开着矿山救护车从唐山血泊中冲将出来，一路疾驰三个多小时赶到了北京。

李玉林是开滦煤矿唐山矿革委会的一名常委、工会副主席。地震刚一停息，劫后余生的李玉林安排妻子和孩子躲开危房后便立即往矿上跑。在救出一个 8 岁孩子之后，他的第一个念头就是：到矿党委报告！一路上，他看到民房几乎全部倒塌，街道全被碎砖乱瓦堵塞。当他看到矿党委办公楼已变成一片瓦砾堆时，他惊呆了，又拔腿往回跑，想到市委去报告。这时，他碰见了刚从宿舍区的废墟中钻出来的矿武装部干事曹国成。二人站在瓦砾堆上，四周巡视一番才发现，不仅矿务局办公楼、市委办公楼面目全非，整个唐山市已是一片废墟。

恐惧。焦急。大地还在痉挛般地抽搐抖动。耳边不时听到四周房倒屋塌的轰隆声，人畜罹难时的惊号声。

曹国成问：李师傅，怎么办？

李玉林说：赶快找车找电话，把情况报告出去！

正在这时，只见一辆矿上的救护车开来了。司机叫崔志亮，刚从部队复员不久。

他是当夜去市郊风井倒风车，以为风井发生事故了，驾车回矿告急。

李玉林拦住崔志亮：小崔，你这车必须听我指挥，咱们要赶快去报警！

崔志亮说：李叔，你是老兵，我听你的，你说上哪儿咱就上哪儿！

正说话时，矿机电科工人袁庆武跑过来了，说：我也去！

四个普普通通的唐山人，当时谁也没有意识到，就从这一时刻起，他们便成了为这场灾难最先点燃"烽火"的报警者。

在地震刚过27分钟后的凌晨4时零9分，他们开着矿山救护车一路向西"找电话报警"，结果一路打不通，车也到了北京，就直接奔中南海报告了。在路过蓟县时遇到了乘坐嘎斯69越野车寻找震中的国家地震局地震地质大队的同志。双方商定：地震地质大队的一个人带领唐山来的人去北京；袁庆武带领地震地质大队的人去唐山。

李玉林是有10年多军龄的老司机，曾在四平某军坦克师服役，参加过抗美援朝，军队大比武时，是第一届全军运动会的摩托车赛选手，身材魁梧，胆大过人。此时，他两手沾着救人时留下的血迹，赤裸着上身，只穿一条三角裤头，与崔志亮轮换着开车，于早晨8点零6分到达国务院门口。与此同时，空军唐山机场乘飞机来北京汇报的人也到达这里，他们是某飞行团副政委刘忽然和师机关参谋张先仁。他们乘坐兰州空军高永发机组赴唐山执行任务的"里—2"飞机，于早上6点51分从唐山机场起飞，7点40分在北京着陆。

李先念、陈锡联、纪登奎、吴德、陈永贵等党和国家领导人在紫光阁接见了李玉林等三人和空军的同志，听取并询问了唐山的震灾情况。李先念还特意向李玉林询问了开滦矿上夜班的井下工人有多少。李玉林说上万人。几位副总理都流泪了。李先念的手猛地一抖，说：得赶快想办法救人！

国务院秘书把李玉林领到一边，又详细询问了井下工人的情况，并说这是要给毛主席写报告。李玉林一听，激动地哭了起来，已重病在身的毛主席他老人家还时刻关怀着煤矿工人啊！

此时，重病卧床的毛主席得到"唐山来人"的消息，坚持要起来去听汇报。然而老人家已患病多日，从6月1日心脏病发作后，一直卧床不起，说话都很困难。在护理人员的劝说下，他才又重新躺下。中共中央写的《关于唐山丰南一带抗震救灾的报告》于8月3日才送到毛泽东处，老人家坚持着把报告看完，语重情深地对华国锋说，尽快去唐山，代表他慰问灾区人民，一再叮嘱要安置好灾民的生活。此报告成了毛泽东生前阅批的最后一份文件。

三位唐山人的出现，使国务院副总理们深切意识到了灾难的惨重程度。

中南海被搅动了……

整个中国被搅动了……

陈锡联将军生前曾有回忆文章写道："地震当天，有个叫李玉林的同志，和另外三名同志，在找不到组织，也找不到市委、地委的情况下，不顾自己和家庭，直接赶到北京，找到党中央、国务院，向中央报告了地震的实际情况，为中央的决策赢得了时间。当时先念同志和我都在场，听了李玉林等人的汇报，我们心里很难过，大家都着急啊！先念同志还吩咐工作人员赶快给他们弄饭吃，找衣服给他们换。"

纪念唐山地震30周年前夕，笔者赶赴唐山，访问了已是72岁的李玉林老人和他的老伴儿孟庆芬。我发现这对老夫老妻对30年前的情景都记得十分真切，好像他们刚刚从那情景中走来。刻骨铭心的经历是无法忘记的，它会在记忆中反复出现，并年年月月夯实着。30年间，中国发生了巨大变迁，多少匆匆过客、高堂显贵、风流佳人，皆如走马灯似地无可挽回地被人们遗忘，被历史淘汰。但非凡的事件和人物总会被留下来，成为历史的华彩，时常被人们记起或演绎。对于李玉林等人来说，重要的不是他们在那一天见过何等重要的大人物，而是他们本身的存在，还有他们的选择与经历。是他们为几十万濒死的唐山人向国家领导者"报的口信"。

李玉林说，他当天下午就回到唐山了，在矿上救人，5天后才回家。他家老老少少死了14口，老伴儿的娘家死了8口。老伴儿的娘家人3年没跟他家来往，为什么？老伴儿孟庆芬说，恨他……

7月28日当晚，国家地震局局长刘英勇再次被召进人民大会堂，向华国锋、江青、纪登奎等中央领导汇报。随同刘英勇前去的不再是京津组组长汪成民，他当日下午已去了唐山，而是预报室副主任梅世蓉和地震地质大队业务负责人黄相宁。

黄相宁教授在接受某媒体采访时讲述了此次去人民大会堂汇报的情景——

地震发生后的当天夜里10点左右，我从地震地质大队分析预报室驻地德胜门外北郊西三旗回家，是领导派的车。我刚到交道口东大街，便看见国家地震局分析预报室的张世英守候在街上，他十分焦急地对我说：快，带上你的预报意见，赶快跟我走，华国锋总理召见你。刘（英勇）局长和梅世蓉已经去了。

我们坐上国家地震局的小轿车。车上，张世英说，新华社记者写了内参，把你上午在会商会上讲的内容报上去了，华总理让你谈这个。

11点半左右，轿车开到人民大会堂北门外。我们立即下车走向大会堂，一名军人问明我的身份，立即带我到了台湾厅。我看见刘局长和梅世蓉副主任正向华国锋汇报。在座的还有江青、纪登奎和吴德。

我坐在指给我的座位上。

这时，梅世蓉的汇报已近尾声。她汇报完毕，华国锋说：黄相宁同志，请你来讲讲，你们当时是怎么预报的？

我相当的为难。可我面对的毕竟是国务院总理！临震预报意见华国锋肯定是从内参上看到了，我不能不说。

我说唐山大震前，地应力出现了明显的前兆异常，据此结合地震地质条件，我们提出了1976年7月20日前后、8月5日前后，在集宁、繁峙—束鹿—张家口一带，京津唐地区的宝坻—宁河及其东南渤海海域，将发生5级左右的地震预报意见。随即，我起身把上报国家地震局局长和分析预报室的相关文字、图件放在桌上展开，华国锋等人也来到桌前。

我用手指着唐山地震前写的这份预测报告的文字，一字一句地念了预报地震的"三要素"和主要预测依据，边念边解释主要的地应力曲线异常和异常主应力方向，震前交汇出来的宝坻经唐山到乐亭的三角形地震危险区。

最后我说，我们在唐山震前虽然做了预报，但报的震级太低，没有达到保卫"四大"（大城市、大水库、大厂矿、交通枢纽）的目的，人民的生命财产遭到这样大的损害，我们这些地震预报工作者心里十分内疚，万分难过！

华国锋总理对我们三个人说，这次唐山地震，国家和人民遭到了巨大的损害。震后我们立即派出了解放军、医疗队奔赴唐山抗震救灾。党中央、国务院不怪你们，地震战线的同志要放下包袱，团结一致，对付地下之敌，要决心保卫党中央、保卫毛主席。

召见结束，已经到了7月29日凌晨2点多种……

我从来不宣传唐山地震前我们做了短临震预报，因为觉得心里有愧。我是研究唐山地震地质工作最早的人之一，从1967年就开始做工作，李四光让我们抓住这个地震，将近10年哪……最后还是没有抓住，这是我一生最大的遗憾！我内心真的很难过，一说起这段，我就特别难过啊……

——黄相宁哭了。这是一个科学家的眼泪，是一个男人的眼泪，也是一个老人的眼泪。

………

而最痛苦不堪的莫过于梅世蓉了。虽然党中央和国务院对地震工作者给予充分理解，没有任何追究责任的意思，但作为重要决策者之一，她内疚于自己对唐山地震的失察，每当听到或看到任何一则有关唐山地震的消息，她都痛不欲生，陷入深深的自责和悲痛之中——尽管一次地震预报，尤其是短临预报的成功，不是哪一个人所能决断得了的，是需要科学家、政府权威部门和社会民众共同参与来完成的。

梅世蓉没能随考察队去唐山，而是从这天晚上人民大会堂召见之时起，便随局长刘英勇还有其他一些专家，几乎天天应召到人民大会堂例行震情会商和汇报。当时地震流言四起，对"京津唐"地区的地震预报天天都有，甚至有人说，北京在多少多少万年以前是一片古海，它背靠的燕山只是从海底隆起的一些岛屿，它的地壳层相当脆弱，近些年它的周边相继发生了邢台、渤海、海城、和林格尔以及这次唐山大地震，使得北京脚下这片地层基岩变得十分松动，像一只出土的破陶罐，一旦发生地震，就会顷刻间破碎下沉，北京将重新变成一片汪洋，还说，这次决非危言耸听！而中央领导最关心的是眼前，是眼前的北京会不会发生地震。中央领导人向地震专家们提出的问题常常是：有大地震吗？后天呢？北京的防震棚什么时间可以拆除？

有一次，有人向国务院预报北京地区将在7月31日发生7.5至8级大地震，中央指示他们马上进行会商，拿出意见。局长刘英勇和副局长王廷芳共同主持这次会商。但直到凌晨2点，专家们仍拿不出会商的意见。两位局长火了，王廷芳说：开到明天也要拿出结论，中央等着呢！

好吧，专家们继续熬夜，会商。

终于，中央领导人等不及了，纪登奎赶了过来。此时已是凌晨4点多。纪登奎看到大家一个个受难、难受的样子，便说：大家累了，休息吧。

这才算给他们解了围。日后，他们戏言这个会商会是一场"逼供信"……

7. 末日之城

在死神降临的那个悲惨时刻之前，冥冥上苍已把劫数的信息传递给了这方土地上所有的生灵，然而，自诩为高级动物的人类没有逃生的迹象。直到上苍发出最后的"警告"——地光和地声，很多人还没有被惊醒。上苍无语，注视着分分秒秒走向死亡的万物之灵。

死一般沉寂的黑夜笼罩着整个城市。

那一时刻到了——漆黑的夜幕地亮了！沉睡的子夜不再平静，开始有像风的声音"嗖嗖"刮过，而后地光骤然泛起，闪亮几下又顿然消逝，大地归于死寂。过不一会儿，漆黑的夜又被点亮，在一阵阵红、白、蓝、紫相间的地光中，偶尔会有三两个火球从地腹中冒出，腾空而起，幻化出一团团蘑菇云状升向夜空。随着大地震步步逼近，地光伴着地声越来越密集，也越来越恐怖。大地震爆发前10多分钟，地光、地声达到高潮，像是大自然在举行一种惊心动魄的告别仪式——它似乎在告诉人类，这是最后的逃生之机！

机会稍纵即逝。刺眼的光亮伴随着巨大的声响，由远而近轰轰隆隆地奔腾而来。大地疯狂地垂直颠起跌落，几上几下；紧接着大地又像汹涌的海潮一般，一个波次连着一个波次地颠簸起来。高耸的烟囱，硕大的商场和厂房，成片成片的居民住宅区，坚硬的铁轨和起重机架，都在瞬间的剧烈摇撼中倾倒了，断裂了，扭曲变形了……沉睡的人们，有的被迅猛的冲击惊醒，赤裸着从门窗从楼上跳下；有的在拼命做着无助而无效的挣扎；更多的人却还在睡梦中……此时此刻，人与房子里的任何物件没有什么区别，任凭地震之魔随意摆布，抛上抛下，摔来摔去。楼房的撞击、坍塌，夹着人体的坠落，像多米诺骨牌一样，一片连着一片倒下……整个城市都被令人窒息的烟尘淹没了，高达数丈的烟尘在夜空中翻卷着，奔涌着，久久不散……

即便是幸存者，也被震蒙了，无法接受这梦魇般的血淋淋的大毁灭、大劫难。无数晕头转向的大脑竟然升发出一个个光怪陆离的念头：是"帝修反"扔来了原子弹？是"纸老虎"们突然袭击爆发了第三次世界大战？是这楼盖得不结实？是火车开上了房顶？啊，是大地震！大地震！！大地震！！！……

笔者在唐山采访过一些有着不同生活经历的幸存者，他们对地光、地声和地震的感受各有不同。铁路员工说，那地光是蓝色的，很快又变成了藕荷色；那地声一响，还认为是火车出轨撞击了呢！煤矿工人说，那地光是白色的，惨白惨白的刺人眼；

听到地声还认为是井下瓦斯爆炸了！有的店员和学校师生说，地震时像是头上有成百上千架飞机掠过，地上有成千上万辆坦克碾轧过来，以为是"苏修"打过来了，开战了！……那是一个噩梦般的令人恐怖而无法忘却的血腥之夜！

那一夜，酷暑的闷热始终没有消散。唐山火车站广场上，有上百名旅客看到了地光，听到了地声，只是有人说：打雷了，闪电了，要下大雨了，快进候车室避雨吧！人们便纷纷拥进候车大厅，结果无一人生还。也就在同一时刻，唐山市千千万万个家庭，在极度恐惧中关严了门窗，他们好多好多的人是醒着的——孩子扑向妈妈，丈夫搂紧了妻子……他们睁着惊恐的眼睛看着等待着，等来的却是一场大劫难，一场灭顶之灾。大地疯狂了，上下猛颠几下，接着左右摇晃。几乎是在瞬间，建筑物的门窗变形了，拉不开推不动，成为他们逃生不可逾越的障碍。震后，救援者看到了成千上万具尸体在门窗下挣扎而死的惨状，惨不忍睹……

大地震暴戾恣睢，猛地宣泄一通之后，唐山的天空又下起了一阵紧似一阵的霪雨。乌云密布，漆黑一团，工业重镇唐山，第一次失去了它璀璨的黎明。

已经听不见大震时原子弹爆炸似的巨响，听不见大地颤动时发出的痉挛般的喘息，也听不见人们声嘶力竭的喊叫和家禽牲畜的哀鸣……仅仅几个小时前，唐山还像它闻名遐迩的一尊工艺精美、端庄隽秀的唐山瓷瓶，现在，它已被猛然一击，彻底碎了，仅仅留下满目疮痍，一片神秘而恐怖的瓦砾场。灰尘、黄土、煤屑以及一座城市毁灭时所产生的死亡气息，混合成浓浓的灰色烟雾，在它的上空弥漫着、飘拂着，一缕缕、一絮絮地翻卷升腾，像悬浮于空中的灵幡，无声地笼罩着这个死寂的黎明，笼罩着这座死寂的末日之城。

时而听到孩子羸弱的哭喊声：妈，妈……那哭声像是从遥远的天际，又像是从地腹深处传来，那般幽沉，那般纤细，像梦幻里一根飘悬欲断的蚕丝……

洗劫后的唐山，耷拉着它流血的头颅，呆呆凝视着那一双双不再合拢的眼眸，那一张张不再发出声音、大张着或半张着或紧闭着的嘴。古今中外的军事家们在描述战争的宏大而又残酷的场面时，常常把它比作一次毁灭性的大地震。然而这一次，那些乘坐直升机俯瞰过唐山废墟、并亲临现场指挥救灾的身经百战的将军们，却发出了这样的感叹：唐山地震，就像一次空前残酷的战争。迟浩田将军（时任北京军区副政委）回忆说：尸骨成山，血流成河，我从没见过这样巨大的伤亡，这样惨烈的场面！杨立夫将军（时任北京军区后勤部副部长）说：到唐山最初的几天，我天天夜里做噩梦，每次都梦到日本的广岛。我在军教片里见过广岛的浩劫——一颗原子弹毁了一座城市，瓦砾遍地，人烧得不像样子……可我们的唐山比广岛厉害得多，一个早晨几十万人丧命啊！

啊，广岛——唐山，两座蒙难的城市，那座是人类自己制造了人间惨案，而唐山呢？地震科学家说，唐山7.8级地震所释放的地震波能量，相当于400个广岛原子弹的总和——而地震波的能量，仅为地震全部能量的百分之几！

这无疑是人类史上最为悲惨的一幕。一座城市瞬间就在地球上消失了，纵观中国历史，有过这样的先例吗？1556年的陕西华县大地震，1920年的甘肃海原大地震，都未曾发生在人口稠密的城市，而眼前被大地震击中的唐山，却是一座有着泱泱百万人口的城市啊！

中国人民解放军10多万救灾部队，从四面八方向灾区开进。他们面对的就是一场战争——一场山崩地裂的战争，一场尸横遍野的战争，一场人和大自然抢夺生命的战争。参加过这场战争的军人们，至今都无法忘记当时的强烈感受：

一支支救灾队伍仿佛是在敌人投放原子弹袭击后，正以最快的速度向被摧毁的城市开进，开进！尽管显得是那样仓促、急切、混乱、嘈杂……浓浓的尘雾中，听不见呻吟，听不见呼喊，只有机械的脚步声，粗犷而沉重的喘息声，还有指挥员的口令和路边越堆越多、越堆越高的尸体山！头颅被挤碎的，双脚被砸烂的，身体被压扁的……最令人惨不忍睹的是那一具具挂在坍塌的楼房上的尸体。有的仅有一双手被楼板压住，砸裂的头颅耷拉着，还在滴着脑浆和鲜血；有的跳楼时被砸住脚，整个身子倒悬在半空。显然，他们是遇难者中反应最敏捷的一群。他们或许是在酣梦中惊醒，猛地跳下床，根本想不到穿衣服，甚至一丝不挂地奔向阳台或窗口，可是他们的逃生之路却被死神凶猛地截断了。那是一位年轻的母亲，怀里搂着一个还在吃奶的孩子，在三层楼的窗口已经探出了半个身子，沉重的楼板硬是把她拦腰压住。她死在半空，怀里还紧紧地抱着孩子，她那垂落的一头秀发在灰白的尘雾中拂动……

一片死寂。路都没有了，只有从一行斜斜歪歪的电线杆上，才能分辨出那是一条街道。两边的楼房倒塌下来，整个把它填平了。早起的清洁工，运粪的马车，都被埋压在街巷里。更悲惨的是街巷两侧的平房区，被地震的魔鬼一脚踏平，像踩碎了一堆蛋壳……指战员们一千次一万次地诅咒这些倒塌的建筑物。房屋本是人类保护自己、遮风挡寒、温馨相聚的居所，人类在漫长的进化中，从穴居荒野到学会建筑房屋——从搭建草木结构的屋舍到建造砖、石、金属、混凝土结构的楼宇，人类的栖身之所在不断地改善着，美化着，越住越舒服。然而一场大地震袭来，人类却首先死于这倒塌的建筑物。房屋，让灾难变本加厉，它成了助纣为虐的帮凶，成了人类的坟墓！眨眼之间，百万人在酣睡中被埋压在建筑物废墟之下。伟大的进化论者达尔文，曾面对刚刚发生过强烈地震的智利康塞普西翁市的废墟发出过这样的感慨："人类无数时间和劳动所建树的成绩，只在一分钟之内就被毁灭了。可是，我对受难者的同情，比另外一种感觉似乎要淡薄些，这就是对那种往往要几个世纪才能完成，而现在一分钟就做到了变动的情景所震惊的感觉。"

当十万大军向灾区疾驰奔行的时候，剧痛中的唐山在沉吟，在痉挛……和历史上许多大地震之后的情形一样，滂沱大雨倾泻不止，浇洗着一片狼藉的废墟，似乎在洗刷震魔肆虐的恶行。被霾雨浇透的黎明时分，唐山的废墟中开始一片片地渗出殷红色的液体——从倒塌的楼板裂缝中流淌出来，从扭曲的钢筋、铁丝上滴落下来，从毁断的窗棂门框下渗透出来……这是从蒙难者尚未清理的尸体中流出的血水。浓浓的血被雨水冲成淡红色的血水，缓缓地流着，流着，汇成一条条红色的小溪，向低洼的地方流淌，又聚合成一洼洼红色的水泊。

幸免于遇难的人们在灰雾中或呆呆伫立，或僵硬地晃动，像一群梦游者，恍恍惚惚，不知被何种力量甩到眼前这个陌生的星球上。他们的一切都是麻木的：眼神、表情、泪腺、声带以至于传导疼痛的神经。他们不知道擦去脸上和身上还在流淌着的血，不知道该怎么去抢救地狱中的亲人，甚至连自己站在什么地方都不知道。有的手里攥着一只死鹅却不肯撒手；有的直直盯着放在脚盆里的死婴，一动不动；许多人赤身裸体，那些只戴着胸罩或只穿着裤衩的姑娘，甚至忘了找件衣服遮体。他们仿佛没有了思想，没有了感觉，甚至来不及为骨肉别离而悲恸……哀，莫大于心死，这是"心灵的死亡"。这些一息尚存的生灵，已经悲到了极点，哀到了极点，已经没有力气，也没有丝毫欲望去哭泣去呼喊了。在如此惨烈的大灾难面前，所有被强化了的人类情感在唐山都达到了顶峰——唐山，没有哭声的城市，废墟上的唐山，是无泪的唐山。

"呜——呜——"突然，一种凄厉的嗥叫从远处传来，惊恐的人们发现了两只从动物园里逃出来的同样惊恐的狼。显然是一只公狼和一只母狼，是相濡以沫的夫妻，为失去狼崽而悲痛欲绝。它们相互紧随紧依，站在不远处的废墟上，孤独地睁着惊恐的眼睛向人群眺望，好像在向人类表达同样的悲情，传递着某种暗示。只见它们蓦地纵身一跳，跃过断墙，跃过坍塌的房顶，跃过那一堆堆、一排排横陈在旷野中的尸体，箭一般向凤凰山蹿去。在山顶的一堵断崖上，它们站住了，石雕一般伫立着，面对山下这片灾难的海洋，发出了酷似人类呼喊的凄厉哀嚎："呜——呜——"

在劫难之日，这个被血雨浇透的早晨，灵幡般的雾霾和这凄厉的狼嚎，盘桓萦绕，久久不散……

大难后的9月9日，共和国的缔造者毛泽东主席逝世。失去了24万父老兄弟姐妹的唐山人，一个多月来第一次听到了哀乐。唐山，一个多月后第一次爆发了震颤全城的哭声。白花，黑纱，花圈，挽幛，几乎每一间防震棚都在哭声中战栗，许多人在痛哭中昏厥在地。大悲大痛积蓄已久，那悲凉的呜咽、凄楚的哭泣、欲绝的号啕，在9月9日这一天铺天盖地訇然倾泻，裹挟在凝重的西风里，滚动着，回荡着；那低回的哀乐，在失去了24万生灵的废墟上，萦绕着，弥漫着……

20世纪70年代一场大毁灭的死亡实况，就这样残酷地刻录在共和国的记忆里，也成为20世纪人类灾难史上的重要记录。10年后揭幕的唐山地震纪念碑，记录了这次地震的惨烈——

……是时，人正酣睡，万籁俱寂。突然，地光闪射，地声轰鸣，房倒屋塌，地裂山崩，数秒之内，百年城市建设夷为墟土，二十四万城乡居民殁于瓦砾，十六万多人顿成伤残，七千多家庭断门绝烟。此难使京津披创，全国震惊，盖有史以来为害最烈者……

8. 魂泊唐山

7月28日大地震发生时：

河北省地震局正在石家庄召开的各地震办负责人会议，没来得收场，就散了。

罗兰格回忆说，那天，局里的领导和大部分人员都在会上，他在局里留守，值班员是分析预报室工程师王承志的妻子范惠英。地震发生时，房子摇晃得厉害，范惠英被甩到地上，她抓住话筒，嗓音都直了：罗兰格，罗兰格，快过来，地震啦！

罗兰格连滚带爬冲进值班室。这时，六部手摇电话全响了。局长刘长垣在电话里的声音都变了：小罗，快……快查，是哪里发生地震！

紧接着是省委、省军区、省机关各单位纷纷打来电话，询问地震发生在什么地方。

罗兰格和范惠英各自抱住电话机，"呜呜"地飞快摇着打，一部打不通，再换一部，一刻不停地轮换着打。

保定回答：震感很强，但不知震中在哪儿……

沧州回答：震感强烈，有无破坏尚不清楚……

张家口回答：震动很大，市内还没有发现房屋倒塌……

承德回答：震感很强，有房屋倒塌……

廊坊回答：仪器记录出格，但极震区不会在廊坊……

电话都快打爆了。可唐山地、市及其周边地震台站的电话却一直打不通，据此便可判明，地震发生在唐山一带。

做出这一判断，罗兰格心里猛地一沉：我们的人还在唐山哪！

两个小时后，省军区来电话：地震发生在唐山及其邻近区域。

得到这个消息，罗兰格和范惠英都流泪了……

此时，省委书记刘子厚已奉命飞抵北京，并于当日抵达唐山。省委通知廊坊地委，速派人带上无线电台乘车向天津、唐山方向察看；同时决定由机关办公厅和省军区各派一名负责人，带领机要人员奔赴唐山，作为先遣组，与唐山地委取得联系，立即将受灾情况报告省委。不久，省委便收到廊坊地委探察组发回的电报："蓟河大桥被破坏，去唐山的路断了。"

很快，河北省地震局派出由苗良田副局长和罗兰格带队组成的40多人考察队去了唐山，这一去就是三个多月。临行前，局长刘长垣这位解放战争时就是炮兵师长的传奇人物，此时把自己整天跑地震台站乘坐的吉普车给了考察队，面孔冷峻而两眼通红地对苗良田和罗兰格说：我们这一炮没打响，这一仗打哗啦了。我是这场战争的败将……我不能前去了，我奉命留守，随时听从发落……

7月28日地震发生时：

天津市地震局分析预报室副主任杨国军正值班，房子刚一晃动，他马上意识到是地震了，抓起电话就给领导报告。他是钻在桌子底下喊话的。紧接着是一位市领导打来电话询问何处发生地震，他回答说可能就在天津附近，说着说着电话就断了，电灯也灭了，一团漆黑。黑暗里听到一阵阵房倒屋塌的声音，轰轰隆隆，像当年的天津战役打响了！没过多久，便听到消防车、警车、救护拉响警笛急驶的声音……

张肇诚、尹伯忠等人赶来了，他们迅速向市委报告了震情。好在天津市政府未雨绸缪，在1975年听取市地震局的地震趋势预测意见后，由一位市常委领导亲自抓"防震加固工程"，号召全市各行各业对城市生命线工程及重要的建筑场所进行防震等级鉴定和加固防护措施，大震袭来时，这些建筑设施大都经受住了考验，很大程度上减少了生命财产损失。遭到破坏的是那些没有来得及加固的建筑和老旧简陋的居民区。地震发生后即刻启动了应急预案，对受灾严重的地方抢险施救。

"主震派"之一的刘允秀，是7月27日傍晚从北京拉仪器赶回天津的，因天色已晚赶不回宝坻，就在市地震局的三楼单人宿舍住下，准备明早回宝坻。当晚，天闷热，下着雨，他头朝窗躺下，感觉凉快些。在一丝丝小风吹拂下，奔波了一天的他渐渐进入梦乡……

"地震刚一发生，我一下子就被惊醒了，当时什么也没想扒窗就往楼下跳，腿摔伤了，流血不止，所幸没有被摔死。事后我想，为嘛没摔死，也许是因为我命大，跳楼的姿势像青蛙一样，很协调；这种协调的匀速正巧顺应了地震的波速，减弱了坠落的冲撞力，才捡回了一条小命，当场被送往地震局隔壁的河东医院。此时，被砸伤的市民蜂拥而至，有用板车拉的，有用门板抬的，更多的是被人背着搀扶着赶来的。医生见我只穿背心裤衩却没有重伤，就让我去抬伤员。台长马泽田和张秀凤到处找我，听说我被送进医院了便奔过去大喊：刘允秀！刘允秀！……却没有人应声，二人急了，以为凶多吉少，说不定到地府阎王爷那儿报到了。

"天亮之后，我们终于在局里汇合了。我们三人乘坐局里派的一台吉普车，由司机高彦文驾驶，绕过一片片堵塞的废墟，绕过断桥，绕过地裂缝，紧赶慢赶到了宝坻。马台长当即下令，不准给家人打电话，不准回家，坚守岗位，严密监测余震。当时台上共8个人。

"当日下午，马台长的爱人领着两个孩子来到台上（他家就在宝坻），他爱人哭着说，家里的房子全倒了。马台长说，你领着孩子赶快回去，我们这里像打仗一样，哪儿还能顾得上你们！他爱人说，没有家了，回哪儿去啊！马台长说，遭难的也不是咱一家，快回去吧。爱人二话没说，领着孩子回去了……

"苦苦坚守了三个多月，台上人员无一人回家。张文玉是台上的技术负责人，家在天津。他家房子没倒，但没法儿住了，他爱人领着孩子在市区一个水泥管道里，把两头儿一堵，住下了。市局派人到处找，最后在水泥管道里找到了，人都饿得不行了……当时我母亲得不到我的任何音信，不知道我是还在北京出差，还是回到了天津回到了宝坻，家在静海的老母亲几天不思茶饭，日日夜夜思念着她的长子。后来还是市局派羡科长到我家报了平安。

"台上无法做饭，派人到城里买一布袋馒头、咸菜，吃光了再去买。地震未能报出来，大家承受着从未有过的心灵折磨和巨大的压力！但人人都默默地埋头干活儿，没有抱怨，没有叹息。后来有许多热血青年抱着'壮志未酬死不休'的志向加入到地震队伍中来，为了圆人类的千年梦想，为了一代代人未竟的地震事业，他们在望不见头儿的苦寂中长年累月地坚守，甚至是一种苦役般的坚守，一种献了终身献子孙的坚守！……"

7月28日大地震发生时：

唐山陡河地震台台长张建华正在台上值班。该台主要观测地应力、地磁和地倾斜。

他说，3点42分那一刻，大地震被强震仪记录下来了。但微震仪记录出格了，笔杆也甩了出去，电也停了，房子摇摇欲坠眼看就要倒塌下来。他和同事们奋力把仪器和蓄电瓶抢出屋外，抓紧进行抢修调试。当时正下着小雨，搭一块塑料布遮住仪器，很快重新又开始记录了。

笔者问：大地震前夕，本台没有发现异常吗？

张建华说：我是七〇年从地震地质大队调到陡河台的，随着地震的呼声越来越紧，我们检查观测的时间从四个小时一次缩短到两个小时一次，大震前半个多月又缩短到一小时一次，不分白天和夜间，一次也不能耽误。当时观测到地应力虽有小幅度变化，但都属于正常值范围。谁也没有想到，大地震会在这种"异常平静"中突然爆发。

笔者又问：本台与唐山市的其他台站经常联系吗？

张建华说：陡河台属专业台，也不断跟其他台站勾通会商，主要是跟省局管辖的唐山监测中心台刘占武老校友不断联系。听到一些台站反映的异常情况，尤其是唐山市的群测点还报有短临预报意见，所以国家地震局7月14日在唐山召开群测群防经验交流会，包括河北省几次地震会议也是在唐山开的。

结果没有抓住，大地震偏偏就在唐山发生了。

是啊！我们悲痛欲绝，我们捶胸顿足，我们摔头找不到硬地，恨不得一下子钻进地缝里去探个究竟！——张建华说，大地震没能预报出来，还不应该把它记录下来吗？监测余震是我们的任务，这个记录很重要。外地台站也会有记录，但不可能记录这么完全，因为陡河台就在震区内。

就这样，唐山大地震的当天震情，被陡河地震台监测，震情在案，留下了中国独一份唐山地震的完整记录。

然而，大地震夺去了张建华的血肉至亲：养育他的母亲和他养育的女儿。他所在的陡河地震台，距他家骑自行车也不过一小时路程。大地震过后四五天，他弟弟从丰南赶来，他才知道母亲和女儿遇难的噩耗。

"可是，我离不开地震台啊！母亲操劳了一生，应该享受了，老人家却走了。女儿，刚过完 16 岁生日，过生日之前她跟我说，爸爸，你送我什么礼物好呀，就送给我一个笔记本吧……弟弟说我，你是搞地震的，为什么不提前打个招呼？！我说，能跟家人打招呼就能跟唐山人民打招呼。别人家死人，咱家不死人不中啊！哪知道地震这么大，这么惨……"

年近七旬的张建华老人垂下了头，老泪纵横，镜片被打湿了。他是 1964 年毕业于北京地质学院的高材生，1983 年任唐山市地震局局长，1998 年退休。他的大女儿和女婿都在唐山地震监测中心台当技术员。

7 月 28 日大地震发生时：

唐山地震监测中心台业务组组长刘占武还没反应过来，就被垮塌的墙壁压埋了。他的胳膊断了，三节胸椎砸断了，险些成了截瘫……

笔者在唐山采访时，陪同前往的河北地震局原办公室主任孟书和，已提前与他通电话约定好了时间，但未能如愿，我们抵达唐山当天，他到外地疗养去了。兴许登门造访的记者太多，他实在应接不暇。

在纪念唐山地震 30 周年之际，一些媒体记者和有的调查整理相关材料的人士把与他访谈的有关内容登载出来——

河北省地震局唐山监测中心台管辖陡河、昌黎后土桥、凤凰山、何家庄、北戴河、滦南和迁西共 7 个专业地震台。另外，中心台本身在胜利桥有一个地电手段，也要进行观测。

记者：请介绍一下唐山大地震之前，唐山地区的地震监测情况。

刘占武：当时唐山地区监测地震的机构有两个，一个是我们唐山监测中心台，还有一个是唐山地震办公室。我们中心台是专业队伍，唐山地震办公室管辖唐山市市区范围内的地震台（观测点），是业余地震监测队伍，负责人是杨友宸。我们两家是平行机构，两家上面还有一个机构，是唐山地区地震办公室。杨友宸这个人非常能干。他东奔西走，在唐山市建起了几十个地震监测台站。遗憾的是，地震前不久，他被弄到干校去了。

记者：地震前，你们掌握了哪些情况？

刘占武：我们管辖的昌黎后土桥地震台的地电阻出现了明显变化，特别是到了1976年上半年，地电阻率值下降得相当快，按一般情况看很不正常了。我们先后到昌黎后土桥地震台检查了3次，线路没有问题，也排除了干扰。我们有一个搞地电的专家，叫石蕴璇，他是1952年地质学院毕业的，一直在野外勘探部门搞地电观测。大地震发生前的晚上（7月27日）6点多钟，他跟我说，小刘，昌黎的问题我总不放心，是不是大震前的前兆？别以为是仪器本身或者是外线路有干扰，这样咱们要吃亏的。那天夜里不是我值班。我们在院子里分手时我说，这样吧老石，咱们明天上午准备准备，下午会商。就这样分手了。老石遇难了……

记者：唐山大地震前，你们还掌握其他震情吗？听说杨友宸下辖的地震台站很多出现了异常，而且有的台站还做出了地震短临预报？

刘占武：唐山二中的田金武和李伯齐二位老师到我们监测中心台来过，他们提出了有大震的看法我印象中是7级。唐山八中和马家沟地震台，我们也给予过指导。7月份，马希融也提出了大震的概念，他跟我们讨论过。还有两个观测站曾经发出了地震警报：山海关一中的吕兴亚老师预报——山海关西南100公里左右（唐山南火车站至山海关火车站为135公里），在7月底8月初将发生6到7级地震；乐亭红卫中学的侯世钧老师预报——7月23日前后，唐山将发生6到7级地震。

记者：吕兴亚和侯世钧的地震预报报给你们中心台了吗？

刘占武：报给我们了。

记者：接到他们的预报之后，你们是怎么做的？

刘占武：我组织人员对异常进行了落实。石蕴璇和宋宝田（均在地震中遇难）到乐亭红卫中学，我和曹玉田到山海关一中。我们从两个监测站回来以后，对他们两家的预报意见进行了讨论。我们认为：乐亭红卫中学是用"二倍法"得出的7月底8月初的发震时间。我们对土地电的"二倍法"有点疑惑。山海关一中呢，吕兴亚的磁偏角反映的应该是地磁场的变化,但是他报的太准确了,而且震级又这么高,有点接受不了。这是 7 月中旬左右的事,距大地震至多也就十几天的时间。

记者:你们汇报了吗?

刘占武:我们向唐山地区地震办公室作了汇报。我们说,首先应该肯定他们的大胆预报,这种探索精神是可嘉的。第二呢,从科学的角度来说,现在是摸索阶段,不能说人家预测的结果完全不对。第三,我们认为还要继续观察。当时应该立即要求唐山地区地震办公室组织会商,可我们当时没有这么做,而是提出继续观察,贻误了战机。

记者:听说大地震之前,河北省地震局曾派出了 6 人考察组来唐山,他们没发现什么异常吗?

刘占武:那是 6 月下旬,省地震局派了 5 个专家和一个司机来调查地震地质情况,主要是搞一次地貌调查,也查阅一些历史资料。他们临走那天,跟中心台的领导交流了情况,我作为旁听也在场。他们提到了地貌异常,意识到了有新的活动,但是还拿不准,要回去跟领导汇报。贾云年特别指出,地貌变化已经反映了地层变化,这是一个由量变到质变的过程。按断层学说,断裂有一个演变加速过程,地壳应力场变化太剧烈了。在河北省北部,京津唐一带可能要发生比较大的地震。他所说的"断裂有一个演变加速过程",就好比扁担断开一样,先出现好多裂纹,嘎巴嘎巴地响到一定程度以后,咔的一声骤然断裂了。带队的是苏英俊,他是老资格的大学生。贾云年呢,当时也就三十四五岁的样子,中国科技大学毕业,学的地球物理。他爱人陈非比现在地震出版社,他们夫妻都是业务尖子,相当有才干。科大的高材生确实是高人一筹啊!贾云年要是活着应该是了不起的专家了。那是大毁灭即将发生的晚上,因为天热,他们有人说连夜走,有人说第二天走,最后还是决定第二天走。结果 6 人全部遇难……

记者:你觉得当年唐山大地震漏报的原因在哪里?

刘占武:没有做好专群结合。当时对于吕兴亚和侯世钧的预报,我也是将信将疑,有点儿看不起群测群防的土方法,觉得他们用的是土地电,只能打到地下几米深,而我们专业台用的地电能打到地下一千多米深。现在看来,他们搞了多年的监测,经验丰富,能够敏锐地捕捉地震信息,也积累了许多极其重要的资料,他们才是真正的专家。

记者:你在唐山大地震中情况怎么样?

刘占武：我胳膊断了，胸椎第八、九、十节砸坏了，险些成了截瘫。那段经历永生难忘！我爱人把我运到了飞机场。飞机场到处都是伤员和死尸，也分不清死的活的。我在死尸堆中整整躺了三天，裹着一条被雨水淋透的被子。疼得说不出一句话来。在那三天里，夜间下雨白天曝晒，活的死的一块儿遭罪。后来来了医疗队，我爱人就把我架了过去。大夫问我是哪个单位的，我脱口说出了工作单位。人们叫着喊着就围上来了，也有捋胳膊卷袖子的要动手。"地震咋不砸死你！""大夫，不给他治！""不给治，疼死他拉倒！"我望着父老乡亲，哭了。作为一个地震工作者，我无话可说……我爱人急哭了，拼命地叫：我是医务工作者，母亲死于癌症，我也是没办法呀！地震和癌症一样，人类认识不了啊！他作为地震工作者不想立功吗？一个军人也跟着劝：谁都有良心，谁愿意唐山死那么多人？！……我伤势很重，于 8 月初坐火车转出去了。从唐山到古冶（约 25 公里）这段铁路正在抢修，火车走了一天一宿。我转到了本溪钢铁公司医院。我跟谁都不说话，闭着眼睛冥思苦想。这么一个大地震，这么多临震异常，怎么连个 5 级的概念都提不出来呢？再不行，提个 4 级也是一个交代啊！怎么就一点儿招呼都没打……大震前，我们收到的异常资料也不少，怎么就没让地区地震办公室组织会商呢？我应该建议他们，可是我没有。我恨我自己！总觉着有一种犯罪感似的，这种痛苦的折磨持续了好几年……

记者：唐山大地震像山一样沉重，压得中国地震界喘不过气来。这么多年过去了，围绕这个问题的争论始终没有结束。如果唐山大地震发生在今天，唐山灾难能够不再重演吗？

刘占武：很难说。

记者：为什么？

刘占武：地震预测要靠四条腿走路，专群结合。可唐山大地震以后，群测点都撤了。

记者：既然群测群防那么重要，怎么反而撤了呢？

刘占武：（沉默）

记者：这些事当年你向《唐山大地震》的作者钱钢说过吗？

刘占武：没有。

记者：那你为什么 20 多年后又讲出来？

刘占武：我总有一种犯罪感。

…………

刘占武从 1979 年担任唐山监测中心台台长，直到 2002 年退休。接任他台长职务的是副台长刘怀。之前，刘怀曾在陡河地震台干了多年，张建华调走后他任台长。刘怀向笔者倾诉了这么多年的酸辣苦涩之后，对老台长刘占武的经历和这么多年"咬紧牙关的坚守"，表达出一种深深的悲怆。你还能步其后尘吗？刘怀没有回答，他把凝重的目光投向他办公室墙上悬挂着的一帧条幅，上面写着牛顿的名言：

我之所以看得比别人远一些，是因为我站在巨人的肩上。这个巨人就是一代一代前赴后继，用血甚至生命换取的经验。

7 月 28 日大地震发生时：

唐山市地震办公室负责人杨友宸被埋压在距唐山市 25 公里的 104"五七"干校的废墟里。是他平日挑大粪的粪桶顶住了砸向他的一根木梁，使他幸免遭险。他领到了两根黄瓜和两块烙饼，可以回家了。

他生前曾撰文写道："地震发生时，我出于临震的预感和职业的敏感，迅速从震塌震裂的残垣断壁中脱险而出。看到眼前一张张惊愕的面孔，听到远处传来一阵阵凄惨的呼救声，我的心如刀绞般难受，在扒出附近砸伤埋没的幸存者后，步履沉重地只身行走在范各庄至唐山市区的归途中……"

像海城"曹地办"一样，在唐山，大家都知道有一个"唐山杨"，却很少有人叫他的名字杨友宸。

1953 年抗美援朝，他任作战参谋，荣立三等功，因与连长在上甘岭战役分配水的问题上干架，三等功又免了。事后，连长跟他说，以后争取吧。他甩出一句话说：争取个毬呀，战争结束了！后来，又因为他嘴巴把门不紧，舌头上下一动就溜出五个要命的字："苏联不咋样。"——于是，祸从口出，他就被扒拉到"右派"队伍中了，被押送到哈尔滨红旗农场劳动改造。能支撑着活下来，是因为上苍恩赐予了他爱情——一位海南岛的姑娘与他喜结连理，相依为命。

邢台地震后，杨友宸受命组建唐山市地震办公室，他便把"一腔子热血哗哗啦啦地倒出来了，'严重右倾'只能用不能升，那也没关系"。几年后，他原来的老单位江西南昌步校党组织千里迢迢给他寄来了一封平反公函，他拿着盼了近 30 年的公函找到唐山市的党组织。组织上说，档案给你清了，那不算个事儿。他说，我可是当了 30 年的事儿啊！磕磕绊绊的人生路，东北汉子就一溜歪斜地过来了。他的顶头上司市科委主任王俊起说他"不惧官"，在奴性十足的偌大一群人当中，不惧官的能有几个？他常去市委书记许家信办公室串门儿，常说点地震的事。谁都以为他是地震办公室主任，其实他不是，组织还没任命呢。

杨友宸那张显得无奈无助而又充满冤屈的面孔，隐藏着许多鲜为人知的内情——

一个人一部电话一间房，这就成立了负责全市地震工作的办公室。之后又抽来仨人，再以后人又渐渐调走了。谁愿意干这个差事？但我想，组织上把人命关天的事交给咱，这样糊弄不中。就从简单开始，一步一个脚印地干起来了……建立地震观测点很难，谁也不拿这个当回事。学校是教书的，开滦是出煤的，供电局是供电的，农民是种地的，你在人家那里建点儿，给人家啥甜头？地震办除了我一个大活人，啥也没有。我就骑着自行车，在唐山市方圆几十里这个大圈里跑。跑有条件搞地震观测的基层单位，找那些头头儿们说，一回不中二回，二回不中三回……磨薄了嘴皮子也得说。大清早，包两个馒头夹点红糖或咸菜就走，到人家那儿要点水喝。我那辆永久二八自行车每天跑百八十里地，楞是骑坏了！几年下来，我就跑出了40多个地震观测点。

有了观测点，还要有负责任的人，不能瞎凑数。就说开滦矿务局吧，各厂、矿的监测台站的负责人，大都是地质院校的本科生；学校呢，大都是教物理化学的老师，也是大学毕业生。比如八中是吴宝刚、周尊两口子，从天津大学到八中。我跟学校的书记王明忠说，这样的人别压着，这问题那问题到底是啥问题？我就打着市政府的旗号，点名让他们两口子搞地震。书记说好吧好吧，听你的。吴宝刚的岳父是国民党的少将军医。吴宝刚后来出了国，前几年从美国回来还感激这件事呢。

最难办的是庄里的事。庄里主要是观测水位，水面到井口的距离每天观测两次，18点以前用电话报市地震办。那阵子郊区总机不花钱，费用有政府兜着。一年一年地坚持下来，到唐山大地震之前，有的观测点人员换好几茬了。每次换人了，我都得去手把手地教新人，怎么测怎么报。比如磨土豆粉条用水量大，井水下降是人为因素造成的，报的时候要报清楚。庄里业余观测都是小青年，每次来唐山开会都给他们点儿补助，超不过10块钱，再给一个小本啥的，也就这点儿小甜头。

我去过云南通海，也去过辽宁海城。云南通海大地震7.7级，震源深度12公里，震中烈度10度多，死亡一万五千多人。通海地震前异常现象很多，可是没有一个有效的地震预报监测网，没有预报，现场太惨了……海城大地震7.3级，地震前几个小时，辽宁领导拍板，发出临震紧急预报，辽宁南部100多万人撤离了建筑物。虽然地震波及6个市、10个县，却仅有1300多人死亡。海城创造了海内外公认的世界奇迹。那么，唐山呢？国务院 [1974]69号文件已经明确提出："京津唐渤张"为危险区域，号召大家提高警惕，立足有震，防备6级以上地震的袭击。

通海和海城毕竟是县城，而唐山是重工业城市，唐山市区的人口就多达100多万！唐山是重蹈通海覆辙，还是海城之后的再度辉煌？唐山市地震监测网夜以继日地工作，不敢掉以轻心。1975年底，唐山市自来水公司的水氡出现了异常。赵各庄矿和唐山二中观测站的地应力相继出现了异常。我们加强了对地质、水质物理化学因素的化验观测。我请来了天津地震局的专家，联合搞了一次地下抽水破坏性试验，取得了多项数据，发现了一些与发震有关的因素，分析结果是：地震危险已经逼近唐山！1976年初，中共唐山市委主持召开了唐山市防震工作会议。我们作了关于当前唐山市地震形势的报告。在会上还通报了田金武、马希融、周蓉、李伯齐、安继辉，还有我本人对地震地质、水质化学某些发震因素的化验检测结果，还公布了唐山地震中短期预测：唐山市方圆50公里内在1976年七八月份或下半年的其他月份将有5—7级强震发生。这次会议，是唐山防震工作的重大转折。各部门相继成立了防震工作领导小组，积极组织和推动了防震工作的深入开展。1976年5月，我们出席了国家地震局在山东济南召开的华北水化学地震会商会议。会上，我详细分析，指出了异常变化和发震征兆，向地震界的领导、专家和同行们郑重提出：唐山近两三个月内有可能发生强烈地震！山东、天津等省市的代表表示赞同，有的省市代表也提出了异议。最后，会议强调指出：从目前地震活动的空间分布和前兆异常看，以唐山为重点的"京津唐渤"地区年内有发生5级以上地震的危险性。要求有关地区丝毫不能放松防震工作。要密切注视近期地震发展趋向，发现异常及时上报。

唐山市地震会商会上，我传达了济南5月会议精神。全市地震工作者昼夜监视着不平静的唐山。我深感震情紧迫。而主管地震办的王俊起又不在，去唐山市交通局整顿"软懒散"班子去了。我直接找到了市委书记徐家信，他听完我的汇报，指示：由王耐林副主任（副市长）负责，立即召开地震工作紧急会议，唐山市所属各单位第一把手参加。当晚18点左右，唐山市地震工作紧急会议召开了。会议室门窗紧闭，与会者脸色凝重，从"不准记录，不要传达"几个字中，第一把手们掂出了此次会议的分量。王耐林主持会议。我向几百名与会者通报了唐山市的地震形势：从最近基层地震工作组织和有关单位提供的地震观测结果及其他方面信息情报看，唐山市目前的地震形势在原有的发震背景中，又有新的发展变化。而且，近日来发出地震预报的单位增多。频率很高，呼声很大。因此我们认为，唐山当前的地震形势不容乐观，近期存在着发生强震的危险性。临震预防工作刻不容缓，要抓紧组织实施。会场很平静，我发言结束一两分钟后，第一把手们才议论开了，大致是两种意见。

第一种意见：有的地方搞地震，发布地震信息，闹得人心惶惶，工厂停产，商业停业，学校停课……到头来地震预报落空，造成了社会动荡和经济损失。唐山要慎之又慎。

第二意见：如果在采取临震预报预防措施上患得患失，对可能要发生的地震不预报，地震一旦发生其后果不堪设想。

最后，王耐林指示：鉴于唐山地区临震前兆和异常现象尚不明显，因此，紧急动员群众采取防震措施为时过早，但必须用临震姿态狠抓防震工作。要高度重视地震前兆的发展变化，发现异常现象要及时上报，以便迅速采取相应的防震措施。

唐山大地震，我们从1968年抓起，一直抓到已经快摸到它了，真的是不敢掉以轻心！那么大的一张地震监测网，那么多不敢眨一下的眼睛。我在哪一次会商会上不提到海城？我说海城抓住了大地震，唐山也要抓住大地震！可是，组织上通知我去104干校……作为一个地震工作者，在唐山大地震即将来临的时候，我的工作结束了……

…………

对于杨友宸提到的大震前唐山地震工作紧急会议和组织上通知他去干校的这一历史细节，有造访者怀着种种疑窦对这位重要的当事人进行了追踪采访，认为那次原本应该载入史册的重要会议，不该跟唐山地震废墟一样销声匿迹；不能因为唐山大地震是中国灾害史上最黑暗的一页，而不分青红皂白地一律回避——

造访者：既然市委书记知道震情紧迫后，立即连夜召开地震工作紧急会议，为什么组织上又通知你去104干校？是哪一级组织找你谈话的？

杨友宸：党支部代理书记李世信。我说，我还得落实震情呢。他说，这是组织决定，地震办的工作你甭管了！我说，我就声明我不负责了！他说，你甭负责！可是我真的放心不下，地震办其他同志业务不熟，一个女老师调来时间不长，一个从焦化厂借来的小杨，还有一个徐自然。可是定了，我不去不中。我对小杨说，情况很严重，千万注意啊！

造访者：临走您是什么心情？

杨友宸：我跟我老伴儿说，唐山震情危急了，近些天可能发生地震，你和老人、孩子们千万注意啊！我就讲了一旦发生地震应该怎么办。我家住在小山，那里是唐山地震最惨重的地方。我家里的人都幸存了……可是我……我心里更难受！我心里有愧……我作为地震工作者，悄悄地嘱咐家里人……我没辙，真没辙啊！我不能告诉其他人，否则就将成为散布谣言破坏生产的坏分子，被惩处。

造访者：您在干校的情况怎么样？

杨友宸：一天也不安生！干校的同志对我不错，照顾我掏大粪，我掏着大粪心里也急呀。清早起来我就转悠，可咋转也转不出那扇大门。干校的规定，不许请假不许出门。名义是改造世界观，实际上是劳动改造。我的罪名有三条：一是不听党的指挥（跟军代表对着干）。二是光拉车不看路（还承认有干劲）。三是违反财经纪律（用卖废报纸的钱，买了一架照相机，为了保留震情资料）。

造访者：假如你还在地震办公室，唐山会发布临震预报吗？

杨友宸：我想我会尽力争取。

造访者：一个中等城市有权发布吗？

杨友宸：我会先同河北、天津、沈阳等省市地震局通通气……我想，我会说服市委书记，徐家信这个人不固执，会发临震预报的。市委书记有这个权力，然后向省里备案。唐山市防震工作紧急会议，其实就是一个有力的佐证！

造访者：大震前你去了干校，其他同志就不掌握情况吗？

杨友宸：地震发生后，我从干校回来就去地震办公室扒图纸资料。有人看见了就问，老杨翻啥呢？我说翻雨衣。我就把图纸资料，也有雨衣和棉被一块翻出来了。我打开了"地震记录本"：1976年7月26日空白。1976年7月27日空白。地电、水氡、地下水……所有的动态曲线一律截止到1976年7月25日。26日、27日是大震前出现异常最多的两天，而这最关键的两天都是空白！我就急眼了，我就骂街了：娘的，这干的啥事啊！当时有一顶帐篷，我把这些图纸资料和"地震记录本"就堆桌子上了。有人打听过这个事，再过几天，"地震记录本"和图纸资料不翼而飞！

造访者：是小杨拿走了吗？

杨友宸：不可能，他震亡了……

造访者：您要是不走，悲剧有可能改写吗？

杨友宸：我不能这样说。当时有人说过……唉，1968年到1976年，这么多年的辛苦努力，最终还是没有报出来。24万人，惨哪……

泪水在他那苍老的脸上流淌，满头白发在冬日的余晖里微微颤动……唐山大地震后，一些人来唐山打听"唐山杨"，却始终没找见。地震后不久，他就调走了，调离了他那个倾注了满腔热血又让他伤透心的地方。2002年，郁郁寡欢的"唐山杨"告别了人世……

9. 殉道者

　　轻轻地，再次打开那尘封已久的一方小盒，我又看见了那块表——那块30年前从唐山大地震的废墟下挖出的手表，或许是从你那冰冷、僵硬的手腕上取下的手表……饱蘸着逝者的沧桑，凝聚着亡者的血泪，它的指针安静、肃穆地停滞在那个悲怆的时刻，昭示着那场震惊世界的巨大灾难的降临——

3时42分20秒！

　　这是陈非比在唐山地震30年时写给遇难丈夫贾云年书中所作的开篇语。她以深沉、凄婉的笔触，记述了一个妻子对以身殉职30年知己的深切思恋，记述了一项世界性科学难题40年探索之路的艰辛跋涉，记述了一代地震工作者半个世纪拳拳报国的赤子情怀。一份祭奠，一部记录，是血与泪的凝聚，是心对心的呼唤。

　　30年前，随着冀东大地一阵剧烈的震撼，河北省地震局赴唐山考察的地震地质小组一行6人，在那场惨绝人寰的地震灾难中匆匆离去。没有话语，没有告别，甚至没有让亲人们看上最后一眼……

　　大地震前最后一个晚上。石家庄。一个燥热难耐的夏夜，令人窒息、烦闷。仿佛是一种不祥的征兆，或是一种心灵的感应，陈非比辗转反侧，难以入睡。

　　突然，她被一阵嘈杂的人声和疾步下楼的脚步声惊醒——可能是因为刚刚睡熟，她竟然没有被大地的晃动摇醒，然后就感到床板在剧烈摇动。

　　"不好，地震！"她立刻翻身下床，抱起3岁的儿子就往楼下冲去……

　　刚出楼门，正碰上住在对门的同事冯伟推着自行车准备出发，见她带着孩子，连忙说："来，上我的车！"

　　孩子放在自行车大梁上坐好，陈非比坐在后座上，一辆自行车载着三个人，穿过夜色朦胧的裕华路大街，向省地震局疾驶。

十几分钟后他们赶到地震局。此时，坐落在范西路的两座小楼已灯火通明，人声鼎沸。

"快，赶快弄清地震在哪儿！"陈非比跑进二楼值班室，与几位同事一起分别往各个地震台打电话，以便用最快的速度找出震中位置。

然而，回话让他们很快就意识到了问题的严重性——省内的地震台不是仪器被掀翻，就是记录超出量程范围无法分析震相。电话打到北京，情况大同小异。而唐山地区，电话全部中断。

"快，向外省地震台联系，要数据！"罗兰格嗓子眼儿里像蹿火一般。

记不清使用了哪些资料，也不知道运算了多长时间，大家粗略划出了一个可能的震中范围：廊坊至渤海一带。所有人都在暗暗祈祷：但愿这个地震发生在海里，千万不要"上岸"哪！

然而，唐山还是"盲区"。唐山地区的电话仍然打不通，也没有一点来自唐山考察小组或唐山地震台站的消息。

难道，地震就在唐山？！陈非比不敢往下想了，只管埋头工作。时间飞快地过去，猛然抬头，才发现天已亮了，可是还没有搞清楚地震的确切位置。

直到后来，才从北京传来了令人震惊的消息：地震发生在唐山市，7—8级，唐山市几乎平了，国家地震局正在组织队伍前往现场……

真是晴天霹雳！陈非比的心一下子揪紧了，她简直不敢相信自己的耳朵：天哪，唐山"平了"？那得有多少人惨遭不幸啊！云年和他的战友们能逃过这一劫吗？！

7月29日，夜色降临，忙碌了两天两夜的办公楼稍许安静下来。

"叮铃铃……"值班室电话突然急促响起，刺耳的铃声，震人心弦。

陈非比飞快地抓起听筒："喂，哪里？"

电话里传来她急切盼望又害怕听到的声音："喂，值班室吗？我是唐山地区队孟祥振……"

这是震后从唐山地区打来的第一个电话！

"唐山来电话了！"她脱口而出。在场的人立刻围了过来，已经有人拿出了笔和纸准备记录。

她屏住呼吸，凝神倾听对方的声音，生怕漏掉一个字，一边听，还一边一字一句地复述着电话的内容。

值班室里所有的人都安静下来，空气凝重得令人窒息，只有她复述来电内容的声音在屋里回荡，一声声敲打着人们的心房：

"……唐山地区队石蕴璇、傅长河、刘信、宋保田四同志遇难，省局地震地质组的 6 名同志还在室内……"

放下话筒，她立刻拿起电话记录疾步走出值班室，来到地震地质组办公室的房间，准备与李钦祖（后任河北省地震局局长）一起整理电话记录。她念，他写。她又一次重复着那个可怕的消息："……地震地质组的 6 名同志还在室内……"作为一个年轻的妻子和孩子的母亲，平时很要强的陈非比总以为此时还能继续控制住自己的情绪，还能坦然地面对这个凶多吉少的现实。

突然，她感到一阵窒息，胸口像塞进了一团团棉絮，仿佛全身的血液刹那间都凝固了……她不由自主地猛然起身跑出房间，冲下楼梯，跌跌撞撞地一头扎进院子里一间无人的活动房，忍不住热泪横流。她清楚地知道，此时已经是震后第三天了，"还在室内"这意味着什么？何况大地震过后唐山还下起了大雨！

好姐妹好同事姜秀娥找到了她，嗓音哽咽地说："非比，你哭吧，别闷在心里！……"

两天后，那个不幸的消息变成了残酷的现实：省地震局地震地质组赴唐山考察的 6 位同志全部在地震中遇难，无一幸免。

同样的天宇，同样的日出，可是对陈非比来说，仿佛一夜间全都失去了灵性。太阳不再明亮，鲜花不再芬芳，世界上少了一个她最亲最爱的人，时光顿时变成一种难耐的折磨……

据震后即率队赴唐山的罗兰格回忆说，就在 7 月 27 日下午，他接到苏英俊从唐山打来的电话，说考察组工作已经结束，准备明天一早赶回石家庄。通完电话后，罗兰格让"老黄钟"接电话。其实，仅 41 岁的黄钟是北京石油学院毕业的，后跟随队伍整建制地转到地震战线。同事们尊称他"老黄钟"，是因为改行后的他跟以前一样，从找石油到抓地震，整天走南闯北在野外考察，人看上去不仅很老相，而且患有高血压和肠胃病，一直过着单身生活，不能与远在北京房山的妻子儿女团聚。在赴唐山考察之前，组织上为了照顾他，已决定把他调到离北京较近的廊坊地区队去工作。然而，久别家乡和亲人的老黄钟啊，却找到罗兰格说："组织上的照顾我非常感激，但在离开省局之前，让我再跟地震地质组去唐山、滦县考察一次吧。"罗兰格把他的要求向领导报告。考虑到他的身体，且廊坊的调令已规定了报到时间，不同意他赴唐滦考察。性情耿直而倔犟的老黄钟再次恳求："到廊坊后像这样的考察机会就少了，还是让我去吧！我的病没事，不行我就到医院去开个证明！"很快，他真的把一张"可以适当工作"的诊断书交给了领导。面对如此执著如此铁实又如此恳切的老黄钟，领导最终同意了他的请求。

罗兰格在电话中问："老黄钟，怎么样，吃得消吗？"

老黄钟说："放心吧，反正我是坚持下来了！"

这是老黄钟留给大家的最后一句话。万万没想到，这句话竟成了他与大家与他钟情的事业与他的亲人故土最后的永诀。

罗兰格说，6名同志的遗体挖出来后，先埋在市里，后由解放军挖出来埋在市外。苏英俊的儿子后来把父亲的遗体火化了，儿子抱着父亲的骨灰盒回了家。遇难的司机阎栓正，是他家人开车来把尸体运走的。贾云年、黄钟、周士玖和王素吉4个人，埋葬在后于家店小树林。跟他们埋在一起的，还有唐山地区队的石蕴璇、傅长河等4人。

1986年在纪念唐山地震十周年时，中共河北省地震局党组，向国家地震局党组发出《关于请求授予苏英俊、贾云年、黄钟、周士玖、王素吉、阎栓正六同志"为地震事业献身的模范工作者"光荣称号的报告》。国家地震局批准，并做出了相应的表彰决定。

为了这个"光荣称号"，河北省地震局办公室主任孟书和跑了整整10年。孟书和说，本来是为他们申报烈士的，最终未果，只跑下来这个"光荣称号"。这对于与大地震失之交臂的地震工作者来说，也算是一种安慰了……又过去了20年，直到2006年，组织上又经过一番审定，才终于批准追认他们为烈士。河北省地震局立碑为志——

地震乃天灾之首，顷刻房倒屋塌，生灵涂炭，自古以来，人类屡受其害。一九六六年邢台地震后，大批有志之士遵总理恩来之命，奔赴现场，设点建台，实施观测，华夏大地从此揭开监测预报之序幕。

根据专家分析预测，一九七四年六月国务院对华北及环渤海地区严峻地震形势予以明示。其后，诸多地震科学工作者屡赴冀东，探究蛛丝马迹。一九七六年六月末苏英俊、贾云年、黄钟、周士玖、王素吉、阎栓正等六人奉命自石来唐开展地震地质考察。期间，六人同唐山地震队同仁通力合作、克勤以对，诚为众生避灾尽己责。

然七月二十八日凌晨大震突至，六人及刘信、石蕴旋、傅长河、宋保田等地震工作者壮志未酬，不幸罹难，长眠于此。亲人痛心疾首，同仁扼腕长叹！

探求真理常遇险阻，求索科学时有代价。地震预报系世界科学之难题，实现防震减灾宏伟目标，同仁将矢志不渝，勤励其业不懈！今立此碑，以告慰，以铭志。

河北省地震局
二〇〇六年七月二十八日

陈非比是大震后的 9 月 24 日随工作队来到唐山的。作为一个地震工作者，又是一个与唐山有着血肉联系的不幸者，她既承载着失去亲人的巨大悲痛，又背负着用 24 万人的生命铸就的精神十字架。直到 10 月底，工作队即将撤离，她才去了墓地……

秋风瑟瑟，细雨霏霏，荒草凄凄。泪水伴着雨水，她蹒跚着穿过泥泞小径，走进亲人的栖身之地——一片稀疏的小树林。几抔黄土垒成的坟丘一字排开，静静地卧在树下，坟茔前插着的小木牌上，用毛笔书写着主人的名字。有人告诉她，这已经是最大的奢侈了，因为在这里，在这个叫后于家店的地震遇难者公墓里，几乎看不到其他人的坟冢，更找不到几尊碑碣……

"云年，非比来了，我来看你了……"

面对亲人的坟茔，她犹如乱箭穿心，想到丈夫将永远孤寂地躺在这冰冷、漆黑的野外，她禁不住热泪奔涌，不能自已——

云年啊，我的云年，在冀东大地惨遭涂炭的时候，你是怎样熬过那生命的最后一刻？

当你被地震惊醒的一瞬间，当你翻身抱被滚到床下的一刹那，你闪过怎样的念头？

当那无情的黑暗与窒息扼住你的咽喉，当掺着血腥的雨水浸透你身边的大地，你，是否有过弥留之际？

如果上天有眼，能给你哪怕几秒钟的时间，你会怎样向世人告别？你会怎样向亲人诉说？

你也许会说，来了，这么快就来了，那个预期中的恶魔！晚了，一切都晚了！唐山啊，我们愧对你；冀东的父老乡亲啊，我们有罪，有罪……别了，大地；别了，亲人！望你们警惕，愿你们奋起，永远不要让中华大地再出现唐山这样的悲剧！

云年，你一定想这样说，对吗？

我真真切切地知道，你一定是痛心疾首，你一定会谴责自己，你一定是死不瞑目啊！

整整4年，不，整整11个春秋啊！你和你的战友们一道，呕心沥血，殚精竭虑，立志降伏地震之敌。尤其是来到冀中大地，你已寻觅到大震的踪迹，瞄准"1980年前后河北北部7级以上大震"疾步追击，风尘仆仆，马不停蹄……然而，1975年下半年，你却无法继续捕捉大震的研究工作了，你被作为"省直机关干部"安排去农村蹲点劳动了。你长年累月在野外奔波，还怕吃苦干活吗？可那是"触及灵魂"的思想改造过程，你必须服从，好好学习，好好改造。改造了大半年，你一回来，就又紧迫地开始考察工作了。

然而，你输了，你彻彻底底地输了！你不仅没有抓住这个震魔，反而被它一口吞噬，连在震后去考察、研究、反思它的机会都没有啊！你怎么能不痛心疾首，你怎么能善罢甘休啊！

哦，云年，我想对你说，我想对你牺牲的战友们说，蓝天知道你们，大地知道你们，祖国母亲和人民知道你们，你们用青春和生命的代价，为保卫人民生命财产的安全，尽力了！……

在这里还要特别提到的是，唐山二中的田金武老师也不幸在震中遇难。他曾在国家地震局唐山召开的群测群防经验交流会上介绍经验，并提出过临震预报意见：7月底8月初，唐山地区将发生7级以上地震，有可能达到8级。然而，这位按照地震预报"三要素"被人称为"最精确的短临预报者"，却死于被自己精确预报的大地震中……还有唐山二中的李伯齐、王书蔚夫妇，在地震中两个孩子遇难了，母亲遇难了，王书蔚的妹妹遇难了，小外甥也遇难了……据这对夫妻老师讲，地震当天，亲人们的尸体还没料理，蓬头垢面的他们就从废墟里扒地震的图纸和资料。他们的想法是，干了这么多年，积累的图纸资料或许有点用处，供一些地震专家们做研究吧，那毕竟是他们多年的心血啊！

田金武是在唐山市路南区南刘屯的家里遇难的。那里一片一片的焦灰顶居民平房大都一坍到底，像一座一座硕大的坟冢连接天际。伤痕累累的男人和女人，面对成片成堆的尸体几乎都麻木了，亘古未有的大悲，无泪。

被挖出来的田金武躺在自己房子的废墟旁，在他弥留人世之际，目睹了大地震的惨烈。这对于已看准了这个大地震、已预报了这个大地震的他来说，无疑是一种残忍，一种行刑，一种喊天天不应叫地地不灵、心头插一刀然后再抽筋剔骨般的残酷折磨。在他还剩下微弱的气息时，他挣扎着张了张嘴，幸免遇难的儿子赶紧伏下身子问：爸，你咋了？你要挺住啊！爸，爸……儿子望着奄奄一息的父亲，哭着，喊着。田金武喃喃着，手指向废墟，断断续续地说：把我的挎包扒……扒出来……交上去……

儿子想合上父亲的眼睛，抚摸了几下也合不上。那双充满血丝的眼睛大睁着，直直地盯着灰暗的被血雨浇湿的天空。

儿子扒出了父亲的挎包。从帆布手套缝制的挎包里，掏出了有关地震的图纸和资料，还有一张稿纸，上面只写了一个题目：《彻底批判邓小平修正主义教育路线》。儿子知道，这篇批判稿，父亲苦苦思量已经写了好几天。儿子知道，这天是唐山市地震办公室约定好的会商日，这是昨天晚上父亲说的。万万没想到，今天竟成了父亲的祭日，唐山的祭日……

笔者在唐山探访时，有知情者回忆说，当年国家地震局在唐山二中召开的"京津唐渤张"群测群防经验交流会上，田金武和一些师生都介绍了观测地震的手段和预报意见，但这个会是打着"批邓反右"的旗号召开的，田金武是被反复批斗的"黑线人物"，作为一名"以观后效"的普通教师，没有多少人听他的发言。

有人说：他既然报准了大地震，虽没有引起专家和唐山地震部门的重视，可最起码也不妨事先跟他的学生和邻居们私下打声招呼，大地震发生了孩子和居民也绝不会死得那么惨、那么多啊！

立刻有人反驳：他敢嘛？他田金武有几个脑袋？上面发文明令，谁蓄意煽动、制造地震谣言，当"反革命分子"论处！

也有人悲怜地说：既然不敢跟别人说，他也完全可以按照自己预报的发震时间，躲一躲，避一避，无论怎样也要逃过这一劫呀，没想到怎么连自己也搭进去了？他要是躲开，活下来了，不更以雄辩的事实证明他预报的准确吗？然而，他却没有啊，他就这样走了，他是不是对自己的预报意见、对业余观测的土仪器产生了怀疑？或是被群测群防点一哄而上乱报震情的嘈杂看花了眼，听走了神儿呢？

田金武走了。也许他的走是一种救赎。人们在对他深表哀思的同时，也作着这样那样的反思……

10. 夏日的闪电与命运的沉浮

我们瞪大双眼苦苦寻觅，为什么却遭到震魔的突然袭击？面对大地震洗劫后的残垣断壁，面对唐山人惊魂未定的满腔悲愤，我们不知道，自己究竟是诅咒者还是被诅咒者。

经历了唐山大地震的地震工作者们每每谈及这场大劫难，都痛惋不已，仿佛那是烙在他们心灵深处一块伤口，一辈子都很难愈合了。他们早在20多年前就看到了钱钢写的《唐山大地震——7.28 劫难 10 周年祭》，那一页《大震前后的国家地震局》所拉开的苍凉而沉重的开篇，就把人们伤口仍未愈合的心撕碎了，那声声泪、字字血的描述，把人们又带回到大毁灭后的唐山地震现场——

在那些炎热、压抑、动荡不宁的日子里，唐山废墟上常常可以看到这样一些人：他们负罪似地低着头，疲惫、憔悴、痛苦。脚上的翻毛皮鞋像灌了铅一般，滞重地、缓慢地、机械地踩在残砖碎瓦之上。缄默无语的脸孔上积满灰土，颜色沉重。他们很少与人交谈，即使开口，声调也是低低的，对于毁灭和死亡的理性反应，似乎正被一股更有力的情绪有意识地压抑着。此刻，只有极熟悉他们并理解他们的人，才能从他们充血的眼睛里知道，创伤和震动犹如另一座废墟，正死死压在他们心上。

他们没日没夜地走着，看着，工作着。

图纸。卷尺。标杆。

工作服上的标记："地球物理所"、"地质所"……

再看上去，人们从仪器上发现了刺眼的字样——国家地震局。

是他们！

此刻，在这块 960 万平方公里的土地上，再没有一个专有名词，会像"地震局"在这里遭到如此的诅咒和痛骂。唐山人的满腔怨愤，犹如火山爆发。沸腾着的岩浆，从这一个宣泄口中不可遏止地喷射出来。

失职！

渎职！

24 万冤死的生灵！

成千上万的伤残者和孤儿！

仇恨与愤怒一起，死命地挤向那一个小小的宣泄口。唐山人围住了那些"地球物理"工作者，他们要向这些"吃地震饭的人"讨还失去的一切。

地震工作者们永远不会忘记那些刻骨铭心的日子，一双双逼视着的灼人的目光，一具具神情各异的死者的尸体，那些孩子……都在他们心头留下了抹不去的烙印。

还有着的，便是那强咽下去的深深委屈。

雨点般飞来的石块。举着扁担追来的大汉。脏话。唾沫……他们的汽车被砸了。他们的仪器被扔了。人们拒绝回答他们的调查，反而要他们回答自己的质问。就连为地震工作者开车的司机，也会受到愤怒的责难。

饿极了的地震工作者，站在领救济粮的长长的队伍里。

"哪个单位的？"

"……地震局的……"

"请走吧，没你们的粮食。"

"饿死他们！"

"疼死他们！"

"枪毙他们！"

苦涩的泪水。多少地震工作者，在唐山废墟上流过这种委屈无告的泪水。他们能说什么？他们也是人，也是活生生的人。他们知道什么叫做羞辱，知道什么叫饥渴，他们甚至同样地体验过，什么叫做被房梁砸断身骨，被碎瓦割开肌肤的滋味儿啊！……

但是，面对如此惨痛的现实，他们能说什么？！

"7.28"当天下午，国家地震局分析预报室京津组组长汪成民及成员粟生平、吕培苓等人驱车赶往唐山。

时年41岁的汪成民是20世纪50年代的留苏生，1935年12月出生于上海"唐山路"，似乎从出生那天起，就注定他一辈子要与"唐山"结下不解之缘……他坐在车上一直沉默。不是困倦，而是难以诉说的郁闷。密急的雨点敲打着车窗玻璃，道路两边是成群结队的淋得湿透的避难者。雨刮器吃力地划动着，把大灾难的画面一会儿揭开，一会儿遮蔽。

他泪眼蒙蒙。他的心在颤抖。他能说什么呢？大地震以这种"不宣而战"的方式突然袭来，他和同事们多年来的努力和心血顿时化为乌有，前功尽弃！

越往前走，灾情越重，他甚至可以想象得出，逃难的灾民们如果知道这辆面包车上坐着的就是分管京津唐地区地震预报的组长，他们将会怎样蜂拥而上，向他讨还失去的一切。啊，那情景可想而知。果真那样，他该如何回答人们愤怒的质问和声讨？即使大声申辩：唐山地震跟邢台地震、跟海城地震、跟以往发生过的地震类型不一样，是难以预报的，可是我们尽力了啊！十年来我们一直注视着"京津唐"一带……但是，满腔悲愤的人们会听吗？会信吗？

汪成民喟然长叹。从十年前的邢台地震开始，地震工作者一天也没有放松过对华北，特别是对"京津唐"地区的监视。这一地区，是全国范围内地震专业队伍最多，观测网点最为密集的地区。我们早就预感到华北大地下面潜藏着一个巨大的震魔，紧紧盯了它十年，捕捉追踪了它十年，眼看就可能抓住它的尾巴了，可是狡猾的震魔像白骨精似的变着妖法从人们的监视中偷偷溜走了，显然它蓄谋已久，偏偏就在我们多次召开震情会议和重点考察的地点唐山，制造了这场惨绝人寰的大劫难！

时近黄昏。面包车过了丰润，前面的路全被震坏了，挤满了大小车辆和逃难的灾民，几乎个个显得麻木、呆傻。他敢说，他自己和许许多多献身地震预报事业的同事们绝非是罪恶之人，可是现在，他感到身上已经背上了沉重的罪孽，而满腹的委屈和苦衷却无法诉说。面包车停了下来，打听去唐山机场的路，那里已建立了抗震救灾总指挥部。

他看到一个穿着破破烂烂公安制服的中年男子，就走过去询问。那人反问，你是干什么？汪成民一不小心竟脱口说出是国家地震局的。那人一下子从腰里拔出手枪，顶着他，吼道：我崩了你！你们地震局是干什么吃的？！

车上人见此情景，赶忙下来劝解，说他是干具体工作的，不是领导。那人说，我老婆就在那儿，先拉人！汪成民说，我们来是监测地震，搞地震预报的。那人说，地震都发生了还搞什么预报！汪成民说，我们还要监测余震哪。那人说，人都震死了，再来余震还怕啥！汪成民说，这车上装的是仪器，要赶快送到指挥部去。那人说，什么指挥部？救人要紧！汪成民说，我们不知道哪儿有医院哪！那人不耐烦了，骂道，他妈的，你拉不拉？不拉，我就开枪了！

只好听从。

就这样，在第一个死亡之夜降临的时候，国家地震局派往唐山监视震情装有仪器的面包车，拉满一车伤员，在无路的废墟上颠来簸去，徒劳地寻找医院。汪成民等人就和那些奄奄一息的伤员挤在一起，耳边听着呻吟，衣裳沾上了鲜血。

就这样，在第一个死亡之夜降临的时候，汪成民和同事们泪眼汪汪地看到了一个夷为平地的唐山，一个痛苦呻吟的唐山，一个尸横遍野的唐山。

夜幕中的唐山，被一片死寂的漆黑笼罩着，成为地球上最大的墓场……面包车到达指挥部后，汪成民通过电话向国家地震局提出：封存所有资料，以备审查。

在指挥部召开的一次会议上，马家沟煤矿的马希融被请来参加会议。马希融讲着讲着就把母亲的血衣抖了出来，哭诉说唐山地震前他是有预报的，可是没有引起重视。当时是汪成民主持的会，立马就围上来一群人，不由分说，冲着汪成民就打就踢。汪成民躲到桌子底下，幸亏几个解放军战士闻声赶到把他保护起来，不然他不被揍死也得被打残……

笔者与汪成民教授在中国地震局的一个会议室和鑫宇宾馆的客房里访谈过三次。年逾古稀的他对过去的一切记忆犹新，尤其唐山地震前后所经历的事情依然历历在目。

他说，20世纪60年代初，他作为中国科学院地质研究所的研究生从苏联留学回来，自邢台地震的第二天（1966年3月9日）到地震现场，从此再也没有回本所，他戏称"上了贼船再也下不来了"。他曾8次受到周恩来总理的接见，其中5次是面对面交谈。周恩来说他是小老乡，又是从国外留学回来的，要像蜜蜂采花一样，酿地震预报之蜜。

他说，唐山大地震漏了，一些人就议论说我这个震情分析组长是干什么吃的，我等于成了替罪羊了！事实都在那儿——摆着的，我是倾尽全力了……我想，唐山如果没死人，这事很容易说，因为地震界知情的人都知道震前的争论，这本是学术之争，很正常的事。但是唐山死了20多万人，人们就不敢提过去的事了……

他和同事们在唐山地震现场没白没黑地干了几十天，饥饿、焦渴、悲痛、苦闷、谩骂与殴打，时时地包围着他们，进攻着他们，压榨着他们。他们唯一的感觉是自己还活着，完好地却很悲哀地活着。既然还活着，就只有默默地承受着这一切。也就在这承受着巨大痛苦和悲哀的时刻，他们又得到了毛主席与世长辞的消息，他们不得不从唐山撤回来，在单位搭起的灵堂里，向伟大领袖挥泪告别。

唐山地震30周年之际，诸多媒体记者们对他进行围追堵截，轮番轰炸，以热炒唐山地震为看点，要他这个当事人的"活口"。他大病一场，患脑溢血住院一个多月方才转危为安。为了以正视听，不再以讹传讹，他写出一封公开信，对一些媒体报道的严重失实甚至歪曲之处予以澄清……

大地震后，河北省地震局率队赴唐山的苗良田和罗兰格，一直在那里干了三个来月，大家都走了，就剩下两个头头儿。

罗兰格回忆说："震后第四天，我们向北京军区汇报，副司令员肖选进、副政委万海峰等首长先不问有什么震情，直问我有什么困难。我说最大的困难是通讯联络不上，下面网点的资料收不上来。肖选进说：今晚 12 点，通信人员会到你那里报到，而且还会专门派一个参谋费鹏年守着。费鹏年当时就在首长身边，他问到时找谁接头，肖选进抬手指着我说，就找这个光膀子的小伙子！"

停顿片刻，罗兰格接着说："还有一次，我和查志远、汪成民等人，向中央慰问团陈永贵副总理汇报。陈永贵听完汇报后说，你们不要背思想包袱，唐山死了这么多人，一些群众有气，是可以理解的。搞地震跟打仗一样，甚至比打仗还难，有胜利也有失败，要胜不骄败不馁才是啊！当时我们听了都感动地流泪了……"

一去三个来月杳无音讯，与外隔绝。突然有一天，罗兰格接到省局值班员刘慧彦打来的电话，说他的妻子从老家河北藏桥公社小学寄来了一封信。罗兰格就让刘慧彦拆信念给他听。信上说，震后有传言，搞地震的人员都被抓了起来，罗兰格也被抓起来了，该判刑的判刑，该枪毙的枪毙，不知此谣传是真是假。罗兰格只好请刘慧彦替他写封回信寄往老家。刘慧彦把信写好，特在收信人栏里注上"罗兰格家信"几个字。学校收到了信，却无法找到收信人，于是就把学校的广播打开了：罗兰格家信！罗兰格家信！请来领取！请来领取！在学校执教的妻子一听，吓坏了，当场差点儿晕过去，还以为来了"遗书"，打开一看才闹清楚。后来，罗兰格去北京汇报，在街上捡了张纸片，才正经往家写了一封信报平安。

罗兰格回到河北地震局，人都变形了，门口值班人员不让他进，好说歹说才进来。很多人他都认不出了，周围出现了不少新面孔，冷冷地看着他。他深深地倒抽一口凉气，感到从未有过的冷落。

原来，局里已经大换班了，刘长垣局长已被免职，发配到省农委下属沼气办公室，当个"趴末儿"的副主任。他在来省地震局任局长之前是省邮电局负责人，人称"刘聋子"——这跟他的戎马生涯有关。整天跟炮弹打交道，耳朵被震聋是常见的事，跟他说话要贴近他耳根大声喊，方能听得清楚些。就是这个"刘聋子"，为邮电局发明创立了"京津投递法"，快捷、高效，大大缩短了邮件投递时间，被邮电部认证后向全国推广。邮电部领导看到这位当年的炮兵师长"虎落平阳"，在沼气办无所事事，感到太可惜了，就通过一番交涉，把他调到天津市邮电局当党委书记兼局长，他一直在此岗位上干到退休。唐山地震10周年时，他应邀参加纪念会，一走进会场，全体起立，掌声经久不息，那场面，十分感人……

每天夜里要服三片安定才能入眠的国家地震局局长刘英勇，彻底被大地震的浩劫和政治的高压击垮了。他甚至把写好的遗书放在枕头边，悄悄把当年刘志丹奖赏给他的一支德国造的驳壳手枪从珍藏在小木箱里取出来，擦了又擦，然后压上一颗子弹……但是，他几次举枪对准自己的太阳穴，却没有扣响扳机，放下了，他狠狠地骂自己，刘瞎子你个混蛋，你不能这样死！你这样死得太窝囊，太窝囊啊！有天夜里，他梦魇般地喊：周总理，周总理，快救我呀！……一身冷汗。他久久地凝望着周恩来的遗像，潸然泪下。

他一生戎马倥偬，出生入死，虽无暇顾料小家，但对收养的女儿十分疼爱。被周恩来点将转行后，长年累月出外考察，回来时总不忘给女儿带些吃的玩的小零碎之类。唐山地震后，他形容枯槁，精神恍惚，每次像提审过堂似地向国家领导人负荆请罪回来，他都东倒西歪，像瘫了一样陷进破旧的沙发里，许久不能醒来。女儿扑到他怀里，哭泣说：爸爸，你醒醒，你不要这样，你不能这样啊！你跟刘西尧、胡耀邦、汪东兴这些叔叔伯伯们说一说，让他们来帮帮你呀！要是坐牢我替你坐，要是枪毙我去赴刑场……

老红军刘英勇醒来了，支起身子，抬手擦去女儿脸颊上的泪珠，对女儿说，孩子啊，爸爸只是一时心里难受，现在好多了，爸爸会像周总理给爸爸起的名字一样，英勇顽强地活着，活着！爸爸跟你的那些叔叔伯伯们都说了，可他们的处境也都不好过呀，他们也都这样劝我，鼓励我，要英勇顽强地活着，活着！

这时的刘英勇，什么都没有了，女儿是支撑他活下来的唯一信赖的精神支柱。他被免去国家地震局局长职务后，调到农垦部任党组成员，后来就退休了。在一个静悄悄的黎明前，这位身患多种疾病的老人静悄悄地离开了人世……

国家地震局党的领导小组组长胡克实，在唐山大地震发生不到两小时，他就从北京东城区赶到了一片混乱的地震局。可是，他此时只能坐在墙角，没有人向他请示汇报。他甚至走过去问：我能帮助做点儿什么？但他什么也帮不上。这并非是人们的疏忽和遗忘，因为他已经"靠边站"了。他1973年11月出任国家地震局党的领导小组组长，1976年1月，在中国科学院召开的"批邓反击右倾翻案风"大会上，有造反派在点名批判胡耀邦、李昌等人的同时，也把他捎带了进去。原因是，"文化大革命"前，他和胡耀邦、胡启立并称团中央"三胡"，"文化大革命"一开始，"三胡"就成为被打倒的重点人物。直到1974年，胡克实才复出，后经周恩来批准，担任国家地震局党领导小组组长，刘英勇任副组长兼局长。半年来，和胡耀邦、李昌一样，胡克实被剥夺了领导权力，纠缠他的是无休止的批判会、检讨会、反省会，每次都要与邓小平的"右倾翻案风"挂起钩来，好像他真的就是邓小平的"黑线成员"。

在人声嘈杂而忙乱的地震局防震棚里，胡克实找到了一份属于他能干的工作：传接电话，糊信封，打扫卫生，送开水……

"万马齐暗究可哀"，革命填满了所有的空间。他知道，他的命运，刘英勇的命运，上上下下从事地震工作者们的命运，都和国家的命运、民族的命运紧紧地拴在一台"战车"上了。

戎马倥偬、性情刚直的局长刘英勇想不通，他这个儒雅斯文、理论造诣颇深的"党代表"更是想不通：这是怎么啦？为什么会这样？！他曾怀有的"捕捉大震"的雄心被粉碎了。

后来当选全国人大常委会委员的胡克实，在谈到唐山大地震的教训时说，当时间进入1976年的时候，国家地震局处在一种"双重紧张"的状态之中。一是"京津唐渤张"这个中国的京畿腹心地带有可能发生破坏性地震的危险性，使主管地震工作的专业部门感到担子之重，责任之大，从工作到心情都处于一种高度紧张状态；而另一种紧张来自政治运动，使他们既不能聚精会神地抓业务，又不能放下业务专门搞政治运动，对某些前兆与预报意见没能予以充分的重视。

在他靠边站的那些日子里，他深深陷入对那些饮恨唐山的地震工作者的理解之中。尽管是在那个畸形的年代，是在那个所有人似乎都变了一副模样的年代，巨大的星球也不会因为中国正在地球某个角落的穷折腾而停止转动，它孕育的大地震，按照它的生命节律随时准备爆发。而成千上万的地震工作者，那些忍辱负重的中国知识分子仍在艰辛地探索着，拼搏着，奔波跋涉着。对于华北地区潜伏着的这个大地震，他们已经追踪了那么久，那么久！他们百倍警觉，枕戈待旦，从判别方位到概略瞄准都准备好了，可是当全神贯注、屏住呼吸举枪欲射的时候，瞄准镜中却看不清那个狡猾的魔鬼了。它藏在哪里呢？它会在什么时间、什么地方、是晚上还是白天，突然蹿出来兴风作浪？看不真切，看不真切啊！他们只能寄希望于再捕捉到一些临震前兆异常（而"异常"并不是地震前兆的同名词），特别是有感小震，像海城那样，如果开始出现"小震闹"，再紧急动员防震避险，还是来得及的。这是最后的一线希望了。可是，谁能料到，唐山根本没有重复海城的发震过程。"7.28"之前近三个月里，唐山地区微震皆无，异常平静。而在 7 月 27 日，最后一次汇报会之后仅十几个小时，唐山大地震在没有任何有感前震的情况下突然爆发。

惨败。

新中国防震减灾史上的"滑铁卢"。

历史该如何评价这场以惨败告终的搏斗？历史又该如何评价这些以惨败告终的搏斗者？

胡克实说，历史会记着他们，应当把这一段真实的历史留给后人。

中共党史出版社 2008 年 11 月出版的《红星照耀的家庭》一书，登载了周荣鑫之子周少华撰写的回忆文章，文中写道：

从 1974 年下半年，我家墙壁上就挂起两张地震形势图，父亲回家经常研究地震局的材料。在邢台地震和渤海地震后，大多数专家认为辽南 50 年内无大震，有的认为有 5—6 级地震，北京地震队的耿庆国主张一二年内辽南将发生 7 级以上地震。耿庆国是中国科技大学地球物理系地震专业的毕业生，周总理在 1970 年春节曾与耿庆国及两位留苏学生彻夜长谈，嘱托他们投身研究地震预测。耿庆国总结我国西周以来干旱和地震关系的历史记载，提出"旱震理论"。他发现 1972 年华北和渤海地区出现百年不遇大旱，构成 8 级地震或两组 7 级地震的物理背景，三个特旱区一个在辽南一带，一个在河北唐山滦县一带，一个在石家庄、邢台、忻县一带，于是他在 1974 年 5 月 31 日写报告做出 7 级以上地震的中期预报。

时任地震局党的领导小组组长胡克实同志向我父亲报告后，我父亲 1974 年 6 月 8 日亲自到地震局参加地震形势会商会。他特意把几位持不同观点的专家请到另一间会议室里专门听他们的意见交锋。为了深入了解耿庆国预测的依据，他让耿庆国带上观测数据、计算公式和地图等全部资料到家里详谈。当我父亲了解到耿庆国对河北南部及山西交界一带的特旱区已发生过邢台地震，再次强震并无把握时，父亲在写给国务院的报告中删去了这个危险区，正式做出辽南和唐山地区可能发生强震的中期预报，并成立了"京津唐张"协作组和渤海协作组，以加强对这两个危险区的短临监测。

我父亲 6 月 15 日签发了科学院给国务院的报告，介绍了地震专家的三种意见，提出"立足于有震，提高警惕，防备6级以上地震的突然袭击，切实加强几个危险地区的工作"。他还向主持国务院日常工作的李先念做了口头汇报和说明。渤海地区协作组主要由沈阳地震大队和辽宁地震办公室开展短临监测。我父亲在海城地震前几天派地震局长刘英勇到现场考察并组织群众避震。当时天寒地冻，怕群众回家，要求基层放电影吸引群众到野外。1975年2月4日海城7.3级地震虽然造成大量房屋倒塌，但是人员损失不大。

海城地震之后，各地天天报来情报，如唐山化肥厂发现地光，通县井水含氮量变化等。父亲每天都仔细听、仔细看。后来耿庆国经动态清样报告"京津唐张"一带直到山西介休，旱情还在继续扩大。父亲已于1975年1月到教育部上任，但科学院的工作一时还交不出去。直到离任前，他的卧室都挂着地震图，每天对着地震图看震情简报。在离开科学院前他亲自签发给国务院的最后一份报告，再一次强调"京津唐张"1—2年内可能有6级以上破坏性地震。可惜在"反击右倾翻案风"的运动中，地震局的造反派批判"京津唐张"协作组是周荣鑫搞的"条条专政"，使协作组名存实亡，陷于瘫痪。1976年7月28日唐山发生7.8级地震，同一天滦县发生7.1级地震，伤亡极为惨重。我父亲当年4月已经被"四人帮"迫害致死，没有见到唐山地震。父亲周荣鑫亲临第一线听取科学家的不同意见，由科学家做出预测，政府做出预报——这是一条重要的经验，也是地震预报取得成功的保证。

…………

11. "那个梅老太太还活着吗？拉出来枪毙她九次！"

有关唐山大地震的"热炒"，对当时的国家地震局专业部门人员的打击，对参与"京津唐"震情分析预报人员的打击，尤其是对分管首都圈的分析预报室副主任梅世蓉的打击是沉重的。她所遭遇的种种非难，尤其是某些"纪实"作品、文章和某些媒体、网络对她的攻击、歪曲和诋毁，是常人所不能忍受的。然而，这位女科学家还是以她人格的力量、尊严和魅力，如此忍耐如此坚强地活下来了。

2008年4月25日，在她八十寿辰之际，中国地震局以《中国地震预报探索暨梅世蓉教授从事地震工作56周年学术研讨会》为题，向她祝贺生日。来自科学界、地震界以及社会各界的人们，怀着对这位女科学家的钦敬之情参加了这个研讨会。

中国科学院院士马瑾说，当年在苏联留学期间，我曾给梅大姐起了外号："固体分子"，因为她是学固体地球物理的，我是学地质的。她一辈子走了一条充满荆棘和坎坷的探索之路……

陈运泰院士赠送她一副对联：寿比英莱蔓（发现地核的女科学家，享年106岁），功追张平子（张衡字平子）。

陈颙院士、石耀林院士等科学家称她是中国地震界的"居里夫人"。他们说，为什么一个仪器在同一个地方记录的曲线不一样？科学上不能一时一事论英雄。现在，人们试图用地震波给地球做"B超"，因为地球内部的"不可见性"是地震预报诸多困难中位居首位的难点，而正如著名地震学家加里津所言："地震是刹那间照亮地球内部的一盏明灯。"地震波是唯一能穿透地球的一种"信息波"，它所携带的来自震源和地球介质的丰富信息，为我们克服这种"不可见性"提供了重要途径。但地震波是否是揭开地震神秘面纱的本质特征？它与电波、光波、音波有怎样的速度比又有怎样的不同？人们现在还不能判定，何况40多年来我们的经验预报、物理预报乃至统计预报，其难度不言而喻。难能可贵的是梅先生一直坚忍不拔、忍辱负重地坚持地震预报的探索，不放弃，不抛弃，一路艰辛地走到今天，她的成与败，是与非，历史自有公论。

天津市地震局原分析预报负责人、中国地震局研究员张肇诚说，严谨、认真、实事求是，是梅世蓉教授的一贯作风。1976年5月11日至15日来北京参加"京津唐"地震形势会商会，她给我的印象太深刻了。我们那时是"主震派"，她不是不支持我们的观点，而是要我们严密监测，排除干扰，还想办法给我们调配好的仪器。唐山地震没能预报成功，一些责难和罪名纷纷砸在她头上，这么多年了，每一次我们都为她担心，而每一次她都顽强地走过来，走过来了……

车时教授说，梅老师的人格魅力和严谨的科学精神，激励着我们迎接新一轮地震高潮期的到来……

中国地震局原局长、研究员、博士生导师陈章立，以《学习梅先生地震预报学术思想的几点体会》为题，讲述了梅世蓉作为新中国最早从事强震前区域地震活动特征研究的学者，她的主要观点和贡献。陈章立由此谈到作为一个真正的有良知的科学家应具有的品格和责任：品格与责任既是一个抽象的概念，又是实实在在有着丰富内涵的概念。在梅先生身上，在她半个多世纪的科学探索中，向人们展现了一个真正的有良知的科学家的道德操守和业务素质。那是一种令人"高山仰止"的伟大襟怀。

是啊，在科学家的躯体里，应当流淌着道德的血液。

…………

其实，笔者在与各省市地震部门的专家学者以及熟知梅世蓉的人们交谈时，曾谈到海城地震、松潘地震，尤其是唐山地震，他们对她的评价是：她是一个不为个人而活着的人，她把自己的青春、智慧、血汗和泪水都倾洒在中国地震预报探索的事业上了……他们还说，唐山地震后，参与京津唐地震预报的人员曾长期不被社会理解，他们甚至像解放前从事地下工作那样不敢公开暴露自己的身份。无疑，社会民众对地震预报的期望值太高了！

让我们走近这位女科学家。

2006 年 12 月 20 日上午 9 时。小小的会客厅，沙发很老旧。年近八旬的老人，一头华发，白得皤然，白得令人起敬。听人讲她比两年前消瘦了很多很多，像患了一场大病。她的老伴儿中国地震局原副局长林庭煌，坐在属于他的那张颇有年头儿的三屉桌前，戴着一副不知多少度的老花眼镜看报纸。看到我们进来，他只是从镜框上方瞅了我们一眼，点点头，然后继续看报纸——我们并不知道，这是我们看到他的最后一面。不久，便听到了他去世的消息。他当时已经行走不便，耳朵也几乎听不到任何声响了，所以更能静心地看资料看报纸。梅世蓉说，我们谈，他什么也听不到。

梅世蓉记忆力惊人，思维依然敏捷。也许是唐山对她来说太深刻了，也许是她研究唐山太久了，大地震虽然已过去了 30 多年，她的回忆却仿佛还在昨天——

说起唐山大地震，外界一直不理解，有些人一直到现在还在追问，为什么海城地震预报成功了，唐山为什么就不能成功？！好像是说，海城成功了，其他地震都要成功。海城地震预报成功，确实给人们产生了一种错觉，认为中国的地震预报过关了，成功的钥匙就在我们手里攥着哩，到时一打开，就大功告成。如果真的是这样，那该多好啊！别说我们手里到现在还没有找到一把这样的"万能钥匙"，即使有了钥匙，你知道开哪把锁吗？况且那锁藏在哪里你还没找见啊！

当时有这样一个认识：一个地震表现出来的特点，在别的地震也一定会重复，你参考了比如邢台、海城的经验，就理应报出唐山地震。实事求是地讲，唐山与海城很不一样，临震前兆表现出来的特点差别很大。海城地震前最突出的临震前兆是前震，"小震闹，大震到"，这是从邢台地震总结出来的经验。再有就是出现了很多宏观异常，比如动物异常、地下水异常等等，所有这些"短临前兆"，几乎是邢台地震的一个翻版。

而唐山地震前是以"高度平静"为特征的。唐山地震我研究它30年了，它到底是怎么回事啊？在认识上、学术上都有了一些看法一些解释。小震闹、大震到，可它不闹！一副若无其事的样子！从天津的宁河到唐山的滦县，这样一个东北向的区域里高度平静。

唐山地震后，我们组织了近百人去考察总结。目的是要把这个震型查清楚，搞实在，到底是不是我们的数据处理有问题。查原始资料，查地震记录，结果查了三四个月，查出了三个小小的地震，还都是0.1级以下的，只有一台微震仪记录到了。一等前震，没有；再等宏观，也发现的很少，不像邢台、海城出现的那样多。

那些天，我给河北省地震局分析预报室的负责人胡长和打电话，询问有没有临震情况，她说她也几乎天天跟唐山地办打电话，问他们有没有临震异常现象，结果都没有什么收获。因为那个时候，我们在外围地区看到个别的突发性异常，就希望能捕捉到更多的临震异常。到了7月中旬，我们才发现廊坊水氡异常，就赶快派人去落实，但它只是一个点，你能单凭这一个点来报地震吗？于是京津组的同志在汪成民带领下在唐山一带跑了很多台站。还有河北局派出地震地质考察组，在唐山了解情况的六位同志全遇难了。还有国家地震局的群测群防经验交流会，还有河北局的一些会，都是在唐山召开的，你能说不重视唐山吗？

7月27日汪成民向局领导汇报时就说，目前临震异常还比较少，还没有发现太多的临震异常。就提到一个廊坊水氡，这是实际情况。那就马上派车，我督促的，赶紧去落实情况。在此前也发现了一些情况，比如昌黎电阻率，震后才确定那是地震异常，地震前并没有确定。是什么干扰了大家的判断？就是漏电问题。漏电是人为造成的，不是大自然的问题，所以找不出干扰的就是廊坊水氡。

另外，地震前还有一个异常不好判定，但这个事是不能回避的，那就是马家沟煤矿群测点的马希融，他所监测到的异常很突出——形变电阻率下降了16%。这个异常按当时的认识来讲是不可思议的。那是在矿井里安装的仪器，这样一个异常量，大大超出了人们想象的程度，它就令人难以置信了，当时专业人员就怀疑这种异常是不是真的。同时专业人员也到了刘占武负责管理的胜利桥，那里也有地电观测，是专业台站，观测的结果没有变化。你怎么判断？一个变化超出想象，一个不变化，你相信哪一个？而且不变化的是专业台。在当时谁能把这个事判断出来？搞专业监测手段的人做不出来，局长做不出来，更高的人也做不出来。除非他先知先觉，"马后炮"，谁都能放，管用吗？！

还有地震地质大队和北京地震队提出的震情预报意见，并不是没引起我们的重视，而是不确定的因素太多了，要么震级小，5级左右；要么范围太大，京、津、张或宝坻、乐亭及渤海地区。所以1976年7月份的日子很不好过，一会儿这儿变，一会儿那儿变，一开会就争得一塌糊涂，意见分歧蛮大，只好给局长汇报。局长们说：那怎么办？你们又拿不出一个明确的意见。在这种情况下，谁能拿出一个明确意见？

唐山地震之前就是这种情况，异常确实有，变化也有，但那些异常是多大地震的异常？不知道。大灰厂在北京西南云岗一带，昌黎在渤海边，这么大一片"京津唐"，异常有点，即便说这是地震异常，地震在哪里？汪成民在局长门口贴出大字报，把各家的意见列出来，这是事实。但是没有一个集中的地区，他作为京津组组长很辛苦也很为难，要加强工作总要有个集中的地点，队伍往哪里去？在这种情况下，能采取的措施也只有哪里出现情况就赶紧去落实。当时要是向领导提出派队伍去唐山，你根据什么？唐山又没报警，唐山要是报了，我们也就派队伍去了。并且汪成民率同事们几次赴唐山，深入到几十个专业台站和群测点，干什么去了？不就是收集地震前兆异常吗？！

有记者、作家采访时问我，唐山大地震漏报，是否跟唐山属于首都圈有关？我说，首都圈的地震预报不是那么容易的，顾虑很大，不是高精度的预报，谁都不敢报，一直到现在，还是这个问题。为什么那些成功的地震预报都在首都圈以外？所以就奇怪了，首都圈的地震台站最多，研究力量最强，历史最悠久，资料最丰富，可是，偏偏就在首都圈里，大自然跟人们做了一次残酷的"游戏"，酿成一场空前的大灾难……

有人问我，当时的思想负担是不是特别重？我说当时最主要的问题还是看不准。不是感觉到有一个大地震要来不敢报，当时没有看出来是大地震。我没看出来，别人也没看出来呀！

唐山地震后有传言，说中学生都报准了大地震，可为什么国家地震局没有理睬？以此有人便追问到与"唐山生死存亡"最关键的事，比如1976年7月14日国家地震局在唐山召开"京津唐渤张"群测群防经验交流会，唐山二中田金武老师在会上发出了地震警报：1976年7月底8月初，唐山地区将发生7级以上地震，有可能达到8级。唐山八中学生张仁英，在业余小组观察地应力变化，也曾做出"7月底8

月初渤海北部有大地震"的预报。像这样的地震警报，国家地震局难道不知道？还有 1976 年 5 月国家地震局在山东济南召开华北水化学地震会商会，唐山市地震办公室负责人杨友宸在会上提出：唐山在近两三个月内有可能发生强烈地震。还有山海关一中的吕兴亚老师、乐亭红卫中学的侯世钧老师，他们都有书面预报意见，国家地震局分析预报室都收到没有？

我的回答是：以上这些预报意见，国家地震局分析预报室没有收到过，没有任何人呈送给我。我如果看到了这些，肯定会引起注意的。

造访者穷追不舍，又接着往下追问，看样子非要查个水落石出不罢休。说既然国家地震局分析预报室没有收到这些预报意见，那到底哪个环节出了毛病呢？听说当时有规定，5 级以上书面地震预报意见要层层往上转，是不是在这个转来转去的过程中转丢了？或是被哪一级的有关部门有关人员在关键时刻掉链子？认为是群测点报上来的而不屑一顾卡扣了？没引起重视忽略了？扔到废纸篓里啦？

我说，这个你问我，我还真回答不上来。我们只跟河北省地震局分析预报室打交道，主要是专业队伍。专业队伍和群测群防是两条线。这跟当时的体制有关。尽管如此，也不能说是专业的瞧不起业余的，洋仪器看不上土仪器。唐山地震前，我们派了那么多人到那么多不管是专业的还是业余的台站收集情况，如果真有多个群测点在震前的时间段里，有突出异常的资料并做出强震预报，如果我们知道的话，一定会特别重视的，唐山也许会应该成为第二个海城，这正是我们苦心经营、苦力追踪、苦苦期盼的啊！起码向唐山人民打个招呼是有可能的。那唐山就会少一些孤儿，也会少一些截瘫……

讲到这里，梅世蓉老人泪流满面。可以看出，30 多年了，她心里承载着怎样的痛苦和折磨啊！

按说，作为一名物理系的高材生，她完全可以在经典物理研究领域里建功立业，功成名就。然而，她抛家舍业，走南闯北，将自己的一生都交付给了地震预报事业，交付给了这个充满艰辛与风险的事业。

30 多年来，唐山大地震犹如一座沉默的冷酷冰山，伫立在人们视野的天际。很多的人们只是站在远处窥视它，瞭望它，感到它高深莫测；也有的人被它吸引着、诱惑着，大胆地走近它，但也只是看到了冰山一角，或是怀着"窥一斑而知全豹"的心理，发现了几片树叶便宣布说这里曾是一片森林。然而，在它沉默的冷酷的表情后面，奔涌着、翻腾着是怎样炽热的岩浆！

她缓缓地、缓缓地站起来，从书柜里拿出一部厚重的书赠送给笔者，说："你看看吧，这是我主编的《1976年唐山大地震》。"

唐山大地震后，国家地震局动用了8个省、市的地震局和9个科研机构，还有一大批科学家，投入了对唐山大地震的全方位研究。按照梅世蓉的说法，"力争在下一个类似唐山的地震发生时，我们不能重蹈唐山漏报的覆辙，不再重演唐山大地震的悲剧，这是对唐山大地震最好的纪念。"为了实践这一诺言，她以年近花甲之身主编了这部长达70万言的书，并亲自撰写了《问题与启示》一章，围绕"地点、震级、时间""三要素"，剖析了唐山大地震的复杂性和未能预报的教训，表达了一位科学家尊重科学的良知与心声。她写道——

以往常从大断裂的交汇部位，断层的拐弯、端点等地方去寻找强震地点，而唐山地震表明，这种方法值得改进。唐山7.8级地震的震中不在深大断裂上，而是在一个并不引人注目的唐山断裂带上。显然，用上述方法看待唐山，唐山不可能被划分为具有强震危险的地点。

唐山地震预报失败的教训之一，是震级判断与实际相差太远。如果说震前在地区上从大的方面看还有所估计的话，在震级上，可以说是完全出乎意料。震前的地震地质工作没有指出这个地区可能发生7级以上地震，历史地震资料的分析也未指出这种可能。对于已经出现的一系列异常现象，震前又缺乏认识，对趋势异常的几次大转折也做了错误的判断。结果将完整的异常过程切成数个时段，大范围的整体异常被解成数块，分别当做别处已发生地震的反应，预报了一些客观上后来没有发生的中强（5—6级）地震，而未报出唐山地震，教训是深刻的。

对于强震时间的预报问题，不认识短临前兆又是一个重要原因……

当梅世蓉写下这些以丧失24万条生命为代价所换来的惨痛教训时，她内心的悲痛与煎熬是可以想见的。

"人生几度有颜开，风雨逼人一世来。"一个人最质朴的表露，毫无顾忌的自我剖析，勇于担当而不藏奸、耍滑、推诿、躲避，真诚的渴望和无可言状的内心独白，或许是这个躁动不安的世界最动情的篇章。

一切科学家、社会学家和文学家所追求的最高境界是什么？是对人类的博爱和悲悯。博爱和悲悯情怀，是他们的宿命与归宿。少了博爱与悲悯，少了真诚与拯救，少了尊严与人格，一切"家"们的存在以及他们的发明、成就和荣耀都失去了意义。大凡一部或一项精品成果的问世，都是一种智慧的较量、意志的较量、心灵的较量，都要经受精神炼狱与血泪的洗礼，都是悲悯情怀在其灵魂深处一次次最残酷的扫荡，一种久久的永无休止的苦痛。

谈起自己走过的人生历程，她竟如此简括地廖廖数语一闪而过——

我这一辈子只做了一件事，就是地震预报的探索与研究。我今年78岁了，老了，但是对地震预报，还是割舍不下，割舍不下啊！……我1928年4月27日出生于四川省广安县，1952年重庆大学物理系毕业后，分到中国科学院地球物理所（当时在南京，1954年迁北京），8个人分到那里，7个人在武汉上岸，我一个人顺江而下到南京，在李善邦老师指导下搞地震研究，从头学起。傅承义先生想让我搞地震理论，李先生叫我搞地震研究，一干就是4年。1956年8月去苏联留学，地球物理研究生4年，回来又在李先生手下搞地震研究。1958年听说国内要不要搞地震预报开展了一场大争论，傅承义不同意，认为科学条件不具备。于是去苏联考察，我给他当翻译。"文化大革命"一开始，有人就批他反对地震预报，批得死去活来。

1960年7月18日，广东河源县新丰江水库发生4.3级地震，后又发生6.1级地震，周总理指示建立地震台网，许绍燮（中国工程院院士）和张奕麟两位总工搞出了电子管地震仪。到了1964年"大三线"建设，中国科学院成立西北地震综合考察队，我任队长，郭增建为副队长，考察祁连山昌马地震烈度，并在那里建立了地震观测台网。1965年我从大西北又去了大西南，组建成立云南地震研究所。1966年初我回到北京，我和李善邦先生等四人提出搞地震预报的建议，并向中国科学院写了报告，我起的草。这是那年春节的事。邢台地震刚一发生，我和林庭煌一起就要出发。周总理说，你们不能全去。我就被留下了。后来有人说，我不愿意去。我说，你去问周总理，看是我愿意去还是不愿意去！5月份召开科技大会，国家科委副主任武衡致开幕词，我代表邢台地震考察人员作大会发言。就这样，中国的地震预报匆匆上马了。鱼目混珠，盲目乐观，一哄而起。今天看来，当时的一些做法很原始，一些想法也很幼稚，但毕竟是起步了，不可能一切都准备好了再开始，因为邢台已经预示着地震活跃期到来了。为了摸索经验，1971年10月，我们在新疆的喀什、阿克苏建立地震观测试验场，王树华任队长，我任副队长，还有查志远，参加单位有地球物理所、地质所、地震地质大队、测量队、新疆地震大队、兰州地震大队等，共 100 余号人,投入仪器 120 多套。后来,由李延兴、陈章立等人来接替我们,负责这项工作,到 1975 年结束。

　　海城地震预报成功,让我们心里乐开了花。李先念副总理接见我们时说,才 9 岁嘛,9 岁的娃娃能报地震,了不起呀!使得我们一些地震工作者头脑发热,沉浸在一种乐观情绪之中。好像抓下一个大地震也会像海城那样有把握。结果唐山大地震把这个良好的愿望震碎了。关于唐山地震前后的一些情况,我前面已经讲了。主要是它的复杂性。主震前无明显前震,4 月份发生的和林格尔 6.3 级和大城 4.4 级地震之后,"京津唐张"地区的地震活动空前平静,宏观异常出现很晚等现象,这一系列复杂的情况给地震的分析预报造成了极大的困难。所以有人就因为唐山地震预报未成功就否定海城地震预报成功,说"吹出来的肥皂沫能持久吗?"也有人说唐山地震前,"东西之争"很厉害,说是把注意力和队伍撤向了云南和四川,而减弱了对"京津唐渤张"的监测力度。我认为说这种话、持这种观点的人,要么是对情况不了解,人云亦云;要么就是另有他意,混淆视听。事实在那儿摆着呢,想隐瞒是隐瞒不住的。尽管当时有争论,但全国地震形势一盘棋,"京津唐"是重中之重,即使云南和四川吃紧,抽调去的是全国组的人员,京津组的一个没动,丁国瑜去云南龙陵,我去四川松潘,这是局里的决定,你能不服从不去吗? 1977 年 1 月国务院派周村(任地震局政委)坐镇地震局,在石家庄召开会议,专门总结唐山地震漏报教训,并向国务院打了报告。后来国务院又派安启元(后任陕西省委书记)来地震局任党组书记兼局长,他经过调查了解,为刘英勇、查志远以及被牵涉进去的一批人平了反……

　　触摸历史深处的风霜,掸去心头幽暗的阴霾,梅世蓉以切身经历解读了一位科学家的心路历程,厘清了一些被人们有意或无意忽略的历史真相。她沉静而淡定地轻轻地讲述,像是彼此倾心私语。从某种意义上说,一个真正的科学家,有时候不一定要慷慨激昂,高声喧哗,但还是会在看似平静的语气里和她撰写的文字行间里,留下属于她自己的独特的声音和分量,在人们的胸膛里流淌出由衷的敬意。这正是科学家的博爱和悲悯发出的呼唤与抵达。

　　采访梅世蓉教授之前,笔者与她的丈夫林庭煌研究员交谈。那时他的听力还没有完全失聪,跟他交谈时声音大一些、慢一些,他还是勉强能听到的,尽管他戴着助听器。为了不打扰别人，他就把办公室的门窗关好，彼此都能放声地谈。

林庭煌说：唐山大地震发生，北京震感强烈，我们都被惊醒了。梅世蓉呆呆地对我说，没有预报……没有预报出来呀！对她，对我，对所有地震局的人来说，犹如五雷轰顶！后来，她见到在唐山遇难的贾云年的爱人陈非比同志，抱住放声痛哭。唐山地震后，一些搞地震预报的人"跳槽"了，要求改行了，而她非但不改，还顶着"尿憋子"、"屎盆子"当预报室主任。没办法，梅世蓉这辈子就做了这么一件事，成也萧何，败也萧何啊……但她说了，各自都有各自的生命情调，不管做任何事，都应该把生命活出最灿烂的那种境界。这就是她的信条。她用马克思的话作为自己不懈追求的一种诠释——在科学的入口处，正像在地狱的入口处一样，必须提出这样的要求：这里必须根绝一切犹豫；这里任何怯懦都无济于事。

这对事业上的夫妻有一个共识：大自然的造化充满着令人惊叹的神秘感，而神秘是一种大美。所以老子说，上善若水，天地间有大美而不自言。这就是发现，这就是科学家应有的"别具慧眼"去揭示大自然神秘的面纱，这就是从事地震科学的使命所在。

那是林庭煌从邢台地震现场考察回来，梅世蓉向他笑了笑，却很淡。一双仍像当年热恋时的目光一直倾注在丈夫的脸上。不用表白，她已经知道了，在邢台地震区3月8日发生6.8级地震和3月22日再次发生7.2后级地震后，他们成功试报了6.2级强余震。这是地震预报刚一上马就首战告捷的喜讯。常言道，万事开头难。这开头还是挺顺利的呀！

林庭煌感受着妻子目光温柔的抚爱。

看吧，这是一张被强烈而充足的紫外线灼烤过、被地震肆虐的瓦砾沙尘抽打过、被高含量的"nico-tine"（尼古丁）烟草熏染过、被超浓度的"C_2H_5OH"（乙醇）烈酒浇透过的面孔。他郑重地迎着妻子的目光，把脸正过来，让妻子认真地瞧，仔细地看……

哦，你这脸腮上、脑门儿上和鼻梁两侧都烙着一块块紫乌斑，像孕妇脸上的色素；你这眼角上的鱼尾纹显得过密而且势不可挡地加深加重了；还有嘴角上的鸡爪纹却给人一种在啄噬人生甘苦时显得恬淡而弥贵，这在你咧嘴微笑的时候就愈加明显；哦，这眼睛仍然是明亮的、达观的，这鼻梁仍然是坚毅的、稳定的，这头颅仍然是挺直的、高昂的……

林庭煌脸上挂出常年一贯的超然、幽默和滑稽，调侃道：怎么样，除了瘦些和几分老相，一切依然故我。说起来我的生存适应能力还是蛮强的，在那么多天里虽然蛮艰苦，但我好像没吃过什么药。

这时，梅世蓉欣然感到，一座抵风抗寒、安全可靠的"绿色屏障"又回到自己身边。她深深感激，这几十年来丈夫对她的理解和支持……

那是唐山地震发生后，梅世蓉几乎天天陪着局领导被召到人民大会堂或中南海汇报震情并会商。晚上回到家里，她心力交瘁，一身倦态，像赶了很远很远的路，浑身散了架似地一头栽到床上，胸腔里充塞着怎样的悲痛、辛酸、羞辱、无奈的人生滋味啊！……她抬手捋了捋前额上一绺湿黏的头发，说不清是粗暴还是温良，神情是川妹子那样的执拗和倔强。

她想起了故乡。那是童年梦想的摇篮。老师曾讲过这样一个故事：你看，一只蜻蜓在水塘附近的竹林里飞着，似乎在忙着它自己要做的事情。它一会儿飞到竹林里，一会儿又从竹林里飞到水面上。它也不表白什么，只是依照自己的判断去做自己认为要做的事。看上去在大千世界里它只是一粒微小的红点，就连它这时的存在或以后的消失，或许都不可能引起任何视线的关注。然而，就在它划过这世上任何一处留下每一道飞舞的弧线时，不都证明它生命的存在吗？

这个故事并非每一个人都能听得懂的，所以有人一辈子看不到缠绑在自己身上种种纠结以外的更广阔的空间，也就不能释放自己，主宰自己，让从前所忽略的生命能量激发出来。也许有人觉得自己对生命的抉择非常不实际，似乎无法改变眼前的窘状，甚至命运和前途。这也难怪，有的人是肉体在哪里，心灵也就在哪里，就像困守在某种制度、某种系统、某种模式里，不敢逾雷池半步。而有的人就算身边都是围墙，躯体被束缚着，但他敢把思维放飞，在生命的空间调度自己的飞翔。于是，信念振动着心灵的翅膀，飞出樊篱，飞出围墙，飞向更大的空间释放生命的能量……

不必要为自己的行为作更多的解释了，她说，人在做，天在看。唐山地震前是什么情况就说什么情况，自己怎么做的就怎么说，哪怕蜕尽了自己的腐皮烂肉，这才叫真实！从地球物理的角度看，人类生命也如同宇宙，有不同的光，不同的波，不同的火焰；有伟大的行星和恒星，有因宿命而坠落的陨石……马克思主义是科学，而不是宗教。那些不管为了什么缘故而屈于政治的高压或习惯势力，失去了自己也失去了思想的人，还算得上真实吗？

想一想，在这个奇怪反常的年头，正常人的思维反倒变得不正常了——它就像一面哈哈镜，看着是那么滑稽可笑却又肆无忌惮地嘲弄着每一个投入的物象，使巨人和侏儒、胖子和瘦子之间发生奇妙的转换，让怪诞的模样并列在一起，看不出原有的分寸与差别。丑陋与壮美，庸俗与圣洁，悲哀与欢乐，都在一张平面的虚幻里失去了真实……他以此比喻调解妻子的情绪，抚慰着她内心的创痛。

承担委屈是一种美德。被人嫉妒是一种幸福。澄清事实，消解隔阂与偏见，才是求同存异的一种和谐与宽容。不能当面肯定你，背后否定你，甚至当面背后都胡说八道。人可以不崇高，但不能允许无耻！……他自言自语，又像是对她也对自己倾诉。

一个人最难战胜的敌人就是自己！她说。

对，相信自己只要不垮，谁也无法把你整垮，整死了也不垮！他说。

似乎从这个时候起，林庭煌才更加深谙妻子的灵魂。一个永远醒着的因而痛苦的灵魂，一个注视着大地构造带、断裂带和空区却无法穿透地表而一直警醒的灵魂，一个在人类的河岸上注视着血液、思想和情感流动的灵魂，一个为爱为事业所驱动、在一层又一层物象的幻影中探求真谛的灵魂！

"割舍不下"，短短四个字，透着一个科学家的深情、无悔、执著与坚韧。她一辈子都为此在付代价，把所有的伤和痛都背负着，气象峥嵘，明明已身心疲惫，却还是以一种"赤着脚"的方式行走，而且一路蹒跚。一切她都经历过来了，她用自己的行动练就了面对苦难的豁达！风雨磨难中，是一个女性在坚强和容忍中的坦然和微笑，那笑里让人看到，一种叫执著和坚韧的东西大如珠玉，细如雾霭，流动于她刚性气质的一生之间。

至于后来一些媒体、网络和作品"热炒"唐山大地震以及对梅世蓉和她从事的这个"职业"的种种传闻，林庭煌是知道得一清二楚的。林林总总，褒贬不一。是挽唱？是悲歌？是赞颂，还是愤词？林庭煌听得看得心惊肉跳，但他依然显得平静若水，泰然淡定。他由衷感到自豪的是，老伴并没有因为受到攻击、谩骂和歪曲而垮掉，她的人格始终没有变节，她的信念始终没有动摇，也不会动摇！她说她要如此顽固到底地始终如一地走下去，走下去！……

一对事业上的夫妻，就这样，半个多世纪风雨兼程走过来了。

"有网络说，那个梅老太太还活着吗？拉出来枪毙她九次！我说好吧，我陪梅老太太一起去，你开枪吧！"林庭煌竟然开心地笑了。

这是笔者见到他生前的最灿烂也是最后一次的笑容……

在恭祝梅世蓉教授80寿辰之日，笔者采撷爱因斯坦给他老师贺寿信中的一段话，作为敬献给梅世蓉教授和她的先生林庭煌的花束——

我怀着无比敬仰和爱戴之情紧紧地同你握手。你把如此深奥渊博的知识、才能，同严于律己的自我克制精神融为一体，在默默无声地为社会服务之中寻求自己生活的真正乐趣。我们大家衷心地感谢你，不仅因为你所取得的成就。人类真正的进步的取得，依赖于发明创造的并不多，而更多的是依赖于人的良知良能……

12. 解密唐山大地震"机密"、"绝密"文档

这是一份鲜为人知的简报，共印450份。报：华（国锋）主席、叶（剑英）副主席、在京政治局各同志、各位副总理、人大常委会、国务院、中央军委、中央抗震救灾指挥部、中央宣传部、中国科学院党的核心小组、河北省委、省革委；抄送：新华社、《人民日报》社、《红旗》杂志社；发：会议代表。

这是1977年1月中旬，国家地震局和河北省地震局在石家庄召开唐山地震经验总结会，总结唐山地震教训的简报。摘要如下：

1月19日和20日，会议就漏报唐山地震有关科技方面的原因继续进行讨论，从大会发言和分组讨论的情况来看，初步认为有以下几点：

在有中期趋势背景的条件下，对异常和地震的关系认识不清，对震情判断有错。

唐山地震前，京津唐渤张地区出现多种异常，比较突出的有宝坻地电、香河水准、昌黎地磁、滦县田疃和安各庄的水氡等，时间长，幅度大，这些异常是前兆还是干扰分不清。海城地震后，又分辨不清这些是前兆还是后效。1976年4月份，在这个地区又相继发生了内蒙古和林格尔6.2级和河北大城4.4级地震，轻易地认为多数异常对应了这两次地震，导致了5月京津渤张地区震情碰头会得出今后两个月内不会发生5级以上地震的错误结论，对本地区地震趋势背景是否存在产生了怀疑，思想上丧失了警惕。震前虽有一些专业队伍和群众测报组反映了一些异常，但有的被否定了，对一些预报意见，又没有引起足够的重视。

…………

同志们在讨论中普遍认为，这次总结还是初步的，还很肤浅，今后还要进一步

分专业深入总结，认真找出漏报原因，吸取教训，搞好地震预测预报工作。

　　唐山地震的发生提出了一系列发人深思的问题：

　　为什么在一个历史上不曾记录过破坏性地震的地方，在一个不设防的6度区，竟会发生11度地震？与历史地震相比，华北现代的强震活动为什么时间间隔明显缩短，空间分布明显转移？唐山地震为什么没有前震？震前的趋势异常和突发性异常为什么分布那么广？临震前兆异常为什么在唐山出现得较晚？观测到的震后各类变化为什么比震前更为强烈？……这些问题都是应当认真加以研究的。

　　应当说，当时已模糊地觉察有情况，但又看不准。未能对7.8级强烈地震做出"短临预报"，教训是很多的。唐山大地震使国家建设和人民生命财产遭到极其严重的损失，作为地震工作者，每个人都深感痛心。

　　唐山地震是有前兆的。大震前后地震活动、地下水水位和地形变、地电、地磁、重力等多种项目都观测到了中、短、临和震后变化。各阶段的异常此起彼伏，错综复杂，震后逐渐恢复或趋于平稳，为大地震的预报研究提供了一次较完整的前兆观测资料。使人们清醒地认识到唐山地震前兆现象的复杂性和地震预报的难度及其在科学技术上的重大价值。因此，认真总结唐山地震的经验教训，从中探索地震孕育、发生、发展的规律，寻找有效的地震预报思路、途径，是每个地震工作者的强烈愿望和责任。

　　国家地震局于1977年元月，在石家庄召开专门会议，对唐山地震前后的各种情况做了归纳和整理，对唐山地震没有做出"短临预报"的科学技术等方面的原因做了初步分析，并以文件上报中央。文件指出——

　　1966年以来，广大地震工作者和群测群防队伍相结合，积极探索地震的预测预报，曾经预报了几次大的地震。但是，我们对地震发生和发展的规律还认识不清，地震预报在科学技术上还没有过关。这次唐山地震未能预报出来，在科学技术方面的原因主要是：

　　（1）对临震异常的标志认识不清楚，思想上受过去震例经验的束缚。唐山地震前等待出现类似海城地震前的标志。而唐山地震和海城地震震前特点不一样。临震前的大量宏观异常现象又没能汇集起来。因此，未能做出临震预报。

　　（2）在分析预报工作中，对地震异常与非地震异常、前兆与后效、异常与干扰等等，常常分辨不清。唐山地震前，错误地认为京津唐渤张地区出现的多年长趋势异常，已经分别对应了海城（7.3 级）地震、和林格尔（6.2 级）和大城（4.4 级）地震，对有的比较突出的异常分不清是前兆还是干扰，又没有进行认真核实，大大影响了对去年（1976）六、七月份震情的判断。

（3）对强烈地震的地质构造标志认识不清楚，对京津唐渤张地区地壳深部构造情况不明，思想上受历史地震活动规律的束缚，对这一地区地震趋势只预计到 5—6 级，估计过低。

此外，地震科研工作开展不够，地震预报工作缺乏理论指导，地震观测仪器和装备比较落后，观测资料汇集不及时，也在一定程度上影响了这次地震预报。

尽管地震预报还没有过关，但是，从过去几次做过较好预报的经验来看，唐山地震前，如果坚决贯彻执行我国地震工作方针，充分发动群众，捕捉临震前兆，是有可能在事先做出预报的。即使震级报不到那么高，在广大群众对地震有所警惕的情况下，人员的伤亡是可以大大减少的。

1979 年 4 月，国家地震局决定将唐山地震的科学技术总结列为重点科研项目，在广泛搜集、核实震前及震后各种观测和考察资料的基础上，开展深入研究。从地震地质、深部环境到地震成因；从异常特征、前兆机理到孕震过程的探讨；从发震条件到触发因素的分析；从唐山地震到中国大陆乃至同其他地区强震相比研究其共性与个性等方面，都开展了广泛的探索。

在上述研究基础上，1980 年 8 月，国家地震局召开了"唐山地震总结阶段成果交流会"，并责成分析预报中心负责组织成立编辑组，将已发现的重要现象和研究成果汇总起来，力求做到：记录事实，总结特征，剖析问题，提出启示，起到承上启下的作用。1982 年出版了《一九七六年唐山地震》一书，为今后进一步深入研究，提供了一部较系统的总结研究报告。

笔者面前堆满了有关唐山大地震的文件和资料。这些文件和资料在过去相当长的一段时间里都是机密的、绝密的，被封存在档案馆保密柜里，不经特许和办理相关手续是看不到的。现在，它们解密了。有的文件和资料已经泛黄，却散发着历史的气息；有些用蜡板刻印的图纸线段油墨已褪色，模糊不清，却依然顽强地昭示着什么，也许制图者已经震亡或故去了……当我在采访本上记下这一页页极为珍贵的史料的同时，笔下也出现了一个个鲜活的与这些史料有关的人物形象。我在中国地震局采访期间，常常忘记了自己是在采访还是面对面的交流、心对心的倾诉和倾听，深深陷入与那些饮恨唐山的地震工作者同样的苦闷、哀惋之中。

基于唐山大地震的惨烈及其巨大的社会反响，它所引起的社会问题依然是人们谈论的热点：唐山大地震以超过24万鲜活的生命为代价，永远载入了人类的灾害史。那么，人类在这场大劫难中究竟得到了什么启示？

人们自然会想到，唐山大地震中也有两个成功避难的例子与其形成鲜明的对比：

青龙满族自治县47万人逢凶化吉，无一人死亡。

开滦矿务局井下万名工人绝地重生，震亡仅万分之七。

在国家地震局1976年11月8日发出的《地震工作简报》第17期上，披露了青龙县成功预防唐山大地震的实例。这是粉碎"四人帮"仅仅25天后的简报：

由于王张江姚"四人帮"反党集团及中科院的柳忠阳插手国家地震局，严重地干扰和破坏唐山大地震的预测预报工作，造成了极其严重的损失。

河北省青龙县，紧靠唐山地区的迁安、卢龙两县。7月28日唐山丰南一带发生7.8级强烈地震，由于县委重视，事先采取了有力的临震预防措施，广大群众有了思想准备，临危不乱，虽然房屋建筑遭到较重破坏，但人畜伤亡极小，收到了预防的效果。

今年7月中旬，青龙县地办的同志，参加国家地震局在唐山召开的京津唐渤张群测群防经验交流会时，在会外了解到国家地震局地震地质大队等几个单位预报7月22日至8月5日京津唐地区可能发生5级左右地震。7月21日会议结束回县，向县委作了汇报。县委进行了讨论，认为5级左右地震震级虽然不大，但根据国务院69号文件，京津唐张近一两年内可能发生6级左右破坏性地震，考虑到青龙县处于京津唐渤张协作区范围内，因此决定，坚决贯彻我国地震工作方针，以预防为主，有备无患。7月24日，由县委书记冉广岐同志开电话会进行传达部署，当时县里正开农业学大寨会议，公社书记和工作队长都在县里开会，决定25日每个公社回去一名书记，一名工作队负责人具体抓好防震抗震工作；27日由县科委副主任在县农业学大寨会议上讲震情和防震抗震知识。25日各公社、县直各单位都召开了紧急会议，公社干部包大队，大队干部包生产队，连夜向群众传达贯彻，进行防震抗震部署。县广播站向全县广播了防震抗震知识。多数公社广播站连续广播震情和地震知识，传达县委决定，基本上达到了家喻户晓人人皆知。对重点工程、仓库、重要设施责成专人进行检查，县委书记、副书记还深入到八一水库进行检查，作具体部署。有的公社还集中基干民兵几百人巡逻值班。群众晚上不关门，不关窗户，以便有震情能迅速离开房屋。事实证明，群众有没有思想准备大不一样，唐山地震该县损坏房屋 18 万多间，其中倒塌 7300 多间，但直接死于地震灾害的只有一人（编者注：后来察明不是直接死于地震）。震后 5 小时，青龙县派出了第一支医疗队，奔赴灾区，在很短的时间内，组成抢救队，赴唐山救灾，抢运伤员。该县大丈子卫生院一个医生（经查，他叫董武，被称为赶往唐山"送死"的人），27 日出差到唐山市，住在他同学家（经查此人叫张一，时任唐山市轻工业局局长），因为听了县里传达近几天可能发生 5 级左右地震，他一面向同学讲明震情，一面睡觉时做了准备，把衣服、鞋放在一起，地震发生时他立即离开房屋，打开窗户。并叫出同学家里的人，虽然房屋倒塌，他自己未受伤，同学全家都跑出房屋，无一人受伤。

看到这里，人们不免都要想到，既然青龙县委在全县范围内采取了紧急防震措施，收到了逢凶化吉的显著效果，那么，唐山市为什么没有这样做呢？如果这样做了，一场 24 万生灵的大劫难不也可以在一定程度上得以避免吗？而对于地震工作者来说，青龙这成功的"例外"反而更使人悔恨不已。他们只能承受着这种悔恨将青龙这个例外的成功告示人们，让人们去沉思去评说。唐山和青龙，同一块地盘，同一片天空，青龙能做到的，唐山为什么不能？惨烈的唐山，辉煌的青龙，阴阳两界……1996 年 4 月 11 日新华社联合国讯：中国河北省青龙县的县城距唐山市仅 115 公里，但这个县在 1976 年唐山大地震中无一人死亡。最近青龙县被联合国发展、资助和管理事务署列为"科学研究与行政管理相结合取得成效"的典型。在唐山大地震 20 周年前夕，联合国科尔博士专程到中国对青龙进行了调查。

再一个例外就是开滦矿务局。开滦创造的奇迹也许比青龙更能说明问题。

唐山大地震发生后，全中国乃至全世界的目光聚焦唐山。人们关切的不仅是地面，还有地下，因为唐山是"煤都"，此时万名矿工滞留在地层深处，他们是死是活啊？而一批又一批矿工安全脱险了，人们为他们庆幸，庆幸这不幸中的大幸。是不是井下比井上震害轻呢？有人说，好像是，井下比地面保险些。那敢情好，一旦再发生大地震就招呼大家都下井吧！来不及下井或没有井的就钻地窖。——这显然是引诱善良的人们误入歧途。

事实是，开滦矿务局创造的井下奇迹——万名矿工"胜利大逃亡"，绝非偶然。

在唐山地震前他们曾经做了大量的工作，为井下万名矿工安全脱险制定了切实可行的措施。海城地震后，他们多次以"开滦煤矿革命委员会"红头文件下发防震部署的通知，本着"宁可千日不震，不可一日不防"的精神，立足于有震、大震、早震的思想准备，始终把井下的防震抗震工作摆在首位，为井下矿工能迅速脱险制定了一系列行之有效的防灾方法并付诸实施。

据河北省地震局原副局长侯立臣、苗良田回忆，海城地震后的第一个春节他们就是在唐山过的。他们的任务是，唐山如果发生地震矿区怎么办？他们向唐山地委汇报后，就来到开滦矿务局。唐山地壳本来就是破碎的，开滦又是百年老矿，若发生大地震，矿井塌陷，后果不堪设想。他们就和矿务局总工一起规划。从震害的角度看，矿井下比矿井上安全一些，但是地壳运动错裂，本来是隔水的地方就会突然涌水，人就危险了……坑道坍塌了怎么办？断电了怎么办？透水了怎么办？引发了瓦斯爆炸怎么办？大地震矿区首当其冲啊！

有这样一份红头文件——开滦煤矿革命委员会（76）开革震字17号文件里写道——

为了防备矿井在地震万一发生时发生突然透水和瓦斯突出的危险，在制定预防措施的同时，在矿井改扩建中，又结合抗震，考虑了井下涌水和瓦斯的问题……为了预防地震发生后一旦断电，井下人员不能安全撤到地面的问题，各矿现已都做好了直通地表的撤离安全出口。

唐山大地震爆发之时，开滦矿务局各煤矿正在井下作业的万余名工人在经过一场生死大洗礼之后成功脱险：极震区的唐山矿是零伤亡，烈度10度区的马家沟矿震亡4人、赵各庄矿震亡2人，烈度9度区的唐家庄矿震亡1人；加起来仅占井下工作人员的万分之七！

开滦矿务局井下万名矿工成功脱险的奇迹，给喋血的唐山平添了一丝暖暖的亮色。是否可以这么说，开滦比青龙也许更具有深远的启迪意义。因为开滦就在震中区，震中区的开滦能做到，其他在震中区的厂矿企业、单位部门如能照此办理，也是可以做到的啊！

开滦告诉人们的是：在中长期地震趋势背景已经出现，地震工作者尚难以确定短临地震的时间表，无法向人们"打个招呼"的情况下，人类应该如何开展行之有效的防震备灾。

时任唐山地委副书记、唐山地区行署专员张一萍回忆说——

1975年2月，唐山地区成立了以地委书记何毅为组长，军分区副司令员闫义忠和地委秘书长劳恩仓为副组长的11名成员组成的防震抗震领导小组。并抽调5名专职干部成立地震办公室。地市机关办公和居室也规定了警报制度。震情紧张时，大家就在屋外办公和休息，坚持了好长时间，还搞过几次防震演练。

随着时间的推移，唐山地震未见到来，人们的警惕性降低了。当时地震部门成功地预报了海城地震，许多人错误地认为京、津、唐地震的危险可能过去了。渐渐地，在屋外办公和休息的人减少了。

按说，干部中不少人都知道国务院有关文件的内容，即"华北地区有发生7级左右强震危险"的中期预报，大概是因为"华北并不等于唐山"、"唐山是否有震上头还没说"、"有震也不一定发生在唐山吧"等种种心理，把本应该继续做好的防震规划与措施没有继续有效地做下去。结果，就在这没有防备的情况下，一场大地震发生了。主管防震领导工作的何毅和劳恩仓及其家属、防震领导小组7名领导成员，地震办公室的2名工作人员，都随唐山24万人一起在地震中罹难。

原中共唐山地委第一书记，因身体不好在家休养的李悦农临死前大骂：看他妈的谁管地震，把他枪崩了！

老书记死不瞑目……

河北省地震局原局长艾润飙当时是张家口市委秘书，大地震发生的当晚他怎么也睡不着，有一种说不出来的莫名烦躁，于是有生以来第一次吃了安眠药。地震发生时他还以为是下雹子呢，紧接着床晃灯摇，他嚎着嗓子喊大家跑出来。第二天上午11点多才知道地震在唐山，当天下午就随医疗队出发了。他押着一卡车药品还没走到地方，就被灾民们抢光了，他只好到唐山机场指挥部报到。

艾润飙说："省委书记刘子厚、副省长马辉他们睡觉打呼噜，我就从帐篷里悄悄溜出来睡在212吉普车上。余震不断，一个驴打滚儿接着一个驴打滚儿（地震的俗称），车被颠来颠去像跳舞又像打夯。这似乎为我后来从事地震事业打下了基础。"1994年6月他出任张家口市副书记，正雄心勃勃地为张家口开放之事奔波的当口，领导找他谈话说，你要到省里去了，当"驴打滚儿"局长。他说，我是外行，打不好滚儿啊！领导说，多滚儿几下就打好了。于是他就到省地震局上任了。他对大家说："我不是专家，邓小平说我当好你们的后勤部长，我说我这个外行局长就当好你们的后勤科长吧。"

来时的情形怎么样呢？

"人心散，班子软，环境破烂；从北至南跑调研，台站就像马车店。唐山大地震的'后遗症'余波未平，人们给地震工作者的画像是：东张西望的观测员，爬沟跑坎的考察员，忙忙碌碌的绘图员，胡说八道的预报员。总之，上天有路入地无门。他逐个找有关人员谈话：我已经观察思考了这么多年了，当年没报出来唐山，但我们尽力了，我们应当从这个惨痛的教训中走出来！我们不能像秃子戴帽子，捂住它，盖住它，回避它，不敢再提它！"

于是艾润飙的车牌尾号是 728，BP 机尾号是 728，电话尾号是 728，手机尾号是 728。

他说，记住它。这是使命，这是责任。

13. 三十年问答：如果有一个"如果"显灵

1976 年 2 月 10 日至 19 日，联合国教科文组织在巴黎总部召开判定和减轻地震危险的政府间对话会议。以刘英勇为团长的中国代表团一行 6 人参加了会议。他们在这个会上介绍了海城地震预报经验。同年 4 月 22 日，以刘恢先为团长的中国地震工程代表团一行 10 人赴美国考察访问。他们也向美国的同行们介绍了海城地震预报成功的概况。然而，唐山地震后，法国某报纸把中国代表喜形于色的照片与唐山大地震惨状的照片排在同一版面上，其潜台词不言而喻。这又不禁让人联想起 1978 年美国地质调查局出版的《地震情况通报》中刊印的一张幽默漫画：一只闭眼张口、惊恐惨叫的黑猩猩。漫画上方写道：为什么我能预报地震而地震学家们不能？

这是人类的自责，还是人类的悲哀？

在中国人熟悉的十二生肖动物中，异常反应数猪最笨，倒数第一；数老鼠最灵，排在最前。其实，猪也不是最笨。经有关技能测试调查，自诩为万物之灵的人，其敏感反应比猪还要略慢一些。唐山大地震中不乏这样的例子，猪跑了出来，而养猪的主人却遇难了。

笔者在唐山与十多位幸存者座谈，听他们讲，距大地震来临还有 3 个来小时时出现了地光和地声。这是极其宝贵的 180 分钟。如果这时唐山地震部门与当地政府机关采取防震紧急措施，唐山人完全有时间逃避到安全地带，像海城一样躲过这个大劫难，虽然人们的行动比猪还要晚、还要慢一些。

但我们不要忘了，人是社会的动物。即使在同大自然的斗争中，人只有聚结成一个整体才能显示出他们的力量。当人自以为是或各自为战的时候，他并不比动物有更多的优越性。所以人们哀叹：在大自然面前人是多么渺小啊！多么脆弱啊！多么无能为力啊！

仅仅依赖本能，人恐怕远不及动物。在自然灾害面前，人类若没有形成一个防范的整体，没有相应的通讯网络和观测手段对自然界的异常信息进行及时的收集和处理，他们怎能不被猝不及防的震魔各个击破呢？！

经多方调查了解，唐山地震前，确有不少人收到了大自然的警告信号，但并非知道那就是必震信号，因为这些信号具有"不唯一性"：天气闷热也会使鸡犬不宁，蚂蚁搬家；连日多雨也会使井水突涨，蝉蛙狂鸣。人们也正是在震后用最寻常的经验解释了震前的诸多宏观"异常"，甚至连孤鹜那声声凄凉的悲鸣听来亦仿佛啼血哭喊：苦嗷，苦嗷，地震来了谁知道……

时至今日，当人们还在抱怨地震学家们没有找到"必震信号"的时候，人类是否就不得不接受大自然一次又一次以鲜血和生命为代价的惩罚呢？如果说人类对苦苦寻觅大地震的"必震信号"还遥无定论，那么我们对大自然的各种警告，切不可熟视无睹，束之高阁了。

40 多年过去了。唐山大地震在世界自然灾害史上和地震预报探索史上都留下了重要的一页。然而，唐山大地震似乎是个不解之谜，一次又一次地被人提起被人关注被人追踪，非要探个究竟。纪念唐山地震 30 周年之际，汪成民又成了一些媒体关注的热点人物之一。2005 年 10 月 28 日，汪成民在给中国地震局领导的一封信中写道："最近一些媒体热炒唐山地震，我被记者们围追堵截，难以脱身。我本意不愿议论此事，但由于我长期回避媒界，以至于现在流传的某些材料内容与事实有较大的出入，而且这些说法都打着我的名义。为了以正视听，不要以误传误，我最近答应中央台、凤凰台、东方台及某些报刊以文字的形式，将那些有确切旁证资料的材料公布于众，谈谈我的看法……"

有记者问：唐山大地震关于能挽救几十万人生命的招呼，为什么没能像海城地震那样及时发出呢？

汪成民答：主要有以下三方面的原因：地震预报在科技上没有过关是主要原因。到现在为止，世界上还没有找到确切可靠的地震前兆，一切预报都是经验性、概率性的，可能成功，也可能失败。

其次，不能忽视当时政治形势对地震工作的严重干扰，使地震局领导忙于他事，"不能聚精会神地正常工作，对某些前兆与预报意见没能予以充分的重视"（引用原地震局党组组长胡克实同志的原话）。

另外，地震局内部专家们对1976年地震形势分析出现严重分歧也是原因之一。当时许多专家根据地震统计认为：从三千年历史地震记录看，华北地区两次7级以上大震没有相邻、相继发生先例。因此，1975年海城地震后，1976年京、津、唐一带地震形势应该趋于缓和，工作重点将向西南转移。仅少数年轻科学家根据前兆资料及非传统的预报方法提出相反意见，认为海城地震后，华北震情不仅没有缓和，而且更加严峻。这种争论在地震局分析地震形势时是经常发生的，属正常的学术之争。但当这一争论涉及24万人的生命时，问题就变得非常严重、复杂了……

有记者问：你对×××发表的作品，为什么说有不少缺憾？

汪成民答：我第一次与作者见面时就忠告他："这是个非常严肃的题材，你若要写，必须慎之又慎，对每一个细节必须反复落实，不能道听途说，要重文字依据，不能只听当事者自己的叙述，更要广泛收集旁证材料，因为有些人十分希望炒作此事，以达到个人目的"，"你千万不要以牺牲真实性为代价，换取轰动效应"，"成文以后要让我看后才付印，尤其涉及到我的一些事情，我会对每个字把关，负法律责任"。可惜的是他没按照我的要求办，我是在书发行后两个月看到文本的，一翻开书就发现其中许多内容不乏失真之处，例如：此书很少谈及地震预报是十分困难、复杂，至今尚未解决的科学难题，误导读者对地震预报的认识过分肤浅化、简单化，似乎用个电表就能解决地震预报难题。书中也忽视了当时畸形的政治背景，普遍不敢谈业务，不敢抓业务，唯恐背上"用生产干扰革命"的罪名。在描述地震工作方针方面不恰当地宣传群众测报的地位与作用，将专群结合、土洋结合的鱼水之情写成专群对抗，相互否定的两个矛盾方面，上述这种描述均缺乏真实性与科学性。

书中多次提到某些测报点在地震前曾向国家地震局发布过准确的大震（7级以上）短临预报，这些都与事实不符。我曾向作者介绍过，凡正式向国家地震局提出预报意见的，我们都记录在案，并予以编号，重要预报意见，有的还有回执。在一般情况下群众测报点的预报意见都报送给县、地区一级地震部门，比较重要的意见由他们层层向我们转交，很少有群测点直接向我们发布预报的。

有关目前被舆论界热炒的某专家赴马家沟（煤矿）落实异常一事的描述，更有些离谱。该书给读者的印象似乎地震前马家沟群测点已向国家地震局及时发出了准确的短临预报，我收到预报后，专门派某专家去马家沟了解预报意见，去了以后粗暴地否定了马家沟的成功预报，成了千古罪人。实际情况是当时我们根本不知道马家沟异常，从未收到过马家沟的预报，更谈不上派人专门去核实这次预报。这种错误的舆论导向，一方面不实事求是地捧高了一个群测点的作用，另一方面贬低了一个为地震科研献身一生作出了突出成绩的科学家的形象。

有记者问：唐山地震前国家地震局没收到过任何明确的强震短临预报，那么，收到过哪些正式预报？

汪成民答：趋势预报方面有三个比较突出的意见。以耿庆国为代表的北京市地震队预报、以贾云年为代表的河北省地震局预报、以吴佳翼为代表的地球物理所做预报，这三份预报都指出海城地震后地震形势不但没有缓和，而趋向更加严峻。其中贾云年明确指出唐、滦一带危险性最大，并强调国家地震局若采纳"海城地震后华北震情将缓和的意见"将导致犯严重的战略性错误。不幸的是，他的预言最终变成了现实，他自己也在震前赴唐山调研，后不幸在地震中光荣殉职。

在"短临预报"方面，以北京市地震队调子最高，他们提出"观测到建队以来最突出的异常，目前要以临震姿态紧急动员起来"，可惜他们注意的地点在北京西部，对于地震强度没有发表明确的意见。我们地震局在震前收到的其他14个单位或个人的短临预报意见，时间虽然集中在7月下旬至8月上旬，但地震强度均仅为5级或4.5级左右。

作者书中所说7级以上地震的"短临预报"，事实上国家地震局从未收到过。地震前我们主动出击六十多人次，三次赴唐山，深入到四十几个专业台站和群测点，召开座谈会十余次，散发短临预报调查表四百余份，专门收集大震"短临预报"意见，其中书里也提到某些曾有预报的单位和个人也参加了我们的座谈会，收到了我们散发的"短临预报"调查表，就这样，主动上门、广泛征集，仍然没有了解到任何单位和个人的大震"短临预报"意见。现在多数原件还在，适当时机我们会公布这些原件。

一句话，在唐山地震前我们面临的困难是：一方面异常较多，形势紧迫；另一方面，千方百计反复调查后，仍收集不到明确的大震"短临预报"意见。当时，上面领导回避、推诿，下面基层缺乏强有力的支持，我们夹在中间，如同手上捏着个烧红了的木炭，焦急万分，左右为难。

有记者问：为什么事隔30年后，再揭开唐山地震这个老伤疤？

汪成民答：我今年已70岁，对我来说，更希望通过唐山地震真相的恢复来促进我国地震科研事业的发展。唐山地震后我国地震事业进入低潮，周恩来总理建立的一套行之有效的方针、政策，海城地震预报成功树立起来的信心，遭到很大冲击，全面引进外国的"大、洋、全"，模仿、跟随式的研究思路又逐渐主宰了中国地震事业，使之长期陷入误区，不能自拔。只有真实、客观地认识唐山地震，才能全面、科学地总结经验教训，才能坚定地走中国式的充满创新思维的防震减灾之路。

…………

汪成民这封"答记者问"的公开信，是他被诸多媒体围追堵截、轮番轰炸，患脑溢血住院救治好转之后倾心写就的。文中不难看见，他对唐山地震的记忆刻骨铭心。

陈非比在纪念唐山地震30周年写给丈夫贾云年的祭文中，用一颗孤寂的心饱蘸着泪水写道——

1976年9月，我曾来到你和战友们牺牲的地方——位于横跨陡河的胜利桥东侧的唐山地区农科所招待所，去凭吊你们的亡灵。

站在那曾褻渎了你们年轻生命的废墟上，我欲哭无泪——难道这就是一年多前我曾生活过的地方？难道这就是你们昨天还战斗过的地方？为什么今日它却成了埋葬你们的坟墓？！

这是为什么啊！

当时，你们生前的组长杨理华曾向我举起了相机："照张相留作纪念吧！"

我摇摇头谢绝了，我怕将来会不忍心再看到这伤心之地。

然而，我又怎能忘却这块土地！这块我们日夜捍卫过，今日却被震魔无情撕裂的土地；这块我们深情热爱着，如今却给人们留下深重灾难的土地；这块我们曾抛洒汗水、泪水和鲜血，却最终未能幸免于难的土地！

哦，云年，为什么，为什么命运要如此安排，为什么世事总是这般无奈，难道你和你的战友们注定难逃此劫？！

如果不是 1976 年 4 月 6 日和林格尔地震考察推迟了你们唐滦的行期；

如果不是六七月份唐山地区一反常态地多雨，野外作业未能如期完成；

如果你们的驻地不是处在灾难最重的极震区；

如果你们不是住在房屋质量极差、室内设施简陋的农科所的客房；

如果地震不是发生在凌晨 3 点你们熟睡之时；

如果唐山地震前能有（哪怕一次）有感前震；

如果地震前的宏观临震前兆，能早早进入你们的视野；

如果……

如果有一个"如果"成真，你们不就能逃此一劫？

可惜，没有一个"如果"显灵，没有人能有回天之力，你们永远长眠于曾经奋斗与钟爱的华夏大地！

…………

是啊，历史没有"如果"和"假设"。唐山大地震付出了沉重的代价，也留下了珍贵的财富——用鲜血和生命换来的经验和教训，这就是历史。

第五章　魔鬼藏在美丽风景后面

　　大自然造化出七彩云南的绚丽风光，壮美山川满载苍生万有的期待。终而，大地震的魔鬼就藏在这美丽风景的后面，云南被称为地震"仓库"。

　　就在唐山地震前两个月的 5 月 29 日，一个大雨滂沱之夜，云南龙陵发生 7.3 级、7.4 级强烈双震！所幸这是一个有长、中、短、临预报的地震。大震来临，警报划破边陲夜空，乡镇村寨敲锣鸣枪，万千生灵躲过一劫。

　　这是继海城地震预报成功之后，又一次问鼎之战。然而，龙陵的光环被唐山地震的阴霾所覆盖，虽然它像一粒尘埃散落在历史的夹缝里，但你是否听到它奔流的血液中正轰响着怎样的声音？……

第五章　魔鬼藏在美丽风景后面

1. 凄雨龙陵

1976 年的地震形势，像当年解放战争"三大战役"一样，当京津唐保卫战打响之后，在云南的龙陵和四川的松潘也先后发生了强烈地震。三大地震遥相呼应，地震工作者严密布阵，绷紧了应战的神经。虽然，唐山地震前发生的龙陵地震和唐山地震后发生的松潘地震，均获得了较为成功的预报，但人们笼罩在"政治地震"和"恐震症"之中，并未引起人们太多的关注。

先让我们走近龙陵。

滇西高原自西向东有高黎贡山、怒山、云岭、哀牢山等著名山脉，构筑了云南最诱人的美丽屏障；梅里雪山卡里博峰和玉龙雪山香格里拉，被誉为喜马拉雅女神养育的一对孪生姊妹；流入印度洋的金沙江、元江（红河）、澜沧江、怒江、瑞丽江等河流，恰似盘绕在这孪生姊妹额顶和腰间绚丽的彩带；龙陵至腾冲一带多古火山熔岩地貌，以及它孕育千万斯年的地下热海堪中外奇观……

大地震的魔鬼就藏在这美丽风景的后面。

云南被称为地震"仓库"。

当地人说，祖孙三代，闭着眼睛都可以讲一个经历大地震的故事。闻名遐迩的抚仙湖水底就是一个埋藏地震遗址的博物馆。湖底原本是一个很繁华的坝子，坝子里有一座美丽富庶的古滇国城池，是一场大地震把城池沉入水底。湖边村渔民说，在湖里捕鱼，风平浪静时能看到水下城墙、炮台和石雕。2000 年岁末，中央电视台曾报道了这一惊奇发现：在抚仙湖底勘察出城市基石和被淤泥覆盖的古城遗址。被称为"贡鱼"的抚仙湖独有的抗浪鱼，一定会比人类知道，在抚仙湖底沉寂千载的古滇国有多少美丽动人的传说；抚仙湖畔出生的聂耳，《义勇军进行曲》成了他 23 岁生命的绝唱。

从厚如砖块的《云南地震目录》和与此书一样厚的竖排大字本《云南地震考》中可以看到，云南的地震在任何时候都不甘寂寞，仅从新中国成立后到 2000 年的 50 年间，云南 6 级以上大震 49 次，接近每年一次；其中 7 级以上大震 11 次，平均四年多就发生一次。频繁的地震使云南人付出惨重的代价，也为地震科学提供了大量的研究实例。因此，云南地震工作者得"地震"而独厚。

故此，中美两国政府根据联合国教科文组织开发署的有关计划，于 1980 年 1 月 24 日签订地震科技合作协议，决定在云南建立滇西地震预报实验场——它位于中国南北地震带南段与喜马拉雅地震带西缘结合部，即南起云县，北至中甸，西起腾冲，东至楚雄，约 9 万余平方公里的区域；中美双方将实验场区域内约 4 万平方公里的范围辟为中美地震合作研究地震预报实验的现场。人们寄希望对该区地震具有强度大、频度高、类型多等特点的监测实验，能对地震预报难题有所突破。

2006 年 5 月 29 日上午，纪念龙陵地震 30 周年大会在大雨滂沱的洗礼中召开。警报拉响，惊彻云天，边陲古城沉浸在被豪雨浇透的肃穆之中。

30 年前的今天，也是大雨滂沱。1976 年 5 月 29 日 20 时 23 分、22 时 00 分，龙陵一带分别发生里氏 7.3 级、7.4 级强烈地震，使保山地区、临沧地区、德宏州的 9 县 30 多个乡镇遭受不同程度的损失，受灾面积约 1800 平方公里，倒塌房屋 42 万间，但地震造成的死亡人数仅 98 人。

显然，这是一个有长、中、短、临预报的地震。

时空转换：坐在主席台上的云南省地震局、保山市地震局以及保山市等各级领导，他们大都按先前准备好的稿子相继在大会上发言或讲话。但他们都不是我们要找的当事人。这样的会，没有当事人参加，尤其是向上级发出临震预报的那几位地震工作者，还有那位舍命拉响警报的人，他们没到开会现场，没坐到主席台上，令人感到遗憾。

哦，他们都还健在吗？为何没把他们请过来？他们是有功之臣，他们应当坐在今天的主席台上，讲30年前那场为捕捉地震、使龙陵百姓免遭劫难而下定生死赌注的搏斗，讲那些日日夜夜在"邦腊掌"地震台咀嚼困苦的坚守，讲地震来袭时那山崩地裂的历险经历……也许，他们的讲述比领导讲话更生动更鲜活更具有实际教育意义（当然领导讲话很重要）。笔者被请到主席台上正襟危坐，确是如坐针毡，于是使劲从领导的讲话和有关人员的发言中寻觅那被历史尘封已久的相关线索与细节。

凝眸会场外的雨，仍是那般激情澎湃地下着，这不禁令人想起来之前就听到关于"龙陵雨"的古老民谣：

芒市的谷子，
遮放的米；
象达的姑娘，
龙陵的雨。

刚到龙陵，就听到县地震局局长石家荣说：龙陵山形地貌独特，山连着山，岭抱着岭，像一条巨龙盘来绕去雄踞中缅边界。当地流传着这样一个古老神话，是说"托塔李天王"下凡人间，巡察民情，在此突遭一场大地震，未来得及施法脱身，被崩裂的乱石埋住。为了悼念他，玉皇大帝命此地为"龙陵"。李天王的儿子哪吒，每逢祭日便挟东海龙王来此悼念，泪雨倾盆，旷久不见天日，龙陵的雨故此而扬名。

这个神话听来荒诞吗？但它却是生活在这片土地上的先人传下来的，听后细品品，似乎又觉得合乎情理。因为它与地震有关，连天上的神仙也降不过震魔的凶残。

保山市地震局副局长孙文波说，1976年5月29日龙陵地震即将发生时，他身为德宏州军分区边防七团二营六连的模范班班长，带领战士们刚巡逻回来，正准备端水洗脚的当口，地震就来了！"我们所在的中缅边界瑞丽县弄岛雷允哨所震感非常强烈，就听一阵轰隆隆的声响，只见橡胶树摇晃起来，芭蕉叶子啪啪地互相抽打起来，我要大家把洗脚盆顶在头上立即往外跑，狂风大作，雨点夹着卷起来的石头砸在盆底上，叮叮当当响作一团。在此之前，我们接到过上级通知，说近日有可能发生地震，执勤时要多加防范，没想到地震说来就来了。好在营房没有倒，我们顶着洗脚盆在雨里呆了大半夜。随后连队接到上级通知说，是龙陵、潞西发生了地震，要大家做好战备工作，加强边防巡逻，维持好当地的治安……"

显然，石家荣、孙文波都不是我们要寻访的当事人。

好在他们提供了几位当事人的姓名，但有的已经退休多年，有的已不在此地，一时半时很难查找他们。

龙陵的雨仍在不停地下着。这不停地下着的龙陵的雨着实让人肃然起敬，让人感受到"哪吒"的忠诚与孝心……

2. 寻访失踪的"猎手"

几经周折，终于找到了当年龙陵县地震办公室主任赵铃、技术员赵松茂。两位已是70多岁的人了。两位老人说，当年县地办就三个人，除了他俩，另一位就是拉响警报的李文煌，他是县地办副主任。

拉响警报的李文煌现在在哪？

赵铃摇头，赵松茂也摇头。说多年没跟他联系了，不知道他现在是什么情况，因为他早已调离了。

继续打听，仍无音讯。李文煌仿佛在人间蒸发了一般。

现任龙陵县广电局局长杨凡，2001年任地震局局长和接任他的石家荣分头向有关人打听李文煌的下落，凡是有线索的电话，一个接一个地查寻，最后，是杨凡终于联系上了李文煌——他在德宏景颇傣族自治州开了个经营奇珍异石、稀有植物的公司。已是七旬的人了，该是含饴弄孙、颐享天年，怎么开起公司了呢？

公司那边在电话里说，李副总现在就在龙陵，他是由本公司法律顾问单志平驾车送他去的。

啊！大家惊诧不已。

有道是："踏破铁鞋无觅处，得来全不费工夫。"

为参加纪念大会，李文煌冒雨驱车跑了上百公里，专程从德宏赶来。大会开始时，他就在会场下面靠边坐着呢！

5月29日这一天，李文煌铭刻在心。

见面后单志平对笔者说，5月28日一大早，李文煌就通知他把车准备好，明天一早往龙陵赶。

单志平说，明天是跟缅甸一家客户谈生意，恐怕耽误不得。

李文煌说，现在就通知缅方，让他们改日再来。

单志平似乎明白了什么，说，这雨下得很大，怕一时半会儿晴不了，路不好走啊！

李文煌说，天上就是下刀子，我们爬也要爬到龙陵去！

单志平适才恍然大悟。连忙说，好好，我们明天一定到龙陵。

3.警报划破边陲夜空

彻夜长谈。赵铃、李文煌、赵松茂三位当事人仿佛又回到了当年。

当年三个人都是被"政治问题"所累的"失意者"。

赵铃原本在县委组织部搞党务工作，是部长一职的最佳人选，因与县革委某些头头脑脑在政治运动中意见有分歧，就被一纸命令调到县地震办公室。还算不赖，给了个办公室主任当。而这个主任，包括自己只管三个人。

李文煌是湖南长沙人，1959年入曲靖农校学作物栽培，毕业后分配到龙陵农科所（当时叫农林科）当技术员，1964年任"四清"工作队小队长，到腾冲县和顺乡（当年叫公社）驻队。这一"驻"就认识了一位华商家族的千金闺秀寸时清，二人爱得可谓"水深火热"。当然只能在暗处偷偷摸摸进行，因为当时有海外关系属"特嫌"之列，是犯忌的。于是两位恋者严守秘密。李文煌直步青云当上了龙陵县革委委员，可是年龄不饶人啊，二人都急了，火烧火燎的。这样一来二往的想必"行踪可疑"。再说了，世上没有不透风的墙，他们的"关系"暴露了。怎么处理呢？那好办，就叫李文煌到老挝南达修路吧。领导就这么一句话，李文煌和200多人的筑路工在边防部队官兵的指挥下修了三年路。好在他当筑路大队的文书，在经历了多次飞机轰炸和炮火洗礼后，剩下一百多人回到了中国境内，李文煌十分庆幸自己没有把"百把来斤"丢在异国他乡。于是，他什么也不顾了，什么也不想了，什么也不要了，心里只有一个念头：结婚！这是1974年春天，他被分到县地办任副主任。但这个副主任只是口头任命，不装档案。

赵松茂1956年当兵，而且当的是测绘兵。那个年代的中学生在部队可是香饽饽，很受首长器重。他对地形地貌地质的测绘技术很有一套，上级培养他准备提干。可是偏偏这个节骨眼上，他的婚事出了问题：父母包办，给他定好了一个媳妇，并不是这个姑娘不好，而是他跟这姑娘几年没能建立起感情。家里逼他回去结婚，人家姑娘等着出嫁，他死活不同意。原因在哪儿？是他悄悄与当地的一位姑娘好上了，也并不是这个姑娘多么俊多么漂亮，而是他跟这姑娘彼此瞟了一眼就舍不得忘了。于是，他千里迢迢回家愣是把婚拆了。人家姑娘老子不干了，常言道"千里姻缘一线牵"，你小子倒好，遥远千里把婚拆！人家姑娘老子就把这事捅到部队。部队领导大发光火，说你小子胆大包天，要当现代的陈世美是不是？摆在你面前的只有一条路，赶快回去跟人家姑娘把婚结了，然后给你提干。赵松茂说，这婚无论如何是结不成了。领导说，结不成你就复员。赵松茂说，复员就复员。这是1971年冬天，当了6年测绘兵的赵松茂复员后来到龙陵落了户。县地办主任赵铃找到他说，来我这吧，这里正用得着你。

赵铃说，龙陵是地球的一个穴位。当年李四光和有关专家向周总理提出滇川和京津唐将有大震的分析，云南地震局（当时叫昆明地震大队）就搞了一个"滇西会战"，龙陵、耿马、潞西、德宏等被圈进"有可能发生大震"的区域范围，我们就卯足劲儿，一门心思捕捉这个大震。当时两派斗争很厉害，保皇派、造反派把大标语都刷到山顶上去了。好在县地办是个不起眼的小单位，是县直机关的"边缘地带"，没有卷入斗争的漩涡。

三个人分工协作，各司其职，倒也默契。赵镐管行政，李文煌抓宣传，赵松茂负责业务。主要专业监测点是邦腊掌地震台，全县还有十多个群测群防观测点。在龙陵地震前三个月，已经举办了四次培训班，并把有关地震知识的宣传画直接发到生产队。

1976年4月22日，是县地办举办的最后一次培训班。平达公社的几位观测员没有到会，李文煌就打电话给公社书记兼武装部长："你们参加培训的人员为什么还没到会？"

书记说："这里正抓革命、促生产忙着呢，你不要拿地震吓唬人！"

李文煌说："震不震不是我说了算，是老天爷、土地爷说了算。不震，大家都无事；震了，你别怪我没通知你！"

书记说："好好，你是出了名的'李铁嘴'，我争不过你，我这就派人去，有什么异常情况你要及时通知我。"

李文煌说："一有情况，我马上通知你，可你怎么能马上通知大家？县城里制定的是拉警报，有的公社制定的是派民兵敲锣。"

书记说："我有枪，我可以鸣枪示警。"

李文煌说："你可以鸣枪作为信号，但你必须事先把这个信号告知大家。不然，有人还以为这边界发生战争了呢。"

书记说："我这就开会，把这个方案通知下去。"

也就是在这最后一次培训班会上，县地办把3月份上报省局和保山市地办的会商预报意见通告了全体培训人员：滇西一带近期有可能发生破坏性地震。要大家提高警惕，做好防震准备。

5月中旬，邦腊掌监测点地下水由清变混、由混变黄又变红；还有地下热水泉有平日喷出半米或一米高，现增至几米或十几米高的水柱，并且喷发的速度加快，间隔缩短；整个山谷散发着浓浓的硫磺气味……

赵铨和赵松茂守在邦腊掌，几天几夜没合眼。一个忙着记录，一个跑来跑去观测。没粮食吃了，就讨来山民一筐山芋充饥。此时，赵铨的妻子怀孕已到分娩期，可他也照顾不上，而且把前来送衣服和食物的大女儿赵丽芸也留下来帮着观测。

5月25日，赵铨、李文煌和赵松茂碰在一起开了个紧急分析会，认为一场地震已迫在眉睫，估计强度在6—7级。是报还是不报？

三个人达成一致意见：报。

赵铨向保山市地震办电话汇报；李文煌向县委书记杨茂春汇报。

杨茂春当时正在挨批斗，靠边站，但人命关天，他作为还没被罢免的县委书记不能不担起这个责任。他叫来县革委副主任黄炳生（后任保山市地委书记、省人大副主任）以及廖副县长等人，研究对策，决定通知全县做好抗震救灾准备。杨茂春是参加过滇西抗战的老军人，他揪下一撮白发夹在《毛主席语录》中，然后说道："要是不震，我向全县人民谢罪！"

大家分头行动起来。这气氛就像当年滇西抗战一样悲壮。那场中缅远征抗击日寇的龙陵血战，打了七七四十九天，那座叫盘龙山的山头被敌机狂轰滥炸，整个削平了三尺！数千名中国军人血洒龙陵，染红了山下的小龙江……这一悲壮的历史画面就陈列在龙陵抗战纪念馆里。

想到眼下这场"战役"，就想到了缅甸邻邦。

李文煌问杨茂春："是否向我们邻居打声招呼？"

杨茂春说："你顺便告诉腾冲地办，让腾冲地办通知他们。"

是啊，边界是个政治的概念，国家的概念，它是人为的；大自然从来不会为人类的居所划出一条边界，一条不可逾越、为此征战流血的边界。应当把震情预报通知缅甸邻邦。龙陵地震发生后的第三天，接壤的邻居们抬着猪、拉着羊，还制作了一个几十斤重的大粽子（听说是各家各户抓来一把把糯米、枣、红豆等，垒起一口大锅蒸熟的），在缅甸边防军人的护卫下，前来答谢亲如兄弟姐妹的龙陵人。

5月27日，邦腊掌的几处地下热泉一起喷发，水温骤升至120℃，水位高达20多米；山谷的溪流水势暴涨，鱼儿和青蛙忍受不住水的热度，挣扎着蹿到半空；天空奔雷滚滚，乌云翻卷，大雨像决了口的天河往下倾泻……

赵铃打电话给办公室值守的李文煌："看来大势不妙，邦腊掌已出现临震前兆。"

李文煌说："已有不少观测点报来了宏观异常反应，猪不进圈，鸡不上窝，老鼠到处跑。"

赵铃问："县城布防怎么样？"

李文煌说："一切都布防完毕，老书记把我写好的广播稿审批过了，正准备在县广播站播报。"

赵铃说："好啊好啊！我们一定要逮住这个震魔！"

5月29日上午，保山地区宣传部组织的"批邓反击右倾翻案风"演出团来到龙陵，准备当晚在县影剧院演出。

因为还没有正式对外发布紧急通知，李文煌对演出感到担心，就找老书记杨茂春商议。

杨茂春说："我已向他们演出团的团长说了防震的情况。团长说，他们既然辛辛苦苦赶来了，决定还是要演。我能说什么，只能表示欢迎和感谢。不过，我们作好应急准备，保证演出团和观众的安全。"

此时，大街上已贴出大标语：杨茂春一伙别有用心，拿地震欺骗革命群众，罪该万死！

晚上6点多钟，县直各机关和学校组织的观众陆续进入影剧院看演出，7点正式开演。

邦腊掌打来电话：已记录到有感地震十余次。李文煌又马上跑去找书记。杨茂春当即立断：通知广播站发布紧急通知。

好在地震办公室和广播站都在县委院里，都在一座山包上。李文煌转身跑到广播站对广播员王启玲说："快，快，向全县播放地震紧急通知！"

与此同时，杨茂春要县总机值班员通知影剧院和人民医院迅速组织大家疏散，并紧急通知各乡镇。

县城的广播响了！

影剧院的高音喇叭响了！

乡下各村寨的锣敲响了！

王启玲按照稿子一句一句念了几遍，李文煌急了，接过话筒替她广播："大地震来了！请大家迅速疏散躲避！"

当他喊了几遍之后，大地开始颤抖起来。广播线断了。他抓起电话，第一个先打给的就是平达公社，他从听筒里还能听到那位书记兼武装部长朝天"呼、呼"鸣放两响的枪声。

在他打通了第四个电话的时候，电话线也断了。他马上想到安装在山包最高处一座小楼顶上的警报器，奋力跑了上去拉响了警报：鸣——鸣——鸣——

警笛声声，划破边陲夜空！

惊天动地的地震"大摇大摆"地来了……

4. 人，不是被大自然捉弄

李文煌眼睁睁看到一个大火球从盘龙山峡谷腾空喷出，那火球先看上去像个烧红的大铁饼，后又很快变紫发白，冒着炽热的白烟和气流，旋转着，升腾着，突然在与山崖的撞击中爆炸了，石裂山崩，一堵陡峭的山体轰轰隆隆滚落谷底；火球撞击山崖爆炸的气浪把大片大片的树林掀倒吹断，把不堪一击的房舍撕裂撕碎……他不知道自己是怎样被凶猛的气浪掀了起来，尔后从二层楼上抛下去，抛在一层楼梯口，醒来时，拍拍脑袋还很清醒，知道自己还活着，就跑到县委院里喊老书记。

其实，老书记杨茂春就站在院里台阶上，一动不动，俨若一根木桩、一座石雕。

"杨书记，我们赢啦！"李文煌带着哭腔说。显然是过分激动。

杨茂春说："我们与外界失去了联系，要赶快想办法把震情通报出去。黄副主任、廖副县长已分头下去了解情况。"

李文煌说："镇安边防团有无线电台，邮政局也有。"

杨茂春说："咱们先去邮政局。"

抗震救灾指挥部就设在邮政局。通过邮政局和边防团的无线电台相继与保山、昆明取得了联系。

震后第二天，中央慰问团来了，400多人的地震考察队来了。中央慰问团团长吴桂贤副总理一行，从保山乘坐军用直升机飞抵龙陵。直升机在县城盘旋好几圈却降不下来，是因为整个县城连一块可供直升机降落的平地也没有，只好飞到镇安边防团团部的操场上降落，然后乘车一路泥泞赶到了龙陵。吴桂贤穿一身不挂领章的布军装，打着一把雨伞，深一脚浅一脚地来到指挥部，一见杨茂春就说："你就是那个被打倒却没有倒的县委书记吧，我看你永远不会被打倒的！"

在邦腊掌坚守七天七夜的赵铃，急急火火往家赶，家已面目全非，一片狼藉。他一头栽在地上，想哭想喊，却哭不出喊不出来：完了完了，老婆孩子全完了……

忽然，从不远处搭起的棚子里传出声音："丽芸她爸，丽芸她爸，快过来呀，快过来呀！"

赵铃先是一愣，立马站起来扑了过去，定神一瞧，他浑身又像酥了似地一屁股蹲了下来：我的娘哎，老婆、孩子命真大！

他看到老婆正抱着刚出生的孩子喂奶呢！这个在地震中出生的姑娘，现在是龙陵抗战纪念馆的讲解员。她对笔者说，她有一个美丽的名字，只愿告诉我，不想告诉其他人。我说，好吧，姑娘，我一定给你保守这个"秘密"。

李文煌拉响警报并没有给他带来好运气，反倒给他罪加一等，扣上一顶"铁杆保皇派"的帽子。由此，他想到自己的大半生：人，不是被大自然所捉弄，而是人自己捉弄自己——在地球的一个角落里"一不怕苦二不怕死"的穷折腾，越苦越穷越折腾，也不怕地球开除你的球籍！

地震后不久，他就被发配到下边的一个观测点去了。又过不久，他又被调了回来，宣布他任龙陵县委宣传部长。原来这是刚被"解放"出来的县委书记杨茂春的提议。李文煌干了5年宣传部长，他说干得挺卖力挺得劲的。后来，李文煌调到德宏傣族自治州先后任办公室副主任、环保局局长、城建局党委书记等职，57岁时就提前退休了，辅助妻子寸时清的侄子寸建强开拓"奇珍异石"、"稀木瑶草"市场。几年下来，规模相当可观，生意做到了海外。李鹏、吴邦国、李长春等国家领导人先后来该公司视察参观。

李文煌告诉笔者，震后三天，那位书记兼武装部长见到他万分感激，因为平达是极震区，此地震死亡98人中，平达就占了39人。"如果震前不采取紧急措施，不知要伤亡多少人哩！恐怕连我这个书记兼武装部长都被埋进去了，幸亏文煌老兄救了兄弟和乡亲们！"而这位书记兼武装部长更明白，这死亡98人中，占一大半不是直接在死于地震，而是次生灾害造成的。如果没有临震预报，仅县城上万人会是怎样的后果？他从腰里掏出他那支心爱的手枪，对李文煌说："老兄，走，到江口让你扣两梭子。"李文煌笑了笑说："你把子弹留着吧，等下次再有地震时还鸣枪示警。"可他心里说，殊不知当年在筑路时躲过多少炮弹和子弹，三年之中也抓枪打了十几次仗啊！

李文煌还告诉笔者，中央慰问团有位重要成员，走之前写下对龙陵两派斗争的看法，概括为："城小妖风大，池浅王八多。"后来，《红旗》杂志的一位记者采访李文煌，他就把这两句话说给了记者，记者说，哎呀，这话恐怕在文章里不好用，发表了会惹起麻烦的。

如今的邦腊掌已变了往日的模样。巴掌大的一个地方扩张为偌大一片避暑、疗养、休闲之地。星级宾馆，舞厅酒店，银行储蓄，邮电通讯，足疗浴疗，美容按摩……鳞次栉比地挤满了整个山坡谷底。在这里做饭不用烧柴和煤气，就用从地下冒出来的热水，把锅往井口一放，很快，满峡谷就飘香了。洗浴更不用说了，水质没有任何污染，富含人体所需的各种矿物质、微量元素，而且对医治各种疾患有着药物无法替代的疗效。总之，这里一切都绿色环保，尽可享受大自然的恩赐。所以，一些企事业单位和社会团体纷至沓来，竞相在此建起了培训基地或疗养院。邦腊掌成了西南边陲的一颗明珠，一块寸土寸金的风水宝地。

这里的监测点已盖起了二层小楼，各种先进设备仪器已是今非昔比。笔者一行吃着由省地震局副局长陈敏亲自在地热口蒸熟的柴鸡蛋，观览着间歇喷出的热泉，确是别有一番风味。笔者暗想，坐在此地不就是坐在火山口上吗？这处处冒出的热气热水，不就是火山运动的脉冲现象吗？说不定某一天，人类的欲望行为惹恼了大自然，大自然突然变了脸，嘣一下火山爆发了，轰一下地震了，人们该如何办？

善待大自然，其实就是善待人类自己。

5. 聆听来自"底下"的声音，你才能"耳聪目明"

从龙陵回到昆明，在省地震局皇甫岗局长精心安排下，笔者见到了陈立德、姜葵、晏凤桐等几位老领导老专家。

这是 2006 年 6 月 2 日下午。座谈会从下午 2 点一直进行到晚上 7 点才打住。皇甫局长说：吃饭吃饭，饭桌上还可以聊。

专家们说，龙陵地震预报成功，须从 1975 年的"滇西会战"说起。1970 年 1 月 5 日通海发生 7.7 级地震，死亡 15621 人，伤 26783 人；1974 年 5 月 11 日昭通发生 7.1 级地震，死亡 1423 人，伤 1600 余人；而这 5 年间发生 5 级以上地震多达十余次，损失惨重，举国震惊！国务院副总理谷牧说：云南这个地方怎么储存这么多地震？他作出批示：要贯彻落实周总理指示，在地震预报问题上有所突破。1975 年 5 月下旬，国家地震局会同云南省地办和地震大队，在昆明市翠湖召开地震趋势会商会，云南方面在会上提出了龙陵耿马一带一年内可能发生强震的预测预报意见，并制定了滇西会战抓大震的部署和措施，在下关成立滇西会战指挥部。陈立德是指挥部预报组的负责人。

陈立德说：那时山区条件极为艰苦，老百姓穷得叮当响，有一户人家老少四口只有一条破棉被，连做饭的锅都没有，是用一个破瓦罐煮粥，一天也只能吃一顿。苦倒不怕，我们能坚持住。当时我有盲目乐观情绪，以为海城预报成功了，我们云南也不示弱，一定要在滇西逮住个大震解解渴！现在想起来那时多么幼稚，地震预报远非所想象的那么简单。但有一条最根本的经验是：没有下面台站人员的坚守与敬业精神，不把诸多异常信息反馈上来，你就不可能做出正确的判断和决策。

姜葵说：现在看来，这条经验更加宝贵。云南现在有 280 多个台站，云南局离开下面搞地震预报谈何容易？只有聆听来自"底下"的声音，你才能"耳聪目明"。龙陵地震前夕，邦腊掌水温急剧上升，芳草坝水氡异常显著，还有周边的一些台站把各种前兆异常反映了上来，这时候，你拍板，你冒风险赌一把，你承担责任，心里才有"底气"。

晏凤桐说：正因为如此，后来几次大震也都被捉住了，比如 1988 年 11 月 6 日云南澜沧耿马 7.6、7.2 级大震，虽然没能作出临震预报，但早在 1986 年 9 月就作出了中期预报并报省政府，即使是 1996 年 2 月 3 日丽江 7.0 级大震临震预报败北，但也有准确的长期预报，有比较好的中期预报，有一定的短期预报，只是"临门一脚"踢偏了。

然而，龙陵地震预报成功，并没有使地震工作者松一口气，华北的京津唐保卫战和四川地震态势的拉锯战，正紧锣密鼓地进行着……

陈立德说：全国地震形势如此严峻，哪有什么"东西之争"之理。华北、云南、四川三大战役都在打响，争什么呀！有什么好争的？吃饱了撑的？京津唐渤张作为首都圈，是监测任务的重中之重，我们还都巴不得想去保卫党中央保卫毛主席呢！

陈立德是四川遂宁人，1961年成都地质学院毕业后，与未婚妻罗平一起分配到地质部湖北勘探大队搞石油。此公性格秉直，说话办事爽快，透着一股四川人的辣味。逢事总爱较个"真"、挑个"刺"、论个"底"，此间发生的一个"插曲"使他的命运坠入深谷：在绘制一张石油钻孔图时，为了把图名写好，他在一张废纸片上练字，事后有人把其中毫无关联的"大敌当前"、"共产党"等字眼牵强附会地拼凑在一起。这还了得，这是地地道道的现行反革命行为，从此他开始了饱受屈辱的日子：先被延期转正两年，后又下放到煤矿挖煤。即便这样，还是有人认为对他的惩治太轻了，于是，他便被派到劳动强度更大的掘进队。就在当天，采煤作业面冒顶，当班人全部遇难，他拣回了一条命。但他的命运并没有到此画句号。紧接着，"文化大革命"开始了，他就被发落到江西五七干校接受"再教育"。喂猪、种菜、割草、刨地，什么脏活累活都干，喝盐碱水，啃红薯窝头，还要早请示、晚汇报、背毛选、搞斗私批修。与陈立德分到一个组的不仅有大学教授，还有从领导岗位落马的老红军，其中就有何长工。陈立德与何长工被安排在一块喂猪。何长工问：小陈，你年纪轻轻怎么也被拉来受"活罪"？陈立德说，你老赫赫战功也没幸免受活罪，我受点活罪又何妨，我真想连你老的活罪一块受。何长工只是一声长叹，没再说什么。但从老红军深沉的眼神里可以看出，面前的这个年轻人已把这"活罪"看破吃透了。

接受"再教育"，是那个特殊的年代实施的一种特殊的"治人"手段。同时它又是一种集权专制在某种压力下的节制。这种压力来自受"教育"人的血泪、呻吟或沉默，也来自现代迷信蛊惑下的权力威吓和施教者的内心恐惧。人们把进五七干校称之为"关牛棚"、"受活罪"，也许是对这种惩治手段的最深刻的概括。"触及灵魂"、"改造世界观"，不光是肉体的承载，更致命的是精神的拷打与折磨。历史上已经有过不少例证：活着，未必是比死去更好的方式，死只是一个瞬间，活着却要漫长地忍受，饱尝屈辱和苦难。其生存的空间也是这样，恶劣的自然环境和原始的超强度劳动重荷，每时每刻对受治的人实行蹂躏与迫害。生死就在一念之转。有的人不知是活糊涂了还是活明白了，来个"自我了断"，于是肉体和灵魂都解脱了。

此时，在地质部当地矿司长的刘英勇，悄悄来到干校探望何长工。刘英勇说：周总理点我的将，叫我搞地震，调中央地办当组长。何长工说：你搞地震是外行，要多找些内行来干，我这里有个小伙子不错，是搞地质勘探的。刘英勇说：好，我带他走。可是，陈立德当时不知怎么想的，就想回成都。1970年初，云南通海发生7.8级地震。随之，陈立德接到一纸命令，要他到云南地震大队报到。就这样，陈立德与妻子罗平就在云南安家落户。他说："长年累月在下边跑台站搞观测，情感笃深得不能自拔了。"

云南通海大地震与唐山大地震、汶川大地震，构成了新中国三次死亡超过万人的震殇。通海大地震因处于"文化大革命"的高潮期，被尘封了30年，直到2000年才公之于众。那时，全国军民正绷紧同一根神经："提高警惕，保卫祖国，要准备打仗。"防范美帝、苏修发动的突然袭击。

在通海县交大公社陶茂村，时任生产队长曾杰发脑海里整日像吊着一颗炸弹，感到战争在某个早上或晚上就要爆发。1970年1月5日凌晨，当曾杰发被一阵剧烈的颤动和轰鸣声惊醒时，他家的两层楼房已经坍塌，一根房梁正压在他的腰间，他大声喊叫，被隔壁邻居从废墟中救出。这时他发现，整个村子几乎被夷为平地，一片惨叫声。他和村民们并没有意识到发生了地震，以为是"美帝苏修扔下了原子弹"。相邻的峨山县小街公社，几十个"牛鬼蛇神"却因祸得福：他们从昆明工学院来到这里的五七干校接受"再教育"，安置在低矮的牛棚里，地震发生后，一个也没有被砸死；而住在房屋中的干校管理者和革命群众却被砸死了上百人。

谈起通海地震，给当时在中科院昆明地球物理研究所工作的王凤起留下印象最深的，是峨山县驻军某部队遭受的惨况。当时该营区内住着刚入伍的130多名女兵，地震发生时房屋并未立即倒塌，她们身着内衣快速奔出营房，但一声集合哨吹响后，部队首长发出"保护油库"的动员令，女兵们又返回屋里穿衣服拿工具，随即被余震导致的垮塌房屋掩埋。"那一幕惨不忍睹啊！"老人追忆说："一百多号人，都是青春妙龄的女娃，可惜呀……"

通海大地震波及7个县，其中死亡人数最多的是建水县，震后政府部门公布的数字为7651人，而通海地震共造成15621人死亡，其中死绝户数为836户，而受伤总数为26783人。　　——这一统计数字依据的是1970年4月15日各县上报的数据。

笔者在查阅有关档案时发现，在 4 月 15 日各县上报伤亡人数和财产损失情况之后，峨山县、建水县均又上报过修正的死亡人数，两者相加又多了 180 名遇难者。故此，通海大地震的死亡总数至少应为 15801 人。

地震过后几个小时，天已大亮，灾民们看到有飞机在上空飞来飞去，往地面上扔东西，有些人还以为是敌机前来轰炸扔炸弹，慌忙逃避。其实是政府派飞机空投食品。这似乎也怪不得他们，战争一触即发的宣传早已深入人心，而防震的知识则匮乏得近乎于零，以至于地震发生的当夜，很多村寨不敢点火照明，不少人纷纷跑到山上躲藏，失去了救人的紧急时机。村民们的互救是从亲属邻里开始的，显得惊恐、慌乱而无奈，直到部队陆续赶到，这个千疮百孔的震区才开始稳住救灾的阵脚……

在那个充满忧患的特殊年代，一场骤然降临的灾难，有时可以消弭势不两立的派系争斗。中科院昆明地球物理研究所内部曾展开过激烈的武斗，其地震台的山头也被造反派占领，作为扩大势力范围，巩固革命成果的"堡垒"，还在周围埋下了地雷，让另一方不敢越雷池半步。然而，当得知地震的消息后，对立的各方都集中精力奔赴灾区，暂且把"你死我活"的派斗搁在一边。但在灾区，阶级斗争的弦并没有放松，通海县一位亲历者说，他家邻居一个老太太被震塌的墙壁埋住大半个身子，伸着头，哭喊呼救，但没有人管她。他希望父亲能去救她，但父亲胆怯地说：你招罪受啊，她是地主婆！父亲拉起儿子走了，是解放军赶到后才把老太太救出来。这位不愿说出自己姓名的亲历者还记得，政府在发衣服时，会给贫农两套，而富农只有一套，盖房子也会优先照顾"根红苗正"的户主，甚至于在其他省市支援灾区的红宝书（"毛选"或"毛主席语录"）上，特地贴着红印签注明：捐给受灾的贫下中农。

龙陵地震时，姜葵正在五七干校接受"再教育"。他 1958 年北京大学物理系毕业，分配到中科院地球物理所白家疃地震台。1964 年 10 月他代李凤杰出差来云南帮助选台站，半年后，台站选好了，他也被留下了。当时最流行的口号是："革命同志是块砖，哪里需要往哪搬。"云南舍不得他走，悄悄把他的档案转过来。他身体健壮，性格倔强，是那种"打一拳不是要害也无所谓"的汉子。他说，没啥好讲的，搬就搬。他便从北京搬到了云南。同班同学的妻子蒋孟闽也跟着搬过来了。"这样就搬了个彻底，无后顾之忧。"唯独堪忧的是家庭出身，解放初划成分时给他家划的是"工商业主兼地主"，当时在湖南郴州被划这种成分的有相当一批人，有的还以为挺荣耀，证明自家祖上创业有功。没想到"文化大革命"中就遭罪了，蒋孟闵来昆明时是大字报迎接，"炮轰资本家兼地主狗崽子姜葵"的大字报贴到了他宿舍门上。而他呢，无所谓，叫反省就反省，叫写检讨写检讨，叫划清界线就划清界线。把写好的检讨书一交，带着妻子到下面台站去了。他跟人讲，要是天天闹革命能吓倒地震，我可是一个写大字报的好手。当时，他负责整个云南的地震台站。

晏凤桐在"文化大革命"中是"逍遥派"。1968 年北京大学地球物理系毕业分配到昆明地球物理研究所，先搞地质，后搞测震，当城里两派斗争动枪动炮"文攻武卫，自卫有理"的时候，他天天在下面台站"逍遥复逍遥"着哩！ 1978 年形势好转，他又入北大读研究生，途中患感冒发烧，这难不倒他，他取出自备的针剂给自己注射。这一招是他在台站"发明"的，并向同事们推广。1981 年学成回来就给省地震局局长当助理，1996 年姜葵从局长位置上退下来，他接任局长。2002 年退休，皇甫接他的班任局长。

....

每一个生命，只有以自己原本的姿态活着的时候，才能绽放出最灿烂的华彩——你可以理解为，这是他们以自己的行动对苦难命运的一种审美表达。

就是这三个人的命运被拧在一起，全身心投入到"滇西会战"的战场上。龙陵地震预报成功，是对他们所付出的一种回报与馈赠。他们为何对台站一往情深，是因为他们在下边汲取了丰富的"营养"。他们并没有喋喋不休地抱怨命运的多桀与不公，而是埋下身子，像纤夫一样，把纤绳紧紧地搂入肩肌里，拉着人们寄托的"生命之舟"一步一步从历史的河流上走过来，走过来……

6. 喜出孟连

让陈立德终生难忘的，是 1974 年昭通 7.1 级地震。震后他作为工作组成员乘飞机直达现场。在一所坍塌的山村小学里，他看到几十具血肉模糊的小学生尸体，他潸然泪下，把这幅惨景作为一种警告、一种荣辱、一种使命紧紧咬住塞进胸膛里。有个在地震中受惊吓导致精神失常的山民向他跑来，他问其家中受灾情况，那山民只是傻笑而不作回答，半晌才哇地哭出声来，说家中老人孩子都砸死了，就剩下他一个人，都怨事先没得个"谱气"啊！

云南话中的"谱气"，也就是没打招呼的意思。陈立德感到一种彻骨的震撼，感到地震工作者肩上的责任如此沉重！

1992 年陈立德任云南地震局分析预报中心主任。在这个重要位置上他又面临新的困惑：每天各地的预报意见像雪片似的飞到他的案头，此时的预测手段之多已是当年无法可比，但预测同一个地震，不同的手段常常众说不一，有的说有，有的说无，有的则测定在有或无之间，把"球"踢给你，他作"骑墙派"——就在这种情形之下，你如何拍板拿出最后意见？而要拿出最后意见又往往受到个人经验的局限，掺进较多的主观臆测成分。

不消说，陈立德常常为拿出"最后意见"而绞尽脑汁，煞费苦心。为解决这一问题，他对照气象预报中的多因子综合预报方法，首创地震预报的"权重集成法"：即根据各单项预报手段在预报意见上的错报率，先算出权重值，再用集成方程回代法求其集成值 P，最后根据该项手段在历史上对应地震的最大值和最小值来确定临界值 $P0$，当 P 值大于或等于 $P0$ 值时，就是有效震情预报，否则作无震预报，并将其一一记录在案。这一方法使地震预报逐步走上定量判据阶段。至此，不是"科班"出身的陈立德完成了从地质专家到地震专家的转变。

或许就是一种缘分，这么多年来，陈立德与姜葵、晏凤桐等人的合作共事是如此默契和融洽。与陈立德搭档的分析预报中心副主任赵洪声是气象专家，他从太阳黑子的周期和气象学角度研究地震的发生。他的预测方法大大丰富了地震预报科学，其预测结果常常和陈立德的预测殊途同归。

于是就有了 1994 年 11 月 20 日云南地震局对中缅边界地震的中期预报："1995 年度，云南的贡山、泸水、永德、澜沧、景洪、勐海一带及其以西的缅甸境内有 6—7 级地震发生。"

于是就有了 1995 年 6 月 8 日的短期预报："1995 年 7 月中旬特别是 6 月底以前，云南西南部的腾冲、澜沧、临沧、景谷、勐海一带及其附近的中缅边境地区可能发生 5.5 级左右地震，临沧、景谷、澜沧一带应特别注意。"

于是就有了 1995 年 6 月 24 日的临震预报："滇西南部分前兆异常已结束，现已进入临震阶段，望加强监视。"

果然不出所料，6 月 30 日在孟连县西的中缅交界处发生了 5.5 级地震。由于震级较低，再加之有临震预报，当地政府与民众紧密配合，损失不大。

然而，这是否是他们预期判定的地震呢？

陈立德说：这次地震并非主震，而是主震前的"序曲"。

依据是什么？是根据邻邦越南境内的一个震例作为参照：1983 年，越南莱州发生 7 级地震，而此前周边一些地区（包括中国云南的一些边境县）先有一系列 5 级左右的地震发生，前震与主震的级差在 1.5 级以上。孟连 5.5 级地震前，出现了与越南莱州地震前相类似的情况，从两年前的景谷 5.2 级地震开始，周边一些地区如澜沧、金平等地已先后发生 5 级左右的地震达 8 次之多。据此认为，孟连应与越南莱州一样，主震震级应达 7 级以上。

孟连 5.5 级地震后，云南省地震局按《地震应急预案》实施三类对策，向震区派出现场工作组。分析预报中心年轻的女工程师付虹随同前往，她的任务是继续监测震情趋势，为当地政府当好参谋。

7 月 6 日，孟连县所属思茅行署要工作组汇报震情。付虹依据对滇西南近期地震活动和前兆观测异常变化的情况，打电话请示陈立德，达成共识后，一致认为："孟连 5.5 级地震后，决不意味着震情的缓解，而是显示危险性在增大，震级将在 7 级以上。"

付虹按照这一口径向思茅行署作了震情汇报。基于这一认识，云南省地震局准备召开震情研讨会，进一步研究未来大震的危险性。

付虹一行完成任务后于 7 月 9 日回到昆明。就在次日凌晨，云南地震局记录到了孟连再次发生的 6.2 级地震。

陈立德既感到欣慰，又百思不得其解。欣慰的是，6 月 30 日的 5.5 级地震已被证明了是前震而非主震；而百思不得其解的是，7 月 10 日的这次 6.2 级地震究竟是不是主震呢？

陈立德和同事们都感到困惑了：要是能扒开地皮，找到"土地爷"问一声，到底还有没有大震？

显然，这是不可能的。

在震情值班室召开的对策应急会上，局领导决定实施二类对策，立即派出以副局长何希虎为组长、陈立德为副组长的工作组赶赴现场。

为了抢时间，工作组乘上开往思茅的飞机。机翼下云涛滚滚，陈立德的思绪也似云涛一样翻腾：近几日来，楚雄的地磁异常，孟连的水氡异常，邦腊掌地下水变浑，水温升高……

飞机降落在思茅已是黄昏。当落日撞上哀牢山的一刹那，喷射出刺眼的火焰般光芒，染得天地血红一片，凄美而壮烈。

工作组由思茅专员潘政扬和副专员龚丕富陪同，马不停蹄地驱车赶往孟连。前有警车开道，后有车队随行，180多公里山路，一个多小时就赶到了。此时孟连县的头头脑脑都在等他们，或者确切地说，是专、县、乡的三级扩大会议在等待地震专家的到来。

会议由专员潘政扬亲自主持。副专员龚丕富简单讲明一下来意后，就把主角推给了陈立德——请他向大家讲震情。

对陈立德来说，此时是箭在弦上，不得不发了。等待他的或是一箭射矢，皆大欢喜；或是判断失误，数十年的功名毁于一旦。

然而，优柔寡断不是他的性格，"当断不断必有后患！"这是常挂在他嘴边的一句话。此时此刻，怎能打起个人荣辱的"小九九"呢？他的铿锵之声响亮了会场：

"对这个地震的分析判断，我是老革命碰到了新问题。"他依然不失平时的幽默。

"是什么原因呢？"他停顿了一下，却吊起了大家的心弦。他继续说道："6月30日发生5.5级地震，7月10日又发生6.2级地震，这是怎么回事？我这一辈子都交给地震了，却没碰上过这种序列，地震老儿变着花招给我们出难题，所以一时也感到很为难……"

"但是，"他提高了嗓门，"毫无疑问，5.5级是前震，不是主震；那么，6.2级是主震吗？我认为，也不是主震！因为，按照越南莱州地震的经验，前震与主震的级差至少应在1.5级以上，也就是主震应该在7级以上。有人会问，你说的是这种类型地震的规律吗？我的回答是，这不好确定，但有这种可能性。而且，根据以往的震例，云南西部往往是双震型，两次强震的间隔时间一般在10分钟到3天，当年的龙陵7.3、7.4级地震就是这样。所以，从现在开始，未来3天，还必须注意7级以上地震的发生……"

为了强调形势之严峻，当讲到"未来3天"时，他有意拍了一下桌子。最后他说："我要在这里等它3天，我相信不会白等。同时我向专、县、乡的各级领导建议，立即采取防震抗震措施，以免造成人员伤亡和财产损失。"

陈立德在孟连三级干部会上的即席讲话，后来被人们称为漂亮的"临门一脚"，踢了个正着。

次日清晨，专、县领导和工作组分5路出发，下到各乡镇进行防震抗灾布置和检查。

陈立德随副专员龚丕富前往孟阿一线，沿途先后察看了一些企业、学校、医院，到处是 6.2 级地震破坏的残垣颓壁，瓦砾遍地：有的办公楼垮掉一角，被震弯的钢筋裸露出来，变得像松软的乱麻；孟阿镇三中的好几间教室在地震时坠掉了房瓦开了"天窗"；更要命的是，这些单位和学校都认为大震已过，盲目复工复课了。最令人不安的是三中，在开"天窗"的教室里，学生们正聚精会神地进行英语学年考试，老师放着录音机考学生们的听力。

陈立德瞄了瞄副专员，意思是说，你是父母官，你下令吧。

龚丕富当即下令，学校立即停课，将 200 多名学生强行撤离危房。遂又把当地干部召集到一起开会，要他们对全镇居民的安全分片包干，并严厉地强调：谁包干的片上出了问题，拿谁是问！

一切布置完毕。7 月 11 日当夜他们又返回孟连，下榻县宾馆。12 日早晨 5 点许，陈立德被一阵剧烈的摇晃惊醒，他马上意识到：大地震如期而至！他和同室的副局长何希虎迅速躲进一间较小的洗浴间避震。

此时，陈立德最关心的是震级。地震刚刚停息，他便冲到楼下往局里打电话，询问地震的级别。幸亏线路没被震断，电话通了。

他得到的答复是：里氏 7.3 级。

这正是他预期的地震。

因为有准确的预报，孟连地震理所当然地开创了全国 7 级以上大地震中损失最小的历史记录：只有 11 人死亡，139 人受伤。国务院在云南省政府呈送的报告中批文："此次防震减灾取得了很好的效果，直接实现了科技向生产力的转化。"

国家地震局、云南人民政府高度评价孟连地震预报的成功，各奖励云南地震局 10 万元。此外，国家地震局还奖励三菱越野车一台。鉴于陈立德在孟连地震预报中的突出贡献，云南地震局奖励他 1 万元以示表彰。

但陈立德仍心存遗憾。他向笔者坦言：云南因其地处边陲，同一构造带上的邻国地震事业尚未起步，是地震监测的空白区，因此很难获得完整的震前异常资料，这就给地震预报造成了一定的困难。因为地震是不分边界的。

7. 挥泪丽江

中缅边境孟连地震预报的成功，是中国大陆第五个地震活跃期到来的首次告捷，因而具有不同寻常的意义。它的不同寻常之处还在于：这是对中国地震界"六五"、"七五"期间使用科技化攻关的检验。如唐山地震遇到的对前兆异常的识别难点——"是震后效应还是新震前兆"，再如松潘平武地震中遇到的难点——"声东击西"现象，都是这一期间攻关的目标。

就在全省地震工作者为孟连 7.3 级地震预报的成功祝捷之时，云南境内的又一次 7 级大震开始蠢蠢欲动，露出端倪。这便是 1996 年 2 月 3 日发生的丽江地震。

孟连、丽江两次 7 级大震间隔的时间只有半年。

征尘未掸的云南地震工作者又投入紧迫的对一场新的大震的捕捉。

1994 年 11 月，他们便注意到了丽江一带出现的一系列异常反映，作出为期 3 年的中期预报："丽江、剑川、洱源地区未来 1—3 年（1995—1997）可能发生 6.5 级左右地震。"

一年之后，他们在继续坚持上述中期预报意见的同时，又根据事态的发展形成了短期预报意见：

时间：1996 年 2 月底前。

震级：5—6 级。

地点：（1）滇西至景谷、思茅、普洱、江城、勐海及中缅交界一带；

　　　（2）滇西北剑川、洱源到滇西六库、腾冲、盈江一带（笔者注：丽江被包括在内）及相邻的中缅边界地区也应注意。

这一短期预报以《震情反映》（16 期）的形式向省政府作了报告，时间为 1995 年 12 月 25 日。此时距丽江地震尚有 40 天。

客观地说，这个短期预报意见除了震级偏低一些，在时间、地点上都是基本准确的。值得一提的是，此前武定一带于 1995 年 10 月 24 日发生 6.5 级中强地震（由楚雄州地震局作出了中短期预报，但未作出临震预报），使地震形势呈现十分复杂的局面，给后来的异常判断造成了困难。——这情景很有点类似唐山地震前发生的内蒙古和林格尔地震。

即便如此，面对扑朔迷离的一系列异常，他们运用"八五"攻关中有关异常的识别方法，拨开重重谜团，仍然作出了"并非震后效应，而是大震前兆"的判断，对未来将要发生的 7 级大震坚信不移。

然而，非常遗憾的是，在 1996 年 2 月 1 日他们向有关地区发出临震预报时，包括丽江在内的地点（2）却被临时排除在外了。

两天后，即 2 月 3 日，一次 7 级大震恰恰就发生在丽江！

这次大震给以东巴文化著称的丽江古城造成重创，309 人死亡，经济损失惨重……

陈立德在与笔者交谈时谈及此事，心情依然沉痛："怪就怪我的心太软，跟着感觉走。当时是数九寒冬，临近春节，我想，总不能把滇西南、滇西北的父老乡亲都赶到防震棚里过大年吧。再说，滇西南异常最多，便以为是主要危险区了，所以临时决定把滇西北先放一放，谁知这一放不当紧，偏偏在滇西北震了……"

地震当日，陈立德和同事们就赶赴丽江地震现场。面对一片片废墟、受伤的同胞和一具具遇难者的尸体，他和同事们心如刀绞，泪流满面，他痛斥自己的失察和"心太软"，愧对丽江父老乡亲。

有没有对丽江地震作出准确预报的人呢？

有。

谁呢？

丽江专署地震局办公室主任王学仁。

他是怎么预报的？

王学仁于 1996 年元月 8 日向省地震局填报了预报卡："元月 8 日至 2 月 7 日间，丽江地区以永胜为圆心的 75 公里内，将发生 5 级至 5.9 级地震。"

他预报的主要依据是什么？

是地下水升高。

为什么他的预报未被采纳？

面对笔者一一提问，陈立德说：不是不采纳，也不是因为他报的震级低。要说水位变化，当时反映最突出的不是丽江，仍然是滇西南，龙陵邦腊掌还出现了地下水突跳，腾冲热海的水温舀一瓢就能烫猪毛，龙陵腾冲又都像当年一样处于高度戒备状态。所以难以认定地震会在丽江发生。当然，归根结底是我们还没能最终走出"声东击西"的误区。即使"声东击西"这一地震怪圈被我们认识了，但要准确地判断出"西"在哪里又是一回事。因为这类地震的震区极少甚至没有震前异常的出现，而这样的地区往往又是大范围的。像唐山地震、松潘平武地震曾出现类似的情况，震前，震中区异常平静或异常出现很晚，如唐山地震的前兆异常出现在京津或京西，而大震却在唐山"于无声处听惊雷"！但这种"声东击西"的类似只是从总体上说如此，而具体到每个地震又各有各的不同。

　　陈立德坦诚现身说法，谈预报决策的"临门两脚"：一脚踢得倒也漂亮，一脚却踢偏了——孟连地震预报的成功和丽江地震预报的失败，像海城和唐山一样的预报水平，可谓万言难尽。

　　是啊，孟连、丽江两次7级大震的时间仅隔半年，两次地震临震预报的得失成败仿佛就是海城和唐山的历史再现。

　　中国地震界专家们对云南两次地震预报的评价是一致的：既不能以孟连"临门一脚"成功，轻言中国地震预报已经过关；也不能因丽江"临门一脚"踢偏，而把中国地震预报水平看作"小儿科"；两脚都代表着中国当前的地震预报水平。

　　丽江地震后，陈立德在《地震通讯》（1996年2期）上发表了《丽江7级地震预报过程及经验教训》，文章的结尾震聋发馈：对地震的判断决不能"跟着感觉走"！

　　这种决不"跟着感觉走"的最好例证，就是2001年9月初云南省地震局会商认为，近期云南滇西地区有发生破坏性地震的可能，尤其红河断裂带及近邻区域可能发生6级左右地震。并将其预报意见上报中国地震局。9月8日，时任中国地震局副局长陈建民赶赴昆明，与云南省地震局共同研究确定了向省政府提出的预报方案和对策措施，尤其是对短临震情跟踪做了进一步的部署。陈建民说："这次预报是在过去一年滇川两省强化短临震情跟踪工作的基础上作出的，不是单凭经验跟着'感觉'走。"

　　事实很快被证明这一判断是正确的：至9月底滇川地区相继发生了10次大于5级的地震，其中2次发生在四川雅江，8次发生在云南。如果震前未采取必要的应急防患措施，多次中强地震迭加造成的损失是可以想见的。

　　还举一个例证就是2003年7月21日大姚发生6.2、6.1级地震后，他们判断在施甸一线可能会有强震发生，因为那里接二连三出现异常，还出现一窝一窝的小震群；而大姚地震后虽有异常出现，但很少，像放冷枪。陈立德对同事们说："看样子地震老儿又跟我们捉迷藏啦！"他判断，此次地震很有可能是故伎重演，我们决不能重蹈丽江覆辙！时任分析预报中心主任的秦嘉政和同事们已把瞄准镜对准了大姚。

是年 8 月底，云南地震局向省政府呈送震情报告，指出楚雄州大姚一带未来两个月内可能再次发生 6 级以上强震。省长徐荣凯批示，加强防范，派工作组到下边打招呼，巡查应急措施。副省长李汉柏率检查组到有关州县严密布防。陈立德和吴国华等人直赴楚雄州，向副州长延荣科通报情况，指出老震区要注意，万不可麻痹大意！国庆之前，李汉柏副省长主持召开省抗震指挥部成员及部分州市分管领导参加的紧急会议，听取皇甫岗局长近期震情形势报告。

果然，10 月 16 日大姚发生 6.3 级地震，仅死一人。

不久，联合国专家科尔博士来云南考察，在与陈立德交谈时提出这样一个问题：你把预报公布出去，万一没有震，不担心社会出乱子吗？

陈立德回答：只要宣传做到家，人们就会安定。

第六章　　大震告急天府之国

唐山大地震仅仅过后 19 天，又一个 7.2 级强烈地震在天府之国的松潘、平武爆发了！

此时，人们还痛思在唐山罹难亡灵的悲怆中，谁能想到四川又大震来袭，又有谁能断言唐山的悲剧不再天府之国重演？！

此时，两个"小个子"寝食难安，他们导演的"命运大转折"正在龙门山断裂带展开！

红尘三千，不道惆怅，磨难挂在枝头晾晒成坚强。希望总在深沉的泥土里生长，掬一棒我们上路，就看到乡亲酣睡的梦乡……

松潘、平武地震成功告破！那个当年被毛泽东称为"中国的黑格尔"、担任过周恩来秘书的省委书记，此时仿佛看见含笑九泉的总理……

第六章　　大震告急天府之国

1.龙门山断裂带风云突变

云南龙陵地震余波未平，紧接着四川大震告急。大地的"脉气"左冲右突，似乎在天府之国寻找到了一个发泄的"出口"，由于地质构造使然，云南地震和四川地震有一种"难兄难弟"的呼应关系。唐山大地震仅仅过后19天，即1976年8月16日，松潘、平武7.2级地震就爆发了！

这是20世纪发生在龙门山断裂带附近地区的第二次大地震。

第一次是1933年8月25日，四川茂汶叠溪发生7.5级大地震，叠溪城毁灭，岷江两岸山体崩塌下滑，江水受阻，形成了3个地震湖（即堰塞湖）；45天后湖水溃决，造成惨重水患，沿江下游万余间房舍淹没，几千生灵罹难。

最为惨烈的是第三次，2008年5月12日，"千年不遇"的汶川特大地震，震惊了全世界。

人们不禁要问：天府之国怎么了？仅仅75年间，就发生三次惨绝人寰的大地震，并且步步升级，空前绝后！作为中国的"后花园"——国宝大熊猫的故乡，竟然一直隐藏着一个地震魔王，一次次地颠覆这一方土地和人的命运！

刘兴怀是1938年从河北平安县老家参军的"老八路"，王震、陈赓将军为他签发的立功嘉奖令和喜报至今他还珍藏着，1970年被派性斗争贬到四川省地办任副主任，1976 年 10 月首任四川地震局党组书记兼局长。他说：搞地震我是外行，但我可以学习，我要负起责任，我不能当毛主席所批评的"白帽子领导"（不懂业务、瞎指挥），我得紧紧依靠那些专业知识分子，尽管当时他们被称为"臭老九"。

那时，成都两派斗争乃全国之最。省委书记杨超被踢开领导岗位来省地办抓地震，任四川省防震抗震指挥部副指挥长，实际上要他靠边站。

刘兴怀说，早在 1974 年，龙门山断裂带地震异常现象开始活跃起来。松潘、平武两县地处川西北山区，是著名的熊猫之乡，因这一带的地下水急剧下降，泉水量减少，茅竹大面积枯死，导致熊猫缺食而大量死亡。在它们时常出没的山林和峡谷处，伐木工人不断发现熊猫的尸体。还有江油一条小河边上万只青蛙结队搬家，电线杆上千只麻雀头朝一个方向张望鸣叫，老百姓问，这是啥子回事么？我们就派人去做他们的宣传工作，说这是地震前兆反应，要大家提高警惕。果然，在当年 11 月 17 日，松潘与南坪县交界处便发生 5.5 级地震。一个多月后，康定九龙（贡嘎山西南）发生 6.2 级地震。

1975 年初，在全国地震趋势会商会上，北京地震队耿庆国应用旱震关系研究，提出了全国范围为期两年的中期预报，其中包括"四川省石棉—灌县—松潘—甘肃武都一带可能有 6 级以上地震"。两个月后，四川省革命委员会地震办公室和成都地震大队又召开震情会商会，根据松潘、茂汶、北川等地出现的土地电、地应力、波速比、形变电阻率异常，认为该区在年内可能有 6 级以上地震发生。

随着政治形势的风云变幻，地动山摇的 1976 年到来了！在全国年度地震趋势会商会上，松潘、茂汶被列入全国地震危险区之一。为此，四川省地办和地震大队在松潘周围的南坪、平武两县厉兵布阵，增设了地震台，开展测震和水氡观测。

也就是从这个时候起，省委书记杨超把铺盖卷从永兴巷办公室搬进了省地办，在一间不足 15 平方米的房间里，与刘兴怀同吃同住同抓地震。这位个子矮小且脸膛颇黑的省委书记，是 1932 年入党的老红军，延安时期曾从事辩证法研究，在抗大任哲学教员，毛泽东听了他的讲课后称其为"中国的'黑格尔'"。解放初期他曾担任周恩来的秘书，到四川工作后指挥过人工降雨和用土火箭预防冰雹等。作为省委领导中少有的既懂哲学又懂自然科学的知识分子型干部，要他抓地震工作的"任用"可谓是"慧眼识珠"。他是在"批邓反击右倾翻案风"的风口浪尖上挑起防震救灾的重担，上任不久便被造反派扣上了"以地震压革命"的帽子，并扬言要置他于死地。但他无所畏惧，走出省委大院，把铺盖卷往地震办公室那间小屋里一铺就住下了，按当时造反派头头的说法是"把他一竿子插到底",他说这很好,不一竿子插到底,怎么能抓好地震。

说起来,杨超还是个书法家,他写了一幅字:"精微"赠给刘兴怀以示勉励。并画了一只猫,题词道:"兴怀同志要像猫捕捉老鼠一样抓地震"。

至今,刘兴怀还把这幅字珍藏着。

2. 两个"小个子"导演的"战争"

时任四川省革命委员会地震办公室分析预报室副主任罗灼礼,也是个小个子,也是黑黑的脸膛,年仅 35 岁。这位从广东大埔走出来的小个子,"文化大革命"开始那年他从北京大学固体地球物理系毕业,雄心壮志地走进天府之国。

于是,负责地震预报的罗灼礼和被"一竿子插到底"的省委书记杨超走到了一起。两个"小个子"共同执导了天府之国这场威武悲壮的地震预报活剧。

自 1975 年 1 月 15 日康定九龙发生 6.2 级地震后,到 1976 年 6 月长达 18 个月时间,全省没有发生 5 级以上地震。这是一种很反常的平静。

这种"平静"让两个小个子寝食难安。

杨超:这个平静很可怕,有点"黑云压城城欲摧"的气氛。

罗灼礼:这像一场战争爆发前夕,敌我双方都准备好了,等信号弹一响,一场激战就开始了。

杨超:问题是这个战场究竟在什么地方展开?

罗灼礼:宁可失之于宽,我们才能逐渐缩小包围圈。贯穿本省西南、西北至东北走向的龙门山构造带,是主要的一条地震带,自 1973 年 2 月 6 日炉霍发生 7.6 级大震后,松潘、龙门山地震带上的异常活动明显增加,并出现了"围空"区,且小震活动沿龙门山构造带呈北东向条带分布,这就是说又一场大震正在酝酿。

杨超:当务之急,我们要做好什么?

罗灼礼:内紧外松,静观其变,捕捉临震前兆异常。

到了 1976 年 3 月至 5 月,松潘、南坪、茂县、汶川、大邑等几个县,各种宏观异常现象果然活跃起来,先后出现三次高潮,且"三起三落"——震魔装扮成极富"变脸"之术的"娇娃"出现,被两个小个子戏谑称"三打白骨精"。

第一次高潮（1976 年 3 月 10 日—5 月 30 日）

此间龙门山断裂带中南段的大邑县有几口井水位下降，其中最令人惊诧的是五龙公社新龙大队的一口饮用水井，除了明显的水位下降外，水色突然变蓝，像学生用的蓝墨水；而有的井水呈现乳白色，像妇女喂乳的奶水，却散发着一股奇怪的气味。村民们惊慌报案，怀疑是阶级敌人在水中投毒。省地办速派人到现场查看，否定了阶级敌人所为，而是地震异常反应，要大家提高警惕。不久，有一簇火球从邛崃县一座山梁上腾空而起，当地人又怀疑是阶级敌人打的信号弹，武装部速派荷枪实弹的民兵围剿，搜山未果；与此同时在另几处山坳间也发现类似火球，经地震人员查证后，始知是来自地下的地光，并非阶级敌人所为，要大家防范地震的突然袭击。接着，崇庆县万象公社地下天然气顺着裂隙冒出地面，引起山林火灾。再接着，江油县一条小河边出现了万只青蛙结队搬家，电线杆上千只麻雀头朝一个方向（西北方向）张望鸣叫的奇观。

种种迹象表明，是否预示着大地震即将发生的"必震信号"？

4 月 5 日至 16 日，四川省第四次地震工作会议召开，会议认为震情严峻。4 月 27 日省地办发出《地震简报》第一期指出："在地区方面要特别注意对甘、青、川交界地区，松潘—茂汶及其附近地区和川滇交界地区地震监视预报工作。"

5 月 28 日，云南龙陵地震发生后，四川便处于"一级战备"状态，逐制定了加强地震监测预报和防震救灾措施。

6 月 11 日—12 日，省地办召开会商会，于 14 日发出《地震简报》第二期，对年初判定的"川、青、甘交界地区，松潘—茂汶及其附近地区"改判为："近一、二月内在我省龙门山断裂带中南段，即茂汶、北川—宝兴、天全、泸定一带可能发生 6 级或 6 级以上地震，6 月中下旬尤其要加以注意。"并请求国家地震局派地震专家来成都进一步会商四川震情。

茂汶、北川位于川中偏北与松潘相邻的地方，而宝兴、天全、泸定则已到了川中西部，涉及地域相当广阔。非常遗憾，在这个短期预报意见中，把松潘和平武排除在外了。

第二次高潮（1976 年 6 月 14 日—6 月 30 日）

此间大量的宏观异常仍然集中出现在龙门山断裂带中南段。除了蒲江、江油明显的动物异常之外（最明显的是鸡上树，鸭子也上树，泥鳅从坑塘里跑上来了；水牛不下塘洗澡，却串通一气朝山坡上跑，一些骡马把缰绳咬断，半夜跑到旷野上嘶鸣……）还出现了令当地人费解的自然奇观：

崇庆县一农民家中的洗脸架下，突然冒出一簇火焰，把脸盆冲起一米多高，转瞬消失；

灌县青城山大白天出现一块 10 米见方的光屏，白晃晃吊在半空中，像放电影的银幕，上面还映出海市蜃楼般的风景，5 分钟后才消失；

汶川映秀镇小学后山竹林里，一夜之间竹子开花了，几位学生摘下竹子花交给老师看，老师看了很纳闷；

崇庆某公社秧田里突然冒起一股碗口粗的银色烟柱，正插秧的社员见状落荒而逃，那烟柱半个小时后消失；

灌县某村一晒坝上突然鼓起一个大土包来，长约 6 丈，高约 3 尺，将整个晒坝一分为二，其东端与秧田接壤处还出现积水冒泡现象；

…………

这些奇异的宏观现象，仿佛是变脸的地震"娇娃"释放的烟幕弹，用来迷惑人们的眼睛：这里马上就要发生地震啦！若是信了，那就上它的当了。

6 月 21 日，大邑发生 3.7 级小震。形势进一步紧张起来。这是否就意味着"小震闹，大震到"呢？

6 月 22 日，在成都召开了有四川和全国 13 个单位参加的"南北带中段近期地震趋势会商会议"，肯定了四川省地办的短期预报意见，并且提出："在 6 月底以前，龙门山断裂的中南段有发生 6 级或 6 级以上地震的危险。"四川省委根据会商会意见，于 6 月 23 日以文件形式正式发布了"近一、二个月龙门山断裂带的中南段有发生 7 级以上地震危险"的短期预报意见，即中共四川省委 [1976] 川委字 28 号文件。这是四川省有史以来第一次面向社会发布的地震预报。文件要求阿坝、绵阳、温江、雅安、成都、甘孜等地、市、州各县立即加强对地震工作的领导，大力开展群测群防运动，做好防震抗震工作。四川省革命委员会和有关州、县立即成立防震抗震指挥机构，群测点迅速建立起来，张开了捕捉大震短期、临震前兆信息的网点，为预测、预报松潘地震起了重要作用。

签署这个文件的第一责任人就是杨超。他在签署这个文件时考虑到在会商会上有人认为有发生 7 级以上地震危险的意见，于是便在刘兴怀、王学昌主持，罗灼礼、孙林松、李致民起草的原文件里所写的"有发生 6 级以上地震危险"改为"7 级以上"。

为什么他敢改为 7 级以上？

时任杨超的秘书李兴海告诉笔者，杨超参加了会商会的全过程，会上有不少人提出有7级地震的判断，但形成书面预报意见时为稳妥起见只写了6级以上。杨超此前也研究了一些震例——比如海城、龙陵等，他发现这些震例的预报意见比地震发生的震级总是偏低，这期间与"文化大革命"中地震专家被压抑的心态有关，于是他斗胆进行了修正，当然这一字千钧，他要承担天大的风险和责任，但他就这样"胆大包天"地做了，他拍板决定把震级预报修正为"7级以上"。后来的地震实事证明，他的这一修正实乃高见！

由此，杨超得了一个诨名：杨七级。

预报意见发布后，全省各地进入了临震紧急状态。各危险地区全力投入抗震救灾准备，甚至连峨眉电影制片厂派摄制组提前赶到预报的震区，准备在实地现场抢拍地震资料。据当年负责防震减灾宣传的孙之康回忆说，为配合防震抗震、广泛发动群众捕捉短临前兆异常，在成都等地举办地震科普宣传展览，成都电视台还拍摄了宏观前兆资料片，对广大群众做到"广而告之"。

省地震办公室的电话昼夜响个不停——

一些水库问：我们开闸放水，有没得必要？

有的医院问：病人急需做手术，时间允许吗？

甚至某监狱打来电话：有没有必要把犯人押到别处监狱？

…………

难以回答，但又必须回答。杨超、刘兴怀的办公室昼夜不得安宁。映秀湾水电站、乌斯河水电站及某发电厂要停电，刘兴怀以省防震指挥部办公室主任的名义说，只要地震不发生，你一分钟也不能停！重庆某工厂要放地震假，刘兴怀说，你放假就躲得了地震啦？不放假反倒会更好地防震救灾！……那些天，省地办的灯彻夜长明，人们看到地办的灯亮着，似乎也就安心多了。

最忙也最焦虑的是罗灼礼和同事们，他们一刻也不放过任何有发震前兆的蛛丝马迹，分析从各地报上来的意见和资料数据。因为他们夫妇都在捕捉地震，不得不把幼小的孩子全托在街道托儿所。成都市进入紧急状态后，托儿所里只剩下他们孤零零的孩子了。孩子天天哭闹着要回家，哭也没办法，父母根本无暇顾及他们……

可是，预期的地震迟迟没有发生。一直到7月底龙门山断裂带中南段并没有发生大震。与省委文件发布的预报意见未能对应。

6月23日至28日，国家地震局分析预报室副主任梅世蓉和副局长张魁三先后来川，共商震情。在成都锦江宾馆召开的"南北带中南段近期地震趋势会商会"上，来自省内外 70 多位专家，得到了一致的看法是："近一、二月内，龙门山中南段可能发生 6 级或大于 6 级的地震。其中，历史上地震活动较强烈的茂汶、北川地区，人口稠密、工业集中的灌县、大邑、邛崃地区更要特别加强监视。"

罗灼礼、韩渭宾、张珍等就松潘、龙门山断裂带历史地震与现实出现的诸多异常进行了剖析。

刘兴怀很坦率地对笔者说，他当时对专家组所提出的怀疑是有点看法的，认为"外来的和尚会念经，四川的和尚更会念经"。刘兴怀说，这是指四川对监测预报工作和下边的观测人员对捕捉异常的核实是认真的，数据是可靠的，决不是"走马观花"，并得到了杨超的支持。先期来川的梅世蓉经过调研分析，提出"8 月份四川境内有可能发生 6 级左右地震"的判断。这位献身于地震预报的专家，对松潘、平武地震的预测预报是有贡献的，功不可没。

根据会商会精神，国家地震局在会后调集了河北、山东、陕西、宁夏以及福建、广州、河南、武汉、南京等近 10 个省市自治区的地震队伍支援四川，在江油、灌县、汶川、大邑、邛崃等地增设了流动观测站，并从监测力量和监测手段上对平武、南坪两个地震台加强了"武装"。后来的事实证明，对平武地震台的进一步武装具有非凡的作用和意义，地震前正是平武地震台根据当地异常和研究，将发震地点判定在松潘和平武，从而在关键时刻帮他们调转了"枪口"，重新把目光瞄向松潘和平武，走出了震魔埋下的误区。

就在锦江宾馆召开会商会期间，发生的两起意外事件更使急迫的地震形势和恐慌的社会影响"雪上加霜"——

6 月 23 日深夜，成都某厂的锅炉发出尖啸的排汽声，由于不久前全市刚刚安装了 38 台地震警报器，并且市里还专门发布了《关于发布地震警报信号的规定》，于是睡梦中的市民误以为是地震警报，"地震了！地震了！"的呼叫声一时大作，一片混乱中，很多人从床上一跃而起，有的冲出室外，有的推窗跳楼，造成 40 余人受伤，其中一人重伤。

同日傍晚，成都北站一家旅馆的地震警报器因串线而误响，随之周围的一些单位也纷纷将警报器拉响，又一混乱局面再度上演。正在锦江宾馆开会的地震专家闻讯后赶到北站现场，当时正下着滂沱大雨，他们看到上万市民伫立在雨中避震的场景，一种悲悯悲壮之情油然而生。

6 月 26 日午夜，又出现了轰动全省的灌县 5 万多人大逃亡事件。此事源于锦江宾馆地震会议内容的"泄密"。江在雄研究员回忆说，1976 年 6 月 22 日—28 日，国家地震局、四川省革委会在成都锦江宾馆召开"南北带中段近期地震趋势会商会"。会上有一位专家根据大家发言提供的资料依据，分析说这次地震可能会发生在灌县一带（只是一种看法）。温江地区地震办公室的一个同志参加了这次会议，听到有专家说地震可能发生在灌县（属温江地区管辖），立即赶回温江，向主管地震工作的一个地革委副主任汇报后，温江地革委立即通知全区县团级以上单位主要领导人开会，通报了这一消息。出席会议的灌县革委会负责人回去召开各单位负责人会议传达了这个消息，于是出现了全城逃地震的事件……当时下着大雨，偌大的灌县城一夜间成了一座空城。虽然此事件很快平息，但恐震情绪笼罩数月之久。

预期的地震迟迟没有发生，一直到 7 月底龙门山断裂带中南段还没有发生大震。

上述事件都是由于地震预报管理混乱所引起的。后来国家地震局会同四川省地办认真总结教训，制定了《关于发布地震预报的暂行规定》，明确了地震预报发布的程序、权限和形式。次年，此规定经国务院批准后转发全国各省、市、自治区实施。

在地震恐慌和社会动荡中，一些封建迷信组织乘隙而入，沉渣泛起。刘兴怀讲到这样一个荒诞却是发生了的事：绵阳安县有个名为"一步登天道"的会道门，谎称上帝派"慈船"来接应凡人到西天极乐世界躲避灾难，引诱群众跳水自溺，共淹死 41 人，与后来发生地震死亡人数相等。

唐山大地震发生，蜀中大乱。此次预报的大震还未发生，倒成了"以地震压革命"的口实，造反派在省委大院贴出大字报："杨超是死不改悔的走资派，勾结省地办刘兴怀，以地震压革命罪该万死！"接着又采取"革命行动"——打二赵（省委第一书记赵紫阳、省委书记赵苍璧）、抓谢杨（成都军区副区司令员谢正荣、省委书记杨超），杨超遭到造反派追捕，扬言要把他抓到监狱治罪。多亏方毅副总理及时来四川视察，给赵紫阳、杨超等"走资派"解了围。

刘兴怀回忆说，唐山地震后，国家地震局局长刘英勇的日子最不好过，他给刘兴怀打电话说："老刘，我顾不上你四川了，你们自己努力干吧！"

承受巨大压力的罗灼礼和韩渭宾，两个同是北大地球物理系毕业的学友眼下是"吊在一根藤上的两个苦瓜"。还有张珍、贺天培、陈天长等分析预报研究人员都面临着巨大精神压力。好在得到杨超、刘兴怀的"百般袒护"强有力支持，才使此次地震预报没有夭折。

地震办公室的灯仍然彻夜长明。刘兴怀那辆车牌号"××516"的吉普车，装载着一种从未有过的沉重感，像甲壳虫似地一天到晚在各个台站跑，仅一个月内就跑暴了两只轮胎。刘兴怀坚信：请来的和尚会念经，天府之国的和尚更会念经。我不是专家，但我有罗灼礼等这些"臭老九"们，一定能抓住地震！

不久传来唐山"7.28"大地震漏报的消息，于是有人担心：四川地震能报准吗？

第三次高潮（1976 年 8 月 4 日—8 月 13 日）

临震信号似乎终于出现：大范围的地气、地光、地下水和大动物烦躁不安等宏观异常。

杨超坐上刘兴怀的吉普车一天跑了四个县观察异常，半夜回到家，见大字报贴到了自家门上，造反派正等着开他的批斗会呢！批斗会一结束他就掉头来到省地办给大家打气，一起分析震情发展。他说，唐山漏报了，成千上万条生命失去已无可挽回，现在就看我们四川了，要拼死一决，把地震工作者饮恨唐山的声誉挽回来！

此时的罗灼礼等人把全部的心血倾注在了这"拼死一决"——

历史上四川省 6 级以上地震多发生在 8 月；

历史上四川省两次 5 级以上地震的间隔时间不超过 560 天。而从 1974 年 11 月 15 日松潘、南坪交界处的 5.5 级地震以来，全省 5 级以上地震的缺震时间已达 623 天，因此推判大震时间不会超过 8 月；

历史上四川地震与云南地震相呼应，往往在云南地震之后的 3 个月内四川发生地震。云南龙陵地震发生在 1976 年 5 月 29 日，因此四川地震的时间当在 8 月。

他们还注意到，此时与大范围的宏观临震异常相印证的，是监测台站发现的水氡异常、地磁异常和土地电异常：8 月 10 日发生水氡突跳异常的康定县姑咱地震台是一个敏感点，按照一些专家的说法，姑咱是一个地震"穴位"，因为姑咱过去的 3 次水氡突跳都有效地对应过 5 级以上地震。另外，国家地震局分析预报室全国组成员丁鉴海来电告之：发生在 7 月 4 日、13 日、21 日的全国性地磁低点位移异常，也应考虑到是一种比较敏感的临震信号反应。按过去的震例，地磁低点位移之后的第 27 天或第 41 天左右将是发震的危险时间点，由此推算，四川发震时间应为 8 月 14 日左右或 8 月 23 日左右。

同时，他们又特别注意到这样一个规律：即月球对地球引力最大的农历初一、十五极易触发地震。由此推算，8 月中旬恰恰就在"月朔"时段。

以上种种方法都是中国地震界自邢台地震以来探索出的辛苦之所得，是不掺任何水分的"干货",至此都被应用在了对四川地震的判断上。这情形,无异于占星术士的卜算。究竟哪种方法"灵验",谁也不敢打"保票"。

8月5日至6日,杨超走下批斗会就赶紧跑来参加震情紧急会商会。好在他已磨练出这种适应能力,批斗会上他作检讨,向毛主席请罪,向广大革命群众请罪;走下批斗会就又直起腰杆出现在会商会上。通过对一系列因素综合分析,会商会作出结论:"8月13日、17日、22日,这些日子的前后尤应注意。"

对于这个结论,杨超拍板说:开大会,向成都党政军各机关宣讲!

8月9日,锦江大礼堂召开5000人大会。至今一些成都人还清楚地记得,在5000人参加的震情通报大会上,一位深眼窝的小个子操着广东口音的普通话,相当自信地公布:大地震发生的时间将在8月13日、17日、22日左右。

此人就是罗灼礼。

天府之国的地震形势再次到了千钧一发的时刻!

此前,省外办给省地办打电话询问:北欧国家的一个宗教代表团要到松潘、汶川访问,是否有地震危险?罗灼礼明确回答:"8月10日前离开那里,没问题;8月10日以后就不保险了。"省外办按这一意见安排了该代表团的行程。8月16日大地震过后,该代表团在香港某报发表文章,盛赞中国地震预报的"神机妙算"。罗灼礼知晓后对记者说:"神机谈不上,妙算可就费了老鼻子劲了,我们手心里都捏着一把汗!"

从罗灼礼8月9日在锦江大礼堂作震情通报的时间算起,距松潘、平武大地震发生还有7天。

3."声东击西"——天敌的恶作剧

以省委文件发布的短期预报意见,与可能发震的时间、地点未能对应,这给人们的打击是可想而知的。到了7月底,龙门山断裂带中南段并没有发生大震,而地震前兆异常仍然频繁地出现在龙门山中南段。这是否意味着龙门山中南段不发生一次大震就誓不甘休呢?而真正的地震潜伏区——龙门山中北段的松潘、平武一带却十分平静,又有谁能看破松潘、平武将要发生一次大地震呢?

有诗曰:拜水都江堰,问道青城山。

纵有诸葛孔明在世,能向人们指点迷津吗?

直到 8 月 16 日大地震发生后，一切的悬疑、谜底都被破解，人们适才顿然了悟：这是地震前常常出现的"声东击西"现象，是地震这一天敌与人类进行的恶作剧。唐山大地震就出现类似的现象，临震异常出现在京津，唐山却显得十分安静，结果一等再等，唐山大地震在没有等出更多异常出现的"风平浪静"中突然爆发。

这一点，以罗灼礼为代表的预报研究人员不是没有考虑到，地震的"声东击西"，那个"西"在什么地点，范围有多大？在年初的会商会上和四川省第四次地震工作会议上，都把"川、青、甘交界"的松潘、平武作为发震危险区，可是后来为什么又改判了呢？并且直到发布短临预报仍判断"龙门山断裂带中南段有可能发生 7 级以上地震的危险"，主要原因是对中期趋势异常与短期和临震前兆异常的特点、差别认识不一致。他们说，短期和临震信号都在那里出现了，地光、地声、地下水……一个接一个的前兆异常向你涌过来，你能闭着眼睛说那里不发震吗？当然对松潘、平武也没有放过，并加强了监测力量和防震工作。

但因松潘、平武当时平静得"相安无事"，无宏观异常出现，地震的"声东击西"现象尚未被识破，所以这一意见只能被"立此存照"。

所幸的是，远在川北的平武地震台和松潘县城南郊观测站通过监测和分析，在大震发生前先后两次向省地办报告，坚持认为"未来的大震可能在松潘—平武一带发生"。

终于，这一意见被采纳。

罗灼礼等人随机把"瞄准点"进行校正，向防震抗震指挥部建议并提出预案：发震时间不变，加上年初判断。

此时，他们对梅世蓉的"围空"理论深表钦佩。然而，他们也许忙于龙门山脉的战斗，难以想见回到北京的梅世蓉此时此刻因唐山大地震的惨痛而倍受熬煎……

8 月 10 日，姑咱台水氡出现大幅度突跳，而且同一天全省地磁 Z 分量出现日变形态异常。以往的经验，一般在一星期内有可能发生 7 级地震，加之地下水和动物习性等宏观异常出现了高潮。8 月 11 日晚上，罗灼礼向杨超、刘兴怀汇报，建议发布临震警报。杨超与省委领导研究后立即下令通知地震危险区进入临震准备状态。李兴海负责起草向地、市、州、县防震抗震指挥部的通知；罗灼礼负责起草向全省地震台站的通知："从现在起进入临震戒备状态。"时间已是 8 月 12 日凌晨 2 点钟。

如果说，8 月 5 日紧急会商时，作为发震危险区的松潘、平武仍被排除在外，那么，到 8 月 12 日，当四川省防震抗震指挥部通知各危险区进入临震准备时，松潘、平武的名字终于有幸忝列其中。

所以才有罗灼礼"底气十足"地回答省外办关于外国一个宗教代表团要到松潘、汶川访问的询寻：8月10日前离开那里，没问题；8月10日以后就不保险了。

后来的事实是，松潘、平武交界处正是大地震的震中。

至此，"三起三落"的地震预报圆满地完成了最后一笔。

万事俱备，只欠一震。

变脸的"千年小妖"，看你往哪里跑！

4. 紧急动员令下达后

8月12日凌晨，中共四川省委书记杨超代表省防震抗震指挥部，向各地震危险区以及救援部队、医疗队和地震台站同时发布命令：

全力进入临震戒备状态！

当晚，成华街地震办三楼刘兴怀办公室被挤得水泄不通。预报13日将震，而此刻已是8月12日22时！进入临震戒备状态警报，是拉，还是不拉？！若不拉，人命关天，唐山地震无预报教训惨痛；若拉，万一误报，将是几千万人大恐慌大动荡大混乱，像滔天洪水一样泛滥成灾！然而，地震办意见惊人一致：预报期内必有大震。

8月13日，预期的地震仍未发生。而且，从这一天开始，原有的异常全部消失。罗灼礼打电话到各地震台询问，得到的回答竟是惊人的一致：

没有任何异常。

没有任何异常。

没有任何异常。

这种异常平静的局面一直持续到16日大震来临之前。

8月13日晚，刘兴怀、罗灼礼等人被通知到省委汇报。赵紫阳、段君毅、杨超、谢正荣等领导人逐一发问：

"今天的地震没发生，明天会发生吗？"

"或者，后天呢？后天有没有发震的可能？"

"那么，大后天呢？"

"阿尔巴尼亚的电影里有一句台词：阿科隆再也不能犯这样的错误了。"

"临震戒备大限已到，势必还要做全社会的安抚工作啊！"

…………

刘兴怀、罗灼礼他们毕竟不是算命先生，面对领导们的问话，他们感到很为难。当时罗灼礼回答："如果今明两天不发生，17 日前后发生的可能性就更大。"

省领导同意他们的意见。

那就再等几天。

从这天晚上直到 16 日发震，是刘兴怀、罗灼礼他们最难熬的 3 天！

此时，成都市的各企事业单位、街道居民纷纷在比较空旷的地方搭起了防震棚，大大小小，高高低低，各式各样，像雨后竹笋、蘑菇般长满了城市的大街小巷。而各造反派组织也照样呼风唤雨，摇旗呐喊，"天下者，我们的天下；国家者，我们的国家；社会者，我们的社会；我们不管谁管！我们不干谁干！"继续万炮齐轰走资派，誓将无产阶级"文化大革命"进行到底！

杨超与赵紫阳、谢正荣商议，为防止坏人挑衅滋事，煽动群众冲击省地办，秘密调来一支便衣武装，布置于省地办周围，以防不测。

刘兴怀告诫老婆孩子，把家里的灯一直亮着，门一直开着。灯，是照给周围的邻居看的；门，是要老婆孩子一旦发觉有"动静"立马奔出逃生。而他却在分析预报室的隔间里绕着一张地震趋势挂图转过来转过去，那情形像被关在笼子里的一匹"北方的狼"——他真想冲着窗外吼一声："千年小妖"你怎么还不现身？你来呀，来呀，来呀！……可是，他喊不出声，一股气憋在胸腔里，只听得肚腹奔雷滚动般作响。接着他冲着两只手发泄，一会儿背过身后，一会儿正过来搓搓，像是当年在手中把玩得十分精熟的驳壳枪，可是他眼前手里空空无物，扣扳机的手指已变得发麻。他的司机和杨超的司机都睡在车里随时待命，并且把油箱加满了油，轮胎和备胎都充足了气。

两只眼睛熬得像红灯笼似的罗灼礼走进厕所小解，刘兴怀似乎也想小解跟了过去。

"小罗，怎么样？"

"啥子怎么样？"

"有没有发现新的征兆？"

"一切都出奇得平静。全省上千个群测点这两天都无一家报来有震的，连宏观异常报的也很少，奇了怪了。"

"你身体怎么样，扛得住吗？"

"扛得住扛得住，我个子小，即便摔倒了，因接触地球的面积不大，也不会造成严重后果。"

"那是那是，小个子都是人精。"

罗灼礼小解罢，感到很冷又感到很舒坦地打了个寒战。似乎是一种感应互动，刘兴怀也跟着感到很冷感到很舒坦地打了个寒战，其实，他是在端着小解的样子，解了半天，也没见涓涓溪水流淌下来……

5. 最后的博弈

8月16日下午，罗灼礼再次主持召开会商会。会上出现两种意见——

一种意见是，平静中意味着不平静，马上要震。

另一种意见是，要等异常重新活跃起来之后才可能震。

其实，两种意见都对，没有什么大的分歧，不论是"马上要震"，还是"异常重新活跃起来之后才可能震"，总之，必有大震发生。

有人说，可以报了。

杨超、刘兴怀说，再等一等，看有没有新的异常发生。

显然，他们不愿再犯"阿科隆"那样的错误：空惊一场。

很快就被证明，后一种意见是比较准确的。会商会尚未结束，就接到成都地震台打来的电话：杜甫草堂附近一口水井大量冒泡翻花，"像开了锅一样"！

紧接着，平武县科委主任郭世嘉打来电话：平武地震台背靠的王家山出现地声，耕田的水牛都惊跑了！

与此同时，松潘县地办的王维忠、陈宽庆也打来电话说听到了地声，台站的记录仪突跳！

得到这些信息，大家几乎都在喊：要震了！

大震已迫在眉睫，千钧一发。杨超却显得极为平静，对秘书李兴海说：向省委报告吧。

当晚22时06分，松潘、平武交界处发生了7.2级大地震。

成都军区接到命令，速派驻绵阳、阿坝地区部队当晚向松潘、平武震中区开进……

说来也怪，松潘、平武地震发生后，大面积的异常反应在龙门山脉各地段争相出现，其情势宛若一挂爆竹，噼噼啪啪响作一团。

罗灼礼等人分析认为，看来这是一场"连环震"，即一组大震群，须认真对付。遂通知各地震台站和群测点，严密监视震情发展。

乘胜追击。

8月22日、23日，在松潘、平武震区又先后发生6.8级和7.2级地震。这两次地震又相继预报成功。

一次打得颇为漂亮的地震连环预报战役，毋庸置疑地载入新中国地震预报史册。

正由于有临震预报，在连续3次大震中仅死亡41人，重伤156人，轻伤600余人，大大减少了地震造成的直接损失。两个月后，即11月7日发生在四川盐源6.7级地震，再次预报成功。

这时，人们突然发现，小个子罗灼礼虽几十天没睡过一个囫囵觉，但人还挺耐"扛"呢，只是黑瘦的脸和身架缩小了一圈。而小个子省委书记杨超却累倒了，他从震区回来，看着跟没事儿似的，送到成都军区总医院一检查，医院不让他走了，必须住院治疗。杨超问：我得的啥子病么？不就是感冒，有点发烧有点咳嗽，小毛病嘛！医生说：要是感冒发热还要您住院哪？

9月初，当四川省政府和省地震办在金牛坝宾馆召开"四川龙门山地区近期地震趋势会商会"，宣布解除地震警报后，杨超再也支持不住了。从地震办回到永兴巷7号东头小院，下车后竟然走不动路，从庭院上台阶只有五级，他颤颤巍巍地抬腿就是挪不上台阶。夫人罗迭很是心疼，赶紧跑来搀扶他。那五级台阶，是他一手扶着石栏杆，一手被夫人搀扶着一步一步挪上去的。

杨超的心房每分钟发生数百次不规则的异位节律颤动，心肌纤维因动脉静脉急促地收缩与舒张，跳动了65个年头的心脏终于承受不住，被送进了医院。有人说，杨超指挥这么大一场战役，落下个心房纤颤，也算是留下个纪念。还有人说，地震救了杨超，否则他早就被造反派扒掉一层皮。杨超对家人说："为此震出个心房纤颤，值得！这一辈子哪怕只做了这一件事，也足以告慰平生。"

刘兴怀、罗灼礼等人赶到医院看望这位可亲可敬的"黑格尔"。杨超说："我衷心地向你们祝贺，连续预报成功，我这条小命搭进去也值得呀！"而后又笑着对罗灼礼说："看来你这个小个子'臭老九'非但不臭，而且名声传遍天府之国喽！"

两个小个子，手紧紧地握在一起。

因病住院，对杨超来说，是个绝好的"避风港"，况且是解放军的医院。

接着，他讲来天府之国的种种见闻和感受，就想到了蜀国的丞相诸葛亮；他讲天府之国闹地震，就想到了人类历史上第一台地震仪器"候风地动仪"的发明者张衡。于是，他便讲起一个故事：来四川任职之前，他顺道在河南南阳"走马观花"一番。在南阳城西南角，长眠着中国历史上三位彪炳史册的杰出人物，而这三个人受尊崇悬殊，仿佛就把历史的奥秘展示在人们眼前了——

南阳城西的卧龙岗，由于诸葛先生"功盖三分国"，当了蜀国的丞相。于是，昔日秋风可破的蜗居茅庐，日后竟宏伟壮阔起来。今日的武侯祠虽有楹联"淡泊明志"、"宁静致远"，而山门、甬道、阁楼、回廊、殿宇亭台，雕梁画栋，好不气派；苍松翠柏，碑刻题记，蔚为壮观，这不能不令人感叹："官本位"世风为何这般盛行，看来还是做官好啊！

南阳东关还有一座医圣祠。大医学家张仲景曾做过长沙太守，又是救人性命的郎中，在后人心目中便有了双倍的尊敬。但是，医圣祠比起武侯祠来，就要低一个档次了，而且，他那个"长沙太守"的头衔，在墓碑上是一定要刻在"医圣"这个尊号前面的，看到此人们会怎么想：当官不成做个行医郎中也挺实惠。

南阳城北便是张衡墓了。张衡不仅是一位世界级的大科学家，而且他还是东汉时期屈指可数的大文豪之一，在当今国外的一些著名学府里都有他的塑像。可是在他的祖国，到底不过是一个"知识分子"和作家的形象，无职无权，引不起人们格外的敬重，死后有一堆黄土足矣！张衡如此寂寞冷落地躺在南阳石桥镇一方农田的角落里，与他作伴的，只有庄稼和青草。若不是他曾经当过几天太史令和尚书一类的御用文官职位，恐怕连这堆埋骨头的土丘，也未必能延捱到今天……

但是，"黑格尔"说，二十世纪的中国知识分子，虽然他们的精神上背着一座沉重的十字架和"臭老九"的名声，但是他们是一个民族可望复兴的希望！也许，他们的才华可能被利用，他们的人格可能被分裂，他们的脊梁可能会弯曲，他们的肉体可能被消灭……然而，摧毁愚昧和迷信的武器操握在他们手里，能够与大自然与宇宙对话的是他们，能够把科学、文明的甘泉浇洒在这片黄土地上的是他们！正因为如此，在社会大动荡中，在天灾人祸面前，忍受巨大痛苦的是他们哪！

他最后说，请相信，马克思主义不是宗教，而是关于人类社会发展进程的学说；马克思是一位伟大的学者，也是知识分子的杰出代表，尽管他到死依然贫困潦倒。

松潘、平武地震预测预报获 1978 年全国科学大会奖，并得到联合国教科文组织的赞誉，是中国地震预报史上鲜亮的一笔，也是四川地震预报人员的辉煌成就。罗灼礼被称为龙门山地震带上的"活档案"， 1979 年被授予全国劳动模范称号，并当选为第五届、第六届全国人大代表。他历任四川省地震局副局长、局长，1992 年调北京任国家地震局分析预报中心主任。

6. 大自然的鬼斧神工

2007 年 5 月 12 日，笔者一行 5 人在映秀镇临江餐馆吃了春风满面的老板娘亲手做的岷江鲜鱼和炖土鸡，喝了老板娘特意在汤里放的石斛枫斗"软黄金"，顿觉气足神爽。谁也不知道，一年后的这一天，这一时刻，就在脚下这块地方，千年不遇的特大地震突然爆发！这一天成为刻骨铭心的国殇日。

饭后，我们继续赶路，沿岷江而上，取道汶川、茂县，直驱松潘、平武。路经叠溪，追忆当年大地震引发溃坝大水，吞噬万千生灵之惨景；造访九寨沟、黄龙风光，令人浮想翩翩……

亿万斯年前，轰轰烈烈的大地震造山运动，一举造就了九寨沟、黄龙胜景。它以"幽、野、神、奇、秀"的全部壮观，劈头盖脑地倾泄而来，仿佛将一个个造访者拎进浓烈甘醇的青稞酒里，灌得淋漓尽致，确是十二分醉了！当地人说，这儿的风景是在改革开放后才真正引起人们的关注。当年红军万里长征曾在这里打过仗，叫松潘战役。红军将士无暇领略这里的风景，因为他们要抗击国民党军的追杀。

在千峰万壑的挟持中，在原始森林、次生林的震慑下，我们在云雾和岩层的罅隙里踌躇而行，耸耳聆听山林峰涛喃喃地讲述着一个远古童话——

三亿八千万年前的海浪，曾在这里摇撼着地球古劳亚大陆板块隆起的被后来出现的人类尊称为"喜马拉雅"的山脉。仿佛一夜间，百川沸腾了！喜马拉雅"女神"甩袖西行，抛下这一堆堆未成大器的石英砂岩乱石头。然而，它们并不安分地涌动着、碰撞着、挤压着，慢慢形成坦荡的岩石高原；而后用山洪切割，用地震撕裂，用咆哮的岩浆和奔泻的瀑布浇铸冷却；用雷霆的刀、闪电的刀、风霜雪雨的刀，挥挥洒洒地雕刻，精精细细地琢磨……就这样，大自然才十分有把握地（远比人类的艺术大师把握大理石，把握汉白玉，把握金银铜铁锡有着更奇妙的技巧、目的和审美意识）

推出这空前绝后的大创造！

而那时，正值晚古生代泥盆纪末期，这方古劳亚大陆板块还是荒芜死寂的处女地，没有鸟类伸开翼羽的影子掠过，没有独角犀牛、东方剑齿象和河马群相互拼斗撕咬，甚至连闹得沸沸扬扬以庞大的恐龙为代表的爬行动物横行的时代都还没有来临。生命刚刚完成单细胞藻类鱼类的进化，某些有肺鱼类出于对空气的渴求从海里爬了出来，开始用四条粗短的脚支撑着摇摇晃晃的身子出现在陆地上，至于人类最远古的祖先，无疑是最积极响应地加入了这支向陆地生活进发的行列。于是从无机物进化到藻类鱼类，到两栖类爬行哺乳类，到最后出现的人类。呵，能以燧石取火制造利器保存自己的人类，能用各种各样的文字记载文明、发展历史的人类，能放飞火箭、导弹、宇宙飞船、甚至可以到太空和另一些星球上漫步的人类，这大概也许就是天体演化地球旋转的真谛。

痴痴地凝望着峭壁上那一层层古海沉积线和一道道浪蚀波痕，人们是否读得懂大自然用无声的语言、无形的文字记录大陆形成的漫长岁月和孕育孵化各类生命奥秘的海底世界？那是人类母亲的摇篮。不由得从心底升腾起一种作为生命体，特别是作为人类一分子的豪迈情怀。

在这里，人的主观与客观的平衡被打破，人与自然的分离状态被解除，人不由自主地被万千形神独特的岩峰所包围、所俘虏、所瓦解，成为这山林丛伍中一尊尊有着思维细胞的石像。但是，通向这些峰顶的路是没有的——没有餍求温饱的生存之路，没有春风得意的仕途之路，没有宗教之路，没有艺术之路，更没有无休无止的争战之路！凡是下界所没有的，它那上面全拥有。

自从人类发现它的那天起，这里一些倒映雪峰的高原平湖可能会被践踏和玷污，一些神秘的溶洞中诸多奇石珍宝可能会被盗窃和破坏……但是，这里的岩峰顶和顶上的绿色却谁也无法亵渎！只有云彩可以去抚摸，雨滴雪粒可以去跳舞，鸟雀苍鹰可以去筑巢，轻灵的思想和翱翔的梦幻可以去浪漫去缭绕。这里的岩林风光，也只能被拥有汽车、火车、飞机、电子激光、卫星遥感及营造出的一切现代文明机器和手段前来发现和欣赏：它与世界屋脊的珠穆朗玛峰风光，南极洲的冰大陆风光，美国西部的大峡谷风光，和乘坐宇宙飞船看到人类居住的蔚蓝色地球风光，和从月球上拍摄下来的寂静神秘的球形山风光，和天文望远镜遥望出相距几百万光年的漩涡形、椭圆形、蟹状、棒旋状的宇宙星云风光……同属于我们这个时代。

这里的岩林风光，打破了我们长久形成的关于山的审美情趣：山是起伏的，有坡度的，山的下面总比山的上面宽大阔绰，绿色也总是呈弧形自山脚漫向山顶。而在这里，逻辑的大违背才合乎情理。座座岩峰以它们的夸张、变形、倾斜、吊挂、悬浮、裂变和线条抽象，铮铮有声地拓展着我们的美学领域。面对这样的不可模仿的大创造，我们不得不感叹，人类世世代代积聚起来的艺术手段和千锤百炼的折射着钻石光芒的美丽语言都显得苍白无力。埃及金字塔，中国西藏布达拉宫，雅典巴特农神庙，墨西哥石垒古天文台，英国南部的圆形巨石阵，科洛西姆角斗场，复活节岛石像群和柬埔寨吴哥塔群等等一切人造的巨型艺术品，在它面前也都显得相形见绌那些使冰冷的大理石、青铜器和铁有了生命的艺术大师，如罗丹、毕加索、米开朗基罗、或拥有北欧海洋景色的透纳、拥有俄罗斯原野风光的列维坦、拥有塔希提岛原始情调的皋庚、拥有地球上最小的国度梵蒂冈最大的圣彼得大教堂的贝尼尼、拥有西班牙巴塞罗那魔幻建筑奇观的高迪……如果在这凌空突兀的岩石上，站成一尊尊思想者的雕像，会不会也和我们有同样的感叹呢？

大地震给生命的地球带来伤痕，同时也造化出绝妙的风景。

蔚蓝色的天空，深邃而神秘。人们曾经坚信，这神秘的蔚蓝色描绘着整个宇宙，它是宇宙的颜色。

此刻，站在黄龙雪宝顶上鸟瞰我们居住的家园，更强烈地产生出对这种色彩的渴望。那是源自生命之初的梦想。在松潘、平武大地震中，巍峨耸立、冰清玉洁的雪宝顶北坡发生山体崩塌，成为这方蔚蓝色的圣境里至今尚未愈合的一块伤疤……仅仅在20世纪50年代，当人类第一次离开地球，在太空中遥望自己的家乡时，他们才惊讶地发现，在目前已知的宇宙星体中，唯有我们人类的家园——地球，才是一颗蔚蓝色的星球，那是生命的星球。那是因为地球上的一切生命得以生存的大气和水，才使地球成为蔚蓝色的星体。

覆盖了地球表面十分之七的是蔚蓝色的大海。在地球山摇地动的突变中，大海曾经庇护了人类祖先的生命。后来，当人类重新回到陆地时，他们反倒不适应了。于是，在强迫自己适应大陆环境生存下来的过程中，人类创造了文明。

站在黄龙雪宝顶，仿佛就站在了长江与黄河的分水岭。因为它脚下这片广袤的松潘大草滩就是岷江的发祥地，草滩上万千溪流汇入岷江，然后一泻千里汇入长江投向大海。而它的北端便是陕甘宁那一望无垠的黄土地，那像脊柱一样拱起的黄河，在曲折迂回了九十九道弯之后，也义无返顾地奔向了大海。这就是濒临太平洋西岸的中国，同时它又雄踞在欧亚大陆板块的东部，它黄色的躯体累痕斑斑，曾被西方人称为"东方睡狮"，一旦唤醒就会招来天下"黄祸"。今天，我们还能从黄帝大战炎帝和蚩尤的故事里，依稀听到这历史深处的朦胧声音。太平洋那千古不息的蓝色波涛，一直在默默地召唤这个躺在大陆上的古老民族，偶尔也引起过它的激动，也曾把它的航船一直牵到波斯湾和阿拉伯半岛。但后来它把国门关闭起来，从此埋下一个民族日趋衰败的命运，招致西方列强坚船利炮的宰割。

两千多年前的庄子，给我们讲过一个寓言：黄河之神河伯，在秋天涨大水的时候发现自己很伟大，居然两岸之间分辨不清牛马。于是，他尽情地往下游漂去，突然看见了大海，竟茫然若失。海的主宰北海若告诉他，不能和井蛙谈论大海，因为井蛙只知道自己那点小小天地，无法想象大海的博大。而现在，我的河伯，你终于走出了壅塞的河道，看见了大海的恢宏。你知道了局限，也就进入了一个更高的境界。

这是一个象征。它说的并不是古代中国，它好像是在预言今天。古老的黄河之神，真正看清大海的面貌，认识大海的博大与力量，不过才一个世纪。为此它流淌了一个世纪的血泪。它面向大海发出的那一声长长的叹息，穿过一百多年的历史，一直回响到今天……

7. 没有走出大地震的"包围圈"

在松潘城北川主寺的山梁上，矗立着红军松潘战役纪念碑，碑上记录着那段悲壮历史。县地办主任王莲慧（羌族）说，当时胡宗南的司令部就设在松潘城里，得知红四方面军要攻占松潘，急电蒋介石派兵驰援，从南至西百余里长的战线上，与红军展开激战，迫使红四方面军重走草地，死伤惨重。

那场鏖战恰恰是在 8 月中旬，敌我双方都不会想到 40 年后，在这片血染的土地上又展开了一场人与天敌的战斗，结果与 40 年前的那场人与人的战斗相反，连续取得了三次大地震预报成功的战果！

51 岁的王莲慧当年是小河公社的妇联主任，来松潘县城参加"农业学大寨"三级扩大会，抓地震的王维忠（现定居美国）接到上级紧急通知，号召大家进入临震状态。县委书记方卓明的妻子陈庆宽在县地办和王维忠一起搞观测，也说有大震发生。方竹明立即宣布休会，要干部们奔赴各公社村寨动员防震。方竹明直接下到小河公社督阵。因为当时小河公社还未架通电话，年仅 20 岁的羌族姑娘王莲慧就陪县委书记一行骑马返回小河乡。走了一天一夜，穿过原始森林时，地震发生了，重灾区正是小河乡和水晶乡，山崩地裂，大雨倾盆，黄龙雪宝顶北坡一声巨响，惊天动地，山体大滑坡像万头凶猛的野兽吼啸着狂奔下来……

方竹明肺气肿导致急性气管炎复发，咳嗽呕吐，脸憋得青紫。山路泥滑，马也骑不动了，只好徒步行进。这条路线就是当年红军走过的。他走不动了，就扑倒身子往前滚，往前爬……他是在用胸膛行走，他是用胸膛丈量松潘的土地！

方竹明问王莲慧：你们公社的防震工作究竟落实得如何？

王莲慧说：8月12日接到通知，我们就紧急动员，公社干部都下去包村包户检查。

方竹明说：要是死了人，我拿你们是问。

又走了大半天，终于到了小河乡，县委书记方竹明看到眼前的景象是：成都军区驻绵阳某军在地震当晚就开过来一个团，老百姓都被安置在平坝上和田地里，只有20多人受伤，无一人死亡。不幸的是指战员们在救灾时被滚落的飞石和泥石流夺去了7条生命……

方竹明问救灾部队的团长：遇难官兵的遗体找到了吗？

团长垂下头，然后又抬起头说：他们被安葬在这大山里。

方竹明说：他们就是这大山之子！他们永远活在松潘藏族羌族人民的心中！

直到8月底，在经历了三次大地震的抢险救灾之后，被劳累和病魔拖垮的县委书记方竹明终于可以回松潘县城了——是小河乡的群众抬着他一步一步向松潘走去……

我们肃穆地为30年前在这片土地上抛洒血汗的县委书记默然致敬！当下在拥有13亿人口的中国太需要像方竹明这样的干部了，在地震战线上也同样太需要这样的专家和人才。

路经小河乡、水晶乡采访，当年地震的遗迹已荡然无存。访问一些老人，他们对地震的情景记忆犹新。过去，山里人不知山外的世界；如今，山村娃子玩在掌中的手机，就装载着一个多彩的世界。

在水晶吃午饭时，一个中学生把玩着有60万像素拍照功能的手机，告诉笔者一条最新消息：2006年8月24日，联合国决定，把冥王星从太阳系九大行星中开除出去，因为它不具备行星的四大要件……

傍晚时分赶到了平武。坐落在王家山脚根下的平武地震台，气象峥嵘，令人起敬。从成都出发时就听副局长邓昌文说，松潘、平武大地震，平武地震台功不可没。

为落实异常，县地办主任郭世嘉跑遍了周边的群测点。江水阻隔，山道难行，他跑烂了几双鞋。

县地办主任已经换了好几茬。现年 39 岁的主任胡江、副主任刘学华和工程师严发孝，讲述当年的老主任郭世嘉等人为捕捉地震，一个多月没有脱过衣服睡觉，往腰里摸一把，就能抓出几个虱子，还开玩笑说，要是抓地震就跟抓虱子一样方便该多好啊！大震迫在眉睫的那几天，台上断炊了，他们靠弄来的一麻袋马铃薯度饥荒。老主任患有肠炎，他怕一天好多次跑厕所太耽误时间，干脆就找来一个陶缸子当自己的"流动厕所"。距地震来临还剩三天，他向上级发出预报意见，并向县委汇报。8 月 15 日，也就是地震前的最后一天，他打电话给县委，正逢武装部长贺继山值班，贺继山向县主要领导请示汇报后，立即把全县的民兵组织起来，他向大家发出的"紧急信号"是：地一晃就放枪，听到枪声就奔赴战场！

平武县城并没有因为闹地震而大乱，两派斗争也暂时偃旗息鼓。大地震虽然造成全县上万间房屋被毁，但仅有 21 人遇难，其中有一位连长侯德富在组织救灾时被滚落的山石掩埋，壮烈牺牲。武装部长贺继山在救一个孩子，被滚落的巨石砸断一条腿，昏了过去。当他苏醒过来时，紧紧与他握手的是省委第一书记赵紫阳。如今已从县人大副主任位置退下来的贺继山，时常拄着拐杖来平武地震台站转一转，对监测人员说："这脚底下还会不会有震哪？你们可要提醒着点！"

在人们的记忆中，赵紫阳是在地震当天下午乘直升机赶赴平武灾区指挥抗震救灾的。看到躲过劫难的百姓们纷纷涌来和他握手，相信此刻的省委第一书记心中一定是百感交集。

流泪的微笑，是一座城市最好的表情。

8 月 21 日，赵紫阳在平武给省地办打电话，询问余震。一刻都不离办公室的刘兴怀手握话筒喊道："书记啊，我们正要向您报告，今晚 20 点到明晨 8 点，可能还要发生强震！你们要千万注意安全，千万千万！"果然，8 月 22 日 5 时 40 分，松潘、平武第二次地震如期而至，震级 6.7 级。赵紫阳当即回电话给守候在电话机旁的刘兴怀："好哇，你们预报得真准！我代表灾区广大群众谢谢你们！"

1986 年 8 月 16 日，平武县松潘平武地震纪念碑落成。碑文写道：

一九七六年八月十六日二十二时六分、二十三日十一时三十分，我松潘、平武二县区间，接连发生两次七点二级强烈地震。极震区烈度九度，震波撼及我国三分之一国土。

是时，震中地区山崩地裂。继之暴雨，泥石洪流，交相肆虐。房坍塌，桥断折，林毁田没，交通阻绝。八百多人伤，四十一人亡，牲畜毙以千计。天灾人祸，自古在劫。但党和政府救民于水火，地震科学工作者处艰难环境中，成功作出震前预报，使震灾损伤降为最低限度，众多人民得以幸免。震后，中央与地方慰问团即赴震区，组织军民抢险救灾，各方援助，由陆由空，源源不绝。

重建家园，已历十载。万象更新，盛事当前。感功绩于有方，怀同胞于罹难。特立此碑，永志纪念。

大自然的地震态势与社会的政治气候，似乎有一种巧合：自从1966年3月8邢台地震开始的中国地震活跃期与1966年5月掀起的"文化大革命"同步行进10年之后，二者也都同步而终。松潘、平武地震后不久——1976年10月，"四人帮"被剪除，10年"文化大革命"宣告结束，10年地震活跃期也悄然落下帷幕。疲于奔命的中国地震工作者得以喘息。

岁月依旧不息地轮转。当年曾参加唐山、龙陵、松潘"三大战役"的地震工作者现已大都离退休或退居二线。中国大陆在经过长达30年没发生过类如唐山大地震（1988年云南澜沧耿马发生一次7.6级地震）的相对平静期之后，2001年11月14日昆仑山口无人区发生8.1级地震，这是否预示着新一轮的地震活跃期或发生大地震的危险性悄然到来呢？

发出这番议论的时候，笔者一行正在天府之国的山水间奔波踏访。在平武采访后出发抵绵阳，到北川，再取道江油，经什邡回成都。怎么也不会想到，跑了这么一大圈正是一年后汶川特大地震的"包围圈"！30年前在天府之国被打得落花流水的"千年小妖"，又死灰复燃，卷土重来，32年后制造了震惊世界的"5·12"大劫难！

地震学家说，其实，这个"千年小妖"一直就在天府之国潜伏着，可谓是"卧薪尝胆"几十年哪。

要说今天的地震科技水平——地震观测台网、地震通讯网络、地震数据处理、地震GPS遥测定位等已是今非昔比。难道在这一年前或这一年间里，分布在各处的台站就没有发现大地震即将发生的任何"蛛丝马迹"吗？

天府之国的山川河流在沉吟……

十三亿中国人在诘问……

五十年地震预报探索的历史在思考……

第七章　颤 栗 的 冰 山

仅从 1985 年到 2008 年，新疆 6 级以上地震竟达 17 次之多。有人说，来到新疆，就要随时与震"共舞"。一次 7.4 级地震，不仅摧毁一座边陲重镇乌恰县城，而且引发毗邻的塔吉克斯坦海拔 7134 米的列宁峰发生雪崩……

啊！沉默的天山，究竟潜伏着多少神奇的力量和玄机？

风沙吹老了岁月，却挥不去印在大漠的血痕；痛到最深处，总是心的沧桑……他们咬紧时间的齿轮，死死盯着那条诡秘的欧亚大陆分裂线，曾先后 12 次作出不同程度的短临预报，并被邻国邀请对震情"把脉"。

探索：生之光华。他们很愿意与你真情对白。

第七章　颤栗的冰山

1. 痉挛的南疆——边塞沙场再度染血

是的，新一轮地震活跃期说来就来了，并且来势极为凶猛。充当"急先锋"的汶川特大地震前后，即 2008 年 3 月 21 日和 10 月 5 日在新疆的于田、乌恰先后发生了 7.3 级、6.8 级地震，紧接着在西藏当雄又发生了 6.6 级地震。

痉挛的冰山在颤栗，边塞沙场再度染血！

昆仑山、天山、阿尔泰山，在新生代喜马拉雅山构造运动中，迅速抬升为地球上最年轻的山脉，架构了新疆"三山夹两盆（塔里木盆地、准噶尔盆地）"的整体地貌。多少年来，它产生的已知和未知的神奇，吸引着探险家和造访者的足迹。

其实，新一轮的地震活跃期从 1985 年就开始"抬头"了。它最先是在中国大西北的新疆粉墨登场：1985 年 8 月 23 日在天山南麓的乌恰发生了 7.4 级地震。这仿佛是震魔蓄意编导的一个序曲，抑或是它向人类示威放响的一声冷枪，但它又故意让人们揣猜它玩弄的系列哑谜：聪明透顶的人类哟，你们猜猜看，下一个地震发生在哪儿呢？震级几许？时间几何？

据记载，从 1985 年至 2008 年，新疆发生 6 级以上地震达 17 次之多。

乌恰 7.4 级地震不仅摧毁了一座边陲重镇，而且引发毗邻的塔吉克斯坦海拔

7134 米的列宁峰发生雪崩，滚滚雪浪掩埋了邻国的四座村落和五个哨卡。它是否预示了苏联的解体？塔吉克斯坦国商人用本民族语言跟新疆塔吉克族同胞说：这是不是天意？而在中国的乌恰，大地震引发的山崩飞石，规模最大者达上万立方米；撕开的地裂缝最长者达 7 公里，宽近 100 米；被夷为废墟的乌恰县城不得不重新选址，搬至他处。

1997 年 1 月 21 日 9 时，位于天山南麓西段的伽师县境内发生 6.4 级地震，仅仅一分钟过后，又来了一次 6.3 级地震——鲜见的"双震"！时任新疆地震局局长朱令人和他的同事们，如何从这一表象中抓住"群震"，对他们的经验、果敢以及他们操握的"武器"都是一种挑战与检验。然而，小震不断，一波三折——

被"双震"击中的伽师，房倒屋塌，正在度"斋月"的维吾尔族同胞纷纷逃出屋外。从伽师县城通往专署喀什的公路上，黄尘蔽日，车轮滚滚，长达 70 多公里的公路上蜂涌着逃难的灾民。

与逃难的车流人流方向相反，一辆辆军车载着前往震区抢险的军区和武警部队的官兵向震区急驰。与军车同时驶往震区的还有分别来自乌鲁木齐、喀什、阿克苏、克孜勒苏的地震工作者，他们是自治区地震局紧急组成的地震现场工作队。

位于乌鲁木齐北京路 2 号的新疆地震局地震遥测台网准确记录到了这次"双震"。以局长朱令人为首的大震应急指挥部成员，迅速来到震情值班室。尽管已临近春节，但无一人离岗。朱令人确信他麾下这支准军事化队伍的素质：他们中大部分人都是建国初期开拓新疆有功之臣的后裔，他们的父辈或是跟随王震将军徒步进疆的戍边军人，或是响应号召从内地支边而来的知识分子和工人，他们的血液中流淌着父辈的"基因"，有的人连名字都打着父辈屯垦戍边的印记：诸如王屯、李垦、冯进疆等；再如监测预报中心主任苏乃秦的"秦"字，便是他父亲进疆之前开凿秦岭时的纪念，他们像父辈一样热爱这片土地。同时朱令人也确信，他麾下这支队伍的科技武装：19 个强震观测台、42 个基层台站和 1 个无线遥测台网，覆盖了北起阿勒泰，南到和田，东至巴坤，西至乌恰的天山南北大部分地区。他们曾先后 12 次对新疆境内的中强地震作出不同程度的短临预报，都取得了一定程度的减灾实效。

然而，这次"双震"却是在猝不及防的情况下突然发生。地震造成 12 人死亡，52 人受伤，受灾面积达 4000 多平方公里，受灾人口近 24 万人……

"亡羊补牢，犹为未晚。"在朱令人主持下，迅速作出一系列决策，其中包括派出以局党组成员寇大兵和预报中心主任苏乃秦为首的现场工作队，队员里还有博士研究生王海涛（现任局长）、葛永刚等人，他们的任务是灾害评估和余震监测。而留守"大本营"的朱令人、分析预报室副主任杨马陵组织专家对各台站报上来的震情资料进行分析判断。

前方喀什、巴楚台站的震情资料不断传来，后方会商会三天三夜完成了400多次余震的分析，于1月22日得出结论："未来一周内伽师仍有发生5.5级地震的可能。"并将此意见上报国家地震局。

果然，一周后的1月29日，伽师震区发生5.1级地震。

他们把这次短临预报的成功视为"小试牛刀"，期待着具有明显减灾实效的临震预报成功。"短临"与"临震"一字之差，其中的科技含量有别，其减灾效果也大相径庭。

2月19日（农历正月十三），他们又得出一个判定："伽师震区月底发生5级强余震的可能性较大。"并再次将此意见上报国家地震局。

从2月19日到2月底长达10天，仍然属于短临预报的范畴。为了取得临震预报成功，他们决定逐步缩小"包围圈"，追踪"临震指标"，即震区必须有10小时以上的平静或出现地震曲线波形的明显变化。此时，已经从前线回来的分析预报室主任王海涛指令喀什、巴楚两台严密监视，一旦"临震指标"出现立即报告。

两天过后，"临震指标"终于出现。叫响天山南北的"夫妻台"——巴楚台，杜文平和妻子陈爱萍于2月21日（正月十五）17时45分打电话报告："从今天凌晨0时至现在只出现过两次1.2级小震，平静时间已将近18小时……"王海涛接到报告后，马上向喀什台打电话了解，也得到相同的信息。两台相互印证，前兆异常确凿无疑。

王海涛立即把这一异常报告朱令人。凭借职业的敏感和诸多震例经验，朱令人仿佛又看到了地下能量的积累和日益逼迫的危险，而且危险时间点可能就在两三天之内。他当即决定，马上召开紧急会商会。

时任副局长张云峰、吐尼亚孜·沙吾提和有关专家都赶来了，大家一致认为，这一异常不可忽视。

王海涛运用自己的导师、国家地震局尹祥础教授的"加卸载响应比"的方法，对未来震情进行计算和预测，其结果与巴楚、喀什台发现的异常相吻合。此法是尹祥础在"八五"攻关时创立的一种新的地震预报理论，它利用月亮"朔"（农历初一）、"望"（农历十五）时引发的地球固体潮汐作为加载与卸载的手段，以地球对加载与卸载响应的差异（比值）来定量某一地区地壳的稳定程度。他将此法的正常值设定为"1"，凡大于"1"者则为异常，这种异常曾多次被一些地震所"响应"，因此被定名为"加卸载响应比"。王海涛通过此法进行运算，发现两台反映异常的比值已高达"3"以上；再加之当天（2月21日）适值正月十五，正当"望月"时，月球对地球的引力呈现最高值。有谚语曰："一根稻草压垮一头骆驼"；又曰："四两拨千斤"。也就是说，当地球内部能量积累到欲将破裂之时，任何一点外力作用都有可能导致由量变到质变的"一触即发"的突破，地震也就发生了。

紧急会商会于2月21日18时40分正式作出"伽师震区2—3天可能发生5级强余震"的临震预报。传真文件当即草就，经朱令人签字后，很快传往北京国家地震局和伽师县政府。

当晚20时，国家地震局预测预防司打电话给新疆局，转达国家地震局局长陈章立对即将发生地震的关注。伽师县政府接到传真后，立即中断了以部署春耕和植棉为主要内容的三级干部会议，指令各乡、镇领导立即驱车回乡动员群众从危房中搬出。

果然，临震预报发出3个小时之后，预期中的5级强余震在22时29分发生了。

那一夜正值元宵佳节，一轮明月高悬在乌鲁木齐上空。杨马陵发完传真之后便携妻子孩子到父母所在的新疆科学院地理研究所补一个节日的"尾巴"。这是"1·21"伽师地震整整一个月后他第一次与父母团聚。预期的5级强余震正是在父母家中享受天伦之乐时发生的。于是爱寻乐子开心的同事们就有了一个话柄，说杨马陵回家可以和地震"对应"，也可算是一种"临震指标"。这自然是他们苦中作乐。

这次临震预报的效果是可以看到的。中共伽师县委办公室在呈报的《关于伽师县防震减灾工作汇报》一文称：

我县2月21日19时收到自治区地震局发来的5级地震预报，立即向县委、政府的主要领导和重灾区的防震指挥部领导进行传阅，并对乡镇防震作出了认真安排，同时动员已住进危房的部分群众搬出。尽管此次强余震波及全县，但由于地震预报比较准确及时，我们做了充分的防余震准备工作。在2月21日22时发生的5级强余震中，只有361户居民的622间房子倒塌，93户农牧民的183间牛羊圈倒塌，2人受轻伤，没有造成人员与牲畜死亡。

然而，朱令人和同事们无意张扬这次成功。他们将这一成功称为"芝麻"；他们希望能在某日抓到"西瓜"。

"西瓜"很快出现了——3月1日，他们喘息未定，又一次6级地震在伽师老震区发生。尽管他们事先有所察觉，并于2月28日电告伽师县政府仍有发生强余震的可能，告诫震区群众切不可进住危房，但地震时仍造成1人死亡，6人受伤，一些民房和县城建筑物受到破坏。这只"西瓜"未能抓住。

伽师怎么了？地震一个接一个，没完没了啦？

从1月21日开始，6级以上地震已达3次。参照类似地震序列，伽师地震的类型显然不是"双震"，而应是"群震"。这使他们在认识上有了一个飞跃：既然是"群震"，那么6级以上地震仍有可能发生——这也就是说，"阿里巴巴，芝麻开门"，门里藏着的是"西瓜"。

3月31日的周会商会上，他们根据一系列异常作出了为期3个月的短临预报："4月1日至7月1日，乌恰—伽师地区有较大可能发生6级以上地震。"

这正是他们要抓的"西瓜"。

于是，一场缩小"包围圈"，以捕捉"西瓜"——6级以上地震的战斗又拉开帷幕……

2. 伽师地震："芝麻开门"后的玄机

北京复兴路63号。国家地震局与各省市自治区地震局之间的计算机传输系统已经联网。各省市自治区地震局例行的周会商每星期三举行，国家地震局例行的周会商每星期四举行，其会商意见在会后都迅速上网供对方"翻阅"，可谓"千里之遥，咫尺之间。"

1997年3月13日，星期四，国家地震局分析预报中心例行的周会商形成的预报意见通过电脑很快传到了新疆地震局："伽师震区可能发生5—6级乃至6级左右地震，应注意3月20日—4月13日这个时段。"

国家地震局的专家们作出上述判断的主要依据是：近年来欧亚大陆地震已经呈现出明显的自西向东发展的趋势，尤其进入1997年以来，继2月4日土库曼斯坦南部的7.3级地震，再加之本年度中国大陆发生的10次5级以上地震已有6次发生在伽师，这一信号显示着大震危险正日益逼近中国的西北大门新疆。

国家地震局分析预报中心曾于 3 月 7 日在《震情动态反映》第一期向中办、国办作了"仍要注意新疆伽师地区再次发生 5—6 级乃至 6 级左右地震的可能"的报告。在 3 月 13 日的周会商会上，他们根据各地地磁台站报来的资料又发现：2 月 28 日出现全国范围的地磁低点异常。当把低点位移图投影在银幕上时，他们震惊了：一条与北纬 39 度线复合的地磁分界线，正把欧亚大陆板块分裂成南北两区，恰恰历史上和新近发生在西部邻国的大地震就在这一纬度的分界线沿线上，并自西向东延伸。而这一危险的分界线又恰恰通过伽师！

于是，他们根据以往震中地磁低点位移与发震时间的关系，迅即对发震危险时段预测。

国家地震局分析预报中心一室主任丁鉴海，正是这一领域中颇有建树的专家。作为中国科技大学 1966 届毕业生恰逢邢台地震发生，他和北大地球物理系的毕业生一起搭上"早班车"奔赴震区，扎营于宁晋耿庄桥。面对一片片废墟，一具具用草席遮掩的尸体，他和同学们的泪水溅湿了脚下的土地。最让他刻骨铭心的是，一次在他刚走进一农户家的厕所解手时，余震发生了，他险些被活埋在倒塌的土墙中。死里逃生的丁鉴海非但没有感到后怕，反倒有一种难言的激动，是因为此次余震竟被他们预报成功了，只是等得不耐烦又憋忍不住肚子的"告急"匆匆去了厕所。丁鉴海在回忆那段经历时说，当时团支部搞人生观教育，经常组织大家讨论什么叫幸福，他说：我的幸福观就是发出预报后等来了地震！

值得一提的是，在唐山大地震发生之前，丁鉴海也曾以"地磁低点位移法"预报华北北部有地震发生，时间为 7 月 31 日左右 3 天。这一预报虽未确指唐山，但实际包括了唐山在内。唐山大地震因类型殊异，震前意见纷纷，再加之此法当时预测大震震例少，经验不足，尚未得到深入验证，其预报意见最终未被采纳，但事后证明它对发震时间的预测较为准确。唐山大地震后，丁鉴海和另两位同行（张铁铮、沈宗培）被借调到中国科学院，在军代表刘华清将军领导下，担负起对首都北京及全国的震情监测任务。这一方法曾在 1976 年 8 月松潘地震预测中起到一定效果，如今，这一方法再次被运用到伽师地震的预测中。

也就在丁鉴海、郑大林（一室副主任）等专家密切注视着伽师这个分布在北纬 39 度线上的震发点时，于 4 月 3 日和 4 日，他们相继收到了黄相宁、李均之、任振球三位专家和分析预报中心分管新疆地震监测的副研究员陈荣华分别报来的预报卡。两张预报卡填写的发震地点不约而同地指出"北纬 38.7 度"、"北纬 39.5 度"的乌恰至伽师一线；震级为"7级至7.5级"、"6.5级至6.9级"；时间在"4月7日 ±3天"、"4月5日至5月4日"。

收到预报卡后，他们当即报告分析预报中心副主任张国民。张国民阅后指令当夜值班的郑大林作特急处理。郑大林在与几位报预报卡的专家通电话进一步了解了有关情况后，经张国民同意，马上把专家们的意见通知新疆。

朱令人多日来辗转反侧，难以成眠。在北京发来专家们预报意见的同时，新疆地震局也已进入临震警戒状态。朱令人深知，伽师地震已成为社会公众关注的热点，一连串的"芝麻开门"——5级6级地震频发之后，伽师这个被圈在北纬39度线上的诡秘点，究竟还隐藏着怎样的玄机？未来地震既不可漏报，漏报会造成新的人员伤亡；又不可虚报，虚报造成的社会动荡及其损失甚至比漏报还严重。何况伽师震区正值紧张的春播植棉，伽师县政府提出的口号是要把地震损失从棉花丰产中夺回来，所以绝不可轻易惊动当地父老乡亲，他们已被频发的地震害苦啦！

这是地震科学家们常有的两难心境。

1997年4月5日，当月第一个双休日。在充分研究了前兆异常和国家地震局转达的有关专家的预报意见后，朱令人主持召开紧急会商会。

朱令人的决断饱含着他自身痛苦的体验——那是一种丧妻失女的悲痛！ 21年前，他的妻子和6岁的女儿就是在唐山大地震中罹难的。那时他作为新疆地震办公室（新疆地震局前身）分析预报组负责人，正出差到阿克苏搞地震总结。他从收音机里听到唐山大地震的消息后，顿时想到了在唐山工作的妻子和女儿的安危。此时恰好国家地震局从北京打来电话向他要有关震情数据，他借机问：

"唐山地震的震中在什么地方？"

"是在市区附近。"对方回答。

"事先有没有预报？"

"没有。"

他大吃一惊，接着又问："大震前有没有小震发生？"

"没有。唐山7.8级大地震是突然爆发的……"

"死伤多少人？"

"还不清楚……"

朱令人心头猛地一颤！既没有预报，主震之前又无前震，他估计妻子和女儿凶多吉少。但他仍存一丝侥幸，凭借他对唐山一带历史上震例的了解，震中极有可能在滦县、丰南一带，距唐山市区仍有一段距离，即便唐山被震，也不会如此惨烈。但是他想错了，大地震的震中就在唐山市，还包括丰南、滦县！

出于对妻子和女儿的牵挂，他决定尽快飞回乌鲁木齐转道北京回唐山。到喀什机场那天，飞机已告客满，机场人员听说他前往唐山寻找亲人，起飞前临时从飞机上换下一人，让他上了飞机。那时从乌鲁木齐到北京的飞机每两天飞一班，他不得不在乌鲁木齐等待一天飞往北京。到北京后他直奔三里河国家地震局。在布满防震棚的国家地震局门前正停着一辆汽车，即将开往唐山，他挤了上去。

一路上，一幕幕悲惨景象出现在他的眼前。如果说北京街头难民营似的防震棚已经使他吃惊，那么北京到天津一线倒塌的房屋和逃难的人群则使他几近绝望了……汽车艰难地进入唐山，当看到这座重工业城市已经夷为废墟时，他两眼发黑，双腿发软，险些无法支撑自己了。

此时已是唐山震后的第8天。解放军和灾民们仍在废墟中挖掘寻找幸存者。在亲人的恸哭中，一具具尸体被装入塑料袋或被汽车拉走或就地掩埋。苍蝇蚊虫铺天盖地，防疫人员喷洒药物过后，半死不活的蚊蝇落满一地，像抛撒满地的煤粒，脚踩上去发出吱吱的声响，冒出浓绿色的液浆。整个城市笼罩在大毁灭后的阴霾里……

在去往市区的路上，他遇上本单位的女同事朱世慧。朱世慧此前来北京科技大学进修，唐山地震后，出于对老同事家庭的关心，她便先行一步来唐山寻找朱令人的家人。这令朱令人万分感动。

朱世慧一见到朱令人便哭了。从她的眼泪中，朱令人已感到大难轰顶。

"你爱人受了重伤，被你岳父单位的汽车拉走了，拉到承德去了。"朱世慧说。

"孩子呢？"朱令人急不可待地问。

"孩子……"朱世慧痛哭失声，"孩子她不在了，8天前就埋了……"

朱令人跌坐在地上，眼泪流淌下来。日后他便弄清楚了女儿死前的有关细节：女儿是被活活闷死的。地震那天晚上睡觉前，妻子给女儿洗了澡，梳了小辫，还在她的小辫上扎了一个用花手帕折叠成的蝴蝶结，因为天气十分闷热，妻子没给她穿衣服，让她光着身子睡觉。天真的女儿问：妈妈，我不害羞？妻子抚摸着女儿柔嫩的肩膀说：不害羞，乖乖睡吧，妈妈守着你呢！做妈妈的无论如何也想不到，这是她和女儿同席共枕的最后一夜。就在母女俩刚熟睡不久，地震发生了……

妻子和女儿一同被埋在了天花板下面。开始还听到女儿的呼救声："妈，妈，你把我身上的石头搬掉，我被压得一点儿也不能动了，快来给我搬掉吧……"出于母亲的本能，妻子极力想挣扎起来去解救女儿，可无奈她自己也被牢牢地压在预制板下，丝毫不能动弹。她只能安慰女儿："好乖乖，你是好样的，再坚持一会儿，坚持一会儿……"此后便再也听不到女儿的声音了……

朱令人在妻子病床前陪护了一段时间后返回新疆，只好由岳父岳母代为照料妻子。半年后，妻子因截瘫患尿路感染导致败血症。当他风风火火赶回，妻子已经去世。

一场未能预报的大地震就这样摧毁了他的家庭，摧毁了和他一样不幸的千千万万个家庭，成为他一生都难以抚平的心灵创痛！他不愿意看到任何一个家庭再重演自己的不幸！

朱令人也经历过因地震虚报而引起的社会大动荡。那是1979年伊始，内地有一位颇具知名度的专家写信给他，预报新疆阿尔泰地区1月27日左右3天将发生8级大地震。这纯属个人意见，并且很快被证明是一次虚报。当时新疆地震局正在建设兵团招待所召开年度地震趋势会商会，时任新疆地震局分析预报组副组长的朱令人，在参加讨论时谈到了这位专家的意见，不想被参加会商会的阿尔泰市代表信以为真，回到阿尔泰后当即向市政府作了汇报（这有点像当年参加唐山群测群防经验交流会的青龙县代表王春青的举动）。市政府当即打长途电话找到内地这位专家，这位专家毫无保留地公开了自己的预报内容。由此开始，阿尔泰的局势动荡起来。听到风声的市民纷纷到银行提取存款和宰杀牛羊，准备逃难；市政府也紧急向新疆军区请求救援，并惊动了总参和中央军委。总参打电话向国家地震局证实此事，正赶来北京开会的朱令人始知这位专家的个人预报已惹出了麻烦。但此时局面已经无法收拾，大批阿尔泰人冒着北疆骤起的特大风雪踏上了逃难之路，有不少人在逃难途中冻饿而死，并造成诸多厂矿企业、学校、商店等停工停产停课停止营业达数月之久。这便是震惊一时的"阿尔泰大逃亡事件"。

这是朱令人和同事们为何对地震预报持谨慎态度的原因。

4月5日，开了一天的紧急会商会，于当晚19时35分作出了"4月6日—12日伽师震区将再次发生5—6级地震"的临震预报意见，呈报国家地震局，并当场拟好了给伽师县人民政府的电传文件。

这份电传文件被放在电传机前迟迟不曾发出。不到万不得已他们不愿提前惊动伽师县政府。他们站在地震仪前等待着，直到地震仪滚筒上再次显示异常，才最终下了决心。此时已是19时45分，他们又唯恐电传文件有误，便把电传文件用电话传了过去。

时针渐渐指向零点，进入 4 月 6 日凌晨。这正是他们作出临震预报的危险时段的开始。

果然，清晨 7 时 46 分，伽师发生 6.3 级地震；12 时 36 分又发生 6.4 级地震。

伽师再次遭到重创。由于震前有明确的临震预报，震区无一人死亡。国家地震局、新疆自治区人民政府高度评价这次临震预报的成功和显著的减灾实效。国家地震局《关于表彰新疆地震局等单位实现伽师 6.3、6.4 级地震较准确临震预报的决定》指出：

新疆维吾尔自治区地震局做出了较准确的临震预报。伽师县政府根据新疆维吾尔自治区地震局临震预报的意见，采取了紧急防震措施。两次 6 级强震造成 2000 多间房屋倒塌和建筑物的严重破坏，但仅造成 23 人受伤（其中重伤 5 人），没有人员死亡。

至此，伽师地区 6 级以上地震已达 5 次之多，再次证明关于"群震"的判断是正确的。

然而，他们却没有以此停止分析和判断："阿里巴巴，芝麻开门"以后，这一次就抓到了两只"西瓜"，还有没有更大的"西瓜"在后头呢？

于是，再派驻工作队到震区，再加大对"群震"的严控监测力度，时刻准备捕捉更大的"西瓜"：

4 月 13 日 5.5 级地震预报成功；

4 月 16 日 6.3 级地震预报成功；

有点遗憾的是 4 月 11 日的 6.6 级地震，本来已作出汇报，并电告了伽师县政府，但发出预报之后仅半个小时，地震突然发生。伽师县政府措手不及，造成 9 人死亡和一系列经济损失。

后来每当谈及这次地震，朱令人总是叹息不已："晚了，可惜这次预报晚了！"

3. "有没有预报不一样啊！"

就在 4 月 11 日伽师 6.6 级地震发生的当晚，感到惋惜且叹息不已的朱令人不曾想到，在北京中南海，中共中央总书记江泽民也时刻关注着伽师地震。

晚上 19 时过后，北京已是满城灯火。因研究和处理当日发生的伽师 6.6 级地震，国家地震局局长陈章立很晚才离开办公室回家。19 时 45 分，办公室的红色电话机响了起来。在楼梯口，秘书追上他说，江泽民总书记电话找他。他迅速返回办公室，抓起话筒。

"是章立同志吗？我想了解一下伽师地震的灾情怎样。"

"报告总书记，情况是这样的，"陈章立先简要地把伽师地震的有关情况报告一番，而后自我批评说，"今天的地震是在预报发出后 30 分钟发生的，当地政府来不及行动，导致 9 人死亡，这说明我们的工作没有做好，我有责任。"

江泽民并没有丝毫责怪的意思："提前半小时，显然来不及了，如果能早点打招呼就好一些。"

接着，江泽民又说："前几天（指 4 月 6 日的 6.3、6.4 级地震）你们成功地预报了，没有死人，可见，有没有预报是不一样啊！"

地震预报的重要性被总书记一语破的。陈章立顿感知音般的温暖。正是为了实现这一目标，全国地震工作者多年来殚精竭虑，废寝忘食，枕戈待旦。

自从他出任国家地震局第 6 任局长以来，为了保证中央领导人和他之间的电话全天候畅通，中办在他的办公室和家中分别安装了红色电话机。这是总书记半年来和他的第三次直接通话。此前的两次分别是 1996 年 11 月 9 日上海南黄海 6.1 级地震和 12 月 6 日北京顺义 4 级地震之后，江泽民对每次地震震情及灾情都询问得详极备至，体现了最高领导人集国家忧患人民安危于一身的高度责任心。其中令陈章立难忘的是北京顺义地震后的那次通话，江泽民说："明年全国有两件大事，一是香港回归，二是党的十五大召开，社会稳定是压倒一切的重中之重，所以务必要把地震预报工作做好。"

而这次通话非同寻常，适值总书记出国访问，从 4 月 22 日起，将出访与中国西部接壤的俄罗斯、哈萨克斯坦、吉尔吉斯斯坦、塔吉克斯坦 4 国，并签署边境地区相互裁减军事力量的协定，这自是关乎国家安全的重大战略性外交和军事行动。而地震频发的伽师却又与这些邻国最近，访问期间会不会有地震发生？这不仅仅是关乎到国家首脑的安全问题。

江泽民询问了伽师地震的灾情后说，既然地震是地球释放能量的一种方式，我想请教您章立同志，为什么伽师地震接二连三发生？能量总也释放不完？还有，我过去听说李四光有一种理论，说地震像一根扁担两头挑，如果新疆是这根扁担的一头，那么另一头在什么地方？北京会有地震吗？

陈章立为总书记的博闻笃识和敏锐的记忆感到惊异。他从自然科学理论的角度回答了地震的成因，并讲述了李四光的有关理论研究：同一构造带上，距离再远，地震活动都是相互关联的，这就是李四光"一根扁担两头挑"的比喻。所以有一种观点认为，北京和新疆虽然相距遥远，但燕山—阴山—天山同属于一条纬向构造带上。

接着他又解释说："这个大的纬向构造带较复杂，北京与新疆伽师虽然在同一纬向构造带上，但不处于同一构造单元，所以历史上这两个地区地震活动没有明显的呼应关系，从各种实际观测资料分析，北京目前没有发生大地震的危险。"

江泽民又问："那么，最近哪些地方的危险性大些？"

陈章立逐一报告了国内各地区近期地震发展趋势。

"地震预报不容易啊！"江泽民肯定了地震部门去年南黄海地震前后所做的卓有成效的工作，表扬国家地震局和上海市对此都处理得很好。

江泽民最后说："希望你们继续努力做好工作，争取震前有一定察觉，给政府打个招呼，这样可以减少损失，有所准备，工作也比较主动。"

江泽民出国访问前，又给陈章立打来一次电话，询问国内震情。

"有没有预报不一样"这句话，显然是总书记两次给国家地震局局长打电话的"主题词"。

4.诡秘的北纬39°线

2006年10月，已是"天凉好个秋"的季节。笔者一行探访神奇的新疆。越野吉普车穿越天山，穿越沙漠戈壁，在塔里木盆地西南边缘的乌恰、伽师、喀什一线匆匆穿行。这里给人的第一感觉："大漠孤烟直，长河落日圆"；"千山鸟飞绝，万径人踪灭"。不知不觉中便闯进了昆仑山怀抱的帕米尔高原。

神奇的帕米尔，寂寞而荒凉！

美国作家斯诺说："当你到高原寻找真实时，可能不幸找到死亡。如果去的是十二个人，能回来的可能只有两个人。"真是吓唬人！可是，身临其境，忽儿烈风、忽儿沙暴、忽儿雷雨、忽儿冰雹的恶劣自然环境又不由得你不信！

探访了一遭，下榻喀什某宾馆，顿感都市虽拥挤嘈杂，但亲近而温暖：无人的地方没有乡愁，乡愁是给有故乡的人。

笔者在一张世界地图上寻觅，愕然发现：自己奔来跑去竟没有摆脱那条诡秘的北纬39°线！1985年8月23日乌恰发生的7.4级地震，1997年伊始伽师发生的一连串6级以上的群震，以及2003年2月24日伽师再次发生的6.8级地震，还有2005年2月15日乌什发生的6.3级地震……这些地震都发生在北纬39°线附近（习惯上统称北纬30°—40°一带）。

笔者也曾多次听地震工作者说过，北纬39°线，是一条神秘诡谲犹如百慕大三角的恐怖线。同时它又是一条人类文明的黄金线：万里长城、丝绸之路、埃及金字塔等著名遗址和标志性建筑都在这条纬度线上。正是在北纬39°线以及邻近这一纬度的地方，发生过历史上许多著名而惨烈的大地震：美国旧金山大地震；葡萄牙里斯本大地震；意大利波坦察大地震；日本十胜近海大地震；中国海城大地震；中国唐山大地震；直到2001年11月14日中国昆仑山口发生的8.1级大地震；2003年12月26日伊朗巴姆古城发生的7.0级大地震……

啊，人们不禁会问：大地震为何像多米诺骨牌一样在这条线上频频发生？那么，北京呢？北京在这条线上吗？

地震专家会坦率地告诉你：北京，令世界日益关注的大都市，也恰恰处在这条"恐怖"线上。当然，它更是中国地震界重点设防的核心城市。

凝视着这条诡秘的"恐怖"线，它早已被全世界的地震学家们作为一种特殊的记号标注下来。但它是至今仍未被破解的自然之谜！

让我们先走进地质的历史——

6500万年前，是地球史上的新生代，也是哺乳动物和被子植物时代。此间，恐龙和那些海生的无脊椎动物都已灭绝，郁郁葱葱的被子植物群覆盖了大地，始祖马出现了，温驯的乳齿象、重脚兽在草丛间觅食，凶猛的剑齿虎吼叫着冲进乳齿象群……

这时，地球上的海陆分布还是另一种样子：中国和印度之间隔着广阔无边的古地中海，土耳其和波斯是这片海中的岛屿，这些陆块尚未与欧亚古陆连接；红海尚未形成，古阿拉伯半岛是古非洲的一角；南美洲和北美洲还在大西洋的西端遥遥相望。

新生代蓬蓬勃勃地开始后，地球表面上的各个陆块进行着轰轰烈烈的升降、漂移和连接：印度板块与亚洲大陆结合了；阿拉伯半岛携着土耳其离开了非洲大陆；海水涌进了分离的陆块中间，红海诞生了；南美洲和北美洲则奋力游过万里大洋渐渐相依相连。

又是数千万年过去了，弱小的四肢纤细的始祖马进化成形体高大、脚壮蹄硕的奔马；古象家族又出现了一个新成员剑齿象；于是地球上的海陆分布渐渐呈现出今天的模样，所有的陆块在经过剧烈的碰撞、拼接之后归于沉寂，这时已是距今 200 万年了，古猿在非洲悄然登场，繁荣的灵长目时代开始了。

然而，在宇宙力造成的地球板块运动中，在地球的这一隅，在印度和中国之间，地壳又开始进行着热烈的新一轮的演变：茫茫的古地中海早已消失，空旷的洋壳不堪印度板块和欧亚古陆的挤压，向着欧亚古陆俯冲而去，地球再次被喧沸了，火焰般的岩浆朝着苍穹喷涌，乱石穿空，海潮在炽烈的煎熬中倒退，礁屿在急剧的升腾中挤压、重叠、碰击、断裂，它们争先恐后地跃出海面，凝固成巍峨峥嵘的刺天高峰——喜马拉雅山脉珠穆朗玛峰！像是呼应，与此同时，欧洲升起了阿尔卑斯山，美洲升起了落基山。它们均是大自然的绝世风景。而昆仑山、唐古拉山和天山等著名山系，只是喜马拉雅"女神"哺育的"兄弟姐妹"，伴随着它们隆起的青藏高原和帕米尔高原，只是它们万众归向拜谒"女神"的净土"天坛"。

似乎有点遗憾的是，大自然在绘制打造这些绝世风景时，故意在"焊接"工艺上留下些瑕疵，于是就落下了被人类遗恨万年的这条诡秘的北纬 39° 线。假如说，火山喷发是地球的"排气阀"，那么这条线便是地球的"出气管"了……

——研读地质的历史，你会觉得它远比人类的历史要惊心动魄得多！人类的民族兴衰、朝代更迭与大自然的神奇变幻相比是多么的微不足道。看啊，海水退去了，出现了浩瀚如海的塔里木盆地、准噶尔盆地，甚至出现了负海拔 150 米的吐鲁番盆地，原在海底三万米的礁岩，如今雄峙在海拔八千米之上的地球之巅。裸露的洋壳俯冲、升腾而隆起的世界屋脊青藏高原，使三千万年的许多动植物丧失了生命，它们从自然界绝迹了。今天，人们只能在裸露的山岩或戈壁滩上观赏它们的化石：三叶虫、笔石、鹦鹉螺、海胆、海百合……然而，生生不息的，是大自然的万物之灵。

此时，笔者就在这片古老而年轻的高原上，穿行于这条诡秘的"恐怖"线上。

此时，高原的隆升运动依旧没有停歇。

在乌恰，凝望着海拔四千米以上的帕米尔高原，确有一种难以言传的美丽，再配上纯净的湖蓝色的天穹和低低悬浮的白绵羊似的云彩，那份诗情画意无与伦比。阳光跳跃着强烈的色泽，刚硕湛蓝的边塞天风嗖嗖掠过；除了风声，一切是那样宁静。其实，高原并不安分，它沉默的表象下躁动着狂放的激情，它是活生生的，它在地壳里悄悄积蓄的能量随时准备爆发！再看那连绵起伏的山脉，你会感到它们那巨大的生命的表情，一丝不挂的群山，裸着自己粗砺的骨骼，并且都是一副俯冲升腾的雄姿，一块块山岩在阳光下闪闪发亮，似要告诉这个世界，它们是那些著名山脉的子孙，它们陪伴着喜马拉雅、喀喇昆仑、冈底斯、唐古拉、天山、阿尔泰一起生长着。然而，天空却不容许它们再向上冲了，这就让人感受到那种美丽的蓝湖一样的天穹制造的低气压，这浓缩的低气压会造成人们剧烈的头痛，身子摇摇晃晃的总想卧倒。实际上，天空制造的低气压是压制高原的。在地球这一隅，天穹在与高原抗衡着，天在按压着山，山却一步步往天上拱，时而发怒来场地震以示抗议！

在伽师，你会是另一番感觉了。塔里木盆地的风沙并没有吞噬掉这片生命的绿洲，而被地球之掌托举到南天山边缘。此时，大片大片的胡杨树已是金甲披挂，灿烂剔透，它那"死而不倒，倒而不朽"的壮士断臂情结与操守，昭示着大自然和人那生生不息的乐章。空气是明净的，太阳是炽烈的，在这里仿佛可以看到自己的心情、思想和灵魂在风中无羁无绊地飞翔，看到人生的前世、今世和来世，似乎从这条古丝绸之路能一直走进天堂。只是大地因开怀大笑而微微颤动，给人们带来一些"烦恼"。当你在内地生活久了，目睹一条条清澈河流被工业废水污染，一片片森林被砍伐殆尽，人类入侵所有海洋逼得鲸们涌到海滩自杀……当你听到耕地以惊人的速度沙漠化，许多物种永远消失，你绝望透顶，你不知不觉也在食用"三聚氰胺"之类而身受其害，你觉得大自然竟变得如此脆弱，人类是如此贪婪而轻易地占有它，摧毁它，地球毫无希望了，末日来临了的时候，这时，你走上西部高原，来到天高地远的边陲伽师，你就会获得一份崭新的感觉，这高原以它自己独有的方式隆升着，它博大、遒劲、莽莽苍苍，什么也奈何不了，人类的占领意识开发意识只能贴近它，却不能征服它！虽然这里有不少乡村和城市，但更多的是地貌原始的广阔土地、湖泊和一座座人类难以逾越的雪山！

早在 1971 年 10 月，即国家地震局成立一个月之后，一班人马就悄悄开进天山南麓这片广袤的土地，在这条诡秘的北纬 39° 线上安营扎寨——这就是我国建立的第一个地震预报实验场和一支 150 多人组成的新疆地震预报研究队。参加单位有：新疆地震大队、兰州地震大队、地球物理研究所、地质研究所、地震地质大队、工程力学研究所、测量队等 12 个单位，投入仪器 120 多套。实验场以阿克苏为中心，向东至库尔勒一带，为库车、秋里塔克断裂带；向西南至边界附近，为柯坪断块和帕米尔高原；横向尺度达 1000 多公里，其间建立的阿克苏、喀什、乌恰、巴楚等 9 个地震台基本上沿这条北纬 39° 线分布排列，开展高密度的观测与研究。它们像一双双警惕的眼睛，时刻注视着这条诡秘的"恐怖"线贯穿的广袤土地。统领这支队伍的队长是王树华，副队长梅世蓉、查志远。两年后，李延兴、陈章立奉命前来接替前任领导。在实验场运行的 4 年里（1975 年结束），在场区共发生 5 级以上地震 30 余次，由此证实该区是我国大陆地震活动高发区之一。

为什么要建这个实验场？

王树华是这样回答笔者的提问：其任务就四条——抓大震，搞预报，培训队伍，试验地震预报的新技术、新方法。当时的军代表董铁城是了不起的，他非常支持我们搞这个实验场。因为地震预报难就难在地震的不重复性，它变着花样为难人类。只有靠多实践多认识，从中发现某种或某些规律性的东西。从邢台地震始到 80 年代，我考查了 10 多次强震大震，我的认为是，没有一次是完全准确的预报意见，余震预报的成功率可占 75%，短临预报的成功率不足 20%……1970 年云南通海大地震很惨哪！我在那待了 4 个月，除夕当天又发震，老百姓不敢回屋，我们在稻田里开会，只见电线杆左右摇晃，人都站不住趴下了。基于尽快解决预报难题，解民众于倒悬，我们建议搞地震试验场。现在总结得失，有人说我们那时太幼稚太冒进，但是你不能割断历史和当时的大背景啊！我从试验场回来也有了一番反思，所以坐了几个月的"冷板凳"。1983 年 3 月 30 日，我被调入地壳应力研究所，也就是当时的地震地质大队，既是最后一任大队长，又是第一任所长。通过实验场几十年的实践，我从认识上发现了问题：地震预报是像瞎子算卦一样，而对一哄而上的群测群防，我的看法是"舅舅不亲、娘娘不要"，它因受仪器、环境和人员素质的制约，起不了太大作用，有时还反而添乱。后来，邹瑜、安启元等主政国家地震局，搞整顿提高，台站建设有了数量和质的飞跃。再后来，陈章立当局长，地震监测和预报水平又有了很大提升。但是，高水平就能报准预报吗？成功率还是有限的。前几年我去过德国考察，他们虽然不搞预报，但人家对预报地震的研究还是很值得称道的。我们怎么办，今后还搞不搞预报？有专家提出不搞了，我说不搞没有出路。我的观点是，预报是目标，就像共产主义是我们的目标一样，现在是初级阶段，又要进入新时期、新阶段，地震预报也一样，那目标虽很遥远，你总得一步一步往前走才对啊！……

虽然这个实验场只坚持了 4 年，对其评说褒贬不一，不可回避，但在不脱离当时的时代背景、自然条件和科技水平的前提下，相信这些"褒"与"贬"可以为未来地震预报的实验与研究提供些许有益的参考和启示。

在笔者看来，这个只坚持了 4 年的实验场，不仅是地震监测预报的实验场，同时它也是人类情感与灵魂的历练场。

5. 大漠孤烟，情爱弥补了空白

对新疆盛产而独有的"八大怪"，笔者早有耳闻。那是在 1991 年随罗干一行飞抵石河子，为王震将军铜像落幕仪式剪彩。一位建设兵团的老兵用秦腔向我等哼唱了新疆的"八大怪"——

春夏秋冬一天来，
风吹石头砸脑袋，
骆驼比车跑的快，
鬼哭狼嚎谁作怪，
条条井水连起来，
神秘湖里出妖怪，
鞭子底下谈恋爱，
男人爱把花帽戴。

那时对这"八大怪"只是有一种好奇感，并未品尝到它独特的内涵与情趣。而这次新疆之行，才稍稍体会到它的本真。

2006 年 10 月 17 日上午，笔者刚到阿克苏中心地震台，高个子台长李士柱拱手相迎，端见他背似拉紧的弓，头上落了一层银霜，嘴唇脱褪着鱼鳞状的白茧，紫黑色的脸膛上布满沙丘般的皱纹。他不先介绍情况，也不讲自己，而是鬼使差地把祝良佐、冯闯、赖济旺几位老同志请来了，听他们"讲那过去的事情"——

祝良佐：我今年 70 岁，是江苏东海县人。1955 年入伍到总参测绘局，第二年划入国家测绘局（西安），1971 年 10 月初，领导说，要抽调人员到新疆搞地震实验场，我就报名被批准后来了。组成的地震研究队由王树华、梅世蓉领导，整天领着大家在大山里在戈壁滩上选址建点，茫茫大漠百里不见人，十天半月甚至更长时间才能回到大本营阿克苏吃顿热饭。1973 年王树华、梅世蓉调回北京，李延兴、陈章立前来接替。那年春节快要到了，可大伙好多天没动过荤打牙祭了。陈章立就悄悄去了农垦师，他平时跟人家师部领导拉近乎，关系好，就借了两头猪拉了回来，条件是用我们实验场的一台破嘎斯六九给他们运几车煤。把猪拉回来杀了，猪下水炖了先给大家解解馋，猪肉留着过年吃，还要留一头去换煤。一天夜里，拉煤车在半路上抛了锚，零下二三十度，茫茫戈壁，天寒地冻。陈章立就又去找农垦师，派出拖拉机把煤车拖了回来……1975 年 11 月，实验场的任务就要结束了，我单位抽来的 13 个人中要留下 4 人坚守台站，其中就有我和冯闯，大家青一色的单身汉，除了工作之外，就是寂寞、孤独、困苦。最头痛的是找对象难，都老大不小了，不找媳妇咋行，这寡淡无味又寂寞困苦的日子实在难熬。可在这荒无人烟的大漠里上哪找女人去？这时候，既是领导又是专家的陈章立看透了我等心中的"疙瘩"，他问我，在老家有没有对象？我说，有啊。他说，那好，你赶快回去把未婚妻接来，可以解决户口。我一听当然乐意了，那时的户口金贵得很哩！做梦都想把媳妇"农转非"成为城市人。于是我就急急火火把媳妇杨明兰从老家农村接来了。如今四个孩子有两个在地震战线上工作（阿克苏中心台办公室主任祝英是祝良佐的女儿）……

冯闯：1967 年长沙地质学院毕业后就分到了重庆国家测绘局八队。1971 年抽调来新疆搞地震实验场，当时很年轻，血气方刚，觉得遥远的新疆是个很神奇的地方。可是，来到这里一看，傻眼了，一望无际的戈壁滩，冷时能把人冻成冰棍，热时又能把人晒成肉干；强烈的紫外线把人的脸上身上嗮得青一块紫一块，还一层一层地起皮脱落；遇到沙尘暴，能把人连帐篷吹出十几里远，有位战友就是被狂沙埋了一米多深憋死的……我当时就想，任务完成马上离开这里，离开这个连兔子都不拉屎的鬼地方！ 1974 年 8 月 11 日，对，我记得很清楚，就是这一天，乌恰西南发生 7.3 级地震，当时几个台站都记录到了临震前兆异常，因为事先有所防范，伤亡和损失很小。我和几位同志都受到了表扬，并且还每人奖励一只茶缸，这只茶缸至今我还保存着。这时候，陈章立就来做我的说服工作，他说：怎么样，在这偏远的地方照样可以建功立业，快回去把媳妇接来吧，不但可以转户口，而且两口子还能在一起，有份工作挣工资，就是生了孩子也不愁户口问题了，在这里虽然苦一点，我会争取把你们的待遇比内地高一些。我一听，这是多么大的诱惑啊！抵不住他这么一忽悠，我就把媳妇彭凤莲从陕西丹凤县农村接来了。来到后，老婆感觉美得很，就一辈子在这儿扎了根……

赖济旺：广东昭关人，来之前是在国家地震局三河地震地质大队。跟祝良佐、冯闯一样，老伴龚福秀也是被陈章立"忽悠"过来的，不然那该有多苦啊！诗人曰：大漠孤烟，长河落日，那只是抒发一时的情景而已，要叫你长年累月地在这里坚守，又没有必要的生存和生活条件，你能坚持多久？当时叫得最响的口号是：好儿女志在四方，到农村去到边疆去到祖国最需要的地方去。现在讲"三个代表"讲科学发展观讲以人为本，可是我一直在想，当年那个时候虽说没有这么讲，队领导设身处地为我们着想给我们办事情，不就是这个意思吗！所以，我们这些人和我们这些家庭，都十分感激和怀念章立同志！……

三位老专家讲完，台长李士柱开始发言——

阿克苏中心地震台就是当年地震实验场的"大本营"，现管辖整个南疆的地震台站。当年100多号人，像撒米粒一样分布到绵延上千公里各个台点上，沿线人迹罕至，环境恶劣，是什么支撑着他们坚守下来？你可以说是报效祖国的志向，是奉献敬业精神。而对于人的生命需求，是爱情滋润了这干渴的沙漠，是战友的情感填补了这物质和精神极为馈乏的寮荒之地……1997年时任国家地震局局长陈章立一行来到他战斗过的阿克苏调研，着力给我们解决"住房难、吃水难、看电视难"三大问题。陈章立对一同前来的时任监测预报司副司长陈建民说："记下来，我们共同来解决。"很快，一笔款项拨过来了，再加上我们自筹的钱，三大难题解决了，这些老专家从当年的老平房里搬进了崭新的楼房。章立局长调研时得知我台副科长李德成的爱人王艳患病，几次来电话催李德成陪爱人去北京看医生。李德成、王艳夫妇去了，就住在章立局长家里，吃、住、行他全包下了……从这里走向喀什、克尔克孜三个地区，遥遥监测上千公里，不仅需要科技力量的支持，更需要真心实意的人文关怀。

这时，祝良佐、冯闯插话进来：我们时常就自言自语地哼唱《冰山上的来客》那里面一首歌《怀念战友》，"天山脚下是我可爱的家乡……当我离别了战友的时候，就像那雪崩飞奔万丈……"

唱着唱着都流泪了。当他们回首往事，他们无愧当时的选择。人是有欲望的，人更需要有尊严。

人有千万种情感，才构成活着的状态。真心，真诚，真爱，就是人间的天堂。大爱无疆，是照亮人们心灵的神灯。

52岁的李士柱是山东聊城人，1972年入伍，四年后退役就留在了阿克苏。原因有二：一是退伍时赶上新疆地震工作队招人，他被选中，就毫不动摇地留了下来，先去拜城地震台当观测员，后考入北京地校深造。二是他与农一师的女职工张安华有了"月下之好"，其父亲是随王震将军进疆的军垦老兵，这使他对张安华的爱情更火热了三分。老兵岳父大人问他这个后生新兵：你愿意留下吗？他说我愿意！又问：不会后悔吧？他说不后悔！再问：愿意扎根一辈子吗？他说一辈子在这里扎根！老兵岳父哈哈大笑：拿酒来！

2002年李士柱接替王海涛（回乌鲁木齐任副局长）任阿克苏中心地震台台长。2003年2月24日巴楚、伽师发生6.8级强烈地震，这令他感到十分沮丧，本来对这次地震已经作出了中长期预报，并且各台站为捕捉短临预报而进行着全天候的紧密跟踪。为抓住这个大地震，他没能提前回山东老家去照看病中的老母亲，直到母亲病危，他千里奔丧跪在了母亲的坟前：母亲！原谅儿子不孝……

在天山脚下，在帕米尔高原，在塔里木盆地，天南地北的人为了共同的事业和同一个梦想，他们走到了一起，在这里度过人生的历练和生命的繁衍。

这是一片没有土著的土地。

花儿为什么这样红？是因为爱情的灿烂，使生命在这里不断延续……

6. "失语"的夫妻台

巴楚地震台是出了名的夫妻台。上网点击，夫妻台在伽师一系列的地震中立下了战功。

台长杜文平，51岁，山东聊城人，与阿克苏中心地震台台长李士柱同乡同年入伍，退役后被招进新疆地震工作队，在拜城当观测员。他的恋爱经历也和李士柱一样，跟建设兵团农场的女教师陈爱萍好上了。陈爱萍的父亲也是当年跟随王震将军屯垦戍边的老兵。

杜文平和陈爱萍在拜城相识相爱，于1981年结婚。儿子杜峰吉林大学通讯工程系毕业后，现在南京一家通讯公司打工。1991年杜文平被调到巴楚台工作，陈爱萍也因此转行协助杜文平搞地震监测来到巴楚，接替王日泉、王新莲夫妻管理本台。这一干就是15年没"挪窝"。

1996年3月19日，伽师发生6.5级地震时，杜文平正在乌鲁木齐开会，陈爱萍独自一人留守（孩子一直在姥姥家代管）。面对昼夜转动的地震仪滚筒，她一刻也不能离开，不停地换纸，不停地计算，遇到大震时还要立即速报……她几天几夜没合眼，2000多次余震都无一疏漏地全部记录在案，为自治区地震局判断未来震情提供了依据。几天后，等杜文平一路风尘赶回来，他看到妻子两眼红肿，蓬头垢面，自他开会走后，锅盖就没动过，陈爱萍是靠半桶水和几块风干的红薯充饥……

"爱萍，你还好吧。"杜文平进门就喊。

"……"陈爱萍张了张嘴冲他笑笑。

"爱萍，你怎么不说话？"杜文平直盯着妻子的脸。

"……"陈爱萍还是张了张嘴，却听不到她在说什么。

"爱萍，你嗓子怎么了？"杜文平一把搂住她，摇她，晃她，"你说话，你说话啊！"

"……"陈爱萍嘴唇颤抖着，挣扎着想说什么，却怎么也发不出声音。

杜文平这时突然明白过来：妻子失语了。这种失语现象在前任王日泉、王新莲身上也曾发生过。一个人，即便是两口子，长时间不言语，不交流，远离人境，甚至连鸡鸣狗叫声也听不到，慢慢地，说话的功能就退化了。一旦突然见了人，那本该到嘴边的话语竟然变得陌生起来，不知该怎么发音了。

笔者见到这对夫妻时，听说二人已经离婚了，这是2006年4月的事。这其中有什么隐情，夫妻间究竟发生了什么？

虽说已经离婚，但工作还得干，对外讲还是"夫妻台"，还在同一个屋里住，还在同一个锅里做饭，轮流交替班，一点也不含糊。

笔者就纳了闷了，百思不得其解，愈发想知道事情的原委。

于是就"过堂"，对二人分别采访。

先与杜文平交谈。

"老杜呀，你们这么做是为什么？"笔者开门见山。

"不为什么，"杜文平长喘一声，"就想分开过。一二十年了，一天到晚转来转去，看来看去，就这么两张脸……"

"是她对你不好？还是她起了外心？"笔者单刀直入。

"她对我很好。她就是有外心，她上哪去找人？这里几乎与外界隔绝了。"

"这么说是你不想跟她好了？还是你另有隐情？"笔者试着又剑走偏锋。

"我能有啥隐情？"杜文平有点急了，"也不是我不想跟她好，我们只想换一个方式活活，她说换什么方式呀，我说离婚，她说好，离就离。就这样。"

"儿子知道吗？"

"不知道。"

笔者无话再追问下去。换场。杜文平走开了，陈爱萍走过来，坐在杜文平坐过的马扎上。看上去，陈爱萍显得很平静，很端庄。她可能事先得知我们要来，早已把屋子收拾得干净利落，还特意把平时披散的头发拢起来卡上一只大红发卡——她说这是杜文平去喀什出差在"大巴扎"（集贸市场）给她买的，看上去像一片热烈正绽放的枫叶；她身穿一件杏黄色的翻领夹克衫，看来她平时也不是轻易穿的，因为叠放过的衣褶还未展平——她说这是杜文平那年去乌鲁木齐开会，也是在乌鲁木齐的"大巴扎"给她买的，穿上挺好看挺合身的，他挺会买东西。

笔者又纳了闷了："你们这是演的哪出戏呀？分明一切都是挺好的，怎么说离就离了？"

陈爱萍说："这也是没有办法的办法。好合好分，一切都随他。他说离，我说不离，他心情不好受，我心情也不好受，何必呢，离就离吧，只要他高兴，我也高兴。不然，他又会半夜跑到荒岗上像狼一样吼嗓子。"

笔者："茫茫戈壁，就这么同在一个屋檐下，就这么一对男女，分与不分有什么区别呢？"

陈爱萍："区别大了，过去是夫妻，现在是同事，他睡沙发，我睡床，井水不犯河水。"

笔者："你们这事组织上知道吗？"

陈爱萍："知道，要的就是这个效果。"

笔者："能有什么作用？"

陈爱萍："要么把他调走，要么把我调走，要么把我俩全调走。"

笔者："呵，这里确实很苦，也太寂寞，好像是被遗忘的角落……"

陈爱萍："苦呀，寂寞呀，被遗忘呀……都无所谓，这么多年，我们都熬过来了，眼看着都是 50 多岁的人啦……"

笔者："这么说你们离婚的理由，就是想调走。"

陈爱萍："常言说'人挪活，树挪死'。上一对夫妻也是闹罢离婚调走的。"

笔者："你们有被调走的消息吗？"

陈爱萍："还不确定。迟早会有的。"

笔者："老杜心情怎么样？"

陈爱萍："有时半夜还能听到狼一样吼叫的声音。"

…………

面对"失语"的夫妻台，我们似乎有许多话要说，但不知为什么，却一句话也说不出来，仿佛说话的功能也退化了……

7. 没有遗骸的坟茔

喀什地震基准台台长巴克·买买提，是一位血统纯正的维吾尔族汉子。50 开外年纪，腿脚还是那般利落灵便，走起路来蹭蹭有风。

16 岁那年他高中毕业响应号召插队到了边塞，乌恰发生的一次 7.3 级地震险些把他连房子一起埋进被地震撕开的大裂缝里，他是抓住马腿——被马蹄子腾空一踢，把他从死亡谷踢了出来！事后他十分庆幸自己个小身轻，那缩紧身子死抱着马腿的形态，一如被马蹄踢出的一只皮球。也就是从那个时候起，他报名参加了新疆地震大队喀什地震工作队，后来考入南京大学地质系地震专业，毕业后回到喀什，这一干就是三十来年，喀什方圆上千公里的台点全都始于他的足下。

眼看着女儿朱丽比娅长大了，当小学校长的妻子热孜布·古丽问他："亲爱的巴克·买买提，让我们的女儿朱丽比娅考哪个大学好呢？"

巴克说："亲爱的热孜布·古丽，我们的女儿朱丽比娅是学理科的，就让她考新疆大学地球物理系。"

热孜布·古丽耸耸肩头："哎哟哟，让我们的朱丽比娅也像她的老爸一样搞地震？"

巴克也耸耸肩头又摊开两臂："女承父业，这不是挺好的嘛！"

热孜布·古丽有点想不通："尊贵的巴克·买买提先生，你是不是应该听听女儿朱丽比娅的意见再作决定！"

巴克说："好的好的，尊贵的校长夫人，我们就尊重女儿朱丽比娅的选择吧。"

女儿朱丽比娅作出这样的回答："我的爸爸巴克·买买提搞了大半辈子地震，至今同地震作战硝烟未熄，仍需后继有人。他的同事从内地来到这里，把生命都献出了，我是父亲的后代，也是他们的孩子，应该继承父辈们未竟的事业，在这片土地上同地震继续战斗。"

朱丽比娅在新疆大学地球物理系毕业后，实现了她的诺言。

在巴克的引领下，笔者一行驱车赶到边界乌恰。毗邻的塔吉克斯坦海拔 7134 米的列宁峰依然冰盔雪甲，傲视苍穹，俯瞰着风云变幻的地球和人类征战的峥嵘岁月。天风浩荡，乌恰大地震遗址犹如刚刚发生过一场毁灭性的战争，满目残垣断壁、碎瓦烂石，静静地躺在荒野上，无言诉说着大地震的惨烈。

巴克说，大震前的乌恰是一座相当热闹的边塞集镇，中亚、中东各国乃至印度的商贾云集在这里，成为改革开放以来最繁荣的开埠口岸之一。没曾想1985年一场大地震把这一切都震得烟消云散。

巴克说，他和同事们先是坐车往乌恰震区赶的，赶着赶着没路可走了，只好找来一些马匹，骑着马赶向震区。几天几夜没有水喝，马累瘫了，他们也和难民一样，渴得实在无法忍受，就接马尿、饮马血……

纵观历史，曾经辉煌一时的印度河流域持续了上千年，正是公元前十八世纪发生的大地震和地震引发的水灾，使印度河流域古文明开始衰落走向衰亡的。大致又过了一百多年后，地中海上的希腊克里特岛曾发生过三次震中烈度为十度的大地震，于是，史前的这一大文明区域消失了，克里特文化毁灭了。这也就是说，人类四大文明古国其中有两个古国文明因遭地震摧残而衰亡。

巴克说，乌恰大地震前也有觉察，但无正式短临预报。那是1985年6月初，长期致力于地震预报研究的老科学家、石油部顾问翁文波，给新疆地震局发来了一份电报，指出8月20日前后，在新疆巴楚—乌恰一带，将发生6.8级地震。对这个短期预报意见，新疆局是极为重视的，喀什地区的台站进入紧急备战状态，严密监控。8月23日，乌恰7.1级大地震发生了。记得是大震前一天，乌恰县政府接到紧急通知后，还是在刚落成的大礼堂首次使用召开的防震动员会。震后，他陪国家地震局副局长丁国瑜来到现场，礼堂前的水泥柱子被拦腰震断，开会的舞台陷下去一个3米深的大坑……

一座边塞城池从此而凋敝衰亡了，乌恰新址建在了一百多公里外的戈壁滩上，日渐复苏往日的商贸景象。

谈及这个大地震，乌恰地震台台长赵乔（四川人）和八盘水磨（原阿图什）地震台副台长张永奎（陕西人）依然感慨不已：地震发生前的晚上，赵乔赶到台上值班，换下张永奎回家休息。老台站就在礼堂后山脚下，从台里出来到家步行也就五分钟时间，地震恰恰就在这个时间里发生了，张永奎被摇晃倒地，只见房屋一片片倒塌，烟尘滚滚，好在人们都有所防备，大都住在临时搭建的棚子里，他听到大人小孩都在喊：地震了！地震了！他也跟着喊，边喊边往台上跑。台长李涛和赵乔已被沙尘搅拌成了泥人，正从倒塌的房子里朝外搬仪器，张永奎赶到替下李涛，因为李涛是事前成立的抗震救灾指挥部负责人，他要组织大家救灾。乌恰台在帐篷里监测观察余震两个多月。田纪云副总理来震区视察，还特意看望他们，称赞他们是"地震前哨三勇士"。

这三勇士眼下就只有赵乔、张永奎二人了。台长李涛永远地离开了他们。李涛是转业军人，他没有回老家天津市，而留在边塞与他们搭伙搞起地震监测这个行当。李涛抄录的一句古诗至今还在台上保存着："醉卧沙场君莫笑，古来征战几人回。"李涛是在组织抗震救灾中累病的，累得大口大口地吐血，可他不说，他忍着。直到站立不起来了，送到医院检查，才发现他的肋骨断了两根，他是在地震时搬运仪器被水泥块砸伤的。

在戈壁滩上建立的乌恰地震台第二旧址不远，有一堆乱石垒起的坟墓。那是前任台长李涛的空坟。2004 年李涛病逝后，是他的亲人把他的遗骨迁回了天津。

赵乔说，台上曾豢养着一条狗，寂寞难奈，夜间就跑到荒野叫唤，叫累了就又跑回来卧在门后，静静地望着台上的主人工作，一声不吭。当年它和台长一起去救人，台长去世后，它时常去坟上转几圈，用前蹄子刨土，嘴里呻吟着似在哭泣。不久，这条忠实的狗也病了，静静地死去。它的遗骸被埋在台长那座空坟的旁边，它是一头藏獒……在这荒凉的戈壁，人寂寞，狗也寂寞；人的坚忍与忠诚，同样赋予狗也有这一种秉性。

是啊，不理解伟大的山，正如我们不理解看似平常的伟大人物和事物一样。他（它）们仿佛离我们太远——这远不是地理上的差距。我们往往惊喜于近处的一座险峻奇峭的山丘，欣赏它，赞美它，辟为浏览圣地，闲暇时借以使自己站高一点点，不甚费力地使自己稍微变得高尚起来一刻钟。于是就有人打扮成最有魅力的"情人"，滔滔不绝地讲述着他（她）津津有味又破破烂烂的壮举和奇迹。这很容易，这仅仅是"游山玩水"地玩一下，这只不过把"圣地"当作一时的精神发泄地罢了。而这帕米尔高原上也有山有水，但不好玩。这里一个严酷的现实是：坚守高原台站和大漠边关的人们（地震人和军人）被最可怕的荒凉和寂寞包围着，压榨着；被自然和自身的两种险恶处境所折磨，所攻击！他们的坚守，不是一天两天，不是一年两年，而是几年、十几年、几十年乃至整个生命。作为一名边塞的台站人，谁精神上不承受一副重担？谁心灵中不填满向往美好的欲望与激情？谁胸膛里不隐藏着一页忧思甚至一本惆怅呢？

然而，他们说，在这里几乎与外界隔绝倒不可怕，可怕的是人与人的隔膜比人和山的隔膜还要厚。你若有灵性，你可以听懂天籁，感悟地灵，理解一个湖泊，识透一座山峰，在精神上与一片云挽手共舞，与一条河流畅抒神韵……但是，有很多时候，你看不懂一个人的那张脸，你透视不到他内心的情感灰烬。"你们快要被这个飞转的世界抛弃啦！"有人对他们说，包括他们的亲人。然而，人们也不得不吃惊地发现，在这个如此纷繁浮躁的世界表象下，还有如此沉静淡定的灵魂！人在这里，胸怀经过冰雪的漱涤，便会产生一种神思，能够与大自然相通相融，获得更多的生命纪念和馈赠。但是，他们不能超验一切，他们还解释不透大自然的无穷奥秘，他们时刻注视着地球万物的变异和警醒着自己的灵魂，在一层又一层扑朔迷离的物像中思索着前进，而决不会在狭窄拥挤的仕途小道上与人决斗，他们就这样日复一日、月复一月、年复一年地注视着尘世的万象，沉默而更加巨大地爱着人类！

8. 在阿里，与狼共舞

"它确实是一匹狼，一匹高原狼！"

喀什地震基准台副台长魏斌讲述他与狼遭遇的经历时，发生在昆仑山口 8.1 级大地震刚过去不久。

2001 年 8 月，中国地震局授权新疆地震局在阿里地区勘探选址架设地震遥感台站，并点名要魏斌参加。接到通知后，台长巴克·买买提舍不得魏斌走，怕他这一走就远走高飞了，他和副台长沈新雄都是本台的主打干将，他们的父辈都是进军新疆时彭德怀元帅的部下和王震将军的部下。巴克说："北京那么多高级人才，怎么偏要在鸡屁股的喀什选人？"

魏斌出发了。一行 7 人，由新疆地震局局长张云峰亲自压阵。

八月走高原，是昆仑山的黄金季节。此时，冰山开冻，天气转暖，虽然时不时砸下一阵冰雹或飘落一阵雨雪，但消融了的冰川像银练飞泻，势不可挡地化作条条细流汇入狮泉河，奔向千仞万壑的峡谷。他们在狮泉河畔驻扎下来。抬眼望去，藏民的经幡呼呼啦啦抖响在金风里，奔流的溪水清脆地推转着玛尼磨轮。土色的房子渐远地溶在大地上，显得寂静安详……

阿里是帕米尔高原与青藏高原的结合部，同时又是与可可西里血脉相通的"同胞姐妹"。最诱人的是它那肥美的水草地，吸引来众多的草食类动物：野鹿、野驴、野马、野牛和被称作"天国珍宝"的黄羊、藏羚羊等，而统治草原的不是狮子，不是老虎，而是狼。狼在这里以草原之王的姿态兀立着，奔跑着，寻视着它所要的猎物。

魏斌向笔者大侃与狼的遭遇，说狼立在可可西里通往阿里的公路旁，注视着来往的车辆，不惊不躲，哪怕你一路鸣笛向它示威，狼也毫无畏惧，狼在朝人发问：你们是谁？为什么要扰乱这里的平静？是你们中的偷猎者大肆捕杀黄羊、藏羚羊，与我争抢猎物，破坏了这里的生态平衡！而我的猎物是有限的，是为了这里的生物圈合理发展。这里是我的世界，请你们走开！魏斌激情澎湃地挥着拳，两眼闪闪放光，声色俱厉地模仿着狼，俨然一副高原狼的样子。

"啪！"——清脆的枪声响了。

有人近距离地击毙了狼。假如狼掉头逃去，人也许不会向狼开枪，人也许打不准狼；可狼偏偏不逃不避，两眼直直地正视着人，结果人胆怯了，为了驱除自己的胆怯或显示人的强大，不得不消灭狼剿杀狼。于是一只又一只高原狼就这样倒于人的枪口。可是，人别以为自己打死了狼，狼就绝迹了。魏斌肯定地说，这高原狼不同于内地公园饲养的狼，更不同于一般的食肉动物，很多动物是没有魂的，死了，魂就散了，而狼的魂是不会乍一死就散去的，只要有一息尚存，它就能还阳过来。

魏斌说，他是在勘探选址后，安装好仪器让他留下来观察仪器运转情况的那些个日子里，活灵活现地看见了一匹高原狼的。

那是一天黄昏，他从架设仪器的台上走下来，准备回到狮泉河军分区所属的某仓库院里歇脚。一转脸，发现一条金黄色的动物急奔而过，他还以为是仓库官兵放出来的"警犬"呢，他显得十分友好地扯嗓子嗷了一声，是想给"警犬"打声招呼，那"警犬"掉头向他跑来，在离他丈把远的地方突然停住了——这时，他才看清楚，不是狗，而是狼，一匹高原狼！在落日的余辉里，它那一身抖起的毛发像一根根金针闪闪发亮，通体金黄，它那两只眼睛一会儿眯缝，一会儿睁开，那目光像雪山一样冷凝坚硬，刺人骨髓——它就这样注视着他，目不转睛！

此时的魏斌直感到头发梢子竖了起来，脊背一阵发热又一阵发凉，心想，这时手里有支枪该多好，可是他手里只有一只笔和一个本子。心里又一想，快喊仓库的官兵吧，他们有枪，可是这里离仓库还有几百米远的距离，等把他们喊来了，恐怕自己早已成了狼口中的美餐。不能喊。就这样对视了好几分钟。他一动不动，狼也一动不动。他抬手看看腕上的表，狼也抬起一只前脚，可它脚上没有表。一阵冷冽的风吹来，他禁不住打了个寒战，狼也跟着晃动了一下身子，那姿式像跳探戈。魏斌心里说，我可不是大老远跑到这里找你跳舞的，我是监测地震的，是为了保护人类，包括这里的动物，也包括你呀！他在用眼睛与狼交流。狼似乎明白他的意思。他心一横，转身走向台上。等他再转过来看狼，狼也转身走了，是那种从从容容的样子，好像是说，知道你是搞地震的，怪不容易的，就放你一码！哈哈哈哈……

当魏斌回到仓库时，官兵们看他像一匹狼！

他和官兵们都说，人在高原，就要有狼的性格！

狼是300万年前剑齿虎灭绝后屹立在地球上的猛兽，而它的祖先则要追溯到3600万年前的矮小笨拙的原犬。做为食肉类动物，狼似乎更趋于完美，它有聪明发达的脑子，闪电般的速度，坚定的性格和意志力，为追踪一只野兽，它能够连续奔袭7天，行程千余公里，比人类的生存极限还要顽强。

狼是何时走上高原的？动物学家说，肯定长于人类的历史。也许在高原隆升前，狼的种族就在这里生息繁衍了。那时，古地中海已经消失，庞大的喜马拉雅鱼龙和诸多海洋生物正在变为化石，欧亚古陆和印度板块已冲破阻拦正在一点一点地靠近，春风拂吹着裸露的洋壳，柔软的养料充足的海泥生长出茂盛的草木，这就是可可西里草原。嗅着新鲜的绿意，大角鹿和野马群奔来了，狼的团队也追寻着这些草食类种群来到这里。这儿温暖湿润，空气里仍残留着淡淡的海腥味，一个崭新的生物圈出现了。

然而，这里的地壳深处正奔涌着一股迅猛的力量，她倾斜起身子朝着欧亚古陆一头俯冲过去，与此同时，冈底斯古陆的边缘印度板块不断解体，向北漂移，与她遥远的恋人欧亚古陆轰然相拥——这石破天惊的世纪之吻，终于使广阔的古海洋壳不堪"失恋"的重负，向着天穹隆升而起。它越升越高，竟远远离开了海平面，矗立于4000米以上的高空！在这片高原上，再也没有湿润的气候，天风猛烈地扫来荡去，搅得周天寒彻，柔软的土地被变成永久的冻层，高山顶端环绕着终年不化的积雪。生物们看不懂世界发生了什么，绿色植物大片大片地枯干僵死；一些动物也感到呼吸困难，肺部无法适应稀薄的空气和日益沉重的大气压力，它们本能地要逃离高原。一只只大角鹿倒毙在荒凉的戈壁上，一匹匹野马面向东南奄奄一息地仆卧下来，后面的鹿儿羊儿站住了，它们回头凝望，一株株雪松拔地而起，张开深绿的伞蓬，无畏地迎住寒冷和冰雪，银装素裹的身躯昭示着强劲的生命气息；再看那巍峨耸立的雪峰，一派华美灿烂，高天纯净湛蓝，啊，多美呀！多美呀！我们为什么要逃离呢？温和驯良的草食类动物们忽闪着美丽的大眼睛相互转告：我们，我们要在这块地方勇敢地生存下来!

再看那些半死不活的苍色的狼,蜷缩在雪窝子里,它们没有死,它们也活了下来。只要这里还有一只草食类动物,狼们便不会死,更不会逃离。狼们立在雪峰绝崖上,鼻子冲着长天,以高原之王的姿态凄厉地嗥着:高原是我的,鹿儿羊儿也是我的,我会生存下来!

当人类的偷猎者走上高原,与狼那冷硬的目光遭遇时,偷猎者是经受不住狼眼那咄咄逼人的发问:你是谁?人究竟是什么动物?你说得清自己的来历吗?人类是从哪里来的?是有点双细胞的海猿登陆后演化而来,还是灵长目古猿进化的?要不然就是外星人的后代,或是外星人采撷某些生物的基因在宇宙飞船的实验室里克隆而成的?⋯⋯狼望着不知所措的偷猎者和他那已经举起的黑洞洞的枪口,毫无惧色,更以傲然的目光回应,高原是它的,连同稀薄的空气、酷寒的风雪都为它骄傲地所拥有!尽管来历不明的人类一直在灭绝狼,尽管人类早已成功地占据了地球。

俨然,高原不是童话。高原严峻地一视同仁地接纳每位造访者,不论你怀有何种心境与目的。

魏赋说,狮泉河仓库官兵驯养的警犬是另一个诱人的高原物种:藏獒。

藏獒是犬的一种,犬是一万年前还是几万年前狼家族中演化而来的。这些狼的另类体弱懒散,厌倦战斗,它们追寻着人类温暖的火光,舔着人类吃剩下的食物,依偎着人类的家门,一副可怜兮兮的样子,最终为人所收留豢养。它们的耳朵变软变长,柔顺地垂下来,腿儿迈着细碎的步子,身上的毛为迎合人类的喜好或卷曲起来或细柔滑润如丝绸般让主人宠爱抚摸不够,久而久之,它们又退回到祖先原犬的模样。呵呵,动物的进化是多么地奇妙有趣,狗变做狼,狼再沦为狗。或者说,大自然将狗历练成狼,人类把狼豢养成狗。

那么藏獒又是怎么回事?藏獒的体形大如一头小牛,其凶猛超过狮子老虎和狼。据官兵讲,假如你在虎狼出没的地方宿营,藏獒甚至不必亲自站哨,只在营地外撒上泡尿,就足以让虎狼躲得远远的。

如此骄傲的家伙!只用尿就击退了对手。或者说,藏獒根本没把虎狼之辈当做对手,不屑于同其搏斗,凌空撒一泡尿,便叫虎辈望尿而逃!魏斌心里暗想,自己躲过狼的攻击,是狼嗅到了藏獒尿的那种"降伏"的气味才惺惺离去?他有点疑惑。

高原人终于发现必须从脚前身后仆卧献降的狗类中培育出一个勇士,与自己共同对付这块严酷的土地。据说，母犬同公獒交配后生下来的并非都是獒，一胎九只毛绒绒的奶声奶气的小狗中也许只有一只獒。它们蜷缩在母亲身下，吸吮着甘甜的乳汁，享受着温热舌头的爱抚；安逸的日子，无忧无虑，小狗们彼此嬉闹着。然而，在无限幸福中，獒不会从狗群里脱颖而出。如果你想要"培养"出獒，就必须采取一种人类无法想象的残酷方式，把这窝小狗崽们驱出母亲怀抱，放逐它们，把它们踢赶进寒冷和饥饿之中，只有如此，獒才能站出来，否则它就只有一生为狗。猛烈的高原风把这只小狗温驯的淡蓝色目光吹刮成两道黑色的闪电，它柔软的喉咙被粗砺的风沙磨得坚硬，它开始吼出惊破天籁的嗓音，那声调比世界著名男高音帕瓦罗蒂还要高出八个分贝！它饥饿难耐，它疾恶如仇，它凶狠地扑向它的手足兄妹，逐一咬死它们，舔吮着它们的鲜血。它要活下去，就得吃掉它们！不然就得一块等死！这是高原给予獒的给予强者的生存哲学。在这里，亲情是可怜的，是愚蠢可笑的，高原只接受强悍勇猛的生灵。獒的形体不可思议地壮大起来，既然咬断了亲情的防线，那么这个世界上还有什么羁绊阻碍不能冲破呢？它和苍莽雄浑的高原一同生长着，它有着雪原雄狮般的头颅，黑色的鬃毛像铁齿刷子般披拂着，在阳光下闪出耀眼的光晕，胸腔里沸腾着永不停息的愤怒，它明白：忠诚的极致是无情。自己就是为战斗和杀戮才来到世上。它奋蹄向高原的任何地方冲去……

高原是不堪地球的两大古陆板块的挤压而怒发冲上高天，獒是不堪愤怒和痛苦的冲撞而强壮起来。獒的对手和朋友都是高原。难怪虎狼们见了它都要退避三舍。獒是高原独有的物种，其他任何地方的狼与狗都无法驯养成獒。

人们弄不明白，既然藏獒为人豢养，奇怪的是人却能轻而易举地驾驭狂暴无忌的獒；獒不怜手足亲情，却无比忠诚于主人，獒不像狗那样对似曾相识的人也摇头摆尾，只要丢给它一块骨头。獒如此深沉执著地爱着主人，虽然它不会撒欢，不会频频地被人观赏抚摸，不会汪汪地或哕声哕气地叫着讨主人的欢心，但它却是主人最信赖的"保镖"，在荒僻的牧区，獒为主人看护牛羊马匹，守候毡帐。若是獒的主人死去了，獒的生命也将随之终结，它卧在主人的帐前，肝肠寸断，伤痛欲绝，不吃不喝直至活活饿死。

曾参加过昆仑山口大地震引发雪崩的救援部队"雪狼"排排长讲，他的战友才旦卓旺领着心爱的警獒犬在崩塌的雪堆里搜救出6位淘金者。当才旦卓旺再去搜巡遇难者时，不幸坠入塌陷的冰河里，警獒犬转来转去没发现自己的主人，突然嚎啕大叫起来，它寻着主人特有的气息奔去，在塌陷的冰河边拚命地刨，用坚利的牙齿咬碎一块块冰坨子，连连向冰窟里吼叫了两声，没有听到主人的回音，它绝望了，它默默地垂下了头颅，突然只见它身子一跃，像一道黑色的闪电划破冰窟，很久没有见到它上来……

啊，獒究竟是怎么了？难道在高原，亲情和忠诚是两码事吗？它可以不要亲情，却如此重"义"，甚至到了为"义"而活着而死去的境地！在高原，獒本是高贵孤独的斗士，它为什么还要向人奉献上一份忠诚？在暴雪和狂风主宰的荒原上，它必须跟定一个孤单的牧人。在獒的面前，人像神一样站立着。

魏斌说，架设在阿里腹地这座地震遥感台是无人值守的，平时就有狮泉河仓库的官兵巡防看管。目前这座遥感台是中国地震台网在内陆距离最远、运转最好的台。

沐浴了高原的风刀雪剑，分享了狼和藏獒的传奇经历的魏斌从阿里走出来时，他发现自己的人生从此不同。

建好了阿里地震遥感台，37岁的魏斌又被中国地震局点了将，要他和福建地震局的一名同事朱海燕与中国科考队乘坐"雪龙"号远洋船赴南极，架设长城站、中山站两个宽频带地震台。2002年11月20日出发，到了次年3月底才回来。临出发时，他妻子陈琳问他都去了些什么人，他说，是一群"狼"，一群北方"狼"、南方"狼"和"高原狼"组成的狼的团队。妻子又问，真的没有"羊"去吗？他说，没有啊。妻子敏感的神经似乎觉出了什么，便挑明说，跟你一块去的不是还有一个朱海燕吗？魏斌适才明白过来，马上接通了朱海燕的手机要妻子接听。手机里是一个浑厚的男人的声音："嫂子，我是朱海燕。"妻子噗哧一声笑了，冲着手机说了句："原来你是一只披着'羊皮'的狼啊！"

9. 天籁之约：与吐尼亚孜真情对白

像砖一样厚的《汉英维地球物理学词典》、《汉英维哈地震学词典》两部书，作者就是新疆地震局副局长吐尼亚孜·沙吾提。

捧着这样厚的书，不能不对这位维吾尔族同胞肃然起敬。先听其声，他一口标准的普通话可与中央电视台新闻联播播音员张宏民媲美；再看其人，他英俊潇洒，有着纯正的维族血脉。时年50岁的吐尼亚孜在同龄人看来，尤其是在绽放得花儿一样红的姑娘眼里至少减免他10岁，正是所向披靡、战无不胜的好时候。

还有，他的英语说得十分得好，足见他编著两部词典的英文功底。有一次，他随团出访美国，装了一箱子康师傅红烧牛肉面，到美国不几天，同事们像馋猫似地把他的"口粮"一扫而光，信守清真教门的吐尼亚孜似乎显得有点窘迫了，但这难不倒他，抽得空闲便悄悄跑进超市疯狂采购了一大堆包括来自中国的清真食品，其包装上全改为英文标注。这还不算，更出人意料的是，在与美国专家交流时，随团的翻译难以解答的问题，他叽哩咕噜跟老外们对答如流。同事们说，要知道有吐尼亚孜这把好手，我们连翻译都省了。

至于他的母语，那是从承传的基因里就已注定好，并且被他驾轻就熟。

唐山大地震后，吐尼亚孜考入武汉大学天文大地测量系地壳形变专业，毕业后分到新疆测量队（现测绘研究院），在阿尔泰山一线搞地震地质勘探，接着在阿克陶挂职当县长，再接着回新疆地震局任副局长，天山南北不停地跑，但这并不影响一位乌兹别克族姑娘哈丽达·阿扎买提对他的一往情深。丘比特之箭很快射向"靶心"。二人的爱情之花结出的硕果是两个儿子。大儿子艾哈买提江，考入武汉理工大学，二儿子伊利哈木江考入北京中国地质大学。夫人哈丽达说，没办法，子承父业，基因所染，三条汉子都自觉自愿跟地球结下了不解之缘。

翻过千层岭

跨过万道坡

一马平川的戈壁滩哟

放开喉咙想唱歌……

他一口好嗓子。《冰山上的来客》插曲，狂放、沉浑的声调让人为之绝倒。他唱着这支歌走进大学，又唱着这支歌走出大学，走回他的故乡。唐山大地震的惨烈铸牢了一个维族少年的报国之志，而从小就耳闻目睹了天山南北一次次骇人的地震造成骨肉同胞罹难的场景，一直在他脑际萦绕。大学毕业，他迫不及待地要回到家乡，为此他积攒了大半年的"盘缠"，终于可以买到一张回家的飞机票了。他是第一次坐飞机。波音737客机恰似一只大鸟穿云破雾，在万米高空从东南向大西北亢奋飞行。九曲黄河边的牧羊少年在招手，黄土塬上的苍凉宽阔在招手，河西走廊的神秘变迁在招手，甘肃的陇山两冀在招手，宁夏的六盘山花儿在招手，青海的积石祁连在招手——我回来了，我回来了，我魂牵梦绕的大西北，我的新疆！

当飞机引擎轰鸣着划过坚实的地面腾空钻入云端，当这位维族大学生在飞机舷窗目不转睛地俯瞰着西北大地、将要投入家乡怀抱的时候，又有多少人能领会他珍藏在炽热胸膛里那种"特殊"的情感呢？

那些在歌舞厅里，哆唱"我俩的情，我俩的爱，在纤绳上荡悠悠"的情哥情妹是领会不了的；

那些穿梭于繁华都市坐在轿车里，还忙不迭打手机的商贾富婆大腕大鳄们是领会不了的；

那些把自己的"雀巢"装点得如此多娇，惬意地呷着雀巢伴侣的"知足常乐"者是领会不了的；

那些在滚滚红尘迢迢仕途奔波忙碌苟苟蝇营，到头来却叹"宦海险恶"、"别无选择"的失意者是领会不了的；

那些把"爱你没商量"、"别惹我，烦着呢"印在前胸或后背的玩世不恭者是领会不了的；

那些在精致的笼子里炫耀着美丽的羽毛美丽的金嗓子的鸟儿们是领会不了的；

那些在漂亮的水缸里遨游的金龙鱼鹦鹉鱼地图鱼绣球鱼大马哈鱼是领会不了的……

他沉默而自信：没关系。一切都因有前定。

天籁之约，现在笔者就和吐尼亚孜同坐一条船上，游览被称作"瑶池"的天山天池。面对而坐，话头颇多。绿宝石般的湖面像镜子，白雪皑皑的天山雪峰倒映在水中。殊不知，今人和后人应该感谢史前的一场大地震赐给人类这一绝世风景。山崩地裂后的飞沙滚石阻挡了奔流而下的天山雪水，形成了这方天然的堰塞湖。由此可见，古称西域的新疆之古老。

它有多老呢？可考的文明始于旧石器时代晚期。"山地草原"和"荒漠绿洲"打造了新疆无数的神秘，一万年前的人颅化石、四千多年的"太阳古墓"干尸、千年的楼兰兴衰……

啊，亲爱的朋友，你知道了这些，但你还没有真正了解新疆这片神奇的土地。

新疆是什么？

——新疆是古西域的核心。新疆是蓝眼睛的伊斯兰人的故地，是浪漫华丽的突厥语的归宿，是古代龟兹、古代焉耆、古突厥和古回鹘、佉卢和于阗、察合台文献和维吾尔文学语言的生死轮回变幻繁荣的口语土语摇篮。

新疆是什么？

——新疆是阿尔泰、天山和昆仑山三条壮美的大山脉。新疆是准噶尔和塔里木两块戈壁沙漠千里不毛的大盆地。新疆是浓绿耀眼的一串串长满葡萄的绿洲，是伊犁和巴音布鲁克的肥美草原。新疆是海拔负 154 米的吐鲁番盆地和海拔 8611 米的乔戈里雪峰（世界第二高峰）之间那永远相互心许又永远不能如愿的爱恋。新疆是前流已经死灭后浪又涌过来的英勇自绝的叶尔羌河、塔里木河，是无论东南西北自由自在地流去神秘消失的铁色额尔齐斯和英吉沙月刀。

新疆是什么？

——新疆是处处天险中的条条道路。新疆是语言隔膜中的无言神交。新疆是凛冽的北疆严寒和恐怖的南疆毒热的轮番折磨。新疆是十面埋伏，四方天风，沙洲如海，雪山压顶，一夜萧瑟，万种风情。新疆在贫脊中闪烁着高贵，枯焦的黄沙中埋藏着瑰宝。大自然赋予新疆的一切是公正的，在给了她贫瘠的同时也给了她财富，地广人稀的荒漠有着丰富的矿藏，这是一种平等。新疆天高皇帝远，虚伪庸俗者敬新疆而远之，豪爽真诚者进新疆而复活。

新疆是什么？

——新疆是那褴褛快活的乞丐弹着热瓦甫琴弦，唱着唱着后来他却陶醉在自己的歌声里，竟忘了有人扔下了钱，他只顾弹着唱着走了，他那眼神既得意又快活，他那光脚板迈出的步子既潇洒又高贵，因为他刚施舍人们一支歌。

——新疆是那肤色黝黑鹰眼阴沉的哈萨克小伙嚼着一块羊腿肉，他的精大下巴像一头狼，他凶狠地坐在那里，没有人敢靠近他，这时广播里响起一支音乐，是一支怀念母亲的歌，他突然哇哇嚎啕大哭起来，他不管那饭馆里有多少人也不管那些人正惊诧地盯着他，他像狼吼一样哇哇大哭。

——新疆是那小天鹅般的女孩，她生着白瓷般的脖颈蔚蓝色的大眼睛淡黄的卷发，她蹲在地上玩沙土，周围站着几个陌生的人默默地看她，她太美了，你看见她时你便想起了你并且相信这人世间真有一种小天使，你恋恋不舍地走开时，她转过头来调皮地朝你挤了挤眼睛，你立即晕了你甚至觉得获得了一生的安慰，你觉得你在这一瞬间升华了纯净了你想立即换种态度生活下去……

Rchmet，新疆！

尊敬的朋友，吐尼亚孜先生，笔者最大的收获是，平日见惯了太多纸糊彩绘的英雄，这时才突然觉得活生生的平常人反而更生动。在这里你对人生不用注释，一切都尽在无言，一切都尽在这壮阔无边的风情之中。它在你走进它之前给你以浪漫和幻想，等你走进它又给了你孤独和艰忍。茫茫戈壁使你酷爱自由，皑皑雪峰使你追求信仰，时间只能沿着紫外线灼灼地摩擦你的皮肤，洗炼你的心灵，使你敛尽最后一点肤浅和轻狂，唤起心中的纯真和忠诚，这是因为——

那些在一百年前千名"镇守士"与入侵者厮杀十昼夜弹尽粮绝拔刀自尽的勇士；

那些省下一口饭一批又一批前来作苦役从此再也没有回去的淘金者；

那些一家三代屯垦戍边尸骨埋在同一块墓地的父子兵；

那些喊上自己的儿女勘探地质监测地震当"守护神"的父亲；

那些赶着马车或开着拖拉机给哨所官兵和地震台站送水送粮送哈密瓜的维吾尔族母亲；

那些著名的强壮骠悍而脾气骄躁天生就是为骑士配备的焉耆马；

那些盛产于博斯腾湖和开都河的肥美大头鱼以及鲜嫩蜜甜的马奶子葡萄和香梨；

——这一切征服了你！你的一双男儿的膝盖，你一副变得倔强而坚毅的性格，你在母校锤炼的才华与做人的骄傲，都诚惶诚恐地在你眷恋的情人——可爱的故乡面前皈依了。

是这样吧，尊敬的吐尼亚孜，我的同胞兄弟！

你用你的两部地震学词典，用你两个儿子的"子承父业"的行动来证明你和同事们对所从事的职业的执著与坚守，虽然回报率还不高，甚至有人对此产生了怀疑，但是你和同事们，包括你的孩子们依然执著和坚守，不惜用牺牲证明这种执著和坚守。

"阿米乃！"——你说："请相信！"

10."红杏出墙"：沉默的天山潜伏着多少神奇的力量

巴楚县琼库尔·恰克乡，是 2003 年 2 月 24 日巴楚—伽师 6.8 级地震的震中区。该乡党委书记朱准平上任不到 4 个月就遭遇了这场地震。

朱准平回忆说："当时正开周会，刚点完名，感到房子剧烈地颤抖，还没反应过来，墙壁就倒塌了，我和与会的乡干部们全都被埋进会议室里。我被落下来的一块天花板砸伤了一只胳膊。事后查明，与会者中 2 死 9 伤。"

朱准平从废墟里爬出来，眼前的乡政府已是面目全非，被一团团烟尘笼罩着，到处是哭喊声。他在组织幸免遇难的人员奋力抢救的同时，想到一个更惨重的地方：学校！恰克乡中小学同在一个校院里，近万名学生，占全乡人口的四分之一。他喊上几个人迅速向学校跑去。

整个镇子几乎夷为平地，一条沿公路而居的大街被废墟阻塞。他们路经乡医院时，院长巴图尔正指挥医务人员抢救伤员。朱准平对巴图尔说："快叫上几个医生跟我一起去学校！"

远远看去，学校操场上黑压压躺倒了一堆堆的学生，没人喊也没人哭。朱准平悬着的心落地了：地震时，学校正集合学生升国旗、做早操，地一抖动，校长、老师就喊："地震了，快卧倒！"直到地震过去这么好一阵子，大家还都在地上趴着呢。事后查明，全校只有一个学生死亡、10多个学生受伤。这不能不说是不幸中之大幸！

朱准平就又拔头来到乡医院，和院长巴图尔一起组织营救一批又一批送来的伤员。在这些伤员中，朱准平一眼便发现院长巴图尔的妻子古哈尔"古哈尔医生……"朱准平吃惊地喊道。院长巴图尔垂下头。副院长买买提·依明告诉朱准平，巴图尔的妻子古哈尔是在交接班地震来袭时为抢救住院的病人，被倒塌的房梁砸断了腰椎。她本来已走出了住院部，地震发生了，她没有往外跑，而是又回头去救病人……

朱准平当时的第一感觉是：全乡灾情惨重。

琼库尔·恰克乡人口相对密集，而这里发生的大都是浅层地震，造成的破坏程度很大。这次6.8级地震来的突然，震前没有任何预感，没有小震，一来就是强震！造成全乡死亡257人，重伤2700多人，死亡两万多头牲畜。地震时地下水冒出60多米高，喷眼直径达3米，全乡有一万多亩农田被水淹掉，学校院里的积水就有50多公分……

"这些年，伽师一连串发生的地震把我们害苦啦！"他说。

然而，伽师的震情只是"冰山一角"，沉默的天山，究竟潜伏着多少大自然神奇的力量？

吐尼亚孜说：巴楚—伽师6.8级地震，和两年后（2005年2月15日）乌什6.3级地震，都是天山构造带上成序列成建制地频频出现的延续，终因没能作出临震预报，造成惨重损失！从上个世纪九十年代以来一直没有消停过，不是今天这里冒一下，就是明天那里冒一下。就这些地震预报的整体水平来说，只能说是喜忧参半。然而，地震是不分疆界的，由于地缘的关系，新疆的地震往往与接壤的邻国发生"裙带关系"——他们也接二连三地发生地震。

由此便引出一个"红杏出墙",与地震进行跨国作战的故事——

1994 年 11 月,国家地震局打电话给新疆地震局:外交部接到中国驻哈萨克斯坦大使馆报告,哈国科学家预称哈国首都阿拉木图近期将有大地震发生,哈方征求中国地震局的看法;鉴于新疆与哈国毗邻,敦请新疆地震局拿出意见。电话还称,哈国首都阿拉木图的市民紧张极了,为此哈国政府已被迫中止大部分国务活动,请新疆地震局以最快速度把意见拿出来。

出于国际主义责任,新疆地震局局长朱令人打电话到阿拉木图地震研究所,找到华裔专家阿不都拉耶夫询问情况。这位华裔专家与该国科学院的部分地震专家,已向政府有关部门提出了发震时间:12 月 15 日至 12 月底首都阿拉木图将有 6 级以上地震发生的可能。尽管哈国专家对此意见不一,但鉴于这座百万人口的城市 60% 的建筑物不具备抗震能力,一旦发生地震势必造成巨大损失。对此哈国政府宁肯信其有,不敢信其无。朱令人把这一情况报告给国家地震局,他得到的回答是:根据外交部的指示,决定向哈国派出以朱令人为组长、国家地震局研究员张肇诚为副组长以及副研究员郑大林、新疆地震局的王道等人组成的中国地震专家组。并指示:要对哈国科学家的意见进行正确的判断,力争"一炮打响"。

从历史上看,哈萨克斯坦首都阿拉木图是一个多地震的城市,而且历来是强震大震:1887 年发生过 7.5 级大震,1889 年发生过 8.3 级大震,1911 年再次发生 8.3 级大震,使阿拉木图全城毁灭,类似的悲剧还会再次上演吗?

12 月 3 日中国地震专家组飞抵阿拉木图。焦灼的哈国政府官员和同行们冒着零下 20 多度的严寒在机场翘首以待。

中国驻哈大使陈棣告之中国地震专家组:阿拉木图民防司令部已经开始组织市民疏散,中国大使馆也在考虑先把妇女、孩子撤回国内。陈棣大使还谈到中国专家组被邀请的背景:11 月中旬,处于极度恐慌的哈国由外交部副部长吉扎托夫出面,紧急约见了中、俄、美、日 4 国驻哈大使,正式通报了阿拉木图即将发生大地震的消息;12 月 1 日,哈国紧急状态委员会主席马基耶夫斯基亲自率 4 国大使乘直升飞机飞往 45 公里之外的"震中区"上空视察,同时向 4 国大使提出支援地震器材的请求。为正确判断震情,哈国政府决定邀请外国专家来哈给予帮助。最后决定只邀请中国专家,这体现出哈国政府和人民对中国的信任。

哈国紧急状态委员会主席马基耶夫斯基在次日接见中国专家组时说:"我问过

地震研究所，谁能帮助我们？他们一致回答是中国！果然，你们接到邀请这么快就赶来了。为什么只邀请你们？因为你们经验丰富，还因为你们最能吃苦。"他进一步征求意见，"朋友们，你们认为不需要请什么人来吗？"

朱令人与张肇诚分析商量后说："还是不要由我们包打天下为好，我们建议请俄罗斯的索波列夫来，他是知名教授，又是有经验的地震专家，以前也曾在中亚和贵国工作过，想来主席阁下对他是不陌生的。"

马基耶夫斯基当即拍板："可以，我们马上邀请。"

电话邀请打出后，索波列夫称"对情况不了解"，要哈国地震研究所把资料送到莫斯科进行分析研究。鉴于震情紧急，不可延误，此邀请函没有寄出。

中国专家组只好单独承担此任务。

朱令人向哈国同行表示："朋友们知道，地震预报在目前还没有过关，所以我们不是来当裁判员，而是和你们协同作战。"

张肇诚也说："中国有句俗语叫'外来的和尚会念经'，其实这是句反话，真正掌握第一手资料的是你们，我们只有紧紧地依靠你们才能做好工作。"

中国专家实事求是的态度博得哈国同行们的佩服。不论"主震派"还是"无震派"都采取了极其友好的合作态度。历经15天苦战，终于对未来的震情取得了共识，进而形成了由双方共同签署的基础性文件。其中对有关震情作出如下判断：

北天山到2000年将处于地震活跃期，在此时期可能发生6—7级地震或更强地震。1995年—1997年，在卡斯切克、奈利克和南准噶尔一带发生大于5级地震的可能性较高。

对于哈国上上下下最关注并且已造成恐慌的震情，文件明确指出：

1995年1月底前，在阿拉木图地震实验场范围内发生等于和大于6.5级地震的可能性不大。

上述基础文件很快呈送大使馆，陈棣大使阅后赞不绝口："我原想从外交角度作些修改，但我没能动一个字，看来你们不仅是地震专家，还是科技外交家，不辱使命啊！"

哈国紧急状态委员会主席马基耶夫斯基对这一文件和震情判断颇为满意，他在双方签署文件时边朗读边说："我实在舍不得中断我的朗读，好极了！"

至此，中国地震专家组成功地完成了首次跨国会商的使命。

阿拉木图的地震警报解除了，一度动荡的局势平静下来。据哈国有关方面估计，这次虚报的地震造成的损失，几乎与一次真正的地震相当。

中国地震专家组于 12 月 19 日载誉回国。此时正处于哈国预期的地震危险期内，但正如中国专家所判断的，阿拉木图大地平静，直到危险期结束也没有地震发生。

不久后，哈萨克斯坦共和国总理卡热格尔盖致函中华人民共和国总理李鹏，对中国地震学家给予的无私帮助表示诚挚的感谢。

…………

吐尼亚孜说，这十多年来从伽师、乌恰频频发生的 6 级以上地震趋势来看，十年前的跨国会商作出的判断是正确的。

后来，笔者在采访张肇诚、郑大林等专家时，也进一步对这种长期预报的准确性得到了印证，哈萨克斯坦及相邻的几个国家都同属于天山构造带上，到了 21 世纪，天山的地震活跃期拉开了帷幕，首当其冲的就是中国境内的伽师、巴楚、乌恰、乌什等地。

2008 年 3 月至 10 月于田、乌恰又连续发生的 7.3 级、6.8 级地震，再次使沉默的冰山颤栗了……

长白天池·黄海·南海·大三峡

地球的阵痛，一直是高悬在人类头顶的一柄利剑！

经过 50 多年探索，中国地震事业的进展有忧有喜，更多的是忧大于喜。因为打开地震之锁的钥匙至今还未找到。正如世界上没有两片相同的叶子一样，人类遭遇的地震似乎也不例外。

地震引起的火山喷发、海啸、泥石流等灾害往往超过地震本身……然而，不必叹息：峻极之山，非一石所成；凌云之榭，非一木所构。哪怕是一厘一毫的收获都不是巧合，而是一分一秒的坚持与努力得来的。

面对大自然赐予的人间奇迹，假如你感到自己的渺小，那你的眼前一定看见了崇高……

第八章　长白天池・黄海・南海・大三峡

1. 决非危言耸听：天池火山一旦喷发……

吉林省地震局局长任利生刚从中国地震局调任一个多月。任利生说："吉林局天字第一号的任务，就是为东三省站好岗、放好哨，守卫好长白山天池！"

长白山区多为古火山锥和火山口，中朝边界上的长白山（白头山）白云峰海拔2691米，位于其间的长白山天池湖面高度海拔2155米，为横贯东三省的松花江之源，鸭绿江、图们江、东辽河等水系且为它的分支。而这个被称作"人间仙湖"的长白山天池恰恰正是地球上最大的火山口湖，湖面面积982平方公里，深达373米，是我国第一深湖。由此便可以推算出它的储水量是多少。

那是一个惊人的数字！

人间"悬湖"！

长白山天池及其附近十几个火山群，构成了规模庞大的火山系统，是中国境内目前保存最为完整的新生代多成因复合火山。

有人形象地比喻说，长白山天池是东北三省头顶着的"一盆水"，并且是一盆"滚水"！

天池火山一旦喷发，这么多亿立方米的水从两千多米高处倾泻而下，仅为海拔200米左右的东三省大片土地将变成一片泽国。

决非危言耸听！

时任长白山火山监测站站长张恒荣说。近几年天池抬高了 6.8 公分，2003 年初非典期间，天池火山活动频繁，东大坡和西大坡都有小震群活动。据史记载，长白山火山喷发多为爆炸式喷发。最近的一次千年喷发，炽烈的岩浆直冲云霄，高达几千米，与日本富士山遥相呼应……为了加强对长白山火山的监测和研究，1998 年成立了长白山火山监测站。

当年考察监测队伍从延边州起步，向长白山天池进发，对方圆 300 多公里的区域进行勘探选点。时任吉林省地震局副局长郑雅琴回忆说，已把大半辈子光阴洒向这里的李范熙、韩再现等一批老专家在局长董继川的率领下，克服难以想象的困苦，谱写了"长白山之恋"的动人乐章。那是入春时节，山上仍是冰冻雪裹，上山的路被冰雪覆盖着，车开不上去，就雇来毛驴爬犁、狗爬犁拉着仪器往山上拱，雪太厚，毛驴累趴下了，狗也拱不动了，就只好就地宿营，第二天再继续拱继续爬。山下的给养送不上来，他们不得不勒紧了裤带，六七个人一天只吃仅有的一个馒头，那馒头早已冻成了冰坨坨，就用锤子砸碎分着吃。

在不同的人眼里，长白山有着完全不同的价值。这里有 2000 多种植物和 1200 多种动物。1986 年长白山被确立为国家级自然保护区，也成为联合国"自然生态环境重点保护区"，在这片原始森林里，有超过几百岁的云杉、红松和冷松，是野生动物的"自由王国"。而近些年的"开发"却成了长白山之伤。这里已修筑了 4 条柏油路；在油锯声、铲车声和建筑工人的喧闹声中，一幢幢欧式风格的别墅拔地而起。表面上看，长白山的林子还在，实际上空荡荡的树林里，马鹿稀少了，慢吞吞的熊和性子暴躁的野猪稀少了，野狗群几乎绝了迹。一个曾经远近闻名的猎人，亲手杀死过十几头黑熊，那时候，熊、野猪、野狗、狍子和貂，是这片原始森林里最活跃的动物，而如今看见其中任何一只都几乎成为一种奢望。在金钱的驱使下，长白山的一切动物——熊、野猪、狍子、紫貂、雕貂乃至林蛙，无不在人们的追捕之列。一斤熊掌上千元、几千元，照样在私下供不应求；作为送礼还讲究前、后掌并对，寓示着官运财运"前程似锦"、"前仆后继"、"直步青云"，故此价值连城。在一些酒店的"暗室"里，你才能大开眼界，看到刚刚打死的毛脚和正在挣扎的花尾榛鸡、猞猁和声声啼血的鸳鸯……尽管官方关于野生动物买卖的突击行动年复一年，但这些被保护的动物们并没有摆脱被捕杀的厄运。

经过一年多的勘查监测，他们提出了在长白山天池建立火山监测台站的实施方案，并得到国家地震局 12 位院士的呼吁。此方案立项后，由国家地震局刘若新研究员等专家在监测预报司李健处长陪同下赴长白山天池调研，并正式向国务院呈送建台站的报告，由国务院总理李鹏签署后实施。方案启动了，长白山天池火山监测台由原来的 1 个增加到 5 个。

1996 年，中国科学院 8 位院士联名上书国务院，73 位专家联名给吉林省政府写呼吁书，建议加强对长白山天池火山的监测投入力度，再度引起国务院、吉林省政府的重视。于是，为此立项的"香山论剑"凝聚着几代科学家的智慧和心声，得到了国务院和吉林省政府的大力支持。长白山天池火山监测台从 5 个增加到 11 个，还架设了 16 个 GPS 定位监测点。

一晃十多个春秋过去。长白山的林海雪涛和那崎岖盘旋的天池之路，留下了开掘者的足迹：长白山火山监测站被国家地震局纳入基准台网，被科技部正式列为国家野外重点试验站，并入世界火山监测网行列。

天地有大美，情系长白山。那黑风口崖下的一挂瀑布，也许让我们读懂监测台站的人们那眼中噙含着的泪花……

2. 静静的白桦林

1999 年 3 月，张恒荣走马上任长白山火山监测站站长，一进山门，大雪就把他埋没了，从半晌午爬到黄昏，终于扒出个雪洞钻进到站里，只见几个小弟兄已经困守数日，粮食断绝！幸亏他背有一箱方便面，解了大家饥饿之苦。

副站长刘国明说：你这来得何止是及时，何止是"雪中送炭"？是雪中救命啊！要不然，你进来看到的不是一座冰窖就是一座公墓了……

工程师郭峰说：我想的不是被饿死、冻死，而是我们头上的这"盆水"（天池），我刚刚还为这"盆水"做了一个梦，一做梦就忘了挨饿受冻了……

做的什么梦？梦与这"盆水"怎么撞在一起了？

郭峰说，他在梦中看见，就在大雪封山的时节，监测仪器的警示灯亮了，天池火山口先是有一股浓浓的黄烟散发出来，紧接着像炼钢炉里的钢汁从黑风口崖壁缝里冒出来，天池里的水像滚开了锅沸腾起来，只见一头像鲸像鳄又像恐龙状的水怪从湖底窜出水面，两眼放射蓝光，满嘴锯齿獠牙，发出一声噬血的咆哮，便一头栽了下去，刹那间，整个湖面变得血红血红……梦中的郭峰迅即按动跟踪视频键头，将天池出现的奇异画面和救援信号传输到设在延吉的"大本营"——天池火山监控中心；监控中心迅即启动紧急预案，通告当地政府和驻军，必须在最短的时间内以最快的速度疏散民众，做好救援准备！很快，几架救援直升机飞抵长白山火山监测站，把站上和分散在各台点的工作人员救上直升机；当郭峰最后一个抓住缆绳被直升机吊起的这一时刻，天池火山喷发了，伴随着一声声惊天动地的巨响，滚滚岩浆喷射出万丈光焰，染红了天穹，染红了天池，染红了长白山！炽烈的岩浆与沸腾的湖水交织着，碰撞着，撕裂着，铺天盖地奔泻而下……

——大难临头的末日之梦惊醒了饥肠辘辘的郭峰！

郭峰说，每当他寂寞、饥饿难耐的时候，脑子里就产生这种幻觉。梦里的情景，是那样真切、清晰、惊心动魄！可眼前，一切都是静静的，天池静静的，长白山静静的，白桦林静静的，这片国际生物圈自然保护区的动物们安然而自在，好像什么也不会发生。要是这样，永远是这样该多好啊！

张恒荣听了这个梦，笑了笑说，要是这个时候，天池火山真的出现险情，我们还无法实现像梦里那样的应急救援行动。当下这里一切都与外界隔绝了，直升机前来救援只能是一个幻影而已。

刘国明和邓贵森两位副站长说，还是站长来的是时候，一箱方便面比渴望有直升机来救援实惠得多啊！

张恒荣速写：山东梁山人，随父母闯关东，落户延边龙井。与妻子刘景云（敦化市百货公司干部）长年两地分居，片警说他傻，把户口从大城市迁到长白山，再想回大城市就难了。他唯一的独生女儿在一次车祸中遇难，人们以为他这个站长这下垮了，可是三天后他又出现在大家面前，人没垮，却见大把大把的头发脱落下来……

被国外火山研究专家称为"中国第一站"的长白山火山监测站，1996 年开始筹建，由第一任站长陈凤学兼基建办主任，省局震防处处长傅勤志负责施工技术管理。监测站就建在天池黑风口崖下的"九龙盘"，海拔 1800 多米。时值五月，冰河开凌了，不曾想天有不测风云，黑风口气温骤降至零下 60 多度，风速达 13 级，施工帐篷被大风掀跑，他们爬冰卧雪三个月，被称为天池脚下的"上甘岭"……两年后监测站竣工时，傅勤志被机器打掉的一颗门牙还没来得及镶上，说话总跑气，被大伙儿戏称为嘴上的"黑风口"。

张恒荣说，全站 10 个人，管理 11 个监测点，当时每隔三天兵分几路爬山去取数据，最远的子台距中心站 300 多里，来回一趟就是十天半个月，现在条件好了，测震网、水化、形变都实现了数字化、GPS 遥控技术，天池上的监测点由边防官兵值守代传。但需要定期检查维护，架台和撤台均需肩背人扛。有一次山洞的仪器出现了故障，职工小孔从三米多深的积雪上爬过去，一下掉进雪窟里，待了一个多小时，要不是被及时发现命就没了。……到了旅游观光季节，这里人山人海，生意火爆，"磨刀三个月，宰客一百天"、"猴子变人八万年，人变猴子八杯酒。"当这个季节一阵风似地吹过去之后，接下来的是难捱的非常人所能忍受的寂寞和孤独。站上大多是刚结婚的年轻人，为了监测工作与妻子聚少离多。大雪封山，两个多月都出不去，每天靠土豆白菜来充饥。但监测工作严格按规定每天 24 小时不间断运行。

张恒荣说，最令人头痛的是这里的年轻人找对象难。监测员孔庆军从 1998 年找对象找了 8 年才结成婚。大前年，助工吴成智的对象突然让人捎口信：结婚的事要黄了！

小吴已经三个多月没下山了，是不是有人把他的对象抢走了？

张恒荣把这事报告给前来检查工作的副局长郑雅琴。郑雅琴二话没说，带上张恒荣下山了，来到二道白河小学，找到小吴的未婚妻隋文玲。

"姑娘，我们知道，你有一千个理由、一万个理由提出跟小吴分手，都是可以理解的。但是，只有一个理由你是无法拒绝的，那就是为了家乡父老兄弟姐妹的安危，小吴和他的同事付出的牺牲。希望姑娘你能理解这一点，你有什么要求和条件，只要我们能做到的一定会答应你……"郑雅琴以一颗慈母般的心与隋文玲交流。

隋文玲流泪了："阿姨，我没有任何条件和要求，我只是觉得小吴他们太苦了，他们的付出并不被人家都理解。三个多月没见到他，只是太想他了，才让人捎口信赌气气他……"

一切都释然了。小吴和小隋的婚礼定在开春三月。

张恒荣像给自己孩子娶媳妇一样忙乎起来。洞房设在站里二层小楼上一个套间，里里外外都布置得漂漂亮亮。掰指头数着喜日的到来。谁知天公不作美，喜日子到来的头一天，太阳还亮晃晃的，一夜间竟大雪扑门了！这咋办？新郎官吴成智望着漫天大雪直发呆。作为证婚人的张恒荣说，瑞雪兆丰年，这是好兆头！他派郭峰、李繁西等四人冒雪下山接新娘。

四个人早早出发了，可是长等短等一直等到晚上还没见迎亲的队伍上来。打手机，没有信号；挂电话，电话线被风雪刮断了……就这样一直等到第三天，新娘隋文玲在一片吹吹打打的响器声乐中来到了她的新家——长白山天池火山监测站。

张恒荣向笔者调侃说，他准备向吉尼斯有关组织申报，世界上最长的一次婚礼是在长白山天池举行的，婚礼进行了三天。

这只是一个插曲。言归正传：人们最关注的是，长白山天池火山近几年有没有异常发生？

张恒荣拿出监测站的监测记录摆在面前：仅 2000 年以来，天池火山平均每年都有 100 多次火山震发生。最大的一次是 2004 年 12 月 17 日，天池西大坡发生 4.4 级地震，造成西大坡瀑布峡口人工垒砌的围墙垮坍，上亿方火山岩山体滑坡，其中有一个监测点被淹埋。震中距天池仅有 30 公里。如果这次地震再接近天池一些，不管是在中方还是在朝方所辖的湖界发生，都会造成难以想象的后果。

地震发生当天，中国地震局监测预报司司长李克率专家组赶来了。10 个监测台、16 个 GPS 测控点，严密观测天池位于我方 300 多公里范围内的震情发展态势。

曾担任甘肃地震局局长的李克，对长白山天池这一泓"圣水"已咀嚼有些时日了。他认为对此次地震不可小视，是大自然向人类亮起的一个"黄牌"。从长白山天池构造带的地质及地形地貌上看，天池火山仍处于发育生成期，也就是人们通常所说的它是一座活火山；从天池火山活动的历史上看，时间离上次千年喷发越远，离下次千年喷发就越近，它所屯积的能量释放或许仍然是爆炸式喷发，那决非一两颗原子弹所能相比的。

与长白山天池火山"小打小闹"相比，冰岛火山突然喷发着实让全世界的目光投向了这个位于地球北端的岛屿，这里几乎就是各式火山的聚集地。其间，艾雅法拉火山的喷发几乎让欧洲整个航空业都陷入了混乱之中，但这并不是人们所忧虑的唯一原因，谁都不知道艾雅法拉火山的喷发会不会唤醒它的邻居——20 公里外的卡特拉火山。它的爆发威力足足是艾雅法拉火山的 10 倍。具有同样威力的还有海克拉火山。公元 1104 年，这座火山曾经爆发过一次，将近半个国家被埋葬在岩浆和石砾之中；1963 年，这座火山再次爆发，时间长达 7 个月之久，成为欧洲人口中的"地狱之门"。

冰岛火山爆发事件，是否让地球人意识到，我们这个充满了无穷信息流和高科技发展的地球村，其实是建立在一个有着凝固表层而脾气暴躁的"火球"之上呢？

地球上的火山有时会安静上千年，这就给生命短暂的人类造成一种错觉：地球已经完全听命于自己。当年，罗马人就曾以为维苏威火山早就熄灭了，却不料它会在公元 79 年重新爆发，将当时无比繁华的庞贝古城整个掩埋在了炙热的岩浆和火山灰之下，城中居民无一逃生。大约在维苏威火山爆发 1700 年之后，里斯本的居民和当年罗马人一样，在毫无防备的情况下遭遇火山爆发。1755 年 11 月 1 日，一场巨大的火山地震袭击了葡萄牙繁华的首都，这个名噪一时的大都会陷入一片火海之中。随后而来的一场巨浪则给了它致命一击。这一巨浪的名字当时并不为人所知，那就是——海啸。直到很久之后，人们才能对那场毁灭性的灾难给出解释：当时被人们认为是直接发生在自己脚底下的地震和火山喷发，其实来自距陆地有 20 万米远的大西洋，由海底地震引起的冲击力在不稳定的地表上轻易就能扩散几百万米。

火山研究专家称，冰岛火山爆发正是从"小打小闹"开始的。其实，它在爆发前施展出的一个个"小动作"，正是向人类发出的"信号"，只是人类未识破或没当回事儿。我们现在所生活的地球依然是一个充满野性的星球。而人类用来同地球打交道的最大智慧，便是以谦恭和谨慎的态度对待它，任何时候都不能有丝毫懈怠。

李克说：我们头顶着的这"盆水"，如何端平是大自然的神力，一旦发现它有任何倾斜，要倒掉这"盆水"，这就靠我们人类的功力了。如果说，过去、现在和未来，任何人间伟力都无法制止它的倾斜、它的倒决，那么，严密地跟踪它、监视它则是我们最神圣的职责。

美、英、日、俄、西班牙等国的火山研究专家相继多次来长白山天池考察。他们考察后得出的结论大都是：长白天池火山很有可能再次喷发！

国际火山协会主席杰弗尔给中国国务院及吉林省人民政府写信，称赞长白山火山监测站是"中国第一站"，是守护人类安全的"火山前沿哨兵"。

3. 对灾害的无知，比灾难更可怕

纵观中国地震史，给人们留下刻骨铭心的记忆是：大震大灾，小震小灾。而中国地震预报 50 年探索，使人们这个记忆有所改观：有了较为成功的预测预报震例和采取积极的防范措施，收到了"大震小灾"的效果，如海城、松潘、孟连等地震，作为范例在本书中都有记述。

当然，也有远离震中区的地震造成大灾的：1984 年 5 月 21 日发生在南黄海的 6.2 级地震，尽管地震波及到上海以及江苏、浙江等一些沿海城市时已是强弩之末，但由于这一带人口高度密集，对地震普遍有感，群众恐慌，谣言四起，造成江苏、浙江一些厂矿企业停工停产近 3 个月，还因为地震时一些市民夺窗跳楼外逃，致使 263 人受伤，其中 54 人重伤，另有 8 人死于因地震引起的心脏病或偶发事故。

对灾害的无知，比灾难更可怕。

无独有偶。1980年8月，香港某报载文称，福建闽南地区将发生8级大地震。由此引发了闽南民众大恐慌。福建省地震局根据地震形势分析，及时做出福建及邻近海域年内不会发生强震的判断，配合政府采取切实措施辟谣，并在《大公报》登出"福建省地震局发言人谈话，驳斥闽南将有大地震谣言"，很快平息了谣传。再有，1981年初，广东海丰县小震活动频繁，社会上流传"粤东粤西将有大地震发生"的谣言，许多人出逃避震，并再次波及到港澳地区。广东省地震局加强地震现场监测和考察，及时作出"海丰地震属于震群型地震，近期不会有强震发生"的判断，并进行广泛宣传，五天之内便使外出避震者返回家乡，恢复了正常的社会秩序。

与上次南黄海地震时隔12年后，1996年11月9日，一次6.1级地震又在南黄海发生了。然而，这次地震却创造了有震无灾的记录。

曾任上海市地震局局长的卢寿德向笔者介绍说，南黄海是历史上的多震区，它的每次地震都波及上海以及江苏、浙江等沿海城市。最令地震工作者伤神的是，因为震中在海内，周围大面积海域缺乏应有的监测手段，难以得到完整的前兆信息，给地震预报带来很大困难。为了最终达到减灾的目的，上海市地震局未雨绸缪，从单一的地震预报模式中走出来，开创了与其他省市不同的防震思路，即将地震预报、震害预测与对策综合考虑，进行一体化研究，将传统的预报"三要素"拓展为时间、地点、震级、烈度、预期灾害的"五要素"，并以此设置了开全国之首的"应急资料袋"——袋内装有一至五天的应急处置方案与步骤，囊括了上海及其附近地区历史上每次地震的类型、烈度、震害区与无震害区分布资料以及全市在各种震级的有感图件资料等。一旦地震发生，便能以此为据，尽快地判断出全市震害情况和震后趋势，为市政府决策提供依据。因而它被人们称之为口袋里的"锦囊妙计"。

这一创意人是上海市地震局分析预报室原主任林命周。一位学者型的专家，现年68岁。他1965年毕业于南京航空学院（现南京航空航天大学），分配到中国科学院地球物理所第七研究室从事核爆炸侦察工作。1971年12月30日长江入海口发生4.9级地震，他调回上海，从此开始了长达30多年的地震预报学研究。当时的中国科学院上海分院佘山地震台是他躲身世外的居所。

他于1978年将模糊数学理论引入地震预报学，为使原本"模糊"的地震预报从非此即彼的状态走出来，他相应建立了"最优准则、社会满意准则和忍受准则"，并对三个"准则"分别给予保险系数和风险系数，于是便形成了他和另一位地震学前辈冯德益一起命名的叫做"模糊地震学"概念。1984 年南黄海地震发生后,他曾用这一概念作出"无大震"的趋势判断,把风险系数定在 5%—10% 的概率上,并且对如此小的风险也提出了对策,使上海市取得显著减灾效益。

那么,"应急资料袋"可以说是林命周的又一创造。

林命周的名言:预测是自然科学的反应,预报是社会思维的行为。

1995 年底,上海市地震局在年度会商会上对南黄海地震趋势提出明确的判断:"1996 年南黄海可能发生 6 级左右地震,并波及影响上海。"不久后又在一份研究报告中指出:"上海及临近地区,特别是苏鲁交界至南海一带地震危险区,1996 年有可能发生 6 级左右地震。"

这一意见引起了上海市政府的重视。

市长徐匡迪问地震局局长火恩杰:对此震情该如何处理?

火恩杰说:要有作为,不要有动静。

徐匡迪表示同意:照此办理。

鉴于 12 年前南黄海地震时一些地区"闹恐震灾"的教训,让上海市民了解地震,在市政府统一部署下,地震局在全市开展地震知识宣传,并结合前不久发生的日本阪神地震和中国丽江地震,先后两次在《文汇报》开辟专版。与此同时,他们根据市委市政府安排,对崇明、宝山、南汇等几个临海区政府进行"拜访",检查防震措施落实情况。

震防处处长张词对笔者说,火恩杰和林命周是一对"黄金搭档",一个豁达、明快,进攻型的"指挥官";一个沉稳、儒雅,防御型的"内高参";被大家称之为"火林攻守联盟"。

火恩杰 1966 年毕业于吉林大学地质学院,先后在北京、湖北、十堰搞了十多年的地质,为充实上海地震队伍建设,何光远批准他调到上海。北师大数学系毕业的夫人伍丽平也不得不"夫唱妇随"跟着他去十堰、进武汉,转辗来到上海。火恩杰在走马上任当局长的演讲中说:我们不是"千里眼"、"顺风耳",地震是藏在地球深处的一个恶魔,它什么时候出来我们实难看清它,但我们时时刻刻要惦记着它,监视着它,提防着它。

火恩杰的名言:要为成功找方法,不要为失败找借口。灾难是一瞬间的事,防震减灾是永远的事。

那些天,火恩杰一天到晚忙着到各区"拜访",林命周也忙到各个台点落实异常，他在一页纸上写下留言，放在不落锁的抽屉里，向同事叮嘱一番："万一地震，拿出这个留言看看，你们只要顶住24小时，我就赶回来了。"

这张留言在"11·9"地震后被保留了下来，它足以说明上海地震专家在震前是"心中有数"的，兹照录如下：

注意：

最大余震震级比主震小 1.8±0.5，

发生在主震后 30 小时内；

在主震附近 50km 范围内。

附近地区 5.0 以上的地震，绝大部分为主震余震型或孤立型。若 5.0 级地

震后，余震少而小，则判为孤立型；余震较多，判为主余型。

孤立型，报未来 1—2 天内无大地震。

主余型，报未来 30 小时内，50km 范围内，有可能发生比主震小 1.8 级 ±0.5

级的地震。

这一纸留言对局外人看来也许是枯燥的，但却是林命周多年来心血的结晶。他还在留言左上角的"注意"两字下面画上了一只眼睛，意在告诉同事们：要睁大眼睛监视震情！

1996年11月9日21时55分56秒，里氏6.1级地震果然在南黄海发生。说来也巧，当天刚刚在上海举行了首届亚太地区特奥会开幕式，而最先感受到这次地震的是上海疏浚公司的"大力号"和"崂山号"两艘浮吊船，当时两艘船正在震中附近的海底铺设电缆，地震使海水突然发生涌动并导致船体摇摆，但没有引起混乱，倒是距震中的150公里的上海市却躁动起来，因地震发生在夜晚，市民普遍有感，纷纷惊逃户外；"东方明珠"电视塔避雷针从300米高的塔顶坠落下来；顿时上海市的街道、广场人山人海；还有不少人涌向上海市地震局所在的兰溪路87号，把局机关大门围得水泄不通；地震局机关的电话铃声此起彼伏，询问震情的脉冲信号不绝于耳。

还会不会发生更大地震？上海会不会遭受严重破坏？中国这座最大的城市社会经济生活能否正常运行？……这是广大市民和上海到中央各级党政领导共同关心，并要求地震工作主管部门务必尽快作出回答的首要问题。

地震后不到10分钟，中共中央总书记江泽民就亲自给国家地震局局长陈章立

打电话，询问震情，要求尽快对震后地震趋势作出判断。陈章立遂主持召开"11·9南黄海地震会商会"，部署京、沪两地应急工作。当夜，会议精神传达到上海地震局，并速派副局长葛治洲前往上海帮助工作。翌日清晨，国务院秘书长给陈章立打电话说，正在国外访问的国务院总理李鹏得知地震的消息后，要求把有关情况向总理报告。由此可以看出中央高层领导对南黄海地震的关注。

在上海，震后几分钟即成立了以市委书记黄菊为总指挥的地震应急总指挥部。分管防震减灾工作的副市长、副秘书长和政协主席立即赶赴上海市地震局，了解震情，共商对策。局长火恩杰立即组织召开震情会商会，局地震台网中心迅速与佘山地震台及相邻的江苏、浙江两省地震局核定了震中方位和震级，局分析预报室林命周等专家启用"应急资料袋"，将这次地震判断为孤立型，作出了"原震区不太可能发生更大地震的判断"。于当晚 23 时 05 分拟好了《第三号震情通报》，准备向上海市地震应急总指挥部作报告。

当科技监测处处长钱宗和将拟好的通报草稿呈送火恩杰审批时，争议出现了——

此时，上海市副市长夏克强及有关负责人正与火恩杰等人研究应急措施，夏克强读到《第三号震情通报》中"原震区不太可能发生更大地震"一句话时，神情突然严峻起来，他与在场的人反复斟酌其中的"太"字，感到这个"太"字大有来头，颇有嚼头，万万不可小视！

简简单单一个字，颇让大家费心思，搅尽脑汁，一种从未如此体验过的疑惑与深奥……

4. 删去一个"太"字，避免一场大动荡

上海市地震局门前人声嘈杂，喊话不绝。公安干警出面维护秩序，但他们也在等着消息。市民需要明确的答复：地震，究竟是有，还是没有？

此刻，坐镇地震局的市政府官员及有关负责人无不感到莫大压力。1984 年南黄海地震引起社会大动荡的情景还历历在目，如今又面临新的危机。《第三号震情通报》里那个"太"字让人揣摩不透，更令人惴惴不安，"太"字的内涵毕竟过于宽泛，它无法彻底解除市民的疑虑；上海市停产一天，至少损失 15 个亿；也无法向参加首届亚太地区特奥会的各国运动员交待，如若宣布不开了，那将在国际上产生怎样的

影响？……

市领导追问局领导，局领导让监测预报中心拿出依据。火烧火燎的火恩杰拨通了楼上预报室主任林命周的电话："老林，这次地震被判断是孤立型，根据是什么？把'太'字去掉，你有没有意见？"

林命周说："我认为孤立型的判断是无误的，把'太'字删去我同意。"

为慎重起见，火恩杰请林命周马上到应急指挥部来。副市长夏克强及有关负责人还是难以放心。拿掉这个"太"字等于解除了地震警报，自然是皆大欢喜，但须知地震预报至今尚未过关，万一地震又来了呢？

他们建议：听听国家地震局的意见。

林命周打电话给国家地震局。此刻，国家地震局领导和专家们也在鏖战一个不眠之夜。分析预报中心副主任张国民接到林命周的电话并请示了陈章立局长后，立刻回电：同意上海局的意见。

与此同时国家地震局也将该意见向党中央、国务院作了汇报。并着重说明，南黄海 6.1 级地震不是更大地震的前震，即使万一再次发生同等强度、甚至稍强些的地震，也不会对上海造成破坏。

此时已是当晚 23 时 16 分。随着火恩杰挥笔签字，被删去"太"字的《第三号震情通报》正式定稿：

南黄海近期不可能发生更大地震，即使再度发生有感地震，也不会对上海造成破坏……

火恩杰驱车赶到上海市委，向坐镇指挥的市委书记黄菊等市委领导汇报。黄菊听罢，严肃的表情顿时呈盛开的菊花状，对上海市地震局的快速反应能力和震后趋势判断表示满意。恰这时出访美国的市长徐匡迪打电话询问震情，黄菊说："大家可以回去睡觉了。"

火恩杰接过电话向徐匡迪报告说："我们把一个'太'字删掉了，可我们还不能睡，地震局门口还有市民围着呢。"

10 日零点 10 分，副市长夏克强出现在地震局大门口，他代表市委、市政府向翘首等待的市民高声宣布："根据专家分析，作出判断，近期不可能再发生更大地震，请大家放心！"

人群中爆发出阵阵掌声：感谢市领导！感谢地震局！

围堵在地震局门前的市民散去了，他们悬着的心落地了，他们手里拿着的砖块石头也落地了……

从零点时刻开始，上海电台和电视台连续滚动播放《第三号震情通报》。聚集在广场、街道上的市民陆续回到自己家中。第二天繁华的大上海又是车水马龙的景象。

事后证明，上海市地震局作出"孤立型"地震的判断是正确的，删去一个"太"字，避免了一场极有可能发生的社会大动荡。此次地震对江苏、浙江沿海地区造成较强的社会影响，江苏、浙江两省地震局震后也采取了及时、得当、有效的对策，使社会秩序正常运行。

南黄海地震发生后不久，紧接着北京顺义高丽营于12月16日发生4级地震，顺义以及昌平、怀柔、密云、朝阳、海淀等区县都有震感，随之而起的是"京津地区要发生唐山那样的大地震"的谣传。国家地震局副局长汤泉以新闻发言人的身份，及时举行记者招待会，作出明确判断，指出这个地震是在专家会商会的预测之内，北京近期发生5级以上地震的可能性不大。同时北京市政府对此采取积极的应急措施，社会秩序没受到任何影响。这次成功的应急行动和上海"11·9"应急行动一起，同时成为"大城市地震应急"研讨的重要话题，由地震工作者和政府部门以及民众参与的成功范例，三者不可或缺。

上海佘山地震台台长史永根，当年在大连海军陆战队服役，参加过唐山大地震救灾，他对大震后的现场惨状至今难忘，因为防毒面具不够，就在口罩上浇上酒精消毒。他说，唐山市人口密集，地震造成的死亡惨重，现在若没有全社会全方位参与的应急行动，万一城市发生地震，其后果更加不堪设想。他说，前不久，市局张骏局长来台上讲过这样一串数字：上海常住人口1800多万，流动人口近700万，平均每平方公里4万多人；高层建筑15000多栋，超高层（人们常说的摩天大楼）建筑200多栋，这些高层和超高层建筑究竟能抵御多大级别的地震？佘山台从20世纪70年代以来记录到黄海、东海共发生有感地震100多次；上海滩覆盖层厚平均300多米，多为软土层，墨西哥400公里外一次大地震，使墨西哥市高楼倒掉不少，因为它是软土层；日本、台湾地区和周边有震，上海就可能被参与进去；世界上不少著名大地震证明，一座城市上千年上万年积累的财富和文明成果都可能被一次大地震毁于一旦！

笔者在佘山台看到的一张上海地震地质构造图上显示，从长江口—南黄海—东海，有一条被标记为"F"断层的构造带，这条带上不仅储藏着可观的石油天然气，而且也聚集着诸多地震。它是让地震工作者绷得最紧的一条"神经"……

5.西沙，飓风中的生死较量

现在，让我们把目光从黄海转向南海。

4月的海南，风光明媚。笔者一行3人乘坐的"莲花山"登陆舰从三亚军港码头启航了，在浩瀚的大海上航行近20个小时，抵达西沙永兴岛。它是南海诸岛中面积最大的岛，面积不足2平方公里，海拔不足10米。

西沙工委会议室的一面墙整个被中国海域地形图所覆盖，工委副主任谭宏才似乎很随意的一句问话，将笔者的目光牵到地图上："你们一定知道吧，中国最大的省级行政区是哪？"

"新疆维吾尔自治区。我们前不久刚从那里回来。"笔者不假思索地答道。

"错啦！"谭宏才纠正说，"应该是海南省。海南除了3.4万平方公里的海南岛之外，还包括210万平方公里的海洋，这其中就包括82.3万平方公里的南沙、中沙、西沙海域。"

上述三沙群岛，是我国南部海域的前沿要塞，它扼太平洋和印度洋的海上交通咽喉，地近马六甲、巽他、望加锡等重要海峡，是我国通往非洲、欧洲、西亚、东南亚、大洋洲的主要航道。美国海军宣布的全球16个战略咽喉要塞，其中就有马六甲海峡、巽他海峡，而我国通往世界各地的39条航线中，有21条通过这里或附近海域。从军事角度看，戍守三沙，可使我作战防御线向前推进1600多公里，并形成多梯次纵深防御前沿阵地。当年清朝政府糟糕就糟糕在把几千里长的海岸线和通商口岸统统关闭，让大刀、梭标、土炮和血肉之躯，去抵挡隆隆驶来的铁甲兵舰。

2008年12月26日，中国海军舰艇编队从三亚起航前往亚丁湾、索马里海域实施护航，主要任务是保护中国航经亚丁湾、索马里海域的船舶和人员安全，保护世界粮食计划署等国际组织运送人道主义物资的航路安全，对该海域日益猖獗的海盗活动预以防范和打击。三艘由我国自行研制的新型舰艇——169导弹驱逐舰、171导弹驱逐舰、887综合补给舰组成了此次远征舰艇编队。这是新中国的海军舰队第一次渡海"远征"，也是自15世纪初郑和下西洋之后，600年来中国海军的首次远洋作战行动。巧合的是，从公元1405年起，大明帝国七下西洋到达的最远地方，正是本次中国海军的目的地。国外的军事观察家和媒体称，此前的中国海军从某种意义上说只是海防军，现在它才真正翻过"黄水"、胜任"绿水"，正向"蓝水"迈进，成为中国真正的海军，开始履行国家战略赋予的保护海外权益的使命。对于南海的"治理"，此次远洋行动不仅仅具有威慑海盗的意义。

我们的课本里讲，中华人民共和国领土的最北端是漠河，最南端是曾母暗沙。这个地理概念在事实上已经受到严重挑战，现在只能被称为一个地图上的概念。实际上从20世纪60年代起，周边国家的石油开采恰恰是从曾母暗沙开始的。传统海疆线以内的南沙群岛已几乎被瓜分完毕，二百多个岛礁实际上我们只占了7个礁盘——即涨潮被淹没，落潮才能露出水面的那种。

南沙群岛"争端"的根源是什么？

是资源。是海上石油天然气资源和渔业资源。尤其是石油天然气使南海变成了当今世界地缘政治最复杂的海域。国际上因资源争夺引起战争的例子枚不胜举，一战、二战、海湾战争都是为争夺资源而不惜大动干戈。

地质科学家勘探发现，南沙海域发育着一系列沉积较厚、构造类型各异的新生代盆地，藏有丰富的石油天然气资源，估计石油储量为235亿吨，天然气储量为83000亿立方米，无怪乎日本NHK早在1992年专门制作了一部南海的专题片，把它称为"第二个中东"、"亚洲的火药桶"。尽管欧佩克的创始人、委内瑞拉石油大臣培雷斯·阿访索曾把石油称做"魔鬼的排泄物"，但人类社会对石油需求量激增而引发的一次次世界性石油危机，促使人们对这一片处女地海域投来了觊觎、贪婪的目光。南海石油天然气的发现，对于资源有限、亟待经济起飞的东南亚国家，不啻是上帝的福音——南海把财富和文明全部埋藏在蓝色的大海和人类的大脑里。

于是，人类与大海进行生死较量，相对平静的南海开始骚动不安了。

这个"骚动"不仅是指对资源的争夺，而且又指大自然本身——南海地震。

2006年7月28日，西沙工委和驻岛水警区反映，当晚11时12分，整个岛在摇晃，警犬狂吠不止，岛上渔民捕捉了几十条海蛇，码头有鱼死现象……情况反映到海南省地震局，局长牟光迅亲自带队来到西沙，在周边的石岛、东岛、琛航岛安装地震监测流动台，在一个多月内，西沙就发生100多次小震，最大震级为3.4级。

陪同笔者来西沙的海南省地震局监测中心副主任刘亚真，这已是第四次来西沙了。1992年他和副局长赵文俊一行5人来西沙建流动台，曾测出3.2级地震；1999

年他陪同中国地震局专家在永兴岛建立无人值守 GPS 基准站和测震数字化台，信息直接传送到中国地震局，台站建好后，迎接国家科技部副主任邓楠和中国地震局局长陈章立等有关领导来验收；最令他难忘的是第三次来西沙，值守流动台三个多月，差点没能回到海南……

经地质勘探表明，西沙群岛宛如南海生长出的一盆蘑菇，底部呈柱状支撑着每一个岛礁，尤其是永兴岛最为典型，是西沙群岛的"掌门老大"，不足 2 平方公里的面积浓缩着中国南海百年风云的历史：法国炮楼。日本碉堡。国民党收复西沙纪念碑。新中国领导人和上百名将军栽下的椰树林。建造得如美国白宫似的西沙工委大楼。远远望去像一艘战舰的水警区营盘。

西沙工委副主任谭宏才说：《西沙，我可爱的家乡》唱一百年也没挂个牌子管用。西沙的五星红旗升不起来（工委全体人员天天早上升国旗，唱国歌），天安门广场上的国旗就少一个角。当年周恩来总理挥笔题字的"琼沙号"第一艘客轮开往西沙。中共中央总书记胡耀邦来西沙视察后欣然题词："开发七洲洋，保卫南海疆。"国务院总理朱镕基看到西沙规划的北京路、上海路和王府井大街，批 1.5 个亿要中国联通建卫星通讯站，让岛上军民打电话比内地还便宜。有记者反映西沙值守人员工资低，中共中央总书记胡锦涛、国务院总理温家宝批示：给他们发特别津贴。

接着，谭宏才话锋一转："大家都干得好着呢，没想到我们脚下这朵大'蘑菇'时不时摇晃几下，叫人挺闹心的。是苏门答腊岛大地震引发海啸的余波所致，还是周边国家开采油气大肆捕渔而不断打井放炮引出的祸呢？搞不明白。你看我们那边防站院里，关满了邻国越境偷捕者，还得管着他们吃、喝、住，挺自在的。"

谭宏才拍了一下刘亚真的肩头说："刘主任可是我们的老朋友了，只要看到他，我们心里就踏实了。"

刘亚真说："有工委和水警区给我们作后盾，即使遭遇大风大浪，我们心里也踏实喽！"

两年前，牟光迅率队赶到永兴岛当天，便兵分三路下到石岛、东岛和琛航岛，在礁盘上建立监测地震流动台。作为负责流动监测的刘亚真，等台建好后，还必须住下些时日进行观测。这一住就是三个多月，定期到三个岛检查仪器，整理记录，及时向上级汇报。最远的是琛航岛，往返需要两天。每次去乘坐的都是水警区巡逻舰或西沙工委的海事船。正是 10 月 1 日国庆节那天，刘亚真乘海事船去琛航岛接陈维超等 3 名观测队员回永兴岛聚餐，船行至距琛航岛还有几海里时，风云突变，大海的面孔骤然变得恶煞起来，大浪滔天！谁也没想到预计后天才刮来的飓风提前袭来了！船机长加大马力向琛航岛疾进，但风浪凶猛，船无法向岛岸靠近，船长令船员们穿好救生衣，准备跳水拉缆绳靠岸。刘亚真也穿好了救生衣，跟着船员们跳了下去——谁知他这一跳不当紧，人眨眼儿不见了，一个浪头劈下来把他旋入谷底，又一个浪头冲过来把他抛向峰巅，岛上的同事睁大眼睛看着他挣扎的情景，急得直喊：完啦完啦，刘亚真这下完啦！我们回去怎么向他老婆孩子交待哟！……

说时迟那时快，只见船长和几位船员呼呼啦啦扯出一张大网，"一、二、三。放——"渔网撒开一个椭圆形套圈，稳、准、狠地套住了在浪头上翻卷的刘亚真。

"快——捞——"船长拼命吼喊着，船员们奋力收紧渔网！

"捞上来了，捞上来了！"同事们又惊喜地喊起来。

刘亚真得救了。

船也被栓牢在岸边。

船长解下匝在肩膀上的网绳套说："这一网撒的真是开天辟地头一回，捞上来的是一条价值连城的活人鱼！"

刘亚真倒掉灌满一肚子的海水，打了一个响彻环寰的喷嚏后说："那是那是。这叫法网恢恢，疏而不漏。"

但是，刘亚真和同事们不要侥幸太早了，等待他们与飓风的生死较量还在后头呢！

如果说刘亚真这次遇险只是飓风的一次"预演"，那么半个月后第9号名为"迷尼娜"飓风可谓是妖气十足地在南海登场。此时，为期三个月的地震流动监测暂告结束，他们在写给西沙工委和水警区的震情监测报告中指出：近期以来在西沙群岛监测到的小震100多次，其中最大的一次震级为3.4级，对西沙没有造成破坏性影响；在未来几个月内估计不会发生大于4级地震的可能。但不排除南沙发生3—4级左右地震的可能。从记录到的地震数据分析，他国开采油气钻探作业产生的干扰类同或诱发地震的发生。

还是在琛航岛，刘亚真和同事们收拾仪器，打点好行装，准备第二天乘坐西沙工委派来的海事船接他们回去。晚上8点，刘亚真接到谭宏才打来的电话，说船不能启航了，"迷尼娜"飓风估计在凌晨就要袭来，要他们做好防飓风准备，等飓风过后再去船接他们回来。

电话没打完，信号就断了。漆黑的夜，漆黑的海，起风了，先是雷鸣电闪，道道刺眼的闪电撕裂浓浓的云团，把稠密的豪雨泼向大海，紧接着狂风掀起几十米高的大浪向岛礁卷来。刘亚真和同事们背上仪器行囊迅速转移至岛上的哨所。从这时起，他们要与守岛的几位战士开始6天6夜的生死坚守。风雨飘摇的小岛与外界隔绝，一切联系全部中断。到了第四天，守岛战士把剩下的最后一根蔫巴得像软面条似的黄瓜切成若干片，分给大家充饥。这就是说，这是他们最后的"口粮"了，等待他们的是疯狂的饥饿与焦渴的折磨。如果补给船因飓风受阻不能来到，他们都无一幸免地要同死神进行最后的较量，挑战生命的极限！决斗胜者生存，败者将陪死神一同而去。

第五天，风停了，大海复于平静，毒辣辣的太阳把刮倒的椰子树烤糊了，被海浪击打的礁石，此刻已被曝晒变成了熟褚色的炒盘，泛出一层白晶的海盐……望眼欲穿，仍不见船的影子。

一位老兵说："等着吧，补给船会来的。如果西沙那边风平浪静的话，船明天就会到这里。"

这位老兵已有12年军龄，这周边十几个岛他都守过。他是贺龙元帅的小老乡，湖南桑植人，令他沮丧的是一直没找到媳妇，谈了几个都吹了。

刘亚真跟老兵说，他在海南几个地震台都待过，那大台、琼中台他都任过台长，令他最头痛的也是台上的小伙子找对象难。有一次，国家地震局局长陈章立去琼中台视察时问他有什么困难需要解决，他说条件再艰苦环境再恶劣也能忍受，最大的困难就是找对象难，能不能招些姑娘调过来，一同搞地震一同搞对象。局长说这个方法不赖，搞地震的更要传宗接代，不能后继无人哪！局长说，你们看好了姑娘就招，实行优惠政策。

老兵听了，淡淡地笑了笑，说："这岛上能招来女的？即使这里有金矿，招惹来的是'海狼'。离这不远就是人家的打井架，在千米深的海底钻窟窿，抽上来的是'软黄金'，整天轰隆隆的，还能不地震！"

一个新兵接上茬："震了好，震了就把海底那些窟窿给糊上了。"

老兵说："地震把窟窿糊上，你就能找上对象了？"

刘亚真不知拿什么话安慰老兵，叹了口气说："可惜我只有一个儿子，要是个姑娘，我就招你当上门女婿。"

老兵说："谢谢刘主任。找不到对象怕个毬，只要组织同意，我就在这岛上守一辈子啦，把我该找的那个对象让给他人，这也算是一种奉献吧。"

第六天，一条陪伴守岛战士的巡逻犬瘫软地趴在地上，无论老兵怎么抱，再也站不起来了。

刘亚真发现有两名同事和一名小战士已经昏迷。

老兵说："再等一等，再等一等……实在不行，就把狗杀了……"

这一天又过去了。到了晚上10点，海面上突然响起一声悠长的鸣笛声。

老兵说："我们的战舰开来了！"

一道耀眼的探航灯照亮小岛。一艘飘扬着中国国旗的海军巡洋舰劈波斩浪向琛航岛驶来……

6. 海啸袭来，我们该怎么办？

有报道称，2004年12月26日，发生在印度尼西亚苏门答腊岛西北近海9.0级大地震引起海啸，已造成印度洋周边各国近30万人死亡。这是进入21世纪空前的大灾难。

印度洋在哭泣！

各国启动最大规模的救援行动直扑海啸重灾区域……

现任中国地震局副局长赵和平率中国救援队先后两次赴印尼，国务院总理温家宝亲笔为他和队员们签发新年贺卡，勉励中国救援队与印尼人民同舟同济，为中国人民争光。在新年贺岁声中，共和国总理为中国救援队勇士们壮行。

"我国濒临渤海、黄海、东海、南海，以及台湾以东太平洋海区，大陆海岸线长18000多公里。引发海啸的苏门答腊岛大地震距我国南海海域的曾母暗沙有多远呢？也就是北京到广州的距离。"两次赴印尼救援的赵和平，向人们提出这样一个思考题：地震引发的海啸扑天盖地而来，我们的沿海城市和海上诸岛该如何应对？

尤其是海南，其海疆边界曾母暗沙紧临印度尼西亚，而曾母暗沙又是通向马六甲海峡的隘口要塞，在地质构造上与苏门答腊大地震同属一个断裂带，这个断裂带呈弧线型从印度尼西亚、新加坡、马来西亚，一直到菲律宾，这条线的大部分在我国的南海。

近日，在南海打捞上来的"沉船一号"吸引了人们的目光，它是被飓风刮沉到海底，还是在猝发的地震中被海啸吞噬？放眼望去，近几十年里，不断有考古探险家在大西洋海底发现庞大的古建筑群，那里有雕刻精美的石柱、坍塌的殿宇墙瓦和大理石铺设的道路。1979 年在大西洋百慕大三角海区，美、法调查队考察发现，海底有一座巨大的金字塔。这些沉入汪洋大海的人类文明，在古希腊哲学家柏拉图的著作里有凿实记载：早在一万多年前，大西洲的居民已经有了很高的文明，他们建造起许多雄伟壮丽的建筑物，周围是茂盛的树林和宽阔的街道。但是，不知哪一年，这个大西洲一夜之间，忽然淹没在浩瀚无际的大西洋中了……

"海啸、飓风、火山、地震，海南岛都具有。1605 年琼山大地震将 72 个村庄沉入大海，是我国独一无二由陆地变为海洋的实证，琼山东塞港海边那片壮观的红树林，便是大震后出现的令世界惊奇的自然景观……"海南省地震局局长牟光迅、副局长郭坚峰向笔者介绍海南岛这个祖国的"后花园"时，他们脸上的笑容是凝固的。

印尼海啸的第二天，牟光迅亲自拟草了一个报告给海南省政府，呼吁建立海啸监测预警中心。

牟光迅说：海南一旦发生大灾难，只有靠完全自救。它就像汪洋中的一条船，与大陆相隔的琼州海峡大通道那时会变成一条"死胡同"，一切救援都无法在最短时间内抵达岛内！怎么办？只能靠自救。

郭坚峰说：目前闽粤琼沿海一线还不是地震活跃区，但迟早要来。400 年前福建漳州 8.2 级、广东汕头 8.0 级、海南琼山 7.5 级——这一串东南沿海大地震发生后至今，其中福建、广东都复发过，唯独琼山大地震 400 年来未复发，一旦爆发，破坏程度难以想象又可想而知！

听二人的讲述，令人诚惶诚恐，"问题很严重，情况很复杂"，关键词却在于能否引起各级政府的"高度重视"。

郭坚峰说：从事地震这个行业是个公共服务行业，但没有公共权利；它不是增值部门，不是强势部门，却关注的是社会广大群体和尽最大可能减轻生命财产损失。一个地震来了，人们向天诅咒向地诅咒，最后把天大地大河深海深的怨恨洒在吃地震饭的人头上，你预报出来了，感恩万状，你漏报了，遗臭万年！那咋办？我们不气馁，只有勤跑腿勤动嘴，鼓动着三寸不烂之舌，再把七寸笔杆挥舞出丈八蛇矛之势，向政府领导汇报请示，以期得到大力支持。

"省政府领导没的说，全力支持。"牟光迅说，"目前全省的市县全部建立了地震局，省委书记说，地震是公益事业，就是政府的事。省长亲自下台站调研拨经费。2004 年 4 月陵水发生 4.3 级地震，老郭率救援队半个小时到现场，省长感慨：兵从天降！现在各地都建立了救援队，形成了一个互救网。前年我们又启动了安居工程，以省政府的文件下发，理由是，台风一来就把房子刮倒了，你还抗什么震？！2007年5月，在万宁试点的1000多户村民搬进了新居，老百姓都叫好。政府指引，农民自愿，相应补贴，以此培训了大批泥瓦匠，农民盖房首先想到的是抗震。"

"有为才有位，这是我们的体会。"牟光迅接着又说，"其实，我们不是让政府多花钱，花大钱，而是让每一个海南人树立安全防患意识。这不是一个时期的行政行为，而是长期长效机制。"

那么，建立海啸监测预警中心的事情进展如何呢？

牟光迅说，省委省政府领导发话了，这是我们庄严捍卫的主权，是我们的职责，我们的使命！

7. 大三峡，你能防百年大水，你能抗百年大震吗？

笔者在领略和感受了昆仑山、天山和沙漠戈壁之后，深深感叹：人在雄奇苍茫的大自然面前，简直就像一片树叶，一颗草籽，一粒沙尘，抑或似一只蝼蚁，一条毛毛虫，实在渺小得很哪！但是，现在当我等一行登上三峡大坝岸边的坛子岭，眺望浩浩长江被人类"腰斩"，俯首贴耳地遵从人的意志叫怎么流就怎么流叫淌多少就淌多少的时候，不禁又生发一番感叹：人是多么伟大，多么了不起啊！

"更立西江石壁，截断巫山云雨，高峡出平湖。神女应无恙，当惊世界殊。"伟人毛泽东的诗句在耳畔萦绕。中国人的百年梦想实现了。昔日桀骜不驯的长江，而今像一头小毛驴，挺乖巧、挺温顺、挺听使唤地为人类造福"拉套"，这确是一个伟大的人间奇迹。

1894年，28岁的孙中山上书清政府直隶总督李鸿章，发出变革三峡"水力以生电"的宣言。然而，日趋没落的清王朝正忙于签署一个又一个丧权辱国的条约，疲于拯救最后的帝国，对于这个年轻人的实业救国梦想，那些皇权重臣没有兴趣。1911年辛亥革命将大清王朝掀翻在地，孙中山的目光再次俯瞰被世人称为"黄金水道"的长江，他眼前仿佛展现的是一幅壮阔的画面：一道高坝赫然矗立在南津关隘口，数孔泄洪槽喷出百丈飞瀑；巨大的船闸缓缓开启，扬帆的船队下起汉口，上达重庆……然而这只是一个朦胧的梦境，"满堂花醉三千客，一剑霜寒四十州。"享年59岁的孙中山溘然辞世，一代伟人开发三峡的构想随着一颗巨星陨落之后，却毅然在中国历史的天空回荡。

新中国的领袖们着力要把这个梦想变成现实。毛泽东在视察三峡的船上，对长江水利委员会主任林一山说："你能不能找一个人替我当国家主席，我给你当助手，帮你修三峡大坝好不好？"在多灾多难年月中上马的葛洲坝工程现场，周恩来对林一山说："长江上如果出问题，砍头不是你一个人，要砍头我带头！"改革开放的总设计师邓小平，再次把三峡画上蓝图："看准了就下决心，不要动摇！"1992年4月3日，第七届全国人民代表大会第五次会议正式通过《关于兴建长江三峡工程的决议》。

长江之害，水患为首。一曲"十年九不收，沙湖沔洋洲"的民谣在荆楚大地传唱了几千年。据载：1931年大水，武汉最高水位28.28米，整个荆州大地和武汉三镇泽国一片。1954年大水，武汉最高水位29.73米，创百年水患之最。1998年大水，武汉最高水位29.43米，是建国以来长江发生的第二次大水灾。

举世瞩目的三峡工程开工之后，有关三峡工程兴利避害、造福千秋的宣传世人皆知。但对于没有走近三峡和未作深入了解的人们来说，三峡工程只是一个谜。毋庸讳言，笔者在查阅相关文献和资料表明，国内外一些专家对建三峡大坝是持反对意见的。当中国上马兴建葛洲坝、黄河小浪底工程之时，西方一些国家正在炸掉他们筑起的大坝和水电站。这是不是因为他们发达了之后，蓦然整明白了什么？这是不是因为我们不发达、想发达、为发达而要上马兴建大坝呢？

眼下，人们最关注的是：数倍于葛洲坝的三峡工程能防御百年大洪水，但它能抗住百年大地震吗？

2008年3月下旬，也就是汶川大地震发生前夕，笔者在湖北、江西、重庆及三峡库区奔波采访。国内外大量实例表明：大型水库在蓄水后多诱发地震活动。其诱发地震的强度与库区及邻近区域的地质构造、库区岩石的岩性、渗透率、水库容量等诸多因素有关。在三峡大坝和水电站建设之前，关于三峡水库建成后是否会诱发大震，成为从中央到地方政府领导和许多专家关心的重要问题之一。

此行前，笔者在中国地震局了解到的相关情况是：虽然在三峡工程建设前，国家地震局组织力量开展大量的考察研究工作，为三峡水库大坝和水电站建设提供抗震设防标准，但水库蓄水后库区地震活动将发生怎样的变化仍有待进一步观测研究。目前，以建立库区数字地震观测台网为主要技术支撑条件的"三峡水库诱发地震监测研究"，正是基于这一考虑而提出的，目的就是为了加强库区震情的跟踪研究，进一步做好三峡库区的防震减灾工作。

这就是说，三峡工程是否能抗住百年大震，水库蓄水达到最大容量后会诱发怎样的地震？这么大的水压，地表形变会引起什么样的变化？地震会在库区内什么地方发生？一旦发生会产生怎样的后果和采取怎样的应急措施补救？……

在湖北省地震局应急指挥大厅，震防处处长韩晓光一大早就把有关老、中、青专家请来了：徐菊生、高士钧、李树德、刘锁旺、李安然、邵中明、秦小军、熊宗龙等，大家会聚一堂，就把长江三峡的历史、现实和未来拉到了眼前——

早在 20 世纪 60 年代初，随着"大三线"建设，中国的地质科学家们已开始对长江三峡的地震地质构造、地形变、重力场以及鄂西断裂带进行勘探监测，为三峡工程论证提供相关资料，并对 1856 年发生在巴东恩施一带的咸丰大地震（现为世界唯一保存最完好的地震遗址）进行了详细的考察研究。1973 年丹江水库相继发生 3.8 级、4.7 级地震后又发生一连串小震群，引起科学家们注意。于是他们"解剖丹江，着眼三峡"，由此获得的考察研究报告于 1975 年在加拿大召开的"水库诱发地震"的国际论坛会上得到国际同行们的认可和赞许。

长江以其柔韧之力切岭成峡，穿谷成沱，形成了举世无双的大三峡，它西起重庆奉节白帝城，东至湖北宜昌南津关，是瞿塘峡、巫峡、西陵峡的总称，全长 192 公里。它"西控巴蜀收万壑，东连荆楚压群山"，辖制了长江宜昌以上 100 多万平方公里的流域面积，是贯通我国西南与华中、华东、华北地区的水上咽喉要道，在政治、军事、经济、文化等方面，都占有重要的战略地位。故此才有李白"朝辞白帝彩云间，千里江陵一日还"的潇洒；才有杜甫"无边落木萧萧下，不尽长江滚滚来"的感慨；才有毛泽东"不管风吹浪打，胜似闲庭信步"的豪迈！

现在，我们的问题是，三峡流域属何种地质地貌？近年来有没有破坏性地震发生？三峡水库蓄水后会诱发怎样的地震？

高士钧、徐菊生、刘锁旺等这些年逾古稀的老专家，把自己的大半生全泡在了三峡里。他们的回答是：这"千里江陵"多属石灰岩层地质特征和喀斯特地貌。从 20 世纪 60 年代一直到三峡工程上马，他们把全部心血和精力都用在了水库地震考察研究上。

1979 年秭归发生 5.1 级地震,地质研究室主任徐卓民(已故)带领韩晓光、薛宏交、李愿军等一行 7 人，从神农架下来步行 10 余天，一路跋涉，一路观察，一路饥寒交加到达秭归，得出的结论是构造型地震，也就是人们俗称"水漫金山"后，地形构造发生变化导致的地震。

1980年远安县盐池河发生岩崩，造成200多人死亡，高士钧、李安然、刘锁旺等专家赶到现场考察，得出的结论是裂隙型地震，即江水灌满山体裂缝和溶洞引发的地震。

1985年秭归新滩由地震引发大滑坡，整个新滩镇陷入江中，因为事前有预测，无一人死亡。有个老汉很犟，不愿搬走，都以为他被大滑坡埋进去了，一星期后他回来了，原来他是那天半夜坐小船走了。得出的结论是，荷载破裂型地震，也就是洪水暴涨冲击滩岸和山体大滑坡诱发的地震。

2003年6月三峡水库第一次蓄水135米，400多亿吨，武汉、重庆两省和长江水利委员会地震部门共同执行统一应急预案，对蓄水前后进行全天候布点监测，尤其对大坝、船闸等内外形变实施严密布控，直到第二次蓄水，整个库区状态如何呢？除巴东出现小震群外，总体答案是："神女应无恙"。

第二次蓄水156米，2003年12月巴东县报告说发生了地震，当地百姓反映经常感到地动；巴东马鬃山三九天出现大量的蛇，从四五百米高的山崖上滚进当年日军屠杀中国军民扔下去的"万人坑"。很快，局长姚云生，副局长龚平和韩晓光先后陪同几批专家赶到巴东，经过调研查得：溶洞崩塌引起的2—3级地震时有发生。

第三次蓄水将是175米，水库又会出现怎样的情景呢？2006年10月26日随州发生4.7级地震，2007年6月3日荆州发生4.2级地震，这两次地震虽离三峡库区较远，但是否与三峡水库蓄水量增加引起地球物理场发生变化有关？

专家们说，不排除三峡水库诱发更大或更多地震的可能。即使发生地震，不外乎上述几种类型。而最易发生地震的地方，一是巴东，二是秭归。

这么说来，世人最关注的是：三峡大坝水电站和永久船闸能否经受住大地震的考验？

湖北省地震局原局长李强、现任局长姚运生锲而不舍地进行三峡库区数字地震观测网络的建设，前后搞了八年，2008年2月已通过中国地震局、三峡工程总公司、湖北省政府的验收。

湖北省地震局副局长龚平介绍说，三峡坝址选在三斗坪是经过反复勘探和论证的，构筑大坝和永久船闸的抗震能力在烈度8度以上。以李树德、聂磊教授为项目带头人研制的地震监测仪器安装于大坝和永久船闸已6年，运行良好。那些仪器有多重就是多重的黄金。李树德教授是首次南极考察"海洋重力测量"仪器的设计者，如今他把几十年来研究的有关海洋重力仪、洲际导弹、同步卫星发射监控等技术成果都运用到了三峡工程安控和地震前兆观测技术中心。这些仪器在中标之前，曾与中外4家公司竞标。5家的仪器都摆进三峡库区1.5公里长的山洞里，运行一年多后，进行严格的综合技术评定，结果是武汉地震研究所的仪器获得第一名。用龚平的话说："我们的仪器彰显的是一种民族的志气和精神，几十年几代人的心血和汗水，把航天领域、军事领域等诸多先进技术都吸纳过来，全部凝聚在大三峡的梦想之中。"

监测中心主任邵中明和分管监测预报的熊宗龙副处长介绍说，三峡库区24个测震台、3个中继站，2006年二次蓄水到156米进行应急演练时，没有发现任何异常状态。三峡水库泄洪期，武汉最高水位没超过27米，"万里长江，险在荆江"的荆江两岸安然无恙。

"5·12"汶川特大地震发生后，人们都在问：三峡大坝怎么样？

两天后，中央电视台新闻联播发布消息：经专家实地考察，三峡大坝经受住了汶川特大地震的考验。

而越来越会用自己脑袋思考问题的人们不免私下里想：要是8级大震发生在三峡大坝附近，它抗得住吗？汶川地震是否与三峡水库对地质结构的影响有关系呢？……

8. 九江，不是发水，而是发震！

来湖北之前，先到了九江。

九江不是发水，而是发震！

2005年11月26日，九江县和瑞昌市交界发生5.7级地震。这是有记录以来江西九江发生的最大地震，范围波及湖北、安徽、浙江、湖南等省，死亡13人，伤680人，直接经济损失达20多亿元人民币。

有资料表明，长江流域多为浅源地震（地表深度30公里以上），虽然震级都不是很大，但因震源浅，震感强，破坏性却比较大。1856年咸丰6.25级地震，把位于湖北地界的一座大山震裂后，轰轰隆隆倒塌进重庆地界的黔江之中，由此形成了一个"移山填海"的绝世奇观——小南海风景旅游区。专家称，这个地震的能量相当于8000万吨炸药同时爆炸产生的威力！而九江瑞昌地震距地面只有10公里，对地球而言，简直薄得像农民捂苗用的地膜，经不得轻轻一挫就破了。

说来也巧，2008年3月10日晚7时45分，笔者一行刚到南昌机场，一走下飞机，就感到大地一阵摇晃。很快便证实，九江县发生2.5级地震，南昌市有震感。若在北方，这等小震是完全可以忽略不计的，人们感觉不到。

江西省地震局局长王建荣陪同我们去九江瑞昌一线查看地震影响，在九江市地震台验证了这个看似不起眼的小震所产生的撼慑力：10日晚7时44分56秒，值班员詹文英监测到了这个地震的记录，九江县和瑞昌有感，台长曾庆平马上向市政府报告，市政府秘书长问，是上次九江瑞昌5.7级地震的余震，还是又一个地震的前兆？曾庆平回答，我们正在跟踪观测，我市短期内发生破坏性地震可能性不大。

不难想象，九江瑞昌5.7级地震曾给这一方水土带来怎样的震撼？

曾庆平是1970年入伍的老兵，唐山大地震那年退伍来到地震台，这一干就是30多年。他说，当年本小伙也是阳刚俊相，由于长年累月待在这山沟里头，好像这一待就待傻了，这里成了被爱情遗忘的角落。在地委的老爹、在商业局的老娘替儿子发愁发大了，眼看儿子三十好几的人了。几经周折，总算给儿子找到媳妇，按说凭父母的关系，给儿子调换一下工作也不是什么难事，可是儿子是个犟脾气，迷上了地震这个行当，就九头老牛也拉不回来了。

曾庆平说："5.7级地震发生之前，我们已制定了地震应急预案，政府批准实施。只可惜临震预报没有抓住。震后我和同事们气得好几天不思茶饭。"

地震发生在早上8时49分。曾庆平正在家中，当房子刚一摇动，他马上意识到地震来了！他迅速躲进卫生间用手机给市里给省里给台上打电话，一个也打不通。两分钟后，他拦了一辆出租车向12公里外的地震台奔去。

与此同时，九江市地震台年轻的工程师江涛和刚从外地出差回家的父亲江国华（时任省地震局副巡视员），在与省局监测预报中心紧急核实震情后，父子俩一起跑到九江市委报告。市委正在8楼会议厅召开关心下一代工作会议。楼不停地在晃动，大家都感到惊慌。市委书记赵智勇听了江氏父子的报告后，向主持会议的副市长陈晖递了个眼神，陈晖马上宣布：让小朋友们先撤离！赵智勇又让秘书长通知市长蔡晓明：中止出差，返回九江。九江市随即启动地震应急预案。

曾庆平赶到地震台时，市领导和新闻媒体30多人也都赶来了。大家最关切的是：还有没有大震发生。这时，中央电视台也打来电话询问，并要九江电视台记者把镜头聚焦在地震台现场。曾庆平在同省局监测预报中心进行紧急联系后，按地震三要素的判定回答了记者的提问。

工程师江涛陪同市长蔡晓明在第一时间赶到了瑞昌市震中区现场。在一个小时内，江涛代替市长起草了九江市抗震救灾指挥部第一号令、第二号令，并担任市指挥部应急办公室机要联络员。此后，在指挥部20余天，数次过家门而不入，无暇顾及正因感冒发烧年仅三岁的女儿，并在灾区陪同留任省抗震救灾指挥部负责后勤保障组的父亲，度过了他简单而不平凡的59岁生日。

瑞昌是此次地震人口稠密的重灾区，全市42万人，市内人口就有14万。地震发生后，市内万人空巷，全都涌向街道和广场避震，不到三个小时，整个广场搭起了数百顶帐篷，远远望去像雨后催生出的团团蘑菇群，阵容庞大，蔚为壮观。按照应急指令，瑞昌市副市长郭少雄乘指挥车走街串巷，指挥调度治安防震大军，实施"坚壁清野"。有些老人被强行抬了出来，生孩子的孕妇和做手术的患者都被转移到广场医院。

郭少雄说：地震一发生，全市居民几乎倾巢而出，好在我们事先有预案，执行起来一呼百应，温家宝总理来视察时，我向温总理汇报。温总理看了7个临时安置点，很满意。温总理对周围的群众说：地震来了，我们不怕，只要防范得好，就可以尽最大可能减轻地震灾害给我们家园造成的损失。有群众激动地对温总理说："总理，国家这么大，你也不容易啊！"

郭少雄说：地震发生时刚上班，我分管城建，当时有不少居民找我要搬迁补偿费，突然"嚓——"地一声，好几个人从椅子上栽下来，大家的第一反应是附近煤气站爆炸了！也有的说是江岸码头弄不好被恐怖分子放炸弹了，要么就是轮船遭到炸弹袭击！我说是地震啦，快撤离办公室！

郭少雄说：因为是星期六，又是个吉日良辰，有一家市民张灯结彩举办婚礼，一切都准备好了，迎亲的车队正要出发，没想到被地震给冲了。我们得知后说，它震它的，这个婚礼照办无误。于是，就在广场的帐篷里举行了一个几万人参加的婚礼。

现任瑞昌市民政局局长李金国在给笔者提供的一份档案材料中写道："在5.7级地震中，全市共死亡7人，其中两名工人是从施工架上甩下来摔伤致死……"地震发生前一分钟，李金国已走出家门，骑车去单位，忽然他老婆惊叫了一声，从二楼上喊他："金国，不好啦！是谁家推土机把房子给撞了！"这时的李金国已经是连人带车子一起倒在了地上，他对老婆喊："地震啦！你什么都别拿快跑出来！"

李金国骑车赶到单位，向管辖的 12 个居委会的主任下达命令："立刻清人，你死也要死在你包的那个单位，漏掉一人拿你试问！"当天晚上 7 点钟城关镇 7.2 万人全部清完。李金国上三楼办公室抱毛主席像下来刚到一楼，5.1 级强余震发生。"我好像是飞出来的，又好像是被一股气浪推出来，正好摔在楼前的草坪上，人和主席像都完好无损。接下来是领着大家进行长达 40 天的坚守防震……"

5.7 级地震发生当天，省地震局副局长张福平因胃出血正住医院，祸不单行，其爱人的弟弟因病去世。当他获悉震情后，来不及参加内弟的告别仪式，忍着病痛赶回局里，与时任局长朱荃、应急监测处处长张波、预报中心主任高建华一起进行紧急会商。

中国地震局局长陈建民给江西省地震局作出紧急电话指示，速派李友博副局长率领由 14 人组成的国家应急队伍奔赴震区。随即又调福建、山东、安徽、上海、湖南、湖北等省市专家队伍开赴江西协同作战。架设的 8 个流动台、3 个强震台，对九江、瑞昌地区实施严密监控。广东省地震局和江苏省地震局在没接到批准通知的情况下，已分别派出专家组乘飞机直抵南昌。

省委、省政府接到震情通报后，立即启动应急预案二级响应。当时，南昌市正在举行全省公务员招录考试，由于震动很厉害，各考场骚动哗然，人都跑出考场……不久，省移动、联通通信运营商发出由省地震局提供的手机短信，告之是九江瑞昌发生地震，各考场很快恢复了考试秩序。

时人们最关注的是，此震之后还会不会发生大震？主管副省长已经坐镇地震局，随时掌握震情趋势的发展。200 多家新闻媒体一部分赶地震现场报道，一部分封围地震局。上午 9 时 35 分，省地震局向新闻媒体发布：南昌等地只是地震涉及地区。

此时正在美国学习培训的王建荣得到震情后，立即中止培训回国，直赴九江地震现场。他回忆起当时的情景说，地震发生后，5 分钟判定出地点和震级，这毕竟是过去时啊，那么现在进行时和未来震情趋势该如何判定？全省、全国的目光都聚焦在这里。本局的专家和国家局的专家在紧密地沟通、分析，人们也都在急切地等待。一个小时后，分析意见出来了，判定为"主震余震型"，近期内不可能再发生大于 5.7 级的地震。说实话，领工资的时候，那字签得很流畅，但签这个判定意见新闻稿的时候，手握的笔杆感到有千斤重，好像握的不是笔而是一项帽子在手上！

而此时的张福平既没回家奔丧，也没继续留在医院治病，而是隐瞒着病情在地震现场指挥监测，在现场工作的日日夜夜，他是大剂量地服用止血药，直到地震应急期解除后，他才回到医院。

此次 5.7 级地震不仅使九江县、瑞昌市受灾严重，而且殃及毗邻的湖北武穴市。地震发生后，武穴市 10 多万人涌上长江大堤。与九江市隔岸相望的黄梅县，沿江十几个村庄房屋倒塌，村民们携家带口纷纷逃到江堤上避难。有一位老大娘跑出来时，被震倒的女儿墙砸死。湖北省地震局副局长吴云率专家组支援九江路经武穴时，不得不把震防处处长韩晓光留下负责本省这个地段的防震应急。

9. 重庆，江峡环抱的"威尼斯"

从武汉乘飞机抵重庆，鸟瞰万山丛中蜿蜒曲折的长江，脑海里回放的是最后一次游览三峡的壮美风光。

那是听到三峡工程上马后的一则消息："水库蓄水后三峡两岸诸多名胜将被淹没，现正进行库区大移民和文物大规模抢救挖掘。"于是，便借去重庆出差的机会，对三峡作最后一次"巡礼"。

从西陵峡葛洲坝乘船溯江西行，过巫峡，出夔门，面对两岸鬼斧神工的悬崖危岩，望着狮吼虎啸般的滔滔江水，心里不禁发出一声感叹，就像两千多年前屈夫子发出的天问一样：天啊！你为何塑造出这番让人魂牵梦绕的山河奇观？这雄奇壮丽的山川究竟是怎样形成的？这孕育华夏子孙的母亲河与古人今人和后人有着怎样的血脉联系？

立于船头眺望绝崖上那被江水拍打了千万斯年的浸蚀印痕，三叠纪末的地球仿佛就在眼前旋转。那时的地形是东高西低，地面上的所有水系一律遵循东水西流的法则，奔向辽阔而安宁的古地中海。现今长江流域及三峡地区就是一片微波荡漾的滨海。然而，处于青春发育期的地球，不安于这种洪荒与寂寞。地心深处勃发的春情不吐不快，于是它以本能的发泄形式——地震，发动一次轰轰烈烈的造山运动，即地质学家们所称的"印支运动"。海底岩石举托着苍苍茫茫的海水向上隆升，迫使古地中海极不情愿地向西溃退。秦岭拱出了地壳，三峡跃出水面……

现如今巫山十二峰峰顶，依然裸露着 7000 万年前海底岩石的褶皱以及大量卵石和化石。三峡一经隆起，古中华大地上众水西流的局面即被改变：三峡以西的巴蜀湖、西昌湖、滇池等几个大水域被一个水系串起，从东往西形成西部古长江的雏形，继续流向古地中海；而三峡东部的当阳湖、鄂湘湖、鄱阳湖以及其他众多湖泊相串连，形成东部古长江，掉头东流而去。接下来，地球又一轮更加强烈的喜马拉雅造山运动开始了。聪明颖慧的长江流域借地球革命的契机，以抒情诗般的浪漫与韵致，将中上流地区迅速抬高，形成年轻的高山、高原和峡谷，使古中华大地呈现西高东低的格局。"天柱折，地维绝，天倾西北，故日月星辰移焉；地不满东南，故水潦尘埃归焉。"于是西部古长江掉头东进，对三峡崇山峻岭的背斜阻挠进行艰苦卓绝的冲凿与切割，海誓山盟要与东部古长江相濡以沫，那情景像忠贞不渝、生死相守的一对恋人，又像血脉贯通、同呼吸共命运的一对同胞姐妹。

这是水与石的搏斗！

这是柔韧与坚硬的搏斗！

这是生死亲情与冥顽冷峻的搏斗！

这是对即将诞生于此的一个民族品质的赋予！

经过千百万年的拼搏与追求，西部古长江与东部古长江这对生死恋人、这对同胞姐妹终于含着笑，流着泪，紧紧地拥抱在一起！于是，整个长江贯通一气，古中华大地九派东注，浩荡而去。大自然在长江中上游打造出的三个峡谷，作为沧桑变迁的遗迹留给了人间。

三峡，造就了一条世界上最美丽的大江。

长江，铸塑了一座世界上最壮观的峡谷。

于是，一个民族的栖息地便以如此不同凡响的恢宏气势诞生了。当然，地球无法知道若干万年后哪一个民族会在此地繁衍生息，但它似乎感受到了这里注定是产生辉煌与奇迹的地方。

后来，一个被称作黄帝和一个被称作炎帝的人，带领着各自的部落，经过旷日的征战与融合，在这片有山有水的土地上孕育了一个伟大的民族。炎帝，即神农氏，他的故乡就在西陵峡和巫峡北面的大神农架。相传，神农氏降生于湖北随州厉山镇的常羊山，即后人尊称的神农山。神农氏用木制作农具，教导人们一面捕猎打渔，一面从事农牧业生产。神农氏还是中国医学的鼻祖，他曾不顾自己生命安危，尝遍百草，炮制药材，教人治病。同时，神农氏也是原始形态市场经济的开拓者，据《周易·系辞》中记载，神农氏"日中为市，致天下之民，聚天下之货，交易而退，各得其所。"

后来，这方沃土培育出"修身齐家治国平天下"的儒家传统，"天人合一"、"法象自然"的老庄思想，勤勉坚忍、"吾日三省吾身"的墨家规范，淡泊功名、藐视利禄的道家风骨，运筹帷幄、决胜千里的兵家权谋……都在这峰岩赤壁上镌刻闪光。

后来，这块土地以它特有的风韵与雄健，造就了扫清六合虎视八极的秦始皇，威震海内平定中原的汉高祖，以及一代代豪杰枭雄风流人物。强秦盛汉的光影，三国争雄的较量，南北朝划江而治的对峙，唐风宋韵的异响……都在这浩浩江水中付诸笑谈。

真正撼人心魄的是天造地设的三峡：西陵峡宛如大江奔泻而出的瓶口，原本滩多水急，激浪拍岸，自从葛洲坝水利枢纽建成，平湖乍起，别样洞天。中段巫峡，以幽深秀丽驰名，两岸峰奇峦秀，千姿万态，尤以神女峰最为俊俏，飞丹流翠，美仑美奂，令人神迷目眩而后心醉。上游的瞿塘峡，两岸双峰若合，断崖峭壁，宛如刀砍斧劈，故有古人发出"纵将万管玲珑笔，难写瞿塘两岸山"的感叹！然而，三峡又是一条充满哀怨和遗憾的峡谷：楚襄王梦遇神女，艳照四方，醒来却是空枕一场，留下"曾经沧海难为水，除却巫山不是云"的惆怅。屈原无奈权奸当道，被放逐江湖，空怀一腔报国之志，孤愤自尽泪罗江："路漫漫其修远兮，吾将上下而求索……"文杰巨子忠魂不散，悲怨之声在峡江之上久久回荡。"桃园三结义"掌门老大刘备，招揽天下英雄，网罗八方才俊，三国争雄，东征西战，到头来却落个黄泉路尽，白帝托孤，与诸葛亮君臣泪眼相对，饮恨诀别。鞠躬尽瘁的诸葛亮，遵先帝遗训，辅佐阿斗，虽献出毕生智慧，终究大业难成，留下无限惋惜："功盖三分国，名成八阵图，江流石不转，遗恨失吞吴！"至于峡江两岸的黎民百姓的苦难与哀怨，更是如同千年川江水，诉不完，道不尽，一道《纤夫》曲从古传到今……

说着说着就到了重庆。

陈铁流怎么也不会想到，他这个喝川江水长大的三峡娃在青藏高原摸打滚爬 22 载后返回了故乡，任重庆市地震局局长。

1982 年他云南大学地球物理系毕业分配到青海格尔木地震台，他本想干几年就回内地，因这期间出了一件事，令他赌了一口气："一定干出点名堂再走！"没想到这口气赌大了，二十几年没有走下高原。如果说当年初上高原时还是个细皮嫩肉、白面书生的"川伢子"，那么 22 年后走下来的是一头"雪原雄狮"。

出了一件什么事，让他赌气，改变主意了呢？

他分到格尔木地震台当助理工程师，除了台长毛路蓉是当地的姑娘，他和另 2 名台员都是男性。说起来，他的"罗曼蒂克"还挺浪漫，在风雪高原，茫茫戈壁，他与台长毛路蓉就这么眉来眼去不几天，就碰撞出爱情的火花。紧接着，他又"篡位夺权"，当毛路蓉调回西宁后，他当了台长。兵贵神速，初战告捷。从收获爱情到拿下台长，只用了两年。

女人是高原的太阳，有太阳照耀，他的人生被点亮。

但是，在雪域高原，阳光也随时会被翻滚而至的乌云遮挡。一天深夜，地震台观测室突然起火，值班员王来生跑出来大喊："台长，失火啦，失火啦！"陈铁流衣服都没来得及穿就从卧室窜了出来，可是没有水，格尔木奇缺的就是水！他给消防队打电话，电话线也断了。"快，快，搬仪器！"他对王来生等人喊，自己已经扑进了火海。仪器和大部分记录资料被抢救出来，他的头发和眉毛都烧糊了。还是青藏兵站部驻格尔木汽车团的值勤官兵看到火光后速派消防车赶来，适才把大火熄灭。格尔木市有关部门的人员前来察看了火灾现场，得出结论：玩忽职守。要把值班员王来生带走交待问题。陈铁流说："本台人员团结敬业，何来玩忽职守之罪！再说，我是台长，要追究责任由我担当！"陈铁流和王来生一起被抓走了。两天后，王来生被放了出来，陈铁流却关进了看守所。这一关就是大半年。格尔木法院给他定的是判一年缓一年。他不服，上诉到青海省中级人民法院。该法院受理此案后，认定公诉方证据不足，撤销原判，发回重审。此案惊动了省政府，时任青海省省长宋瑞祥出面干预：他是个学生娃，着火了，他有多大责任，逮起来干什么？应查清失火的真正原因。

原因查到了，从仪器记录看，当晚昆仑山口一带有 3—4 级地震发生，地电地磁出现异常。但这不是起火的真正原因。心细的王来生等人又查记录，发现小震记录过后是一段空白，再检查仪器电表，电表烧坏了！由此得出确凿结论：电路短路引起火灾。

陈铁流被宣告无罪。按他的话说，因祸得福，可遇不可求。从"替罪羊"到青海省地震局监测预报中心技术员——中心主任——副局长——局长，这一路"铁流滚滚"，走得铿锵而踏实，他的人生在发光。

当了局长的陈铁流曾多次去格尔木台站调研，当地检察院、法院的人，包括举报者见了他挺客气，也有点愧意。他说，别这样，咱们往前看，不要纠缠过去的恩恩怨怨。他讲小时候听到这样一个故事：有脚夫背了一竹篓瓦罐去赶集，一摞瓦罐掉下来砰砰摔碎了，后边有人喊：喂，罐子碎了！你怎么连看都不看？背罐人说：既然碎了，看它还有什么用。

2004 年底，陈铁流杀回了老家，接替丁仁杰任重庆市地震局第二任局长。

"任务很明确，就是为三峡水库，为三个月就要更换一次地图的重庆，为这座江峡环抱的'威尼斯'站好岗，放好哨。"陈铁流性情豁达，开门见山，"管辖的范围8万多平方公里，40个区县，仅沿江和水库就设有20多个无人值守。台站，水库蓄水后，本局与湖北局联手，严密监测库区地震，不放过任何蛛丝马迹。主管副市长马正其鼎力支持，有什么难处还没等开口，他就亲自找上门，给我们播洒'阳光雨露'来了，该解决的、能解决的决不推诿拖延。今年三峡水库蓄水172—175米，他亲自坐镇抓应急。"

让陈铁流引以为豪的是，他手下有一支年轻而精干的队伍。副局长吴晓莉是一位泼辣的女干将，2001年她和丈夫张元胜被重庆局从新疆挖了过来，从天山脚下的戈壁到江水泱泱的雾都山城，完成了一次人生和环境的轮换。还有预报中心主任、年轻的女研究员朱丽霞，云南大学地球物理系毕业分配到青海格尔木地震台，当时任台长的陈铁流带着台员赵培林骑着自行车到车站去接她。之前，陈铁流就狡黠地对赵培林说："分来的是个女的，未婚。肥水不流外人田，你小子可别装傻，关键时候一定要冲上去！"说来也是一种缘分，朱丽霞和赵培林上演了与陈铁流和毛路蓉同样的"罗曼蒂克"。2001年重庆地震局成立，来青海挖人，时任青海地震局局长陈铁流对二人说："你们先去打前站，我随后就到。"

还有余国政、赵进军、章荣、黄丽蓉等人大都是陈铁流来重庆上任时组阁的成员。

三峡水库地震监测中心主任余国政，是见证当年重庆地办10多人发展到今天50多人的亲历者，同时他又是三峡水库震情监测的"活档案"。他家就住在朝天门码头下游的一个小山村。三峡水库第一次蓄水后，全村已经搬迁，水位刚淹到村边。第二次蓄水后，村庄就淹没了。第三次蓄水分阶段进行，最高水位将达到175米，这是个啥子概念呢，也就是三峡水库库容量的水6000多亿立方米，是世界上独一无二的大水库。那么，重庆也将改变原来的地理概念，它既是一座山城，也是一座水城，是中国最年轻的"威尼斯"。即使蓄水达到180米，水位才接近朝天门码头第三层平台。

余国政说：从监测的记录表明，三峡水库蓄水后，地震明显增多增强，但都在掌控范围之内。最大的一次是水库第二次蓄水后，2004年11月21日石柱、荣昌一带发生4.6级地震和巴东发生3级左右的小震群。接着是2005年开县发生井喷、塌陷和2006年的全区大旱……这些异常发生与三峡水库蓄水量增加有没有直接关系？有，并且很密切，但就三峡水库及周边的地质构造而言，它有一个适应的过程，也就是专家们所说的渗透率。在这个过程中，会诱发一些与多种因素有关的地震，但这些地震都在预知和可控之中。而未知的大地震还是来自地球内部，乃至宇宙力造成的地球板块运动，这是人类无法抗拒的。

这也就是说，真正的三峡"大考"还未到来！

石柱、荣昌两县是地震多发区，4.6级地震发生后，吴晓莉率朱丽霞、余国政、黄丽蓉等人和应急救援队星夜赶到现场，与两县地震人员分兵把守十多个监测点。市政府领导和新闻媒体记者紧盯着专家们的震情趋势会商，以期安抚两县民众和重庆市民。

迎着凛冽的江风，当吴晓莉从朱丽霞手中接过会商意见时，她看到已坚守7昼夜的这位年轻的母亲、这位中国科大的研究员，手已冻伤红肿，嘴上冒出一串血泡。

很快，重庆电视台现场直播一条消息：经地震专家监测分析，石柱、荣昌不会再发生4级以上地震，目前两县社会秩序恢复正常。

7天后，当吴晓莉率队返回，迎接他们的是市政府特意安排的一场"小天鹅"火锅。

陈铁流和他的同事们是怎样看待三峡的呢？

他们说，三峡出平湖，不仅是中国人实现了一个百年梦想，同时她是人类文明与大自然沟通的智慧纽带，是必然王国向自由王国跨进的时空隧道。人们应该万分珍惜大自然赐予的这份得天独厚的馈赠。

是啊，改造自然，征服自然，首先是要尊重自然，通晓自然，通则顺，顺则和，和则两利。人与自然是如此，人与社会，人与人亦盖莫如此。

当然，大三峡给予我们的启示远不止这些。

当笔者依依惜别美丽的山城，一个月后，与她同属一个家园的"天府之国"，悄然发生了震惊世界的5·12汶川特大地震！与三峡齿唇相依的龙门山在悲鸣，滔滔投入三峡怀抱的岷江水在哭泣……

面对这场惨绝人寰的大灾难，八方援手在争分夺秒拯救受难同胞的同时，也对人类自身进行痛定思痛的反省与诘考：我们到底应该怎样对待三峡这个世界上独有的自然遗产？三峡大坝与汶川地震究竟有没有隐匿未解的联系？如果说，真正的三峡"大考"还未到来，那么它面临的是特大洪水，特大泥石流，还是无法抗拒的特大地震？……

第九章　"5·12"大劫难

　　一个让所有中国人刻骨铭心的时刻：2008 年 5 月 12 日 14 时 28 分，一场突如其来的特大地震在短短几十秒内冲击破裂了 300 多公里！刹那间，山崩地裂，江河倒悬，数百万生命被推到生死边缘……"金池汤城，沃野千里"的天府之国再度蒙难！

　　人们不禁要问：这么大的地震为何事先没有预警？这么大的地震难道没有任何征兆吗？这么大的地震难道地震部门没有一点儿察觉吗？……众多质疑、指责、嘲讽乃至唾骂，通通指向那些"吃地震饭的人"。

　　那是要经受怎样的心灵拷问与煎熬？！

　　40 年前的唐山大地震没有报出来，30 年后的汶川大地震又没有报出来，这其间是否匿藏着不为人知的"天机"和"奥秘"？

　　当那个三岁的孩子，挣扎着举起稚嫩的小手，向救出他的解放军官兵敬礼时，几乎每一颗心都为之颤栗。一个正在流血流泪的中国，忍受着身上的苦痛，从孩子那充满感恩与期盼的眼神里，让世界看到了一个民族对生命和尊严的呼唤与救赎……

　　十年了，那道伤口是否愈合？大地、身躯、还有心灵？……

第九章 "5·12"大劫难

1. 映秀—北川：80 秒大断裂

2008 年的中国注定极不平凡。开年伊始至 5 月 12 日，短短上半年光景里，一幕幕被聚集的人间悲喜剧在中国上演。战胜冰雪灾害、排除"藏独"干扰、护卫奥运火炬全球传递、震惊世界的汶川特大地震爆发以及举全国之力抗震救灾，这一轮又一轮悲壮而激动人心的中华潮冲击着世界……

2008 年 5 月 12 日 14 时 28 分，一个让所有中国人刻骨铭心的时刻：由印度洋板块俯冲积聚的巨大能量在四川省汶川县映秀镇附近瞬间迸发，地壳在短短 80 秒钟内沿龙门山断裂带向东北方向破裂了 300 多公里！美丽清秀的川北大地刹那间山崩地裂，满目疮痍，数十万同胞被掩埋在垮塌的山体和废墟之中……汶川告急！北川告急！青川告急！整个四川和中国告急！

在辽阔的中国版图上，汶川，只是位于四川盆地北边缘的一个小县城，然而这一场突如其来的大地震，让世人记住了它的名字。这是新中国成立以来破坏性最强、波及范围最广、救灾难度最大的一次地震。

这次特大地震是在什么情况下发生的？为什么会有这么大的破坏力？波及的范围为何如此之广？地震带来的震害又为何如此严重？……所有关于地震的疑惑和诘问，最终都必须通过地震本身来解答。然而，悖论在于，这些只能通过灾难来证实或证伪的猜想、推断或理论上的解答，并不能立竿见影地成为下一次灾难的准确预报。被历史定格的"5·12"汶川特大地震——"由板块运动积压的能量撕裂龙门山断裂带"这一解说也是如此。

大震突袭后的第一声警报来自中国地震局地震台网中心。5月12日下午14时32分，台网中心的实时监测系统发出了大震报警信号，显示出来的地震波形让当日的值班人员意识到非同寻常！14时42分，通过对地震波形数据处理与分析，仅10分钟后，这场地震的速报工作按速报流程完成。震中锁定四川汶川县，震级为里氏7.8级，地震时间是14时28分。这正是震区的瓦砾废墟里那些突然停滞的时钟共同指向的时间刻度。

中国地震台网中心的数据来自于全国各地160多个地震监测台，监测资料直接传输到北京台网中心。根据震级不同，台网中心工作人员做不同处理：4级以下小地震，不会构成灾害，数据作为研究用；如果是四、五级地震，可能有破坏，20分钟就要报国务院。

而汶川这场初步测定是7.8级，后又修订为8.0级的地震，其释放的能量和破坏力超乎人们的想象，地震所发出的地震波传遍了地球的每一个角落。不但国内普遍有感，一些邻国都感觉到了大地的震动。国外的地震台网也监测到了此次大地震的发生。美国地质调查局地震台网5月12日当天发布：中国四川北部发生7.8级地震，后修订为7.9级；欧洲地中海地震台网最初公布的震级是7.5级，后修订为7.9级；俄罗斯地震台网公布的面波震级是8.0级；日本地震台网公布的修订震级是8.0级……由此，汶川地震被推入了"巨大地震"行列。

目前公开的地震参数支撑着一个观点：汶川特大地震是"浅源地震"。浅源地震大多发生在地表以下10—30公里深度范围内，而深源地震最深可达到650公里左右。其中浅源地震占地震总数的70%以上，所释放的地震能量占总释放能量的85%，是地震灾害的主要制造者。

初步地震参数的公布，并不意味着地震研究者们就能迅速解释一场地震的发生机理与成因。地球板块运动与构造理论原本就充满各种假设与争议。汶川地震的构造背景、发震断裂与地震机制，成为中国科学院和中国地震局有关专家紧急会商的重要议题之一。在没有看到详细数据之前，他们的态度十分谨慎，不会轻易作为"大震是由地壳的挤压、伸展还是水平走滑造成的"判断。中国地震局5月12日第一时间派出33人的专家组，直奔北京南苑机场，与国家救援队一起奔赴震区。除了紧急救援外，他们需要以科学的方式，实地考察、测量并记录下这场罕见大震更复杂的数据来进行分析判定。

目前所有的数据都指向龙门山断裂带。这条断裂带绵延约 500 公里，宽达 30—40 公里，规模巨大，它沿着四川盆地西北缘底部切过，地壳厚度在此陡然变化，以西为 60 至 70 公里，以东则在 50 公里以内，断裂带造成了银厂沟、回龙沟、九龙沟等大自然的绝妙风景。风景与危险都隐藏在这条神秘的断层上。而断裂带东部仅 80 公里外，就是人口密集、工业发达的成都平原和大大小小的城市群。

何谓断裂带？断裂带是一系列断层组成的条带，是主断层面及其两侧破碎岩块挤压组成的地带。地震一般由断裂层引发，但并不是所有断裂带都会引发地震。中国大地上，断裂带不可胜数，这是一个极为普遍的地质现象。

在气象峥嵘的龙门山脉里，分布着 3 条巨大的断裂带。一条叫山前断裂（又叫彭灌断裂），紧挨着成都平原，都江堰、彭州关口、什邡莹华镇、绵竹汉旺镇等地，就在这条断裂带上；一条叫中央断裂（又叫映秀—北川断裂），这条断裂带恰恰穿过北川县城和汶川映秀镇等地；一条叫山后断裂（又叫岷江断裂或茂汶—汶川断裂），岷江上游就是沿着这条断裂带流动的，沿途有松潘、茂县、汶川、理县等地。这 3 条平行分布的断层，加上一些横向的断层，相互紧密连接在一起，共同组成了巨大而神奇的龙门山断裂带。

汶川特大地震究竟是哪条断裂发震？根据震源机制、断裂 特征及灾害程度，现场考察专家组初步得出的结论是："北川—映秀断裂是发震断裂的可能性最大"。从震区传回的图像与数据证实："汶川县城破坏程度较小，而沿北川—映秀断裂的北川县城和映秀镇遭受毁灭性的破坏"。

为什么映秀和北川的受损程度胜过震中汶川县？有关数据显示，汶川地震发生时，地震波沿龙门山断裂带以每秒 4 公里（即横波。纵波的传播速度比横波更快，一般为 7 公里/秒，真正造成破坏最大的是横波）的速度向东北向开裂，从映秀到北川直至青川和广元 330 多公里距离只用了短短 80 秒时间。北川、彭州、什邡、德阳等重灾区恰恰位于龙门山断裂带东北向，死亡与灾难因此成为这段撕裂过程的狰狞烙印。

有专家说，沿映秀—北川—青川断裂带的破裂过程，可以用移动的震源来表示，即震中不是一个点，而是一串连续爆发的震源，就像一挂爆竹或一串地雷，一个紧接一个连环爆炸一样，地震带上的都江堰、映秀、彭州、绵竹、北川、青川遭到毁灭性破坏。新中国成立以来，震级与汶川地震相近、灾害严重程度有一定可比性的地震，只有唐山大地震。与唐山地震相比较，汶川地震的特点是重灾区范围广、次生灾害重、呈狭长带状分布。而唐山地震的震源就在唐山市，人口密集，工业发达，灾害很集中，死亡人数比汶川地震还多，但受灾范围要小得多。汶川地震的震级比唐山地震大 0.2 级，而释放的地震波能量却大 2 倍，等于两个 7.8 级地震。再加上汶川地震的震源机制是以大逆冲错动为主，所以要比走滑错动造成的破坏更惨重。

人们不禁会问，龙门山断裂带突然爆发 8 级大震，从古至今，这里是地震的频发区吗？

奇怪的是，史料记载中，龙门山断裂带有史以来发生过三次 6 级以上地震：1657 年汶川地震，1958 年北川地震和 1970 年的大邑地震。这些地震破坏性较小。相反，与龙门山断裂带邻近的南北向断裂带上，近数十年来却发生了几次破坏性强烈的地震，即 1933 年叠溪 7.5 级地震，1976 年松潘、平武两次 7.2 级地震。1933 年的叠溪地震引起的山崩堵塞河流，形成了叠溪海子和大小湖泊，使岷江上游一个宁静的古镇永远地淹没在一片湖泊之中。

既然自古以来龙门山的地震并不多，为什么会一下子来个巨震？龙门山断裂带会不会从汶川大地震开始活跃起来？

专家说，就目前的技术而言，地质、地震学家很难弄清楚地壳的运动与变化。从历史记录看，四川数百年以致千年以上尚无 8 级地震的记录，汶川大地震的周期可能超过千年之久。从资料经验分析，汶川大地震以后，其积累的能量已得到较充分的释放，这将为成都及其周边地区带来一个相对安全期。

然而，人们对龙门山断裂带的认识，或许也仅此而已。虽然有众多专家学者为此耗费了大量精力，但是，万千气象的龙门山脉依旧是一个巨大的谜团。龙门山穿过千差万别的地形，也穿过了亿万斯年的时空，地形嵯峨，沟谷纵横，切割出一条条谜一般的路径，更多的时候，它诡秘地潜伏于地表之下，甚至还分布出密如蛛网的细小支脉，这就更加让人们通常无法观测到它的高深莫测，往往难以断定哪一条才是引发地震的真正主脉。而龙门山断裂带在沉寂、酝酿了千年之后的今天，以不可抗拒的威势爆发了一场巨大地震。

2008 年 10 月 8 日，中共中央总书记、国家主席、中央军委主席胡锦涛，在全国抗震救灾总结表彰大会上的讲话中称——

四川汶川特大地震是新中国成立以来破坏性最强、波及范围最广、救灾难度最大的一次地震，震级达里氏8级，最大烈度达11度，余震3万多次，涉及四川、甘肃、陕西、重庆等10个省区市417个县（市、区）、4667个乡（镇）、48810个村庄。灾区总面积约50万平方公里、受灾群众4625万多人，其中极重灾区、重灾区面积13万平方公里，造成69227名同胞遇难、17923名同胞失踪，需要紧急转移安置受灾群众1510万人，房屋大量倒塌损坏，基础设施大面积损毁，工农业生产遭受重大损失，生态环境遭到严重破坏，直接经济损失8451亿多元，引发的崩塌、滑坡、泥石流、堰塞湖等次生灾害举世罕见。

2. 生命时速！中国速度！

汶川特大地震是唐山大地震32年后，又一场罕见的自然灾难，至深且巨。不仅四川和周边地区，乃至全国多数地方都感受到了这场天灾的威力。惊恐的人们纷纷跑出房屋，寻求权威部门的答案。哪里发生了地震？震级多少？新闻有没有报道？……人们对信息的极度渴求，立即凸现出来。很快，一场同死神争夺时间、与灾难进行抗争的战斗在第一时间打响。

几乎在大地震发生后的最短时间里，中共中央政治局常委会召开紧急会议，整个国家的应急措施迅速启动。胡锦涛总书记在第一时间作出指示，遂后亲临灾区；国务院抗震救灾总指挥部总指挥温家宝总理在第一时间赶赴灾区，现场指挥救灾工作；解放军和武警部队、公安消防、民航、通讯、医疗等各行各业，国家各部委、各省市迅速启动应急预案；各部委负责人率队于当日急赴灾区……

距地震发生后18分钟（5月12日14时46分）——新华网发布消息：四川汶川发生里氏7.8级强烈地震（仅一小时后修订公布8.0级）。紧随其后，国内各主要门户网站的头条都是这一消息及相关新闻。

距地震发生后1小时22分钟（5月12日15时50分）——新华网发布消息：总参谋部立即启动应急预案，成都军区已派出人员前往震中了解灾情。

距地震发生后1小时27分钟（5月12日15时55分）——新华网发出快讯：胡锦涛总书记作出重要指示，要求尽快抢救伤员，保证灾区人民生命安全。温家宝总理赶赴灾区。

距地震发生后 1 小时 32 分钟（5 月 12 日 16 时 30 分）——新华社消息：民政部已从西安中央救灾物资储备库紧急调拨 5000 顶救灾帐篷支援四川灾区。

距地震发生后 2 小时 21 分钟（5 月 12 日 16 时 49 分）——中国地震局召开新闻发布会，新闻发言人张宏卫通报，针对四川汶川地震，中国地震局已启动一级预案，一支 180 人的救援队已经集结北京南苑机场即赴灾区。

…………

距地震发生后 4 小时 54 分钟（5 月 12 日 19 时 22 分）——人们从中央电视台新闻直播画面中看到，国务院总理温家宝已抵达成都，正赶往地震灾区，指挥抗震救灾工作。

距地震发生后 7 小时 14 分钟（5 月 12 日 21 时 42 分）——新华网消息：国务院总理温家宝已经抵达都江堰，把救灾总指挥部设在余震频仍的灾区，开始指挥抗震救灾工作。温家宝对大家说的第一句话就是："大难当前，摆在第一位的是救人！"

距地震发生后 16 小时 20 分钟（5 月 13 日 6 时 48 分）——重庆第三军医大学第一批医疗队到达德阳第一人民医院，迅速开展紧急救治伤员。遂又组织小分队赴灾情惨重的汉旺镇。医疗队长郭继卫最先代表军队医疗队，在央视滚动播出的新闻节目中发布灾区伤情和救治意见。面对镜头，郭继卫发自内心的感言："出发时并没有想到大地震会给我们如此猛烈的心灵冲击，仿佛在余震的颤栗中，大脑的震荡才刚刚开始。在这样一场猝不及防、条件匮乏、余震不断的生命争抢战中，我们必须让人性最朴素的情怀迅速散开、珍藏！面对死亡的威胁，我们已被人类的伟大精神和无处不在的爱心彻底淹没，直至消失了自己！把那难以抑制的泪水，去交给最坚强的神经……"于是，这位军医队长，用他亲身经历，用他最炽烈的情感，用他最真实的文字，记述了发生在废墟上的故事《中国考场·中国答卷》。

距地震发生后 17 小时 28 分钟（5 月 13 日 7 时 56 分）——人们从主渠道媒体获知，灾区天降大雨，成都军区派直升飞机侦察震中灾情，由于天气恶劣，只好返航。此时，数以万计的军队指战员、武警官兵和各省市紧急救援队克服交通中断的困难，以最快的速度驰援灾区，部分先遣部队已徒步开进震中——汶川。

距地震发生后 20 小时 12 分钟（5 月 13 日 10 时 04 分）——中央电视台新闻直播画面：温家宝总理在新建小学指导救援队工作，见到救援人员不停地运送遇难学生遗体和紧张的搜救场面，他神情凝重而坚毅，眼里含着泪花。他蹲在废墟边与被埋压在废墟里的李钥琦和赵其松小朋友交谈，鼓励他们要坚持住。当看到两名学生喝着救援队员送来的生理盐水时，温家宝脸上露出欣慰之情，并再次对救援队员说："你们干的很出色，感谢你们！一定要把孩子安全地救出来。"尹光辉代表国家紧急救援队表示：请总理放心，只要有一线希望，我们一定尽百倍努力，争分夺秒拯救生命，决不抛弃，不放弃！做好现场搜救工作，把孩子们安全营救出来！

距地震发生后23小时36分钟（5月13日14时04分）——各大新闻媒体直击汶川、北川：武警某部参谋长王毅、支队长暴玉环率200余名官兵强行军突破汶川；空军挑选15名勇士首次在高原复杂地域、无地面指挥和标识、无气象资料条件下冒险跳伞，侦察灾情；某集团军军长徐勇率先遣队一路奔袭跋涉、抵达映秀；绵阳军分区武装部长郑强指挥救援队在北川中学、曲山小学、幼儿园搜救幸存者。

距地震发生后25小时32分钟（5月13日16时许）——国务院新闻办公室召开新闻发布会。民政部、中国地震局有关负责人向中外记者介绍四川汶川地震灾害和抗震救灾进展情况。面对记者的尖锐提问，这些负责人没有回避，而是十分坦诚地一一如实回答。民政部救灾救济司司长王振耀还公布了最新统计数字：目前地震灾害死亡人数已达11921人。

…………

灾难，考验着中国。

汶川地震后的应急行动，向世界展示出中国政府和中国人民"万众一心，众志成城"拯救生命的时速和前所未有的中国速度。就在第二天，联合国安理会本月轮值主席、英国常驻联合国大使索沃斯（John Sawers）表示：中国在四川地震发生后救灾反应迅速，我们对中国政府和紧急救援机构对这一悲剧所作出的迅速反应给予赞扬。紧接着，外电纷纷对中国政府和中国人民的救援行动给予高度评价："轰然倒塌的是建筑，从废墟赫然矗立的是中国人的脊梁！""中国人用自己的方式向世界展现了人间的英勇无畏、坚忍不拔、相濡以沫和万众一心。""汶川大地震再一次使我们看到，在大自然面前人的渺小和脆弱，也看到人心的凝聚、人道的力量和人性的光辉！"……

作为世界上自然灾害最严重的国家之一，我们在应对突发事件和灾害信息公开上曾走过不少弯路。最能鲜明对比的就是32年前的唐山大地震。从唐山到汶川，巨灾见证巨变。可以看出政府执政理念、社会结构和公众形态的巨大变化与进步。

汶川特大地震发生后，媒体、网络的报道之及时、公开、透明，是前所未有的。那一幅幅或惨烈或感动的画面，更为直观地将真实情况展现在人们面前，激起了人们对受灾群众的同情、对救援者的敬佩和感动、对国家应急举措的高度赞扬。全国人民纷纷献血、捐款、捐物，大批志愿者和"80后"青年加入紧急救援行列。事实证明，前所未有的信息公开，是对人民的信任，对公民知情权的尊重，更是对生命的尊重。

人们还看到，汶川特大地震得到了世界各国与国际社会的同情和援助，一批批外国和台湾地区的专业救援队纷至沓来参与救灾，德国把一所最先进的"帐篷医院"搬来了，俄罗斯把世界上独一无二的"巨无霸"直升机开来了，英国、日本把皇家救援队和精密的生命探测仪器使出来了，美国提供的间谍卫星高分辨率图像展示出来了……这一切都表明中国政府重视人民的生命财产安全，借助一切力量减轻灾害对民众利益的损害，也表明中国积极主动参与国际合作、融入国际社会的开放姿态。

汶川抗震救灾，是以人为本、生命至上的具体体现。雨果在他的不朽之作《九三年》中写道："在绝对的革命之上，还有绝对的人道。"

"别梦依稀咒逝川，故园三十二年前。"32年间，地球在中国版图两次大震撼（7.8级、8.0级），人类记住了唐山和汶川……

3. 泪水和怒火洗浇地震局

没有人会想到，这一天会发生一场大灾难。2008年5月11日是"母亲节"，从北半球的香港到南半球的悉尼，都有隆重的庆祝活动，每个做母亲的女性心里和每个做儿女的孩子脸上，正被温馨、幸福的感受包围着，渲染着，激动漾溢着……然而，5月12日却是国难日：一场比32年前的唐山和松潘平武更惨烈的大地震再次降临天府之国！

顷刻之间，突如其来的灾难把人们正常的生活搅乱了，把许多美好的憧憬、梦想和欲望打碎了，在央视和各大媒体播放的画面上，人们目睹着大地的震撼，山体的崩塌，漫天的尘埃，天空的哭泣，一场大难才刚刚开始……

此时此刻，人们心中翻滚着"十万个为什么"在向天发问，向地发问，向人类自己发问：

这么大的地震为何事先没有预警？

这么大的地震难道没有前兆异常反应吗？

这么大的地震难道地震部门没有一点儿察觉吗？

…………

地震发生后，一些媒体和网络上出现了众多质疑、指责、嘲笑、唾骂地震局的声音，甚至怀疑地震局为了确保奥运会安全和社会稳定有意不发出预报。有消息称，地震之前已有征兆，但未引起相关部门的重视。也有人把《华西都市报》2008年5月10日一则"绵竹西南镇檀木村出现大规模蟾蜍（俗称癞蛤蟆）迁徙"的报道翻了出来，并有目击者说：当日上午，绵竹城区上万只蟾蜍集体大"搬家"，成群结队，浩浩荡荡，引起很多人跑来观看，这是不是动物异常？或者说是地震发生的前兆？还有人把陕西师范大学旅游学院一名硕士生发表在《灾害学》（2006年）上的文章找了回来，文章称："在2008年左右，川滇地区有可能发生≥6.7级强烈地震"，被许多人认为是准确预测了汶川地震的证据。

在5月13日国务院新闻办召开的新闻发布会上，新加坡联合早报记者向与会者披露了日前在《联合早报》上登出的"×××专家是汶川大地震预报第一人"，并提出这样的问题："我们接到7位四川地震局职工的投诉，他们说在几天前就察觉到地震的迹象，但局里为了保证奥运前的安定局面，禁止透露这个信息。请问，这么大级别的地震，是否事先可以得到预警？您对此投诉有什么反应？"

如此尖锐的质问话音未落，会场的气氛霎时变得凝重而寂静。

中国地震局台网中心副主任张晓东指出，迄今为止，中国地震局没有见到这位专家的有关预报意见，也未收到7位职工的投诉。随后张晓东向记者们详细解释地震预报作为世界难题的三大因素：第一是地球内部的不可见性，第二是地震孕育过程的复杂性，第三是地震发生的小概率性，到目前为止还没有哪一种方法能灵验地"从地质结构上判断地震，从统计概率中推算地震，从异常现象中得出地震前兆"。

张晓东坦陈：中国地震预报四十多年探索实践，我们也在二十几次强震之前有所察觉，对一些不同类型的地震有过预报，取得了减灾实效，但这个比例很低。因为每次地震，现象都非常复杂，我们会商确定的目标，有可能在一个地方、一时间段里，但地震的发生可能就变了，不在那个地方、那个时间段里。难就难在这儿。

与此同时，中国地震局、四川省地震局及灾区周边省市地震局的通讯网络已进入超负荷运载，除了大部分是关注和咨询震情外，有的只是发泄胸中的悲愤和怒火，抓起电话吼一嗓子或发贴子骂一通……最受煎熬的是四川省地震局和它所属的地震台站，纷纷躲震的民众把院子包围起来，他们手里拎着棍棒、拿着砖头，就连维持治安的民警也将一双双逼视的冷峻的目光投向地震局办公楼里那些忙碌的地震工作人员。

当下，政府信息公开了，透明了，人们有权利也有理由向维系他们人身安全的地震部门发出一声悲怆的质问，倾泄他们的愤怒。他们要对这么大的地震讨个说法，对眼下和往后还有没有地震讨个知情权。

然而，此时的地震局办公楼里，已被苦涩的、委屈无告的泪水浇透。面对突然袭来的一场大灾难，他们没能预报出来，他们能说什么？是他们失职？是他们渎职？是他们犯罪？……他们缄默无语的脸上流淌着泪水，个个都紧张地忙碌着，奔走着，即便开口，声音也是低沉的、颤抖的，对于毁灭和死亡的信息反应，他们似乎要比一般人更敏感。

2007 年 1 月 8 日至 11 日，笔者旁听了中国地震局在北京召开的全国地震会商会，来自各省市自治区地震局的领导和专家代表参加。在这个会商会上作出了《关于 2007—2009 年中国大陆地震形势及重点地震危险区预测研究报告》，呈报国务院。

这个报告在前言摘要中指出：2001 年昆仑山口西 8.1 级大地震之后，我国大陆已连续 5 年未发生 7 级以上地震，5、6 级地震活动频度也明显偏低。中国大陆地震活动处于明显的低潮阶段。但进入 21 世纪以来全球大震呈现高活动状态，地震活动强度显著突破了全球 40 多年来的水平。中国西部及其周边大三角强震区的地震活动也明显高于 1958 年至 20 世纪末的水平。中国大陆内部地震活动弱而周边强，形成显著反差。

这个长达 140 页（文图并茂）的报告，在最后的"主要结论"中对 2007—2009 年中国大陆地震活动总体趋势的估计是："2007—2009 年中国大陆地震活动水平与 2004—2006 年相比将明显升高，发生个别 7 级以上地震可能性很大，但发生 7.5 级以上巨大地震的可能性较小。7 级以上地震危险区域为青藏块体东部及其边缘和天山地震带。"对中国西部地震趋势与主要危险区的判定是："（1）西南地区未来 3 年进入新的 6、7 级以上地震活跃期的可能性较大；未来 3 年发生 7 级以上地震可能较大，其中川滇菱型块体东边界地震活动水平是 7 级。（2）甘青地区自 2000 年青海 6.6 级地震后处于 6 级以上地震活跃期，2001 年发生昆仑山口西 8.1 级地震后目前仍处于活跃阶段；未来 3 年存在发生 7 级左右地震的可能，其中甘青川交界至青川藏交界存在 7 级地震的可能。（3）新疆地区处于 1996 年阿图什 6.9 级地震开始的 6、7 级以上地震活跃期的末期，近几年周边连续发生 3 次 7.8 级以上大震，目前正处于调整阶段；未来 3 年新疆存在发生 7 级左右地震的可能，其中塔什库尔至乌恰—喀什地区存在发生 7 级左右地震的可能。"

按地震预报的时间尺度通常分为长期（10 年内）、中期（一、二年内）、短期（3个月内）、临震（10 日内）四种类型来看，对龙门山断裂带在十几年间的强震危险有一定程度的长期预测。而年度会商对中国大陆地震活动总体趋势的估计和对中国西部地震危险区的判定，当属中期预测预报。它的准确率是多少，也就不言而喻。

"发生 7.5 级以上巨大地震的可能性较小"，显然这种总体趋势的估计就错了。而对西南地区未来 3 年发生 7 级以上地震可能较大的"川滇菱型块体东边界"、"甘青川交界至青川藏交界"的大震判定虽然范围之大，但也未把龙门山断裂带划入危险区内。汶川特大地震的发生，无情地把专家云集、精英荟萃、倾尽心血和智慧形成的这份预测预报意见打破了，让这些吃"地震饭"的人们一时间处于内外交困的两难窘境。

有网民说：这么大的地震不可能没有前兆！"地震预报是世界性难题，仍在探索阶段"这一事实国人能理解，但不能因此搪塞、回避甚至否定大地震没有任何征兆！如果我们也跟在别人后面说"地震预报是世界性难题"，那么我们可能在骗傻子，否则就是在骗我们自己，甚至在害我们自己！

汶川地震发生后，国务院和各部委领导问陈建民，震前真的没发现有什么异常吗？陈建民说，如果发现有大地震异常，我们还不马上派人去落实吗？即使不能作出较准确的短临预报意见，最起码也能判定出一些大致的方位和时间段，做好防御大震的准备。当然并不否认大震前也许确有一些前兆异常未被我们认识或发现。

也就在这个年度会商会上，一些专家分析，进入 21 世纪以来，全球呈现大震活跃态势：2000 年以来全球发生 7.8 级以上地震 18 次，8 级以上地震 8 次。特别是2004 年 12 月印尼苏门答腊 9.0 级巨震，突破了全球 40 多年来的地震活动强度水平。而中国大陆所在的东亚及其边缘，是全球大震最集中的地区：2000 年以来东亚及其边缘地区发生 7.8 级以上地震 12 次，占全球 2/3，8 级以上地震 6 次，占全球 3/4。大震活动的频度、强度明显高于 20 世纪后 40 年。

有专家特别指出，由于印尼特大地震造成印度板块东边界带沿线的特大破裂，很可能使印度洋板块向青藏块体的北东向推挤运动增强，这会对我国大陆内部南北地震带产生显著影响，其大震趋势很可能向我国西南部发展。需要特别关注这种趋势的影响。

汶川特大地震的发生，印证了这种"战略"上的判断是对的。但震前，各种判断各执一词，依据和理由都非常充分，你如何裁定谁对谁错？即使是对的判断，也只是指出一个大概的范围和方向，却不能确定具体的时间和地点。恰恰正因为如此，这就更加让许多专家和地震工作人员痛惜，自责，懊悔，不堪回首：整体上的战略判断失误，必将导致战术和战役上的陷落与溃败！

中国地质调查局对汶川地震及其诱发的次生地质灾害情况的考察分析：汶川8级大地震的发生，一是印度板块向亚洲板块俯冲，造成青藏高原快速隆升，在高原东缘边沿龙门山构造带向东挤压，遇到四川盆地之下刚性地块的顽强阻挡，造成构造应力能量的长期积累，最终在龙门山映秀—北川一线突然释放。二是大逆冲、右旋挤压型断层地震，又叫单向破裂地震，应力能量以每秒近4公里的速度由南西向北东大逆冲运动时，致使一个个强震向北东方向扩张，因此持续的时间长，导致余震强度大，十分罕见。三是浅源地震。发生在地壳脆薄、韧性转换带，震源深度为10—20公里内，因此破坏性巨大。

一切都无法挽回！所有的努力、挥洒的汗水都功亏一篑！

泪水浇不透的阴霾笼罩在人们心灵创痛的白天和黑夜……

不少人在问：汶川特大地震究竟有没有前兆？汶川地震前震源附近及大范围的的观测台站有无前兆异常变化？大规模蟾蜍"搬家"，还有井水变味变色是不是宏观异常？那位硕士先前发表论文称"川滇地区有可能发生 ≥ 6.7 级强烈地震"算不算汶川大地震的准确预报？还有四川地震局职工的投诉，他们是不是发现了地震的异常反映不被专家权威重视甚至禁止而投诉？

笔者带着这一个又一个的疑问和悬念，再次奔赴天府之国，对有关当事人和事发地进行探访……

4. 把真相摊晒阳光下

访谈笔录（一）：

汶川特大地震发生时，四川省地震局监测预报所所长程万正研究员正在北京中国地震台网中心开会。是他爱人李淑文（成都中医药大学教师）在温江新校区给他打电话说："不好啦，不好啦！发生大地震了，房摇屋塌……"突然电话断了。

会场一阵愕然。程万正立即向台网中心副主任张晓东通告，并和预报部刘杰部长、蒋海昆研究员一起去看值班室大屏幕。很快，地震台网从最初的 7.6 级修订显示为 8.0 级。会议即刻中止。程万正给局领导打手机，一个也打不通，他就马上给他们发短信：汶川地震 8 级，我速回！

"会开不成了，我得赶快回四川。"程万正跟张晓东说。此刻，中国地震局已被紧张运转的气氛包围。程万正乘车去机场，半路上得知，北京至成都航线已封闭。中国地震局监测预报司刘桂萍处长电话通知他快掉头去南苑机场，随专家组和救援队一起赴川。当他赶到南苑机场，两架飞机已经升空。他只好又回到中国地震局，第二天再去首都机场搭乘民航回到成都。

年近六旬的程万正，从 20 世纪 80 年代初就从事地震监测预报（任分析预报中心副主任、主任、预报研究所所长），对天府之国及周边的震情和发展趋势是了然于胸的，但是，他说："这一次罕见的汶川特大地震，不论是从关注的地区、强度和时间上都远远超出想象！"

程万正自 2007 年以来在成都、昆明、北京召开的地震趋势研讨会或会商会上发言，曾多次提出首发大震的概念，以及首发大震的前兆异常特征，首发大震的危险性及预报问题。其主要依据是，南北地震带 7 级大震时间轮回，7 级以上地震自南而北成组推进的空间格局变化。他在研究报告中提出"2007—2009 年在南北地震带中北段发生一组 7 级地震的可能性较大"的预测意见。汶川 8.0 级地震的发生再次说明这种时间轮回特征是存在的，空间迁移特点也是存在的。但是这属于中期而不是短临预测问题。程万正也曾指出首发大震前地震活动平静，异常少，往往可能在短临阶段漏报的问题。如 1988 年云南澜沧 7.6 级地震，之前区域中强地震往往持续平静，首发大震往往漏报。而活跃期中发生部分强震反而有时报对。但是，这只是中期对南北地震带地震大形势的预测，更不是对龙门山断裂带的短临地震预测。

从四川地震局 2008 年度地震趋势研究报告以及地震危险区预测图上可以看出，其关注的 3 个主要危险区：一是西昌、宜宾，可能发生 5—6 级地震；二是黔滇川交界，可能发生 6.5（+−）级地震；三是川甘交界，可能发生 5（+−）级地震。

显然，发生 8 级大震的龙门山断裂带没有被圈定在危险区内。然而，千年不遇的巨震就偏偏发生在龙门山。

对此，周荣军研究员说：2006—2007 年，中国、欧洲和美国科学家分别在国外刊物上发表文章，称龙门山断裂带存在发生大地震的可能性，有认为在 7 级左右，有认为存在发生足以产生强地面振动的地震，而且在 10 年尺度的地震危险性预测图上，龙门山断裂带中南段也划为 6—7 级地震危险区。也就是说已经认识到龙门山断裂带存在发生 7 级左右地震的可能性，但没有作出短期和临震预报。

现在的问题是，汶川地震前有没有前兆反映？下边各台站及群众有没有上报来的宏观、微观异常？

笔者在与程万正、杜方（副所长）、漆德方（震防处长）等人座谈时了解到，大震前报上来的不多，只有德阳市地震局潘正权反映的有井水变色变味的情况和蟾蜍"搬家"现象。关于宏观异常的收集和落实，一般由异常所在地的地方地震局、办负责。省局收到上报的突出宏观异常，将派专家组协助地方一起落实。经落实属实的宏观异常，将作为日常震情判定的重要参考，与地震活动性和微观前兆观测异常一起，用作日常周、月会商和加密会商震情判定的依据。

至于大量蟾蜍"搬家"现象，2006 年、2007 年就在大邑、绵竹等地出现过，是否是地震发生的前兆，他们认为不可掉以轻心，应严密监视。另外就是成都（郫县）基准台地电异常，这个异常出现好几年了，并且都在非突变的比值内，除了这些现象外，大震前他们没有收到地方台、企业台报来的前兆异常反映，也没有收集到更多的群众反映宏观异常。5 月 14 日后报宏观异常的就很多了，好像这个时候才引起人们的注意。为此，北京有位老专家独自跑来找到程万正追询：8 级大震前真的没有前兆异常？这位老专家还专程去了德阳找潘正权了解。

陕西师范大学旅游学院有位硕士生发表文章称：在 2008 年左右，川滇地区有可能发生 ≥ 6.7 级强烈地震，被一些人认为是准确预测了汶川地震的证据，应怎么看待这个问题？

程万正说，这篇文章的方法或算法很简单，并没有什么新意。所用资料就是历史上记载不多的强震目录，若仅用此方法就能解决地震预报问题，这就不叫世界性难题了。再说"川滇地区"这个范围实在太大了，而这个区域发生强烈地震的频率又太高了，平均两年就发生一次 6 级以上地震。按这样推算，预言任何一年川滇地区将发生地震，就有一半的概率被蒙对。如果这也叫做准确预报的话，岂不是对地震预报的一种嘲笑吗？地震预报的突破依赖于观测技术的突破。如果需要预测一个大地震，就要求精确地知道地球内部（而不仅仅是断层附近）的物理状态和它包含的所有细节，显然这是不可能的。短临地震预报的基础要靠观测资料，而不是仅用几次强震目录简单算算就能解决问题。从我国确立的"监测预报、震灾预防、应急救援"三大体系来看，监测预报是放在首位的。所以，有专家说，预报不过关，更应该加强；又说，预报比救援更迫切，更人道，预报再难也必须坚持。

新加坡联合早报记者称，有位退休的中国地震专家是汶川大地震预测预报第一人，此信息已被四川省委省政府看到，并反馈给四川省地震局。另外，记者在国务院新闻办召开的新闻发布会上提出有本局的7位职工投诉，说他们在大震前几天就察觉到地震的迹象，这其间有怎样鲜为人知的"内情"？

参加座谈的几位专家说，中国地震局早在20世纪八九十年代就制订出关于地震预报程序的管理规定，凡有预报意见者可填写预报卡上报省地震局或国家地震局。汶川大地震前后，四川省地震局和中国地震局没有收到这位被称为"汶川大地震预测预报第一人"的任何信息。至于几位职工投诉之事，据了解只是一种笑谈或者说是一种怨气。情况是这样的：本局台管中心强震组的黎大虎等技术人员于地震发生前，正在紫坪铺大坝附近检测收集数据，司机张兴翔感到天气闷热，就催他们快干完活上来，说不定马上来个大地震挖都挖不出来！谁知，10多分钟后大地震真的来了，胥伟光当场被埋遇难，黎大虎被乱石砸断了肋骨，张兴翔等人拼命把他挖了出来，几天后送到河北省某医院救治，现在还在家里躺着呢。事后，局里人就戏称张兴翔为"张天师"，是汶川大地震最准确预报的第一人。同样是当天，测震组在卧龙区野外勘查，往常他们都是干完活就地吃午饭。而在这一天，司机万仲良说，别在这吃午饭了，出去吃吧。他拉着几个人就跑出了卧龙，刚驶进一个隧道，大地震引发的山体大滑坡轰轰隆隆地砸下来了，他们躲过了一劫。事后，万仲良被戏称为汶川大地震最准确预报的第二人。还是当天，测绘工程院的胥伟光和司机邱常红（人称"邱老二"）就没有这么幸运了，地震发生时，他们连人带车一起在彭州银场沟被山崩滚落的飞石掩埋。当时银场沟成了一座坟墓，路上的车辆、行人和当地的村寨都在瞬间不见了……震后，四川地震局开展大反思、大反省，有的职工就哭诉这一桩桩生死离别的惨景和悲痛。就此事，笔者也走访了几位干部和职工，他们大多是复转军人，有的在地震局干了几十年十几年，对自己所处的生活环境、条件和待遇堪忧，对局里某些领导的淡漠和举措颇有微词，有的只是私下议论，有的则在网上开博客发贴子诉说一番……

笔者在采访程万正时，他写的关于汶川特大地震的教训与反思的总结还在进行。"巨震惨绝人寰，内心永世的伤痛是注定的。"他悲切地说。

"国家投入上亿元在四川地区建起的数字化前兆（地下水、地电阻、地倾斜等）

观测在汶川特大地震中遭受重创，极震区的台站被破坏得一塌糊涂，其中汶川县地办的楼顶被地震掀掉，一块数万吨的巨石从楼顶穿透楼底；北川县地办连同县委6层楼一起陷入地下，只露出半截楼顶，地办主任刘太平和年轻工程师杨敏连尸首都无法找到；汉旺镇东风汽轮机厂武装部部长兼地办主任陈宝友在垮塌的废墟中遇难，仅露出两只脚，挖出来时他两手紧抱的是一台仪器……我们失败了，失败得比唐山更惨！"他把头垂下来，像在默哀。

笔者在该局采访时，也了解到一些有关大震前的"情况反映"——

2008年春节团拜会上，退休的老局长刘兴怀忠告省地震局主要领导："我们四川地震形势是很严峻的，恐有大震，希望地震局同志们以科学发展观，作出地震预报，减轻自然灾害。这个地震不来便罢，来了就不得了！"此后三四月间，刘兴怀又曾两次向局主要领导说过同样的话。三番五次的忠告，依据的是对龙门山地震活动性以及地震空区研究的关注，决非"空穴来风"。

该局已退休的高级工程师李有才，自2002年得知在都江堰上游9公里处将建紫坪铺大型水库后，多次向上级呼吁强调：此处为强震易发区，有7.5级大地震背景，不适合建大水库，若建库决定无法改变，地震烈度必须由原来设计的七度提高到九度以上。几年来李有才不断呼吁，终使水利部门在汶川地震发生前降低了水位，使得成都平原千百万人头上这一大盆水（水位高于成都市区约300米，正常蓄水10亿立方米）未溃坝倾泄。大震后有位副省长值守破损的大坝上处理险情，才侥幸没有酿成灭顶之灾。

2008年2月14日至15日，都江堰附近先后发生了3.0—3.9级地震群200多次，2月15日上午，在都江堰市从事地震观测的中国地球物理学会天灾预测专业委员会委员沈明军，向都江堰有关部门作震情汇报："很有可能在大地震发生。"但未被省市地震局给予重视。汶川地震发生后，有专家痛惜地认为，都江堰小震群发和德阳市地震局反映的宏观、微观异常，可以说正是我们要捕捉的"5·12"大地震前兆异常信号，可是为什么没有引起重视呢？！

访谈笔录（二）：

德阳市防震减灾局设在市政府办公楼的最高层14层，真可谓"高高在上"。

局长黄声德在"5·12"大地震发生时才来局1年零15天，原是德阳市政协副秘书长。副局长李刚是元月2日来局报到，"5·12"时还没领到地方的工资，身份证还没来得及换,使用的仍是军官证(上校军衔,德阳市军分区××县武装部部长),地震发生时,他带领一个5人小组直奔汉旺,山垮了,把河道堵塞,交通中断,通讯中断,他当时的第一感受是:"在部队28年没搞成烈士,这下烈士搞定了!"还有防震科科长向东,也是5年前从部队转业分来的。还有新任副局长的张红梅,此前是德阳市人事局公务员管理科长,是在地震当天现场指挥部向黄声德局长报到的。那么,本局资格最老的就是监测预报科主任科员潘正权了。他现年56岁,从上世纪70年就在什邡红星煤矿搞监测点,1984年调本局(由工人转干),一直搞监测预报工作。当谈到"5·12"之前有无地震前兆异常的话题时,他似乎有很多话要说。

这是一份《德阳市2008年度地震趋势研究报告》。该报告以红头文件形式报送中共德阳市委、市人大、市政府、市政协等30个单位,并抄送四川省地震局。

该报告中关于"重大宏微观异常落实"的统计表明:"全年(指2007年)处理重大宏微观异常6次(宏观异常3次,微观异常3次)。"

第1次宏观异常是:德阳市罗江县白马乡广济村6组村民刘中琼家水井中冒气。此报告中写道:

2006年12月7日晚防震科潘正权同志从德阳市电视台晚间新闻报道中获悉:"德阳市罗江县白马乡广济村6组村民刘中琼家水井中冒气",当晚将此事向主持工作的邹文发副局长作了汇报。12月8日上午由邹文发副局长带领防震科刘万全、潘正权到现场考察。

现场考察情况:广济村6组村民刘中琼家水井位于东径104°28′,北纬31°17′,井为2005年10月红层找水时打成的,井口直径为220 mm,井深22米。到现场后我们一行人都闻到了天然气的气味。据该井主人讲,他们是2006年12月5日发现异常的,当天就给德阳市电视台晚间新闻打电话了,记者也来摄了像。据川西采气处的同志讲"该地区天然气埋深仅200米左右"。从该地环境分析,我们认为是该地区埋深仅200米左右的天然气沿水道上窜所致。与该井主人联系好,如有其他情况请及时告知。

第2次宏观异常是:绵竹孝德镇万民村2007年1月25日前出现大量蟾蜍。此报告中写道:

2007年1月25日前绵竹孝德镇马民村人民渠堤坝一带出现约千余只蟾蜍,呈零星分布，范围很广，大部分或爬行或呆滞，少部分呈交配状。据当地村民讲，该现象已有好几天了。

我们落实分析认为：该现象可能与当时气温已上升到12度左右有关。

第3次宏观异常是：2007年5月24日绵竹汉旺镇东林村6组地陷。此报告中写道：

2007年5月24日中午，德阳市地震局潘正权从德阳市电视台5月23日晚间新闻报道重播中获悉："德阳市绵竹市汉旺镇东林村6组村民罗中富家承包的水田中，出现地陷"的报道，当即将此事向局长黄声德、副局长邹文发作了汇报。经局领导研究决定，马上通知绵竹市地震办，市局立即到现场考察。5月24日中午1时40分由黄声德局长亲自带领防震科、减灾科两名同志到现场考察。

现场考察情况：汉旺镇东林村6组位于东径104°12′，北纬31°24′，村民罗中富家承包的水田中地陷位于一六分田的西南角水田中，现场测得地陷坑直径为1.7米，可见深度约1米。据该村李书记讲，该地为一古河道，水田是70年代农业学大寨时在河滩上造的田，地陷处在2005年11月前后石油勘探队在此曾打了一口15米以上的勘探井，并在井下放炮。去年本村也出现过地陷现象，但规模没这次大。据承包田的主人讲，这次地陷开始时曾用了7捆油菜桩去填。从该地环境分析，我们认为与地质构造活动无关，不属于地震异常。

第1次微观异常是：2007年3月11日，川—08井（该井位于龙泉山断裂带北东端尾部，白马关背斜轴部，井深3072米，对应川西、滇西北和较远地震效果较好）测项出现上升异常。此报告称："川—08井测项出现上升异常，其中日放水量由2月13日的0.61升/日至3月7日上升到1.72升/日，其变化是正常值的2.8倍。其后3月11日与龙门山断裂带相交的四川平武发生了4.2级地震。"

第2次微观异常是：2007年4月19日，川绵—39井（该井位于绵竹土门镇，井深5240米，对应1996年丽江7.0级、1999年绵竹2次5级、2001年昆仑山口西8.1级地震效果较好）测项出现上升速率异常。此报告称："4月2日至4月11日，川绵—39井测项出现打破上升速率，出现下降异常。对该异常分析认为，可能与3月11日平武4.2级地震，和邻区5月7日19时59分发生的西藏妥坎5.6级地震有关。"

第 3 次微观异常是：2007 年 10 月 10 日，东风汽轮机厂地震监测室合像水平仪东西向突变 15% 的异常。此报告称："10 月 12 日接绵竹市防震减灾局报告，东风汽轮机厂地震监测合象水平仪东西向 10 月 10 日 14 时读数突变 15% 的异常。经绵竹市防震减灾局技术人员现场落实，排除了人为因素，无外界干扰因素。结论：待观察。"

这个年度报告"根据震兆和前兆异常资料综合分析"，作出的结论认为："地处南北地震带中段的四川及邻区 2008 年年度或稍长时间，地震活动总体水平为 6 级左右"，"龙门山断裂带中南段（含德阳及邻区）2007 年下半年度或稍长时间有 4—5 级地震发生的可能。"

更值得关注的是，汶川大地震发生前的 5 月 8 日，德阳市防震减灾局又上报了一份标有"秘密一年"的《德阳市 2008 年年中地震趋势会商报告》，报告中除对"四川及邻区 2008 年下半年度或稍长时间，地震活动总体水平为 6 级左右"外，对龙门山断裂带中南段（含德阳及邻区）2008 年下半年度或稍长时间可能发生的地震上升到"5—6 级"。

这个在大震前 4 天的会商报告还根据金河地震台测震频次、川—08 井、什邡 K2 井、四平浅井、川绵—39 井、东汽厂合象水平倾斜、绵竹伐木厂磁偏角、清平台断层气以及金河台数字电磁波、数字垂直倾斜等观测数据资料，得出前兆异常分析认为：

——金河台测震频次一直在均值线下振荡，2006 年 1 月以后地震活动性有增加趋势，值得注意；

——川—08 井 2004 年初至 2007 年底，其异常期达 4 年，应引起高度重视；

——什邡 K2 井 2006 年底以后水位明显下降，出现趋势异常；

——四平浅井目前水位较正常年偏高，出现超过警戒线异常；

——川绵—39 井 2007 年 11 月后水位又出现持续下降，目前仍在低值，值得重视；

——绵竹伐木厂磁偏角极有可能是一个有两年多的高值波动；

——金河台数字垂直倾斜一连数月持续在高值波动，后又逐步下降……

德阳市防震减灾局将此异常作为重大异常上报省地震局。此外，2008 年 3 月 18 什邡市防震减灾局电话反映了该市马井镇万春社区、隐丰镇涌江村村民家中井水变味的宏观异常情况，德阳市防震减灾局立即派李刚副局长、潘正权同志前往调查，于 3 月 23 日形成书面考察报告，向省地震局监测预报处反映，此报告中写道：

我局 2008 年 3 月 18 日接什邡市防震减灾局电话报告：什邡市马井镇万春社区部分村民家中井深 5 米左右的压水井自去年 12 月份后，井水味道出现有青霉素味，将水烧开后味更浓。

2008 年 3 月 19 日上午，德阳市防震减灾局领导高度重视，当天就决定由副局长李刚、监测科潘正权和司机小张立即会同什邡市防震减灾局考察组于 3 月 19 日 11 时 40 分到达现场。考察情况如下：

异常水井出现在什邡市马井镇万春社区，考察组在该社区现场看了五口压水井，现场压出水后其水无色，水面上有较明显的漂浮物，其中四口井压出的水有不同程度的青霉素味。

2008 年 3 月 21 日上午又接到什邡市防震减灾局电话报告：什邡市隐丰镇湔江村 2 组、6 组部分村民家中井水出现有青霉素味。

考察组到什邡市隐丰镇湔江村 2 组后，分别到村民钟思民、张叶秀、肖义贵、雷国清、雷国华家察看，共看了三口井深 5 米左右的压水井，现场压出的井水无色，但稍等一会水色变得略带黑黄色，水面上有较明显的漂浮物，加入茶叶后变成深咖啡色。又到 6 组村民白家顺家（距 2 组约有 100 米），察看了 1990 年、2002 年打的两口井，井深分别为 5 米和 6 米，两口井相距 6.5 米，现场压出的水无色，但稍等一会水色略带黑黄色，再加上茶叶后变成深咖啡色。

该区域内无大型化工业企业，无化学污染源存在。现场测试 PH 值在 6—8 之间。

通过分析认为：是什邡一新场隐伏断裂带通过该区域，什邡一新场隐伏断裂带始于彭州罗万，经什邡隐丰、两路口、德阳新场，止于绵竹观鱼附近。断裂带走向北 55° 东，倾向北西，上盘向南东逆冲。该断裂带自 2007 年 9 月以来小震活动有所增加。2008 年 1 月在该断裂带连续发生了 1.5—2.0 级小震 5 次。

2008 年 3 月 22 日什邡市防震减灾局又接到马井镇助理员报告，该场镇原老菜市居民家的压水井出现相同现象。

结论：隐伏断裂活动引起地下物质上逸，致使井水变色变味。我们将继续跟踪监测。

省地震局了解情况后，经会商后初步认为：什邡市马井镇万春社区的几口水井位于马井医院附近，医院旁有废弃鱼塘，是村民和医院堆放废弃物的地方，距离再现有青霉素味的异常井仅 10—20 米，可能对井水造成污染。后将该鱼塘掩埋，异常井水的青霉素味消失。对于井水加入茶叶后变色的现象，省局认为以前在不同地点、不同时段出现过多次，主要由于水中铁、锰离子增加，遇到茶水中的鞣酸发生化学反应所致。根据经验，铁、锰离子的增加与地表水及浅层地下水受到污染有关，而与地震无明显关系。由于我们考察报告中的异常现象是通过感官感受描述的，省局建议在异常井中撮水样交有关部门化验，以取得科学数据。

什邡市防震减灾局采集水样，交什邡市环境监测站和什邡市疾病预防控制中心化验，于 4 月 7 日得到检测报告书。环境监测站检测报告书显示，隐丰镇和马井镇的 3 份水样除 CODcr（化学需氧量）严重超标外，其他指标均正常；化学需氧量越大，表明水体受有机物污染越严重。疾病预防控制中心检测报告书显示，隐丰镇盘龙村肖忠海家井水在 29 项检测项目中，臭和味、浑浊度、锰、肉眼可见物、色度不符合《生活饮用水卫生标准》之规定；马井镇万春 1 组邓远彬家井水，臭和味、浑浊度、肉眼可见物超标。省局在其后的会商中认为，这些异常井水明显受到污染，一些井水中加入茶叶后变色的现象可能是锰超标所致，因此不能确认是地震宏观异常。

访谈笔录（三）：

在与黄声德、李刚、潘正权等人座谈中，端见潘正权的脸庞是一种憋屈的神情，谈及有关细节，他的眼圈红了，马上把脸转向窗外，长叹一口气。

潘正权说，2007 年 11 月他带着德阳市年度会商报告参加省局年会商会，会上他提出，龙门山确有异常，你们不把龙门山划进危险区，我们回去不好交待。主要依据是水井水位和地震活动性。大家是否还能记起，当年松潘、平武地震前也出现过井水变色变味、成千上万只蟾蜍"搬家"等现象，它在两次大震前都曾出现（尽管不是普遍现象），这究竟意味着什么？

黄声德说，对马井镇万春社区水井和隐丰镇五口水井再次考察后，确实有青霉素味道和咖啡色。接着又到绵竹宏观点考察，5 月 9 日 11 点 40 分到川绵—39 井，没有发现井水变色变味异常。接着又到柏林水库监测点和附近村的宏观点考察，也没有发现异常。这就奇了怪了，为什么绵竹没有异常？水库监测点和附近村也没有异常？……在这期间又出现了一个插曲：5 月 8 日《华西都市报》和 QQ 网发文，说绵竹城区上万只蟾蜍集体大迁移，持续了两个多小时。当地就有人把这个奇观反映到绵竹市林业局，林业局的解释说，现在生态好了，人们的环保意识增强了，这就使得包括癞蛤蟆在内的野生动物和昆虫大量存活并繁殖。并又解释说，眼下正是癞蛤蟆的发情期，诱发公的母的癞蛤蟆相互追逐交配，也顾不上是在野外还是上街上路，近几年这个时候都是这样……这个事也反映到地震部门，说癞蛤蟆"搬家"是否是地震发生的前兆？回答只能是：有待观察。不能妄下结论。

黄声德还特别讲到，2007年10月下旬，在德阳旌湖宾馆召开年度会商会，还邀请了5个邻区负责人参加，副市长肖龙溪到会讲话。会上讨论了地震趋势纪要，与会专家分析，自1999年以来汉旺、清平已发生2次5级地震，对2008年度作出了龙门山断裂带有可能发生4—5级地震的判断。省局王力副局长、周洪声处长也到会参加了讨论和分析，于是形成了年度会商会的地震趋势报告，于2008年1月底通报给德阳市"四大班子"，并于2月23日在英特网上公布。同时还向所属各县（市、区）防震减灾局（办）、各地震监测台下发《关于上报地震观测数据及资料的通知》，要求"报数时间必须每两天上报。周会商材料每周三前报。月会商材料每月最后一个星期三前报。以上报送资料及时间列入年度目标考核。"

黄声德说，2008年1月9日，经市委市政府批准，我们还下发了《2008年工作要点》，一是选东风汽轮机厂为示范点，准备五六月份搞揭牌仪式；二是在全市进行抗震救灾工程讲座；三是组织一次全市有关部门参加的应急演练和培训；四是建立避难场所；五是2月28日至3月1日在文庙广场举行《防震减灾法》实施十周年图片展览；六是纪念唐山大地震32周年举行"防震减灾，平安德阳"宣传活动月。春节过后，按工作要点的时间布置，一切都有条不紊地顺利进行。尤其是在文庙广场举行的《防震减灾法》图片展览，"四大班子"的主要领导都来了，广场上人头攒动，人山人海，宣传效果很好。4月22日省局就在本市召开防震减灾科普示范社区现场会，邓昌文副局长、漆德方处长到会主持指导。在会上，有与会者问，德阳是不是要发生大地震？我们的回答是：不管震不震，我们不能不防啊！也有人说，德阳不会发生大地震，要是德阳震了，整个四川就断了半只胳膊，那可是半壁江山！……结果20天后，震惊世界的汶川大地震就在我们脚下发生了！

讲到此，黄声德的声音哽咽了，泪水滴洒在面前一堆文件资料上。沉默了好几秒钟后，他继续说道——

就在5月12日上午，我们召开会议落实市政府有关避难场所建设的指示，准备派人到雅安学习考察。会后，派邹文发（卸任副局长后任调研员）等3人到什邡金河台了解台网建设情况，我对他们说，太晚了，下午再去吧。邹文发说，好吧，下午一上班就出发。如果他们上午去了，很难说能否活着回来。

下午1点50分，我来到办公室准备开党组会。2点20分我给市建设局副局长江俊打电话，说市政府已批准建四个避难场所，具体事项有我局李刚副局长去你局磋商。江俊说，没问题，我们全力支持。电话打到2点28分，脚站不稳，桌子上摆放的文件夹、笔筒、水杯哗哗啦啦甩到地上，我也被摔倒了，我在电话里喊，地震了！对方也在喊，在质问，你事先知道地震为啥子不通知一声！喊着喊着，电话断了，只见有办公楼左右摇摆四五十公分，周围的房子都在跳舞，呼——呼——地声轰轰隆隆十分恐怖！当时，电也停了，手机也打不通，大伙儿都跑到潘正权那里查询震情。10分钟后，肖龙溪副市长从市政府办公楼广场直冲14层，他的秘书说，不要上去了，危险！他说，我们地震局的人还在14层！

这时，一切都中断了，唯一的方式是潘正权通过QQ网与省局监测预报研究所高工吴小平联系上了，但他一时也不清楚发生了多大地震，震中在什么地方。潘正权就给云南局值班室联系，很快"三要素"出来了，对方告诉说是8级，震中在汶川。潘正权马上汇报给我，我在大约2点50分带着启动的一级应急预案跑下楼，向已在市政府门前成立应急指挥部的张金明常务副市长报告。张副市长指示我们赶快起草一份市政府公告（由潘正权草拟），向全市发布。

2点55分，我局迅速成立了5个工作小组，其中两个小组即刻开赴现场。由申群太老局长率3人去什邡；李刚副局长率邹文发（他是从家中9楼跑下来，鞋都没来得及穿，光着脚赶到局里）等3人去绵竹。我在现场指挥部与副市长一起调度指挥救援。3点左右，张红梅跑来了，向我报到。那场面十分悲壮感人，就在这个危急时刻，一位女同志挺身而出，从此开始了她人生转场的天摇地动的一天。

4点50分左右，赶到什邡的第一现场小组向我报告，他们行至莹华镇时就无法向纵深处开进了，地裂山崩，余震不断，空气中散发着一股令人窒息的毒气味，里面的人头冒血流地用衣物捂着嘴往外冲。原来是什邡化工总厂（即宏达化工股份有限公司）在大震中造成液氨泄露，情势十分危险！分管安全工作的李思清副市长得知后，立刻责令该厂负责人紧急处置，并与成都军区联系，紧急派遣防化部队驰援！

晚上8点来钟，第二现场小组也回来了，李刚见到我的第一句话说：惨不忍睹啊！接着他又说，房倒屋塌，满目废墟，绵竹中医院死伤惨重，地震发生时，副院长两口子从6楼跳下，结果都死了。第二小组撤回时，连回来的路都分辨不清了。

………

这就是在德阳寻访到有关前兆异常的一些情况。当然这并不是全部。从这些情况不难看出，德阳市防震减灾局在大地震前所做的一切是非常出色的。他们从观测到的某些异常中似乎感觉到一场破坏性地震即将降临龙门山（先是判定为 4~5 级，后又判定为 5~6 级），并相应与政府部门沟通，采取了一系列积极防范措施，但最终还是没有抓住大震。震后，有人说潘正权其人其事"人必有痴，而后有成"。是说他这些年来一直研究龙门山，眼睛直盯着那些台点那些井。潘正权满肚子不可名状的委屈：有成个啥子屁呀，简直是被"千年小妖"给奸污啦！

说来，大震前的德阳颇有点像唐山地震前的情景。唐山地震前一个会接一个会在唐山召开，尤其是距唐山地震 11 天召开的全国"群测群防经验交流会"现场就选在唐山。无独有偶，在距汶川大地震还有 20 天，四川省地震局举办的"防震减灾科普示范社区现场会"在德阳召开。这似乎又是大自然"蓄谋"32 年的戏弄！

正因为有记载以来，龙门山断裂带没有发生过 6.5 级以上的地震，这似乎是个令人感到安稳、惬意的事情，好像千年来未发生过大震，以后恐怕也许大概可能不会发生大震。它让人们麻醉了，或许陶醉了，你看那龙门山的风景多美呀：绿水青山，苍松翠竹，山岚袅袅，白云蓝天……然而，长日将尽，一场千年不遇的特大地震裹挟着旷世未闻的大灾难，在一个极为普通而平静的日子里猝然降临！它把人们美好的愿景以及对它的淡漠、忽略、争议与超出想象，还有那"心血汗水里浸泡着多少日月星辰"的执著与努力，这一切的一切，都在那一瞬间撕得粉碎！千年不遇化作千古遗恨！

相视无语。还能说什么？说什么一切都晚了。

2010 年春节前夕，笔者收到潘正权发来的短信说，57 岁的他提前退休了……

访谈笔录（四）：

四川省地震局成都地震基准台，在郫县天生村走石山。这里离成都 40 公里。

所谓基准台，也就是人们说的标准台、正规台，国家一类台。这里各种观测仪器设备大都是从国外引进的。

台长赵建军，52 岁，当年作为军人的父亲母亲随刘邓大军挥师南下，后挺进大西南，解放后就在康定落了户。赵建军 18 岁时就在康定、雅安当地震观测员，2004 年调基准台当台长。可谓是在基层泡大的"元老"了。他说，在这里元老我不敢当，比我还元老的是办公室主任邓建平和他的爱人罗新丽，夫妻俩从 1977 年就在本台一直到今没挪过窝。还有副台长赵峰，本是沈阳人，在沈阳局搞勘探，因为"一不小心"与一位叫江玲的女同事"撞出了爱情的火花"，作为川妹子的江玲要调回四川，赵峰也只好"绝对服从"跟着川妹子于2002年调到本台。这时赵峰插话说，在这里，邓建平主任和嫂子罗新丽是我们学习的榜样，夫妇俩一块"撞"了30多年了，如今依然火花四溅，爱情绽放。

"不是说在汶川大地震前，这里地电有异常吗？"笔者问。

"是的，确实有异常，还蛮厉害。"赵建军说。

"是怎样的异常？"

赵建军操作着笔记本电脑，随即从程控的投影大屏幕上出现了有关地电阻率显示图形与相关技术数据，同时代替他讲解的是已录制好的女播音员的声音：自2005年10月到2008年3月××型地电阻波形一直在正常值以下跌浮滑动，到4月上旬开始缓慢回升，趋于常年正常值……

"这个异常属于前兆反应吗？"笔者问。

"这个很难判定。"赵建军说，"这类仪器是不承担测震的，只有通过对它的长时间观测记录，汇综其他观测手段和资料，供专家分析会商，作出地震趋势判断。"

"这里其他观测仪器出现过异常吗？"

赵建军又继续操作电脑程序，调出地磁、地偏角、地形变等图示，这次是他直接解说："5·12"之前，这些仪器记录数据都在正常范围内，没有出现异常变化。

笔者：汶川地震时，这些仪器记录数据有什么变化吗？

赵建军：哦，简直不叫变化，叫突变，有的仪器停测，有的被震毁，当时山摇地动，这里距都江堰只有20多公里。

笔者：本台有强震仪吗？

赵建军：有啊，是2007年夏天安装的，型号GDQ3—11，就安装在这二楼上，它的记载信息直接传输到省局和国家局监控中心，我们只承担监管机器的正常运转，出现故障了，直接由省局派人来修。

笔者：汶川地震发生时，这台强震仪表现怎样？

赵建军：测的还比较准，第一次测出的就是7.8级，后来几次强余震也测的不错。但它都是震前无反应，震时大响应。

笔者：震前，你们是否得到有宏观异常反映？

赵建军：震前没有，震后周边老百姓打来电话很多，说咱家的狗汪汪叫，是不是还有大震发生？说老水牛愣是牵不到田里去，一丢缰绳它就跑。说这两天鸭子不下蛋了，不知为啥子不下水塘，老往田里钻……

笔者：是否可以这么说，大震前即便有宏观异常，而没有引起人们的注意，也就没有得到这方面的反映？

赵建军：这个很难说，如果有大规模的宏观异常出现，不光老百姓会反映，我们也会发现。

笔者：大规模宏观异常怎么来界定，即便出现了，能判断是地震前兆吗？

赵建军：这恐怕一时半时说不清。现在的情景不像过去有那么多的群测群防点，一有点动静马上就报上来了，现在人们都忙着发家致富奔小康呢，顾不上那么多了。就是路上突然落下一块大石头，他恐怕也不会问，怎么会落石头呢？他只管想法绕开石头急忙赶路。

笔者：那么，也就只有一个地电异常。它跟汶川地震有没有关系？你们和省局是怎样看待这个异常？

赵建军：现在看，地电异常与汶川地震有一定的关系。但是当时看不出来呀！震前，省局王力副局长、程万正所长等人也都来过，并且在局里会商会上也都分析过，讨论过，向国家局汇报过。我们只有严密观测，丝毫不敢懈怠。

由此看来，成都基准台仪器运转情况与当年河北局唐山中心台有些相似，这里的地电异常又有点类似于唐山大地震前的宝坻地电。这些看来相似或类似的偶然现象，有没有必然的东西在里面呢？大自然总是给人们在不同地点不同空间作类似或相似的"恶作剧"，来考验人们的记忆功能和判断力。往往巨大的成功和惨重的失败就在人的一念之转或"一赌一搏"之间！

笔者由赵建军陪同沿着走石山弯曲的小道走了一遭，那些专业的观测仪器就分布在这不算太高且平缓的山坡或山洞里，它们在经历了汶川特大地震的袭击和重创后，又默默地蛰伏在这块阵地上。

"5·12"当天上午，赵建军接到通知，下午一上班到省局参加"学习实践科学发展观，防震减灾综合能力建设实施方案"座谈会。下午2点22分他已提前赶到，稳稳当当坐在了局里7楼会议室。是震防处副处长周玮主持会议。刚坐下来几分钟，大地震就来了！赵建军钻到桌子底下，摇摇晃晃一分钟时间里，他并没有感到十分惧怕，可是，地还在颤，楼还在晃，楼的拐角处已被震裂了一条狭长的裂缝。他惧怕的念头骤然俱增，因为他目睹过松潘、平武和炉霍、道孚地震，感到此地震比那两次都大。心想：完了，完了，台上刚建好的二层办公楼和那些昂贵的仪器这一下都被埋进去了！

他在桌子底下给台上打通了电话，是观测组组长邱扬接的。

他问：你们在干什么？

邱答：正在上报数据。

他问：房子倒了没有？

邱答：摇摇欲坠。

他说：房子垮了，你们往外跑；没垮，你们继续坚守！

电话断了，再也打不通。

周玮和马尔康县防震减灾局局长王丹躲进厕所，然后跑下楼。汶川县防震减灾局局长苏茂刚才还给周玮打电话说，行至紫坪铺友谊隧道时就震了，车也被石头砸坏了（苏茂和李瑛二人先是步行往成都赶，后拦了几次车直到晚上10点才来到局里，后因回汶川的路已断，二人只有绕个大圈，经理县、马尔康回到汶川）。会议未开而散。整个办公楼处于嘈杂紧张的气氛里。

3点5分左右，赵建军搭乘省局去都江堰的应急车往台上赶。在路经郫县的高速路口，他下来了。这里离台上还有8公里路程，他一边跑一边拦开往郫县的车辆。很快，身后开过来一辆摩托车，他拦住说：快，快捎我一程，去环山子（即走石山）。那人问：你是干啥子的？他差点说出是地震台的，如果说出来就糟了！他一转念说：我是那里驻队的，去了解灾情。那人说：给10块钱。他说：好，快走吧。

在离台站还有一里多路的界牌村他下了车，掏给车主10块钱，拔腿往台上跑。一眼望去，台上的围墙倒了，山半坡的观测房裂开大缝，斜斜歪歪地瘫在那里……他进院时看到大家都在，适才把悬在嗓子眼的心装回到肚里。赵峰说，大震来临前，大家都陆陆续续上了二楼各工作间，一眨眼就听轰隆轰隆的闷响，楼房剧烈地摇晃起来，眼看对面的水塔大摆度地左摇右晃，像猛喝了八大碗酒的醉汉。腿脚麻利的林建和胡俊民是从平房跑出去的，他俩就用手机抓拍大家被困在二楼上东倒西歪的情景，是要给大家留下遇难时刻的遗照。震后10分钟，当地界牌村及周边的上百号村民气势汹汹地来到台站门前，一边用棍棒、石块砸铁门，一边喊骂：你们这些王八蛋，龟儿子，政府养你们是白吃干饭哪？你们为啥子不事前给大伙打声招呼？地震为啥子没把你们砸死？我们的人砸死了，牛砸死了，猪也砸死了，你们要赔，要赔！……

受难的人们怒不可遏。突如其来的大地震瞬间夺去了他们的亲人，摧毁了他们的房屋、家禽、牲畜和他们辛苦多年、省吃俭用、外出打工好不容易积攒起来却也十分可怜的一点点财富，一切都没有了！

台站办公室主任邓建平对此深有感触。当年他上初中时，马边发生 5.9 级地震，造成一些人员伤亡和房屋倒塌，他和同学们就骂当地的地震台，朝地震台院里扔石头。现在他倒反过来被人们骂了。此时此刻，此景此情，他似有满肚子的委屈要说，有满肚子的苦水要倒，可是他欲说无言，欲喊无声，只有流淌的泪水。后来，还是请村支书出面把大家劝了回去，支书说：这是科学问题，你们瞎胡闹啥子嘛！但从村支书那投来的灼人的目光中，也仿佛有一肚子怨火没处发。

赵建军听了在他从省局往回赶的这短短的时间内所发生的一切，惊魂未定，许久没说话。

5 月 15 日早上 7 点，赵建军抬眼一看，只见黑压压一片人群足有二百多人向台站涌来！一个个灰头垢面，有脸上受伤挂彩的、有断胳膊瘸腿的、有披着床单、背着竹篓、拄着棍子、抱着孩子的、扶着老人的……很快围过来了！他们是从都江堰紫坪铺逃出来的，说是那里的化工厂在地震中爆炸了，毒气把没被地震砸死的人毒死了不少；说紫坪铺水库就要溃坝了，没被毒气毒死的人也会被水淹死。他们提出要在这里避险躲难，这里有房子有山包，是最好的避难场所。

赵建军令值班人员把院子的铁门打开，他出去迎接这些难民。

一个领头的直楞楞地走进观测房，指着那些仪器问："这玩意是做啥子的？"

赵建军说："是观测地震的。"

那人说："都震完蛋了，还观测啥子狗屁地震！砸了算了！"说着就要举棍子。

赵建军忙拦住说："你有气，就朝我身上出，我随便你打，但不要砸仪器。首先我要告诉你，这仪器设备是国家财产，再说这仪器还正在监测余震，责任重大。"

那人似乎消了一半气说："好吧，那我们就在这里住下。"

赵建军对负责做饭的罗新丽说："打开炉灶，给大家煮饭。"

安顿下来难民，赵建军和邓建平驱车去都江堰和紫坪铺一带察看灾情，由赵峰和罗新丽在本台做好难民的安抚工作，确保台站安全运行。

3 个小时后，赵建军和邓建平赶回来了。二人满眼泪水：都江堰虽然不在震中，但遭受的重创是空前的，尤其是一些学校和居民区，都被夷为一片片废墟，那些孩子的尸体一具具被挖出来，成堆成堆往外运，还有那些被救出来的伤员，被砸断胳膊的，被锯掉一条腿的，被砸破头和被撕裂脸、扎瞎眼睛的……惨不忍睹，惨不忍睹啊！那一声声撕心裂肺的哭喊更让人揪心肠断！

赵建军对难民们说，灾情是极为严重的，紫坪铺一带虽有化工厂被震毁，泄露一些有害气体，但目前已被军队和有关部门控制住了。紫坪铺水库上桥梁被毁，大坝受损程度不像流传的那么严重，据专家说，不会溃坝堤，请大家放心。

当天下午，难民们陆续撤走了……

访谈笔录（五）：

绵阳市防震减灾局不像德阳市防震减灾局在市政府机关楼里办公——尽管是在楼的最高层14层。作为市政府机关的一个部门，绵阳局却不在市政府机关里办公。也许是由于历史的原因或是其他因素，绵阳局的办公地点是在一幢破旧的居民楼里，半截子胡同小鼻子小脸的。胡青（省局震防处的，当年也曾是女兵）对笔者说："到了。"适才发现，胡同入口处挂着绵阳市防震减灾局的牌子。

七拐八磨沿狭窄的楼梯爬上五层，随处可见墙壁和窗口处被震裂的一道道裂缝，我问这楼还能住吗？出来迎接的刘金华说，还能凑合着住。由于两栋楼之间挨得太近，这些裂缝是地震时发生碰撞撕咬造成的。与一小间厕所斜对面便是会议室。来时就听说，"5·12"大震后，本局招聘录取的一名大学生，来报到的当天一看，转身走了，说不想在这儿干了。

该局党组成员贾亮山，监测预报科调研员刘绪林，震防科科长刘金华和刚聘用不久的刘学明（那位大学生退却，这位大学毕业的年轻人就自告奋勇地来了）等人一一落座，座谈会便开始了。

贾亮山说：夏建国局长陪省局邓昌文副局长一行到台站检查工作去了，一会儿就回来，咱们先聊着。

话刚落音，刘绪林便开门见山说道：大震过后，接连不断有专家、学者、记者和热衷于地震"看点"的有关人士前来探访追问。我总是坦率地告诉大家，震前确有异常，比如北川县的水位、水氡持续数日超出正常值，还有平武的几项观测仪器两年来都有小振幅变异记录，而这期间北川、平武曾有1.5~2.0级小震发生，也有新疆、云南5~6级中强地震发生，你能判定这些微观异常是外埠地震引起的，还是当地小震引发的后效反应？或是它就预示着一个千年不遇的特大地震将要发生？再说这些微观现象还不能排除人为干扰，北川至茂县至平武的国道、省国道上随时都有滚石坠落和塌方，因为天天都有人开山放炮，筑坝、采矿、劈沟、挖窑。

刘金华插话道：你看从岷江上游至下游建了大大小小多少电站？把一条古老的江流截得一骨节一骨节，完全给肢解了！疯狂的采挖、分割和掠夺，简直到了无以复加的地步！使得一方壮美的山水破了血脉，伤了元气，而且是遍体鳞伤啊！谁能听得出大自然的呻吟和悲啼？……地球已向人类亮出了黄牌，大自然要报复了，大自然以十倍、百倍、千倍、万倍的疯狂报复人类！如此残酷的事实不正是这样吗？

由此，笔者不禁想起被马克思称为"尊敬的导师"黑格尔曾向人类发出过这样的忠告：当人类欢呼对大自然的胜利时，也正是大自然对人类惩罚的开始。

刘绪林接着说：至于宏观异常，江油、安县、北江等市县，包括绵阳市区和郊区镇，似乎可以说是一派繁忙，机器轰鸣，人欢马叫。后来得知北川县城有一居民家的狗在地震前一天把人咬了，围了好多人看，主人气极，用钢丝把狗勒死吃肉了。这是震后才了解到的，就是当天知道，你能判断狗咬人就是宏观异常吗？北川县地办工程师杨敏和主任刘太平就是在大地震发生的一瞬间为抢数据被埋进废墟最深层，到现在没有挖出来……德阳局开的 2008 年度会商会，我们也应邀参加了，那里出现的异常也引起我们的高度重视，加紧观测和收集。用夏建国局长的话说，我们不晓得大地震哪一天爆发，我们只知道有个龙门山断裂带像一把剑高悬在我们头上！

——说曹操，曹操到。夏建国局长气喘吁吁地赶回来了。

夏建国，54 岁，1973 年入伍，1994 年转业，2001 年调任绵阳市防震减灾局局长。他是川大物理系毕业，在部队从事测控、遥感及光学研究，帕米尔高原、罗布泊、西昌卫星发射基地等都留下了他和战友们的足迹。

夏建国依然以军人的质朴与直率开口便说：大震前的 5 月 9 日，我们把 2004 年就组建起来的由武警消防支队、公安特警、军分区武装部、城建水电等部门参加的 200 多人紧急救援队拉出来（被媒体誉为大西南第一支紧急救援队），进行了一次紧急抢险演练，一位常务副市长亲自指挥。摆在大家面前的首要任务就是：大地震来了，我们在第一时间要做的是什么？答案很明确：救人！没想到三天之后，"5·12"大地震就发生了。人们和这个繁闹的世界被这个大灾难惊呆了。往往一些大灾害，大都是在人们不以为然的时候发生。比如"非典"大流行，比如"冰雪"大猖獗，比如"5·12"大劫难。

地震发生时，夏建国正在 2 楼办公室上电脑查看各市县报上来的有关数据信息。开始感到地晃动了一下，认为地震不会有多大。谁知，越晃越剧烈，简直是发疯了，并伴随着令人可怖的呼啸声。他想，这个地震可就大了，这下完了，没得跑了，也跑不动了——他这样想的时候，人已经被一股无形而肆虐的冲击力掀倒在地！他打手机，手机不通；挣扎着爬起来打座机，座机也不通。电也停了。他急了，在楼房不停的摇晃中他冲了出去。

"我跑到街道边从西往东看，一街两厢的房屋像大海的波浪一样起伏迭宕，又好像进行着一场极为壮观的集体摇摆舞。"夏建国说。

在路面的一起一伏中，刘金华骑着"电驴子"（电动小摩托车）赶来了。刘绪林、安心灵也从4楼跑出来了。夏建国对刘金华说：快打开电台联系！

电台在6楼。几个人就冲了上去。这部备用的直流式电瓶蓄电电台还是20多年前当地驻军淘汰下来的，本局一直保留着没舍得扔，此时派上了用场。电台发出了讯号，但与省局的电台联系不上。继续搜索呼叫，平武联系不上，北川一点声讯也没有，终于跟安县联系上了，但还没来得及通话就断了。一筹莫展，又万分紧急，恰这时，安心灵的手机响了，是本局肖副局长打来的，说是地震为7.6级。得到这个信息，夏建国马上令刘绪林和安心灵去市委市政府报告，并决定立即启动一级应急方案，集结救援队。

此时，市委市政府已在火炬大厦广场成立了抗震救灾指挥部，并接到了省政府发来的传真电报：汶川发生7.8级地震。市委书记谭力即令刘绪林等人拟草一个公告，让公安局的宣传车向人们宣传。

当日下午5点左右，也就是地震发生2个半小时后，几个满身尘土和血迹的人跑来了，他们是从北川突围出来的，他们大放悲声地喊：北川，北川完了！

啊！全场的人震惊了：不是说地震发生在汶川吗？怎么我们北川完了呢？

访谈笔录〔六〕：

得到北川的消息，绵阳市常务副市长左代富遂率领一支人马由警车开道急驰北川。刘绪林即随左代富一起去了北川——

驰出绵阳到安县，还看不出震害多严重。但过了安县到安昌镇，惨况就越来越触目惊心：房屋成片成片倒塌，路面出现一个又一个大塌方，不时发生的强余震使大块大块的山体滑坠，滚落的巨石把路上的客车、货车砸扁了，我们的车顶车玻璃砸了许多坑。黄昏时分，我们到了北川县城的"三道拐"，见到从里面逃出来的人说，进不去了，地震把前头的路面拱起了十几米高，两边的山体坠下来把进入县城的道口封死了。

山坳里一片漆黑，尘烟缭绕，是一种死亡的颜色和气息。又是余震，天下起了雨，我们就与左副市长分开了，分别在垮塌的石头缝里攀爬着往县城摸去。逃出来的人，都变得麻木了，没有哭声，没有喊叫，即便砸破头砸断胳膊和腿的伤者，也没有呻吟，没有抽泣，他们唯一的念头，就是要活着逃出去，哪怕只剩下一口气！

夜里，雨不停地下着，余震也不停地发生。第二天凌晨三四点钟，救援队来了。没有路，车和工具进不去，只好徒手往里钻，但进去不久又都出来了，说人被埋得太深了，没有大型工具挖不出来，能活着出来的也就出来了，没能出来的都被埋进去了。突然，我意外地看见了县地办的张国富带着一群人相扶相搀着艰难地走过来。张国富说，县领导要每一位活着的机关干部带50名群众向外突围。我急切地问他，县地办怎么样？他说，县地办本来就在县委办公楼的最底层，整个6层楼全陷进去了，刘太平主任可能完了，杨敏也可能没救了，二人当时都在屋里。他说，他当时正在去办公室的路上，不然也一块完了。

就在当天夜里，北川消防官兵从废墟中救出张国富的母亲，这让张国富感到意想不到的惊喜和感动。他背着受伤的母亲，领着大伙儿向外突围。雨越下越大，我身上什么也没带，手机也没带，这时，有位《华西都市报》的记者要采访我，我就借他的手机给局领导打通了电话，汇报这里的情况。

…………

夏建国几天几夜没合眼，满嘴燎泡，眼睛通红。他说，震后第一时间就集合起了紧急救援队开赴北川，先到北川中学，而后又到北川中学新校区、曲山小学和幼儿园，最先救出了十几个学生和儿童，包括那个敬礼娃娃郎铮，救人的场面，人们大都在央视和各大媒体上看到了。后来救援队又挖出了二百多具尸体。与此同时，得知北川著名风景点猿王洞，有上百名游客被垮塌的山体封堵在山洞和山谷里，命悬一线，救援队又迅速派调小分队前去，把受困游客营救出来。

夏建国说着，总不停地用左手抚摸着右手背。手背上有一块疤痕。他说，这伤痕在地震前一秒钟是没有的，但这伤痕是怎么造成的，他到现在也不知道。地震发生后，由于信息不通，对震情不清楚，省局前线指挥部就在都江堰安营扎寨，还是胡青打电话给他，说震中在汶川、都江堰一带，省局领导要绵阳局越野车（本局唯一的一台车）去支援。只有服从。第二天，他给省局漆处长打电话说，绵阳受灾很重，最惨的是北川。两天后，越野车就又回来了。

　　夏建国说：要讲灾情，人们主要看到的是北川县城，北川里面的茶坪、高川、陈家坝和唐家山等乡镇村寨遭到的毁坏比北川还重，到现在还无法进去。地震造成大规模的山体垮塌堵塞河道，形成 30 多处堰塞湖，集中在北川一带。十几处堰塞湖成珠串状连成一片，对当地来说，它如同悬在头上的定时炸弹，一旦溃决其危害比主震还要凶烈！作为最危险、威胁最大的是北川上游的唐家山堰塞湖，它已汇聚有一亿两千万立方的水，随着水位抬高，在湖内已淹没 20 多公里的范围，严重威胁着北川、江油、绵阳等地的安全。1933 年叠溪大地震形成的堰塞湖也就 12 公里，溃决后造成 5000 多人死伤。在这个高风险区域，修建了一个又一个水坝、水库、电站，仅唐家山下游就有 7 个水库，这 7 个水库和唐家山堰塞湖一旦溃决意味着什么？巴蜀大地的山河在呻吟，巴蜀大地的文明在哭泣：几条江河从青藏高原流经四川，自古以来生活在这里的人们一直习惯于利用水利，世界上唯一存在年代最久远的水利工程都江堰，为啥子躲过了这场劫难，在两千年多年的漫长岁月里，它以看似原始的方式调治着岷江之水，使川西平原成为"水旱从人，不知饥馑"的天府之国。李冰父子打造的都江堰给我们什么样的启示？利用自然，开发自然，让自然为人类造福，必须首先要尊重自然，顺从自然，开发过度就会酿成大难！

　　夏建国说，当你看到成千上万个家庭瞬间被震得支离破碎，谁心里不是万箭穿心地痛！五千年功名尘与土，人类创造了土木工程，恰恰死于自己土木结构的房子里。《绵阳晚报》有我们专门联系的记者李宗军，他在"5·12"之前的 3 月份写了一篇调查报告：绵阳农村有 90% 的房屋不防震。文章发表后，并未引起人们多大关注。我们按有关等级制定的土木工程建筑防震标准，以红头文件下发多年了，又有多少单位和群体理会呢？有人说这叫"买棺材有钱，看病没得钱"。甚至有的部门官员说"小震不用跑，大震跑不了，三十夜打鸭子，有你过年，没得你也过年"。这正应了后汉书中一句话："曲突徙薪无恩泽，焦头烂额为上宾。"啥子意思？地震工作者就是那劝说房东把弯曲的烟囱截弯取直，不然就有发生火灾危险的"曲突徙薪"者，但是房东不听劝，结果烧柴做饭时烟囱倒窜火烧着了房子，房东喊来四邻救火，大火扑灭后，房东摆酒席答谢被烧得焦头烂额的救火者，却把规劝者冷落不请，甚至怨恨他当初不该说。这就是地震部门，尤其是地、市级以下的地震部门的现状，"婆婆不疼，姥姥不爱"，被划到政府部门的边边角角之外。这种长期形成的倒"⊥"字型体制（国家局只对应到省一级）带来的弊端亟待人们去思考，从而革故鼎新。梁启超先生曾说过："今不为曲突徙薪之计，后必有噬脐无有之忧。"地震人是"苦行僧",外面世界轰轰烈烈,我们甘愿默默无闻,不在主干线,同样做贡献。

………

汶川特大地震对这些"苦行僧"的打击是致命的,令他们十分懊恼、沮丧、悲痛的是:除了网上和电话里被"骂得一塌糊涂"外,以致于连捡破烂的也跑到地震局门口骂,说这么大的地震你们就报不出来,干脆你们统统下岗,去收破烂吧!并要地震局赔他损失,他收的一堆破铜烂铁和易拉灌被埋在废墟里挖不出来,能值好几百块钱呢!围观的人就指着地震工作者的鼻子说,地震专家的"专"是砖头的"砖",温家宝总理的"温"是温暖的"温"。

一天,又有一个小女孩跑来,噗咚跪下了,哭说:"伯伯,叔叔,求求你们啦,我妈妈还活着,还在水泥板下面压着呢,快去救我妈妈出来吧……"这已是震后第八天。是刘金华领着几个队员跑到现场,挖出来的只是一具母亲的尸体……

讲到这个可怜的女孩,夏建国流泪了,他想起他刚刚去世的母亲。80多岁的老人因地震惊吓突发脑溢血住院,直到临终前,他才到病榻前看母亲最后一眼。老母亲紧紧抓住儿子的手,直到断气也没有丢。夏建国说,母亲理解儿子。

笔者这时才发现:夏建国、贾亮山、刘金华等人都是转业军人。转业安置时,领导是那样的郑重其事而又十分关切地说,军人好啊!政治合格,作风过硬,纪律严明,英勇善战,那就去地震局吧,那是个准军事化的部门,很需要你们这些有过军旅生涯的人去搞地震,搞地震也如同打仗嘛!

5. 都江堰在哭泣……

再回到成都。再回到惊天动地的那一时刻。

5月12日14时30分(地震发生2分钟后),四川地震台网中心通过电话向中国地震台网中心报告四川发生大地震震情。14时32分,四川地震台网中心处理完成震源参数。14时33分,四川地震台网中心通过EQIM速报平台向中国地震台网中心上报初步结果,北纬31度,东径103.4度,震级限幅……

当天上午10时许,四川省地震局的几位局领导一起到成都南二环路某会所参加一个似乎与科技开发有关的会,午餐后稍作休息时,大地震骤然而至,副局长李广俊奋力从三楼冲到一楼,跑到马路旁,此时大地仍在颤抖。他头脑里闪出一个惊惧的念头:震级绝对不会小!但他不敢多想,与其他四人挤上一辆轿车直奔地震局。

大街上涌满了慌乱的人潮，车子无法快速行驶。邓昌文副局长见有一辆警车开来，就向警察说明情况，适才有警车开道，回到地震局。事后曾有人发问：那是个啥子会，大震发生时局领导怎么不在岗位？

此时的地震局门口和院子里已是人头攒动，惊恐而愤怒的市民把地震局团团围住，骂声、指责声不绝于耳！吕弋培副局长站在凳子上向大家解释并安抚说：这个地震发生在龙门山，我们正在密切监测地震的动向，请大家保持冷静，快回去做好防震避震的准备……

情势严峻。几位局领导紧急分工：局长吴耀强、副局长王力分别前往省政府和省委报告震情；副局长李广俊率第一支现场工作队直奔震中；副局长邓昌文和吕弋培守大本营，组织指挥应急和汇集处理震情动态。

刚上任副局长半年多的李广俊分管应急救援。他奔上五楼办公室，抓起平时预备好的应急包拔头冲到楼下，与调研员何茂富一起跳上整装待发的越野车出发了。此时成都市区的交通一片混乱，各种车辆鸣叫乱窜，涌挤的人群更是惊恐万状。越野车司机对李广俊说：前面有辆"110"，快去向警察说一下，给我们带路。李广俊出发时已经穿上印有"中国·应急救援"标志的红马夹，跑去向警察说明情况（他没说是地震局的）。于是由110警车疏导开道，闯过一个又一个红绿灯，疾速奔向成灌高速路。

此刻，李广俊在想，脚下这条路通往汶川，必经过都江堰和紫坪铺水库，发生这么大的地震，都江堰撑得住吗？紫坪铺水库的高架路桥撑得住吗？都江堰是闻名世界的水利工程，更要紧的是它上游的紫坪铺水库，震前蓄水约10亿立方米，哪怕堤坝被震裂一丝小缝，水库都会发生溃坝的危险，都江堰和整个成都市都将遭受灭顶之灾，啊！他不敢往下想了……

一年前笔者考察松潘、平武地震时曾拜访过都江堰，它是战国时李冰父子设计创建的伟大水利工程，它的伟大之处就在于"乘水势涨落而自然调节流泻"，也就是今人所说的"因势而利导"。至今它依然运行良好，为成都市提供不可或缺的水源。当年侵华日军空袭成都，想趁机将都江堰一起炸毁，但飞机在都江堰上空盘旋侦察却找不到水利坝址。日本人很纳闷：难道闻名于世的都江堰就是机翼下面看到的几条弯弯曲曲的水流吗？

聪明绝顶的日本人搞不明白。今天我们中国人搞明白了吗？

举世无双的都江堰，永远说不完道不尽的都江堰，是我们的奇迹和骄傲。但是，当我们面对它的时候，是否认真地想过：是一种什么样的力量和精神造就了它的魅力和伟大？我们还能造出来第二个吗？

经受着大地震摧残和折磨的都江堰在呜咽，在哭泣。

李广俊在《难忘的一天》记事文中写道——

路过都江堰，我们感到空气中弥漫着呛人的灰尘气味，看到满街都是人，房倒屋塌，哭声、叫声一片，真可谓满目疮痍。观此情景，我心中一沉：怎么连都江堰的灾情都这么严重？

车行至一家小商店，店铺已基本倒塌，我们向老板买了几瓶矿泉水、几包饼干，准备前往汶川。此时恰遇我局另外两辆通讯车，大家便一同前往。但车行至紫坪铺附近被堵，一位警察说："前方山体垮塌，紫坪铺水库路桥断裂，前面隧道还埋了不少车辆，你们赶快调头回去，否则回都回不去了。"我们向前望去，只见一辆辆车子被堵在公路上，动弹不得，旁边山坡上还不时落下滚石。这种情况下，我们虽然心有不甘，却只能无奈地调头。返回路上，看到一片片房屋倒塌，路边躺着一具具遇难者的遗体，作为地震工作者，心中感到无比悲伤。是返回成都还是留在都江堰参加抗震救灾？这时，给国家局、省局打电话都不通，于是便决定留在都江堰。

我们一行三辆车约10人来到了都江堰市政府大院，只见房倒树歪，满院子都是人，经询问见到市政府办公室一位姓黄的女科长，她说政府领导都去市公安局110指挥中心了。当我们赶到指挥中心时，只见中心大楼上天线折断、房屋开裂，各路人员都聚集在路旁进行着各自的指挥工作。这时，恰好碰见市防震减灾局局长郑松林等3位同志，向他说明情况后，他把我们介绍给市委书记刘俊林。刘俊林说："欢迎你们，省委刘奇葆书记也到了，我们共同组成指挥部。"

此时天空逐渐下起大雨，大家只好钻进汽车或到房檐下躲雨。我继续试着与国家局应急救援司司长黄建发联络。突然手机通了，黄建发说，他正与陈建民局长在国外参加一个会议，已经接到四川发生地震的消息。紧接着手机里传来陈建民的声音：我们已中止参会往国内赶，你们要迅速启动应急方案！说着电话就断了。很快我便收到黄建发发来的信息（电话不通，发信息还时而可以），要我们随时保持联系。

雨越下越大，越下越猛。看着狂风大雨中干道两旁震后的残垣断壁，一股悲伤之情涌上心头。晚上7点多，郑松林跑来说，刘奇葆书记在找省地震局的人，我就跑去了。刘奇葆问了一些情况，然后说："一会儿温总理要来，你就在这儿，不要到其他地方去。"

　　大约十分钟后，温家宝总理率众多领导来到指挥部，警卫人员给了我一枚蓝色徽章作为可以靠近总理的标识。这时，我一眼便瞅见了中国地震局副局长刘玉辰和秘书白玉同志。刘玉辰也看见了我，就走过来，紧紧抓住我的手，声音哽咽地说："广俊……"两个高个子紧握着手，泪眼盈盈。在刘玉辰询问我一些情况时，温总理身边的人大声问到："地震局的人在吗？"我和刘玉辰马上挤到温总理身旁，在刘玉辰向总理汇报情况之际，我仔细打量着近在咫尺的温总理。他穿着一件较旧的黑色夹克，是一位慈祥的老人，话语不紧不慢，极为准确，问的地震问题极其专业并且很有深度。当问到都江堰市目前地震烈度可能是几度时，我说可能超过8度以上。总理又问基本烈度是几度，我报告说是7度。总理朝我看一眼，点点头。刘玉辰向总理介绍我说，这是四川省地震局李局长。我马上说是副局长。总理又把我望了一下，四目凝视无言。这不禁令人想起温总理说的一句话："信心，比货币和黄金还贵重。"面对他那炯炯有神的眼睛，我赶忙低下头走到刘玉辰副局长身后，弯下腰，仔细听着刘玉辰继续向总理汇报和介绍工作。这期间，我拿出手机，给总理照了一张相。总理要求地震部门要立即起草一个通告并在10点中央台《晚间新闻》中向社会公布。我和刘玉辰、白玉2人赶忙共同起草公告。没有电，打起手电筒照明来写。十分钟后我们将初稿拿给总理，他认真地阅读、修改，并讲一定要让老百姓知道现在应该怎样做。不到半小时，中央人民广播电台就播出了这篇通告。

　　…………

　　李广俊回忆说，温家宝总理部署完几项急切的任务后，便冒雨去了都江堰中医院和新建小学，那里楼房坍塌，死伤惨重：新建小学400多名孩子和老师被埋在废墟里，中医院四层大楼全部倒塌，140多人被埋生死未卜……凌晨1点30分，中国地震局监测预报司司长李克、国家应急救援队领队尹光辉已率现场工作队和救援队赶到了都江堰，即刻投入营救行动。当晚11点，在都江堰体育中心的一辆车上，成立了中国地震局、四川省地震局现场联合指挥部。

　　5月13日下午，中国地震局局长陈建民一行赶到了指挥部。地震发生时，正在国外的陈建民一行立即中止参会，飞机在北京国际机场一着陆，没出机场便马上换乘国内航班直抵成都。在询问了解了震情和救援情况后，陈建民即随总理一行去了汉旺、北川等重灾区……

还有一个人当听到新华社的一条消息后，身子触电般地颤抖一下，便瘫软地倒在沙发上。他就是李有才。10年前他从四川省地震局高级工程师岗位上退下来（退休前曾担任省地震局分析预报研究所综合预报组组长），但他没在家赋闲，又拾起了地震预报的老本行。他的主要关注点之一，就是对上马兴建的紫坪铺水库枢纽工程基本烈度的参数提出质疑。他通过多方查证和研究得出结论：紫坪铺水库是一个潜在的危险工程。坝区附近地带形成了一个地震活动断裂的闭锁段，即"地震空区"。他与同事曹树恒撰写的相关论文认为：紫坪铺水库2005年下半年建成并开始蓄水后，坝区及附近地区近期就有发生7.5级左右大地震的危险，而不是原工程设计烈度报告中所说的50年和100年；其烈度应为9度或9度以上，而不是原工程设计的7度。

按照国家《防震减灾法》规定，个人对地震的短期、临震预报意见不得向社会发布，年近七旬的李有才多次向当地政府、国家与省市地震部门反映情况。

2008年2月中下旬，都江堰紫坪铺水库大坝东侧2至4公里间，发生200多次中小地震，其最大震级为3.9级，这一地震群是都江堰地区自有地震观测以来从未出现过的现象。

新华社消息称：紫坪铺水利枢纽工程大坝在"5·12"大地震中受损严重，六日后险情基本排除。大坝于2001年开始建设，批准的抗震烈度是7度，后来实际建设中抗震烈度提高到8度，而汶川大地震震中烈度为11度。大坝抗震的风险依然存在。

李有才在写给国务院有关部门的信中呼吁："5·12"大地震的惨痛教训和深层原因，需要认真反思和厘清。紫坪铺水库大坝的风险，直接威胁着都江堰和成都平原，这个风险不排除，这种威胁就日趋加剧，造成的后果就更加惨痛！

6. 子弟兵玩命跳伞侦察灾情

几乎与李广俊乘越野车驶出省地震局大门的同时，副局长王力在大门口拦了一辆部队的面包车去省委汇报。刚到省委大门口，看到常委们都在院子里，表情十分凝重。

王力跑过去报告：我是省地震局副局长，经地震台网中心初步处理出来的结果是汶川小金交界发生里氏7.6级地震。

省委书记刘奇葆说：你们赶快起草一个公告，到电视台发布这个信息。

王力乘坐省委的一辆小车赶回地震局。这时，省长蒋巨峰已经来到局里。蒋巨峰在台网中心听取震情报告，并批准省地震局提出的建议，立即派遣直升飞机前往震区调查了解震情。尤其是紫坪铺水库大坝，因为地震发生在汶川映秀，距离大坝很近，如果大坝出了问题，对成都的威胁极大。紧接着，召开震后第一次紧急会商会。

当日下午15时15分，省地震局召开新闻发布会，新闻发言人邓昌文副局长公布地震震情、初步灾情和应急工作情况。

15时20分，副省长张作哈来到地震局，设立临时指挥部。稍后，紧急救援队出动，赶赴都江堰。

16时28分，成都军区向震区派出直升飞机。此时，省委秘书长打来电话，传达省委书记刘奇葆的指示，要求省地震局对地震灾区及重灾区"规定出一个范围"速呈省委，供省委省政府和中央领导部署指挥应急救灾之用。

这个"规定出一个范围"的任务，就落在王力和监测预报所副所长杜方及研究员闻学泽等人肩上。地震灾区和重灾区的范围该如何划？虽然震级和震中已经确定，但地震波及的范围究竟有多大？其破坏的程度如何？在震后不过3个小时内，一切都还不清楚啊。有人会说，地震你们没有预报出来，遭地震破坏的范围和程度你们还不能划出来吗？政府官员们着急，普通百姓们着急，中央领导马上就到，救援大军已经开进，对灾情搞不清楚，领导怎么指挥？兵力怎么分布？救灾资源怎么分配？被埋压的千万条生命等着急救啊！

这是当务之急，刻不容缓！

苦心焦思的王力对大家说，从震级和发震的波形及时间来看，是个极为罕见的"连珠炮"震例；再从龙门山狭长的断裂带走势来看，地震波呈弧线形破裂伸延，它的破坏程度可想而知。快找本省行政图和地形图来，就在图上划。

此时，因地震中断的成都、理塘、中江、宣汉、美姑等12个测震台的数据传输还未恢复，更得不到汶川、茂县、北川等极震区的任何信息。临时指挥部打来电话说，震区烟雾弥漫，直升机无法降落，成都军区首长命令伞兵跳伞侦察！

一位省政府负责人在电话里直喊："子弟兵玩命啦！他们急需一张重灾区范围图！你们也要玩命，以最快速度把图画出来！"

"大胆的假设，小心的求证。"文哲前辈胡适先生的名言，此时在担当绘图任务的专家大脑里得到了充分的诠释。杜方这位年近五十的女地震专家，这位有着戎马情结的军人后裔，父亲是刘邓大军的部下，挺进大西南时入川落户的。她在领受任务后不到一分钟，就把在本局做编辑工作的丈夫吴江（夫妻俩系武汉测绘科技大学同班同学）叫过来说："快，快去找四川省行政图和地形挂图，我们急用！"听来简直就是命令，不容半点迟疑。仅几分钟，吴江就抱着地图上气不接下气地跑来了。

根据震情的相关资料、数据分析判断，并通过各种通讯手段了解到有限的灾情信息，到当晚10点，杜方、黄圣睦等专家已将一幅《汶川地震初步估计灾区区域分布图》绘制出来。王力拿起此时感到有千斤重的笔，在图的右下方签上了自己的名字。

是杜方和李建民（局机关党委副书记）坐上由退伍老兵龙定乾师傅开的车直奔省委，将绘图交到副书记欧泽高手上。

欧泽高说：温家宝总理率各部委领导已到都江堰，你们及时送来震情图，我们太需要了。

欧泽高仔细审阅了一下绘图，问：这图上标的红角星代表什么意思？蓝角星代表的又是什么意思？

杜方说：图下方标注的有说明，红角星代表的是伤亡情况，汶川、北川、汉旺、什邡等地报来的伤亡数字最多，但这只是一个初步的估计。蓝角星代表的是地震烈度，最大的为10度以上。

欧泽高说：你们辛苦了，如果能绘制得更精确一些就更好了。

杜方说：我们会根据随时了解到的情况绘制出新的图示送来。

杜方回来后不到一刻钟，王力就接到通知，要他立即赶到省委，列席省委第一次抗震救灾常委会，并根据报送绘图上初步估计的灾区区域分布，在会上提出抗震救灾要"分区、分类应对"的建议。

第二天一早，他们又绘制出第二张图送到省委。

显然，在对如此巨大的地震造成的破坏程度和波及范围还无法真正了解，而绘制出灾区区域的分布图，是冒着巨大风险的，尽管图上特意注有"初步估计"的字眼，但一旦"估计"错误，所招致的后果是不堪设想的。

然而，事实证明，在地震后第一时间就绘制出来的这个"初步估计"的灾区区域分布图，被我们英雄的伞兵跳伞侦察到的灾情所印证是准确的。当晚11点，在都江堰临时抗震救灾指挥部，由温家宝总理召开的现场工作会上，这张绘图所标示的内容已摆在大家面前。在震后的前几天应急指挥中，这张图发挥了极大作用。

也许正因为"准确"的缘故，王力曾一天参加省委省政府分别召开的7个会。好在他采取了"海量战术"，即从震后即刻收集起来的各种信息资料装满了两大公文包，做好了应急准备。"你要什么，我就给你什么，不光口说，而且有据"，随时随地提供"炮弹"。而不至于像鲁迅先生讽刺的那样："静默三分钟，各自想拳经。"那些日，他就像一个"跑堂"的，这边一声招呼，他立马跑去；那边一声招呼，他转身又跑去。这让他想到早些年看卓别林主演的电影《摩登时代》。

一天，省长蒋巨峰的秘书来电话说，要他过去一下，他立马过去了。就省长单独和他谈，秘书走开了。省长给他"先松绑"，交心交底，纯属私下聊天，绝不对外。聊的话题当然是地震，省长说，那个图划的区域是对的，这就很快避免了救援大军围堵在都江堰。省长又说，为啥子在大震前没有作出这样的估计、这样的判断？王力坦率地讲了汶川地震区域的演化、大震前攀枝花5级地震的转移和整个龙门山断裂带地震趋势的考量与判断等，掏肝掏肺地一古脑儿倾吐出来。省长听罢，深长地叹了气说，太难了，一些人不理解，你们受委屈啦。王力说，我们是啥子心情啊，只能用悲惨、悲痛、悲壮来形容……

王力对笔者说，他是5月19日才突然看到美国人提供的间谍卫星图像，内容是中国四川地震后的状况，包括城镇、乡村建筑物被损毁的范围，水库大坝等设施受损的程度，山体滑坡堵塞河流的情景，铁路、公路、桥梁和隧道塌陷的具体位置。图像上所标景物位置精准，画面清晰，专业的说法是影像分辨率达到0.1米。这组卫星图像来源于美国国家地球空间情报局"NGA"。

按照NGA的惯例，地球上任何地方发生重大自然灾害，它都要迅速做出反应，在第一时间收集并分析美国侦察卫星拍摄到的灾区图像，将其作为战略情报提供给美国政府和军方。汶川地震后，日本、加拿大和意大利等国均表示愿意给中国提供受灾地区的卫星图像。日本提供的卫星遥感图片，分辨率为100米；我国台湾提供的黑白卫星图片，分辨率为2米。在地震灾区交通、通信中断，救援工作十分艰难的情况下，卫星图像的分辨率每精确1米，就意味着可救出更多的生命。

之所以说"汶川特大地震是新中国成立以来破坏性最强、波及范围最广、救灾难度最大"，是这里的地理位置造成的，震魔似乎故意给人们制造更惨烈的悲剧，地震一发生就首先把极震区两头的主干交通命脉摧毁掉：位于西南端的紫坪铺至映秀汶川的公路、桥梁垮塌；位于东北端的陕川交界铁路交通枢纽山体崩塌，与开来的一列油罐火车，使大通道堵塞瘫痪；还有北川，地震首先将进出县城的两座山崩塌堵住"山门"，使里面受难的人们出不来，外边的救援队伍进不去；后又在县城里面的大山深处以山体滑坡堵塞河道，形成一个个堰塞湖，把后路也封死了，使受难的人们再蒙受灭顶之灾。为了获得更高分辨率的图像,中国民政部向美国提出申请,要求获得汶川地震的卫星图像及相关资料信息。这是因为作为"世界警察"的美国在地球周围空间的侦察卫星数量最多、种类最齐全、技术最先进。目前美国在轨军用侦察卫星主要有"长曲棍球"、"锁眼"等。其中"锁眼—12"拍摄的影像分辨率达 0.1 米。由于这些间谍卫星成像分辨率极高,而且可以穿透云层"端详"目标,让美军具备了"鸟瞰"战场的能力。在卫星与侦察机的配合下,美国地理空间情报局可以全天候地对地球表面进行监视,不放过每一个重要目标和事件。印度洋海啸发生后,该局向美国国际开发署及美军太平洋总部提供卫星图像情报,协助救灾行动。美国遭遇"卡特里娜"飓风,该局向联邦救援人员提供了数百幅受灾地区图像。飓风袭击过后,它还向市政当局提供了新奥尔良市中心区的卫星实拍图像,为灾后重建提供了帮助。美国是在汶川地震发生数日后,向中国提供了灾区的卫星图像和相关信息,当然是不会白给的。

谈及美国的卫星图像,令王力感慨良多。虽然有美国卫星图像作为明证,他们在地震后第一时间里突击绘制出的灾区分布图与卫星图像相吻合,但却让他们高兴不起来,反倒更感到难受:我们与他们的距离不只是隔着一个太平洋啊!如果我们有如此尖端的技术,也不至于突击赶制那个"初步估计"的灾情分布图,更不至于让我们的子弟兵玩命跳伞去侦察灾情。

7. 大震前夜,夫妻争吵惊醒四邻

笔者在震后的奔波采访中,也听到一些专家的看法:汶川地震是有前兆的,但没有观测到长时间、大范围(不仅限于四川及南北地震带)、突出的前兆异常。中国科学院、国家自然科学基金委员会主办的《中国科学》杂志 2009 年 1 月第一期刊登钱复业、赵璧如、赵玉林等专家的文章,其摘要中指出:"2004 年初开始在川滇地区布设的 4 个地电台,使用所研制的抗干扰性能极强的 PS—100 地电测量系统和技术,捕捉地震短临前兆,至 2008 年汶川 8.0 级地震前,唯一仍在工作的红格台记录到了汶川地震的 HRT 波短临前兆,根据潮汐力谐振共振波(简称 HRT 波)短临地震预测模型,在汶川地震 8.0 级地震前 5 月 11 日夜至 12 日凌晨 5 时,分析得到了大震即将来临的结果……"

钱复业、赵玉林在电话中对笔者说,那一夜他们夫妇没合眼,眼睁睁地看着记

录到的断层滑动大破裂一步步逼近，但是所记录到的范围在 600—800 公里内，究竟大地震发生在哪里却不能判定。

钱复业说，安放于他们家中的电脑通过互联网传输数据，监控到千里之外的四川红格地震台 HRT 波仪出现了临震异常。如果以红格台为半径 600—800 公里，汶川离红格台大概 400—500 公里，北川是 640 多公里，也就是说，大地震即将在这个范围内发生。但这个半径再往南边划就出国境了，由此可以判定，即将发生的大地震就在北边划的半径内。

这一临震异常是向中国地震局报还是不报？

钱复业要给中国地震局打电话，丈夫赵玉林不同意。

赵玉林说，大地震就要发生，但我们划不出明确的地点，没有地点的预报可能是虚报，打电话没有设防意义。再说预报地震要填写地震预报卡，要经过专家评审，要研究采取防范措施，这样一来时间来不及了。

为此二人争来吵去，惊醒了四邻：

吵什么吵？

半夜三更发神经啦？

…………

当得知汶川大地震的消息后，他们悲痛地流泪了……他们说，从 HRT 波捕捉到汶川 8.0 级地震短临前兆的全过程表明，地震是有前兆的，这是个科学探索的问题，如果说没有前兆，应该查找原因，除了人的因素、主观的因素暂不去说，其中一个方面是不是某些监测技术出了问题？

钱复业说，HRT 波的技术原理，就像老太太敲碗，敲一敲就知道碗有没有裂纹那样，给地壳一个力，回射过来就知道地层的状况。哪里有这么大的力呢？赵玉林想到了潮汐力——某些国家已利用潮汐力发电。用潮汐力"敲打"地壳，就像铁路工人敲打铁轨检测有无缝隙。

2003 年退休后的钱复业、赵玉林在儿子赵璧如的协助下，研制出潮汐力谐振共振波短临地震预测仪。其后三年，安装在 4 个地震台站的 HRT 波预测仪，对印尼 9.0 级地震、巴基斯坦 7.8 级地震、班达海 7.6 级地震以及九江 5.7 级地震都有临震特征波形记录。

然而，汶川大地震依旧成为钱复业一个未了的心结：唐山大地震前，身为国家地震局分析预报室京津组副组长的钱复业，在地震前半个月去唐山落实异常情况，也正因为这次行程中对马家沟煤矿地震监测台的走访，使她背负唐山地震"漏报"的罪名。退休后的钱复业、赵玉林夫妇仍以退休工资投入地震预报事业。然而，年逾七旬的老人，再次与汶川大地震临震预报擦肩而过，感到痛惜不已。

钱复业说，我们这一代人能看到地震预报的曙光，这辈子就没有白干。我们国家人口众多，国家需要地震预报。

8. 躁动中的残酷幽默

当"5·12"大地震袭来时，人们被大自然不可抗拒的威力震撼，被废墟中掩埋的遇难者震恸，被太多的抢夺生命的情景感动……与此同时，人们心头泛出种种疑虑：两千多年来"水旱从人，不知饥馑"的天府之国，怎么突然会跟大地震联系在一起？成都安全吗？成都还是宜居城市吗？

这些疑问都追向一个目标——与震魔打交道的四川省地震局：成都震不震？还有没有余震？

四川人对这么大的地震没有预报很有意见。

5月19日晚，广播电视等媒体以四川省地震局的名义发布关于"余震区两日内可能发生6—7级余震"的公告，一时间成都市再次陷入一片恐慌之中。当晚，成都市民疯狂出逃，刚刚复工开课的厂矿企业、中小学校等重又停产关门。外出避难的人流车流全部壅塞在各个路口和主干道上，艰难地向城外突围，直到翌日黎明前，人流车流在焦急、躁动了一夜之后慢慢疏散了，成都几乎成为空城。

但是，公告的余震没有震。不少市民张望着自家所在的居民区、商品楼还依然稳当地竖在那儿，不无惊喜：咦，没事儿。天天跑余震，天天没事儿，跑疲了，也跑油了，于是跑余震的"段子"、"对联"广为流传。

其中有个段子写道：

比地震可怕的是余震，
比余震可怕的是预报余震，
比预报余震更可怕的是——
预报了余震却一直不震。

其中有的对联也写得颇为精彩：

上联　灾区人民无房可住在余震中等待吃喝
下联　成都人民有房不住在吃喝中等待余震
横批　都很恼火

也有人届时抚今追昔，把对32年前松潘、平武大地震的经历感言发在网上：

地震要来的信号最先被石墙洞里的蛇获悉，但蛇不与人通灵，它们钻出来在月光里爬行，我们并不理会。地震要来的信号被秧田的青蛙获悉，青蛙的皮肤开始过敏，青蛙满田满夜地叫，呱呱，呱呱，已经反常，我们却不能破译它们的真实代码……地震裹挟着毁灭和死亡张开了血盆大口，轰隆隆，哗啦啦，一秒，几秒，当生产队重新沉静下来，便听得见尖叫、奔跑、吆喝、哭泣和石墙的倒塌。我一丝不挂站在院子的竹林里，紧紧抱住一根竹子……这是1976年秋天的惊梦：龙门山的痛！接下来，河岸边和山坡上的土豆花、扁谷草，像生错地方的水稻，粗糙、苦涩、富有纤维，非常适宜水牛宽阔的舌头和人们机械的胃。疯狂的饥饿是一个秘密……

公告发布的强余震没有发生，这让云集于成都"金牛坝宾馆"和省地震局的专家们陷入十分窘迫的境地。四川省政府和成都市政府的主管领导坐镇地震局，要求地震局对震情公告作出应对措施。中国地震局组织专家会商的"余震区两日内可能发生6~7级余震"的判断意见公告后，所引起的社会恐慌让四川省各级政府感到十分头疼。成都市政府向省地震局紧急发出"关于请予确认汶川大地震近期余震对成都主城区影响的函"，敦请省地震局尽快答复。市长助理、秘书长毛志雄也跑来咨询成都地区震情这个最棘手的问题。当即，省地震局副局长王力、吕弋培遂组织召开专家评审会，并以正式函复成都市政府：

经我局组织专家慎重研究，判断意见如下：
一、成都市主城区不是汶川大地震的余震区。
二、余震区发生6—7级余震对成都市主城区不会造成破坏。

三、成都市主城区不会发生破坏性地震。

特此函告。

二〇〇八年五月二十日

与此同时，省地震局一面下发《强化监测预报工作的紧急通知》；一面采取应急处置措施，组织几位专家到电视台录制访谈节目，针对公告中没有界定清楚的"余震的概念，余震的区域、余震对成都市的影响"等作详细的解读与说明。这多少起到了些"亡羊补牢"的作用，但不少市民仍然心有余悸，忐忑不安，似乎他们对地震专家的依赖感、信任感已经发生了"危机"。

就中国地震局组织专家会商为什么提出6—7级余震问题，笔者与中国地震局台网中心顾瑾萍教授进行了电话交谈。这位当年在邢台地震现场考察4个多月的中国科技大学的女大学生，与地震预测预报结下了不解之缘。40多年来，她参与并亲历了多次地震的震情会商会和现场考察。尽管失败、挫折多于成功，悲痛、忧伤压过喜悦，但她和同事们如此执着地走过来了。她说，汶川大地震发生后，国内外（包括美、日、俄）不少地震专家关心有加，纷纷提出几天内将发生7—7.6级地震，中国地震局组织专家会商认为当时余震水平在6.5级左右，考虑到上述国内外专家的意见，被综合为6—7级余震。此意见上报后传到震区马上在电视上滚动播放。结果5月19、20日只各来了一次5级余震，但是中国地震局组织专家会商"可能发生6.5级左右余震"的意见在5月24日又提出来并上报，采取的措施也比较谨慎，5月25日下午汶川震区发生了6.4级余震，到目前这震级仍为最大，之后也没有发生过余震虚报事件。

成都人爱打麻将是出了名的，最夸张的说法是，飞机降落成都双流机场前，就能听到满成都打麻将的声音比飞机发动机声音还响。"5·12"地震后，手机短信开始流行："成都麻将最新规定：不准打512，不准打血战到底，不准打刮风下雨。""512"、"血战到底"、"刮风下雨"，都是成都麻将的打法，都跟地震有关，晦气，所以不准打。即使在"吃喝中等待余震"的日子里，防震篷和马路边光着膀子打麻将的摊桌也屡见不鲜。

在都江堰，一个被埋了70多个小时的中年男子，被救出来后大脑还很清醒，有记者采访他，他看到记者背着笔记本电脑，竟忘了自己的一条腿已被锯掉，开口问记者，你的电脑能上网吗？记者说能上网。他说，那你帮我看看大盘涨了没有。

记者说又发生余震了，信号不好。他说，它震它的嗦，咱上咱的网嗦！

一个从汉旺镇逃出来的老汉，在"5·19"大逃亡中，他却挑着筐子返回汉旺，有人问他去哪里，说回家。问回去干啥子，他说家里还有一块腊肉没得扒出来，还有两分地的茶该收了，能多卖些钱。问家里还有什么人，他说除了他以外，一家六口人都砸死了。老汉说话的时候，没有情绪的波澜起伏，像是讲一个很宿命很久远的故事……

9. 自然之手，呵护天府之国

无法考证，天府之国的称誉是从什么时候开始的。或许是因为上苍的眷顾，让人们的天国梦想在人间这一隅风水宝地得以实现。天府之国总是与"天时地利"、"人杰地灵"、"物华天宝"、"富足安逸"等美好词汇联系在一起，太多的人在这里找到了幸福的滋味，在享受大自然的恩赐中对这片土地有了深情的依恋和向往。

2008年年初，《中国国家地理》杂志评选"最适宜人类居住的地区和城市"，包括台湾在内的中国16个地区参选，成都平原和成都市位居前列。有历史学家说，这块土地质朴风俗的超强稳定性，承继着两千多年"天府之国"的美誉。而社会学家则解读了这方独特的风水宝地滋养了四川人独有的文化品格：顺其自然，顺势应变，因势利导，别有洞天。这也是李冰父子兴修都江堰的治水思想，两千多年来让成都平原尽享其利，由治水而治国，逐渐演变成一种"天府人家"的人生哲理。

"5·12"地震发生后，省政府市政府邀请省内外地震学家、历史学家、社会学家在各媒体上讲座，以科学、历史、人文的层面来解读地震灾难，解读天府之国。

这场罕见的大地震到底是怎么发生的？成都离汶川震区那么近，是否有发生大震的危险？地震学家的解读成为大家最关注的话题。

一些经历过32年前松潘、平武地震的人感到疑惑的是，当年松潘、平武地震并不是被地震部门一开始就判定划出的范围，而判定的是龙门山断裂带上的中南段，结果龙门山没有震，却在它的西北段边缘松潘平武发震了；而这次"5·12"大地震，地震部门没有把地震危险区划定在龙门山，结果龙门山却来了一个出乎意料的特大地震。这究竟是咋回事呢？隐藏在天府之国的这个震魔，这个"千年小妖"怎么一次又一次地戏弄人类？

这实在让地震专家很难一句话说清楚。这就涉及到地震预报为什么这样难的一个世界性难题。这里所说的地震预报指的是临震预报，也就是能把地震发生的时间、地点和震级比较准确地限定在某个范围内，可以组织人员疏散的预报，不包括那种"某某年可能发生大地震"的"预言"。网上或社会上一时流传的某某专家已预测某地将发生大地震的消息，也许那只是个人研究的"成果"，而并非政府正规途径的预报意见。有人质疑，继唐山大地震后30多年了，汶川大地震又没有预报出来，难道经过这么多年的研究，地震预报就没有一点进展吗？

王力在省委党校举办的应急管理培训班上，讲到汶川地震发生的真实记录和成都很幸运地成为地震史上的一次特例时，他说道——

从本局地震监测中心在第一时间的记录资料看，汶川大地震破裂时间整整持续了2分钟。看到这个情景，正在值班的人员都不敢相信，心理上简直承受不了。距离震中近的台站，它的最大记录幅度就没有按这么大的地震去设计，最多按7.5级或7.6级设计的，因此基本上全部"限幅"，就是说记录下来的波形都是"方波"！波峰到底有多长？地震到底有多大？都不知道。第一时间我们只能估计，报的是7.6级以上。工作人员拿到这个结果，手都在发抖。一方面是由于地震仍在继续，一方面是精神高度紧张，担心成都会不会被震倒？在地震具体要素没梳理出来前，大家心里都很恐慌，因为地震发生时，整个成都市震感非常强烈。震后才发现，成都没有造成大的破坏，这可以算是成都很幸运地成为地震史上的一个特例。

这是怎么回事呢？这就涉及到地壳构造带的"远"和"近"的概念问题。如果地表上所处的位置跟地壳构造带有一定的联系，再远也近；如果不在一个构造带上，再近也远。这在汶川地震中得到充分印证。比如汶川地震造成的地表严重破坏，主要集中在长达330公里的龙门山断裂上，其南端竟延伸到了汉源县和石棉县，而跳过雅安和宝兴，就是因为地下构造有联系，无构造"联系"再近也远。再如成都主城区离震中只有80公里，应该算是很近的了，震后当天由于通讯中断，外界很多人以为成都会"消失"了，至少会出大问题。但值得庆幸的是，因为成都主城区和龙门山断裂带处于相互对峙垂直的位置，本身没有直接的地质构造联系，它虽离震中很近，却没有造成大的破坏，有惊无险。这是自然之手呵护我天府之国！

是啊，地质科学验证了经受汶川大地震而不倒的"成都奇迹"。

这无疑给了因大震惊魂未定却又在一次次余震中恐慌的成都市民吃了一颗"定心丸"。

韩渭宾、朱介寿、刘兴诗、李永昭等地震地质学家相继在四川卫视，成都电视台讲座，以科学为引导，穿越时空隧道，追溯地震根源，找到天府之国和成都尊容的时空坐标。

专家们说，龙门山其实从未太平过，它完全有形成强烈地震的漫长的地质构造机制，也有极其强烈地震的历史，如果仅局限于区区人类历史记载，那就不免有短视之嫌，也会错误地把龙门山排除在强烈地震带之外。

汶川地震的根本原因，依然是板块运动的结果。进入几千万年前的新生代以来，强大的印度板块一直向北方推移挤压，使原来的古地中海东延部逐渐消失。然后又经过挤压，生成了喜马拉雅山脉——它一直以俯冲的形态揳入青藏高原板块下面，使其不断抬升，同时又使青藏高原板块向东挤压扬子陆块（二者都是欧亚大板块的一部分），扬子陆块大致相当于长江中下游地区，北与华北板块、南与华夏板块相连，四川盆地就处于扬子陆块的西部边缘，是一个已有 30 亿年历史的古劳亚大陆。而龙门山是青藏高原的前缘，当它用力挤压扬子板块最西缘——也就是成都平原的时候，许多巨大的山头被推过来，压过来，在彭州和什邡境内形成举世罕见的"飞来石"奇观。可以想象当时以地震形式爆发的剧烈冲突不知比今天的汶川地震强烈多少倍，只不过那是人类还没有出现的地质时期，不可能留下任何记载，只有古老的飞来石成为两个板块挤压的活证据。

有人担心：成都距离震中比北川、青川近得多，为什么几乎毫发未伤？随着余震的转移，成都会不会突然来一下，那还了得？

专家反复阐述成都安全的理由：一个是"电路"不同；一个是有厚厚的"防护衣"；这些地理的奇巧构造，呵护着古老的天府之国。专家用两个比喻来形容成都平原与龙门山断裂带，二者之间各有各的"电路"，相互并未连通，一边"电线走火"，绝对不会传到另一边。再有，成都平原下面有一层厚达百米的沙卵石层就像一个巨大的减震器，可以缓解地震，就像"垫子"，像穿了"防护衣"一样，保护着成都平原（也有专家认为，沙砾石层对地震动加速度值是放大的）。

专家给出的答案是：中国古代有句成语，叫作"稳若磐石"，用来形容成都平原，应该是再合适不过了。

当然，这只是一种让大家都能听得懂的比喻和形容。

在当下监测预报尚未过关的情形之下，最行之有效的是在震害预防和应急救援上下点工夫。有人提到 6 月 14 日日本发生 7.2 级地震，提前 10 秒钟预警意味着什么？对减少地震损失有多大作用？专家说，10 秒钟是"最后的逃生机会"，可以跑下楼，可以关掉煤气、躲进厕所，可以在找到任何一个角落里避险等待救援……日本的可贵之处在于建立起高效的体系和制度，在最短的时间内把消息直接连通电视台传达给公众，减少一些不知所措的发愣，使最后的逃生机会发挥作用。

汶川大地震给了我们很多值得总结和反思的地方，其中最惨痛的教训是建筑抗震问题。建筑设防或设防过低或不设防，在地震中受到的破坏差别极大。从设防 6 度提高 7 度，或从 7 度提高到 8 度，成本不会增加太多，对农民建房来说，只是增加一个圈梁，就能使房屋牢固得多，安全效果也就好得多。

其实，这是一个老生常谈的话题。我们屡屡遭受灾难带来的疼痛之后总是健忘。在人类所创造和留存的一切物质和非物质文化遗产中，最珍贵的就是记忆。今天我们是否读懂了，灾难带来的疼痛也是一种历史，一种文明的更生。对于一个人、一个民族、一个国家来说，记不住遭受的疼痛是巨大的不幸。"没有哪一次巨大的历史灾难，不是以历史的进步为补偿的。"恩格斯的这句名言，应该成为我们的座右铭。

10. 向生命致敬

5 月 16 日上午，胡锦涛总书记赶往四川灾区视察。人们看到，他走下飞机与等候的温家宝总理紧紧握手的镜头。这是一次不同寻常的握手，传达出的是特殊的情谊。这是同舟共济的战友情，是为人民鞠躬尽瘁的公仆情。巨手相握，握出崇高使命，握出坚定信念。在"不抛弃！不放弃！汶川挺住！中国挺住！"的紧要关头，人们记住了这个握手的历史时刻。

5 月 19 日是全国哀悼日。当时针指向 14 时 28 分这一时刻，举国上下汽笛悲号，车马行人驻足默哀……当日，国务院抗震救灾指挥部确认：汶川地震已造成 26729 人死亡，27800 多人失踪，遇难人数估计在 6 万人以上。看着一个个罹难的生命、沧桑的生命、健壮的生命、灿若春花的生命和温暖襁褓中的生命，被黑色的"5·12"吞噬，悲恸的泪水打湿了亿万人的心扉。这不仅是数万个家庭的巨大不幸，也是共和国的国殇。生命的脆弱，生命的坚韧，生命的易碎，生命的顽强，生命的渺小，生命的伟大……都在山崩地裂的劫难中展列呈现。凄惨悲壮的时空里，毁灭与生存展开着决绝的搏斗。废墟中我们看到了无数令人惊心动魄的生命姿态已超越了生死。76 小时、92 小时、164 小时、179 小时……超过黄金搜救时间的生命记录在不断刷新，生命的奇迹在不断创造！

时间在一秒一秒地流逝。这片遭受重创的土地依然是危机四伏，灾难还在延续。汶川汇聚了太多人的悲伤和祈祷，与死神赛跑的大救援行动，注定和这场大灾难本身一样震撼人心！

生命日记：转场汉旺——生命大营救

5月13日15时，国家救援队火速赶往绵竹汉旺镇救援，那里的东方汽轮机厂和东汽中学灾情惨重，废墟里埋压着"国宝级"的专家、科研人员和大批学生。此前，国家救援队已在都江堰中医院、新建小学、聚源中学共营救出25名幸存者。

是夜，凄雨潇潇，救援队于当晚23点30分到达汉旺镇，立即兵分两路赶赴东方汽轮机厂和东汽中学实施救援。这支由第38集团军和武警总医院挑选出来的精兵骁勇组建的地震专业救援队伍，是温家宝总理亲自授旗成立的。七年来多次参加国内外地震灾害救援任务，立下了赫赫战功。

5月14日0时，救援队开始了对东方汽轮机厂叶片分厂办公楼的搜救行动。一夜未眠的温家宝总理对大家说："你们是专业队，你们赶快救人吧。""刘海波副厂长是国家级重要专家，你们一定要把他救出来。"

救援队总工程师曲国胜与叶片分厂技术人员，勾画了整个4层办公楼倒塌前的结构图和震前人员办公分布图。据了解，地震时在办公楼中间的会议室有二十几名专家正在开会，只有几个人跑了出来，其余全部被压埋在废墟下。此时还能听见废墟里受困者的呼救声和余震后水泥板块往下掉落的声响。站在一旁的厂领导和家属焦急地催促着、注视着。

救援队员卢杰先独自一人钻进废墟勘查，发现刘海波的身体被两块交错的楼板压住，并且与其他几位受困者或遇难者的腿盘压在一起，无法辩认生死。这种惨景，卢杰在伊朗巴姆地震和印尼地震海啸救援时从未见到过。在狭小、昏暗的空间里，卢杰提出将两块楼板捆绑吊起的营救方案，立刻得到现场指挥员的认可。吊车马上启动，这时，受困者中传出一声呼喊："快把我的腿锯掉，让我出去……"正是刘海波的声音。

队员魏清风也钻了进来，配合卢杰挤进尸体和受困者中间，在废墟下摸索着那些腿辨认：你有感觉吗？没有应声。再摸，有感觉吗？有感觉吗？……两个队员一遍又一遍地询问着。"有感觉，这是我的腿，锯吧，锯吧……"刘海波喊了一声，已经没有力气了。

五个小时过去了，在场所有的人都屏住呼吸，静静的等待。随着吊车把压在刘海波身上的楼板一厘米一厘米慢慢吊升，卢杰和魏清风决定将遇难者和受困者一起移动："一、二、三，一、二、三。"二人一起小声喊着，慢慢地向外挪动，受困者的腿被安全地移出来了。刘海波在没有受到任何二次伤害的情况下成功获救。

救护车把刘海波刚送走，另一位家属就跑到卢杰跟前拉住他的手说："赶快救救他吧，他和几个人在里面压着，还活着，还活着……"厂领导对这位家属说："别着急，他们是国家救援队，他们已救了六个小时没休息，没喝口水了。"

何止六个小时，从发生地震到现在，队员们已经两天一夜没吃过热饭、没合过眼了。搜救仍在紧张地进行。三个小时后，第二名受困者被救了出来。接着，第三名、第四名、第五名……直到第二天凌晨，经过近40个小时的连续奋战，又成功救出高级工程师袁晓阳等3名国家级专家和8名技术人员。

与此同时，国家救援队另一支分队在东汽中学连续奋战30多个小时营救出魏玲等7名幸存学生后，又听见废墟下有微弱的呼救声，救援队员向呼救的位置靠近，确定受困者位于废墟两米以下。经仔细勘查，为避免给受困者带来二次伤害，决定从侧面凿开营救通道。在王念法、张健强、何宏卫等队员轮番作业下，高50厘米宽40厘米的营救通道不断延伸，终于看见了受困者——废墟死死地压着他的右臂，在随队医生给他输上葡萄糖液体后，队员王念法边清理瓦砾边和他聊天，得知他叫薛枭，是高二学生。

"叔叔，我口渴，想喝水。"薛枭说。

"别急，再坚持一会儿，等你出来了，叔叔给你买可乐喝，还是大瓶的，行吗？"王念法说。

"行，最好是冰冻的。"

疲惫的王念法被薛枭的话逗乐了。

薛枭说："叔叔，我隔壁还有一名学生，她叫马小凤，我们隔着一根梁，我有好几次想睡觉，都被她制止了，她不让我睡，怕我睡着再也醒不来了，当我犯困时，她就给我唱歌。"

王念法与张健强、何宏卫等队员商量后，决定另开通道营救马小凤，与薛枭同时实施营救。当营救通道接近打通，可以看见马小凤时，一段感人的对话又让王念法这个山东汉子眼睛湿润了。

"我们救薛枭时你为什么不呼救？"

"我没有受伤，我的空间比他大，薛枭受伤比较重，我不想在你们营救时打扰你们。"

"你周围是什么情况？"

"我周围是课桌。"

"好，你别急，叔叔一定救你出来！"

"谢谢叔叔。"

王念法趴在通道里艰难地清理着瓦砾，他头顶上有预制板压着的尸体，右侧是预制板挤着的尸体，身子下面是遇难者被挤压出来的鲜血。

通道终于打通了，王念法和队友立刻架好扩张器，对楼板实施强行扩张。在汶川大地震发生 80 个小时后的 5 月 15 日 22 时 28 分和 23 时 03 分，马小凤和薛枭分别被营救出来。当马小凤从担架上跳下的画面，当"可乐男孩"薛枭在担架上说"叔叔给我可乐，要冰冻的"的画面通过电视传向四面八方，他们的乐观感染了全中国。

生命日记：驰援映秀——双臂凝固的生命之碑

5 月 15 日上午，国家救援队接到增援汶川映秀镇指令后，立即派出 40 人小分队携带 4 条搜索犬和轻型救援装备在成都凤凰机场乘直升机紧急起飞，赶往震中映秀。

最先到达映秀的是成都军区和武警部队派出的两支"敢死队"，那是 5 月 13 日凌晨时分。但当时他们并不知道这里竟是汶川大地震的震中，昔日祥和温馨、游人如织的古镇，今日成了阴森恐怖的死亡之谷！他们无法携带大型救援设备进来，他们甚至连简单的挖掘工具都没有，只有随身携带的部分短锹和镐之类的轻型工具，眼睁睁看着被埋压在废墟里的孩子在里面喊"叔叔快来救我，我们等着哩"，可他们只能说些安慰和鼓励的话，心里都十分清楚，仅凭这一双双赤手空拳是救不出更多的孩子们的。"映秀灾情惨重，急需救援队伍"——他们迅速将这一消息反馈到抗震救灾指挥部。5 月 14 日下午，携带专业救援设备的上海消防总队接到命令，立即抽调 20 名官兵组成突击小队搭乘直升机在映秀镇降落，实施紧急救援。

国家救援队赶到时，映秀镇已汇集了几十支救援队伍和志愿者，善于攻坚的国家救援队即刻派出技术骨干和搜索犬为上海、山东、江西等消防队提供幸存人员搜索定位、营救方案等技术指导。据上海消防总队特勤支队姜亦山中校和士官周庆阳讲述：映秀小学是受灾最惨重、人员伤亡最多的地方之一，唯独学校的旗杆没倒，房屋全部垮塌。地震时，数百名师生正在教学楼里上课，很多孩子都跑出来逃生，但随着一声巨响，教学楼轰然倒塌，绝大部分逃生的师生都被埋在了楼梯和走廊里。虽然映秀镇的百姓和先期到达的部队已经进行了搜救，救出了一些孩子，但仍有三百多人生死不明，直到现在许多家长还在废墟上悲惨喊叫……

从当初的自救到现在配合救援队搜救，映秀小学校长谭国强和体育老师刘忠能一直没有离开。这位浑身沾满血迹和尘垢的校长，至今未得到亲人的一点消息，他对"凶多吉少"这个词已经很淡定了。

"学校学生有多少？"

"773个。"

"老师有多少？"

"47个。"

"现在还有多少没找到？"

"我们初步统计，还有260多个学生失踪，老师22个。"

地震发生的那一刻，刘忠能正带着两个班的同学上体育课，他和学生才幸免遇难。刘忠能眼睁睁看着离自己20米远的家属楼轰然垮塌，他妻子和刚满5岁的孩子被埋在废墟中。刘忠能的妻子是学校英语老师，他们二人从相识到相爱一直在映秀生活了十二年，把儿子培养成才是他们最大的愿望，可是眼下，他的妻子和孩子就这样一下子在眼前消失了。

这是救援队在与他们交谈时了解到的情况。

雨一直下着，天崩地裂震起的厚厚尘土已被连日的雨水冲入了浑浊而湍急的岷江。虽然交通、通讯中断，各种大型救援设备仍无法进入映秀，但震中的映秀不再孤立无援，废墟上挖出的一个个凹洞见证了一个个生命奇迹的诞生。

此刻，国家救援队分队领导刘向阳（副总队长）、周敏的心情依然十分沉重：废墟下一定还有幸存者，只要有一线希望，我们决不放弃！因为我们是国家救援队！

经询问和搜索，发现有名幸存者在被埋压在废墟底层，入口被周围4米多高的废墟团团包围，已有救援人员在此清理过，因难度太大放弃了。刘向阳下命令道："卢杰！"

"到！"卢杰大步跨了过来。

"上！"

"是！"

这个被称作"九头鸟"湖北佬的卢杰毅然一马当先钻进废墟"侦察"。余震频仍，山体滑坡隆隆作响，他脸贴在地面上匍匐爬进4米多深的废墟底层，发现幸存者的左腿上压着水泥板，只要动一点，楼板就往下沉。经过询问，幸存者意识清醒。卢杰建议采用支撑和开凿方式同时进行营救。

在救援中有时是一根手指长的钢筋被剪断，一块鸡蛋大的水泥块被取出来都是进度的标准。3个多小时的轮番作业，用锤子一点一点的把水泥板压脚部分敲碎，15日晚上19点58分，几位队员撑起双臂顶住摇摇欲坠的楼板，筑起一道血肉铜墙——女教师董晓红得救了！

董晓红的哥哥从电视上得知妹妹获救的消息，第二天专程赶到救援队营地，长跪在队员面前热泪盈眶地说："感谢共产党，感谢亲人救援队，有共产党就有饭吃，有你们就有命啊！你们才是真正的千手观音！"

与此同时，上海消防特勤支队与在学校废墟的另一处救出一个小女孩之后，又发现了一个小女孩，她声音很微弱地在喊："叔叔救救我，救救我！……"这时已经十分疲惫的士官周庆阳恨不得自己再长出几双手该多好啊！他安慰着小女孩："小妹妹，我们一定会把你救出来，你一定要坚持住！"

但是，小女孩的双腿被四层预制板死死压在下面。唯一能救活她的方案就是截肢。这个残酷的现实让周庆阳和队员们无法接受。周庆阳流着泪几乎是在乞求地说："既然我们来是拯救生命，就要给她一个完整的身体，所以我们决不放弃！"

通过交谈，队员们知道了她的名字：张春梅。

她渴了，要水喝。周庆阳就把一瓶营养水送到她嘴边喂她。周庆阳问："小妹妹，你感觉腿痛不痛？"小春梅说："痛，叔叔快救我啊。"周庆阳听到这句话，知道了她的腿还没有坏死，更坚定了要完整地救出小春梅的信心。

天黑了，夜里不能再挖了，队员们和成都军区的医务人员就守在小春梅身边，找来衣物盖在她的上半身，用一块棉褥垫在她的头下，为使她不要睡过去，就轮流着跟她聊天。这时校长谭国强也来了，听校长说，小春梅的全家都遇难了，她家住在一个山腰上，整个村子都被山体滑坡埋掉了……

天亮了，抢挖营救小春梅的行动在国家救援队结构专家的指导下继续进行。经过长达22小时的排险、抢挖和营救，在救出小春梅的那一刻，同样是这种举动——

几位队员撑起双臂顶住随时坠落的楼板，筑起一道血肉铜墙——小春梅得救了！

周庆阳说，令人难忘的是小春梅那眼神："她看着我们的时候，是一种很乞求的眼神，很希望我们把她救出来的那种眼神，又是很坚强很有信心的眼神。"

周庆阳后来对笔者说："这个小女孩很漂亮，一双眼睛特别大，我这一辈子都会记住这双眼睛。"

救出小春梅之后，国家救援队又先后营救出 4 名幸存者。

听谭国强和刘忠能讲，在救援队开进来之前，映秀镇的群众已展开了自救，当人们徒手搬开垮塌的教学楼的一角时，被眼前的一幕惊呆了：一名男子跪仆在废墟上，双臂紧紧搂着两个孩子，像一只展翅欲飞的雄鹰。两个孩子还活着，而"雄鹰"已经气绝！由于紧抱孩子的手臂已经僵硬，救援人员只得含泪将其手臂锯掉才把孩子救出……这只双臂凝固的断翅雄鹰就是映秀小学二年级年仅 29 岁的教师张米亚。他的妻子邓霞和唯一 3 岁的儿子也在地震中遇难。

谭国强、刘忠能说，每当看到救援队员挺起双臂撑顶住废墟楼板营救出一个个幸存者时，我们就想到了张米亚，就看到了一种令人仰视的惊天地泣鬼神的崇高！

崇高不等于高贵，却包含了高贵。高贵往往是看得见摸得着的，是伴之以权力、地位、名望和宝马轻裘、豪华富贵等物质属性的；而崇高是无形的，是属于精神范畴，但在地动山摇的那个瞬间，在与死神争夺生命的那一时刻，我们真真切切地看到了也理解了什么叫崇高。千千万万张脸上为什么流着热泪，看到了那是高高矗立的生命之碑！

此时此刻的映秀，坚强和坚守依然是她的主调。强忍着失去亲人的悲痛，谭国强和刘忠能依然站好最后一班岗。而更多的学生家长则选择在这里长时间的默默注视。只要救援队在废墟里挖一天，他们就在这里等一天……

生命日记：挺进北川——死亡之谷的最后救赎

5 月 16 日 16 时 10 分，国家救援队主力分队到达重灾区北川县。17 日和 18 日，救援队分成 2 个分队 6 个小组，徒步进入北川县城新城区展开拉网式搜索。

北川，时间并没有在大难降临的那一刻凝固。在数万大军和救援队向北川开进的途中，已被越来越凄惨悲怆的气氛笼罩：烟尘纷飞，尸横遍野，到处是逃出来的灾民，他们满面尘灰，他们疲惫不堪，他们对随时滚落下来的飞石和死亡已经熟视无睹几近麻木。到达这座城市之后，余震还在改变着它的模样，整个县城已经变成一个巨大的瓦砾场，仅剩的没有倒下的廖廖几座楼房也是摇摇欲坠。而位于县城几里之外的北川中学，是死亡惨重的第一现场，也是最早展开营救的唯一可以到达的救援现场。

随着时间的推移，发现幸存者的可能性越来越小，国家救援队两天来的搜索排查，只在北川税务招待所发现并营救出一位深度昏迷的老人。还有没有可能发现幸存者？又调来几只搜救犬，进行仔细搜索，没有发现幸存者，生命探测仪也没有任何生命迹象的显示。

然而，灾难中的北川仍在沉吟滴血，人们为那些随处可见的惨景而伤悲：一只伤残的小狗守候在主人被埋的废墟旁，仍在毫无力气地哀叫；一位父亲站在废墟上，不分昼夜地守护着，徒劳地哭喊着孩子的名字……

废墟中的北川，人们为那些永远凝固的姿势而流泪：在县城小河街的一块巨石下，一个男子的躯体呈弓形死死地护着底下的女子，女子紧抱男子，两具遗体无法拆散，只好一起下葬；在一处坍塌的民宅，救援队员奋力挖掘，猛然，令人震惊的一幕出现：一个年轻的妈妈怀里紧抱着婴儿，她低着头，一只手紧撑着一块楼板，早已停止了呼吸，而怀里的婴儿依然含乳沉睡……

在北川中学出现了更令人惊心动魄的生死一幕：张宜春老师双臂撑开护在课桌上，这个动作让4名学生活了下来——这个动作不禁让人想到用双臂紧搂着两个孩子的张米亚；想到伸开双臂护着课桌下4个学生的谭千秋；想到挺直脊梁用自己的双臂撑住变形门框喝令学生快逃生的曾长友；想到北川邓家岩牛汉小学483名学生一个都没有少，9名老师带领71名学生徒步到达绵阳无一死亡；想到安县桑枣中学校长叶志平和全校2300多名师生全部集合在操场上……相形之下，也不禁让人想到那个"哪怕是我的母亲我也不会管的"都江堰光亚学校教师"范跑跑"（后来人们说，不要再叫他"范跑跑"了，还叫他的名字范美忠吧），对此，人们的回答是：人可以不崇高，但不能允许无耻！再看看那些已凝固的伸开着的双臂，那些虽然无回天之力的双臂，他们在那个生死瞬间是怎么想的，有没有与日月同辉的思想火炬，有没有振聋发聩的豪言壮语，他们永远不会回答了，但是苍天有眼，他们的双臂犹如夜幕下的火炬，在人类思想的天空伸张，成为永恒的舞蹈。

5月18日9时10分，海南省救援队传来一个令人振奋的消息：该救援队自5月14日抵北川，在部队救援队李虎等队员配合下，先后成功救出小李月、杨露等19名幸存者之后，又在北川县人民医院救出了被埋压139小时的内科医生唐雄。看到丈夫被救出来的谢守菊竟抱着指挥长牟光迅(海南省地震局局长)激动得哭喊:"奇迹,真是奇迹!谢谢救命恩人啊!"

这天深夜 11 点,国家救援队召开会议,领队张明、队长王洪国再次研究部署搜救任务,决定将重点放到有水源有食物,幸存者的存活几率较大的场所展开排查:只要有一点可能,我们就绝不放弃!

这是一种拯救生命的赌注!

5 月 19 日清晨,奇迹出现了,王健伟带领的搜救小组在菜市场周围的废墟中进行反复搜索时,突然,搜救犬"汪汪"地叫了起来。队员们马上进行定位查看,听到废墟中一个夹缝里传来轻微的敲击声,终于发现了一名幸存者。

这是一位 61 岁的大妈,名叫李明翠。她已经很虚弱,她说她被压着,动弹不得。

队员们就向她喊话:"大妈,别害怕,我们是国家救援队,一定把你救出来!"

队长王洪国闻讯跑来了,立即制定营救方案,清理压在大妈周围的楼板断层和碎石块。随行的医疗队员张谦和张艳君已在一旁做好了抢救准备。

5 月 19 日上午 10 时 42 分,在地震发生 164 个小时后,李明翠老人以 61 岁的生命奇迹从废墟里诞生!

同日,在北川电厂的废墟里,上海消防特勤支队也在与死神进行着最后的较量。他们生死相搏,是为了一个人,这个人在废墟中等待救援已经 170 多个小时。一个正常人在缺食缺水条件下的生命极限是 5 天,他都在已经断水断粮 6 天 6 夜之后才被救援队发现,他的名字叫马元江。

马元江,31 岁,是北川电厂的职工。5 月 12 日地震发生时他正在电厂二楼会议室开会,来不及躲也来不及逃,8 层楼房瞬间垮下,马元江被压了深达数米的地面之下。因埋压得位置太深,救援队几次用生命探测仪都没有发现他……废墟里暗无天日,没有水没有食物,就连雨水也浸透不下去。马元江除了与同事的尸体相伴以外,就是与被掩埋在上一层楼的女同志虞锦华聊天对话。5 月 17 日,虞锦华获救,由于她的一只腿已经坏死,医生给她当场做了截肢手术才把她救出。手术前虞锦华告诉救援队,在她的下面还有一个活着的人,是她的同事马元江。与此同时,马元江也听到了救援队的声音,他拚尽全力呼喊,为的是让救援队知道他的准确位置。

救援队很快调来了吊车。但他上面是 6 层楼板压着,如果用重型工程机械一层一层把压在马元江身上的水泥构件全部搬走,粗略估算也要两天时间,这对于已在死亡边缘徘徊许久的人来说意味着什么,救援队员们都很清楚。商量之后,他们决定采用第二种方案：冒险打洞。在此后一天一夜的营救中，连续不断的大小余震，让队员们和马元江同时身临绝境。尤其是 5 月 19 日晚上，四川电视台播出的将有 6—7 级强余震的警报，更是让所有的人联想到一个词：放弃。

特勤队队长丁夏富大校说："我们面临的这种压力可想而知，在现场营救的队员们并不知道这个警报，我们不愿影响他们的情绪，只是一再叮嘱他们随时警惕余震造成的坍塌。"

在现场指挥的姜亦山中校说："这是生死一搏。马元江的妻子和所有的人的目光，都眼睁睁地看着我们，没法半途而废。"

时间在一分一秒地流逝，队员们用了几个小时打通了一个十几米的坑道，终于隐约看到了马元江的身影，他也睁着眼睛看队员从哪里打开出口。在这之前救出虞锦华截肢后留下的一条腿已经腐烂，他们就用酒来进行消毒，用一个塑料布把腿包住，周围洒了好多酒。

马元江嗅到了酒味说："这酒的味道好香啊！"

士官周庆阳就对他说："马师傅，你一定要坚持住，等把你救出来，你一定要请我们喝酒啊！"

马元江说："一定请，一定请，我要答谢你们的救命之恩！"

5 月 20 日凌晨 3 时 26 分，汶川大地震发生 179 个小时后救援队救出的最后一名幸存者马元江成功获救！

…………

国家救援队撤出北川到达绵阳时，队员王念法突然接到一个电话，是救出的学生马小凤打来的，她说："叔叔，我好想你……"

王念法两眼热泪，再也强忍不住流淌下来……

11. "妈妈，你以后要笑对人生"

直到现在，董洪春脑海里一直挥之不去的，是 5 月 12 日吃过午饭女儿上学时对她说的那句话："妈妈，你以后要笑对人生。"难道年仅 10 岁的孩子先知先觉、灵通天籁，是对大难来临前的一种超凡感应或心灵暗示？做妈妈的董洪春不理解，一直紧张地进行地震观测的爸爸杨敏也不理解。这句应验了一场大劫难大毁灭即将来临的话语，竟成了一个花季少年告别爸爸妈妈告别这个世界的永诀！

5 月 12 日吃过午饭，女儿上学时说的这句话和一个小时后猝然降临的大劫难，注定董洪春终生难忘!

失去了女儿,失去了丈夫,失去了大大小小老老少少9位亲人的董洪春,眼下孤单一人在安昌镇临时安置的县地办两间简陋的民房里,给丈夫未竟的事业打零工……

这是中共北川县委、县政府提供的一份档案材料,真实记录了那个黑色的毁灭瞬间——

这里有最古老的羌族文化,这里有最原始的自然风光,这里曾是人与自然和谐相处的神奇土地,这里就是治水英雄大禹的故里——全国唯一的北川羌族自治县。然而一场突如其来的人间大灾难,彻底摧毁了这里的一切!

2008年5月12日下午2时28分04秒,这块古老土地剧烈地摇滚翻动,一场里氏8.0级特大地震突然爆发,顷刻之间,北川的山河支离破碎,数万个鲜活的生命被深埋在垮塌的山体泥石和废墟之下!县城周围的王家岩垮塌,陈家山垮塌,龙尾山垮塌,湔江河大桥垮塌,北川县城的出路全部被封堵中断,北川成了一座孤城,昔日美丽富饶的家园变成了人间地狱!

短短不到两分钟,地处龙门山断裂带上的北川全县20个乡镇、278个村、16.1万人口全部受灾,无家可归。特别是地处两座高山之间的北川县城,大地震使县城两面徒峭的王家岩从300多米的高空倾泻而下,数百万方土石覆盖了整个北川县城主城区。位于主城区最繁华的禹凤街、曲山街、回龙街等五条大街全部被垮塌的山石掩埋,数百幢大楼被推出200多米,压成粉碎性废墟,堆积成一座座二三十米高的瓦砾山!这些大街上的教育局、民政局、司法局、财政局、地税局、县法院、县医院等20多家单位在办公室上班的工作人员无一人生还;回龙社区一万多名居民和商场、饭店的顾客及工作人员幸存者廖廖无几;城区东面的陈家山从200多米高、3000多米宽的陡崖上垮塌下300多万方数千万吨巨石,砸向人口密集的学校、机关、居民区和交通要道,500多米长的老城街顿时尸横遍野,过往的车辆和街上的人群被滚落下来的巨石砸得血肉模糊,身首异处,有的被埋在巨石下只露出一只手、一只脚或一滩血浆、脑浆、一截肠子……

全县71所中小学校、幼儿园房屋全部坍塌,北川中学1300多名学生被废墟深埋,其中高一九班只有一名男生生还,班级因伤亡惨重被撤销班号。北川中学新校区被翻滚而下的巨石整体掩埋,只剩下一面红旗孤独地肃立在废墟之上,300多名学生全部被埋，只有在操场上体育课的30多人幸免遇难；曲山小学新校区也同时被埋没，几乎所有的学生都埋压在废墟里；北川幼儿园整体坍塌被埋，400多名孩子有326名死亡或失踪；这些如花的生命还没来得及绽放便凋零了……

在北川县城里，完整的三口之家已不到百分之十，失去几位、十几位亲人的家庭随处可见。县城之外30多个村寨整体滑入河谷中，曲山、擂鼓、陈家坝等乡镇遇难者都在千人以上……

这是一组带血的数字：截至7月11日，"5·12"特大地震造成北川全县15645人死亡，4311人失踪，26916人受伤致残；全县各级干部遇难436人，受伤200多人；在县城各单位中，财政局73名职工遇难39人，地税局68名职工遇难47人，县法院43名干警遇难27人，教育局57名职工遇难33人，县医院180名医护人员遇难104人，县城中小学、幼儿园遇难1706人，正在县文化馆开会的禹风诗社会员66人和文化馆6名工作人员全部遇难……地震撕裂了大地，也撕碎了成千上万的人生，所有活着人都只剩下一个身份：幸存者。

北川50多年来艰辛发展的经济社会成果在一瞬间被损毁殆尽，造成直接经济损失达600多亿元。全县4.5万户16万余间房屋倒塌，县境内水、电、气、交通、通讯全部瘫痪，1200多公里国道、省道及县乡级公路和50多座桥梁垮塌损毁，县内360多家中小企业厂房和机器设备惨遭破坏，特别是装机20多万千瓦的十几处电站所有大坝、机组被损毁，县内一半以上的良田、林地因山体滑坡被冲毁，100多万头牲畜死亡……

大地震过后，灾难并没有结束。北川县境内山体出现了数万处垮塌、泥石流和大滑坡。垮塌数百万方的大滑坡达100多处，山体上数公里长的大裂缝遍布县境内各乡镇。地震造成的山体大滑坡阻断了北川的4条主要河流，形成了串珠状分布的堰塞湖10多个，总蓄水容量达4亿多立方米，随时发生溃坝的危险，特别是离北川县城6公里处的唐家山堰塞湖，每天以2米的速度上升，时刻处于高度危险状态，使下游的绵阳、江油等10多个市、区、县100多万人口受到悬湖之险的威胁……

在北川，地震灾害如此惨烈，人员伤亡如此惨重，令人发指！其救灾难度如此之大，更是历史罕见！这一情景，让整个中国为之伤痛！大灾无情，人间有爱。胡锦涛总书记、温家宝总理等党和国家领导人多次亲临北川部署指挥救灾，中国人民解放军和武警部队官兵在第一时间奔赴灾区，广大志愿者迅即从四面八方赶来伸出援手，全国各族人民纷纷捐款捐物支援北川，为北川加油！仅10多天里，搜救被埋被困群众 25000 多人，转移安置受灾群众 14 万多人，抢修公路 1000 多公里，把 10 多个堰塞湖疏通到警戒水位以下……初步取得了抗震救灾的巨大胜利，正如胡锦涛总书记所说："我坚信，任何困难都吓不到英雄的中国人民！"温家宝总理说："要多难兴邦，要建一个新北川！"

　　笔者一行是由董洪春陪着走进北川县城的，如果它还称为一座县城的话。

　　已是深秋时节，从"三道拐"的地方向洗劫后的北川县城望去——这一望，心就被刺痛了，颤抖了：北川，你那秀美的山川河流哪去了？你那神秘古老的羌族文化哪去了？你那热情好客古朴自然的民风曾经让多少人感动得泪流满面？你那青山绿水滋养出羌族姑娘的天生丽质曾经令多少人神魂颠倒？……然而，"5·12"那一时刻过后，这里竟成了天堑，成了生死离别、咫尺天涯的墓穴，成了让千万人泣血断肠的死亡之谷！消失的山峦，消失的村寨，消失的炊烟，消失的繁华，无数个家叠压在了一起，叠成了厚厚的瓦砾场！

　　像经历了一场空前惨烈的战争之后，硝烟散尽，一片死寂，一片狼藉，这就是眼前的北川。

　　那座标志着北川历史沧桑的铁索浮桥已不复存在，只有岸边遗留的半截石门柱斜立着，像一介断臂的武士，昭示着北川的古老；还有那一道道滑坡的山梁，仿佛在垂首沉思，也许无数的历史记忆还藏在撕裂的石缝里，顽固地拒绝呼唤……山崩地裂裹挟着腥风血雨浇透阳光的日子，留下了这满目疮痍、孤寂和瑟瑟的凄寒。歪歪斜斜的街巷里，唯有伤痕累累的梧桐树仍在努力地伸展着新枝，似乎要印证这里所发生的一切。

　　这座废墟之城早已封闭，是由山东省泰安公安特警支队和当地派出所巡逻把守，从"三道拐"的地方就撒下铁丝网和一道铁栅门封住了进入口，没有特别通行证或许可证件是禁止一切车辆和行人进入的。

　　董洪春跟派出所的人很熟，再加上她有一个特殊的身份——"监测地震"的工作人员，把守的巡警也就打开铁栅门放行了。

　　这位聪颖、贤慧的羌族妹子，能勇敢地直面血淋淋的现实，直面被肆虐的震魔吞噬女儿、丈夫和数位亲人生命的殉难地，不能不令人肃然起敬！她说，正是女儿的那句话："妈妈，你以后要笑对人生。"使她在痛不欲生之后没有消沉，没有颓废，没有觅死觅活，在经历了一番心灵救赎之后，她从那片死亡的阴霾里坚强地走了出来!

从"三道拐"往里走已经没有了路,路被9月24日一场罕见的泥石流覆盖了,并且把已经成为废墟的北川中学、县城老城区和数家工厂企业大都掩埋了。大地震把进城的公路撕裂后一端抬高了几十米变成了悬崖,另一端则塌陷变成了可怖的深谷,泥石流冲下来把撕裂的伤口抚平了,仿佛在匿藏或销毁震魔的罪证。

踏着乱石嶙峋的泥石流滩地,我们一步一步艰难地向山谷里的县城走去。董洪春说,这样的路自"5·12"以来她已经走了几十趟了,北川遭受地震灾难只是一个开始,地震把北川摧毁之后,紧接着是唐家山堰塞湖分流下来的洪水又使北川遭受了一次灭顶之灾,再接着就是泥石流恶狠狠地冲下来,似要把一切遭难后的惨状连同人们对这惨状的记忆一起淹埋掉,使北川仅剩下奄奄一息的一点元气也耗尽了,活下来的北川人悲伤无比:我们北川怎么了?为何遭受如此天谴和报应?劫后余生的北川人想不明白。

我们一律小心翼翼地跋涉着,沉默着,不忍心向董洪春问这问那,以引起她不堪回首的剧痛。在走到离老城区不到50米远的一座坍塌的楼房前,董洪春说,这个楼就是税务局、审计局和几个单位办公场所,她当年与县地办工程师杨敏结婚后,就在审计局上班,后来裁员她下岗了,就一直在家待业,她和杨敏最大的愿望就是把女儿杨东铭培养成才。她说,县地办是个穷单位,三口之家的生活开销全靠杨敏每月近千元的工资支撑着。但每每看到女儿上学回来那脸上绽放的阳光般的笑容便照亮了他们的生活。

走过老城区时,董洪春抬手指向一座斜垮的仅露出一米多高的大门说:"这里面就是县委大院,县地办就在县委办公楼的一层,整个六层楼陷进去了,只剩下半截楼顶……"

5月12日上午,董洪春从菜市场买菜回来,感到天气闷热,就把一身牛仔服脱下,换上一件白底印花半袖衬衫和一条白短裤,又把一双高跟凉鞋找出来穿上。等丈夫和女儿回来一看,赢得一阵喝彩。杨敏对女儿说:"看你妈妈多时尚,把夏天的美丽都集合在身上了。"女儿说:"妈妈真漂亮哟,我们小朋友总是爱唱容祖儿唱的那支歌:生命已经打开,我要你总精彩。妈妈,你以后要笑对人生。"

吃午饭的时候,女儿很高兴地对杨敏说:"爸爸,下午我们小学低年级舞蹈演唱班在礼堂演节目,你要是有时间应该去看看,演得挺不错的。"

杨敏说："爸爸没有那闲工夫，爸爸吃完饭还要赶快去接班呢，好换下你刘和平伯伯。"

女儿就对董洪春说："爸爸没时间，妈妈你去看演出嘛。"

董洪春说："好，我去看。"

杨敏以最快的速度吃完饭，放下碗筷一抹嘴站起来就要去上班，临走时转回头来对女儿说："等你们大班演出时，爸爸和你妈妈一定去看，看看我们的小东铭跳天鹅舞的风采。"

女儿说："我和李月都在加急排练呢，老师说，在县里比赛夺了冠军，还要去绵阳参加会演呢。"

爸爸转身走了，留下一个永恒的笑。

女儿上学走了，也留下一个永恒的笑。

一个家庭的生死离别就在大地震爆发前的这一时刻被定格。

董洪春洗刷罢锅碗，楼下的几位姐妹就喊她赶快下来搓麻将。她走下4楼，来到一楼过道里，打算和姐妹们搓会儿麻将就去礼堂看小朋友们演出。

时针悄悄逼近大难降临的时刻。就在听到脚下一阵轰轰隆隆沉闷的响声伴随着地面剧烈抖动的一瞬间，董洪春本能地意识到了什么，对姐妹们喊："地震了，快跑！"

她和几个姐妹向楼外大街上跑，边跑边对行人喊："地震了，地震了，快跑到安全地方去！"大伙儿都跟着她跑，不远处最繁华的商业街也黑压压冲出来一群人。大地开始剧烈地摇晃，很多人都栽倒了，挤压在一堆。董洪春当年上中学曾是绵阳地区女子1000米长跑冠军，高中毕业时，要不是为了找工作，就被省体育队拔走了。此时，等她和几个人刚刚跑过湔河桥，就听身后一声巨响，桥整个垮塌了，拥挤不堪的人群一拨一拨陷了下去；紧接着，只见县城出口的王家山两面山头崩裂，飞沙滚石倾泻下来，倾刻间覆盖了要道，覆盖了老城区；四周的山峦也像被一只只无形的大手撕裂抓破，山体大滑坡包围了县城，房倒屋塌，尘烟滚滚，死亡的阴霾笼罩了山谷……

董洪春对地震知识是了解的，就在地震前半个月，她还帮县地办向县各单位和学校发放地震知识宣传材料，并且还专门给中小学生们讲，地震来了该怎么办。

地震前有没有什么异常反应呢？她从丈夫杨敏嘴里没有得到任何信息，只是这些天杨敏一丢下饭碗就直奔办公室处理观测数据，对此她曾问杨敏："看你忙的样子，是不是出现了什么异常？"杨敏说："大的异常倒没有，只是水氡和地下水有小幅变化，是不是跟这些天不下雨有关？还有待观测。"董洪春说："往常这个时候一天两头总下雨，空气挺湿润的，今年不知为啥子，雨总下不下来，这算不算异常呢？听说有的地方癞蛤蟆成群结队'搬家'，为啥北川没这种现象呢？"杨敏认真地看了看妻子说："呵呵，我们的董洪春大小姐快要成为地震专家了。"董洪春说："只可惜我没能去深造就做了你的老婆，要不然一定是个很了不起的地震专家，还是个羌族姑娘。"

现在，董洪春陪着我们来到北川县公安局两座倒塌的大楼中间一条小巷旁，她说，从这条巷子进去就是曲山小学高年级的新校舍，再往上走就是北川中学新校区。学校都是依山而建，每当孩子们下课走出教室，就能浏览整个北川县城，景色宜人，挺壮美的。

地震发生后，董洪春的第一反应是疯了似地跑来找女儿。可是跌跌撞撞跑过来一看，她惊呆了：曲山小学不见了！北川中学新校区也不见了！眼前是成堆成堆的大石头和泥土，只有一杆没有折断的旗杆，才证明这下面埋压的就是学校。

"东铭，东铭，我的孩子！"她声嘶力竭地呼喊。一些家长也跑来了呼喊自己的孩子。可是，怎么也听不见孩子们的哭救声。这时，县长一脸的血也顾不得擦一把，带着几位公安干警和武装部的人员向山坡上已是一片废墟的学校爬去。董洪春也跟了过去，却被两名干警拦住：太危险，你不能去！只要孩子还活着，我们一定会把他们救出来的！

董洪春和一些家长就聚集在县政府门前的一块平地上朝学校这边张望，余震不断，山体滑坡不断，人们站立不稳，都蹲或趴在地上。这时，有人传过来话说，县委完了，整个六层大楼陷进去了！董洪春一听，如雷轰顶，她爬起来向县委大院跑去。

董洪春说，地震时她之所以向最远的曲山小学跑来找女儿，而不去最近的县委找丈夫，是考虑到县地办就在县委办公楼一层，地震发生时，杨敏和同事完全可以跑出来躲过一劫，而曲山小学是在半山坡上，孩子们又多，年龄又小，逃出来比较困难，所以她才先去了学校。等她闻讯跑到县委大门前一看，一下子就瘫在了地上：整座县委大楼不见了！连楼前的那棵古柏树也不见了！只听从楼对面老干部活动室里跑出的人哭喊：惨哪！惨哪！惨哪！……她又返回到曲山小学废墟前，一具具孩子的尸体被挖了出来，有的能辨认，有的血肉模糊已无法辨认，只能从孩子们穿的衣裳或鞋帽来认别。她一个个地查找了一遍又一遍，没有发现女儿小东铭，这使她感到还有一线希望，同时又让她感到很恐惧，但她什么也不想了，认定女儿所在班级的教室位置，不顾一切地扑了过去，在废墟里拼命地扒，拼命地喊："小东铭，我的孩子，妈妈在这儿，妈妈来救你……"

下雨了，漆黑的夜空被劈雷闪电撕开一道道惨白的口子，吞没了年轻母亲的哭喊……

时间，无法阻止的时间在一秒一秒地流失，救援大军冲破千难万险陆续赶到北川。

当救援队把埋压在废墟里的小李月救出之后，这情景不禁又让董洪春燃起一烛希望之光。小李月是幸运的，尽管失去了一条腿。董洪春希望自己的女儿也会像小李月一样幸运，活着被救出来，她对救援人员说："快救救我的女儿，我女儿杨东铭跟李月同班同学，都是学舞蹈的，她的座位和李月挨的不远，快救救我女儿吧……"

可是，救援队挖了一天一夜，把搜救犬、生命探测仪都派上了，仍然没有发现任何生命的迹象。救援队只能把这位年轻的母亲安抚到一边，让她和许多家长一样，接受这个残酷的现实。

董洪春在曲山小学的废墟前整整呆了两天两夜，连女儿的尸首都没有见到。不久，全城要清人戒严了，她又去县委大院打听丈夫的消息，同样一无所获，连丈夫的尸首也没有见到……后来她在绵阳九州体育馆见到几位从县委大院逃出来的老同志，听他们说，地震刚刚发生时他们正在老干部活动室搞活动，就听见对面县委办公楼一层地办门口有人喊："地震了，地震了！快跑出来，快跑出来！"大伙儿慌慌张张地跑出活动室，才看到那是杨敏在喊。房子摇晃得很厉害，杨敏伸开双臂顶住门，他身边已经有几个人跑出来了，只是转眼间看他身影一闪就不见了。他并没有向外跑，而是跑回了办公室，就听噼噼啪啪，轰轰隆隆，眨眼间整座6层大楼陷入了地下，几乎没听到楼里有人喊一声……

作为一个亲历大灾难的幸存者，一个逃出来的难民，董洪春在绵阳九州体育馆挤在难民群里去领救济。当登记情况时有人问她：你是哪个单位的？她说：我没有单位，我丈夫是北川县地震办公室的。那人连看她一眼都不看，说：你回你丈夫那个单位去领吧，这里没有你的。董洪春当时很后悔不该说出丈夫是县地震办的。她没有领到任何救济。她挤出了难民群。她走出了体育馆。她在体育馆外面的广场上风餐露宿，顶日灼晒了好几天，是北川那几位老同志和认识她的人看到她在捡别人吃剩下的食物充饥时，纷纷把自己分到的救济品分给她一些。

全国哀悼日那一天，董洪春又回到了北川。她说，地震掐死北川的头7天，是她和所有幸存的北川人思维崩塌的7天，情感撕裂的7天，心情被水泥大梁死死压住的7天，灵魂被扭曲的钢筋牢牢困住的7天，情绪被堆积的瓦砾深深掩埋的7天，"短短的7天啊，我度过了今生今世最残酷的煎熬与黑暗……"是啊，在这7天里，人们读到的所有新闻在震颤，看到的所有屏幕在震颤，接通的所有网讯在震颤，张开的所有嘴巴在震颤，倾听的所有耳朵在震颤，颤得人们的双眼关不住眼泪，颤得人们的喉咙忍不住哽咽……

此时各救援队搜救生命的会战已接近尾声。防化部队和医疗防疫人员都戴着防毒面具对全城进行消毒。谁也不知道，她是怎么越过警戒线和戒严人员的盘查溜进去的。她先钻进县委大院，从挎包里取出一盒小蛋糕和几个水果摆放在地上，然后向着只剩下半个楼顶的方向跪下来了："杨敏，你知道吗，今天是你32岁的生日啊！我们的女儿小东铭她来不了，只有我和你一起过这个生日了……"生日变成了忌日，从此骨肉分离，阴阳两隔，这在人间悲剧里是最致命的打击！这对于一个年轻的妻子、一个失去孩子和亲人的母亲来说，她今后的指靠和活路在哪里？

蹒蹒跚跚，跌跌撞撞，她又来到曲山小学废墟前，从挎包里取出来时摘的几束鲜花摆放在地上，然后向着小学的废墟跪下了："小东铭，我的女儿，妈妈看你来了，你爸爸说，他现在有时间了，看你和你的小伙伴们表演的小天鹅舞蹈……"她耳边仿佛又听到了女儿上学时给她说的那句话："妈妈，你以后要笑对人生。"她仿佛觉得女儿的声音在北川的废墟上，在整个山谷里萦绕回荡！

地震系统的人们在得知北川县地办几乎全军覆灭的噩讯后，四处打听遇难人员亲属的下落。中国地震局副局长、国家救援队负责人赵和平此时已来到北川。他见到了董洪春。他对董洪春说：杨敏是我们的榜样，是我们学习的英雄，你要坚强地活着，我们会想办法解决你的困难。

笔者在绵阳市地震局与夏建国局长等有关人员座谈时得知，北川县地办现任主任肖德明根据刘太平、杨敏等遇难调查，已向上级写了追认他们为烈士的情况反映，但迟迟没有结果，后传出消息说，北川遇难的人很多，各机关都为本单位罹难者申报烈士显然是不可能的，尤其是刘太平、杨敏是从事地震工作的，能评为"因公殉职"就相当不错了。军人出身的夏建国、贾亮山、刘金华等听后十分愤慨：他们不是贪生怕死，他们在命悬一线的生死关头坚守岗位尽职尽责，当时杨敏已冲出来喊了，他完全可以跑到院里躲过一死，可他用双臂顶住摇歪的门让他人逃生，他又冲进屋里和刘太平主任一起去抢救地震数据！他们人都死了，命都搭进去了，连尸首都没有挖出来，为什么我们活着的人还要对他们耿耿于怀？难道"因公殉职"就是对他们的一种恩赐吗？他们是慷慨赴死，他们死得其所！

说到这里，说到杨敏冲出来喊、用双臂顶住摇歪的门让他人逃生，后又冲进屋里抢救地震数据的情景，不禁又令人想到救学生的老师张米亚、谭千秋、曾长友……显然，杨敏和他们一样，我们不知道他在"那个生死瞬间是怎么想的，有没有与日月同辉的思想火炬，有没有振聋发聩的豪言状语"，甚至连他那凝固的伸开双臂的形象以及他罹难的躯体都无法看得到了。

其实，英雄并非都是扭转乾坤的大力神，有时候仅仅只需要展开自己的双臂。

其实，英雄皆凡人，往往就在我们身边，有时候就藏在我们每一个人的心里。

一个人救十个人，这一个人是英雄；一万个人救一个人，这一万个人都是英雄。这应该是我们的英雄观。

人类在繁衍，英雄却不能复制。

一个失掉精神信仰的民族，想挥动自己的手臂书写辉煌历史是不可能的。

在被震得斜肩吊胯的北川大酒店楼前，滚塌过来的竟是县人民医院门诊大厅的水泥墩柱，还有某家银行富有欧式风格的雕刻石柱，没想到这一震都露馅了，原来在这些雕刻精美的外表下包裹的都是一肚子"豆腐渣"，两位巡警放着巡逻车不能开，只好弄来一辆城里人逛街买菜用的那种轻便三轮摩托车执行巡逻任务，他们对笔者说，你发现没有，那些倒塌不太厉害的楼房大都是个体户的，或是过去的老楼房，而新建的楼堂馆所为啥倒得一塌糊涂？当初建房时钱肯定没少花，乍一看外观很豪华，很气派，其实是驴屎蛋蛋外面光。地震给人类制造了一场大灾难，同时也把人类一些暗间伎俩和龌龊行为暴露给人类自己看。抵不住诱惑的"好东西"都跑、冒、滴、漏走了。

董洪春一直没说话，她先前几步走到北川大酒店东北角的曲山小学废墟下边，那里是遇难者遗体掩埋地，当地人称"万人坑"。现已用混凝土和沥青层层浇铸封平了，坑边摆放的花圈和祭品大都是遇难者的亲属供奉的。董洪春说，挖出来的尸体运不出去，只好集中在这里一起安葬，这里究竟埋了多少遇难者，恐怕现在还无法说得清楚。

我们向这块看不出墓地的掩埋地默哀毕，一致认为，这里应该立起一座遇难者纪念碑，让活着的人们记住他们，记住这个大灾难。董洪春说，会的，很多遇难的亲属都愿意捐款修建。她说她也愿意捐。虽然她的丈夫和女儿连遗体都没有找到，还有她娘家陈家坝遇难的几位亲人和丈夫杨敏家遇难的几位亲人，都没有在这里安葬。但我们相信，她失去的丈夫和女儿已经与北川遇难的同胞一起，把肉体和血脉都深深扎在北川这片山水凝聚的羌族之魂的土壤里。

董洪春说，赵和平副局长见到她时问她，现在生活有没有着落，她说亲人没有了，家也没有了，唯一能证明她存在的是她丈夫生前所在的县地办。不久，绵阳市地震局夏建国局长跟继任县地办主任肖德明商量，让她在县地办打工，每月600块钱。问她愿不愿意干，她说，为了杨敏，为了杨敏没干完的活儿，她愿接过来继续干。

从北川县城废墟出来已是晚上7点。来到安昌镇外东街2号两间简陋的房子里，这就是北川县地震办公室临时办公地点。肖德明主任外出开会还没有回来，他的一个小女儿在不到4平米的格子间里写作业。董洪春说，她和另外一名职工一天两班倒守着电话和一台仪器做记录。她说，几天前自杀的北川农办主任董玉飞租赁的房子离这儿不远，董玉飞的儿子董壮在救同学时遇难。作为父亲的董玉飞当时正带领人员在北川中学救学生，后来才赶到儿子所在的初中校舍找儿子，他相信儿子一定还活着，并且有幸存者告诉他，亲眼看见儿子董壮从垮塌的教室里跑出来了。可是，在被挖出来的一具具学生尸体中他认出了永远不再醒来的儿子！这对于董玉飞的打击可想而知，而更致命的是心灵的创伤。他自杀前一天还见到董洪春说，"5·12"地震使北川受伤的是身体，"9·24"泥石流使北川彻底伤尽元气，每一个人的现实和未来都在这重叠的灾难中撕得支离破碎。没想到这竟是董玉飞跟她说的最后话别，这也许是这位县农办主任临别时的心灵倾诉。继董玉飞之后，北川县宣传部副部长冯翔也以同样的方式自杀。董玉飞、冯翔的悲剧给人们一个警示：灾后话灾，痛定思痛，我们还须记住，要防范与克服人类自身的精神世界断裂带，建造减灾根基更持久、更宽容的心灵家园。

董洪春在讲到她现实的处境和董玉飞其人的遭遇时，我们发现，这位被灾难和悲痛击不倒的羌族妹子有一种天生丽质的高贵，因流泪太多的眼睛里却依然内含着坚韧与凄美，淡然的神情里显示着尊严与从容。她特意打开手机让我们端看，手机屏上是她女儿杨东铭跳舞蹈的照片，是女儿向她和爸爸表演时她拍下来的，没想到这竟成了女儿生前留给妈妈的唯一纪念。她还为这幅照片下载了女儿最爱唱的容祖儿唱的那首歌："生命已经打开，我要你总精彩……"歌声响起，一只小天鹅在翩翩起舞。

啊，在安昌镇的夜晚，我们便听到这歌声唱出了所有的欢笑和哭泣，唱出了所有的悲伤和叹息，唱出了你我的天空和大地，唱出了生命的沧桑和美丽……我们静静地聆听，静静地行走在安昌镇的月光里，一曲生命交响乐在天地与心灵间恢宏展开，夜空无限幽远而深邃，刹那间你会发现自己灵魂的某一处突然亮丽起来——

相信女儿的话："妈妈，你以后要笑对人生。"

也请相信，这是万千儿女对祖国母亲的祈福！

2008 年 5 月 12 日，已在共和国的记忆中定格，成为一个民族之痛长留在我们的心中。10 月 8 日，胡锦涛总书记在全国抗震救灾总结表彰大会的讲话中，概述了在应对一场突如其来的巨大灾难时一个同样令世界为之震撼的闪亮的中国：

灾情就是命令，时间就是生命。我们组织开展了我国历史上救援速度最快、动员范围最广、投入力量最大的抗震救灾斗争，最大限度地挽救了受灾群众生命，最大限度地减低了灾害造成的损失。我们坚持把抢救人民的生命摆在第一位，只要有一线希望就尽百倍努力，84017 名群众被从废墟中抢救出来，149 万名被困群众得到解救，430 多万名伤病员得到及时救治，其中 1 万多名重伤员被快速转送全国 20 个省区市 375 家医院。我们千方百计安置受灾群众生活，1510 万名紧急转移安置受灾群众基本生活得到妥善安排，881 万名灾区困难群众得到救助……中国人民以无所畏惧的英雄气概，团结一致的强大力量、可歌可泣的伟大壮举，书写了中华民族发展史上新的壮丽诗篇。

12. 面对大震巨灾的反思与警示

2009 年 3 月 25 日—27 日，中国地震局在北京京丰宾馆召开《全国地震局长会暨党风廉政建设工作会议》。会议其中一个重要内容，就是关于对汶川大地震的科学总结与反思。

局长陈建民向笔者坦言：2008 年 5 月 12 日，对每一个中国人来说是一个黑色的日子，对地震工作者来说更是锥心刺骨的痛！唐山大地震的悲剧又在天府之国重演，国家为抗震救灾投入和付出的代价比唐山大地震大得多，痛定思痛，汶川大地震对防震减灾工作的检验与考验更为直接和全面，启示警示十分深刻，经验教训尤为宝贵。因此，中国地震局党组决定在地震系统开展汶川地震科学总结与反思工作。

汶川地震科学总结与反思的总报告，是由中国地震局地震预测研究所研究员陈鑫连教授代表科学工作委员会，以电脑投影模拟展示的形式首次主讲。

会后笔者就总结与反思内容中人们普遍关注的问题与陈鑫连进行了交谈。这位年逾七旬的教授面容清癯却不乏爽朗，思维敏捷且十分健谈——

关于汶川地震科学总结与反思本着坚持科学理性、尊重客观真实、一切为了发展的原则来进行的。首先摆在大家面前的一个首要问题是：我们总结什么，反思什么？这么大的地震为什么没有预报？这是大震后老百姓关注的一个焦点问题。汶川大地震造成的受灾面积相当于 12 个台湾岛。对于这个问题必须用事实作出回答。

在总结反思中，对地震预测预报有三种认识：一是认为地震预测预报太难了，难在哪里都不知道。二是认为地震是已经可以预报了，持乐观态度。三是认为地震预报很难，解决难的办法有限甚至还没有找到。但要知难而上，这就像攻克癌症一样，明知是绝症，门诊部还得开，这是国家使命。不论哪一种观点对与否，都需要实践来检验，时间来印证。有一句名言：真理有时在少数人手里。随着时间的推移，在少数人手里的"真理"一旦被多数人认识、接受和拥有，就会化作攻克难题的最锋利的思想武器。

汶川大地震为什么没有预报？这么大的地震有没有前兆？总结反思得出的初步结论是：

长期预报　　偏失

中期预报　　偏差

短临异常　　偏少

2006 年，中国地震局划定了 2020 年前全国 24 个地震重点监视防御区，其中之一，即是包括龙门山断裂在内的未来发生 7 级地震可能的长期预报的地区。结果因尚未下达县市，地震发生了，造成得而痛失。自 2001 年昆仑山口西 8.1 级大地震发生后，中国大陆强震活动突然刹车，出现长达 750 多天没有 6 级地震的平静，突破了地震专家对 "6 级地震平静判据" 上限的认识。从 2002 年—2006 年连续 5 年全国年度会商会预测意见来看："我国大陆发生 7 级以上地震的可能性很大"，但这 5 年内大陆并无 7 级地震发生。"2007 年却又提出 2007—2009 年，中国大陆发生个别 7 级地震的可能性很大，但发生 7.5 级以上地震的可能性很小。"这说明什么呢？预报经验不连续，特大地震无经验。事实表明，这几年我们对地震大形势判断出现了偏差和失位，把地震活跃期误判为平静期。究其根源，是受地震活动期、幕分类和对"6 级地震平静判据"认识的局限。为此我们已探索了几十年，付出了高昂的代价。一个地震活跃期何时开始，何时结束？在这个活跃期里最大地震将发生在何时何段、如何判定？这一切依然是科学难题。而对地震大趋势估计过高或过低，将直接影响集体会商的走向，就可能出现虚报或漏报。

至于"短临异常偏少"，似乎不可思议。一个 8.0 级特大地震没有观测到大范围突出的地震前兆异常，大地震前各级地震部门没有收到宏观异常的报告，群众也未能有效识别地震宏观前兆……问题究竟出在哪里呢？

据经验，地壳运动的闭锁区一般就是应力集中部位（应变能积累区），即未来大地震的震源区。它们往往在中、长期地震活动的空区、地震条带交汇区或前兆性震群发生的区域附近。但汶川地震前的几个月时间内，震中及周围地区地震活动水平不高，南北地震带上只发生了 2008 年 3 月 21 日云南盈江和 3 月 30 日祁连山中部的 5 级地震。震源区附近比较明显的地震活动是 2 月 16 日和 2 月 27 日泸定先后发生的 4.2、4.9 级地震，没有出现如大范围地震活动水平增强、中强震形成条带、围空等图像，以及发生震群、信号地震和震源区显著前震等。

再说经验认识也会随时间地点转移而变化，它还不能称其为是规律，更不等于可以当规律用。如 2001 年昆仑山口西 8.1 级大震，人们总认为一百年以来中国西部及邻区 15 次 8 级特大地震形成大三角的分布格局，而昆仑山口西大震偏偏打破了这种分布规律，人们对后面的 8 级地震可能发生在何处就更不得而知了。

另外，从四川省地震局报的数据显示，龙门山地区地球物理仪器观测台项共 24 项，2007 年 10 月至 2008 年 5 月 11 日，观测到变化幅度较大的短期趋势前兆异常平均每月不到 1 项。四川其他地区地球物理仪器观测台项共 122 项，在同样时间段里观测到的前兆异常平均每月 2 项。也就是说只有很少的仪器观测台项监测到前兆异常，也没有出现明显的、群体性的宏观地下水和动物异常上报的现象。因此，汶川地震前，即使仪器观测台项监测到前兆及宏观异常的发生状态，都不足以引起人们的警惕。就是在这样的情形之下，震惊世界的汶川大地震发生了！……

陈鑫连在总结反思报告中讲到短临异常偏少的统计数据表明：从震源区 800 公里范围短临异常是 17.5%，300 公里范围短临异常只有 7.5%；根据以往震例总结，这不足以支撑一个 8 级地震的指标，就连 6 级地震也撑不住；再有，2008 年 2 月—2008 年 5 月 12 日，没有收到对汶川 8.0 级大地震的短临预报卡。汶川大地震发生后，人们惊愕地发现：这次特大地震发生在近直立的逆冲型断裂上！世界上绝大多数 8 级以上逆冲型强震都发生在海洋里的低角度逆冲断裂上，而汶川地震是世界上首例发生在大陆的高角度逆冲断裂上的 8 级以上强震！——中国又创造了诸多的世界地震之最。这一切怎能不令国人痛心疾首，令世界震惊！

他说，美国发动的一场持续打了 78 天的现代化的科索沃战争，死了一千多人，花掉二千亿美元，而汶川 8 级地震仅仅在两分钟内就死了数万人，直接经济损失竟达 8450 多亿元！我们一个泱泱大国，经过 30 年改革开放，国力大大增强，在党和政府的领导下，全国人民万众一心，众志成城，战胜了这场大灾难！所以，我们总结反思，重振防震减灾理念，构建和完善体系体制机制，是综合全面防御大震巨灾的重中之重。

汶川大地震震中区映秀和北川县城的地震烈度达十一度，而在 2001 年版的《全国地震基本烈度区划图》上，汶川、北川仅为七度。这不能不说是我们在设防区划中的一种缺陷。从建设环境角度讲，汶川大地震的要命点还不是单单有预报没预报的问题，而是防震减灾意识淡漠和无知，震区农村建房 90% 不设防（全国农村又是多少呢），老百姓建房只管盖，有的盖的还挺花哨挺时尚挺气派，却很少问一下我这房我这楼能抗几级地震。这说明什么呢，地震科普宣传、抗震设防监管和城镇环境评估缺失。从汶川地震的残酷现场人们看到，从映秀到北川，断层穿过城镇，村庄处于低谷河滩，北川县城王家岩滑坡，造成县委大院及附近居民 2000 多人瞬间被掩埋的人间悲剧！

老教授声音铮铮地说："地震安全就是国家安全，我们不能老付学费啊！下次大地震何时发生？在何地发生？今后的路该怎么走？我们该怎么办？这些都需要我们通过总结和反思一一作出回答！"

讲到此，这位教授那镌刻着岁月沧桑的面容显得凝重而肃穆。

历史不会重演，但会惊人地相似。汶川大地震发生后，中国地震局组成地震预报反思总结工作组，对汶川大地震复杂性的认识，归纳为"五个没有想到"——

一是强度 8 级没有想到；

二是发震地点龙门山断裂没有想到；

三是发震时间在 2008 年没有想到；

四是震中区附近前兆异常，特别是短临异常之少没有想到；

五是余震活动的复杂性没有想到；

同时，对龙门山地震烈度和危险性判定与汶川大地震的实际差距太大。

"汶川地震前未做出年度预报和短临预报，汶川地震后的余震也难以令人满意。"这是中国地震局反思总结报告的结论。

五十多年的预报探索实践，有成功的经验，但更多的是失败教训的曲折经历，失误的迷惘或错失良机而遗憾的回忆。尤其是汶川大地震前未做出预报，地震工作者受到的挫败感是前所未有的。

有专家说，如果不去固守原有观念以及预报指标和经验，就会认清汶川大地震是有前兆的，其基本特征与唐山大地震相比，大同小异。只是异常数量多少，异常的时间和空间表现形式有所不同。但是，为什么汶川大地震前的前兆监测预报却不如唐山大地震？是技术和理论水平不如以前？还是台站和分析预报人员责任心有问题？三十多年来地震科技水平比唐山大地震时，已不可同日而语。国家投入大量人力和资金来推进地震预报水平的提高，希望以此努力能避免唐山大地震重演。但是，三十多年后，相似的悲剧在龙门山断裂带上演！从战备高度看，地震前兆观测的现状令人担忧，工作体制、机制超越"探索"阶段，监测、预报、科研"三脱离"的工作模式亟待转变……

汶川大地震对地震预报的影响是深远的。中国地震预报前景如何？路在何方？是击鼓，还是鸣金？

这不仅是对科学家的一种警示，更是对全社会全民族的一种警示！

第十章   巴尔的摩论"剑"

由汶川大地震引发的全球地震学界的大辩论掀起新一轮波澜。辩论的焦点仍是：人类解决地震预报这个"希望"的旗帜究竟还能打多久？

唇枪舌剑，纷争鹊起，悲观和乐观都冲刺极端。但最后的结论是：人类探索地震的"钥匙"还没有找到，有待人们去寻找，去发现。

参会的中国地震专家的态度是：不必叹息探路者遭遇的非难与艰辛，千里始足下，高山起微尘。请相信吧，答案就藏在我们向未来和未知探索而行的路上。也请记住中国有句古训：千古兴亡事，成败因人。

第十章   巴尔的摩论"剑"

1. 全球地震学界的一次"地震"

汶川大地震以其惨烈的人间悲剧载入世界地震史。它所引发的全球地震学界的大辩论也随之掀起新一轮波澜。辩论的焦点仍然是:人类希望解决地震预报问题,这个希望的旗子究竟还能打多久?

如果说,20世纪是人类欲望和力量急剧膨胀的世纪,那么刚步入21世纪的门槛,人类突然遭遇的是巨灾迭至,人类社会在它的缔造者面前竟显得束手无措,恐惧和无望在蔓延。

自然科学家在告诫人类:我们曾经放大了自己年轻的历史,而傲慢地忽略了地球数十亿年的存在。可是当灾难降临的刹那间,我们又把自己当做狂风里的一粒微尘,悲叹人的脆弱,命运无常。尽管人类拥有了把自己灭绝数次的可怕力量,却永远不可能扭转乾坤。地球依然故我地在宇宙间行走,呼吸。时而一声叹息——火山喷发,海啸降临,大地震接踵而至……地球向人类裸露出诸多奥秘,却秘而不宣,甚至会有更多的奥秘难以破解,成为死谜。

人类学家也在反躬自问:人类本身何尝不是如此?人类看似掌握了自身的命运,但远远未能看清"人之初"、"我是谁"的本源;人类的基因和细胞与生命因果的奥秘依然没有答案;不明原因的疫症、绝症依然在威胁着人类自己;人类精神发生的错位与裂变,也不断引发心灵的"地震"……人类是天地造化出的精灵,也是自然之子，地球之子，包括我们的血肉和灵魂，作为一个完整的生命，有着与地球与自然不可分离的气血脉动。地球和人类都在沧海桑田的演变中行进。

现在，关于地震预报的辩论，让我们听一听来自大洋彼岸的声音——

2008 年 7 月 3 日，中国中央电视台《朝闻天下》播报的消息说，在美国召开的西方多国地震学家研讨会上，一些专家称：中国汶川大地震震前没有任何征兆发生，这是一千年或两千年一遇的类型十分特殊的大地震，并由此得出结论：到目前为止，人类探索地震预报的"钥匙"还没有找到。也许它丢弃在一片大海深处，或一片荒漠之中，有待人们去寻找，去发现。

其实，这个研讨会与历届美国地球物理年会一样，总是纷争雀起，热闹非常。最有代表性的是在马里兰州巴尔的摩市召开的年会，除美国本土 2000 多位科学家到会以外，还邀请了不同国籍的科学家参加。中国地震专家张肇诚（《中国震例》主编）应邀出席了这次年会。年会的内容之一是讨论地震预报问题，由此而引起的激烈争论，被称作全球地震学界的一次"地震"。

引发这场争论的，是由本年会两位主持之一的美国加州大学教授、南加州地震中心科研部主任戴维·杰克逊和几位同事联名发表在《科学》周刊上的一篇文章《地震无法预测》。

戴维·杰克逊等人之所以认为"地震无法预测"，根本原因在于他们对地震前兆的存在一直持怀疑态度。所谓地震前兆，是指地震之前来自地球内部的物理信息。长期以来，地球物理学家对地震前是否有前兆各执一词，有的说有，有的说无。问题的焦点很明显，地震前兆是地震预报的前提，即地震有前兆则可以预报，否则便无法预报。戴维·杰克逊说，一次又一次大地震造成的大灾难证明，人类难以应对大自然的严峻挑战。人们能够做到的，仅仅是每当某地发生大地震的时候，把大把大把的金钱和泪水献给不幸者，人类一次又一次地交着昂贵的学费——生命，这不能不说是一种无奈和残忍。

戴维·杰克逊是美国著名的地球物理学家和地震学家，在国际学术论坛上具有重要影响，他的观点受到一些科学家的争议，包括来自中国的地震专家张肇诚，因为他们对地震预报仍持乐观态度。

中国地震学界的大多数专家是坚定的前兆论者。最具代表性的是老一代地震学家傅承义提出的"红肿假说"："地震过程可喻为生疮一样，在一大片红肿的地方，疮口面积占一个很小的比例，但在这片红肿区上，随时可能发生前兆。"基于这样的认识，中国地震工作者自 1966 年邢台地震后积累了大量地震前兆资料，此后一直重视对"红肿区"前兆的捕捉，以"场"（红肿区）求"源"（疮口），最终达到预报地震的目的，并已多次取得成功，前兆的存在已被中国的多个震例所证实。

本年会的另一位主持人帕尔·西维尔教授，与戴维·杰克逊是私交甚笃的朋友，但他们在地震是否有前兆以及能否预报的问题上却是论敌，两人有时谈笑风生，争论起来常常又是唇枪舌剑。帕尔·西维尔多年来一直关注着中国地震预报事业的进展，他熟知中国和日本多个成功预报的震例，他高兴地对张肇诚说："密斯脱·张，假若有一天让我们美国人认识到地震之前真的有前兆出现过，那么，关于地震能否预报的争论便会迎刃而解。"

中国地震专家对戴维·杰克逊地震无法预测的观点是不足为怪的。与东方人重视事物的整体性相反，西方人则较多重视事物的内部。在地震预报思路上，与中国地震专家注意对地震前兆宏观微观异常的追踪、以"场"求"源"的地震预报思路不同，美国地震学界则直接把目光聚集于微观的"源"。鉴于"源"的异常很少出现，甚至有时一无所有，因此很难捕捉到地震前兆。而戴维·杰克逊的主要依据，是他们研究探索多年的帕克菲尔德地震预报实验场遭受到致命打击——连续两次预报都失败了。戴维·杰克逊在《地震无法预测》一文中说：在对地震进行了近 30 年的潜心研究，以及对各地进行了考察之后，我们得出的结论是，地震是无法预测的，"重要的问题是，要让人们知道，让科学家承认，什么是可行的，什么是不可行的。"戴维·杰克逊还援引了日本、美国、意大利一些地震专家的研究成果得出结论："应当打消可能在几个小时、几天或几个月之前预测到地震的希望，从事这方面的研究是一种毫无希望的工作。"

而作为戴维·杰克逊主要依据的帕克菲尔德实验场是怎样的一番情景呢？

帕克菲尔德是美国加州中部的一个小镇。它近一百年内连续 6 次发生过 6 级左右的中强地震，并且地震的间隔颇有周期性，大约 15—20 年就发生一次。为此，美国地震科学家曾以 95% 的发震概率预言帕克菲尔德在 1988 年至 1993 年之间将有 6 级左右的地震发生。为了验证这一预言，从 1985 年开始，美国地质调查局和加州政府在帕克菲尔德建立了地震预报实验场，其投资之巨大（1000 万美元）、科技力量之雄厚（共邀请 13 个科研队所的科学家参与研究）、监测台站密度之高（台站网络为 2 公里 ×3 公里，被称为"地毯战术"）都令各国的同行们咋舌。该实验还向加州政府紧急救援办公室做出了"6 级以上地震前 3 天（72 小时）内发出警报"的承诺。

为了兑现这一承诺，他们在实验场内的 6 个仪器网设置了临界值（阈值）及自动报警装置，一旦数据达到临界值，便将 6 级以上地震的警报发出。

实验场的"预报窗"于 1985 年正式开启，人们拭目以待，等待着成功的喜讯。

1992 年 10 月 20 日，一次 4.7 级地震发生，帕克菲尔德地震预报实验场发生第一次警报。但是，72 小时过后，预报的 6 级以上大震并未发生。

1992 年 10 月 26 日，又发生一次 3.9 级地震，帕克菲尔德地震预报实验场再次发出第二次警报。但是，72 小时过后，仍没有预报的 6 级以上大震发生。

美国地震界一片哗然。历时 8 年的帕克菲尔德地震预报实验场连遭两次失败之后，于 1993 年关闭了"预报窗"。

参与实验场工作的美籍华裔地震学家邓大亮，瞪大眼睛目睹了该实验失败后引起的社会各界的巨大震动，他和戴维·杰克逊甚为沮丧，仰天叹息："我们多年来积累的观测资料成了一堆垃圾！"

就在帕克菲尔德地震预报实验场投入运行的 8 年期间和关闭之后，全球大地震频频发生：

1988 年 12 月 7 日，苏联亚美尼亚列宁纳坎 7.0 级大地震，2.5 万人丧生，1.9 万人伤残……

1990 年 6 月 21 日，伊朗里海 7.3 级大地震，5 万余人罹难，6 万人受伤，50 万人流离失所，9 万幢房屋和 4000 栋商业大楼夷为废墟……

1993 年印度 7.0 级大地震，近 3 万人死亡，7 万人受伤，上百万无家可归……

1994 年美国洛杉矶 6.8 级大地震，1800 多人遇难，3000 多人受伤……

1995 年日本阪神 7.2 级大地震，近 6000 人丧生，3.4 万人受伤，2 万多幢房屋倒塌和损坏，直接经济损失达 1000 亿美元……

令人深思的是，2004 年 9 月 8 日，帕克菲尔德终于发生了迟到 11 年的 6.0 级地震……

"工欲善其事，必先利其器。"本来，诸多国家理所当然地寄希望于科技发达、财大气粗的美国能在地震预报方面率先实现突破，没想到帕克菲尔德地震实验场带来的竟然也是空想一场。它的失败在全球造成的心理冲击是不言而喻的。日本阪神地震后，主持地震预报的茂木清夫（中国人给他起外号"摸不清楚"）教授，因震前未提供任何信息而引咎辞职。至此，戴维·杰克逊几近绝望，他以上述事实为佐证，满腔悲叹地写下《地震无法预测》的文章在《科学》周刊上发表，并在本届年会上宣读。

人类迈进 21 世纪的门槛，这位富有美利坚浪漫情调的地震学界著名教授再也浪漫不起来了。地震活动并没有因为新世纪的到来而停歇：2001 年，中国昆仑山口 8.1 级大地震；2004 年印度尼西亚苏门答腊岛 9.0 级大地震；2008 年，中国汶川 8.0 级大地震；2011 年日本东北海 9.0 级大地震……

"够了！够了！我们无法探清地球内部的一切，也无法看清眼前的和未来的一切！"很难责怪戴维·杰克逊在年会上与笃友帕尔·西维尔的激烈论战中如此歇斯底里大发作，"亲爱的帕尔先生，现在，我奉告你的一个事实是，对无数的正论和悖论，你、我和在座所有的科学家们，都不会有真正的答案。"

汶川大地震发生后，《南方周末》记者采访了戴维·杰克逊，他在邮件中回答：我们希望在非常近的未来，推动预报工作，并把它扩展到更大的区域（包括中国），"对于像我这样的专业人员，地震就是我研究的日常工作。但是像这样大强度、造成如此大伤亡的地震，却是一个超越了我职业兴趣的巨大灾难。"

2. 老外们说，地震像是"女人的超短裙"

人类认识地震的历史至少可以追溯至古希腊。毕达哥拉斯和亚里士多德都曾提出过球形大地的观点。在漫长的中世纪，围绕地球形状的问题，科学和宗教进行了艰苦的斗争，许多先驱为此付出了血的代价。公元 1522 年 9 月 6 日，麦哲伦船队仅剩下 18 名历尽艰险、疲惫不堪的水手驾船回到了西班牙出发地，从而完成了人类历史上的第一次环球航行，"地球是圆的"这个概念才最终宣告确立。

1666 年，牛顿似乎受到"苹果为什么会从树上落到地下"的启示发现了万有引力定律，标志着人类对地球认识的新阶段的开始。到了 18 世纪，关于地球究竟是"橘子"还是"西瓜"的争论，由英法两国科学家之间进入巴黎科学院。为解决争端，路易十四授权巴黎科学院，派出两个远征队去实测地球子午线的长度。布格率一支远征队去秘鲁，克莱若率另一支远征队赴芬兰。两支远征队考察实测回来，提出了几乎相同的地球形状的假说。至此，地球"椭圆球说"，被人们普遍接受。

也就在 19 世纪末叶相继来到这个星球上的古登堡、莱曼、里克特等一批地球物理学的先驱者，在对前辈创立的"大陆漂移说"的探求中，从地球表层转入地球内部的发现，提出了地球板块构造理论，尽管进化论的创始人达尔文之孙、英国天文学家乔治·达尔文认为，太平洋可能是月球飞出去后留下的痕迹，但这并不足以影响"地球板块说"作为 20 世纪一大发现的确立。

1931 年 2 月 3 日，新西兰岛霍克湾开始剧烈地摇晃起来，强烈地震使沿岸城市遭受毁灭性的破坏。有人问里克特："如果您住的房子开始摇晃起来，而且您已经意识到这是一次大地震，您打算怎么办？"

里克特回答说："我不是跑出去，而是走向离我最近的那个地震仪。"

这位在自己家里装设地震仪，计算并发明了震级的地震学家，人们对他的执著与敬业精神钦佩有加。全球通用的"里氏震级"就是以他的名字命名的。然而，当我们感受或听到某次地震和震级的大小时，会有多少人晓得"里氏"是一个真实的人呢？难怪有位物理学教授对笔者说，要让学生相信物理学是人创造的这一点真是困难得很。在一些学生看来，欧姆是一个定律，牛顿是一个单位，伯努利是一种效应，而可怜的伏特和安培，仅仅是个常数。事实上，他们都是有名有姓的真实的人，并且在某个历史时期曾经生活在我们这个星球上。

那么，享年 85 岁，直到 1985 年去世的里克特，生前是如何看待地震预报的呢？

里克特曾以嘲弄的口吻对拜他为师的弟子们说：从事这个职业的人一辈子别想获得鲜花和掌声，一路走来只有血汗和泪水，"我第一次接触地震学，我就很害怕地震预报和地震预报者……也许，地震预报为业余爱好者、精神不正常者以及沽名钓誉者提供了极好的冒险和猎奇的天地。"

我们已无法揣测里克特当时说这话时的心境，但我们知道，他把毕生的精力和心血全都倾注在这个"职业"上了，我们似乎还能依稀听到"里氏是个冒险的家伙"、"他简直是个疯子"、"他这一生也没做成一件事"等嘲讽、非议和责难，以及由此而引起的种种奇谈怪论。

当历史的车轮急速滑进 20 世纪 60 年代，随着国际工业化和城市发展的加快，"防震减灾"以超越自然科学的范畴而被一些国家的政府提上议事日程。当代科技的飞速发展也为地震预报提供了可能，于是包括中国在内的一些国家开始了地震预报的探索。此后 30 多年间，尽管有过中国辽宁海城 7.3 级大地震的预报成功，被联合国教科文组织载入人类文明进步史册，相继又有日本、美国、苏联对某些地震有过一定程度的预报，但是，科学家们普遍认为，地震预报不仅受到当代科技水平的制约，而且最关键的是人们对地球深部震源的认识面临无法逾越的困难。尽管人类利用各种现代科技手段可以发现和大肆开采煤矿、铁矿、金矿乃至各种稀有矿藏，开采沙漠或深海石油和天然气，可以探测出它有多大储量或多少年即可把它挖完抽尽，但是，人们到目前为止都很难"开采"地震。对于地震深处发生的事情，也只有一个模糊的猜想。毕竟人们对德国地球物理学家魏格纳的"板块构造学说"的认可也才只有几十年而已。根据他的理论，人类所生存的陆地位于12块地壳之上。板块下方挤压着大量炙热、粘稠的岩浆。每当地球上的板块相互挤压或交错而过的时候，发生的振动就会使陆地上的城市坍塌，甚至还会掀起灾难性的巨浪，给地球上的文明造成致命的损伤。

　　1977年7月26日—29日，联合国教科文组织（Unesco）为举行"国际地震预报学术讨论会"（1979.4），在巴黎召开了一次专家预备会议。对"地震预报"作了定义："地震预报是确定的而不是统计的考虑提出未来将要发生地震的可能性。认为一次地震预报通常应包括表明在预料中的地震的地点、时间和震级以及它对地面可能产生的影响。根据时间的长短，可以把地震预报分为几类：长期预报：一般指几年或几十年；中期预报：时间以数月计；短期预报：时间指数周以内；临震预报：时间指为数天或数小时之内。"并且认为这样的划分意义是：长期预报和中期预报可以使预料中的地区采取适当的预防措施（如加固现有的房屋，采取有计划的防震措施）。短期和临震预报对减少生命财产损失，对应急、救灾及震后恢复都是有价值。同时认为进一步区分"预报"和"警报"也是有意义的。"预报"的严格意义是基于科学的观测和推理，认为可能将发生一次未来地震而提出的报告，而一次"警报"是通知，包括可能的影响和预示，要求被通知的地区采取相应的措施。因而，"预报"常是由地震部门提出，而"警报"意味应由政府部门发布。

　　此后一段时间，许多著名的地球物理学家都相信：进行短、临地震预测是可行的，可望对地震进行常规的预测，关键是布设足够的仪器以发现与测量地震前兆。

　　中国科学院院士陈运泰是这样描述地震预测难点的：20世纪80年代，苏联在科拉半岛打成一口超深钻井，以探索地球深部的信息，其深度是12.8公里，迄今仍为地球上最深的钻井；正在德国与捷克边境进行的"德国大陆深钻计划"预定钻探15公里，但对于地球半径为6370公里而言，这种超深钻井所达到的深度只是摸到了地球的"皮毛"，更何况是"一孔之见"。加之大地震常常是突如其来，令人猝不及防，尤其破坏力，不像台风、龙卷风等可以跟踪，可以监测；它也不像火山喷发——之前在其活动地区可观测到微震活动、地壳形变等系统变化，而地震一旦发生，便成为与战争等量齐观的重大灾难。

陈运泰说，所谓"上天有路，入地无门"，是对地震预测这一世界性难题的简单概括。在诸多困难中，"地球内部的不可见性"位居首位——难就难在人们无法在地球内部设置台站、安装仪器，对震源直接进行观测。地震学家只能在地球表面和很浅的地层中，用相当稀疏、很不均匀的观测台网进行观测，利用由此获取的很不完整，有时甚至还很不精确的资料来反推地球内部的情况。地震学家在地球表面"看"地球内部连"雾里看花"都不及，他们好比是透过浓雾去看被哈哈镜扭曲了的地球内部的影像。其次，是大地震的"非频发性"。大地震的复发时间比人的寿命、比有现代仪器观测以来的时间长得多，这就限制了作为一门观测科学的地震学在对现象的观测和对经验规律的认知上的进展。而经验规律的总结概括以及理论的建立验证，都由于大地震是一种稀少的"非频发"事件而受到限制。再者，就是地震物理过程的复杂性。其过程是高度非线性的，难以找到规律，更难以进行模拟实验。宏观上，在同一断层上两次地震破裂之间的时间间隔长短不一，差别很大，地震的发生是非周期性的；大地震通常伴随着大量的余震，而且大的余震还有自己的余震。微观上，地震的起始也是很复杂的，先是在"成核区"内缓慢地演化，然后突然快速地动态破裂，骤然演变成一个大地震。这些复杂性是否彼此有联系，是非常值得深究的。

——这是陈运泰院士在汶川大地震发生两个月后发表在《求是》杂志第 15 期的文章《地震预测要知难而进》。他在阐述了"地震预测为什么这么难"的原因之后，也对一个多世纪以来关于地震预测的论争进行了剖析。

自现代地震学创立以来的 130 余年里，对地震预测从十分乐观到极度悲观，不同观点的争论从未停息。国际上，有一些专家认为，地震是地应力在某个地区地下深部积聚到一定程度时突然释放，导致地下地质体在破裂基础上发生快速相对位移的物理现象。但是，地震是一种"自组织临界现象"，由于在物理学中自组织临界现象具有不可预测性，因而他们断言地震是不可预测的："既然地震预测很困难，甚至是不可预测的，那么就应当放弃它，不再去研究它。"而中国的地震专家则认为，地震是不是一种自组织临界现象，仍需进一步探求，这不是靠"民主表决"、"少数服从多数"就可以解决的问题。这种严重脱离社会需求和逃避困难的做法，与追求真理、勇于探索的科学精神是相背离的。一部地震科学的发展历史实际上就是地震学家不断克服困难、不断有所前进的历史。

在美国召开的巴尔的摩年会上，与戴维·杰克逊教授一样对地震预测持悲观论点的不乏其人。一位俄罗斯专家说，他的好几位同事在苏联解体时就分道扬镳改行了，在中国的哈尔滨、广州和北京等地经商，有的做皮货生意，有的从事房地产，有的办起莫斯科餐厅……他们弃业从商的理由很简单：搞地震已无法改变我们的命运，国家解体了，我们的存在还有什么意义！

一些地震专家看了盛大的服装模特大赛广告后，特意拿给主持人看：戴维·杰克逊先生，你看你看这位袒胸露乳的靓妞，只穿了件超短裙。借此，他们触景生情地把地震比作是女人的超短裙：什么都知道，什么都看不清楚……

另一些专家说：地震要是女人的超短裙，也就不会这么难了，何止是"看不清"？我们对地球内部、对地震的发生机理，究竟知道多少呢？

3. 坚守，是探索前行的路标

中国地震学界冷静地注视着巴尔的摩论"剑"的纷争风云。时任国家科委主任、国务委员宋健看到戴维·杰克逊的文章后，致函国家地震局科技委的丁国瑜、陈颙两位中国科学院院士，阐述了自己的观点：

丁国瑜、陈颙同志：

送上 Science 杂志最近一篇文章以奉闻。不知你们是否注意到？对这种悲观论点我是不赞成的。"难"是一回事。"Can Not Be Predicted"完全是另一种不可知论，与近年来的科学实践不符。

宋健既深谙地震预报之"难"，同时又与悲观的"不可知论"划清了界线。在这位科委主任心里，翻涌的是怎样的情感波澜？面对地震预报这一世界性难题，多少国家、多少地震科学家经历了大浪淘沙，有的因连受挫折而改弦易辙，有的因迟迟不前而一筹莫展，有的避重就轻望而却步……明知山有虎偏向虎山行的，只有我国地震战线上的科研工作者，他们以敢为人先和大无畏的精神孜孜以求。新中国地震事业从邢台起步，如此艰难，历经坎坷走到今天，走得艰苦卓绝。环顾世界，中国目前是唯一将地震预报做为神圣的社会责任沉沉甸甸地背起来的国家。而且，在某些有利条件下，对某种类型的地震有作出一定程度预报的可能。如果说"哥德巴赫猜想"是科学殿堂皇冠的话，那么，地震预报就是地球皇冠上的一颗明珠！

中国地震专家坦言，地震预报，尤其是短、临预报，与中、长期预报相比，目前进展不大。这个难题在于：政府和公众的需求，与地震科学现状之间存在一个巨大的矛盾。一方面，政府投入了大量的财力进行地震预报研究，社会公众的期望值很高；另一方面，地震部门非常为难，无论如何也难以做出精确的预报，尤其是短、临预报。多年来，地震学家一直致力于探索"确定性的地震前兆"，即任何一种可以在地震之前被无一例外地观测到，并且一旦出现必将发生大地震的异常变化，但至今仍未取得突破性进展。因为公众所需求的、地震学家所研究的地震预测预报，不是在"某地最近要发生大地震"这类含糊的"预测"、"预报"或说法。那些不能同时指明地震发生地点、时间和震级大小并对其区间加以明确界定的"预测"、"预报"，几乎没有什么实际意义。从 1989 年开始，国际地震学和地球内部物理学协会下属的地震预测委员会，对世界各国专家提名的 37 项"有意义的地震前兆"进行评审，其中只有 5 项被认定。然而即使被确认为"有意义的地震前兆，也并不意味着就可以用来预报地震"。例如，前震无疑是地震的前兆，但如何识别前震，仍是一个有待探索和解决的难题。

目前全世界短、临预报的最高命中率是 20% 左右，而这个只有中国才能做到。1995 年 1 月 17 日日本阪神发生 7.3 级地震，主持地震预报的茂木清夫因未提供震前任何信息而辞职，在国际科学界引起轩然大波。地震预报究竟该不该继续做下去？一部分自然科学家、社会科学家和政府部门，相对来说比较悲观。实际上，日本政府调整了思路和做法，美国也做了调整，他们对地震研究的投入增加了。阪神地震后日本政府对前七个五年计划进行了全面复审与反思，确定"继续大力推进包括地震预报在内的地震和防震减灾工作"。中国政府还是相信地震是可以预测和预报的，仍在不断投入，希望科学家继续研究。面对强烈地震的巨大损失和地震预报的难度，在城市化、全球化和科技进步的今天，各国都在慎重思考如何继续进行地震预报的探索和对策，都在酝酿并将进行更深入的地震预报探索阶段。

然而，一旦发生大地震，西方一些发达国家的地震学家就会陷入进退维谷的境地。经受灾难的社会公众会破口大骂他们：这帮科学家很笨！开除他们的球籍算了！他们白喝我们纳税人的血！而政府也会指责他们：你们是干什么吃的，每年花费了那么多美元，都做了些什么事？在这种情况下，十分难堪的地震学家就干脆躲开短、临预报这个研究领域，虽然打的旗号还是要研究，实际内容却偏重理论研究了，什么岩石圈结构，什么岩土力学等等，并且还可以写出很棒很新颖的论文，还可以很快出成果，攫取一笔可观的经费。但是要向政府发布地震预报，尤其是短、临预报，谁都躲得远远的，谁都很清楚完不成这个冒风险的任务，但职责所在又必须承担这个任务，于是就考虑宁可少报，非得有特别大的把握才报。而"特别大的把握"只是一种理想或是幻想罢了，这个他们谁心里都明白。

从政府的角度考虑，地震学家如果预报了一个地震，政府发布了警报，要人们放假都去躲震防震，这对社会的政治经济影响非常之大。公众搬出去一个礼拜没震，过了十天半个月还没震，政府官员就招架不住了，就会责问地震专家：这是怎么回事？为什么不震？难道就不能像天气预报预告降水概率50%或30%那种概率预报吗？地震专家说，目前世界上地震预报的准确率一般也就是10%左右，在这种情况下你发不发警报？假如说明天纽约可能发生7级地震，概率是15%，你敢发吗？政府官员一想，这种警报没法儿发！政府要求科学家拿出准确的预报，科学家拿不出来；政府认为你拿不出准确的预报，我就没法儿办。几乎所有的政府都是这种观点。往往一个大地震欲将袭来，政府就问地震专家有没有把握，地震专家无言以对。于是就形成了这样一个局面：真的发生了大地震，政府没有发布预报，老百姓就怨恨政府，政府就责怪地震部门，地震学家们就有苦难言。这三者之间就出现了三堵墙。一次又一次的大地震，使得政府、公众和科学家之间的三堵墙越垒越高……

面对这种现状，还是来听一听中国地震专家的见解吧：当下，在不能做到科学上的精确预报情形下，并不妨碍在实践中做出具有减灾实效的预报。这不仅为1975年海城地震预报所证实，也在此后几十年间被至少十多次预报实例所验证。

第一代中国地震工作者历经50余年探索，紧跟地球活动的足迹，虽然最终与汶川大地震擦肩而过，但他们甘做大地哨兵的精神与经年积累的经验方法，为人类应对地震的挑战提供了探索前行的路标，这就是坚守。对地震预报的极端乐观与悲观，仍然是地震工作者以至公众需要规避的思想迷途，只有理性地看待地震预报的可能与现实，地震科学家、政府与公众协力共进，才能为防震减灾事业的发展，为更多的生命在灾害中获得生的希望，开辟一个光明的未来。

陈运泰在《求是》杂志发表的文章中说：我们讨论地震预测预报的困难就是为了搞清楚问题所在，以便对症下药，努力战胜困难。困难不能作为放松或放弃地震预测预报研究的借口。面对地震灾害，地震工作者要勇于迎接挑战，知难而进，征服未曾征服的难度! 只要我们坚持不懈, 实现地震预测的前景是可以审慎乐观的。正如著名科学家、液态燃料火箭发明人戈达德所言: 慎言不可能, 昨日之梦想, 今日有希望, 明日变现实。

这或许就是中国地震学家和广大地震工作者对世界表达的执著与坚守的心声。

面对人类遭受到地震的威胁和劫难, 联合国前秘书长科菲·安南说: "我们应当把灾后救援的观念转变为灾前预防的方针。灾前预防不仅比灾后救援更人道, 而且更经济。"

如果汶川大地震数万鲜活的生命, 几十万人的鲜血和伤残, 还不足以唤醒人们的良知, 那么还要等到第二个唐山、第二个汶川大地震发生后, 人们才有可能从噩梦中惊醒吗?

4. 地震专家的罪与罚

这是一个令人震惊的事件。

2012 年 10 月 22 日, 意大利拉奎拉地区法院以"过失杀人罪"判处六名地震专家和一名政府官员 6 年监禁, 终身不得担任公职。法院认为, 他们在 2009 年 4 月 6 日发生的一场 6.3 级地震前, 发布了"不准确、不完整且自相矛盾"的信息, 并建议人们"只管放心地在家喝红酒", 当地政府和居民因此未能及时采取疏散措施, 最终导致大量人员伤亡和财产损失。

2009 年 4 月 5 日晚, 意大利拉奎拉发生了一次 3.9 级地震。由于政府官员此前公开保证说没有迫在眉睫的危险, 并且声称每一次震动都将削弱大地震发生的潜能, 于是当地一些人劝说家人留在公寓里, 而不是像以往那样到屋外躲避危险。然而, 仅仅四个半小时之后, 大地震轰然袭来, 拉奎拉地区发生了 6.3 级强震, 导致 309 人丧生, 1500 多人受伤, 约 2 万幢建筑被毁, 数以万计的人无家可归。

悲剧发生后, 六名地震专家和一名政府官员由于在地震前未能予以民众充分的警告而被拉奎拉地区检察院指控犯有"过失杀人"罪。在经过一年多的审理之后, 2012 年 10 月 22 日, 法院判决"过失杀人"罪名成立, 这七人将面临 6 年监禁, 并支付庭审费和赔偿金约 900 万欧元 (约合 1170 万美元)。

这项判决令国际科学界极为震惊! 来自世界各地的 5000 多名科学界人士联合签名, 向意大利总统拿波利塔诺发出了一封公开信, 称这个判决是"不公平和幼稚的"。

美国地质调查局（USGS）地震学家苏珊·霍夫称，这是科学史上"悲哀的一天"。许多人担心，这个判决将成为一个危险的先例，让科学界的专家在给出风险分析时转向保守，以至于最终损害到国际科学界减轻自然灾害的努力。英国《自然》杂志在社论中称"裁决是不当的，宣判是荒唐的"。意大利物理学会也发表了一份声明称，"不能证明指控合理"。科学家由于"没有说出他们无法说出的事情"而被指控，这是与科学方法相悖的。

拉奎拉位于意大利中部亚平宁山脉最高段大萨索山西麓，距罗马约 100 公里，人口 6.8 万，拥有许多文艺复兴时期的建筑。2009 年 4 月 6 日凌晨的地震将这里成了一片残垣断壁，意大利民防局的官员称："这是本世纪以来最严重的悲剧。"这里是地震高发区，当地人本已习惯了与地震相伴的生活。《自然》杂志讲述了外科医生文森佐·维多里尼的遭遇：作为在地震高发城市长大的一代人，他从小就在一次次大地的震颤中跟随着父母跑出房外，到附近的露天广场避险，别人家也一样，女人和孩子们一般睡在车里，而男人们则站在一起抽烟，一直守到天明，大地平静下来，人们才陆续回到自己家中。后来当他也成了一位父亲，他依然坚持着这个"传统"，如同他的父辈一样，谨慎小心地遵循着这种习惯，保护他的妻子和孩子。直到 2009 年 4 月 5 日晚上，由于相信了政府官员和地震专家的"保证"，他们在小震发生之后并没有到屋外过夜。大震袭来，维多里尼居住的公寓楼被摧毁。6 小时后，维多里尼被人从碎石堆里救了出来，而他的妻子克劳迪娅和他们年仅 9 岁的小女儿法布里齐娅不幸遇难。维多里尼久久不能从巨大的悲痛中走出来，他说："这不是对科学的审判，但是我有一种被科学欺骗的感觉。那天夜里，拉奎拉所有老人在第一次小震后都跑到外面，而且后来一直在外面。而正是我们这些习惯于使用互联网、电视和相信科学的人却待在房子里没动……"

不少当地居民在震后告诉当地媒体，他们许多人，包括在地震中遇难的人们本来已经打算离开自己的家园到别处避难，但是在听到"国家重大灾害预测预报委员会"召开的一次特别会议发布的相关消息后改变了主意。2009 年 8 月，地震中的遇难者家属提出了正式诉求，要求检察官介入调查。2010 年 6 月 3 日，拉奎拉公共检察官办公室发出了一份起诉书，六名地震专家因涉嫌在大地震中犯有过失杀人罪而被调查。在意大利刑法中，"过失杀人罪"涵盖的范围非常广，可包含疏忽大意、过分轻率、笨拙无经验三种情况。定罪首先看有没有死亡结果，行为人有没有过失，再看过失和死亡结果之间是否有因果关系。

　　针对科学界的反应，案件的公共检察官法比奥·皮祖蒂说："我没有发疯。我知道他们无法预测地震。指控的的依据不是他们没有预测出那场地震，而是作为国家的公职人员，他们必须遵守法律上规定的职责：评估和描绘拉奎拉当前存在的危险"。"风险评估的一部分，应当包括城市人口的密度和已知的市中心许多古建筑的脆弱程度。他们有责任来评估所有这些因素的风险程度，而他们没有这么做"。皮祖蒂在提供的一份224页的起诉书中指称，意大利国家重大灾害预测预报委员会的成员于地震前一周在拉奎拉召开的"风险委员会"特别会议，并没有给当地民众提供预防地震的准确建议，他们给出的是"不完备、不确切和互相矛盾的信息。"309名遇难者中至少有29人本来可以逃生，却因为这些信息而没有逃走。

　　拉奎拉的大部分人认为，2009年3月31日召开的风险委员会特别会议实质上是一次公关活动，让人们不要相信不可靠的地震预报，以安抚民心。但是，为什么要召开这样一次会议？据意大利当地报纸报道，一个名叫帕奥罗·朱利安尼的"地震预报专家"声称，他的氡气测量显示，拉奎拉即将发生大地震。朱利安尼于2010年退休，之前在拉奎拉附近的国家核物理研究所格兰萨索实验室工作。这个实验室位于地下，研究中微子、暗物质等。几年前，朱利安尼听说俄罗斯科学家曾在土耳其东部地震发生前观测到氡气出现异常的消息，便引起了他极大的兴趣，于是他转到隔壁的国家地球物理学与火山学研究所的实验室工作。国家地球物理学与火山学研究所是意大利的地震研究中心，总部设在罗马，由恩佐·波斯基博士领导。朱利安尼在整个地区安装了4台自制的氡气探测器，试图用氡气排放波动来预测地震。他建立了一个网站实时发布测定的氡气数据，在非正式的手机网络上发布小地震活动的预报。大地震来临的传言在民众中引起了恐慌，意大利民防局于是决定召集一次会议，分析氡气测量的可靠性。现有的审判显示，"风险委员会"的这次会议并没有从科学上分析当时的情形，讨论的重点在于如何消除人们对"大地震谣言"的恐慌。会议中被问到目前的群发性地震是不是类似1703年大地震的前兆时，根据会议记录显示，被起诉人之一的恩佐·波斯基称："我不认为短期内有发生大地震的可能性，但也不能完全排除这种可能。"同样被起诉的国家地震中心主任朱里奥·塞尔瓦吉说："近期的确发生过一些小的震动，但是这些群发性地震并没有导致一个大的地震。"还有被起诉的来自罗马第三大学的弗朗哥·巴贝利教授说："我们没有理由相信一系列小的地震之后就必然会预示着一场大的地震。"……会后，国家民防局副主任伯纳多·德·博纳迪尼斯，以及拉奎拉市市长马西莫·西亚莱特和一位参与会议的委员会成员一起，举行了新闻发布会，并被意大利电视台播出，后来成为起诉案件的具体内容。博纳迪尼斯在发布会称，拉奎拉目前的地震形势"肯定是正常的，不构成危险"。他还补充说，"科学界向我保证，由于能量的持续释放，现在的情况反而是有利的"。甚至当一名记者问："所以，我们应该放心地在家享用一杯红酒？"博纳迪尼斯回应道："那当然，当然要喝一杯卓林普乐怡诺红葡萄酒。"

这番话在传播过程中几乎简化成了：群发性震动越多，大地震的危险性越少。这是一个在科学上站不住脚的说法。被起诉的博纳迪尼斯请来的辩护律师却坚持认为这是委员会的地震专家所告知的内容。而被起诉的地震专家们向检察官纷纷否认并强烈反对这样的断言。公共检察官皮祖蒂称，这是一座中世纪的古城，危险程度很高。住房的脆弱性应该是委员会进行风险评估时重点考虑的，但会议几乎没有讨论这种风险，或者任何告知居民面临大地震时该怎么做的具体建议，因此没有尽到"避免或尽量减轻伤亡和损害"的法律义务。

一审判决之后，就连公共检察官皮祖蒂都对判决结果感到惊讶，因为他要求的有期徒刑也只是四年，而法官马可·比利却判了他们每个人六年的徒刑。依照意大利法律，这七人还有两次上诉机会，才会有终审判决。

再说朱利安尼。拉奎拉地震算不算他成功预测的地震呢？大地震前的小震大多发生在拉奎拉南部30英里一个叫苏尔莫纳的小城附近，朱利安尼曾告诉苏尔莫纳市市长，长则三五日，短则6至24小时内将发生大地震。虽然意大利民防局试图淡化这一预测，当时苏尔莫纳的一些居民曾一度撤离，发现没事时又重返家园。但没过几天，地震就袭击了拉奎拉。于是，朱利安尼的预测引发了一场争论：究竟是他准确预测了地震，还是时间上的偶然巧合？学术界似乎并不认为他准确预测了地震。意大利国家地球物理学与火山学研究所的首席科学家瓦尔纳·马尔佐基说："不可能将功劳算在他头上，以氡气浓度为指标，已经太多次谎报地震，这种预测方法远称不上可靠。"加利福尼亚灾害研究中心负责人约翰·朗德尔说："氡气释放或许和地质事件有关，地震会释放氡气和其他地气，但问题是，除了大地震之外，许多其它事件也会释放氡气，包括降雨或大气压变化。"美国南加州大学地震学家托马斯·乔丹说："这种事情经常发生，人们根据不同理论进行各种各样的预测，总是很难评估。"拉奎拉地震后乔丹在意大利召集的国际地震预测委员会上担任主席。

关于意大利地区法院对地震专家罪与罚的争论远未结束，七名被告已经决定上诉。

国际科学界也有不少科学家支持检察官的意见和法院的判决。加拿大蒙特利尔理工大学地质学家岱少丞发表自己的看法："如果因为他们没能准确预报地震而判刑，那是冤枉他们。意大利地震专家的问题在于，他们说不会发生地震是缺少科学依据的。既然不能预报地震，也就意味着不能预报不地震。他们违犯了科学应有的说真话、讲真相的原则，同时他们也没有尽到法律赋予他们的职责和义务。从这个角度，我支持他们有罪。"作为地震专家，应该牢记人类智慧的局限性、对自然界预测的不可靠性、甚至自然界本身的不确定性。既然无法准确预测地震什么时候会发生，那么也就无法准确预测地震什么时候不会发生。未来某个时段会发生地震和不发生地震，是两个事件，地震预报工作者只能根据有限的知识和经验，给出这两个事件的概率。严格来说，意大利地区法院对七名被告的判决，不是因为他们对地震的预测错误，而是由于他们预测错误后对广大民众的误导，造成过多的人员伤亡，应当承担道德和法律责任。

现在，我们需要冷静地想一想，这个判决地震专家"过失杀人"罪事件给人们带来什么启示和教训。国际科学界同样有这样一种声音：这六名地震专家是这场无法预测的自然灾害的替罪羊。

事实上这几位地震专家并非因预测地震失败获罪——检察官指控他们的理由是，未在安全会议上提出警告和建议，这场审判与"地震是否能被预测"没有任何关系。他们在大地震发生前一周专门为地震召开了一次特别会议，却没有提供任何应对地震的措施和建议。只强调如何让民众不要陷入地震的恐慌。

那么，这几位地震专家到底做错了什么？

据后来受意大利政府邀请对拉奎拉地震进行调查的美国地震学家称，那次特别会议下的结论没有任何问题——"没有理由认为不断发生的小震能预示一场大震"——在科学上，这毫无疑问是正确的。

然而，在特别会议后的媒体见面会上，委员会中的那位政府官员却声称：本地的地震是"正常的"，"不会构成危险"，"科学界向我保证，连续小地震释放了地层中的能量，现在的情况反而是有利的。"——在科学上，这些话是不能成立的，实际上也没有一位地震专家向这位官员提供这样的说法。然而这个观点迅速在拉奎拉传播，变成了"震动越多，危险越小"。

更要命的是，当有记者问"我们应该放心地在家享受一杯红酒"时，这位官员居然回应"当然，当然要喝一杯卓林普乐怡诺红葡萄酒。"

如果说这个特别会议误导了民众，那问题也是出在这位官员身上，而不是地震专家直接误导了民众。遗憾的是，官员传达的错误信息并未被及时纠正。

而检察官又为什么非要揪住地震专家不放呢？指控的依据是他们作为公职人员应当恪守法律规定的职责，但是他们没有这么做，只是帮政府官员去辟谣，从而误导了民众。按中国法律有关条款解释，他们犯了"玩忽职守罪"。还有另一个复杂的因素，就是那位业余地震预报专家朱利安尼，在"小震不断"的地震恐慌中备受瞩目。当大震发生后，他甚至被一些民众追捧为预言大地震的"英雄"、"神人"。大震前，急于辟谣的政府便召开了那次特别会议，请意大利主要的地震专家来拉奎拉开会。然而这个会开得非同寻常——通常这种会议是科学家封闭式的会议，但这次却来了许多当地政府官员和无科学背景的人士，直到会议结束以后，与会的地震专家才意识到这个会议就是用来"维稳"的。

美国专家调查后称，召开这样一个特别会议，说明政府与科学家已经陷入了一场错误的对话，会议的进展变成了要告诉民众是否会有一场大震，而答案只有两个选项，有或者没有。由于政府急于辟谣，反而借了科学家的名义，传递了错误的信息。而对于广大民众来说，他们听不懂复杂的科学原理，也难以理解严谨的科学陈述，他们最想知道的就是"近期会不会发生地震"这样明晰、即时的危机评估。而媒体正是明白民众的这个需求，所以才会问"是否应该享受一杯红酒"，而这恰恰迎合了政府平息民众慌乱情绪的目的，所以官员才会马上回应"当然应该享受红酒"，由此体现得珠连璧合，达到了极好的效果。而在社会媒体和自由媒体时代，这种复杂问题简单化的回答非常易于传播，也容易被人们记住，而最终导致灾难来临时，人们错过了自救的机会。

意大利这场地震风波并不是独特的现象，但作为一个面临长期地震威胁，又不断发生小震的地区，科学家们预测的失败与惨痛的人员伤亡形成了鲜明的对比。不管本次案件的终审结果如何，有人因为科学家的预测错误而不幸罹难已成为不可更改的事实。若人命最终能换来各方有用的决策教训，这将比把几个没有恶意的科学家判刑更有意义得多。在专家普遍被视为"砖家"、政府公信力缺失、媒体素质参差、民众科学素养亟待提高的当下中国，一个地震谣言能让一座城市的人整晚不睡觉，当真正"狼来了"的时候，"科学"能救我们吗？

5. 地球，是一只"泪眼"

地震是一面镜子，悬挂在地球的胸部，照射出人类脸上抖落的尘埃与泪水，也照射出人类脚步丈量的文明与进化。亘古以来，地球用"自残"的方式震撼人类，人类用顽强的方式把地球震撼。尽管每一次地震发生，人类向地球表示强烈愤慨和不满，但全世界都在想方设法焊接地震的裂口，同时也在修补精神的伤口。在新中国这块版图上，继唐山后蛰伏 32 年的大地震，释放出汶川惨烈的疼痛，同时也使耕读五千年的中国释放出 13 亿人的热情。由此人们不禁会想起神话传说中的女娲、后羿和大禹。所谓"女娲补天"，其实就是一次特大地震后，这位部落女首领率领先民战胜天灾的英勇壮举。"后羿射日"，只是先民们的一种比喻、夸张和理想升华的象征，旷日的旱灾引发地震是因为"十日并出"造成的（也就是地震与宇宙力与太阳黑子爆发的关系），是后羿追射了九个太阳后为先民们带来了福祉。至于"大禹治水"，人们一般只想到了水患，恐怕这水患也是因大地震造成江河改道，形成了无数个堰塞湖决坝引发洪水泛滥，大禹疏导水患有功，被千秋万代传颂。

先看女娲时代的灾害情形："往古之时，四极废，九洲裂，天不兼覆，地不周载，火爁炎而不灭，水浩洋洋而不息，猛兽食颛民，鸷鸟攫老弱……"（见《淮南子》）。想想看，这比汶川地震还要惨烈的一次地震，不仅让人们感到天塌地陷一般，而且不少地方发生了火灾和水灾，本来不多的先民也死伤惨重。先民们怕了吗？也许是的。但是他们有一位女领袖率领先民们"炼五色石以补苍天，断鳌足以立四极，杀黑龙以济冀州，积芦灰以止淫水。苍天补，四极正，淫水固，冀州平，狡虫死，颛民生。"这也许是母系社会和女性生殖崇拜的由来。她发明的立四柱、加圆顶的最原始的住房——即"断鳌足以立四极"，结束了人类住在树上或洞中的历史，加之女娲伏羲兄妹"画卦结绳"、"为女媒，置婚姻"——即所谓抟黄泥造人的传说，创造了古老的华夏文明，女娲从此也就被人们神化了，包括后羿、大禹，乃至新中国开国领袖毛泽东、周恩来等都被请上了神坛。

说到后羿，神话中说，尧帝时"十日并出"，植物枯死，地裂山崩，猛兽长蛇害民。后羿以精湛的箭术，追射九日，杀猛兽长蛇，使地动山摇的日子复于平静。去掉神话的光环，后羿原本是东夷族部落的首领，侵入夏朝，夺取了太康的帝位。传说中他的妻子就是嫦娥，他射杀九日后，王母娘娘给他两粒长生不老丸，结果被嫦娥偷食，化羽升天，进入了月宫，云云。这个神话传至今日，依然是人们对月球（即玉兔国）美好的想象和向往。所谓十日，实际上是一种比喻，天干旱得简直像出来十个太阳那样，灼烤得赤地千里，江河涸竭，"焦禾稼，杀草木，而民无食"。人们被渴死饿死，饿殍遍野，惨不忍睹。我们无法知晓，这旱灾长达多久，但从历史资料上看，商朝始祖成汤时期，曾经发生长达7年的大旱，并发生"昆仑之丘，烈岩喷涌"的大地震。

说到大禹，汶川地震发生后，有媒体说，大禹的家乡就在北川一带。也如北川羌族同胞所说，北川是大禹的故里。翻阅历史资料查得，大禹姓姒，父乃鲧，为黄帝之孙，少昊金天氏之子。这样看来，大禹倒是帝王之后了。在尧帝时代，大概发生了千年一遇的大地震，使江河改道，洪水横流，害得人们无家可归。于是尧帝命鲧治水。鲧采取堵的办法，到处筑堤垒坝，结果堤坝决口，又造成新的灾难。于是尧大怒，杀了鲧，又命禹治水。大禹总结了其父的教训，改堵水为疏导的办法。他身先士卒，带领治水的人们进行实地勘察，"左准绳，右规矩，载四时，以开九州，通九道（疏通九条江河），陂九泽（修治九个天然湖泊），度九山"，从冀州开始，一处处疏川导滞，开山泻洪，终于把浩浩洪水引入大海，山川田野尽露出水面。为了治水，他三过家门而不入，成为千古美谈。

抹去女娲、后羿、大禹的神话色彩，还原他们的本来面目，他们就是一个民族引以为豪的英雄人物或杰出代表，是我们效仿和学习的榜样，让我们发扬他们的精神吧，并满怀激情地说：我们就是当代的女娲，当代的后羿，当代的大禹！

由此，我们已经看到，为什么古往今来中国地震如此之频繁，又如此之剧烈？本书中已经讲到，早在三亿八千万年前，我国的西藏、新疆、青海等地，是一个波涛汹涌的大海，历史学家和地质学家后来给它起了一个名字，叫古地中海。也有人用希腊女神的名字称之为特提斯海。后来随着一个个造山运动，昆仑山、唐古拉山、冈底斯山等著名山脉相继隆起，逼着大海慢慢退缩、消失。到了四千万年前，地球的板块运动，发生了印度板块和欧亚板块相撞，而且印度板块的一个角嵌入了欧亚板块底部，并渐渐翘起。这个角正在我国西藏地区。这就使得青藏高原渐渐抬高，并且至今仍未停止——有地质记载为证：喜马拉雅山的珠穆朗玛峰每年差不多上升三毫米！还不仅如此，印度板块一直推拥着青藏高原向东北边缘四川龙门山一带挤压，每年达四厘米之多！这次汶川特大地震，就是这种挤压持续之久的一次能量大释放，因而造成了空前的大灾难。我国西藏、四川、云南之所以成为地震高发区，就是这种挤压、冲撞造成的。这种板块挤压造成的大地震，在世界其他地区也有，如美国西部旧金山 1906 年大地震，就是由于太平洋中圣安德里亚板块向美国西部板块挤压造成的。

当今，地球板块的这种挤压仍在继续，人类对这种挤压发生的地震也一直在探寻和追问：地震这个冷血杀手又蓄谋安排了哪些行程？它从哪里来到哪里去，下次什么时候现身？谁能逮住地震的幽灵，让我们用千年的泪水漂洗它那残忍而猥琐的灵魂？！

应该说，我们不是地球的主宰。

也应该说，我们不是地球的奴婢。

人类是天地所造，是地球的一部分，宇宙的一部分，包括我们的血肉，也包括我们的灵魂。

几千年的人类文明史就是一部不被黑暗、冷酷、天灾人祸吓倒的历史，毋庸置疑的明证就是：人类仍然顽强地活着。至于地球什么时候毁灭的问题，相信我们大多数人会同意阿尔伯特·爱因斯坦的意见："等等看吧。"

当我们在艰辛探索的路上，发现前方哪怕只是一丝微弱的火光，怎能因遭遇太多困苦和现实世界还存在许多阳光射不透的阴暗而对那一丝火光报以怀疑呢？但那不是虚幻，也不是心理安慰，更不是自我欺骗，那正是人类自己创造的希望之光，是人类须臾不可或缺的心灵呼唤。如果我们对这一丝火光如同祖先在洞穴中对待火种一样的爱惜，那正是因为它能实实在在地给我们渺小的生命以温暖，牢牢维系着人类的生存和尊严——并由此领悟物竞天择之律和对自然法则的遵从，对探索和创造的依赖，对光明和温暖的热爱，以至不惜为此而献身的崇高精神。

倘若我们还赞美青春，赞美生命，那么至高无尚的爱惜或许莫过于把自己当做柴薪投入燃烧。薪火传承，生生不息，人类方从始初走到今天，并且还要一直走下去。

眼前的世界，正显示出一种似乎大开始与大抉择的气象——这是一个大变革的时代。然而，这又是让一个人或一个群体乃至一个社会的良知良能面临挑战和机遇的时代，一个需要有人承担历史性苦役甚至承担牺牲的时代，一个需要把灵魂放在天平上或是祭坛上、义无反顾地去叩问陌生的时代……但是请相信，在这个历史与现实昏晓交割的时期，一个让历史和现实还听不太懂的陌生故事，也许就是一首走进未来世界的史诗。

当我们走过历经巨变也历经劫难的百年沧桑，面对 21 世纪，我们的心灵将发生怎样的演变？一千遍一万遍地高唱"让世界充满爱"、"我们共有一个家"并不困难，只有直面人与自然、人与人的生存冲突留下的深长断裂，这种"爱"才可能真实而有分量，这个"家"才可能充满温馨和阳光。

科学探索是心力、耐性与时间的合金，输了败了并不可怕，可怕的是逃避。

我们无法逃避，而只能面对这个世界，这个地球和宇宙中的一切：你愿意看到的和不愿看到的；你能够承受的和无法承受的；你乐观也罢，悲观也罢，眼下和以后相当长的时间，人类恐怕还不能离开地球。这实际上就是我们面对自己：中国五千年的历史之所以能够延续下来，是因为这个民族的精神里有生生不息的东西。中国传统文化的精髓，讲究的是天人合一。人在做，天在看，天示人悟。我们在历史中反思，不是为了要倾诉我们曾经遭受的挫折、坎坷和苦难，去求得别人的同情或相信。当我们发展了，强壮了，我们能说服自己的时候，就能说服世界。

是的，现在我们还无法看清面对的这一切，对无数的悖论和异常，我们没有答案。但请相信，答案就埋藏在我们所经历的最惨烈灾害的废墟里，埋藏在我们曾经目睹、曾经记录的历史里，埋藏在我们向未来和未知探索行走的路途上。

这个世界上，所有成功的背后，都是痛苦的坚持和血汗的播洒，如果没有坎坷或低谷，你就无法领略走向坦途或登临高处的大彻大悟。

2008 年 10 月 8 日胡锦涛总书记在北京人民大会堂举行的汶川大地震全国抗震救灾总结表彰大会上指出：一个善于从自然灾害中总结和汲取经验教训的民族，必定是日益坚强和不可战胜的。只要我们坚定不移地走科学发展道路，锲而不舍地探索和认识自然规律，坚持按自然规律办事，不断增强促进人与自然相和谐的能力，就一定能够不断有所发现、有所发明、有所创造、有所前进，就一定能够做到让人类更好地适应自然、让自然更好地造福人类。

人的血液是红色的。几乎所有动物的血液都是红色的。这是生命的原色。

原始宗教把生命的原色定为红，我们的祖先在死者的躯体上用铁矿石涂上红色，以此召唤那失去的生命力。

当人类第一次离开地球，在太空中遥望自己的家乡时，始才惊奇地发现，在目前已知的宇宙星体中，唯有人类的家园——地球，才是一颗蔚蓝色的星球。那是生命的颜色。

地球上的一切生命，都与海洋息息相关。有诗人称谓地球是一只泪眼。诗中
写道：

地球是漂在水里吗？

为什么每一块大陆的周围

全都是汪洋大海？

哦！地球满腹忧烦

她睁圆了望不断天涯的泪眼

何时能哭干

这么多苦涩的

海水？

2008 年 11 月 12 日汶川大地震半年祭奠

完稿于北京·太平路·墨仆斋

2009 年 5 月 12 日汶川大地震一周年祭

二稿于北京·丰台镇·东安街

2009 年 6 月 6 日三稿于北京·万寿路

2009 年 11 月 28 日四稿于北京·门头沟·三家店

2010 年 3 月 23 日五稿于北京·复兴路 63 号

2010 年 9 月 6 日六稿于北京·太平路·墨仆斋

2012 年 10 月 25 日修改于金沟河·金和嘉园

2018 年 4 月修订于定慧寺·金和嘉园·墨仆斋

后 记 聆听忠告

　　静动皆风云，大道无形。人类在地球上生存，地震在地球上发生，不能不察其动因。尽管人们满世界地钻下深达数千米的窟窿眼，试想勘探其内部究竟，但地球这个庞然大物，却似乎没有感觉到丝毫痛痒，依然不理不睬，依然我行我素。众所周知，由于地球内部的"不可见性"、大地震的"非频发性"和地震成因机理的复杂性等因素，目前不仅中国，整个人类都还不能有效地、准确地预报地震发生的时间、地点和强度。虽然现代科学已经让天文学家看到数百亿光年之外的遥远天体，可是人类对于赖以生存的地球的了解却显得如此"浅薄"。面对这种状况，人类该怎么办？这是一个老生常谈的话题，地震专家早就给了我们忠告：地震预报还处在探索阶段，要加强防范措施，选择安全可靠、远离地震活动断裂的场地，把房子盖牢固，像珍爱自己的生命一样珍爱地球，与地震"和谐"相处……可是人们听进去多少，听懂了多少呢？忘得很快，丢得更快。

　　自20世纪初到2012年，中国因地震死亡人数约占全球总数的60%。近百年间，全球共发生造成20万人以上死亡的大地震三次，不幸的是有两次发生在中国：一次是1920年宁夏海原8.5级特大地震，造成23.5万人死亡；另一次就是1976年的河北唐山7.8级大地震，造成24.4万人罹难；再一次就是2004年印度尼西亚苏门答腊岛西北近海9.0级强震并引发海啸，造成印度洋周边各国近30万人死亡。2008年四川汶川8.0级特大地震又造成近9万人死亡和失踪。中国的领土面积占全球陆地总面积的6.7%，中国领土上发生的地震约占全球陆地地震的33%，而为什么因地震造成的死亡人数却占全球这一总数的近 60%？造成这样状况的主要原因是什么？人们有理由追寻答案。

就目前科学家对地震监测预报所掌握的技术和捕捉地震前兆的信息而言，也可能只是浮光掠影。现代科学技术的发展呈现出整体化倾向，人们不再把地震的孕育、发生只看是孤立的、小范围的由渐变到突变的过程，而看成震源区域与地体环境和空间环境因素密切相关的过程，并由此来研究地震前兆现象的多样性和复杂性，努力有所突破，探讨出些许规律性的东西，在攻克世界难题中取得进展。即使能够对一次破坏性地震进行成功预报，如果房屋不抗震，地震还是要毁坏我们的家园，造成重大财产损失和社会后果。而眼下，最行之有效的防震减灾的途径是，在做好地震监测预报、预警及震害防御的同时，建立健全由地震部门、政府和公众共同参与的综合防御体系。那才是真正筑起的"铁壁铜墙"。这一项被日本、美国和南美等多地震国家证明是事半功倍的成功国策。只有实施这样的国策，1976 年唐山大地震和 2008 年汶川特大地震灾难才不会再在中国重演，地震灾害才能够最大程度地得以减轻。

地震学科及地震预报这一命题已有不少学者、作家及媒体记者涉猎。各自切入的角度不同、视野不同、范围不同，所表达的观点、立场和产生的效果（社会效果、艺术效果等）也不尽相同。我涉足这个领域并经过两年多的调研后，便试图以 1966 年邢台地震拉开我国防震减灾的序幕为契机，记述我国多次著名破坏性地震的监测预报、应急救援、社会反应的真实过程，探讨地震研究的难度，剖析方方面面的矛盾，结识该领域的各等人物，描写他们的人生、命运和情感世界，让更多的人了解他们，了解"吃地震饭"的这个行业。因为这支队伍还是一株幼苗，希望得到呵护，得到理解，得到支持和鼓励。

对于地震预报的前景，但愿我的这本书能起到"吹鼓手"或者"打气筒"的作用。我时常在想，大地震是否在以它特有的语言和方式向人类暗示着什么吗？一次强烈地震释放的能量相当于几百颗乃至几千颗原子弹爆炸所产生的能量，无所不能的人类有开采利用这个能量的良好愿望吗？如果有，那么好，就从认识地球、理解地球、善待地球开始吧，拿出开发太空、开发星球的智慧和勇气，锲而不舍地探索地球的奥秘，到那时，人类不仅可以准确地预报地震，而且可以疏导地震为人类造福，实现风暴能、雷电能、太阳能、地震能等正能量的开发综合利用。请相信，这决非痴人说梦,也决非漫无边际的狂想,只要地球不爆炸,人类不灭绝,这个远大梦想就像"英特纳雄耐尔"一定会实现。

也就在四年多的奔波采访和写作中,接二连三的悲痛降临头顶:2006年被秋雨浇透的一个早晨,家里突然打电话给我,老父亲病逝,速回!此时我正在东北一线采访,从辽南海城、营口穿行白山黑水间。好在此行已接近尾声,于是千里奔丧,在父亲灵堂和墓前守孝三日便匆匆赶回。2007年11月初,家里又突然打电话告知,妹夫突发心梗,送医院没能抢救过来。一个正出力拉套的壮汉猝然离去,如同支撑这个家的顶梁柱訇然倒塌,这对失去丈夫的妻子和没有了爸爸的孩子的打击可想而知。时值我正在新疆喀什、乌恰采访,回京后直奔老家,安抚一下唯一的妹妹和两个正在上学的孩子。2008年春节大年初一,迎着南方的冰冻雪雨,我在急切赶往家乡的列车上,年逾八旬的老母亲危病卧床。母亲看到蹒跚来迟的儿子,神情里却没有一丝埋怨的意思,声音微弱地说:儿啊,听说这些日子你一直在外边跑,这差事辛苦啊!要多注意身体……直到临终前,老母亲紧紧抓住儿子的手,一直没有丢开。正月初六,处理完母亲的丧事,把悲痛默默地埋在心底赶回了北京。按年前拟定好的采访计划和行程如期出发,奔赴上海、江西、湖北和重庆进行四省市联动采访。没曾想从重庆回来不久,"5·12"汶川大地震便爆发了!国难再一次临头,那更是一种刻骨铭心的痛!

人类的伟大不仅在于对这个世界的创造,更在于对这个世界的记忆。一个爱忘事、没有记忆的民族是可怕的。直面历史,信守本真,体现了一个科学家或作家的良知良能和道义担当。

微笑,是不屈的力量。

一颗泪珠,更能震撼人的心灵世界。

毋庸讳言,历史往往呈现出它诡谲的扑朔迷离的一面,但历史又是人类创造的。我们既要牢记历史,又必须正视历史,反思历史;把真实还给历史,让历史告诉未来。只有这样或许才能让过去和今天衔接好,也让现在和未来衔接好。

人是可以为一个信念甚至一句话的承诺付出一辈子,守望一辈子,追寻一辈子的。所以,我想说的是,无论时代怎样变迁,社会怎样发展,我都敬重那些有着坚定信念,并为之付出毕生努力的人,敬重那些始终如一为理想而奋斗的人,敬重那些重情重义重责任重生命质量和尊严的人,敬重那些以生命为旗、灵魂为足而终生探寻行走的人……

　　于是，采访就有了历史与现实的交流，而真正的交流是心灵的沟通。

　　于是，历史与现实便化作了情感在笔下流淌，你便聆听到生命与使命的交响。

　　于是，才有了这本书的问世，恳请朋友们赐教指正。

作　者

2012 年 10 月 26 日写就

2018 年 4 月清明修订

主要参考文献与资料

○ 《当代中国的地震事业》 卫一清、丁国瑜 主编。中央文献出版社，1993

○ 《周恩来与防震减灾》 方樟顺 主编，中央文献出版社，1995

○ 《邢台地震与抗震救灾》 中央文献出版社，2006

○ 《邢台地震对策及其社会研究》 林乐志主编，地震出版社，1993

○ 《1966年邢台地震档案资料》 河北省档案馆提供

○ 《唐山抗震救灾指挥部档案资料》 河北省档案馆提供

○ 《河北省志·第9卷地震志》 河北人民出版社，1993

○ 《1976年唐山地震》 梅世蓉 主编，地震出版社，1982

○ 《地震预报的实践与思考》 陈章立 著，地震出版社，2007

○ 《地震学今昔谈》 陈运泰等 编著，山东教育出版社，2001

○ 《中国地震目录》 顾功叙 主编，地震出版社，1983

○ 《中国地震目录》（第一集） 李善邦 主编，科学出版社，1960

○ 《地球十讲》 傅承义 编著，科学出版社，1978

○ 《中国地震历史资料纂编》 谢毓寿、蔡美彪 主编，科学出版社，1983

○ 《断裂力学研究》 范天佑 著，江苏科技出版社，1978

○ 《中国地震年鉴》 高文学 编，地震出版社，1990

○ 《中国震例》（1966—1999） 张肇诚 主编，地震出版社

○ 《中国震例》（1992—2002） 陈棋福 主编，地震出版社

○ 《中国地震预报概论》 梅世蓉、张国民、高旭等 主编，地震出版社，1993

○ 《渐进式地震预报及其三个理论问题的讨论》 马宗晋、高旭、丁鉴海等，地震科学研究，
   1983

○ 《唐山大地震震害》 地震出版社，1992

○ 《1976年唐山大地震》 孙志中 著，河北人民出版社，1999

○ 《瞬间与十年——唐山地震始末》 地震出版社

○ 《北纬40°大难》 中国文史出版社

○ 《唐山大地震》 钱钢 著，当代中国出版社，2005

○ 《悲壮的历程》 陈非比 著，地震出版社，2006

○《大震谁先觉》　康　平 著

○《地球是一只泪眼》　朱增泉 著

○《金草地》　张承志 著，海南出版社，1997

○《从唐山地震的严重后果，看城市建设应当汲取的经验教训》　国家建委提供

○《唐山抗震救灾工作的初步总结》　（冀发 [1977]10 号）

○《河北古代历史编年》　河北教育出版社

○《河北省志·大事记》　河北大学出版社

○《中共河北省委召开全省地委书记会议文件》（1976 年 8 月 31 日）

○《中共河北省委召开唐山地、市、县委负责干部会议文件》（1976 年 11 月 5 日）

○《1975 年海城地震》　朱凤鸣、吴戈 主编，地震出版社

○《地震预报基础与实践》　陈立德、付虹 主编，地震出版社，2003

○《1976 年松潘地震》　四川省地震局，地震出版社，1979

○《构造物理学概论》　马　瑾 著，地震出版社，1987

○《日本的地震预报》　茂木清夫 著，庄灿涛、周胜奎译，地震出版社，1993

○《中国岩石圈动力学图集》　马杏垣 主编，中国地图出版社，1989

○《地市地震对策》　郭增建、陈鑫连 主编，地震出版社，1991

○《地震预测研究概况》　陈运泰 著，地震学刊第 1 期，1993

○《地震预报与活断层分段》　丁国瑜 著，地震学刊第 1 期，1993

○《对我国地震预报工作的几点想法》　陈鑫连 著，地震学刊第 1 期，1993

○《关于地震预报战略思想的几点看法》　冯德益 著，地震学刊第 1 期，1993

○《关于地震预报战略的几点思考》　杜振民 著，地震学刊第 1 期，1993

○《关于地震预报战略的几点看法》　林命周 著，地震学刊第 1 期，1993

○《地震预报的能力和地震预报的某些科学问题》　朱令人著，地震学刊第 1 期，1993

○《地震预报面临的困难与发展》　刘祖荫 著，地震学刊第 1 期，1993

○《地震预报步向何方》　顾浩鼎 著，地震学刊第 1 期，1993

○《北川羌族自治县志》　北川县档案馆提供

○《德阳市·地震志》　德阳市地震局提供

○《绵阳市 5.12 地震应急救援》　绵阳市宣传部提供

○《中国考场·中国答卷》　郭继卫 著，重庆出版社，2008

○《地质科学》《地震学报》《地球物理学报》等期刊

○《二十五史》《世界地震史料汇编》等记载相关地震章节

○ 北京市、上海市、天津市、重庆市、河北省、辽宁省、吉林省、湖北省、江西省、四川省、
　云南省、海南省、新疆维吾尔自治区等地震局提供的《地震志》及有关地震资料……